Né à Bombay en 1952, Rohinton M
libre du monde a été salué comme un événement par la critique
internationale. Il a été couronné au Canada par le Giller Prize.
Un si long voyage est son premier roman. L'auteur poursuit
une carrière prometteuse dans la lignée de V.S. Naipaul et
Arundhati Roy.

ROHINTON MISTRY

Un si long voyage

ROMAN TRADUIT DE L'ANGLAIS PAR FRANÇOISE ADELSTAIN

ALBIN MICHEL

Titre original :

SUCH A LONG JOURNEY
Publié par McClelland & Stewart Inc., Toronto.

Pour Freny

Il réunit les vieux prêtres et leur posa des questions sur les rois qui jadis avaient possédé le monde. « D'abord, leur demanda-t-il, comment se fait-il que le monde leur ait appartenu, ensuite qu'ils nous l'aient laissé dans un si triste état ? Et comment expliquer qu'ils aient pu vivre sans le moindre souci durant le temps de leurs travaux héroïques ? »

FIRDAUSI, *Shah-Nama*

Nous l'avons entrepris dans le froid,
Le pire moment de l'année
Pour un voyage, pour un si long voyage...

T.S. ELIOT, « Voyage du Magi »

Quand les mots anciens ne se forment plus sur la langue, des mélodies nouvelles surgissent du cœur ; et là où les vieilles pistes ont disparu, un nouveau pays se révèle avec ses merveilles.

Rabindranath TABORE, *Gitanjali*

1

La première lueur de l'aube éclairait à peine le ciel quand Gustad Noble se tourna vers l'est pour adresser ses oraisons à Ahura Mazdah. Il allait être six heures et, au sommet de l'unique arbre de la cour, les moineaux se mirent à piailler. À les écouter chaque matin tout en récitant son *kusti*[1], Gustad se sentait rassuré. Les moineaux pépiaient toujours les premiers ; ensuite venaient les craillements des corneilles.

Des appartements alentour, le claquement métallique des casseroles et des poêles commença à grignoter le silence. Le *bhaiya* s'accroupit à côté de son grand bidon d'aluminium et entreprit de verser le lait dans les pots des ménagères. Sa petite mesure au long manche courbe plongeait dans le récipient puis émergeait, plongeait et émergeait, vite, sans en perdre une goutte ou presque. Quand il eut fini de servir toutes les clientes, il laissa pendre sa louche dans le bidon, rajusta son dhoti, frotta ses genoux nus et attendit qu'on le paye. Des copeaux de peau morte tombèrent de ses doigts. Les femmes blêmirent de dégoût, mais la tranquillité de l'heure et les premières lueurs du jour préservèrent la paix.

Gustad Noble déplaça légèrement son calot de prière, le repoussa de son grand front couturé de rides pour

---

1. Cordon sacré entourant la taille, qui désigne aussi la prière. On « dit », on « récite » son *kusti*. (*N.d.T.*)

l'ajuster confortablement sur ses cheveux poivre et sel. Le noir du calot de velours contrastait avec la couleur cendrée des favoris, mais s'accordait au velours noir de l'épaisse moustache soignée. Grand, large d'épaules, Gustad faisait l'envie et l'admiration de ses amis et de la famille chaque fois que l'on parlait santé ou maladie. Pour un homme qui chevauchait les vagues de la cinquième décennie de sa vie, disaient-ils, il paraissait incroyablement solide. Surtout après le grave accident survenu quelques années auparavant, dont il ne gardait qu'un léger boitillement. Sa femme détestait ce genre de propos. Touchons du bois, se disait Dilnavaz en cherchant des yeux la table ou la chaise qu'elle pourrait effleurer subrepticement des doigts. Mais Gustad ne rechignait pas à raconter son accident, à parler de ce jour où il avait risqué sa vie pour sauver celle de son fils aîné.

Dominant le bruit du bidon de lait, des cris perçants éclatèrent : « Sale voleur ! C'est aux mains de la police qu'on devrait te livrer ! Quand ils te briseront les bras, on verra si tu oseras encore ajouter de l'eau ! » La voix était celle de Miss Kutpitia, et la paix de l'aube, à contrecœur, céda la place à la frénésie d'une nouvelle journée.

Les menaces de Miss Kutpitia manquaient de conviction. Elle-même n'achetait jamais de lait, mais elle était persuadée qu'en morigénant régulièrement le *bhaiya*, elle le maintenait dans le droit chemin, et ce dans l'intérêt des autres. Il fallait que quelqu'un apprenne à ces escrocs qu'aucun imbécile n'habitait cet immeuble, le Khodadad Building. Vieille femme parcheminée de soixante-dix ans, elle ne sortait que rarement de chez elle, car, disait-elle, ses os se raidissaient de jour en jour.

La réputation de personne méchante, capricieuse, mal embouchée qu'elle s'était acquise au fil des ans faisait qu'il n'y avait pas grand monde dans l'immeuble à qui elle pût parler de ses os, ou de quoi que ce fût d'autre. Pour les enfants, Miss Kutpitia incarnait la sorcière omniprésente des contes de fées. Ils passaient en courant devant sa porte, en hurlant : « Fuyons la *daaken* ! Fuyons la *daaken* ! » autant par crainte que pour l'obliger à maugréer, à jurer et à brandir le poing. Raideur des os ou pas, on pouvait la voir, quand elle le voulait, bouger avec une rapidité surprenante, filant de la fenêtre au balcon et à l'escalier pour peu qu'un événement se déroulât à l'extérieur, auquel elle souhaitait assister.

Le *bhaiya* était accoutumé à entendre cette voix sans visage. Il marmonnait à l'intention de ses clientes : « Comme si moi je faisais le lait. C'est la vache qui le fait. Le *malik* dit : "Va, vends le lait", et moi j'obéis. À quoi ça sert de harceler un pauvre homme comme moi ? »

À la lumière fluctuante de l'aube, le visage résigné et fatigué des femmes se parait fugacement d'une douce dignité. Elles avaient hâte d'acheter le liquide blanchâtre, mouillé d'eau, et de retourner à leurs tâches. Dilnavaz elle aussi attendait, tenant son pot en aluminium d'une main, l'argent de l'autre. Elle était mince, avec des cheveux brun foncé qu'elle coiffait en chignon depuis la fête donnée pour le premier anniversaire de leur fille Roshan, huit ans auparavant. Elle doutait que cette coiffure lui aille encore, malgré les affirmations de Gustad. Comment pouvait-elle se fier à ses goûts ? Quand la mode des minijupes était arrivée, elle avait, juste pour plaisanter, relevé sa robe et esquissé un pas de danse, sous les éclats de rire de Roshan. Or, selon lui, la chose se pouvait envisager. « Imaginez un peu : une femme de quarante-quatre ans en minijupe ! La mode, c'est bon pour les jeunes », avait-elle dit, un peu grisée. Alors, de sa voix profonde, il s'était mis à chanter la chanson de Nat King Cole :

Tant que l'amour habitera ton cœur,
Tu ne vieilliras pas,
Le temps argentera peut-être tes cheveux noirs
Pendant que tu rêveras dans ton vieux rocking-chair...

Elle adorait l'habitude qu'avait Gustad, un large sourire aux lèvres, de remplacer au troisième vers « cheveux dorés » par « cheveux noirs ».

Quelques traces du lait de la veille se voyaient encore dans le pot. Gustad et elle venaient d'en verser les dernières gouttes dans leur thé, et elle n'avait pas eu le temps de laver le récipient. Pour la bonne raison qu'il lui avait fallu rester assise à écouter Gustad lui lire le journal. Et avant, lui parler de leur fils aîné, qui allait bientôt entrer à l'Institut Indien de Technologie. « Sohrab se fera un nom tout seul, tu verras, avait dit Gustad avec l'orgueil justifié d'un père. Nos sacrifices n'auront pas été vains. » Ce qui lui avait pris, ce matin, à traîner comme ça en bavardant, elle l'ignorait. Mais, reconnaissons-le, ce n'était pas tous les jours qu'ils apprenaient de si bonnes nouvelles sur leur fils.

Des femmes s'en allèrent, Dilnavaz progressa dans la file d'attente. Comme les autres, les Noble attendaient depuis des lustres la carte d'attribution de lait promise par le gouvernement. Mais, pour le moment, Dilnavaz devait avoir recours au *bhaiya*, dont la courte et mince queue de cheval poussant au milieu d'un crâne par ailleurs parfaitement rasé ne cessait de l'amuser. Elle avait beau savoir qu'il s'agissait d'une coutume hindoue, dans une certaine caste, elle ne pouvait s'empêcher de la comparer à une queue de rat. Les matins où il huilait son crâne, la queue scintillait.

Elle acheta son lait et se rappela les temps où les bons d'alimentation ne servaient qu'aux pauvres et aux domestiques, les temps où Gustad et elle pouvaient s'offrir les meilleurs produits laitiers de la Ferme Parsie (Miss Kutpitia le pouvait encore), avant que les prix ne se soient mis à monter, monter, pour ne jamais redescendre. Si seulement Miss Kutpitia pouvait arrêter de crier après le *bhaiya*. Ça ne servait à rien, sinon à attiser le ressentiment de l'homme à leur égard. Dieu sait ce qu'il était capable de faire au lait — déjà que ces pauvres gens dans leurs baraquements et dans les *jhopadpattis*, les bidonvilles à l'intérieur et autour de Bombay, vous regardaient parfois comme s'ils voulaient vous expulser de votre maison et s'y installer avec leur famille.

Les intentions de Miss Kutpitia étaient bonnes, elle n'en doutait pas, malgré les histoires bizarres qui ne cessaient de circuler sur son compte depuis des années. Gustad tenait à avoir le moins de rapports possibles avec la vieille femme, prétendant que les dingueries qu'elle débitait risquaient de faire dérailler n'importe quel esprit sain. Dilnavaz était peut-être la seule amie que possédât Miss Kutpitia. Son éducation, qui lui avait inculqué le respect des personnes âgées, l'aidait à accepter les manies de la vieille femme, qu'elle ne trouvait ni répugnantes, ni horripilantes — parfois amusantes, ou simplement fatigantes. Mais jamais agressives. Après tout, Miss Kutpitia ne souhaitait que fournir assistance et conseils sur des sujets inexplicables par les seules lois de la nature. Elle affirmait s'y connaître en malédictions et maléfices : tant pour les infliger que pour les supprimer ; en magie, noire et blanche ; en prédictions et augures ; en rêves, et leur interprétation. Le plus important de tout, disait-elle, était de pouvoir comprendre le sens caché des événements du monde et des faits du hasard. Quant à son imagination délirante, fantasque, elle avait souvent quelque chose de réjouissant.

Dilnavaz veillait à ne pas l'encourager outre mesure, tout en comprenant qu'à l'âge de Miss Kutpitia, trouver une oreille compatissante importait plus que tout. Par ailleurs, existait-il une seule personne qui, à un moment ou à un autre, n'ait pas été tentée de croire en l'existence de phénomènes surnaturels ?

À Gustad Noble, qui murmurait ses prières sous le margousier, l'élégance de sa silhouette vêtue de blanc encore soulignée par la lumière matinale, les bruits et les bavardages autour du laitier semblaient très éloignés. Il récita les versets appropriés et dénoua le *kusti* qui lui entourait la taille. Quand il en eut déroulé les deux mètres de tissu fin, tissé à la main, il le fit claquer comme un fouet : une fois, deux fois, trois fois. Ainsi chassa-t-il Ahriman, le mauvais — grâce à cet habile mouvement de poignet que seuls possèdent ceux qui pratiquent régulièrement leur *kusti*.

Cette partie des prières était celle que Gustad préférait, depuis son enfance déjà, quand il s'imaginait en puissant chasseur pénétrant sans crainte dans des jungles inexplorées, s'enfonçant sur des terres non répertoriées, avec pour seule arme son *kusti*. Lacérant l'air de sa corde sacrée, il tranchait les têtes des béhémoths, éviscérait les tigres aux crocs de sabre, anéantissait des armées de sauvages cannibales. Un jour qu'il explorait les rayons de la librairie de son père, il était tombé sur l'histoire du terrasseur de dragon, héros de l'Angleterre. Depuis lors, chaque fois qu'il disait ses prières, Gustad se voyait en un Saint Georges parsi, pourfendant à l'aide de son fidèle *kusti* tous les dragons qu'il rencontrait : sous la table de la salle à manger, dans le placard, sous son lit, voire même cachés derrière le sèche-linge. De partout culbutaient les têtes ensanglantées des monstres cracheurs de flammes.

Des portes s'ouvrirent et se refermèrent en claquant, les pièces de monnaie tintèrent, une voix cria au *bhaiya* ses exigences pour la prochaine livraison. Quelqu'un se moqua : « *Arré bhaiya*, pourquoi ne pas vendre le lait et l'eau séparément ? Ça serait mieux pour le client, et plus facile pour toi : pas de mélange à faire. » À quoi répondirent les dénégations habituelles et passionnées du laitier.

Par une fenêtre ouverte s'échappèrent doucement, prudemment, les premières nouvelles de la matinée, dispensées par All-India Radio, la station gouvernementale. Les vocables hindis, coulants et clairs, sondaient l'air et offraient un contrepoint tranquille aux propos du BBC World Service qui émanaient, coupants et impudents, d'un autre appartement, véhiculés avec force craquements et sifflements par les ondes courtes.

Ni les taquineries, ni les informations diffusées par les radios ne troublaient les prières de Gustad. Les nouvelles du jour n'avaient pas le pouvoir de l'inciter à l'irrévérence, car il avait déjà lu le *Times of India*. Incapable de dormir, il s'était levé plus tôt que de coutume. Quand il avait ouvert le robinet pour se gargariser et se laver les dents, l'eau avait jailli brusquement avec un bruit d'explosion. Surpris, il avait sauté en arrière, écarté brutalement sa main. Comprenant que l'air s'échappait des tuyaux vides depuis la veille à sept heures du matin, quand la municipalité avait coupé l'eau après avoir dispensé la ration quotidienne. Il s'était fait l'effet d'un idiot. Effrayé par un bruit de robinet. Il l'avait fermé, puis avait tourné lentement la poignée, juste un peu. Les gargouillements menaçants avaient continué.

Pour Dilnavaz, les sifflements, crachements, jaillissements familiers signifiaient qu'il était temps de se lever. Elle tâta le lit vide à côté d'elle et sourit, car elle avait espéré que Gustad serait debout le premier. Ensommeillée, elle fixa la pendule jusqu'à ce que sonne l'heure, puis se retourna sur le ventre et ferma les yeux.

Bien avant que le soleil ne se lève, et que ne fût venu le moment de la prière, Gustad avait attendu avec impatience le *Times of India*. Il faisait noir comme dans un four, mais il n'alluma pas la lumière, car dans l'obscurité tout paraissait compréhensible et ordonné. Il caressa les bras du fauteuil dans lequel il était assis, pensant aux décennies qui s'étaient écoulées depuis que son grand-père l'avait amoureusement fabriqué dans son atelier d'ébénisterie. De même que ce bureau en bois noir. Gustad se rappelait l'enseigne de la boutique, il la voyait encore. Aussi clairement que si j'avais une photographie sous les yeux, songea-t-il : NOBLE & FILS, FABRICANTS DE BEAUX MEUBLES, et je me rappelle aussi la première fois que j'ai découvert l'enseigne — trop jeune pour pouvoir lire les mots, mais assez éveillé pour reconnaître les images qui dansaient autour des mots. Un cabinet en bois luisant couleur cerise, et vitré ; un énorme lit à baldaquin ; des chaises au dossier sculpté sur des pieds cambrés merveilleusement proportionnés ; un bureau noir majestueux ; tous meubles semblables à ceux qui peuplaient la maison de mon enfance.

Certains sont ici, maintenant. Sauvés des griffes de la banqueroute — ce mot aussi froid qu'un ciseau. Le son cruel, aigu et impitoyable des fers sous les chaussures de l'huissier. Ces fers qui claquaient méchamment sur le dallage de pierre. Salopard d'huissier — saisissant tout ce sur quoi se posaient ses mains immondes. Mon pauvre père. Il a tout perdu. Sauf les quelques meubles que j'avais pu cacher. Dans la vieille camionnette, avec l'aide de Malcolm. L'huissier ne les a jamais trouvés. Quel bon ami que Malcolm Saldanha. Dommage que nous nous soyons perdus de vue. Un véritable ami. Comme l'était le major Bilimoria.

À ce dernier nom, Gustad secoua la tête. Ce salaud de Bilimoria. Après s'être conduit d'une façon si éhontée, il avait le culot d'écrire pour demander une faveur, comme si rien ne s'était passé. Sa réponse, il pouvait l'attendre jusqu'à son dernier jour. Gustad écarta de ses pensées la lettre effrontée du major : elle risquait de troubler l'ordre de l'obscurité. De nouveau, le mobilier de son enfance se regroupa autour de lui. Sa vie s'était déroulée à l'abri de ces meubles, sentinelles veillant sur sa santé mentale.

Il entendit un bruit de rabat métallique et, presque simultanément, discerna la forme blanche du journal, qui glissait par la fente. Pourtant il ne bougea pas : que le coursier s'en aille, il n'a pas besoin de savoir que j'attendais. Pourquoi se conduisait-il ainsi, il l'ignorait.

La bicyclette s'éloigna, et le calme revint. Gustad alluma et mit ses lunettes. Il sauta les titres sinistres sur le Pakistan, accorda à peine un coup d'œil à la mère, demi-nue, qui pleurait avec son enfant mort dans les bras, une photo qui ne se différenciait guère de toutes celles publiées ces dernières semaines. D'après la légende, qu'il parcourut rapidement, les soldats s'entraînaient à la baïonnette sur les enfants bengalis. Il passa à la page où figuraient les résultats de l'examen d'entrée à l'Institut Indien de Technologie. Laissant le journal ouvert sur la table, il alla prendre sur le buffet le petit bout de papier avec le numéro d'inscription de Sohrab, vérifia, et partit réveiller Dilnavaz.

« Allons, debout ! Il est reçu ! » Il lui caressa l'épaule. Mi-affectueux, mi-impatient. Légèrement coupable aussi : la lettre. Il avait caché à Dilnavaz la lettre du major Bilimoria.

Elle se retourna et lui sourit. « Je te l'avais bien dit. Mais il faut que tu te fasses du souci pour tout. » Dans la salle de bains, elle ajusta au robinet le tuyau en plastique blanc destiné à remplir les bidons d'eau, bien qu'aujourd'hui elle eût amplement le temps de se laver les dents puis de faire le thé. Il n'était que cinq heures — encore deux bonnes heures avant que l'eau ne s'arrête de couler. Elle tourna le robinet de cuivre, les premières gouttes surgirent, suivies d'une longue série de bulles d'air. Comme celles qui gargouillaient naguère dans le petit aquarium de son plus jeune fils. Darius avait tellement aimé ces minuscules créatures aux mille couleurs et aux jolis noms, qu'il récitait avec fierté : guppy, molly noir, ange de mer, tétra néon, gourami baiseur — pendant quelque temps, elles avaient constitué le centre de son univers.

Mais l'aquarium était vide à présent. Ainsi que les cages à oiseaux. Tous remisés, couverts de poussière et de toiles d'araignée, sur l'étagère dans le *chawl*, à côté de la cuvette des WC, avec le casier où Sohrab épinglait ses papillons. Et ce livre stupide qu'il avait gagné à une distribution de prix. *Précis d'entomo*... quelque chose. À la suite de quoi, ils s'étaient disputés âprement parce qu'elle avait dit qu'il était cruel de tuer ces ravissantes bestioles. À quoi Gustad avait répondu qu'il fallait encourager Sohrab — s'il persévérait et étudiait la chose à la faculté, avec des recherches et tout ça, il pouvait se faire un nom célèbre dans le monde entier.

Les épingles rouillées fixaient encore quelques thorax, mais rien de plus. Un assortiment d'ailes, sortes de pétales fanés de fleurs exotiques, jonchait le bas de l'écrin, ainsi qu'un mélange d'antennes brisées et de minuscules têtes qui, séparées du thorax, ne ressemblaient plus à des têtes. Dilnavaz s'était même étonnée, un jour, que des grains de poivre noir aient pu pénétrer à l'intérieur de l'écrin, pour finir par comprendre, avec un frisson, de quoi il s'agissait.

Le jaillissement de l'eau, le flot tumultueux venu de l'amont, la brutale agitation du tuyau la rendaient toujours fébrile. Puis le débit se faisait régulier et l'on aurait pu croire à un tube vide sans la légère pulsion qu'elle sentait dans sa main qui maintenait le tuyau pour l'empêcher de sortir du tonnelet.

Gustad voulut réveiller Sohrab. Dilnavaz l'en empêcha. « Laisse-le dormir. Ses résultats ne changeront pas s'il ne les apprend que dans une heure. »

Il acquiesça. Mais se rendit néanmoins dans la pièce du fond. Dans l'obscurité, il devinait le paravent en lattes qu'il avait fixé à côté du lit, quinze ans auparavant, pour empêcher de tomber ce turbulent petit dormeur qui semblait poursuivre durant la nuit les jeux espiègles de la journée. La barricade qu'ils élevaient à l'aide des chaises de la salle à manger ne suffisait pas, l'enfant les repoussait. D'où le paravent en lattes. Sohrab eut vite fait de baptiser l'ensemble le lit-paravent, et découvrit que l'accessoire pouvait se révéler utile quand il transforma son lit en maison à l'aide de tous les coussins, couvertures et oreillers qu'il put trouver.

Maintenant le lit-paravent appartenait à Roshan, dont l'un des bras maigrelets pendait à travers les lattes. On allait bientôt fêter son neuvième anniversaire. Elle tient de sa mère, se dit Gustad, en regardant la frêle silhouette. Ses yeux se portèrent vers l'étroit *dholni* sur lequel dormait Sohrab, et que l'on rangeait, enroulé, sous le lit de Darius pendant la journée. Gustad aurait voulu acheter un véritable troisième lit, mais il n'y avait pas assez de place dans la petite chambre. La vue de son fils le remplit d'orgueil et le rassura : à dix-neuf ans, le garçon avait en dormant le visage aussi détendu que lorsqu'il était enfant. Combien de temps cela durerait-il ? Pour sa part, le glas avait sonné avec la ruine de son père et la perte de la librairie. Quant à sa mère, sous l'effet du choc, de la honte, elle était tombée malade. Incroyable, la rapidité avec laquelle la pauvreté fondait sur vous, polluante et contagieuse. Peu après, sa mère mourut. Désormais, pour lui, le sommeil ne fut plus une plage de bonheur, mais celle où toutes les angoisses s'intensifiaient, où montaient la colère — une colère étrange, sans objet précis — et le sentiment d'impuissance ; et il se réveillait épuisé, maudissant le jour qui se levait.

Maintenant, en regardant Sohrab dormir de son sommeil innocent, une ébauche de sourire aux lèvres ; Darius qui, à quinze ans, montrait, en moins grand, le même corps musclé que son père ; Roshan, qui ne tenait qu'une si petite place dans le lit-paravent, et dont les tresses pendaient le long de l'oreille : en les observant, il fit un vœu pour que toutes leurs nuits fussent à jamais un havre de paix et de tranquillité. Très, très doucement, il chantonna la chanson du temps de guerre qu'il avait transformée en berceuse à leur usage, quand ils étaient bébés :

> *Bénis-les, bénis-les tous,*
> *Mon Sohrab, mon Darius, eux tous,*
> *Bénis mon Sohrab et mon Darius*
> *Et Roshan et...*

Sohrab se retourna dans son sommeil, et Gustad s'arrêta de chantonner. La pièce était plongée dans l'obscurité, les vitres de la fenêtre et les bouches de ventilation camouflées par du papier noir, une installation qui remontait à neuf ans, au moment de la guerre avec la Chine. Que de choses se sont passées cette année-là, se dit-il. La naissance de Roshan, puis mon terrible accident. Et quelle chance. Alité pendant trois mois, la hanche brisée maintenue par les sacs de sable de Madhiwalla le Rebouteux. Et les émeutes en ville — couvre-feu, charges de la police au *lathi*, autobus incendiés. 1962 : quelle horrible année. Et quelle humiliante défaite : les gens ne parlaient que de l'avancée chinoise, comme si l'armée indienne n'avait été constituée que de soldats de plomb. Dire que jusqu'à l'extrême limite, les deux parties n'avaient cessé de proclamer leur désir de paix et de fraternité. Spécialement Jawaharlal Nehru, avec son slogan favori : « Hindi-Chinee *bhai-bhai* », qui affirmait que Chou En-lai était un frère, et les deux nations de grandes amies. Qui refusait de croire les bruits de guerre, même quand les Chinois avaient envahi le Tibet et posté plusieurs divisions le long de la frontière. Et qui continuait à crier « Hindi-Chinee *bhai-bhai* » comme si le fait de le répéter sans arrêt allait vraiment les rendre frères.

Quand les Chinois dévalèrent à travers les montagnes, tout le monde s'accorda à dire que cela confirmait la nature traîtresse de la race jaune. Restaurants et salons de coiffure chinois perdirent leur clientèle, le Chinois devint le croque-mitaine numéro un. Dilnavaz menaçait Darius : « Le méchant Chinois t'emportera si tu ne finis pas ton assiette. » Mais Darius la bravait. Il n'avait pas peur. Il avait dressé son plan après avoir discuté, avec les plus forts de ses camarades de classe, de ces jaunes qui ramassaient les enfants pour les mettre en ragoût avec les rats, les chats et les chiots. Il allait prendre son pistolet à amorces de Diwali [1], y introduire un rouleau de *toati*, et bang-bang, tuer le chinetoque qui oserait s'approcher de leur appartement.

Mais, à la grande déception de Darius, pas un seul soldat chinois ne se montra dans l'immeuble Khodadad. En revanche, des brigades de politiciens collecteurs de fonds firent le tour du quartier. Selon le parti auquel ils appartenaient, ils prononcèrent des discours vantant l'attitude héroïque du gouvernement aux mains du Congrès, ou dénonçant son incompétence, lui qui avait envoyé de courageux Jawans indiens, avec des armes démodées et en vêtements d'été, mourir dans l'Himalaya sous les coups des Chinois. Chaque parti lâcha dans les rues de la ville des camions décorés de drapeaux et arborant des bannières, modèles d'ingéniosité, alliant soutien au parti et soutien aux soldats, tandis que les collecteurs de fonds, hurlant de leurs voix rauques dans les mégaphones, exhortaient les gens à se montrer aussi altruistes que les Jawans, dont le précieux sang rougissait la neige himalayenne pour défendre la Bharat Mata, la Mère Inde.

Et les gens voulurent étancher le flot des envahisseurs jaunes. Ils jetèrent couvertures, pull-overs et écharpes dans les remorques des camions qui roulaient sous leurs

---

1. *Diwali* : Fête hindoue des lumières qui donne lieu à des feux d'artifice, des lancements de pétards, tout un charivari. *(N.d.T.)*

fenêtres. Dans certaines communes, les plus riches, la collecte tourna à la compétition, chacun essayant de surpasser son voisin et de se montrer à la fois riche, patriote et compatissant. Les femmes se dépouillaient de leurs bijoux, bracelets, boucles d'oreilles et bagues en or. On fourrait de l'argent — billets et monnaie — enveloppé dans des mouchoirs, dans les mains reconnaissantes des collecteurs. Les hommes arrachaient chemises et vestes de leur dos, chaussures de leurs pieds, ceintures de leur taille, et les balançaient dans les camions. Quelle merveilleuse période ce fut : des larmes de joie et d'orgueil vous montaient aux yeux à la vue d'une telle solidarité et d'une telle générosité. Après, il y en eut bien quelques-uns pour raconter que certains de ces dons s'étaient retrouvés sur les étals des bazars de Chol et de Nul, et sur les éventaires des camelots en bordure de routes, mais ces méchantes allégations ne retinrent guère l'attention ; l'unité nationale resplendissait encore, chaleureuse et réconfortante.

Tout le monde savait pourtant que la guerre avec la Chine avait glacé le cœur de Jawaharlal Nehru, pour finir par le briser. Il ne se remit jamais de ce qu'il considéra comme la trahison de Chou En-lai. Le bien-aimé Panditji, Chacha Nehru, l'humaniste impénitent et grand visionnaire, devint amer et rancunier. Désormais il ne supporta plus les critiques, ne demanda plus conseil. Disparus ses rêves et sa soif de philosophie, il se cantonna dans les intrigues politiques et les querelles internes, encore que des signes de son caractère tyrannique et de son irritabilité fussent apparus avant même le déclenchement de la guerre. Son combat contre son gendre, épine dans sa carrière politique, était de notoriété générale. Nehru ne pardonna jamais à Feroze Gandhi d'avoir révélé les scandales gouvernementaux ; il ne voulait plus entendre parler des défenseurs des opprimés, des champions de la cause des pauvres, rôles qu'il avait jadis assumés avec gourmandise et un immense succès. À présent il avait pour unique obsession de faire en sorte que sa fille chérie Indira, la seule personne, proclamait-il, qui l'aimât vraiment, qui avait abandonné son vaurien d'époux afin d'être aux côtés de son père — de faire en sorte qu'elle lui succédât comme Premier ministre. Cette fixation monomaniaque l'occupait de jour et de nuit, des jours et des nuits que le traître Chou En-lai avait gâchés, assombris à jamais, contrairement aux villes qui avaient retrouvé la lumière après la fin du conflit, quand les gens avaient dévoilé portes et fenêtres.

Gustad, lui, continua à garder les siennes obstruées par le papier. Les enfants dormaient mieux ainsi, dit-il. Dilnavaz jugea l'idée ridicule, mais ne discuta pas car Gustad venait de perdre son père. Peut-être l'obscurité lui paraissait-elle apaisante, après cette récente visite de la mort.

« Tu enlèveras le papier noir quand ça te conviendra, baba. Loin de moi l'idée de t'y obliger », dit-elle, mais en ne se privant pas d'émettre régulièrement des remarques caustiques : le papier attrapait la poussière et était difficile à nettoyer ; il fournissait aux araignées un lieu idéal pour tisser leurs toiles ; aux cafards l'abri parfait où pondre leurs œufs ; et il rendait toute la maison sombre et déprimante.

Les semaines passèrent, puis les mois, et le papier continua d'interdire l'accès à toute lumière, terrestre ou céleste. « Chez moi, se plaignait Dilnavaz, le matin semble ne jamais se lever. » Peu à peu, elle apprit de nouvelles façons de traiter la poussière, les toiles d'araignée, et autres fléaux ménagers. La famille s'habitua à vivre dans la pénombre, comme si le papier avait toujours aveuglé les fenêtres. Parfois, cependant, quand le quotidien lui paraissait trop lourd, Dilnavaz laissait échapper sa colère : « Voyez comme tout ça est bien. Le fils collectionne les papillons, le père les araignées et les cafards. Bientôt l'immeuble Khodadad ne sera plus qu'un énorme musée d'insectes. »

Mais, trois ans plus tard, les Pakistanais attaquèrent pour essayer d'accaparer un bout du Cachemire, comme ils l'avaient fait juste après la Partition, et l'on décréta de nouveau le couvre-feu. Triomphant, Gustad fit remarquer à sa femme la sagesse de sa décision.

Quittant ses enfants endormis, il retourna lire son journal. L'heure n'était pas venue de dire ses prières : aucune lumière n'apparaissait encore à l'horizon. Il suivit Dilnavaz à la cuisine et lui lut le gros titre : LA TERREUR RÈGNE AU PAKISTAN ORIENTAL.

« Attends, je remplis le *matloo* », dit-elle, le bruit de l'eau l'empêchant d'entendre. La pression était basse aujourd'hui, et les bidons longs à remplir. Elle se demanda quelle en était la raison, tout en lavant le carré de batiste par où filtrer l'eau destinée à la consommation de la journée. Elle jeta le tissu trempé au-dessus du pot de terre. Il s'y appliqua avec un floc, un bruit sec. De ses doigts experts, elle appuya au centre, pour créer un entonnoir.

« L'article dit que la Ligue Awami a proclamé la République du Bangladesh », continua Gustad, quand elle eut fermé le robinet. « J'avais prévenu les copains à la cantine que c'était exactement ce qui allait arriver. Ils affirmaient que le général Yahya allait laisser Cheikh Mujibur Rahman former le gouvernement. "Je vous donne ma main à couper, je leur ai dit, si ces fanatiques et ces dictateurs respectent le résultat des élections."

— Que va-t-il se passer maintenant ? »

Il ne répondit pas et continua à lire en silence. Les réfugiés bengalis déferlaient par-dessus la frontière avec des histoires de terreur et de bestialité, de tortures, de meurtres et de mutilations ; des femmes découvertes dans les fossés, les seins coupés, des bébés empalés sur des baïonnettes, des corps brûlés, des villages entiers rasés.

Le pot de terre était plein à déborder. Dilnavaz compta six gouttes de la solution rouge foncé. Le fait de ne pas faire bouillir l'eau ne cessait de la tarabuster. Mais Gustad prétendait que la filtration et l'ajout de permanganate de potassium constituaient une précaution suffisante. Elle tenta de tordre le coin trempé de sa chemise de nuit à fleurs défraîchie. Les veines bleues, proéminentes, de ses mains précocement vieillies gonflèrent sous l'effort. Le couvercle de la bouilloire se mit à sauter et à cliqueter.

« Je me demande ce que le major Bilimoria aurait pensé », dit-elle, en mesurant ses trois cuillers de Brooke Bond. Les gargouillements bruyants de la bouilloire se transformèrent en murmures. Elle détestait faire le thé directement dans la bouilloire, mais la théière anglaise dont ils se servaient depuis vingt ans s'était fendue. Et le cache-théière usé, d'où s'échappait le rembourrage moisi, avait lui aussi besoin d'être remplacé.

« Le major Bilimoria ? Pensé de quoi ? » dit-il d'un ton qu'il voulut indifférent. Se doutait-elle de quelque chose à propos de la lettre ?

« Des troubles au Pakistan, de ces gens qui disent qu'il va y avoir la guerre. Avec ses antécédents dans l'armée, il aurait des informations de l'intérieur. »

Le major Jimmy Bilimoria avait habité le Khodadad pendant presque aussi longtemps que les Noble. Gustad le citait toujours en exemple aux enfants, insistant pour qu'ils se tiennent droits en marchant, poitrine sortie et ventre rentré, comme oncle major. L'officier à la retraite adorait régaler Sohrab et Darius de récits de ses jours de gloire dans l'armée et de batailles. Histoires qui acquirent bien vite un statut de légendes, avec leur oncle major pour héros, où l'on voyait les lâches Pakistanais, en 1948 au Cachemire, tourner casaque et fuir devant les soldats indiens, où l'on apprenait le fiasco des redoutables tribus, ex-fléau de la puissante armée britannique sous l'Empire, à la frontière du Nord-Ouest. Chez ces sauvages, disait oncle major, se battre et tuer n'était qu'un jeu comme un autre. Lâchés dans la nature par les Pakistanais, ils s'enivrèrent et entreprirent de piller le premier village qu'ils traversèrent au lieu de poursuivre leur attaque en direction de la capitale. Les heures passaient, et ils allaient de maison en maison en quête d'argent, de bijoux et de femmes. Tout à leurs jeux et à leurs plaisirs, disait oncle major, ils laissèrent le temps aux renforts indiens d'arriver. Le Cachemire fut sauvé, la bataille gagnée. À ces mots, les enfants poussaient un soupir de soulagement et applaudissaient. Les divers épisodes — la traversée de la Banihal Pass, la bataille de Baramullah, le siège de

Srinagar — étaient si fascinants que Gustad et Dilnavaz écoutaient eux aussi, captivés.

L'année dernière, le major Bilimoria s'était volatilisé. Il était parti sans un mot pour qui que ce soit, sans que personne devinât vers quelle destination. Peu après, un camion était arrivé, le chauffeur muni de la clé de l'appartement et d'instructions pour le déménagement. Peint sur le pare-chocs arrière, en lettres contournées et enjolivées, on pouvait lire : CROYEZ EN DIEU — KLAXONNEZ, S'IL VOUS PLAÎT, POUR DÉPASSER. Questionnés par les voisins, le chauffeur et son assistant ne voulurent rien dire : *Humko kuch nahin maaloom*, nous ne savons rien : ce fut tout ce qu'on put en tirer.

Le brusque départ du major avait blessé Gustad Noble plus qu'il ne le laissait paraître. Seule Dilnavaz perçut la profondeur de sa peine. « S'en aller comme ça, après tant d'années de bon voisinage, est une façon honteuse de se conduire. C'est fichtrement mal élevé. » Il borna là son commentaire.

Mais bien qu'il refusât de l'admettre, Jimmy Bilimoria avait été pour lui beaucoup plus qu'un voisin. Au minimum, un frère aimant. Un membre de la famille, un second père pour les enfants. Gustad avait même envisagé de le désigner comme leur tuteur dans son testament, au cas où lui et Dilnavaz disparaîtraient précocement. Un an après ce départ, il ne pouvait penser à Jimmy sans que la vieille blessure ne se rouvre. Pourquoi Dilnavaz avait-elle prononcé son nom ? Recevoir cette lettre avait déjà été assez douloureux. Et quelle lettre : mon sang bouillonne rien que de l'évoquer.

Feignant toujours l'indifférence, il força le sarcasme : « Comment saurais-je ce que Jimmy penserait du Pakistan ? Il ne nous a pas donné sa nouvelle adresse, n'est-ce pas ? Sinon, on lui aurait écrit pour lui demander son opinion d'expert.

— Tu as toujours de la peine. Mais je continue à croire qu'il fallait qu'il ait une bonne raison pour partir comme ça. Un jour nous comprendrons. C'était quelqu'un de bien. » Pensive, elle hocha la tête, tout en remuant le thé dans la bouilloire en aluminium. La couleur lui plut, et elle versa deux tasses. Dans la glacière, elle prit le restant de lait de la veille : ça suffirait en attendant l'arrivée du *bhaiya*. Gustad remplit sa soucoupe, et souffla dessus. Quand il eut fini de lire le journal, c'était presque l'heure de la prière ; alors il attrapa son calot de velours noir et sortit. Dans l'arbre solitaire de la cour, les moineaux faisaient entendre leur pépiement rassurant.

Et quand, parvenu à la moitié du *kusti*, une radio se déclencha quelque part, en hindi, suivie de la BBC World Service, il ne se laissa pas distraire car il connaissait déjà toutes les nouvelles.

Le bulletin d'informations en hindi se termina, pour faire place à des publicités, avec leurs indicatifs : Beurre Amul (... absolument, beurrement délicieux...), Savon Hamam, Cirage Cerisier en fleur. L'autre poste, où craquait et crissait la BBC, se tut.

Gustad acheva de renouer son *kusti* autour de la taille, notant avec satisfaction que, comme d'habitude, les deux extrémités étaient de même longueur. Il haussa et abaissa les épaules pour que son *sudra* tombe bien. La tunique glissa effectivement sous le *kusti*, lui procurant cette sensation de relâchement autour du ventre qu'il trouvait agréable. Un filet d'air lui parcourut le bas du dos, qui lui rappela la déchirure verticale. La plupart de ses *sudras* avaient des accrocs, et Dilnavaz ne cessait de le tanner pour qu'il en rachète un lot. Raccommoder ne servait à rien — à peine une déchirure était-elle réparée qu'une autre apparaissait car le *mulmul* lui-même était usé. Il lui disait de ne pas s'en faire : « Un peu d'air conditionné ne fait de mal à personne », ajoutait-il en riant, réduisant à l'insignifiance ces signes de leur gêne pécuniaire.

Visage levé vers le ciel, yeux fermés, il commençait à réciter le Sarosh Baaj, en silence, ses lèvres formant les mots, quand le grondement d'un moteur diesel noya les bruits familiers de l'immeuble. Un camion ? Le moteur tourna au ralenti pendant quelques instants, et il résista à l'envie de se retourner pour voir de quoi il s'agissait. Il n'y avait rien qu'il détestait plus que d'être interrompu dans ses prières du matin. C'était de la grossièreté, pure et simple. Quand il parlait avec un autre être humain, il ne se permettait pas de l'interrompre, alors pourquoi le faire avec Dada Ormuzd ? Surtout aujourd'hui, où il devait lui exprimer toute sa reconnaissance pour l'admission de Sohrab à l'IIT : d'un seul coup, merveilleux et béni, Dada Ormuzd l'avait récompensé de tous ses efforts, de toutes ses épreuves.

Le camion s'éloigna en pétaradant, dégageant un nuage de fumée qui s'accrocha au portail. L'odeur âcre pénétra peu à peu, portée par l'air matinal. Gustad plissa les narines et continua à réciter le Sarosh Baaj.

Quand il eut fini, il ne restait plus aucune trace du camion. Il se dirigea alors vers les deux buissons qui poussaient sur le petit carré de terre poussiéreuse, sous sa fenêtre, et se livra à son travail de jardinage quotidien. Des bouts de papier traînaient au milieu des feuilles. Chaque matin, il soignait ainsi les deux buissons — le vinca, qu'il avait planté, et la menthe qui s'était mise un beau jour à pousser d'elle-même. Persuadé que c'était une mauvaise herbe, il avait failli la déraciner. Mais Miss Kutpitia, qui l'observait du haut de son balcon, avait prestement découvert les propriétés médicinales de cette variété particulière. « C'est un *subjo* très rare, très rare ! lui cria-t-elle. Le respirer empêche l'hypertension ! » Et les minuscules fleurs blanches à deux lobes, qui poussaient sur la hampe, contenaient des graines qui, mélangées à de l'eau, soignaient de nombreuses maladies de ventre. Dilnavaz insista donc pour qu'il laisse la plante tranquille, ne serait-ce que pour faire plaisir à la vieille femme. Cependant, l'existence de ce nouveau médicament fut connue rapidement, attirant les gens qui venaient quémander des feuilles ou les graines magiques. Cette distribution quotidienne permit de restreindre la croissance de la plante, qui menaçait de submerger le vinca dont les fleurs roses à cinq pétales faisaient la joie de Gustad.

Il balaya les bouts de papier, les enveloppes de bonbons en cellophane, le bâtonnet de glace Kwality, puis s'occupa de son rosier. À l'aide d'un bout de fil de fer à suspendre les tableaux, il avait fixé le pot à un poteau, près de l'entrée, multipliant à ce point les tours et les torsions que quiconque serait animé de mauvaises intentions devrait passer des heures à les défaire. Il ramassa les pétales d'une rose fanée. Sur quoi l'odeur des fumées de diesel réapparut, l'attirant au portail.

Un avis était placardé sur le pilier, et une flaque d'essence noire luisante marquait l'endroit où le camion avait stationné. Le document municipal se gondolait sous l'effet de la colle et des bulles d'air. Après l'avoir lu, Gustad se livra à de rapides calculs. Les salauds avaient perdu la tête. Quel besoin y avait-il d'élargir la rue ? Il mesura le terrain à grandes enjambées. La cour serait réduite de moitié, et le mur de pierre noire se dresserait comme une montagne devant les locataires du rez-de-chaussée. Cela ressemblerait plus à un camp de prisonniers qu'à un immeuble, parqués qu'ils seraient comme des moutons ou des poulets. Soumis au bruit et aux fléaux de la rue, désormais plus proche. Les mouches, les moustiques, la puanteur que dégageaient ces salopards sans vergogne, qui pissaient ou s'accroupissaient le long du mur. Tard dans la nuit, on se croyait dans des latrines publiques.

Mais il ne s'agissait que d'un projet, qui n'aboutirait à rien. On imaginait mal le propriétaire abandonnant la moitié de son terrain pour « le juste prix du marché » qu'offrait la municipalité. Difficile de trouver ces temps-ci plus injuste que le juste prix du marché vanté par le gouvernement. Le propriétaire ferait certainement un procès.

L'odeur de diesel persista, le poursuivant tandis qu'il regagnait son appartement. Cela lui rappela le jour de son accident, neuf ans auparavant, où, couché sur la chaussée, la hanche brisée, au milieu de la circulation, il avait respiré cette même odeur, forte et persistante. Il plissa le nez, appela de ses vœux un changement de vent. Sa hanche, responsable de son léger boitillement, se mit à lui faire légèrement mal.

2

Dilnavaz décida de laisser Gustad se débrouiller seul, jusqu'à ce qu'il abandonne ce projet fou et totalement irréalisable. Un poulet vivant dans l'appartement ! Et puis quoi encore ? Jamais il ne s'était mêlé ainsi des choses de la cuisine. Certes il lui arrivait de venir renifler ses casseroles ou, spécialement les dimanches, de la cajoler pour qu'elle fasse un *kutchoomber* d'oignons, de coriandre et de piments verts en accompagnement du *dhansak* qui mijotait sur le fourneau. Mais, en vingt et un ans, c'était la première fois qu'il intervenait si lourdement dans des questions de nourriture, et elle avait du mal à comprendre ce que cela signifiait et où il voulait en venir.

« Et d'abord, d'où nous vient ce panier ? » demanda Gustad, posant sur le poulet le grand panier d'osier qui pendait depuis des siècles à un crochet au plafond de la cuisine. Peu lui importait d'ailleurs de le savoir, il voulait avant tout que les mots coulent entre eux, chassent l'humeur glaciale qu'elle manifestait depuis qu'il était rentré du marché de Crawford avec cette boule palpitante et agitée dans son sac à provisions.

« Je ne sais pas d'où vient le panier. » La réponse tomba, sèche et coupante.

Il soupçonna Miss Kutpitia de lui avoir raconté des histoires de mauvais présages, mais la prudence lui dicta de prendre un ton apaisant. « Du moins nous sert-il maintenant à quelque chose. Tant mieux que nous ne l'ayons pas jeté. D'où venait-il, je me le demande.

— Je te l'ai déjà dit, je n'en sais rien.

— Oui, oui, Dilnoo-chérie, tu l'as déjà dit. Eh bien, pendant deux jours, il servira de toit au poulet. Ils se détendent, dorment tranquillement et prennent du poids quand on les couvre d'un panier.

— Dans ma famille, on apportait toujours les poulets tués.

— Tu goûteras la différence, crois-moi, quand il nagera dans ta sauce brune, dans deux jours. Avec des oignons et des pommes de terre. Ah, ah ! ta sauce brune ! c'est un tel régal, Dilnoo. » Il fit claquer ses lèvres.

Gustad avait conçu son projet la veille. Il avait rêvé de son enfance la nuit précédente, et tous les détails du rêve lui étaient revenus au réveil : c'était un jour de joie et de fête, de rires sonnant dans toute la maison, de fleurs remplissant les pièces — dans des vases, en guirlandes au-dessus des portes — et de musique — de la musique ininterrompue : *Les Contes de la forêt viennoise*, la *Valse d'or et d'argent*, la *Valse du patineur*, les *Voix du printemps*, l'ouverture de *La Chauve-Souris*, et d'autres, beaucoup d'autres, passant sans arrêt sur le gramophone, chantant dans son rêve, tandis que sa grand-mère dépêchait continuellement les domestiques acheter des herbes spéciales et du *masala* pour les plats dont elle surveillait la fabrication.

Il régnait une telle animation, un tel bonheur dans la maison de son enfance qu'il se réveilla avec une profonde tristesse au cœur. Il ne se rappelait pas ce qu'on célébrait dans son rêve — probablement un anniversaire ou une naissance. Mais son père avait rapporté du marché des poulets vivants, qu'on avait engraissés pendant deux jours avant la fête. Et quelle fête !

Chez lui, du temps de son enfance, les poulets vivants étaient de règle. Grand-mère n'aurait pas supporté autre chose. Pas question qu'on introduisît chez elle ces volatiles rabougris, tués, plumés et vidés. Gustad les revoyait dans le panier fermé en équilibre sur la tête du domestique qui marchait derrière son père, parfois deux, parfois quatre, ou huit, selon le nombre d'invités attendus. Grand-maman les inspectait, applaudissant toujours au choix de son fils, puis vérifiait que les épices et autres ingrédients étaient bien ceux qu'elle avait marqués sur sa liste.

Mais épices et ingrédients ne constituaient que la moitié du secret. « Les poulets, disait-elle quand on la félicitait pour sa délicieuse cuisine, il faut les acheter vivants et jacassants, *jeevti-jaagti*, ou alors ne pas en acheter. Commencez par les nourrir pendant deux jours, moins ça n'irait pas. Et toujours avec le meilleur grain, le meilleur. Rappelez-vous : ce qui entre dans l'estomac du poulet finira par revenir dans le nôtre. Au bout de deux jours, sortez la casserole, allumez le fourneau, préparez le *masala*. Puis tuez, videz, et faites cuire. Vite-vite-vite, sans perdre de temps. » Et quelle différence dans le goût de la viande, proclamait-elle, juteuse, fraîche et tendre, rien à voir avec cette chair filandreuse qui recouvrait les os des volailles rabougries rapportées du marché deux jours auparavant.

Le rêve de ces anciens temps bénis poursuivit Gustad toute la journée. Il décida que, pour une fois, juste une fois — pour un jour, cet humble appartement connaîtrait le bonheur et la gaieté qui régnaient dans la maison de son enfance. Et que ce serait samedi. Une petite soirée, un dîner auquel il convierait une ou deux personnes de la banque — en tout cas, son vieil ami Dinshawji. Et qu'on servirait du poulet, peu importe ce que ça coûterait. Pour fêter l'anniversaire de Roshan et l'admission de Sohrab à l'IIT.

Quand le panier le recouvrit, l'oiseau jeta des regards curieux à travers les étroites fentes de l'osier tressé. À l'abri sous le dôme protecteur, il se mit à glousser. « Et maintenant, un peu de riz », dit Gustad.

« Il n'est pas question que je le touche », décréta Dilnavaz. S'il croyait pouvoir la piéger et l'amener à s'occuper de l'animal, il se trompait lourdement.

« Le gîte et le couvert sont de mon ressort », avait-il

plaisanté pour tenter de vaincre son animosité. Mais à présent, il y avait comme une fêlure dans sa voix. « Qui te demande de le toucher ? Verse seulement un peu de riz dans un petit plat et donne-le-moi. » À force de se vouloir apaisante, sa voix fléchissait. Il s'était rendu directement de son bureau au marché de Crawford, et portait toujours ses vêtements de travail : cravate, chemise et pantalon blancs. Blancs sauf à l'endroit où le poulet les avait tachés, tandis qu'il l'attachait au pied de la table de cuisine avec une cordelette de coco. La journée avait été longue, il était fatigué.

En outre, il méprisait, pour ne pas dire plus, cet endroit : Crawford Market. Différent en cela de son père, qui aimait s'y rendre et y voyait une sorte de défi : s'aventurer dans ce qu'il appelait l'antre des voyous ; puis harceler les vendeurs et marchander avec eux, déprécier leurs produits, se moquer de leurs usages, mais sans jamais se départir du ton convenable qui distingue le badinage de la belligérance ; et finalement, émerger indemne et triomphant, bannière haute, après avoir tiré le meilleur de ces rustres. Contrairement à son père, que ce jeu amusait, Gustad redoutait Crawford Market.

Peut-être était-ce dû au fait que les conditions dans lesquelles il s'y rendait n'étaient plus celles d'autrefois : son père, toujours accompagné d'au moins un domestique, arrivant et repartant en taxi ; Gustad, seul, avec son maigre portefeuille et son panier usé tapissé de papier journal pour éponger le jus des viandes, qui risquait de se mettre à couler dans l'autobus, provoquant la gêne ou, pire, la colère des passagers végétariens. Pendant tout le voyage, il se sentait angoissé et coupable — avec l'impression d'avoir dans son panier quelque chose de plus mortel qu'une bombe. N'allait-il pas déclencher une émeute ? Une de ces émeutes entre hindous et musulmans qui avaient souvent une histoire de viande pour origine, qu'elle fût porcine ou bovine.

Pour Gustad, Crawford Market était un endroit sans charme. Sale, malodorant, surpeuplé, le sol glissant de déjections animales et de légumes pourris, avec sa halle à viande, caverneuse et sinistre, au plafond de laquelle pendaient d'énormes et terrifiants crochets (certains vides, d'autres chargés de quartiers de bœuf — les premiers paraissant encore plus menaçants), et les bouchers essayant de piéger le client par tous les moyens — tantôt en l'importunant ou en le cajolant, tantôt en vantant la qualité de leur viande tout en décriant celle, pourrie, de leurs rivaux, et toujours d'une voix de stentor. Sous cette lumière chiche, dans cette atmosphère puante où bourdonnaient des mouches belliqueuses, tout paraissait redoutable : les voix des bouchers, rauques à force de beuglements ; les rigoles de sueur, qui coulaient sur leur visage et leurs bras nus jusqu'à leur gilet poisseux et leur *loongi*, tachés de rouge ; la vue et l'odeur de sang (dégoulinant ou coagulé) et d'os (ensanglantés ou tellement raclés qu'ils en étaient blancs) ; l'éclair du fendoir ou du couteau que le boucher brandissait en permanence dans son énorme main tout en marchandant et gesticulant.

Gustad savait qu'il devait sa peur des bouchers aux avertissements de sa grand-mère. « Ne discute jamais avec un *goaswalla*, disait-elle. S'il se met en colère, alors *tchac* ! il te poignardera avec son couteau. Sans même y penser. » Puis d'un ton plus calme, moins affolant mais plus pédagogique, elle révélait sur quoi se fondait ce sage précepte : « Rappelle-toi que le *goaswalla* consacre toute sa vie à la boucherie, son unique occupation. C'est une seconde nature. Il dit *"bismillah"*, et le couteau descend. »

Quand on la taquinait sur ces propos, grand-maman affirmait avoir été témoin d'une scène où un *goaswalla*, *tchac* ! avait planté son couteau dans de la chair humaine. Gustad avait aimé ce conte macabre, et quand il commença à fréquenter Crawford Market, il se le rappela avec amusement et nervosité.

Il s'efforça de choisir un poulet pour l'anniversaire de Roshan. Difficile de se décider, sous toutes ces plumes et entre tous ces volatiles que le marchand lui présentait l'un après l'autre. « Regardez celui-là, *seth*, c'est un bon. Regardez sous l'aile. Étirez-la, étirez-la, ça fait pas de mal au *murgi*, n'ayez pas peur. Regardez, tâtez. Quelle épaisseur, plein de viande. » Et il répétait les mêmes gestes avec chaque animal, le tenant par les pattes, la tête en bas, le soupesant afin d'en souligner la lourdeur.

Gustad regardait, ahuri, tordant ici, appuyant là, pour faire croire qu'il savait ce qu'il faisait. Mais tous les poulets se ressemblaient. Quand, finalement, il en choisit un, ce furent les cris de protestation de l'animal, qui lui parurent plus forts que ceux des autres, qui le décidèrent. Il aurait été le premier à admettre son inexpérience en la matière. Il pouvait compter sur les doigts d'une main le nombre de fois où il avait eu les moyens d'acheter des poulets pour sa famille.

Le bœuf, en revanche, c'était une autre histoire. Le bœuf, c'était sa spécialité. Des années auparavant, son ami de faculté, Malcolm Saldanha, lui avait tout appris sur les vaches et les buffles. À la même époque, approximativement, où il l'aidait à sauver certains meubles des griffes des huissiers.

La perte de sa librairie avait fait du père de Gustad un homme brisé, découragé, pour lequel les expéditions hebdomadaires à Crawford Market ne présentaient plus le moindre intérêt. Après la disparition de ses livres et de son magasin, son appétit de vivre sombra dans le dédale des procédures judiciaires. Gustad assista avec inquiétude à la débâcle de son père. Il devint le seul soutien de la famille, grâce aux maigres ressources que lui rapportaient ses fonctions de répétiteur auprès de jeunes écoliers.

Malcolm était grand, avec la peau incroyablement claire pour un natif de Goa. Il expliquait la couleur de sa peau par le mélange du sang des colonisateurs portugais et de celui des indigènes. Il avait d'épaisses lèvres rouges et des cheveux noirs, lisses et brillants, partagés par une raie à gauche et coiffés en arrière. Son père, auquel il ressemblait beaucoup tant physiquement que par le talent, enseignait le piano et le violon, préparant ses élèves aux examens de l'École royale de musique et du Trinity College de Bombay. Sa mère était premier violon, et son frère aîné hautboïste, dans l'Orchestre de chambre de

Bombay. Malcolm accompagnait au piano le chœur de l'université, pendant les répétitions et en concert. Il voulait devenir musicien professionnel, mais son père insistait pour qu'il passe d'abord sa licence de lettres.

Gustad admirait Malcolm, l'enviait même un peu ; lui aussi aurait aimé jouer d'un instrument. Bien que la maison, dans les temps heureux, eût regorgé de musique — avec l'énorme combiné radio-électrophone de son père, qui trônait sur son meuble noir de *seesum* ciré, et les disques qui s'empilaient sur les étagères —, on n'y trouvait pas un seul instrument. Celui que Gustad eût approché de plus près était la mandoline avec laquelle sa mère, enfant, posait sur une photographie. Parfois, les yeux dans le vague, elle lui décrivait l'instrument, lui parlait des chansons qu'elle avait jouées, de cette voix douce et résignée qui manquait de la force nécessaire pour influer sur le cours des choses dans la maison Noble.

Bien que déclassé par rapport à la famille de Malcolm, Gustad y était toujours chaleureusement accueilli. Parfois Mr Saldanha jouait un morceau pour violon, seul ou accompagné par Malcolm, et Gustad oubliait un temps ses ennuis. Quand vinrent les jours d'extrême pauvreté, où chaque anna, chaque paisa comptait, Malcolm lui apprit à manger du bœuf et à alléger ainsi ses dépenses. « Notre chance, disait toujours Malcolm, c'est d'appartenir à des minorités dans une nation d'Hindous. Qu'ils mangent donc leurs pousses, leurs pois chiches et leurs haricots, avec leurs *asfetidas* épicés et puants — ce qu'ils appellent le *hing*. Laissons-les péter tout leur soûl. Les Hindous modernes mangent du mouton. Ou du poulet, s'ils veulent faire plus chic. Nous, nous tirerons nos protéines de leurs vaches sacrées. » D'autres fois il disait, imitant leur professeur d'économie : « La loi de l'offre et de la demande, ne l'oubliez jamais. C'est la clé. Elle empêche le prix du bœuf de s'élever. Et il est d'autant plus sain qu'il est sacré. »

Les dimanches matin, Gustad se rendait avec Malcolm au marché de Crawford, mais ils commençaient toujours par l'église où Malcolm assistait à la messe. Gustad entrait avec lui, trempait ses doigts dans le bassin d'eau bénite et se signait, comme son ami, afin de n'offenser personne.

La première fois, les rites, si différents de ceux pratiqués au temple du feu, intriguèrent beaucoup Gustad. Il était sur ses gardes, formé depuis son enfance à résister à l'appel d'autres religions. Toutes les religions se valent, lui avait-on appris ; il convenait néanmoins de rester fidèle à la sienne, car les religions ne sont pas des vêtements dont on change selon son désir ou pour suivre la mode. Ses parents avaient insisté sur ce point, compte tenu du fait que les conversions et l'apostasie étaient monnaie courante, enracinées dans l'histoire même de cette terre.

Gustad décréta donc que, malgré la qualité de la musique, la beauté des icônes et la somptuosité des vêtements, il préférait le sentiment de paix mystérieuse et de sérénité individuelle qui régnait dans le temple du feu. Il lui arrivait de se demander si Malcolm ne tentait pas, sans grande conviction et en amateur, de faire du prosélytisme.

Quelles qu'aient été les intentions de Malcolm le musicien, c'est une sorte de prélude au catholicisme qu'il développait de dimanche en dimanche, avant de se lancer dans le « thème et variations sur le bœuf ». « Le christianisme est arrivé en Inde il y a mille neuf cents ans, dit-il un jour, avec le débarquement de l'apôtre Thomas sur la côte du Malabar, au milieu des pêcheurs. Bien avant que tes Parsis soient arrivés de Perse, au septième siècle, fuyant les musulmans, précisa-t-il pour taquiner son ami.

— Peut-être, rétorqua Gustad, mais notre prophète Zarathoustra a vécu mille cinq cents ans avant la naissance de ton Fils de Dieu ; mille ans avant le Bouddha ; deux cents ans avant Moïse. Et connais-tu l'influence du zoroastrianisme sur le judaïsme, le christianisme et l'islam ?

— D'accord, d'accord, j'abandonne », dit Malcolm en riant. Crawford Market n'étant qu'à une courte distance de l'église, ils se retrouvèrent vite dans la halle aux viandes. Où Gustad reçut un cours sur le bœuf : sa valeur nutritive, la meilleure façon de le cuisiner, les morceaux les plus goûteux et, surtout, les bouchers qui vendaient ces morceaux.

Le dimanche suivant, Malcolm continua l'histoire du christianisme : « Thomas fut abordé courtoisement par de saints hommes hindous, brahmanes, sadhus et acharyas, qui voulaient savoir qui il était et ce qui l'amenait dans cette contrée. La rencontre eut lieu sur le rivage. Thomas révéla son nom, puis dit : "Faites-moi une faveur, joignez vos mains en coupe, plongez-les dans l'eau, et jetez-en vers le ciel." Ainsi firent-ils, et l'eau jaillit en éclaboussures avant de retomber dans la mer. Alors Thomas demanda : "Est-ce que votre Dieu peut empêcher l'eau de retomber ? — Quelle absurdité, Mr Thomas, dirent les saints hommes hindous, c'est la loi de la gravitation, la loi de Brahma, de Vishnu et de Shiva, donc l'eau doit retomber." »

Ensuite Malcolm, le maître ès viandes, lui enseigna ce qui importe le plus quand on achète du bœuf : « Une graisse de teinte jaunâtre indique qu'il s'agit d'une vache, elle est beaucoup moins prometteuse que celle d'un buffle, qui est blanche. » La distinction entre les deux, ajouta-t-il, n'était pas chose aisée — en raison des nombreuses nuances et parce que la lumière régnant dans cette immense halle pouvait vous jouer des tours, faisant passer le jaune pour blanc. Au bout de quelque temps, il laissa Gustad mener les opérations, afin qu'il s'entraîne : « L'entraînement, dit-il, l'entraînement, arme secrète de tous les virtuoses. »

« Alors saint Thomas s'adressa aux pêcheurs et leur demanda : "Si mon Dieu peut le faire, s'Il peut empêcher l'eau de retomber, Le révérerez-vous et oublierez-vous votre multitude de dieux païens et de déesses, votre foule d'idoles et de divinités ?" Les saints hommes hindous murmurèrent entre eux : "Amusons-nous un peu, moquons-nous de ce Thomasbhai, de ce fou d'étranger." Et ils lui dirent : "Oui, oui, nous le ferons, Thomasji, absolument."

« Alors saint Thomas s'avança de quelques pas dans la

41

mer, joignit ses mains en coupe, et lança l'eau vers le ciel. Et voilà que l'eau resta suspendue dans l'air : les petites et les grosses gouttes, les longues et les rondes, toutes restèrent suspendues, réfléchissant la lumière et étincelant merveilleusement, pour la parfaite gloire du Seigneur Dieu qui a créé toutes choses. Alors les foules se rassemblèrent sur la plage : parents des pêcheurs, touristes étrangers, pèlerins, diplomates, présidents de comités, banquiers, mendiants, vauriens, fainéants, vagabonds, sans compter les saints hommes hindous, et tous tombèrent à genoux et demandèrent à saint Thomas de leur en dire plus sur son Dieu de façon qu'ils puissent eux aussi Le révérer. »

En dernier ressort (après avoir appris à distinguer un buffle d'une vache) il lui fallut acquérir la capacité de repérer les meilleurs morceaux. Malcolm lui révéla que la partie du cou, que les bouchers appellent le collier, était la plus tendre, la moins grasse et la plus vite cuite, d'où des économies de combustible. C'était aussi la partie la plus savoureuse, et Malcolm affirma à Gustad que, lorsqu'il aurait appris à l'apprécier, il ne reviendrait jamais au mouton, même s'il pouvait un jour se le payer.

Les années avaient passé, et Gustad, quand il faisait seul les courses, désirait partager avec ses amis et ses voisins la sagesse de Malcolm. Leur apprendre l'art de manger du bœuf, de façon qu'ils abandonnent leur coûteuse habitude du mouton. Mais personne ne se montrait aussi réceptif à cette idée que lui-même l'avait été. Gustad dut finir par abandonner tout espoir de répandre l'évangile du bœuf.

Puis le temps arriva où il cessa de fréquenter Crawford Market, se contentant des morceaux filandreux de chèvre, de vache ou de buffle que vendait le *goaswalla* ambulant à la porte du Khodadad Building. À cette époque, il avait perdu contact avec Malcolm, s'épargnant ainsi des explications embarrassantes sur les rapports ténus et compliqués qui pouvaient exister entre son abandon de Crawford Market et la protestation nationale des sadhus contre le meurtre des vaches. Il était plus facile de demeurer l'apôtre silencieux et inconnu du bœuf.

Roshan jeta un œil à travers les fentes de l'osier et refusa de nourrir le poulet. Elle n'avait jamais vu de poulet vivant, ou même mort qui ne fût cuit. « Allons, vas-y, dit son père. Imagine-le dans ton assiette pour ton anniversaire, et tu n'auras pas peur. » Il souleva le panier. Roshan lança le grain, et retira vite sa main.

Habitué maintenant à son nouvel environnement, le poulet picora avec entrain, gloussant de contentement. Roshan le regarda fascinée. Elle l'imagina en animal domestique. Comme dans les histoires de chien de son livre d'anglais. Elle le sortirait dans la cour, en le tenant en laisse avec le cordon de coco, ou bien perché sur son épaule, comme le perroquet vert sur l'épaule du garçon dans son livre.

Elle rêvait encore dans la cuisine quand Darius et Sohrab vinrent inspecter le volatile. Darius présenta sa main avec des grains de riz, que le poulet picora. « Comédien ! » dit Sohrab, en lui caressant les ailes.

« Est-ce que le bec fait mal ? demanda Roshan.

— Non, ça chatouille juste un peu », répondit Darius.

Voulant à son tour le caresser, Roshan avança délicatement la main, mais le poulet redevint brusquement nerveux. Il battit des ailes, vida ses intestins et recula. « Il a fait *chhee-chhee* ! » s'exclama Roshan.

L'impatience de Dilnavaz, réprimée à grand-peine, éclata : « Tu vois le gâchis ? Le fouillis partout ! Dans la cuisine, c'est ton imbécile de poulet qui souille tout ! Et dans la pièce du devant, il y a tes livres, tes journaux, le papier sur les fenêtres et sur les ventilateurs ! Poussière, saleté, fouillis partout ! J'en ai marre !

— Oui, oui, Dilnoo-chérie, je sais, dit Gustad. Un jour, Sohrab et moi nous allons fabriquer une bibliothèque, et tous les livres et les journaux seront rangés. D'accord, Sohrab ?

— Sûr. »

Elle les regarda. « La bibliothèque, c'est bel et bon. Mais si vous croyez que je vais nettoyer ce *chhee-chhee*, vous vous trompez.

— D'ici à dimanche matin, il y en aura beaucoup plus, dit Gustad. Ne t'inquiète pas, je nettoierai. » Il avait parlé dans la foulée, sans réfléchir. Chez lui, dans son enfance, il y avait des domestiques pour nettoyer.

Sohrab calma le poulet, lui rabattant les ailes, et invita sa sœur à le caresser. « Vas-y, il ne te fera pas de mal. »

« Regarde-moi ça, dit Gustad, très content. On dirait qu'il s'est occupé de poulets toute sa vie. Regarde comme il sait le tenir. Crois-moi, ton fils réussira merveilleusement à l'IIT, il en sera le meilleur ingénieur jamais diplômé. »

Sohrab lâcha l'oiseau, qui se précipita sous la table. Sous l'effet de ses mouvements, le cordon grossièrement tressé parut s'animer, se tordre et filer comme un mince serpent. « Arrête ! dit-il à son père, en serrant les dents. Qu'est-ce qu'un poulet a à voir avec l'ingénierie ? »

Gustad fut estomaqué. « Pourquoi te fâcher comme ça pour une simple plaisanterie ?

— Ce n'est pas une simple plaisanterie, dit Sohrab en élevant la voix. Depuis que les résultats des examens sont arrivés, tu me rends fou avec tes histoires d'IIT.

— Ne crie pas en présence de papa », dit Dilnavaz. Elle devait reconnaître que Gustad et elle ne cessaient d'en parler, de faire des plans et des projets. Sohrab habiterait dans la résidence universitaire de Powai et il reviendrait à la maison pour les week-ends, ou bien ils iraient le voir en emportant un panier de pique-nique, la faculté était si près du lac et le paysage si beau. Et quand il en aurait fini avec l'IIT, il irait dans une grande école d'ingénieurs en Amérique, peut-être le MIT, et... Mais quand ils en arrivaient là, Dilnavaz disait qu'il fallait s'arrêter de rêver et de tenter le sort, Sohrab n'était même pas encore entré à l'IIT.

Elle comprenait ce que ressentait son fils. Mais ce n'était pas une raison pour l'autoriser à élever la voix devant son père. « Ça nous rend très heureux, c'est tout. Pourquoi crois-tu que ton père a acheté le poulet ? Après toute sa dure journée de travail, il est allé à Crawford Market. N'est-ce pas malheureux qu'avec deux grands garçons dans la maison, il soit obligé de faire le *bajaar* ? À ton âge, il se payait ses études, et il aidait ses parents. »

Sohrab quitta la cuisine. Gustad recouvrit le poulet du panier. « Allons, laissons-le tranquille, il ne faut pas le déranger tout le temps. »

Vers minuit, Dilnavaz se réveilla pour aller aux toilettes, et elle entendit le poulet glousser doucement. Il doit avoir faim, se dit-elle. Le ton suppliant des petits cris lui fit oublier ses fermes propos sur les poulets vivants. En voulant ouvrir le pot contenant le riz, elle heurta la mesure de cuivre, qui tomba par terre avec un bruit à réveiller toute la maison. Bientôt, ils se retrouvèrent tous dans la cuisine.

« Qu'y a-t-il ? demanda Gustad.

— J'allais derrière, et j'ai entendu le poulet glousser. J'ai pensé qu'il demandait à manger.

— Il demandait à manger ! Qu'est-ce que tu connais aux poulets pour comprendre ce qu'ils disent ? »

Cluck-cluck-cluck. La réponse sortit du panier. « Regarde, papa, dit Roshan. Il est si content de nous voir.

— Tu crois ? » La remarque lui plut et dissipa son mécontentement. « Puisqu'il est réveillé, vous pouvez lui donner un peu de riz. Et puis, tout le monde au lit. »

Ils se souhaitèrent à nouveau bonne nuit, se redirent Dieu te bénisse, et retournèrent se coucher.

Le lendemain, après l'école, Roshan passa la soirée à nourrir le poulet et à jouer avec lui. « Papa, on ne pourrait pas le garder toujours ? Je m'en occuperai, je le promets. »

Amusé, attendri, Gustad fit un clin d'œil à Darius et à Sohrab. « Qu'est-ce que vous en dites ? On lui laisse la vie sauve, pour le bonheur de Roshan ? » Il s'attendait à des protestations et à les voir se lécher les babines en pensant à la fête du lendemain.

Mais Sohrab dit : « Moi, ça m'est égal, si maman peut vivre avec lui dans sa cuisine.

— S'il te plaît, papa, gardons-le. Même Sohrab le veut. N'est-ce pas, Sohrab ?

— Assez de bêtises pour aujourd'hui », dit Gustad.

Le dimanche matin, le boucher qui livrait le Khodadad Building frappa à la porte. Gustad l'emmena dans la cuisine et lui montra le panier. Le boucher tendit la main.

« Comment, dit Gustad, fâché. Ça fait des années que nous sommes vos clients, et pour un si petit service vous voulez être payé ?

— Ne vous fâchez pas, *seth*, je ne veux pas être payé. Je veux qu'on me mette quelque chose dans la main pour que je puisse me servir du couteau sans pécher. »

Gustad lui donna une pièce de vingt-cinq paise. « J'avais oublié ça. » Il sortit de la cuisine, peu désireux de regarder ou d'entendre le dernier couic de désespoir, et attendit à la porte d'entrée.

Quelques instants plus tard, le poulet lui filait entre les jambes et déboulait dans la cour, le boucher à ses trousses. « *Murgi, murgi !* Attrapez le *murgi* !

— Qu'est-ce qui s'est passé ? hurla Gustad, se joignant à la poursuite.

— Ô *seth*, j'ai tenu la corde et soulevé le panier ! haleta le boucher. Alors, j'ai la corde dans une main, le panier dans l'autre, et le poulet s'échappe !

— Impossible ! Je l'ai attaché moi-même ! » Quand Gustad courait, son léger boitillement se transformait en vilain clopinement. Plus il courait vite, plus cela s'accentuait, et il n'aimait pas qu'on le voie ainsi. Le boucher le devançait, gagnant du terrain sur le volatile. Lequel, heureusement, avait tourné à droite en débouchant dans la cour et longeait le mur de pierre qui aboutissait à un cul-de-sac, non à la rue.

Et là, qui tanguait en faisant les cent pas, il y avait Tehmul le Boiteux. Il plongea sur le poulet et, à la surprise de tous, y compris la sienne, l'attrapa. Le tenant par les pattes, fou de joie, il balança en direction de Gustad le volatile qui piaillait et battait désespérément des ailes.

Du matin au soir, qu'il pleuve ou qu'il fasse beau, Tehmul le Boiteux se tenait dans la cour. Chaque fois que Gustad repensait à la façon miraculeuse dont Madhiwalla le Rebouteux avait soigné sa hanche fracturée, c'était l'image de Tehmul qui lui venait en tête. Car Tehmul-Lungraa, comme on l'appelait, était l'exemple le plus pathétique de ces victimes de fractures de la hanche qui, ayant eu la malchance d'être soignées selon les méthodes conventionnelles, se retrouvaient condamnées à des années de béquilles et de cannes, avec pour tout espoir une vie de douleurs, et qu'on voyait, peinant, haletant, balancer leur corps d'un côté sur l'autre et poursuivre leur pitoyable déambulation.

Tehmul-Lungraa fit une large embardée pour éviter l'arbre solitaire de la cour, comme si celui-ci, allongeant l'une de ses branches, allait lui donner un coup. Petit garçon, Tehmul était tombé en essayant de secourir un cerf-volant pris dans un arbre. Le margousier n'avait pas manifesté à Tehmul la même gentillesse qu'aux autres. À ces enfants de Khodadad Building dont des copeaux de ses branches avaient apaisé les éruptions de variole et les papules de varicelle. À Gustad, dont, grâce à ses feuilles (broyées au pilon par Dilnavaz pour former une boisson vert foncé), il avait empêché l'intestin de se nouer pendant ses douze semaines d'immobilité. Aux domestiques, aux marchands ambulants, aux mendiants, les brindilles de margousier servaient de brosse à dents et de pâte dentifrice. Année après année, l'arbre se dépensait sans compter pour qui le demandait.

Mais Tehmul n'avait pas bénéficié d'une telle générosité. En tombant du margousier il s'était cassé la hanche. Et bien qu'il n'eût pas atterri sur la tête, le choc de l'accident l'avait déréglée, à la façon peut-être dont un tremblement de terre fissure les maisons très éloignées de l'épicentre.

De ce jour, Tehmul ne fut plus jamais le même. Ses

parents continuèrent à payer pour qu'il pût fréquenter l'école, espérant sauver quelque chose. Que cela ait réussi ou non, il y avait été heureux, se déplaçant péniblement sur ses petites béquilles, jusqu'à ce que l'école avertisse ses parents qu'elle n'acceptait plus leur argent et que la carrière scolaire de Tehmul devait s'arrêter là. Ses parents morts depuis longtemps, c'était son frère aîné qui pourvoyait maintenant à ses besoins. Sorte de vendeur ambulant, celui-ci n'était pas souvent à la maison, mais Tehmul n'y prenait pas garde. La trentaine dépassée, il préférait toujours la compagnie des enfants à celle des adultes, Gustad Noble excepté. Pour une raison quelconque, il l'adorait.

On voyait souvent Tehmul-Lungraa régler la circulation autour de l'arbre démon, conseillant aux enfants de se tenir à distance s'ils ne voulaient pas subir son propre sort. Il ne se servait plus de béquilles, mais boitait bas, chancelant et tordant la hanche pour leur montrer ce qu'ils risquaient.

Et les enfants, dans l'ensemble, le traitaient bien, ne lui faisant subir que rarement des vexations méchantes, sans compter qu'ils profitaient d'une de ses faiblesses. Tout ce qui voyageait dans les airs le ravissait : objets planants, bondissants ou plongeants, objets volants ou flottants en liberté. Oiseau ou papillon, flèche de papier ou feuille d'arbre, il ne se lassait jamais d'essayer de les attraper. Connaissant cette fascination, les enfants lançaient une balle, une brindille ou un caillou dans sa direction, mais toujours légèrement hors de sa portée. Il se prêtait au jeu, tâchant de les saisir, et finissait par tomber. Ou bien ils lançaient un ballon de football loin de lui, et le regardaient courir après en trébuchant. Juste au moment où il croyait pouvoir l'attraper, ses pieds aux mouvements non coordonnés repoussaient le ballon, et la poursuite recommençait.

D'une manière générale, cependant, Tehmul s'entendait bien avec les enfants. C'étaient les adultes que certaines de ses habitudes mettaient hors d'eux. Il adorait suivre les gens : du portail de la cour jusqu'à l'entrée de l'immeuble, puis dans les escaliers, un grand sourire aux lèvres, jusqu'à ce qu'ils lui claquent la porte au nez. Certains trouvaient cela si désagréable qu'ils se cachaient à côté du portail, jetaient un œil dans la cour pour voir si la voie était libre, ou attendaient qu'il ait tourné le dos pour se faufiler. D'autres s'en sortaient en lui criant après ou en le chassant avec des gestes frénétiques, jusqu'à ce qu'il comprenne qu'on ne voulait pas de lui, encore que ce comportement le laissât totalement ahuri.

Si d'aucuns supportaient sans mal cette sorte de filature, la façon qu'avait Tehmul de se gratter les irritait en revanche beaucoup. Il se grattait sans arrêt, comme un possédé, surtout l'entrejambe et les aisselles. Il se grattait d'un mouvement circulaire, d'une main qui barattait, fourgonnait, brouillait, d'où le surnom d'Œuf brouillé que certains lui donnaient, le trouvant plus approprié que celui de Tehmul-Lungraa. Les femmes affirmaient qu'il faisait cela délibérément pour les mettre dans l'embarras. Que, en leur présence, sa main descendait et que, en réalité, il ne se grattait pas, mais se frottait et se caressait. *Mua lutcha*, disaient-elles, savait parfaitement bien à quoi ses parties servaient, même si sa tête fonctionnait de travers — et il était honteux de le laisser ainsi aller et venir avec son gros paquet, sans sous-vêtement pour le maintenir, et qui valdinguait.

Enfin, il restait cette façon qu'avait Tehmul-Lungraa de lâcher à la vitesse de l'éclair les mots de son pauvre vocabulaire, qui, incompréhensibles, traversaient en sifflant l'oreille de l'auditeur. Comme si, par quelque ajustement interne, on avait voulu compenser la lenteur de ses jambes par la vélocité de sa langue. Avec pour résultat, toutefois, une extrême confusion chez Tehmul et chez l'auditeur. Gustad était l'un des rares à pouvoir déchiffrer son langage.

« GustadGustadpouletcouru. GustadGustadpouletcouruvitevite. J'aiprisj'aiprisGustad. » Fièrement, Tehmul montrait l'oiseau qu'il tenait par les pattes.

« Très bien, Tehmul. Bravo ! » dit Gustad. Ce qui sortait en cascade de la bouche de Tehmul ne contenait ni virgule, ni point d'exclamation, ni point d'interrogation. La vélocité ne permettait que le point. Et encore Tehmul ne s'en servait-il pas vraiment comme d'un point ; plutôt comme d'une pause, la plus minime nécessaire à la réoxygénation de ses poumons.

« GustadGustadcourircourse. Vitevitepouletd'abord. » Il sourit et tira sur le croupion de l'animal.

« Non, non, Tehmul, la course est finie maintenant. » Il prit le poulet et le tendit au boucher qui attendait, couteau à la main. Tehmul porta la main à sa gorge, fit mine de la trancher et poussa un couic terrifié. Gustad ne put s'empêcher de rire. Encouragé, Tehmul lâcha un autre couac.

Miss Kutpitia avait observé la scène de sa fenêtre. Elle sortit la tête et applaudit. « *Sabaash*, Tehmul, *sabaash* ! On va te nommer au poste d'attrapeur-de-poulet de Khodadad. Tu n'es plus seulement l'attrapeur-de-rat, tu es l'attrapeur-de-rat-et-de-poulet. » Secouée d'une sorte d'hilarité silencieuse, elle rentra la tête et ferma la fenêtre.

En réalité, Tehmul n'attrapait pas les rats ; il débarrassait les locataires du Khodadad Building de ceux qu'ils attrapaient. Au titre de sa campagne d'encouragement à la guerre sans merci contre la peste, le service municipal de surveillance de la peste offrait vingt-cinq paise pour chaque rat apporté, mort ou vivant. Tehmul gagnait ainsi un peu d'argent, ramassant et allant livrer les rats piégés dans les cages de bois et de fil de fer. Les locataires que l'idée de tuer rendait malades lui donnaient la cage avec les rats vivants, à charge pour la municipalité de faire le travail. La mort par noyade était la règle. On immergeait les cages dans un réservoir, et on les en sortait au bout d'un laps de temps convenable. On jetait ensuite les cadavres en tas, pour transport à la décharge, les caisses vides étant rendues accompagnées de la somme correspondante.

Mais, quand son frère n'était pas là, Tehmul n'apportait pas directement les rats vivants. Il commençait par les transporter chez lui afin de les amuser à la façon de la municipalité, de leur apprendre à nager et à plonger. Il remplissait un baquet d'eau, y plongeait les rats, un par un, les en sortait juste avant la fin, suffocants, et recommençait jusqu'à ce qu'il fût fatigué du jeu, ou que, suite à une erreur de calcul, les rats meurent noyés.

Parfois, pour changer, il faisait bouillir une grande casserole d'eau qu'il versait sur les animaux, imitant ainsi ceux des voisins suffisamment courageux pour exterminer leurs propres prises. Mais, contrairement à eux, il versait l'eau bouillante petit à petit. Et observait avec intérêt la réaction des rats, qui piaillaient et se tordaient de douleur, agitant surtout leur queue, fier des jolies couleurs qu'il leur octroyait. Il gloussait en les voyant passer du gris au rose puis au rouge. Si l'ébouillantage ne les tuait pas avant qu'il vînt à manquer d'eau, il les lâchait dans le baquet.

Un jour on découvrit le secret de Tehmul. Personne ne lui en tint sérieusement rigueur. On tomba simplement d'accord pour ne plus jamais lui remettre de rat vivant.

Mais peut-être comprenait-il plus de choses qu'on ne le supposait. Quand Miss Kutpitia parla d'attrapeur-de-rat, il perdit son sourire et la honte vint assombrir son visage. « Gustadgrosgrosrats. Ratsmunicipaux. Gustad-Gustad-ratsplongernager. Pouletfuirgroscouteau.

— Oui, dit Gustad. D'accord. » Il n'arrivait pas à décider de la meilleure façon de converser avec Tehmul. Il finissait par se retrouver, s'il n'y prenait garde, en train de parler de plus en plus vite. Mieux valait s'exprimer par hochements de tête et par gestes, combinés à des réponses monosyllabiques.

Tehmul le suivit jusqu'à l'appartement. Gustad lui sourit et lui fit au revoir de la main. Dilnavaz, Roshan et les garçons attendaient derrière la porte. « Le cordon autour de la patte du poulet s'était dénoué, dit Gustad. Je me demande ce qui a pu se passer. » Il les regarda d'un air entendu. Le boucher retourna à la cuisine, cette fois-ci tenant fermement le poulet, et les yeux de Roshan se remplirent de larmes. « Oui, dit Gustad, sévèrement. J'aimerais beaucoup savoir ce qui s'est passé. Un poulet cher que j'achète pour fêter l'anniversaire et l'IIT, et on dénoue la corde. C'est comme ça qu'on me remercie ? »

De la cuisine parvint le cri aigu révélateur. Le boucher émergea, essuyant son couteau sur un chiffon. « Bon poulet, *seth*, plein de viande. » Il partit, adressant un salaam à la maisonnée.

Roshan éclata en sanglots, et Gustad renonça à poursuivre son questionnaire. Les quatre le regardèrent d'un air accusateur, puis Dilnavaz regagna sa cuisine.

Deux corneilles épiaient par le treillage de la fenêtre, leur attention retenue par la masse flasque de plumes et de chair sur la paillasse de pierre à côté du robinet. Quand Dilnavaz entra, elles croassèrent frénétiquement, étirèrent leurs ailes, hésitèrent un instant, puis s'envolèrent.

3

Quelques heures avant le dîner auquel l'avait conviée Dilnavaz, qui contrevenait ainsi aux ordres formels de Gustad, Miss Kutpitia se décommanda. Elle expliqua que, au beau milieu de la table à laquelle elle allait s'asseoir pour prendre son petit-déjeuner ce matin-là, trônait un lézard, immobile, qui la fixait avec insolence, langue ondulante. Et comme si cela ne suffisait pas, quand elle lui avait balancé son *sapaat* de cuir, celui de son pied gauche, le tuant net, la queue s'était cassée et avait continué à gigoter et à danser sur la table pendant au moins cinq minutes. Ce qui, dit Miss Kutpitia, constituait un très mauvais présage. Elle ne mettrait pas les pieds hors de chez elle pendant les prochaines vingt-quatre heures.

En apprenant la nouvelle, Gustad partit d'un rire tonitruant, qui ne cessa que lorsque Dilnavaz menaça d'éteindre son fourneau et de déposer définitivement son tablier. « On verra si tu riras encore quand ton idiot de Dinshawji arrivera et que le poulet ne sera pas cuit.

— Désolé, désolé, dit-il, s'efforçant de reprendre son sérieux. J'imaginais seulement le lézard tirant la langue à Kutpitia. » Il s'activa, tâchant d'aider aux préparatifs de la soirée. « Où sont le *sev-ganthia* et les pistaches pour servir avec l'apéritif ?

— Je les transporte sur ma tête ! » Elle finit de remuer quelque chose sur le fourneau et laissa bruyamment tomber la cuiller. « Dans les pots, où veux-tu qu'ils soient ?

— Ne te fâche pas, Dilnoo-chérie. Dinshawji est un très chic type. Il vient juste de recommencer à travailler après sa maladie, et il a toujours l'air *fikko-fuchuk*, blanc comme un linge. Il a besoin de notre compagnie et de tes bons plats. » Le fumet du riz *basmati* remplit la cuisine quand elle ouvrit la cocotte et écrasa un grain entre le pouce et l'index. Elle reposa violemment le couvercle. Elle ne raffolait pas de l'ami de Gustad.

Dinshawji était entré à la banque six ans avant Gustad. Ce qui lui faisait trente ans de service ininterrompu, disait-il souvent, d'un ton fier ou plaintif selon les circonstances. Il était plus âgé que Gustad, mais cela n'avait pas empêché la camaraderie de naître entre eux. Un lien qui se fortifia rapidement, comme une réponse à l'aridité et aux remugles du métier bancaire.

Gustad trouva les deux pots et en vida le contenu dans de petits bols, remarquant seulement alors que l'un était ébréché et l'autre craquelé, la craquelure enluminée de résidus brun clair. Tant pis, pas besoin de chichis ou de formalités avec ce brave vieux Dinshawji. Maintenant, les boissons.

Il restait un peu de rhum dans la bouteille marron foncé : de l'Hercule XXX. Dernier cadeau du major Bilimoria, peu avant sa disparition. Gustad se demanda s'il devait ou non le servir. Il prit la bouteille, l'agita, tâchant d'estimer la quantité. Presque deux doigts. Ça irait pour Dinshawji — ou alors il lui proposerait de la bière Golden Eagle. Il y en avait trois grandes bouteilles dans la glacière.

De la cuisine, Dilnavaz voyait le buffet et le rhum. « Voilà l'homme, dit-elle en montrant la bouteille, qui devrait être ici ce soir au lieu de ton idiot de Dinshawji.

— Tu veux dire Hercule ? » Il fit semblant de rire. Salaud de Bilimoria. Il aurait dû lui montrer la lettre plutôt que de la cacher. Elle aurait compris alors à quelle espèce de salopard ils avaient eu affaire.

« Tu plaisantes sur tout. Tu sais bien ce que je veux dire. » On sonna à la porte, avec force et assurance. « Le voilà déjà », maugréa-t-elle, en se remettant à son fourneau.

« Nous avons dit sept heures, et il est sept heures. » Il alla ouvrir. « *Aavo*, Dinshawji, bienvenue ! Puisses-tu vivre cent ans. Nous parlions justement de toi. » Ils se serrèrent la main. « Tout seul ? Où est ta femme ?

— Elle ne va pas bien, *yaar*, pas bien. » Ce qui semblait ravir Dinshawji.

« Rien de grave, j'espère.

— Non, non. Des petits ennuis féminins.

— Nous qui pensions enfin connaître Alamai. C'est triste. Elle va nous manquer. »

Dinshawji se pencha vers lui et murmura, en gloussant : « Pas à moi, crois-moi. Ça fait du bien de laisser le vautour domestique à la maison. »

Gustad s'était souvent demandé quelle part de vérité contenaient les habituelles références de Dinshawji aux tribulations de son mariage. Il sourit, respirant avec précaution l'haleine qu'exhalait son ami, et fut soulagé de constater que de la bouche cariée ne s'échappait aujourd'hui qu'une faible odeur. Une odeur qui avait son cycle propre, allant d'une puanteur force cinq à l'arôme d'un zéphyr anodin. Pour l'heure, elle était en phase d'apaisement. Certes, rien ne garantissait qu'elle ne reprendrait pas de la vigueur au cours de la soirée, si l'humeur de son propriétaire changeait. Certains matins, Dinshawji arrivait à la banque l'haleine fraîche, et celle-ci surissait à la suite d'une dispute avec un client pleurnicheur. Et si, à cause de l'incident, Mr Madon, le directeur, multipliait les critiques à l'égard de Dinshawji, la puanteur devenait insupportable.

Les caries avaient résisté aux traitements de nombreux médecins. Devenu un fervent de Madhiwalla le Rebouteux, Gustad avait convaincu Dinshawji d'aller le consulter. Après tout, les problèmes de bouche, de gencives et de dents étaient des histoires d'os. Dinshawji commença par résister, essayant de prendre cela à la légère. « Pardonne-moi, *yaar*. Mon principal problème d'os ne réside pas dans ma bouche. Il est bien plus bas, entre mes jambes. Avec mon vautour domestique, cet os manque d'exercice. Ça fait des années qu'il se dessèche. Est-ce que ton Rebouteux peut le redresser ? »

Mais il finit par céder et rendit visite au Madhiwalla. Qui lui prescrivit de mâcher trois fois par jour la sécrétion résineuse d'un certain arbre. En une semaine, les résultats furent sensibles. À la banque, par exemple, les clients ne reculaient plus tandis qu'il leur comptait leur argent. Un jour, cependant, Dinshawji se foula un muscle de la mâchoire à force de mastiquer sa résine. La douleur fut telle qu'il dut se mettre à un régime liquide pendant deux semaines, et que, une fois sa mâchoire guérie, il refusa de reprendre de la résine. Ses amis et collègues apprirent donc à vivre avec le flux et le reflux de l'odeur fétide, aussi imprévisible que la roulette au casino.

Dinshawji ne se souciait désormais plus de son problème, il s'inquiétait surtout du sort de ceux qui l'entouraient. « Et où est ta dame, si je peux me permettre ?

— Elle termine à la cuisine.

— *Arré*, ça veut dire que je suis arrivé trop tôt.

— Non, non, tu es juste à l'heure. »

Dinshawji s'inclina galamment devant Dilnavaz qui entrait. Des gouttes de sueur brillèrent sur son crâne chauve quand il baissa la tête. La pousse de ses cheveux se limitait à l'entourage des oreilles et à la région surmontant la nuque. Des touffes importantes fleurissaient aussi à l'intérieur des oreilles et des vastes cavernes sombres de ses narines, d'où elles jaillissaient sans complexe.

Il tendit la main. « C'est un tel honneur pour moi d'être convié à ce dîner. »

En retour, Dilnavaz lui accorda le plus minuscule de ses sourires. « Je crois, dit-il en s'adressant de nouveau à Gustad, que ma dernière visite ici remonte à sept ou huit ans. Quand tu étais couché après l'accident.

— Neuf ans.

— Gustad m'a dit que vous n'alliez pas bien, dit Dilnavaz poliment, perdant un peu de son arrogance. Comment vous sentez-vous maintenant ?

— En pleine forme, le top. Regardez mes joues,

rouges-rouges. » Dinshawji pinça ses joues couleur de cire, comme on le fait pour un bébé. La peau malade conserva un long moment l'empreinte de ses doigts.

« *Chaalo*, c'est l'heure de l'apéritif, dit Gustad. Qu'est-ce que tu veux, Dinshawji ?

— Ce sera un verre d'eau, *bas*.

— Non, non, un vrai verre. Il y a de la Golden Eagle et du rhum.

— Bon, si tu insistes, de la Golden Eagle. »

Gustad versa la bière pendant que Dilnavaz disparaissait dans la cuisine. Ils s'assirent avec leur verre.

« Santé !

— Ahhh ! Que c'est agréable, dit Dinshawji, après avoir avalé une grande gorgée. Beaucoup plus agréable que de te voir dans ton lit avec ta fracture. Tu te rappelles ? Je venais tous les dimanches. Te faire mon rapport sur la banque, pour que tu restes dans le coup.

— J'ai toujours dit que tu aurais dû être journaliste plutôt que caissier de banque.

— C'était le bon temps, *yaar*. On s'amusait bien. » Dinshawji essuya les traces d'écume aux coins de ses lèvres. « Les Parsis étaient les rois de la banque à l'époque. On nous respectait. Maintenant c'est toute l'atmosphère qui est gâchée. Depuis que cette Indira a nationalisé les banques. »

Gustad remplit à nouveau le verre de son ami. « La nationalisation, ça n'a marché nulle part au monde. Mais qu'est-ce qu'on peut dire à des imbéciles ?

— Crois-moi, c'est une femme futée, c'est de la tactique électorale. Pour montrer aux pauvres qu'elle est de leur côté. *Saali* toujours prête pour un mauvais tour. Tu te souviens quand son papa était Premier ministre et qu'il l'a fait nommer présidente du parti du Congrès ? Aussitôt elle a encouragé ceux qui réclamaient un Maharashtra séparé. Que d'émeutes et de sang versé, à cause d'elle. Et aujourd'hui nous avons ce Shiv Sena de malheur, qui veut nous transformer en citoyens de deuxième classe. N'oublie pas, c'est elle qui est à l'origine de tout ça, en soutenant ces salopards de racistes. »

Dinshawji se tamponna le crâne de son mouchoir, qu'il laissa drapé autour de son genou. Gustad se leva pour brancher le ventilateur au plafond. « Ces émeutes, c'était à l'époque où mes jambes étaient coincées par les sacs de sable de Madhiwalla.

— C'est exact, tu n'as jamais vu les grands défilés à Flora Fountain. Chaque jour des bagarres, une *morcha* ou une autre. » Il avala une gorgée de bière. « À la banque, on se croyait tirés d'affaire quand ces *goondas* ont cassé les vitres, même celle en verre armé de la porte d'entrée. Ils hurlaient : "Mangeurs de corbeaux parsis, vous allez voir qui est le chef." Et tu sais ce qu'a fait Goover-Ni-Gaan, le type du service comptable ? » Gustad secoua la tête.

Homme d'un certain âge, morose et sinistre, Goover-Ni-Gaan se nommait en réalité Ratansa. Mais le surnom lui était resté depuis qu'un jeune employé, engagé à titre temporaire et n'ayant rien à perdre, lui avait demandé pourquoi il promenait toujours une figure de cul de chouette. Désormais, en privé, les gens ne l'appelaient plus que Goover-Ni-Gaan, ou Ratansa Goover s'ils voulaient se montrer polis.

« Devine, *yaar*, dit Dinshawji. Qu'est-ce que tu crois qu'il a fait ?

— Je donne ma langue au chat.

— D'abord il a dit aux gens de ne pas paniquer, que c'était seulement une bande de *goondas*. Puis, quand ça a commencé à chauffer, il s'est couvert la tête de son mouchoir blanc et a commencé à réciter son *kusti*. Tout haut, comme un *dustoorji* au temple du feu. Après ça, les types n'arrêtaient pas de l'asticoter, de lui dire qu'il devrait en faire son boulot, que ça lui rapporterait beaucoup plus. » Gustad éclata de rire. Dinshawji s'épongea de nouveau le front, s'éventa avec son mouchoir, s'essuya le cou sous son col. « Mais vraiment, *yaar*, on a bien cru qu'on allait tous y passer. Dieu merci, il y avait ces deux Pathans qui faisaient *chowki* à l'entrée. Avant, je les considérais simplement comme une décoration, avec leur uniforme, leur turban et leur fusil rutilant.

« — Des types solides, dit Gustad. Il faut les voir saluer quand une huile passe devant eux.

— Oui, et grâce à eux, tous les Sakarams, les Datta-rams et les Tukarams sont restés dehors, à brailler comme des poissardes. Dès qu'ils se rapprochaient, un des Pathans tapait du pied, et ils reculaient aussitôt. » Joignant le geste à la parole, Dinshawji, chaussé de ses bottines « Garnements » de Bata, taille quarante-trois, fit trembler la bouteille de bière sur la table basse. Il avait d'immenses pieds pour un homme de petite taille. « Boum ! Et la brigade Maratha filait comme une troupe de cafards. Heureusement pour nous, quand les cafards ont commencé à reprendre du poil de la bête, la police est arrivée. Quelle journée ce fut, *yaar*. »

Dinshawji s'essuya encore une fois le front, puis plia son mouchoir et le rangea, satisfait du ventilateur. « Je peux te poser une question ?

— Bien sûr, vas-y.

— Pourquoi tu gardes ce papier noir sur les vitres ?

— Rappelle-toi la guerre avec la Chine », commença Gustad, mais il s'arrêta là dans son explication, inter-rompu par l'entrée des deux garçons et de Roshan, venus saluer Dinshawji.

« Bonjour, bonjour, bonjour ! dit ce dernier, heureux de les voir. Mon Dieu, comme ils ont grandi. *Arré* Roshan, tu n'étais pas plus haute que ça — un *billus* — la dernière fois que je t'ai vue », et il étendit la main, montrant la distance entre le pouce et l'auriculaire. « Difficile à croire, hein ? Joyeux anniversaire à la petite fille ! Et félicitations à Sohrab. Le génie de l'IIT ! »

Sohrab ne releva pas et décocha un regard furieux à son père. « As-tu vraiment déjà mis le monde entier au courant ?

— Tiens-toi comme il faut », souffla Gustad, face au buffet où il était allé prendre une bouteille de bière. Sa voix était très distincte, mais en se tournant, il permit aux autres de feindre de n'avoir pas entendu.

Sohrab insista. « Tu n'arrêtes pas de te vanter. Comme

si c'était toi qui entrais à l'IIT. Moi, ça ne m'intéresse pas, je te l'ai déjà dit.

— Ne parle pas comme un aliéné mental. Dieu sait ce qui t'est arrivé depuis quelques jours. »

Dinshawji tenta une diversion : « Gustad, je crois que ton Darius veut me raconter un *oollu*. Il prétend qu'il peut faire cinquante pompes et s'accroupir cinquante fois de suite. »

Roshan elle aussi intervint : « Papa, chante-nous la chanson de la mule ! Pour mon anniversaire, je t'en prie, je t'en prie ! »

Sohrab l'interrompit : « Je vais boire le rhum si personne n'en veut.

— Tu es sûr ? demanda Gustad. Tu n'as jamais aimé ça.

— Et alors ? »

Gustad déglutit et fit un geste, un geste des mains qui signifiait tout à la fois acquiescement, résignation et rejet. « C'est vrai, dit-il en s'adressant à Dinshawji et à Darius. Cinquante pompes et cinquante accroupissements chaque matin. Et il continuera jusqu'à ce qu'il arrive à cent, comme moi.

— Cent ? » Dinshawji se renversa théâtralement sur sa chaise.

« Papa, la chanson de la mule, réclama Roshan.

— Plus tard, plus tard, dit Gustad. Parfaitement, cent de chaque. Tous les matins jusqu'à mon accident, comme mon grand-père me l'avait appris quand j'étais petit. »

Le grand-père de Gustad, l'ébéniste, avait été un homme puissant, de plus d'un mètre quatre-vingts, avec une force prodigieuse dans les bras et les épaules. Il avait transmis un peu de cette force à son petit-fils. Grand-papa disait souvent à son fils, à propos de l'éducation et du bien-être de Gustad : « Avec ta librairie et tes livres, tu développes son esprit. Je ne m'en mêlerai pas. Mais je m'occuperai de son corps. » Les matins où le petit Gustad, se frottant les yeux encore pleins de sommeil, rechignait à faire ses exercices, grand-papa l'excitait en lui racontant les exploits de lutteurs et d'hommes forts qui accomplissaient un millier de pompes tous les jours : Rustom Pahelwan, qui pouvait faire passer un camion sur son corps allongé ; ou Joraaver Jal, qui soutenait de son dos une estrade sur laquelle un orchestre symphonique interprétait l'intégralité de la *Cinquième Symphonie* de Beethoven. De temps en temps, grand-papa l'emmenait à des compétitions de lutte où il voyait, en personne, des titans comme Dara Singh, le terrible Turc, King Kong, le fils de Kong, et le Maraudeur masqué.

Grand-mère, elle aussi fervente de lutte, assistait aux matchs avec eux. Non contente d'être spécialiste en poulets et en bouchers, elle avait une réelle connaissance de ce sport. Capable d'identifier aussi prestement les personnalités sur le ring que les épices dans ses plats, elle n'avait aucun mal à suivre les différentes prises dans lesquelles les lutteurs s'emberlificotaient, les coups de pied bas, les sauts de carpe, les ciseaux et autres prises acrobatiques qui déferlaient dans l'arène. Elle savait prévoir les chutes, les esquives, les déconfitures et les revirements mieux que Gustad ou grand-papa, et, très souvent, prédisait mieux qu'eux le vainqueur.

Si grand-papa était un homme fort, grand-maman, à sa manière, était une femme puissante. Sans sa science de la lutte, disait-elle en riant à Gustad, la famille Noble, telle qu'il la connaissait, n'existerait pas. Car grand-papa, timide, réservé et indécis, comme le sont souvent les hommes de sa taille et de son poids, n'arrivait pas à poser la question cruciale. Jusqu'au jour où, le voyant s'enserrer dans ses propres nœuds, toussotant et graillonnant, elle avait décidé de prendre l'initiative et, d'un demi-nelson rapide comme l'éclair, l'avait forcé à s'agenouiller pour qu'il pût lui faire sa demande.

Grand-papa niait toute l'histoire, mais elle riait, disant que ce qui se présentait au départ comme un mariage arrangé, discret et circonspect, s'était terminé en un match plein de passion.

« Oui, monsieur, dit Gustad, cent pompes et cent accroupissements chaque matin. Le meilleur exercice possible. J'ai dit à Darius : "Je te donne ma main à couper si tes biceps ne prennent pas deux centimètres en six mois." Et la même garantie vaut pour toi, Dinshawji.

— Non, non, oublie ça. À mon âge, il n'y a qu'un muscle qui demande à être fort. »

Darius rit d'un air entendu. « Vilain garçon, je parlais de mon cerveau », dit Dinshawji, en palpant délicatement le bras droit de Darius. « Seigneur ! Costaud, *yaar* ! Allons, montre-moi. »

Darius secoua la tête et tira sur ses manches courtes, essayant de les allonger jusqu'au coude. « Allons, ne sois pas si timide, dit Gustad. Regarde, je montre le mien d'abord. » Remontant sa manche, il prit la pose classique du penseur, poing contre front.

Dinshawji applaudit. « Un vrai *goteloo* de mangue. Bravo, bravo ! À toi, Mr Muscle. »

Darius prétendait trouver toute cette histoire bien ennuyeuse, mais, secrètement, il était ravi. Le « body-building » était son dernier dada, et le seul qui lui réussît. Avant cela, il allait assouvir à Crawford Market sa fascination pour les créatures vivantes. Il avait commencé par les poissons. Mais un soir, deux semaines tout juste après les avoir rapportés à la maison, ses guppys, mollys noirs, gouramis et tétras lumineux se jetèrent d'un bond contre le verre et moururent, de la même façon que la queue du lézard sur la table de Miss Kutpitia.

Dans les quatre années qui suivirent, aux poissons succédèrent des pinsons, des moineaux, un écureuil, des perruches, un perroquet du Népal, qui tous succombèrent à des maladies allant de la congestion pulmonaire à des excroissances mystérieuses dans l'estomac qui les empêchaient de manger et les faisaient mourir de faim. À chaque fois, Darius pleurait amèrement et enterrait son ami disparu dans la cour, à côté du vinca de son père. Il passait de longues heures à méditer sur ce que signifiait aimer des créatures vivantes qui finissaient invariablement par mourir. Il y avait là une transaction marquée d'injustice, témoignant d'un manque de goût de la part de celui, quel qu'il soit, à qui incombait la responsabilité d'un tel gâchis : des créatures, belles et colorées, pleines de vie et de joie, enfouies sous la terre brune de la cour. Quel sens cela avait-il ?

Et le monde extérieur n'arrêta pas de le trahir. Il décida alors qu'il fallait être idiot pour consacrer plus de temps et d'énergie à un tel monde, et qu'il allait tourner son attention sur lui-même. Son physique devint son dada. Il avait à peine commencé ses exercices, pourtant, qu'une grave pneumonie le confina au lit. Ce qui, dit Miss Kutpitia à Dilnavaz, ne l'étonnait pas. Les innocents petits oiseaux et poissons qu'il avait emprisonnés l'avaient sans aucun doute maudit de leur ultime souffle, et le résultat était là, visible de tous.

Elle apprit à Dilnavaz comment apaiser les petites créatures, donner le repos à leur esprit. Dilnavaz écouta avec gentillesse, les paroles entrant dans une oreille et sortant par l'autre, mais voilà qu'un jour Miss Kutpitia arriva avec les ingrédients nécessaires à la procédure d'apaisement. On fit inhaler au malade les vapeurs de certaines herbes qui brûlaient sur des charbons incandescents.

Les oiseaux et les poissons décidèrent-ils d'accorder leur pardon à Darius, ou les médicaments du Dr Trésorier finirent-ils par vaincre la maladie, nul ne le sait. Toujours est-il que son programme d'exercices lui valut des muscles, à la joie de son père, et à son propre soulagement. Il avait enfin réussi quelque chose.

« Allons, allons ! Montre-les ! dit Dinshawji.

— Sois sport », dit Gustad, et Darius exposa ses biceps.

Feignant la terreur, Dinshawji se renversa sur sa chaise, mains croisées sur la poitrine : « Oh, oh, oh ! Regardez-moi cette taille. Éloigne-toi, baba. Tu m'en décoches un, par erreur, et je suis complètement aplati, une vraie planche.

— Papa, s'il te plaît, dit Roshan. La chanson de l'âne ! »

Cette fois-ci, Dinshawji se joignit à elle. Il connaissait bien la belle voix de baryton de Gustad. Il leur arrivait de chanter avec des amis, durant l'heure du repas à la cantine de la banque. « Allez, Gustad, dit-il. C'est l'heure de la *Sérénade de la mule*. »

Gustad s'éclaircit la voix, inspira profondément et commença :

Une chanson court dans l'air,
Mais la belle señorita semble ne pas s'intéresser
À la chanson qui court dans l'air.
Alors je la chanterai à la mule,
Si vous êtes sûr que je ne passerai pas pour un idiot
De donner une sérénade à une mule...

Quand il arriva au passage qui commence par « Amigo mio, n'a-t-elle pas un mignon braiment », ils se joignirent tous à lui et l'accompagnèrent jusqu'au « hi, han », dont il fallait tenir la note si longtemps qu'ils en perdirent le souffle, et que Roshan éclata de rire. Gustad termina donc seul : « Tu es mon unique ! Olé ! »

« Encore ! Encore ! » dit Dinshawji. Tout le monde applaudit, y compris Dilnavaz, qui était entrée en silence pour écouter. Elle adorait entendre Gustad chanter. Elle lui sourit et repartit dans sa cuisine.

Dinshawji s'adressa à Roshan : « Et maintenant, revenons aux muscles. Comment sont tes muscles aujourd'hui ? Fais-nous voir ! » Elle leva le bras, imitant son père et Darius, puis frappa pour s'amuser l'épaule de Dinshawji.

« Attention, attention, gémit-il, ou je vais voir trente-six chandelles. » Lui immobilisant le bras, de ses longs doigts maigres, il se mit à la chatouiller. Hurlant de rire, Roshan s'effondra sur le canapé.

Dilnavaz réapparut, jeta un regard désapprobateur à Dinshawji et annonça que le repas était servi.

Dilnavaz avait réussi à découper le poulet en neuf morceaux. L'absence de Miss Kutpitia et de la femme de Dinshawji était une chance, songea-t-elle. Elle invita du geste Dinshawji à se servir le premier.

« Les dames d'abord, les dames d'abord », protesta celui-ci, imité par Darius. « Vilain garçon ! » dit Dinshawji, en lui adressant un grand clin d'œil. « Doucement avec la bière, ça monte rapidement à la tête ! » Ces deux-là s'entendaient comme larrons en foire, se dit Gustad, tout content. Il regarda Sohrab. Quel garçon maussade — si seulement il pouvait ressembler à son frère.

La sauce brune dans laquelle nageait le poulet était parfaite, comme l'avait prévu Gustad. Rien que l'arôme, dit Dinshawji, pouvait faire se redresser un cadavre à la Tour du Silence. Paroles que Dilnavaz accueillit avec un regard de dégoût. Fallait-il que cet homme manque du sens des convenances pour dire de telles choses à table, et à l'occasion d'un dîner d'anniversaire !

Le poulet s'accompagnait d'un ragoût de légumes, composé de carottes, de petits pois, de pommes de terre et d'ignames, copieusement épicé de coriandre, cumin, gingembre, ail, safran et piments verts. Et puis il y avait le riz, parsemé de clous de girofle et de bâtonnets de cannelle : du *basmati* odorant que Dilnavaz s'était procuré au marché noir, échangeant la ration hebdomadaire du riz gras et sans goût des magasins d'État contre quatre tasses de grains minces et délicieux.

Ils commencèrent par se servir de ragoût, étant tacitement entendu entre tous que le poulet viendrait couronner le repas. Gustad s'adressa à Dinshawji : « Tu vois ce poulet qui nous attend patiemment ? Ce matin, il était rien moins que patient. Quelle histoire ! Il s'est échappé dans la cour, et le *goaswalla*...

— Tu veux dire que tu l'as rapporté vivant du marché ?

— Bien sûr. Ça change complètement le goût quand on le fait cuire à peine tué, et...

— Pourrais-tu, s'il te plaît, expliquer ça plus tard, quand nous aurons fini de manger ? » l'interrompit sèchement Dilnavaz. Les deux hommes la regardèrent, surpris. Un coup d'œil autour de la table leur apprit que les trois autres partageaient son sentiment.

« Pardon, pardon », dit Gustad. Lui et Dinshawji réattaquèrent leur ragoût avec entrain, mais les autres repoussèrent la nourriture dans leur assiette. Le visage de Roshan avait pris une teinte très légèrement verdâtre. Gustad comprit qu'il avait commis une grave erreur : il fallait faire quelque chose pour revigorer les appétits. « Une minute ! tout le monde, une minute ! s'écria-t-il. Nous n'avons pas encore chanté *Joyeux Anniversaire* à Roshan.

— *Arré*, pas possible de retarder *Joyeux Anniversaire. Chaalo, chaalo !* Tout de suite ! » Dinshawji applaudit, ayant saisi l'astuce.

« Mais la nourriture va refroidir, remarqua Dilnavaz.

— Ça ne prendra pas beaucoup de temps, dit Gustad. Alors, prêts ? Un, deux trois », et il commença à chanter, imité avec enthousiasme par tous les autres, et quand ils en arrivèrent à *Joyeux Anniversaire, chère Roshan*, et que Roshan rosit de plaisir, Dinshawji se pencha vers elle et recommença à la chatouiller. Hurlant de rire, elle faillit tomber de sa chaise.

Gustad alors leva son verre de bière : « Dieu te bénisse, Roshan. Puisses-tu devenir une très très vieille femme, en bonne santé — apprendre des tas de choses, vivre des tas de choses, voir des tas de choses.

— Hourra, hourra ! » dit Dinshawji, et chacun vida son verre. Celui de Roshan contenait du sirop de framboise, celui de Dilnavaz uniquement de l'eau, mais elle but un peu de bière dans le verre de Darius. « Que ça te porte chance », dit-elle, fermant bien les yeux en avalant, puis les rouvrant et souriant à tout le monde, l'air légèrement égaré.

« Minute, minute ! » dit Dinshawji. « Cent vingt livres », enchaîna Darius, contré aussitôt par un « Vilain garçon », de Dinshawji, qui poursuivit : « Levez tous votre verre. » Il s'éclaircit la gorge, posa la main droite sur son cœur et, oublieux du léger zézaiement dont il était affligé, commença à déclamer :

Ze te souhaite de la santé, ze te souhaite de la richesse,
Ze te souhaite de l'or en barre ;

Ze te souhaite le paradis sur terre,
Que puis-ze te souhaiter d'autre ?

Applaudissements nourris, verres vidés, Darius s'écriant : « Bravo ! », et soudain, l'appartement fut plongé dans le noir.

S'ensuivit ce silence marqué d'une pointe d'inquiétude qui caractérise de tels incidents. Mais presque aussitôt relayé par le bruit normal de la respiration et d'autres sons familiers. « Que tout le monde reste assis, dit Gustad. Je vais aller prendre ma torche électrique sur le bureau et voir ce qui ne va pas. Probablement un fusible. » Il tâtonna, trouva la torche, mais elle n'éclairait que faiblement. Il tapa dessus, le rayon prit un peu de force.

« Conduis-moi à la cuisine, dit Dilnavaz. Avec des bougies et la lampe à pétrole, nous pourrons au moins finir de manger. »

Tandis qu'elle s'affairait, Gustad s'approcha de la fenêtre et repéra dans la cour une silhouette à la démarche reconnaissable entre toutes. « Tehmul ! Tehmul ! Par ici, au rez-de-chaussée.

— GustadGustadtoutnoirtoutsombre.

— Oui, Tehmul, tout l'immeuble est dans le noir ?

— Ouiouitoutl'immeublenoirtoutnoir. Lumièresdelarue-noires. ToutnoirtoutnoirGustad. »

Dinshawji s'approcha lui aussi, essayant de suivre l'échange. « Bien, Tehmul, dit Gustad. Fais attention de ne pas tomber. »

Dilnavaz alluma la lampe à pétrole, qui ne suffisait pas à éclairer la pièce entière, mais donnait à la table un aspect chaleureux et attrayant. « Avec ce papier noir partout, même la lumière des étoiles et de la lune ne pénètre pas », dit-elle, sans viser personne en particulier.

« C'était quoi ? demanda Dinshawji. Une bouche ou le Deccan Express ? Tu as tout compris ? »

Gustad se mit à rire. « C'est notre Tehmul-Lungraa, l'unique, le seul. Il faut un peu d'entraînement pour le comprendre. En tout cas, pas besoin de vérifier les fusibles. Tout le quartier est plongé dans le noir, il n'y a qu'à attendre.

— Non, pas d'attente, devant un plat qui nous tente, récita Dinshawji.

— Un vers après l'autre ! Tu es en forme ce soir, dit Gustad. Désormais nous t'appellerons le Poète Lauréat.

— Lauréat-Bauréat, que dalle. Je suis fils de notre Mère l'Inde. Appelez-moi Kavi Kamaal, le Tennyson indien ! » Il prit la torche des mains de Gustad et la plaça sous son menton. Son visage au teint jaunâtre baigna dans une lumière étrange. Dos rond, épaules rentrées, il se mit à rôder comme un spectre autour de la table, déclamant d'une voix sans timbre qui semblait sortir d'un masque mortuaire :

> *Fan-an-tômes à leur droite,*
> *Fan-an-tômes à leur gauche,*
> *Fan-an-tômes devant eux,*
> *Affamés et assoiffés !*

Chacun applaudit, le félicita, sauf Dilnavaz affolée à l'idée de son repas qui refroidissait. Dinshawji salua et rendit sa torche à Gustad, tout en déclamant, repris par l'inspiration : « Aussi sombre que soit la nuit, n'ayez crainte je vous prie, nous mangerons à la lumière des bougies.

— Exactement, dit Gustad. Mais lumière ou pas lumière, j'ai encore un souhait à formuler. Pour Sohrab, mon fils, mon aîné : bonne chance à toi, que tu sois en bonne santé et que tu réussisses brillamment à l'IIT. Que nous soyons tous très fiers de toi.

— Hourra, hourra ! s'écria Dinshawji. "Car c'est un sacré chic type !" » Tout le monde s'y mit, chantant de plus en plus fort, de sorte qu'ils n'entendirent pas Sohrab protester : « Assez ! » Jusqu'à ce qu'il se mette à hurler : « ASSEZ ! »

Ils s'arrêtèrent alors brusquement, en plein milieu de l'air. Les traits figés, ils regardèrent Sohrab. L'œil furieux, il contemplait son assiette. Les bougies projetaient des ombres qui tremblaient ou faisaient des embardées sauvages quand le souffle des respirations atteignait les flammes.

« La nourriture est vraiment en train de refroidir », dit Dilnavaz, bien que ce fût la dernière chose au monde qui l'intéressât.

« Oui, nous allons manger, dit Gustad, mais — il s'adressa à son fils — qu'est-ce qui t'a pris soudain ?

— Ce n'est pas soudain. J'en ai marre d'entendre répéter IIT, IIT, IIT. Ça me rend malade. Je me fiche de l'IIT, je ne suis pas un chic type, et je n'irai pas. »

Gustad soupira. « Je t'avais dit de ne pas boire de rhum. Ça t'a dérangé. »

Sohrab lui jeta un regard méprisant. « Raconte-toi des histoires, si ça t'arrange. Je n'irai pas à l'IIT.

— Entendre de telles idioties dans la bouche d'un garçon si intelligent. » Gustad prit Dinshawji à témoin. « Et pourquoi, après avoir travaillé si dur pour y entrer ? » Dilnavaz ramassa les assiettes, les remplit, les refit passer. Mais le bruit réconfortant de la vaisselle et des couverts ne suffit pas à rétablir la convivialité. Gustad, de la main, lui imposa silence. « Explique-nous pourquoi. Se taire n'arrange pas les choses. » Il attendit, plus abasourdi que furieux. « D'accord, je comprends ton silence. Ceci est un dîner d'anniversaire, pas le meilleur moment pour une discussion. Nous parlerons demain.

— Pourquoi ne peux-tu simplement accepter le fait ? L'IIT ne m'intéresse pas. C'est ton idée, ça n'a jamais été la mienne. Je t'ai dit que je veux étudier les arts et la littérature, j'aime l'université et tous les amis que j'ai là-bas. »

Gustad ne put se retenir plus longtemps. « Amis ? Amis ? Ne me parle pas d'amis ! Si tu as de bonnes raisons, je les écouterai. Mais ne parle pas d'amis ! Il faut que tu sois aveugle pour ne pas considérer mon exemple et ne pas en tirer la leçon. » Il s'interrompit et caressa les cheveux de Roshan, comme pour la rassurer. « Qu'est devenu notre grand ami Jimmy Bilimoria ? Notre oncle le Major ? Où est-il maintenant, lui qui était tout le temps fourré ici ? Qui mangeait et buvait avec nous ? Que je traitais comme mon frère ? Parti ! Disparu ! Sans un mot. C'est ça l'amitié. Ça ne vaut rien, ça n'a pas de sens. »

Dinshawji se tortilla, mal à l'aise, et Gustad ajouta d'un ton bougon : « À l'exception des personnes présentes, bien entendu. *Chaalo*, le ragoût était délicieux. Et maintenant, au poulet. Allons Dinshawji. Allons Roshan.

— Les messieurs d'abord ! Cette fois-ci les messieurs d'abord », dit Dinshawji, faisant de son mieux pour dissiper la tristesse. Mais personne ne rit, pas même Darius. Le reste du repas se passa presque totalement dans le silence.

Dinshawji tomba sur le bréchet et proposa de le partager avec quelqu'un, mais aucun volontaire ne se présenta. Gêné, Gustad s'empara d'un bout. Ils tirèrent, déchiquetèrent, se battirent avec l'os graisseux jusqu'à ce qu'il cède. Gustad eut le plus petit morceau.

L'unique invité parti, Gustad ferma la porte à clef pour la nuit. Des neuf portions de poulet, il en restait six dans le plat. « Maintenant, tu peux être content, dit-il. Tu as gâché l'anniversaire de ta sœur. Personne n'a eu envie de manger.

— Tu as apporté le poulet vivant à la maison, tu l'as fait tuer et après tu nous as rendus malades à table, répliqua Sohrab. Ne me rends pas responsable de ta stupidité.

— Stupidité ? *Bay-sharam* ! Tu oublies que tu parles à ton père !

— Pas de disputes un jour d'anniversaire, dit Dilnavaz, mi-apaisante, mi-menaçante. C'est une règle stricte chez nous.

— Je sais que je parle à mon père, mais mon père ne veut pas reconnaître la vérité quand il l'entend.

— La vérité ? Commence par souffrir comme tes parents, après tu parleras de vérité ! Moi, on ne m'a pas payé mes frais de scolarité à l'université, j'ai dû gagner l'argent de mes études. Et étudier tard la nuit avec une lampe à pétrole comme celle-ci, la mèche très basse, pour épargner...

— Tu nous as déjà raconté ça des centaines de fois, l'interrompit Sohrab.

— Roshan ! » Les mains de Gustad tremblaient. « Apporte-moi ma ceinture ! Celle en cuir marron ! Je vais apprendre le respect à ton frère ! Il se prend pour un adulte ! Son *chaamray-chaamra*, je vais l'écorcher vif ! Jusqu'à ce qu'il ne lui reste plus une lanière de peau ! »

Roshan ne bougea pas, les yeux agrandis de terreur. Dilnavaz lui fit signe de rester assise. Quand les garçons étaient petits, elle avait souvent eu peur que, en leur administrant les corrections que tout père est censé administrer, Gustad, vu sa force, ne leur fît très mal, quitte après à se sentir misérable et bourrelé de remords. Elle espéra que Sohrab allait se tenir tranquille, le temps que la colère de Gustad s'apaise.

Mais le garçon ne fléchit pas. « Va chercher la ceinture ! Je n'ai pas peur de lui, ni de rien. »

Comprenant que Roshan ne bougerait pas, Gustad y alla lui-même. Il revint, à l'épaule l'instrument du châtiment, dont la mention seule remplissait jadis les garçons de peur. Il haletait de fureur. « Vas-y, dis ce que tu veux dire ! Laisse-nous écouter ton *chenchi*, si tu en as encore le courage !

— J'ai déjà tout dit. Si tu n'as pas entendu, je peux le répéter. »

Gustad balança la ceinture, le cuir siffla en fendant l'air. Dilnavaz se précipita entre les deux, comme lorsque les enfants étaient petits, le fouet s'abattit sur ses mollets. Elle cria. Deux marques rouges apparurent.

« Pousse-toi ! hurla Gustad. Je te préviens ! Ce soir, je me fiche de ce qui arrivera ! Je vais découper ton fils en morceaux, je vais... »

Roshan se mit à sangloter et à supplier : « Maman ! Papa ! Arrêtez ! » Gustad tenta à nouveau d'atteindre sa cible, mais les manœuvres de Dilnavaz l'en empêchèrent.

À travers ses sanglots, Roshan supplia encore : « S'il te plaît, c'est mon anniversaire, arrête ! »

La ceinture continuait à se balancer, mais sans infliger de coup aussi parfait que le premier. Dont la vigueur même avait affaibli le bras de Gustad. « Lâche ! Arrête de te cacher derrière ta mère ! »

Avant que Sohrab ou Dilnavaz aient pu répondre, on entendit un cri perçant : « Suffit, ça suffit ! C'est l'heure de dormir, pas de se battre ! Gardez-en pour demain ! »

La voix était celle de Miss Kutpitia, aussi haut perchée et avec les mêmes cadences que lorsqu'elle s'en prenait le matin au *bhaiya*. Furieux, Gustad courut à la fenêtre. « Venez à ma porte, si vous avez quelque chose à dire ! Je ne vis pas à l'œil, ici, moi aussi je paye un loyer ! » Et s'adressant à Dilnavaz : « Tu vois ? C'est ça ton amie ? *Saali* sorcière !

— Elle a raison, dit Dilnavaz d'un ton résolu. Tous ces cris et ces hurlements au milieu de la nuit !

— Très bien ! Prends son parti contre ton mari. Comme toujours. » Plein d'amertume, il se tut. Dehors, le silence régnait de nouveau. Mais il resta à la fenêtre, l'air bravache, au cas où Miss Kutpitia riposterait.

Dilnavaz en profita pour pousser Sohrab, Darius et Roshan vers leur chambre. Demeuré seul, Gustad commença à se calmer. Voyant la ceinture qu'il tenait encore serrée dans son poing, il la lança dans un coin, puis souffla les bougies sur la table. Il y avait encore trop de lumière dans la pièce, à son goût. Il baissa la mèche de la lampe à pétrole, et reprit sa place à la fenêtre. On distinguait à peine le mur de pierre noire, il se fondait dans la nuit d'encre.

Dilnavaz revint. « Ils sont tous au lit. Attendant ton Bonnenuit-Dieuvousbénisse. » Il ne répondit pas. Elle essaya encore. « J'ai parlé à Sohrab. Regarde. » Elle lui montra sa manche trempée. « Ce sont ses larmes. Va le voir. »

Gustad secoua la tête. « C'est à lui de venir vers moi. Quand il aura appris le respect. Jusque-là, il n'est plus mon fils. Mon fils est mort.

— Ne dis pas des choses pareilles.

— Je dis ce qui convient. Maintenant, il n'est rien pour moi.

— Non, arrête ! » Elle tâta les zébrures sur son mollet, et il la vit faire.

« Mille fois je t'ai dit de ne pas te mettre au milieu quand je m'occupe des enfants.

— Il a dix-neuf ans, ce n'est plus un enfant.

— Dix-neuf ou vingt-neuf, il n'a pas à me parler

comme ça. Et pour quelle raison ? Qu'est-ce que j'ai fait, sinon me montrer fier de lui ? »

La stupeur que camouflait sa colère était émouvante, Dilnavaz aurait voulu le réconforter, l'aider à comprendre. Mais elle ne comprenait pas elle-même. Elle lui toucha gentiment l'épaule. « Nous devons être patients.

— Qu'est-ce que nous avons fait d'autre pendant toutes ces années ? Et pour aboutir à quoi ? Du chagrin, rien que du chagrin. Le voir gâcher son avenir sans raison. Qu'est-ce que je n'ai pas fait pour lui, dis-le-moi ? Je me suis même jeté devant une voiture. Je l'ai poussé du pied, je lui ai sauvé la vie et j'ai récolté ça, dont je souffrirai jusqu'à mes derniers jours. » Il se frappa la hanche. « Un père, ça sert à ça. Mais s'il ne peut pas montrer au moins un peu de respect, je peux lui rebalancer un coup de pied, cette fois pour le pousser hors de chez moi, hors de ma vie. »

Elle lui toucha de nouveau l'épaule. « Je vais débarrasser la table, puis nous irons dormir. » Elle commença d'empiler les assiettes et les verres sales.

Longtemps après que Dilnavaz eut débarrassé la table, ramassé les miettes à l'aide d'un chiffon et fut allée se coucher, Gustad demeura assis, à la lueur douce de la lampe à pétrole. Il remerciait la lampe, sachant que si l'électricité avait été rétablie, sa colère n'aurait pas disparu.

Téméraire, il mélangea tous les fonds de bouteille : le rhum de Bilimoria, du citron, de la Golden Eagle, de l'eau gazeuse, goûta, fit la grimace, mais but néanmoins la moitié du verre. Puis il s'approcha du bureau de son grand-père. Muni de deux tiroirs côte à côte. Sous celui de droite, plus petit, il y avait un placard. Il essaya d'en ouvrir sans bruit la porte ; elle avait toujours résisté. Ses mains tremblaient un peu. Elle s'ouvrit brusquement, avec un doux gémissement de bois contre bois.

Une odeur de vieux livres et de vieilles reliures, de

savoir et de sagesse s'en échappa. Sur l'étagère supérieure, au fond, reposaient le *Dictionnaire de locutions et de contes* de Cobham Brewer et les deux volumes du *Dictionnaire d'argot, de jargon et de langage populaire* de Barrère et Leland, édition 1897. Comme les meubles, Gustad les avait sauvés de la banqueroute de son père. Il prit le dictionnaire de Brewer, l'ouvrit au hasard, le porta à son nez et ferma les yeux. La riche fragrance, intemporelle, s'éleva des précieuses pages, apaisant son esprit torturé et embrouillé. Il referma le livre, en caressa tendrement la tranche des doigts, et le replaça sur l'étagère.

Où se trouvaient également des ouvrages de Bertrand Russell, un livre intitulé *Mathématiques pour tous*, et *Recherches sur la nature et les causes de la richesse des nations*, d'Adam Smith. Ils appartenaient à son passé d'étudiant. En plaisantant, il disait souvent à Malcolm le musicien qu'il allait poursuivre ses études universitaires selon le schéma : "Achetez-cette-année, Vendez-l'année-prochaine." Quelle belle allure auraient tous ces livres dans la bibliothèque que Sohrab et lui envisageaient de fabriquer ! Plus maintenant. Le garçon ne m'est plus rien maintenant, songea-t-il.

Posés à plat sur le devant de l'étagère, il vit un petit *Webster* et un *Roget*, édition de poche, au milieu d'un fouillis de choses : enveloppes écornées, boîtes de plastique contenant des trombones et des élastiques, deux rouleaux (respectivement à moitié et aux trois quarts utilisés) de ruban adhésif, une bouteille d'encre bleue Camel Royal et une bouteille d'encre rouge, sans marque (utilisée exclusivement pour rédiger les cartes de vœux ou les enveloppes blanches de cadeaux de mariage : salutations, souhaits de longue et heureuse vie et, en bas, dans le coin gauche, la somme y incluse). D'autres bricoles étaient plus difficiles à identifier. Bouts de stylo, capsule en caoutchouc d'un flacon de colle, canif sans lame, pinces métalliques, attaches de caoutchouc.

L'étagère du bas était entièrement réservée aux dossiers, chemises et vieux magazines. Il souleva avec précaution une pile de journaux jaunis, et chercha la lettre. Ses doigts se refermèrent sur elle. Il laissa retomber la pile. Une boîte de plumes rouillées, datant de l'époque où l'on ignorait le stylo à bille, dégringola. Les plumes, à l'intérieur, s'entrechoquèrent, métal contre métal, métal contre carton. Le son fusa et se dissipa, comme celui de maracas que l'on agiterait et que l'on ferait taire instantanément.

Il apporta la lettre près de la lampe. Il l'avait lue plusieurs fois, en secret. L'enveloppe était tapée à la machine. Elle portait une adresse d'expéditeur : une boîte postale à New Delhi, mais pas de nom. Ce qui, la première fois, avait suscité chez lui nervosité et curiosité : il ne connaissait personne à New Delhi. Dans l'enveloppe, il trouva un seul feuillet d'un papier d'excellente qualité, épais et fibreux. Il le relut.

Mon cher Gustad,

Cette lettre va sûrement te causer une grande surprise. Après tout ce temps, tu avais dû cesser de t'intéresser à moi, étant donné surtout la façon dont j'ai quitté le Khodadad Building.

Tu m'en veux beaucoup, je le sais. Rédiger une lettre, ce n'est pas mon truc, mais s'il te plaît, accepte toutes mes excuses, et crois-moi quand je te dis que je n'avais pas le choix. Si je bâtissais une excuse, je mentirais, et je n'aime pas ça. Je ne suis pas encore libre de te donner tous les détails, sauf que c'est une question de sécurité nationale. Tu sais que je travaillais pour le gouvernement depuis mon départ de l'armée.

Quelque chose, en rapport avec la tâche qu'on m'a confiée, doit se faire à Bombay. J'ai immédiatement pensé à toi, puisque tu es la personne en qui j'ai le plus confiance. Ton amitié compte énormément pour moi, ainsi que ta chère femme Dilnavaz, tes deux merveilleux fils et la douce petite Roshan. Je n'ai pas besoin de te dire que je vous considérais, et que je vous considère encore, comme ma propre famille.

Ce dont j'ai besoin est très simple. Il s'agit tout bonnement de recevoir un paquet à ma place. Si tu ne peux pas me rendre ce service, je comprendrai. Mais il faudra que je m'adresse à des gens moins sûrs. S'il te plaît, dis-le-moi. Et s'il te plaît, ne te vexe pas du numéro de boîte postale, le règlement m'impose de garder mon adresse confidentielle.

Une fois encore, j'implore ton pardon. Un jour, je te raconterai toute l'histoire, quand notre famille (si tu me permets d'utiliser ce mot) sera de nouveau réunie.

Ton ami qui t'aime,

JIMMY

Gustad palpa le papier. Quelle qualité, pensa-t-il, comparé aux minces feuilles sur lesquelles lui-même écrivait. Jimmy avait toujours de l'argent, et le cœur sur la main. Faisant toujours des cadeaux aux enfants. Raquettes de badminton, batte et piquets de cricket, raquettes de ping-pong, haltères. Et il ne les leur donnait jamais lui-même. Il me les donnait d'abord, disant qu'ils étaient mes enfants, et que j'avais droit le premier à leur gratitude et à leur joie. Mais chaque fois que Jimmy arrivait, Roshan, Darius et Sohrab abandonnaient sur-le-champ ce qu'ils étaient en train de faire pour venir s'asseoir auprès de lui. Ils l'avaient pris pour héros, même Sohrab, si difficile. Il n'y a qu'à voir, maintenant, le mépris qu'il affiche pour Dinshawji.

Gustad baissa la mèche de la lampe à pétrole, et se renversa dans le fauteuil. La lumière, très douce, donnait à la pièce un air irréel. Ô Dada Ormuzd, quel tour me joues-Tu ? En moi, quand j'étais jeune, Tu as instillé le désir d'étudier, d'aller de l'avant, de réussir. Puis Tu as dépouillé mon père de son argent, et Tu m'as laissé pourrir dans la banque. Et pour mon fils ? Tu me laisses tout arranger, et quand c'est à portée de main, Tu lui ôtes son goût pour l'IIT. Qu'es-Tu en train de me dire ? Suis-je devenu trop sourd pour T'entendre ?

Il reprit son verre. La bière au rhum lui parut avoir meilleur goût, et il en but plusieurs gorgées. Toutes ces années pendant lesquelles j'ai veillé sur Sohrab, et j'ai attendu. Et maintenant je souhaiterais recommencer tout depuis le début, sans connaître la fin. Au début, du moins, il y avait de l'espoir. Maintenant il n'y a plus rien. Rien que du chagrin.

Quel genre de vie attendait Sohrab ? Pas d'avenir pour les minorités, avec ces politiciens fascistes du Shiv Sena, et cette langue Marathi absurde. Ça se passera comme pour les noirs en Amérique — il faudra montrer deux fois plus de capacités que les blancs pour obtenir moitié moins qu'eux. Comment faire comprendre ça à Sohrab ? Comment lui faire reconnaître le chagrin qu'il causait à son père, qui avait fait du succès de son fils le but de sa vie ? Sohrab lui avait arraché ce but, comme une béquille à un handicapé.

La bière au rhum était délicieuse. Il vida son verre. La tension peu à peu s'apaisait. Je l'ai poussé d'un coup de pied il y a neuf ans pour lui sauver la vie... Je peux recommencer. Le chasser de ma maison, de ma vie. Pour lui apprendre le respect... tout ce qu'il signifie pour moi... ce qu'il signifiait... ce jour-là...

Ce jour-là, une matinée de pluie. Non, une journée entière de pluie, dont l'odeur se mélangeait à celle des fumées de diesel. Et il s'était trompé de bus en emmenant déjeuner Sohrab, alors âgé de dix ans. Gustad avait obtenu de Mr Madon, le directeur de la banque, une demi-journée de congé pour fêter l'entrée de Sohrab au lycée Saint-Xavier. S'y faire admettre n'était pas chose facile. Le lycée appliquait sa devise *Duc in altum* avec une particulière rigueur en ce qui concernait la sélection des étudiants. Au difficile examen d'entrée par écrit succédait un entretien oral, et Sohrab avait très bien réussi les deux. Dix ans seulement, et il parlait couramment l'anglais. Pas comme la fois où, au jardin d'enfants, alors qu'il avait trois ans, la maîtresse avait demandé : « Quel savon utilises-tu ? » et où il avait répondu : « Savon *sojjo* », répétant le mot en gujarati pour faire bonne mesure.

Gustad voulait le récompenser le mieux possible. Le Parisien cuisinait le meilleur curry de poisson de la ville, qu'il servait toujours avec du *paapud* croustillant, le poisson était toujours de la brème fraîche, et le garçon vous donnait le morceau que vous demandiez. Point très important, car Sohrab adorait la queue de la brème.

Or, allez savoir pourquoi : la pluie, la foule, le désordre, Gustad avait mal lu le numéro de l'autobus. Ils ne s'en aperçurent qu'après le démarrage, et au beau milieu de la circulation. Le contrôleur s'approcha en se pavanant, sa sacoche en cuir, à la fois porte-monnaie et distributeur de billets, en bandoulière, style à la va-comme-je-te-pousse.

Gustad tendit sa pièce en disant : « Une place entière, une demi-place, Churchgate. » Après le déjeuner, il ferait une surprise à Sohrab en l'emmenant chez K. Rustom & Co déguster leur fameuse glace à la pistache, servie entre deux biscuits toujours croquants. L'idée de la glace venait de Dilnavaz. C'était cher : Sohrab n'en avait goûté qu'une fois jusqu'à présent : pour fêter son *navjote*, après la cérémonie au temple du feu.

Le contrôleur dédaigna la main tendue et marmonna, sans s'émouvoir autrement : « On va pas à Churchgate. » Et, tout en regardant par la vitre la pluie et la circulation, il martela vigoureusement sa sacoche de sa pince à poinçonner : *tidick-tick, tidick-tick*, ce qui donnait à ses paroles un sens hostile.

La pluie avait commencé tôt le matin : des rideaux d'eau tombant d'un ciel noir. Et Dilnavaz avait dit, alors qu'il partait avec Sohrab pour la nouvelle école : « Ça porte chance, s'il pleut le jour où quelque chose de nouveau commence. » Sohrab, lui aussi, était content : cela signifiait qu'il allait pouvoir mettre son nouvel imperméable Plume-de-Canard et ses bottes de caoutchouc. Il espérait qu'il y aurait de grandes flaques où patauger.

Avant son départ, on lui avait appliqué une tache vermillon sur le front et passé une guirlande de roses et de lilas autour du cou. Pour lui porter chance, Dilnavaz fit l'*overnaa* : elle l'aspergea de riz, lui offrit une noix de coco, des feuilles de bétel, une datte sèche, une noix d'arec et sept roupies. On lui versa une cuillerée de sucre dans la bouche, puis ils le serrèrent dans leurs bras et lui murmurèrent des bénédictions à l'oreille. Ils dirent à peu près la même chose que pour son anniversaire, en mettant l'accent sur l'école et sur les études.

Tandis que Sohrab et lui faisaient la queue à l'arrêt d'autobus, Gustad avait prié pour que la pluie se calme. Elle frappait avec un bruit assourdissant le toit de tôle ondulée. L'air était lourd et désagréable. La file des véhicules s'allongeait comme un monstre ensommeillé sur l'asphalte humide et brillant, hoquetant et crachant ses effluves, de temps en temps ondulant pour avancer, paresseusement. Les puissantes odeurs d'essence et de diesel semblaient se dissoudre dans l'humidité ambiante ; et l'humidité noyait tout.

« On va pas à Churchgate », répéta le contrôleur, faisant cliqueter sa pince : *tidick-tick, tidick-tick*. Sa main gauche jouait avec le monceau de pièces dans sa sacoche, en prenant une poignée qui retombait en cascade comme une chute d'eau métallique, avec de légères éclaboussures. Ses constantes caresses avaient donné au cuir de la sacoche une douceur satinée, un lustre et un miroitement chaleureux. Et c'est cette image du contrôleur qui s'imposa à Gustad quand il se retrouva sur la chaussée, transpercé par la pluie, au milieu du trafic et incapable de se lever. Quelque chose s'était cassé ; les premiers éclairs de douleur traversaient son corps.

Mais d'abord, il y avait eu la dispute avec le contrôleur hargneux. La pluie et les embouteillages avaient porté sur les nerfs de tout le monde. « Alors, vous achetez un billet ou quoi ?

— Si ce bus ne va pas à Churchgate, nous allons descendre.

— Alors descendez. » *Tidick-tick, tidick-tick, tidick-tick.* « Ou payez. On vous transporte pas gratis.

— Mais sonnez au moins. » Surpris par une brusque secousse de l'autobus, Gustad lâcha ces mots comme si on les lui avait arrachés.

« Je ne sonnerai que pour le prochain arrêt. Si vous restez, achetez un billet. Sinon... » Il lui montra la sortie.

Gustad repéra le cordon d'appel : et s'il le tirait, que se passerait-il ? Le contrôleur essaierait de l'en empêcher, et ils en viendraient aux mains. Il savait qu'il aurait inévitablement le dessus, mais ce serait inconvenant devant Sohrab. Et l'on connaissait des exemples où le contrôleur avait fracassé le crâne d'un passager avec son distributeur de tickets à l'occasion d'une bagarre. Il tenta encore une fois de le raisonner : « Vous voulez que nous descendions au beau milieu de la rue et que nous nous fassions tuer, c'est ça ?

— Personne ne mourra, dit l'autre avec dédain. On est complètement bloqués, vous voyez bien. »

Le bus était immobilisé dans la voie médiane, les voitures, tout autour, comme figées. « Viens, papa », dit Sohrab, que l'altercation gênait. « C'est facile, maintenant. » Les autres passagers, ravis de cette occasion de se distraire, suivaient la dispute avec intérêt. Ils les regardèrent, déçus, se diriger vers la sortie.

Le bus bondit au moment même où Sohrab posait le pied par terre. Il glissa sur l'asphalte mouillé, perdit l'équilibre et tomba. « Arrêtez ! » hurla Gustad, en sautant de l'autobus.

Dans la fraction de seconde qui s'écoula entre la chute de Sohrab et son propre saut, il comprit qu'il pouvait soit atterrir debout, soit sauver son fils. Visant Sohrab du pied, il le repoussa alors qu'un taxi arrivait droit sur lui. Puis il tomba, de tout son poids, sur sa hanche gauche. Il entendit le craquement sinistre. Une forte odeur de diesel lui emplit les narines quand il s'évanouit.

Le taxi s'arrêta net, à quelques centimètres de Gustad. Une petite foule commença à s'assembler autour de lui.

« Allongez-le confortablement, dit l'un.

— Il lui faut de l'eau, il s'est évanoui », dit un autre. Gustad les entendait et avait l'impression que quelqu'un le pressait contre le sol, l'empêchant de se lever.

Le chauffeur de taxi demanda à ses passagers de descendre. Ils protestèrent, puis se dépêchèrent de filer quand ils comprirent qu'ils n'auraient pas à payer la somme inscrite au compteur. Quelqu'un héla le porteur d'eau, de l'autre côté de la rue. L'appel caractéristique se propagea, dominant tous les autres bruits de la rue, à la fois sifflement, aspiration et susurrement. « *Pss-sst-sst-sst* Paniwalla ! » L'homme traversa la rue en trottinant, avec son seau et ses verres. On humecta le front de Gustad, bien qu'il fût déjà trempé de pluie. Les gens croyaient peut-être qu'il fallait une eau plus froide que la pluie pour ramener à lui le blessé.

Il ouvrit les yeux. On remplit un second verre, mais il refusa de boire. Le paniwalla le vida sur la chaussée et dit, sans s'adresser à qui que ce soit en particulier : « Deux verres, vingt naye paise.

— Comment ? s'exclama le chauffeur de taxi. Tu n'as pas honte ? Tu ne vois pas que l'homme a eu un grave accident, qu'il a mal, qu'il est en train de s'évanouir ?

— Je suis un pauvre homme, dit le vendeur d'eau. J'ai des enfants à nourrir. » Une large tache mauve lui couvrait un côté du visage, et il s'exprimait d'une voix pleurnicharde, haut perchée.

La foule intervint dans la discussion. Les uns affirmant que ce vaurien sans cœur méritait d'être chassé d'un coup de pied dans le derrière, les autres prenant son parti. Décidé à ne pas laisser échapper sa seule vente de la journée, il insista : « L'homme a eu un accident, et alors ? Il va payer l'ambulance et le docteur et l'hôpital pour se faire soigner. Pourquoi je serais le seul qu'on laisserait de côté ? Quel péché j'ai commis pour qu'on ne me donne pas mes vingt naye paise ? »

« *Theel hai ! Theek hai !* » approuva la foule. Alors Sohrab retira une roupie des sept qu'il avait reçues le matin. Gustad voulut lui dire de faire attention à sa monnaie, mais ne put prononcer un mot. Le paniwalla s'éloigna avec son seau et ses verres, grommelant dans sa barbe. Sous la pluie, on entendait sa voix de fausset lancer le cri dérisoire : « *Paani* glacé, doux-doux *paani* ! »

L'attention se concentra sur Gustad. Le chauffeur de taxi proposa de le transporter chez un médecin ou à l'hôpital. Sur le point de perdre à nouveau conscience, Gustad réussit à murmurer : « Khodadad Building. » Il se rendait compte que le chauffeur était quelqu'un de très bien. Maîtrisant avec calme la situation, réconfortant un Sohrab effrayé et au bord des larmes. « Nous y serons bientôt, ne t'inquiète pas, on ne va pas rester bloqués ici éternellement. » Il s'inquiéta de ses études, de son école, et maintint ainsi la conversation jusqu'à ce qu'ils atteignent le Khodadad Building.

Le major Bilimoria était chez lui, et il arriva immédiatement en apprenant la nouvelle. Il parla à Dilnavaz de Madhiwalla le Rebouteux. « Emmenez-le dans un hôpital courant comme le Parsi General, et tout ce que vous aurez, c'est un traitement courant. Ou un mauvais traitement courant, selon que Gustad a de la chance ou non. » Il gloussa.

Le major avait dû voir beaucoup de blessures sanguinolentes dans l'armée, se dit Dilnavaz, il était naturel qu'il ne s'inquiète pas. Il continua : « Ils adorent utiliser leurs ciseaux, leurs scies, leurs marteaux et leurs clous dans les hôpitaux. Et quand ils ont fini leur menuiserie, ils vous filent une bonne grosse facture parce que leurs outils coûtent très cher. » Gustad l'entendit et, malgré sa douleur, trouva la description très rassurante. Il savait que tout allait bien se passer maintenant, que Jimmy allait s'occuper de tout. « Avec Madhiwalla le Rebouteux, il n'y a ni opération, ni broches, ni plâtre. Pas de facture non plus, sinon ce qu'on veut bien lui donner. Et ses méthodes sont stupéfiantes, j'en suis un témoin vivant. Parfois, dans des cas difficiles, les chirurgiens de l'armée l'appelaient à l'aide. Ce qu'il faisait, c'était tout bonnement magique. »

La décision fut prise. Conservant le même taxi, ils se rendirent dans la grande salle où Madhiwalla le Rebouteux exerçait ce jour-là. Le chauffeur refusa qu'on le paye. « Je ne veux pas profiter de votre malheur », dit-il.

Là-dessus, Jimmy prit Gustad dans ses bras comme un bébé et le transporta à l'intérieur. Jimmy était un des rares à posséder la même force que lui, comme ils s'en étaient aperçus au cours des années à l'occasion de leurs joutes de bras de fer.

Jimmy resta à ses côtés jusqu'à ce que le Madhiwalla

s'occupe de lui. Ensuite, c'est lui qui porta les deux lourds sacs de sable que le Rebouteux avait prescrits pour immobiliser la jambe en attendant que la fracture soit guérie.

Qu'aurais-je fait sans Jimmy, ce jour-là ? réfléchissait-il.

Ce qu'il y avait de stupéfiant avec lui, c'est qu'il était toujours là quand on en avait besoin — appelez cela coïncidence, amitié, tout ce que vous voudrez, c'était ça, Jimmy.

Gustad se frotta les yeux et les ouvrit. Il avait la bouche sèche. Il voulut prendre le verre de bière au rhum, puis se rappela qu'il l'avait vidé. Il se leva, monta la mèche de la lampe, qu'il porta sur son bureau. Pour la millième fois, son cœur fondait de gratitude pour Jimmy Bilimoria. Sans lui, il serait un parfait handicapé, aujourd'hui. Au lieu de quoi, il marchait, sans béquilles ni canne, ni ce terrible déhanchement de Tehmul-Lungraa.

Il ouvrit le plus grand des deux tiroirs, fourragea à la recherche de papier à lettres. Malgré les années, Gustad n'avait jamais voulu totalement admettre qu'il devait son absence ou presque de boitillement à sa force morale autant qu'au traitement miracle de Madhiwalla le Rebouteux.

Il trouva une feuille non chiffonnée, essaya un stylo à bille sur sa main : il détestait devoir changer de couleur d'encre si un stylo rendait l'âme à mi-parcours. Puis une autre idée lui vint, et il ouvrit le petit placard.

La vieille odeur de livres et de reliures le saisit à nouveau. Il la respira à pleins poumons. La boîte de plumes gisait là où elle était tombée auparavant. Il en choisit une, après en avoir gratté plusieurs sur l'ongle de son pouce gauche, l'ajusta au porte-plume, et déboucha la bouteille de Camel Royal bleue.

Par son poids, le porte-plume était plus présent à la main qu'un stylo-bille en plastique. Il y a si longtemps que je n'en ai pas utilisé un. Plus personne ne s'en servait, pas même à l'école. À l'époque, c'était par lui que les enfants passaient du crayon à l'encre. Voilà le résultat de leur foutue éducation moderne. Au nom du progrès, ils méprisent ce qu'ils tiennent pour des choses sans importance, sans savoir que ce qu'ils balancent par la fenêtre de la modernité, c'est la tradition. Et qu'à la perte de la tradition succède inévitablement la perte du respect pour ceux qui respectent et aiment la tradition.

Il était presque deux heures du matin, mais Gustad n'avait pas sommeil. Mélangeant souvenirs et chagrin, il repensait avec tendresse aux anciens jours. Enfin il trempa la plume dans la bouteille d'encre et commença. L'ombre de sa main tomba sur le papier. Il déplaça la lampe vers la gauche, rédigea l'adresse, data sa lettre. Il en était à la formule de politesse du début quand l'électricité revint. L'ampoule étincela au-dessus de la table. Après tant d'heures d'obscurité, la dure lumière électrique inondait insolemment la pièce jusque dans tous ses recoins. Il éteignit, et se remit à écrire à la lumière de la lampe à pétrole.

5

L'heure venue d'ouvrir le robinet d'eau, Dilnavaz se réveilla automatiquement et ses premières pensées furent pour Gustad et Sohrab. Quelles horreurs ils s'étaient dites ! Fatiguée, elle tituba jusqu'à la salle de bains. L'eau, les bidons à remplir. Vite, vite. Le réservoir de la cuisine. Ce gros baquet. Le lait à acheter...

Tandis qu'elle attendait dehors l'arrivée du *bhaiya*, Miss Kutpitia lui fit signe de monter. « S'il vous plaît, ne lui en voulez pas, dit Dilnavaz en atteignant le palier. Il était bouleversé... » Elle aussi, cela l'avait obsédée toute la nuit, ce manque de contrôle de soi, cette grossièreté de Gustad criant après une vieille femme seule.

« Ce n'est pas pour ça que je vous ai appelée. Je me fais du souci pour votre fils.

— Sohrab ?

— Votre aîné. Il me rappelle tant mon Farad. » Un éclair de tendresse joua sur le visage de Miss Kutpitia, puis s'éteignit comme une bougie dans le vent. Il avait été une époque où toutes les pensées de Miss Kutpitia, tous ses rêves, allaient à son neveu, Farad. En ce temps-là, par un certain jour de bonheur et de chagrin, la femme de son frère était morte en donnant naissance à Farad. Et ce jour-là, Miss Kutpitia avait fait un vœu : de ne jamais se marier, de consacrer sa vie au veuf et à l'enfant. Elle se fit donc mère et professeur, amie et esclave, et plus encore, auprès du petit Farad. L'enfant lui rendait sa dévotion, ayant compris très tôt, sans chercher à exploiter la chose, qu'il était sa raison de vivre. Miss Kutpitia avait vécu son âge d'or.

L'année des quinze ans de Farad, son père et lui partirent pour leur habituelle semaine de vacances à Khandala. Pendant le voyage de retour, ils eurent un accident dans les Ghats. Un chauffeur de camion perdit le contrôle de son véhicule, percutant un autobus plein de vacanciers, puis la voiture de Farad et de son père, et les trois véhicules tombèrent dans le ravin. Seul le chauffeur du camion survécut. En ce jour fatal, il y avait de cela trente-cinq ans, Miss Kutpitia verrouilla son cœur, son esprit et sa mémoire. Désormais, plus personne ne pénétra dans l'appartement au-delà de l'entrée.

« Votre Sohrab me rappelle en tout point mon Farad, dit-elle. L'allure, l'intelligence, sa façon de marcher et de parler. » Dilnavaz ignorait tout de Farad. L'histoire s'était passée bien avant son mariage et son emménagement dans l'immeuble. Elle jeta un regard intrigué à Miss Kutpitia, qui poursuivit : « Un brillant garçon. Il aurait repris le cabinet d'avocat de son père, s'il avait vécu. » Elle borna là ses confidences, n'ayant plus besoin depuis longtemps de se décharger de son chagrin. Avec les années, sa carapace de vieille fille s'était épaissie. Et personne n'aurait pu dire si, sous cette coquille dure, les balafres que lui avait infligées le destin saignaient encore ou s'étaient cicatrisées.

« Oh, je suis désolée ! s'exclama Dilnavaz.

— Ce n'est pas la peine. Les larmes sont taries depuis longtemps. Il n'en reste plus une goutte. » Elle posa deux doigts sur les poches sous ses yeux, qu'elle tira vers le bas. « Vous voyez ? Complètement secs. » Dilnavaz hocha la tête, compatissante. « Je vous ai appelée parce que j'ai tout entendu hier soir. Savez-vous pourquoi Sohrab se conduit de cette façon ?

— Mon esprit refuse de marcher quand j'essaie de comprendre. Ça n'a aucun sens.

— Vous voulez dire qu'il a décidé soudain de ne plus aller dans cet IIT ? » Dilnavaz fit signe que oui, et les yeux de Miss Kutpitia se rétrécirent. « Et que jusque-là il voulait y aller, que personne ne l'avait forcé ?

— Personne. J'essaie de me rappeler, mais il me semble qu'il avait eu cette idée déjà quand il était petit, à l'école. »

Les yeux de Miss Kutpitia se réduisirent à de minces fentes. « Dans ce cas, il n'y a qu'une seule possibilité. On lui a fait avaler quelque chose de mauvais. Dans sa nourriture ou dans une boisson. Absolument *jaadu-mantar*. »

Dilnavaz dissimula poliment son scepticisme. Pourtant, se dit-elle, ce serait si tentant de croire à la magie — ça simplifie et ça explique si vite les choses.

Miss Kutpitia prit un air sinistre. « Connaissez-vous quelqu'un à qui l'échec de Sohrab profiterait ? Qui voudrait lui voler son esprit, au profit de son propre fils, peut-être ? »

— Je ne vois personne. » Dilnavaz frissonna malgré elle.

« Ça pourrait même être une sale mixture sur laquelle il aurait marché dans la rue. Il y a bien des façons de pratiquer la magie noire. » À présent ses yeux grands ouverts lançaient des flammes. Aussi grands que des soucoupes, pensa Dilnavaz. « Mais ne vous inquiétez pas, il y a aussi des façons de la combattre. On peut commencer avec un citron vert. » Elle expliqua le procédé, et comment l'appliquer. « Faites-le pendant quelques jours. Avant le coucher du soleil. Puis revenez me voir. » Soudain, avant de refermer la porte, elle dit : « Vous voyez que j'avais raison pour la queue de mon lézard.

— Comment ça ?

— Votre dîner. Gâché par les disputes. Et l'électricité qui a été coupée. Le poulet tué chez vous, très mauvais, ça. La malédiction de son cri de mort est restée sous votre toit.

— C'était l'idée de Gustad », dit Dilnavaz. Sur le chemin du retour, son esprit ensommeillé échafauda un parallèle cocasse entre le poulet et les poissons et oiseaux de

Darius qui, mués en revenants, lui avaient infligé une pneumonie. Pauvre Miss Kutpitia, une si triste vie.

Dans sa hâte de se remettre au lit, elle ne remarqua pas les lettres sur le bureau de Gustad.

Elle dormait toujours quand Sohrab se réveilla et découvrit le matériel d'écriture abandonné par son père après une longue nuit de ruminations et de rêveries. Le rappel des anciens jours et des espoirs moribonds s'était achevé aux petites heures troubles du matin, la bière au rhum prélevant son dû.

Sohrab saisit le porte-plume, se demandant pourquoi son père avait utilisé ce fossile. Lui aussi était resté éveillé, torturé par l'affrontement, les propos échangés — en portait-il seul la responsabilité ? Les réponses ne venaient pas facilement, enfouies dans le jardin du passé, que la mémoire avait retourné et replanté d'histoires de son choix. Les graines des ennuis de Sohrab avaient germé il y avait longtemps, bien avant la nuit dernière, quand ses parents avaient découvert les facilités de leur aîné, à la maison et à l'école, au travail ou au jeu. Sohrab paraissait capable de tout faire, et de le faire bien. Que ce fût en arithmétique, en travaux manuels, en instruction civique, il se distinguait chaque année à la distribution des prix. De même pour ses talents en rhétorique. Au concours d'art dramatique intercollèges, la pièce dans laquelle il jouait remporta le trophée. À la fête des sciences, ses expériences furent déclarées les meilleures. Gustad et Dilnavaz ne mirent pas longtemps à conclure que leur fils était quelqu'un de très particulier.

Inévitablement, quand Sohrab s'intéressa aux modèles réduits d'avions, Gustad en déduisit qu'il deviendrait ingénieur aéronautique. Quand il passa aux reproductions, à l'échelle, de bâtiments célèbres, Gustad prédit qu'il serait un brillant architecte. Et le fait de bricoler des objets, tels qu'un ouvre-boîte, ne pouvait signifier qu'une chose : il était un inventeur en germe. De tout cela, Sohrab aurait pu encore souffrir beaucoup plus, car l'amour et l'adulation de parents pour leur aîné causent souvent de terribles dégâts.

Son seul échec patent, durant sa scolarité, il le connut avec les insectes. En sixième, il reçut un prix de connaissance générale, en l'occurrence un livre intitulé *Précis d'entomologie*. Il le lut, médita pendant plusieurs jours, puis commença à attraper les papillons avec un filet qu'il s'était fabriqué. Il les tuait dans une boîte en fer contenant des tampons de coton imbibés de pétrole. Quand ils cessaient de palpiter, il ouvrait la boîte et dépliait doucement les ailes. Des ailes toujours crispées sur les pattes et la trompe, leur pliure inversée, comme si, *in extremis*, le papillon avait essayé de chasser les vapeurs nocives en se couvrant la tête. S'efforçant de prendre de vitesse la *rigor mortis*, Sohrab étirait les quatre ailes membraneuses sur une planche (elle aussi faite maison). Quelques jours plus tard, sec et léger comme un mouchoir en papier, le papillon était prêt pour la fixation.

Tout le monde félicitait Sohrab. On admirait les superbes couleurs et dessins des ailes, comme s'il avait eu une part dans leur agencement. Épinglés par le thorax, les spécimens étaient exposés dans la boîte de contreplaqué que Sohrab avait fabriquée avec les outils de son arrière-grand-père. Voir son fils utiliser ces outils constituait pour Gustad le plus grand des bonheurs. Il répétait ce qu'il disait si souvent, que ça devait être dans le sang, ce goût de la menuiserie.

Puis les papillons commencèrent à se désintégrer. Bientôt, les asticots grouillaient dans la boîte, un spectacle particulièrement écœurant. Sohrab ne pouvait rien faire que de regarder, paralysé. Quand les vers eurent fini leur travail, ils disparurent aussi soudainement qu'ils étaient apparus, et Sohrab remisa la boîte sur l'étagère sombre des WC.

Mais cet échec ne fit pas taire les rumeurs concernant son génie : on ne lui en attribua pas la responsabilité, que, tout simplement, Gustad endossa. « C'est de ma faute, dit-il, pour avoir acheté du pétrole au lieu de tétrachlorure de carbone, et ne pas m'être procuré l'agent chimique de séchage que Sohrab voulait. »

Sohrab ne chassa plus les papillons. Gustad raya de la liste des carrières de son fils celle de premier entomologiste du monde. Sohrab se concentra désormais sur les objets mécaniques et les produits de l'imaginaire. Il démantela et réassembla le réveille-matin, répara le hachoir de sa mère, et mit au point un projecteur de photos à l'aide d'une loupe trouvée dans le bureau de Gustad. Il projeta sur les murs de la grande pièce les images de bandes dessinées qu'il découpait dans le journal du dimanche. Le major Bilimoria assistait toujours à ces séances, se levant souvent pour poser à côté de l'image — imitant le Fantôme et proférant des sons comme *pffut ! tchac ! waou !* Après quoi venait l'heure de la partie de *dhansak* du dimanche.

Leur plus grande fierté, Gustad et Dilnavaz l'éprouvèrent le jour où Sohrab monta, pour le Khodadad Building, une représentation du *Roi Lear*, enrôlant Darius plus une bande d'amis de l'école et de l'immeuble. La représentation eut lieu au fond de la cour, chacun apporta sa chaise. Sohrab, bien entendu, était le roi, mais aussi le producteur, le metteur en scène, le dessinateur des costumes, le décorateur. Il écrivit aussi une version abrégée de la pièce, comprenant que même des parents gâteux pouvaient tomber en catatonie si on les soumettait à plus d'une heure d'un spectacle Shakespeare ultra-amateur. Mais ce n'est qu'une fois admis à l'université que l'idée le frappa : papa n'avait jamais parlé, ni rêvé, d'un fils artiste. Jamais il n'avait dit : mon fils peindra, mon fils sera acteur, écrira de la poésie. Non, c'était toujours : mon fils le docteur, mon fils l'ingénieur, ou le chercheur scientifique.

Maintenant, tout en essuyant la plume et en rebouchant la bouteille d'encre, il se rappela que papa lui avait un jour montré le porte-plume, alors que son époque crayons touchait à sa fin. Avec l'ère de l'encre, arrivèrent les plans d'avenir. Le rêve de l'IIT prit forme, puis s'empara de leur imagination. L'Institut Indien de Technologie devint la terre promise. Eldorado et Shangri-La, l'Atlantide et Camelot, Xanadou et Oz. Le détenteur du Saint-Graal. Et tout lui serait donné, tout serait possible, tout lui adviendrait, à lui qui y accéderait et en émergerait avec le calice sacré.

Essayer de démêler les fils, de déterminer qui avait eu cette idée et qui il fallait blâmer était aussi difficile que d'identifier la première goutte de pluie de la mousson à toucher le sol.

Sohrab prit les deux lettres, lut rapidement celle du major, puis la réponse de son père, à l'écriture si élégante. Entretemps, Dilnavaz s'était réveillée pour la seconde fois. Elle devait lui parler, se dit-elle. Mais il la devança : « As-tu lu la lettre d'oncle major ?

— Quelle lettre ? » Il la lui montra. « Ça doit être une vieille, dit-elle. Tu sais comme papa aime collectionner les choses.

— Non, celle-ci est arrivée il y a quatre semaines. Regarde le cachet de la poste. »

Gustad passa, titubant, en direction de la salle de bain, des cernes autour des yeux. Elle guetta le crachement métallique annonciateur de l'arrivée d'eau. « Il s'est endormi si tard cette nuit. » Sa voix avait un ton gentiment accusateur.

Ensuite, alors que Gustad prenait son thé, elle dit : « Nous avons vu la lettre.

— J'ignore qui est ce "nous". Pour moi, tu es la seule personne présente ici. »

Elle fit comme si de rien n'était. « Tu commences à me cacher le courrier. Je me demande ce que tu as caché d'autre.

— Rien ! Je voulais réfléchir à la lettre de Jimmy sans que tous les génies de cette maison y aillent de leurs milliers de suggestions. C'est tout.

— Des milliers de suggestions, hein ? Depuis vingt et un ans nous discutons tout ensemble, et maintenant je suis une gêne ? Et Jimmy ne donne aucun détail. Comment sais-tu que tu agis comme il faut ? »

Gustad déclara que les détails ne comptaient pas, seul

importait le principe, celui d'aider un ami. « Ces derniers temps, c'était major ci, major çà. Moi je disais, oublions-le, il a disparu comme un voleur. Mais non. Et maintenant qu'il demande de l'aide et que j'accepte, tu n'es toujours pas contente.

— Et si c'était dangereux ?

— Foutaises. » Du doigt il montra Sohrab. « Qu'est-ce qu'il a à ricaner comme un âne ?

— Ne te fâche pas, papa. Je pense que tu as fait le bon choix, mais...

— Oh, il pense que papa a fait le bon choix ! Ne lui as-tu pas dit qu'il n'est plus mon fils ? » Moqueur et sarcastique, Gustad salua de la tête. « Merci, merci monsieur ! Merci de votre approbation. Mais quoi ?

— Je pensais à oncle Jimmy et à tes amis quand ils parlaient de politique. Il disait toujours : "On n'a que deux choix : le communisme ou la dictature militaire, si on veut se débarrasser de ces escrocs du Congrès. Oubliez la démocratie pendant quelques années, pas faite pour un pays qui meurt de faim." »

Il imitait très bien le baryton-basse saccadé du major, et Dilnavaz se mit à rire. Amusé lui aussi, Gustad se garda néanmoins de le montrer. Sohrab poursuivit : « Imagine que oncle Jimmy prépare un coup pour se débarrasser de notre gouvernement corrompu. »

Sa tasse de thé dans une main, Gustad appuya le front sur l'autre. « Voilà le discours débile qui recommence ! Imagine plutôt quelque chose d'utile, imagine-toi à l'IIT ! » Il se malaxa le front. « Ce que Jimmy disait, c'était une façon de parler. Tout le monde en fait autant quand il y a de la sécheresse, des inondations et de la pénurie, que les choses vont mal.

— Je sais, je sais, c'était pour plaisanter. Mais qu'est-ce qu'on fait contre les dirigeants qui agissent mal ? Qui, par exemple, accorde la licence de fabrication de voitures au fils d'Indira ? Il a dit : "Maman je veux faire des voitures." Et, dans la foulée, il a eu la licence. Ça lui a déjà rapporté une fortune, sans qu'il ait fabriqué une seule Maruti. L'argent est caché dans des comptes en Suisse. »

Il se mit à raconter comment le prototype s'était écrasé dans un fossé au cours des essais et avait néanmoins reçu le feu vert, sur ordre venu d'en haut. Dilnavaz écoutait attentivement, en arbitre autoproclamé des joutes entre père et fils. Les expressions de son visage indiquaient les scores.

« Ça fait plaisir de voir ton fils lire les journaux, dit Gustad, en finissant de boire son thé. C'est peut-être un génie, mais permets-moi de lui apprendre quelque chose. Quoi que tu lises dans les journaux, commence par le diviser en deux — le sel d'un côté, le poivre de l'autre. De ce qui reste, tu ôtes dix pour cent. Gingembre et ail. Et parfois, ça dépend du journaliste, encore cinq pour cent, pour le piment en poudre. Alors, alors seulement, tu auras la vérité, sans *masala* ni propagande. » Dilnavaz apprécia cette leçon impromptue. Elle rectifia le score. Gustad se renversa sur sa chaise et fit glisser sa tasse vers la bouilloire.

« Mais c'est un témoin qui me l'a raconté, dit Sohrab. Un de mes amis de fac. Son père travaille au centre d'essais.

— Un ami de fac ! Il te remplit la tête de foutaises et de débilités. Heureusement que nous sommes en démocratie. Si le Russiawalla était là, il vous expédierait, toi et tes amis, en Sibérie. » Il se frotta le front. « Quand il parle comme ça, le sang commence à bouillir dans mon cerveau ! Si j'ai une attaque, ce sera la faute de ton fils, je te préviens ! »

Elle les observait, désolée. Ce qui avait ressemblé au départ à un débat acéré (elle y avait pris un certain plaisir, espérant qu'il déboucherait sur un retour à la normalité), au bout du compte rallumait les flammes du bûcher de la veille. Elle fit signe à Sohrab de se taire.

« Pour la dernière fois, écoute mon conseil, dit Gustad. Oublie tes amis, oublie ta faculté et son diplôme inutile. Pense à ton avenir. N'importe quel serviteur ou employé à deux paise l'heure possède sa licence de nos jours. » Sur quoi, il se dirigea vers son bureau pour glisser sa réponse à Bilimoria dans une enveloppe.

Dilnavaz invita Sohrab à la suivre dans la cuisine. Là, elle prit un citron vert, et ordonna à son fils de fermer les yeux. « Qu'est-ce que c'est que ce truc ? protesta-t-il. Qu'est-ce que tu fais avec ce citron ?

— Ça n'est pas douloureux, c'est juste pour la santé de ton cerveau.

— C'est absurde. Mon cerveau n'a pas besoin d'aide. »

Elle plaida, cajola, lui demandant de le faire pour elle, de se montrer plus humble. « Il y a tant de choses que la science ne peut expliquer. Et un citron vert, ça ne peut pas te faire de mal, n'est-ce pas ?

— D'accord, d'accord ! » Il ferma les yeux, résigné. « Après papa qui fait du mélodrame, toi, tu te lances dans la nécromancie. Vous allez me rendre fou.

— Ne sois pas grossier. Et n'utilise pas des grands-grands mots. » Tenant le citron dans sa main droite, elle décrivit sept cercles, dans le sens des aiguilles d'une montre, autour de la tête de Sohrab. « Maintenant ouvre les yeux, et fixe-le très fort. » D'un dernier mouvement, elle abaissa le citron vers ses pieds, puis l'enfouit dans un sac en papier. Plus tard, elle jetterait le tout dans la mer. Ce dernier acte était crucial, avait expliqué Miss Kutpitia ; il fallait impérativement ne pas mêler le citron aux ordures.

Soudain, tous les propos de Miss Kutpitia semblaient empreints d'une profonde sagesse.

Étant donné la mauvaise tournure qu'avait prise le dîner d'anniversaire, Gustad éprouva une certaine gêne, le lundi, en retrouvant Dinshawji, mais celui-ci le mit à son aise. « Ne t'inquiète pas. Les disputes sont normales, quand un garçon grandit. Tu crois qu'en vieillissant je n'en ai pas vu plein ? »

À l'heure du déjeuner, Gustad ne se rendit pas à l'endroit, dans l'escalier, où le *dubbawalla* déposait les boîtes-repas. L'homme rapporterait sa boîte inentamée à la maison, et sans le mot rédigé à l'intention de Dilnavaz, une constante dans leur vie depuis vingt et un ans, toujours écrit et toujours lu, quelles que fussent leurs querelles. Ces petits mots ne disaient pas grand-chose : « Ma chérie, beaucoup de travail aujourd'hui, réunion avec le directeur. Te raconterai plus tard. Tendresse. » Ou bien : « Ma chérie, le *dhandar-paatyo* était délicieux. Son arôme a fait saliver tout le monde. Tendresse. »

Dinshawji s'approcha du bureau de Gustad avec son paquet de sandwichs. Contrairement aux autres employés, il transportait son déjeuner dans sa serviette, généralement les restes du repas de la veille entre deux tranches de pain. Souvent des joyaux du genre sandwich au chou-fleur, à la citrouille, au *brinjal*, aux haricots verts, qu'il mangeait gaiement, y compris le pain mal cuit. Quand on le taquinait sur ses délices épicuriennes, il disait : « Tout ce que me donne mon vautour domestique, je le mange sans broncher. Sinon elle me dévorerait vivant. »

Ses jours de chance, comme aujourd'hui, étaient ceux où il ne restait rien de la veille. Ces matins-là, Alamai fourrait ses sandwichs d'une omelette épicée, qu'elle venait de faire. Quand il ouvrit le paquet, il en jaillit une odeur d'oignon, de gingembre et d'ail. « Viens, *yaar*, dit-il à Gustad. Prends ton *dubba* et allons à la cantine. » Il voulait être à l'heure pour le programme quotidien.

En l'occurrence, les plaisanteries qu'échangeaient entre eux les membres du petit groupe auquel Gustad et lui appartenaient. Les éternelles histoires sikhs[1] : (« Qu'est-ce qu'a répondu Sardarji, le coureur, qui avait fini premier aux Jeux asiatiques, quand on lui a demandé : "Vous vous sentez détendu maintenant ?" Il a dit : "Non, non, je suis toujours Arjun Singh." »). Les blagues madrasi, imitant les sonorités mouillées du parler de l'Inde du sud (« Comment un madrasi épelle-t-il minimum ? Yem-i-yen-i-yem-u-yem ») ; les blagues guju, tirant parti de la

---

1. Les histoires sikhs sont l'équivalent de nos histoires belges. Dans le cas présent, la blague ne repose que sur une homophonie due à la prononciation : *relaxing* (détendu) et *Arjun Singh* (*Singh* = Sikh). *(N.d.T.)*

façon étrange qu'ont les Gujuratis de prononcer l'anglais, les voyelles notamment et le *o* en particulier. (« Pourquoi le Guju est-il allé au Vatican ? Il voulait écouter de la pape musique. Pourquoi le Guju a-t-il mordu l'orteil de Jean-Paul ? Il voulait manger du pape-corn. ») Sans oublier les histoires pathani, sur le penchant supposé des Pathans pour leur orifice anal. (« Un Pathan va chez son docteur : "Sahab docteur, j'ai beaucoup mal dans mon ventre." Alors le docteur lui fait un lavement. Ravi, le Pathan s'en va et dit à ses amis : "*Arré*, comme la science moderne est agréable : tu as mal au ventre, mais la médecine te bourre par-derrière." Le lendemain, tous ses amis font la queue devant le dispensaire pour avoir des lavements. »)

Le petit groupe ne s'épargnait pas lui-même, d'ailleurs, répétant les fables qui courent sur la dimension du pénis chez les Parsis. (« Que se passe-t-il quand un *bawaji* en érection se cogne contre un mur ? — Il se fait mal au nez. ») Aucun groupe linguistique ou ethnique n'échappait à leurs sarcasmes ; en matière de plaisanterie, l'égalité parfaite régnait à la cantine. L'heure du déjeuner constituait le point culminant de la morne journée de travail. Dinshawji en était invariablement la vedette, chacun buvant la moindre de ses paroles. Ils apportaient tous leur contribution, mais elle paraissait bien pâle comparée à la sienne. Dinshawji emmagasinait tout ce qu'il entendait : des semaines, voire des mois plus tard, il le ressortait, décanté et amélioré, comme une histoire neuve. Le plagiat était inévitable, mais personne ne s'en souciait.

Parfois, au lieu de raconter des histoires, ils chantaient. Gustad, alors, volait la vedette à Dinshawji. On lui réclamait surtout son interprétation des grands airs de Sir Harry Lauder, comme *Errer au crépuscule* et *J'aime une poupée*, que Gustad rendait avec un merveilleux accent écossais. Le chœur se taisait quand Gustad lançait :

Là-bas, prrès des jolies rrrives et des belles collines,
Là où le soleil brrille sur le Loch Lomond,

Où mon aimée et moi ne nous reverrons jamais plus,
Sur les jolies, jolies rrrives du Loch Lomond.

Mais, quand arrivait le refrain, ils ne pouvaient pas résister et entonnaient avec Gustad :

Tu prrendras la grand'route et moi celle du bas,
Et je serai en Écosse avant toi,
Mais mon aimée et moi ne nous reverrons jamais plus,
Sur les jolies, jolies rrives du Loch Lomond.

La cantine, pourtant, ne retentissait pas uniquement de chants et de plaisanteries. Il arrivait que l'heure du déjeuner se passe en discussions passionnées sur des sujets concernant la communauté. Ainsi la controverse à propos de la Tour du Silence. Lorsque les débats portèrent sur la suggestion faite par des réformateurs d'introduire la crémation, les esprits s'échauffèrent, les attaques se firent féroces. Mais Dinshawji réussit à clore l'affaire sur une note légère, en disant : « Je préfère être mangé par mon vautour domestique que par les emplumés. Avec elle, au moins, j'ai une garantie : elle ne répandra pas des morceaux de ma chair sur tout Bombay. »

Mordant dans son sandwich à l'omelette, il rappela à Gustad que lui aussi devait déjeuner. « Oublie ça, dit Gustad. Aujourd'hui je ne mange pas. »

Malgré tout le plaisir que lui procurait l'heure de cantine, Dinshawji décida de rester avec son ami. « Sandwich ? Une moitié ? » Il lui tendit son paquet.

Gustad fit non de la main. « Je vais me promener.

— Je viens aussi. Je peux manger en marchant-marchant. C'est bon pour l'estomac et la digestion. »

En sortant, ils passèrent devant la nouvelle dactylo, Laurie Coutino, qui portait délicatement à ses lèvres de pleines cuillerées de riz nageant dans une sauce grasse. L'ordre régnait sur la personne de Laurie Coutino comme sur son bureau, chaque chose à sa place. N'aimant pas la cantine, à l'heure du déjeuner elle rangeait soigneusement son matériel, afin de pouvoir étaler serviette et nourriture.

Au moment où les deux hommes la dépassaient, d'un coup de langue elle récupérait un grain de riz égaré.

« Quel amour », chuchota Dinshawji. Remontée sur ses jambes croisées, la jupe laissait apercevoir une jolie mais courte longueur de peau. « Oooh ! gémit-il. Cette douleur est insupportable ! Insupportable ! Vite, vite, il faut qu'on me présente à cette fille. » Glissant la main dans sa poche, il la dirigea vers l'entrejambe, acteur toujours volontaire du rôle qu'il aimait se donner et à qui il devait, ravi, le surnom de Casanova de Flora Fountain.

Ils se retrouvèrent en plein soleil, sur le chemin d'un *dubbawalla* attardé qui fendait la foule au petit trot, sa pile de boîtes-repas en équilibre sur la tête. Une rafale de vent absorba la sueur qui lui coulait sur le visage et l'expédia dans leur direction. Instinctivement, Dinshawji protégea son paquet de sandwichs. Échangeant des regards dégoûtés, ils prirent leurs mouchoirs blancs et essuyèrent l'écume salée sur leurs joues.

« Et encore, ça n'est rien, dit Dinshawji. Un jour, j'ai dû prendre le train vers onze heures du matin. Ça t'est déjà arrivé ?

— Tu sais bien que je ne prends jamais le train.

— C'est l'heure des *dubbawallas*. Ils sont censés ne monter que dans le wagon à bagages, mais certains étaient dans les compartiments voyageurs. Bourrés à craquer, et cette odeur de sueur ! *Toba, toba !* Ma chemise commençait à être trempée, et devine d'où ça venait. Un *dubbawalla*. Debout au-dessus de moi, se tenant à la barre. Ça tombait de son aisselle nue : *ploc, ploc, ploc.* Je lui ai dit gentiment : "Bougez un peu, s'il vous plaît, *meherbani*, ma chemise est trempée." Mais pas de *kothaa*, exactement comme si je n'existais pas. Alors, j'ai vu rouge. J'ai hurlé : "Espèce de... Es-tu un homme ou un animal ? Regarde ce que tu fais !" Je me suis levé pour lui montrer ma chemise, et devine ce qu'il a fait. Devine.

— Quoi ?

— Il s'est glissé à ma place ! Insulte ajoutée aux coups et blessures ! Que faire avec ces gens du peuple ? Pas de manières, pas de sentiments, rien. Et tu sais qui est responsable de ce comportement ? Ce salopard de chef du Shiv Sena qui vénère Hitler et Mussolini. Lui et son absurde : "Le Maharashtra aux Maharashtriens." Ils ne s'arrêteront pas avant d'avoir fondé le Raj Maratha. »

Le temps que Dinshawji achève son récit, ils étaient arrivés au principal carrefour, Flora Fountain, d'où partaient cinq rues comme des tentacules géants. S'écartant du refuge central, les voitures se jetaient dans la circulation, les autobus Meilleurs, rouges et à impériale, tanguaient dangereusement avant de prendre la direction de Colaba. Des voitures à bras, carburant aux muscles et aux os, combattaient de leur mieux l'acier, l'essence et le caoutchouc vulcanisé que les Meilleurs lâchaient sur leur chemin. Avec sa fontaine morte au centre, le carrefour ressemblait à une grande roue immobile, autour de laquelle grouillait toute l'activité de la ville, bourdonnant, klaxonnant, geignant, bougonnant, raclant, cognant, hurlant, sanglotant, soupirant, en un défilé qui jamais ne s'arrêtait.

Dinshawji et Gustad décidèrent d'emprunter Vir Nariman Road. À l'angle, assis jambes croisées sur le trottoir, un artiste exposait ses dessins au crayon de dieux et de déesses. De temps en temps, il se levait pour ramasser les pièces jetées par les dévots. « Durant ces vingt-quatre dernières années, dit Gustad en montrant la fontaine, on peut compter sur les doigts d'une main le nombre de jours où elle a eu de l'eau.

— Attends que les Marathas prennent le pouvoir et que nous ayons un vrai Gandoo Raj, dit Dinshawji. Tout ce qu'ils savent faire, c'est tenir des meetings au Shivaji Park, hurler des slogans, brandir des menaces et changer le nom des rues. » Brusquement, une véritable rage le saisit ; il était sincèrement et profondément attristé. « Pourquoi changer les noms ? *Saala* fils de putes ! Hutatma Chowk ! » Il crachait les mots, dégoûté. « Qu'est-ce qui leur déplaît dans Flora Fountain ?

— Ne t'en fais donc pas pour ça. Moi je dis : si ça doit rendre les Marathas heureux, qu'on les laisse changer le nom de quelques rues. Ça les occupe. Un nom, quelle importance ?

— Non, Gustad. » Dinshawji était très sérieux. « Tu as tort. Les noms sont très importants. J'ai grandi dans Lamington Road. C'est devenu Dadasaheb Bhadkhamkar Marg. Mon école était dans Carnac Road, la voilà maintenant dans Lokmanya Tilak Marg. J'habite Sleater Road. Bientôt elle aussi va disparaître. Toute ma vie je suis venu travailler à Flora Fountain. Et voilà qu'un beau jour, le quartier change de nom. Alors que devient la vie que j'ai vécue ? Était-elle mauvaise, avec de mauvais noms ? Aurai-je une chance de la revivre entièrement avec ces nouveaux noms ? Dis-moi ce qui arrive à ma vie ? Gommée, d'un seul trait ? Dis-moi ! »

Soudain Gustad se rendit compte qu'il avait commis une grave injustice à l'égard de son ami, en ne voyant en lui depuis tant d'années qu'un joyeux drille. Un ami, certes, mais aussi un clown et un plaisantin. « Tu ne devrais pas tant t'inquiéter, Dinshu », dit-il. Ne s'étant jamais trouvé face à un Dinshawji parlant métaphysique, il ne sut, pour toute réponse, qu'utiliser le diminutif affectueux. Sur quoi, un homme en Lambretta, qui descendait Vir Nariman Road, fut renversé par une voiture roulant en sens inverse. La question des mots fut remisée aux oubliettes.

« Oh, mon Dieu ! » s'exclama Dinshawji en voyant l'homme voler par-dessus son scooter et atterrir à côté du trottoir, non loin d'eux. Un filet de sang lui coulait de la bouche. Piétons et commerçants se précipitèrent à son secours. Dinshawji voulut y aller lui aussi, mais Gustad était comme pétrifié. Saisi de nausée et de vertige, il se retenait au bras de son ami.

La voiture, quant à elle, avait continué sa route. Quelqu'un avait-il vu la plaque d'immatriculation ? demandaient les gens. Le policier chargé de la circulation vint prendre l'affaire en mains. « Quelques centimètres de plus, dit Dinshawji, et son crâne explosait comme une noix de coco. Heureusement qu'il a atterri dans le caniveau. Qu'est-ce qu'il y a, Gustad ? Pourquoi es-tu si pâle ? »

Gustad tituba, mit sa main devant sa bouche, sentant qu'il allait vomir. Dinshawji posa un rapide diagnostic. « Tut, tut, pas de déjeuner, voilà le problème. La vue du sang, c'est mauvais pour un estomac vide. C'est pourquoi on nourrit toujours les soldats avant la bataille. » Il le traîna jusqu'au restaurant du coin.

Il faisait plus frais à l'intérieur. Ils choisirent une table sous un ventilateur, et Gustad essuya son front trempé de sueur. « Ça va mieux ? » l'interrogea Dinshawji. Gustad fit signe que oui. Sous la plaque de verre qui recouvrait les tables, le menu, d'une page de long, s'offrait à la lecture. Le verre était maculé et plein de taches, mais il grossissait le menu. Gustad reposa ses avant-bras nus sur la table, goûtant la sensation de fraîcheur. Le *tac-tac, tac-tac*, du ventilateur tournant lentement au plafond avait quelque chose d'apaisant. Des odeurs âcres s'échappaient de la cuisine, flottant en direction de la rue. Sur le mur, derrière le caissier, un écriteau spécifiait, rédigé à la main : INTERDIT DE CRACHER OU DE JOUER AU SATTA. Et un autre, de la même écriture : CROYEZ EN DIEU — ASSIETTE DE RIZ TOUJOURS PLEINE.

« Quel plaisir ce serait d'emmener Laurie Coutino là-haut », dit Dinshawji en indiquant la mezzanine avec ses cabinets particuliers jouissant de l'air conditionné. « De l'argent bien dépensé. » Le garçon approcha, un chiffon mouillé dans une main, deux verres d'eau dans l'autre, qu'il tenait par le bord, les doigts plongeant dedans. Ils soulevèrent les bras de la table, le temps pour le garçon de l'essuyer succinctement. À présent, il en montait une odeur désagréable, de suri et de moisi. Dinshawji commanda : « Une assiette de samosas au mouton. Avec du chutney. Et deux Nescafé. » Il porta le verre à ses lèvres, mais à la vue des empreintes de doigts du garçon, il le reposa sans boire. « Eh bien, Gustad ! Depuis le temps que je te connais, je n'imaginais pas que le sang pouvait te rendre malade.

— Ne sois pas stupide, ce n'est pas le sang qui me

gêne. » Quelque chose dans sa voix prévenait qu'il ne tolérerait pas les plaisanteries. « J'ai eu un choc. Je connais l'homme à la Lambretta. Il m'a aidé quand je suis tombé du bus. Tu te rappelles mon accident ?

— Bien sûr ! Mais je croyais que c'était le major qui...

— Oui, oui, mais plus tard. Cet homme-là, c'est le chauffeur de taxi qui s'est occupé de moi et de Sohrab, qui nous a ramenés à la maison. Il n'a même pas voulu qu'on lui paye la course. Ça fait neuf ans que j'attends l'occasion de le remercier. Et voilà que quand je le revois, il est en train de faire un vol plané et de se fracasser la tête. » Les cafés arrivèrent, ainsi que l'assiette de samosas. « L'autre nuit, justement, je pensais à lui. Coïncidence ? Ou quoi ? Aujourd'hui c'était mon tour de lui venir en aide, et je n'ai pas pu. C'était comme un test envoyé par Dieu, et j'ai échoué.

— *Arré*, absurde. Ce n'est pas de ta faute si tu as été malade. » Dinshawji versa trois cuillers de sucre dans son café et mordit dans un samosa. « Allez mange, tu te sentiras mieux. » Il prit la tasse de café de Gustad, y ajouta deux cuillers de sucre, remua et la lui rendit. « Et à propos du major ? Tu as découvert où il se cache ? » Le samosa croustillait sous la dent, et cela s'entendait. Un bout de croûte huileuse se détacha et tomba dans la soucoupe.

« Non.

— Il s'est peut-être enfui pour rejoindre l'armée », se moqua Dinshawji, en repêchant son morceau de samosa. « Tu crois qu'on aura la guerre avec le Pakistan ? »

Gustad haussa les épaules.

« Tu as vu les photos dans les journaux ? Des bouchers sanguinaires, massacrant à tout-va. Et le reste du monde, qui n'en a rien à faire. Où est *maader chod* America, maintenant ? Elle ne dit pas un mot. Alors que, au moindre hoquet de la Russie, l'Amérique proteste à l'ONU. Et si Kossyguine pète, elle dépose une motion au Conseil de Sécurité. »

Gustad rit faiblement.

« Tout le monde s'en fiche parce qu'il ne s'agit que de

pauvres Bengalis. Et ce *chootia* de Nixon, qui lèche le cul au Pakistan.

— Ça c'est vrai, parce que le Pakistan est très important pour l'Amérique, à cause de la Russie.

— Mais pourquoi ? »

Gustad lui fit un cours de réalité géopolitique : « Regarde : cette assiette de samosas représente la Russie. À côté, il y a ma tasse : l'Afghanistan. Très ami de la Russie, d'accord ? Maintenant, pose ta tasse à côté : le Pakistan. Mais qu'y a-t-il au sud du Pakistan ?

— Rien. Tu as besoin d'une autre tasse ?

— Non, il n'y a rien au sud du Pakistan, sauf la mer. Et c'est pourquoi l'Amérique a si peur. Si jamais la Russie faisait ami-ami avec le Pakistan, alors la route de l'Océan indien lui serait ouverte.

— Ah, dit Dinshawji. Et donc les deux petits *golaas* de l'Amérique seraient entre les mains des Russes. » Cette métaphore sexuelle lui plut. « Pour protéger leurs petits testicules, et du moment que le Pakistan est content, les Américains se fichent que six millions de Bengalis soient massacrés. » Le garçon apporta l'addition. « Je t'invite, je t'invite », insista Dinshawji, tenant le bout de papier scribouillé hors d'atteinte de Gustad, et se dirigeant vers la caisse.

Dehors, le soleil tapait fort. Ils accélérèrent l'allure. L'heure du déjeuner s'achevait quand ils entrèrent dans la banque. Laurie Coutino se préparait à reprendre le travail. « Quelle souffrance, *yaar* ! Je n'en peux plus, chuchota Dinshawji. Regarde-moi ce corps ! Pur sucre et crème ! »

Au mot de crème, l'estomac affamé de Gustad gronda. Il se rappela les petits-déjeuners de son enfance, avec crème et pain grillé. Maman écrémait le lait, une fois bouilli et refroidi. À présent, le lait du *bhaiya* était d'une si piètre qualité que, même bouilli et refroidi pendant des heures, il ne produisait rien qui méritât le nom de crème.

En arrivant devant son immeuble, Gustad trouva particulièrement insupportable la puanteur qui se dégageait du mur extérieur. Ce peuple inculte ne comprendra jamais que le mur ne fait pas fonction de latrines publiques, songea-t-il. Il se couvrit la tête de ses mains pour la protéger des mouches et des moustiques. Et ce n'était pas encore la pleine saison des moustiques !

Il ouvrit la porte avec sa clé, Dilnavaz l'attendait, la mine sévère. « L'un après l'autre, tes fils nous créent des ennuis, dit-elle.

— Quoi encore ?

— Mr Rabadi était ici. Se plaignant que Darius court après sa fille et que ça fait très mauvais effet dans l'immeuble.

— Mon fils, courir après cette stupide gamine, laide et grosse ? Absurde. »

La guerre entre Gustad et Mr Rabadi durait depuis plusieurs années. Mr Rabadi avait jadis possédé ce qu'il croyait, avec plaisir, être une grosse brute de chien baveur : Tigre, un mélange de berger alsacien et de labrador. Tigre était affectueux et tout à fait inoffensif, mais Mr Rabadi lui avait fabriqué une réputation de danger public. Il le gratifiait de colliers hérissés de clous et de piques, l'emmenait promener au bout d'une chaîne imposante en guise de laisse, et s'armait d'un solide bâton pour, disait-il, corriger la brute en cas de besoin. Et tandis que le maître brandissait son attirail, le volumineux Tigre trottait placidement à côté de lui, gentil et en paix avec le monde.

Tôt le matin et tard le soir, Mr Rabadi sortait Tigre dans la cour. Le chien grattait et reniflait, en quête de l'endroit convenable, choisissant en général le vinca et les buissons de *subjo* de Gustad, qu'il appréciait particulièrement. Étant donné sa corpulence, ses déjections étaient copieuses et très malodorantes, et demeuraient dans les buissons jusqu'à ce que le *kuchravwalli* vienne balayer la cour le lendemain matin. Gustad priait régulièrement Mr Rabadi de ne pas laisser son chien se soulager dans les buissons, ce à quoi Mr Rabadi répondait qu'il était impossible de dominer un animal aussi gros et puissant que Tigre. En tout état de cause, demandait

Mr Rabadi, que dirait Gustad si on le sortait de force des WC juste au moment où il avait besoin d'y rester ?

Querelles et représailles continuèrent donc. Une nuit, avisant le maître et son chien dans les buissons, Gustad ouvrit la fenêtre et leur balança un plein baquet d'eau froide. « Oh, je suis vraiment désolé ! dit-il, impassible. J'arrosais mes plantes. » Tigre parut apprécier la douche. Il aboyait, remuait la queue, mais Mr Rabadi surgit en hurlant des menaces, tandis que, émanant de diverses fenêtres de l'immeuble, un bruit de rires flottait dans l'air.

À sept ans, Tigre était devenu obèse et inactif. La courte promenade dans la cour suffisait à l'épuiser, et ce n'est qu'au prix de force encouragements que, haletant et soufflant, il remontait l'escalier. Un matin, cependant, quelque chose lui traversa l'esprit, et il bondit. Malgré sa corpulence, il fit à toute allure sept fois le tour de la cour, un tour par année de sa courte vie, avant que Mr Rabadi n'ait pu l'arrêter. Mais l'effort avait dû être excessif pour le cœur de Tigre. Il expira le jour même, au coucher du soleil, et Mr Rabadi prit tout de suite rendez-vous avec Dustoorji Baria, afin de se faire expliquer l'étrange mort de Tigre le chien.

Dustoorji Baria priait toute la journée au temple du feu, à l'exception des deux heures qu'il consacrait chaque matin à donner des conseils à Mr Rabadi et consorts. Déchargé de ses devoirs normaux de prêtre en raison de son âge, il utilisait son temps libre à cimenter ses relations avec son contact Là-Haut qui, proclamait-il, était la source de ses divinations.

Dustoorji Baria prodiguait ses conseils gratuitement et abondamment ; il n'existait pas de situation qu'il ne pût déchiffrer. En l'espace d'un instant, il révéla pourquoi Tigre avait dû mourir de cette façon. Mais surtout, il fournit des instructions précises à Mr Rabadi concernant son prochain chien : ce devrait être une femelle, de couleur blanche, ne pesant pas plus de quinze kilos et ne dépassant pas les soixante centimètres de hauteur ; et Mr Rabadi pourrait lui donner n'importe quel nom du moment que celui-ci commencerait par la quatrième lettre de l'alphabet. Il prescrivit aussi une prière *tandarosti* pour la santé du chien, à réciter certains jours du mois.

Muni des instructions de Dustoorji Baria, Mr Rabadi partit faire des courses. Ce fut un grand soulagement pour tout le Khodadad Building de découvrir que le successeur de Tigre était une petite chienne poméranienne blanche, appelée Fossette. Qui ne trouva aucun charme particulier aux buissons de Gustad parce que, à l'époque, tous les poissons et oiseaux de Darius enterrés là avaient commencé à se décomposer. Mais le ressentiment entre les deux hommes ne diminua ni encore moins ne disparut.

« Cet idiot de dogwalla raconte n'importe quoi, dit Gustad. Où est Darius en ce moment ?

— Il doit être encore en train de jouer dehors. » Dilnavaz écrasa une mouche avec un journal. « Quelle plaie, ces mouches.

— C'est à cause de ce mur dégoûtant, dit Gustad. Et quand il fera nuit, les moustiques vont rappliquer. J'en ai vu des nuées aujourd'hui. »

Quand Darius arriva à l'heure du dîner, Gustad exigea de savoir ce qui s'était passé. « Rien ! s'exclama Darius, indigné. Parfois je parle à Jasmine, si elle se trouve dans un groupe d'amis. Je parle à tout le monde.

— Écoute. Son père est timbré. Alors tiens-toi à l'écart. Si elle est avec tes amis, ne t'approche pas.

— Ça n'est pas juste », protesta Darius. À la vérité, pourtant, Jasmine était l'unique raison pour laquelle il voyait si souvent ses amis ces derniers temps. Ses doux yeux marron le faisaient fondre, une délicieuse sensation qu'il n'avait jamais encore connue.

« Juste ou pas juste, peu m'importe. Je ne veux pas que l'idiot de dogwalla revienne se plaindre. La discussion est terminée. Passons à table. »

Mais dîner dans ces conditions, environnés de mouches bourdonnant et survolant les plats et de moustiques plongeant en piqué, constituait un véritable défi. Roshan hurlait chaque fois qu'un moustique atterrissait dans son assiette, tandis que Darius testait ses réflexes en essayant de les attraper par une aile. « Fermez bien les fenêtres,

dit Gustad, et nous tuerons ceux qui sont à l'intérieur. »
Avant peu, toutefois, tout le monde transpirait abondamment, et on dut rouvrir les fenêtres.

Ils réussirent quand même à dîner. « Les gens continuent à pisser contre le mur comme s'ils se trouvaient dans leurs toilettes », dit Gustad, décollant de son cou un moustique qu'il venait d'écraser. Dans la réserve à médicaments du buffet, il trouva un petit tube d'Odomos à moitié vide. « Il faudra que j'en rachète demain. Les moustiques vont engraisser les fabricants d'Odomos, et ce sera le seul résultat. » Ils se partagèrent le restant du tube, afin de pouvoir dormir.

6

Chaque soir en rentrant du travail, Gustad espérait trouver une lettre de Jimmy. Mais deux semaines passèrent sans que le major se soit manifesté. Un jour, Roshan accourut en entendant la clé tourner dans la serrure : « Papa, est-ce que je peux avoir une roupie pour l'école ? Mère Claudiana a dit pendant la réunion que c'est demain le dernier jour pour prendre un billet de loterie et que la gagnante aura une belle poupée importée d'Italie aussi haute que moi avec une longue robe de mariée et puis des yeux bleus. » Elle s'arrêta, à bout de souffle.

Il la serra dans ses bras. « Ma petite *bakulyoo* chérie ! Pourquoi tant d'excitation ? Tu vas finir par parler vite-vite-vite comme Tehmul-Lungraa.

— Mais est-ce que je peux avoir une roupie ?

— C'est ça le problème avec les écoles de religieuses. L'argent, toujours l'argent, de l'argent pour la Mère supérieure avec son gros derrière.

— *Tch-tch*, fit Dilnavaz, pas devant elle. » Roshan gloussait de rire.

« Dis-moi, est-ce que mère Claudiana a précisé ce qu'elle compte faire avec l'argent de la loterie ?

— Oui. Elle a dit que la moitié ira à la construction du nouveau bâtiment de l'école. Et l'autre moitié servira à aider les réfugiés.

— Et sais-tu ce que signifie "réfugiés" ?

— Mère Claudiana nous l'a expliqué. Ce sont les gens

111

qui ont fui le Pakistan oriental et qui sont venus en Inde parce que les gens du Pakistan occidental les tuent et brûlent leurs maisons.

— D'accord. Voilà une roupie. Mais n'oublie pas, ça ne signifie pas que tu vas avoir la poupée. C'est une loterie.

— Oui, oui, mère Claudiana nous l'a dit. Nous aurons toutes un numéro, et la fille dont le numéro sortira aura la poupée. » Elle plia le billet, prit le plumier dans son cartable, et glissa le billet sous la règle. « Papa, pourquoi est-ce que les gens du Pakistan occidental tuent ceux du Pakistan oriental ? »

Gustad défit sa cravate et lissa l'endroit du nœud. « Parce qu'ils sont méchants et égoïstes. Les gens de l'Est ont dit à ceux de l'Ouest : "Nous avons toujours faim, s'il vous plaît partagez équitablement avec nous." Mais l'Ouest a dit non. "Alors, dans ce cas, ont dit les autres, nous ne voulons pas travailler avec vous." Du coup, pour les punir, le Pakistan occidental tue et brûle le Pakistan oriental.

— C'est si vilain et si triste pour l'Est.

— Il y a beaucoup de vilenie et de tristesse dans ce monde. » Il pendit sa cravate et déboutonna ses poignets de chemise, puis demanda le courrier à Dilnavaz. Toujours rien du major, en revanche il y avait une lettre d'un fonds d'aide à l'éducation. La missive alla rejoindre toutes celles qu'il avait reçues ces dernières semaines. « Regarde ça, dit-il avec amertume. Tous les endroits auxquels je me suis adressé pour cet ingrat. » Il lui tendit un par un les formulaires à remplir. « Fonds d'Éducation Parsi. Trust R.D. Sethna. Bourses Tata. Œuvres Wadia pour les Études supérieures. Je suis tous allé les voir, j'ai touché mon front et j'ai joint les mains, et j'ai dit monsieur, madame, et s'il vous plaît et merci des centaines de fois pour qu'ils me promettent des bourses d'études. Et maintenant monsieur le gandin dit que l'IIT ne l'intéresse pas. »

Dilnavaz rangea la pile de formulaires. « Ne te rends pas malade, ça s'arrangera. Dieu est grand. »

Chaque jour après le coucher du soleil elle avait décrit les sept cercles, dans le sens des aiguilles d'une montre, autour de la tête de Sohrab. Et il ne s'était toujours rien passé. Il faut que je sois folle pour avoir cru qu'il y avait la moindre chance. D'un autre côté, Gustad et Sohrab ne se disputaient plus comme avant, touchons du bois. Ne serait-ce pas parce que... ?

« Ce qu'il fera s'il ne va pas à l'IIT, Dieu seul le sait.

— Il t'a dit qu'il veut continuer l'université.

— Et c'est ce qu'on appelle faire quelque chose ? Une licence inutile ? »

Et les jours passèrent, avec un Gustad triste et furieux de la trahison de son fils, inquiet d'être sans nouvelles de Jimmy, rendu fou par les nuages de moustiques que le crépuscule ramenait immanquablement. « Ces porcs ignorants qui pissent dans la rue, il faudrait les tuer sur-le-champ ! » disait-il. Ou bien : « Il n'y a qu'à dynamiter ce foutu mur, il faudra bien qu'ils aillent chier ailleurs. » Exclamation qui témoignait de l'étendue de sa frustration, car le mur lui était cher.

Des années auparavant, au moment de l'emménagement du major Bilimoria dans le Khodadad Building, quand l'eau coulait d'abondance et que le lait de la Ferme d'Élevage parsie était à la fois crémeux et d'un prix abordable, une folie de construction avait saisi la ville. N'épargnant pas les alentours du Khodadad, où partout commencèrent à s'élever de hauts bâtiments. Le premier à en souffrir et à disparaître fut le soleil couchant — un immeuble de bureaux se dressa à l'ouest. Il n'avait que six étages, mais ce fut suffisant car le Khodadad n'en comptait que trois. Bas et long, il abritait dix appartements à la file, sur trois niveaux, avec cinq entrées et cinq cages d'escaliers.

Peu après, la construction gagna également l'est. Pour les trente locataires, cela signifia à l'évidence la fin d'une époque. Heureusement, les travaux durèrent dix ans, soit parce qu'on était à court de ciment, soit pour des problèmes de main-d'œuvre ou un manque de matériel, voire même, une fois, en raison de l'écroulement d'une aile entière pour cause de ciment trafiqué, ce qui causa la mort de sept ouvriers. Les jeunes du Khodadad se rendirent sur le site, regardant, terrorisés, la tache sombre sur le sol et se demandant si c'était là que les ouvriers avaient péri, qu'ils s'étaient vidés de leur sang. Grâce à ce répit, les gens du Khodadad s'habituèrent peu à peu à l'idée de voir leur paysage modifié.

Avec l'augmentation du trafic et de la population, le mur de pierre noire se révéla plus important que jamais, unique pourvoyeur d'intimité, surtout pour Gustad et Jimmy lorsqu'ils disaient leurs *kustis* à l'aube. Haut de deux mètres et courant sur toute la longueur de la cour, il les préservait des regards non-parsis, alors que, à l'est, jaillissait la grande lueur.

Mais au diable l'intimité, au diable le mur, au diable la puanteur, dit Gustad. Ils achetèrent des tubes d'Odomos, en appliquèrent sur toutes les parties exposées, mais les moustiques continuèrent à bourdonner, à piquer, et à les rendre fous. Pour on ne sait trop quelle raison, le baume agissait moins sur Gustad. Il passait la moitié de la nuit à se gratter, à se frapper et à jurer.

Pour le distraire, Dilnavaz lui parla d'un voisin immunisé contre les piqûres de moustiques. « C'est une histoire vraie, dit-elle. Quand il était petit, il a mangé des tas de moustiques. Volontairement ou par erreur, on ne sait pas. Tu sais cette habitude qu'ont les enfants de tout porter à leur bouche. » Dès lors, il ne fut jamais plus mordu par les moustiques. Il devint l'homme-protégé-des-moustiques. Les insectes se posaient sur sa peau, couraient dans ses cheveux, rampaient dans son dos, mais ne piquaient jamais. Peut-être ceux qu'il avait mangés avaient-ils modifié son sang et son odeur, il était devenu un des leurs. Leur bourdonnement non plus ne l'énervait plus ; cela faisait, disait-il, comme une douce sérénade chantée amoureusement à ses oreilles.

« Et alors, que suggères-tu ? » interrogea Gustad, en se frappant successivement le visage, l'épaule et la poitrine. « Que nous cessions d'utiliser l'Odomos et commencions à mâcher des moustiques ? »

Après quoi, le prix de l'Odomos augmenta, comme

celui de tous les produits de première nécessité ou de luxe, des boîtes d'allumettes aux serviettes hygiéniques. « Cette taxe d'aide aux réfugiés, dit-il, va nous transformer tous en réfugiés. »

Comme si ces problèmes ne suffisaient pas, Roshan et Darius se mirent à réclamer de vieux journaux. On en avait besoin à l'école, au profit des réfugiés. Les professeurs organisèrent des concours de ramassage, on pesa les journaux récoltés tous les matins, les résultats étaient annoncés en assemblée. Les journaux de langue anglaise formaient un tas séparé parce qu'ils utilisaient un papier de meilleure qualité, et valaient plus au kilo.

Dilnavaz tenta d'expliquer le budget familial à Roshan et Darius : le seul moyen de payer la facture mensuelle d'abonnement aux journaux était de revendre les vieux exemplaires au *jaripuranawalla*. Mais comme les enfants pleurnichaient que leurs professeurs seraient furieux s'ils arrivaient les mains vides, Gustad accepta de leur laisser cinq *Jam-E-Jamshed* chacun.

Darius dit qu'il préférait cinq *Times of India*, parce que ses amis allaient se moquer des journaux *bawaji* parsis. À quoi, imperturbable, Gustad rétorqua : « Tu devrais être fier de tes origines. Ce sera le *Jam-E-Jamshed* ou rien. »

Darius décida alors de faire le tour des voisins. Son père se gaussa : « Ils ne donneront même pas un bout de page. » Et devant l'insistance de son fils, il posa deux conditions : « Interdiction d'approcher Miss Kutpitia et l'idiot de dogwalla. Et si tu récoltes des journaux, tu dois les partager avec ta sœur. »

Une semaine plus tard, alors qu'il venait de rentrer du travail et s'asseyait pour enlever ses chaussures, Dilnavaz, rayonnante, lui tendit une lettre. Enfin ! Un pied nu et l'autre encore chaussé, il prit l'enveloppe. Elle ne portait pas d'adresse. Étrange, se dit-il, en l'ouvrant :

Chers Mr et Mrs Noble,

J'ai le plaisir de vous informer, de la part de mère Claudiana, que votre fille a gagné le premier prix de la Loterie annuelle de l'école.

Puis-je vous déranger et vous prier de venir prendre livraison du prix ? La poupée est très grande, et je crains que la petite Roshan ne soit pas capable de la transporter dans le car scolaire. Ce serait navrant que la poupée se retrouve abîmée. Je la conserve dans mon bureau (qui donne sur le grand parloir) et je vous serais reconnaissante d'organiser le transport le plus vite possible.

Veuillez accepter nos sincères remerciements pour avoir participé à la loterie et contribué à faire de notre collecte de fonds un succès. C'est à la généreuse coopération de parents tels que vous que nous devrons la construction de notre nouveau bâtiment.

Sincèrement vôtre,

SŒUR CONSTANCE
(*Comité de la loterie*)

Gustad ne put cacher son écœurement. « Je croyais que c'était la lettre de Jimmy. Tu ne pouvais pas me prévenir avant de me la donner ?

— Pourquoi prends-tu cet air malheureux ? Le major veut écrire, il écrira. Mais, pour l'amour de Roshan, change de mine, elle est si excitée, c'est la première fois de sa vie qu'elle a une poupée. »

Justement Roshan entrait en bondissant. « Papa, papa ! J'ai gagné la poupée ! »

Il la serra dans ses bras. « Ma poupée a gagné une poupée. Mais tu es la plus jolie des deux, j'en suis sûr.

— Non ! La poupée est plus jolie, elle a des yeux bleus et une peau claire, toute rose, et une belle robe blanche !

— Des yeux bleus et une peau rose ? Beuh ! Qui en voudrait ?

— Papa, ne dis pas beuh à ma poupée. Pouvons-nous

aller la chercher maintenant ? Sœur Constance a dit que tu dois venir et que...

— Oui, j'ai lu son mot. Mais il est tard maintenant, peut-être demain, j'ai ma demi-journée de libre.

— Mais l'école est fermée le samedi.

— Peu importe, sœur Constance sera là », dit Gustad, approuvé par Dilnavaz. Elle lui suggéra, pourtant, de téléphoner à la sœur, au cas où celle-ci prévoirait d'aller au marché ou au cinéma. On n'était plus à l'époque où les sœurs ne sortaient jamais, passant leur temps à laver, coudre et prier.

« Prends trente paise et va chez Miss Kutpitia », dit-elle, car Miss Kutpitia était la seule locataire de l'immeuble à posséder le luxe d'un téléphone. Luxe qui se révélait souvent un fléau car les voisins (y compris ceux qui la jugeaient méchante et folle) demandaient à s'en servir (« s'il vous plaît, avec votre permission, Miss Kutpitia ») ou communiquaient le numéro à leurs parents et amis pour qu'ils laissent des messages.

Ceux qui venaient téléphoner ne faisaient pas plus de deux pas à l'intérieur de l'appartement : l'instrument noir si convoité trônait sur une petite table à côté de la porte d'entrée. Il n'empêche qu'ils racontaient tous de drôles d'histoires. Du palier, disaient-ils, on entendait de longues conversations, mais une fois entré on ne trouvait que Miss Kutpitia. Elle vivait comme une miséreuse, une toquée, avec de la poussière et des toiles d'araignée partout, des vieux journaux empilés jusqu'au plafond, des bouteilles de lait vides dans les coins, des rideaux tachés, les coussins du canapé éventrés, et des lampes aux abat-jour pendant du plafond comme des oiseaux et des chauves-souris démantibulés. Elle ne manquait pourtant pas d'argent, c'était certain. Comment sinon pourrait-elle se payer le lait de la Ferme d'Élevage parsie et les repas spéciaux qu'elle commandait au Ratan Tata Institute ?

Si elle interdisait à quiconque — ni ayah, ni *gunga*, ni amis ni parents — de pénétrer vraiment chez elle, disaient-ils encore, c'était pour préserver un affreux secret : au lieu de les avoir remis à la Tour du Silence, elle conservait embaumés les corps de deux membres de sa famille, morts il y avait bien longtemps. D'autres criaient que c'était ridicule : il n'y avait pas de corps, seulement des os. Miss Kutpitia était allée aux funérailles, et après que les vautours eurent nettoyé les chairs, à l'intérieur de la Tour, elle avait soudoyé des *nassasalers* pour qu'ils retirent les os avant leur désintégration à l'intérieur du puits central en argile et phosphore. Naturellement, ajoutaient-ils, Miss Kutpitia conservait ces os à l'abri des regards du monde, et voilà pourquoi elle se conduisait de cette étrange manière.

« D'accord, dit Gustad. J'irai. Mais, d'abord, que Roshan demande si c'est possible. Tu vas lui dire : "Tante, s'il vous plaît, est-ce que papa peut venir utiliser votre téléphone ?"

— J'ai peur d'aller là-bas, dit Roshan.

— Ne sois pas bête, dit Dilnavaz. Tu veux ton prix, oui ou non ? » L'image de la poupée eut raison des craintes de Roshan.

S'emparant du sécateur, Gustad coupa une rose de son précieux arbuste. « Tu vas lui dire : "Papa vous envoie ça."

— Allons bon, dit Dilnavaz, qu'est-ce que c'est que ce nouveau *farus* ? » Il balaya sa remarque d'un geste de la main signifiant qu'il savait comment traiter ces affaires-là.

Roshan rapporta le consentement de Miss Kutpitia, et accompagna son père au téléphone. La nuit tombait, mais Tehmul-Lungraa était encore dans la cour. Il les aperçut, de l'autre extrémité. « GustadGustadGustad. » Il tenait une liasse de feuilles de papier sous le bras et serrait un stylo-bille dans la main. « GustadGustadattendattendattend. » Il accourut aussi vite que sa démarche tanguante le lui permettait, agitant un feuillet. « ImportantGustadtrèsimportant.

— Pas maintenant, Tehmul, je suis occupé. » Probablement quelque niaiserie refilée au pauvre garçon, pensa-t-il, se rappelant l'époque où le Shiv Sena l'avait recruté pour distribuer des brochures racistes visant les

118

minorités de Bombay. Ils lui avaient promis un Choco Kwalité s'il faisait du bon travail. Un soir, en rentrant de la banque, Gustad le trouva sur le point de se faire tabasser par un groupe d'employés furieux, Indiens du sud, qui travaillaient dans l'immeuble de bureaux un peu plus loin. Gustad tenta de leur expliquer, mais puisqu'il voulait défendre un agent du Shiv Sena, ils le prirent lui aussi pour un ennemi. Par chance, l'inspecteur de police Bamji rentrait également chez lui, au Khodadad Building. En apercevant Gustad et Tehmul entourés par le groupe menaçant, il arrêta sa voiture et klaxonna. À la vue de son uniforme, la foule se dispersa. Après quoi, Gustad recommanda à Tehmul de ne jamais accepter quoi que ce soit de la part d'étrangers.

Gentiment, patiemment, il calma le garçon. « Reviens dans une demi-heure. Nous lirons tes papiers. » Il fallait bien que quelqu'un s'occupe des déshérités de Dieu.

« S'ilteplaîtGustads'ilteplaît. Lispétitionlispétition. » Tehmul les suivit jusqu'au bas de l'escalier menant chez Miss Kutpitia et, l'air désespéré, les regarda monter.

Sur le palier du second étage ils virent un œilleton se soulever et un œil les fixer sans cligner. « Gustad Noble, pour le téléphone. » Il s'adressait à l'œil, d'une main faisant semblant de former un numéro sur un cadran, de l'autre de tenir l'écouteur. L'œil disparut, et le bruit de verrous que l'on défait et de chaînes que l'on retire se répercuta dans le couloir, tandis que la porte s'ouvrait.

Sans se cacher, Gustad tenta de distinguer quelque chose au-delà de l'entrée, mais les pièces étaient fermées ou dans le noir. Miss Kutpitia le rappela sèchement à l'ordre. « Le téléphone est juste là. » Du trousseau qu'elle avait autour du cou, elle retira une clé et libéra le clapet qui immobilisait le combiné. Gustad forma le numéro du couvent indiqué sur le mot de sœur Constance. Sa rose reposait au-dessus de l'annuaire téléphonique. « Trente paise », dit Miss Kutpitia quand il eut fini.

« Bien sûr, bien sûr. » Conciliant, il fouilla dans sa poche.

« Et prenez votre rose en partant.

— C'est pour...

— Tout ce chichi pour une rose dont personne n'a besoin. » Ses yeux se rétrécirent. « Rappelez-vous seulement une chose. » Elle pointa un doigt tremblant, squelettique et fragile, dont la vue emplit Gustad de remords. « La vieillesse et les chagrins touchent tout le monde, un jour ou l'autre. » Ses paroles faisaient de l'écoulement du temps une terrible malédiction.

Repentant, il lui tendit les trente paise. « Merci de m'avoir laissé téléphoner. » Se rappelant la façon dont il avait hurlé après la vieille femme le soir du dîner, le rouge lui vint au front.

Quand Miss Kutpitia prit de nouveau la parole, ce fut sans âpreté. « Attends, Roshan. » Elle souleva une pile de journaux. « J'ai entendu dire que tu en as besoin pour l'école.

— Merci, dit Roshan, titubant sous le poids.

— Et tu viendras me montrer ta poupée, quand tu l'auras ? »

Roshan hocha la tête.

« Au revoir, dit Miss Kutpitia.

— Au revoir », dit Roshan.

Dehors, Tehmul avait disparu, mais le calme de la cour fut soudain interrompu. Levant les yeux, ils virent Cavasji à sa fenêtre du second étage. « Aux Tatas Vous donnez tout ! Et à moi rien ? Aux Wadias Vous donnez, Vous n'arrêtez pas de donner ! Vous n'entendez pas mes prières ? Seules les poches des Camas, Vous les remplissez ! Et nous autres, Vous croyez qu'on n'en a pas besoin ? »

Cavasji approchait les quatre-vingt-dix ans. Il avait pour habitude de pencher à la fenêtre sa tête à la crinière blanche et d'apostropher le ciel, de réprimander le Tout-Puissant pour sa façon totalement inéquitable de gouverner l'univers. Sa famille réclamait aussi constamment à Gustad son *subjo* médicinal car Cavasji souffrait d'hypertension. Chaque jour, sa belle-fille attachait une feuille de menthe fraîche au cordon qu'il portait autour du cou. Tant qu'elle demeurait verte, elle le protégeait, et empêchait sa tension d'exploser comme sa rage.

La fenêtre se referma d'un coup sec, empêchant ainsi les critiques cosmiques de Cavasji de poursuivre leur progression vers le ciel. Gustad reporta son regard sur la première page du journal qui surmontait la pile jaunie et poussiéreuse de Miss Kutpitia. La lumière tombant d'une fenêtre éclaira rapidement une photo sous les gros titres. Il vit l'énorme nuage d'une explosion, puis la date. Seigneur — 1945. Elle conservait les journaux depuis si longtemps ?

Le lendemain, alors que Gustad descendait de taxi, Tehmul-Lungraa s'amena. « GustadGustadattendss'ilteplaît. » Il tenait encore la liasse de papiers sous le bras.

Gustad décida d'user de sévérité ; c'était bon pour Tehmul, une fois de temps en temps. « À quoi ça rime, de passer tout ton temps dans la cour ? Rends-toi utile. Balaie le sol, lave la vaisselle, aide ton frère.

— PasperdreGustadGustadtemps. Trèsimportantepétitions'ilteplaît. LisGustads'ilteplaît.

— Tu devais me l'apporter la nuit dernière. Que s'est-il passé ?

— OubliéGustadoublié. Trèsdésoléoublié. »

Le chauffeur de taxi s'impatienta. « Commencez par sortir votre memsahib, vous aurez ensuite tout le temps pour parler. » De la banquette arrière Gustad retira la poupée, dans son accoutrement de mariée, qui répondit en chevrotant maman. Les yeux bleus s'ouvrirent et se fermèrent.

« Ohhhh, dit Tehmul. Gustads'ilteplaîts'ilteplaîts'ilteplaît. Jepeuxtoucherjet'enpriejet'enpriejet'enprie.

— Pas les mains, dit Gustad fermement. Tu as juste le droit de regarder. Sinon tu vas salir la robe blanche comme le lait. »

Tehmul essuya vivement ses mains au devant de sa chemise, puis les montra. « RegardeGustadpropres. Mainsproprestrèspropres. Gustads'ilteplaîts'ilteplaîtlaisse-moitoucher. » Gustad examina les mains : on pouvait laisser le pauvre garçon satisfaire son désir.

« D'accord. Mais une fois seulement. » Surexcité, Tehmul s'approcha et se dressa sur la pointe des pieds. Les yeux brillants, il contempla le visage de la poupée et caressa doucement les petits doigts. « Suffit. »

« Gustads'ilteplaîts'ilteplaîtencoreunefois. » Il tapota la joue, très légèrement. « GustadGustad », fit-il, puis il recommença. « Ohhhhh. » Ses yeux se remplirent de larmes. Son regard passa du visage endormi de la poupée à celui de Gustad et vice versa, il éclata en sanglots et il s'éloigna en clopinant. Gustad secoua la tête, tristement, et entra chez lui. Là, il assit la poupée dans son propre fauteuil, ajusta la longue robe de mariée, redressa la tiare, lissa le voile.

« Papa ! » Roshan accourut et tenta de soulever la poupée.

« Et alors ? Moi, on ne m'embrasse même pas ? » La fillette lui passa les bras autour du cou, un instant, mais se dépêcha de revenir vers sa poupée. « Attention, elle est trop grande pour que tu puisses la porter.

— Tous ces vêtements blancs coûteux, dit Dilnavaz, d'une voix irritée. Ils ne vont pas tarder à être sales.

— Quelle bêtise de l'avoir faite si grande », surenchérit Gustad en voyant Roshan grimper sur le vaste fauteuil de son arrière-grand-père pour s'asseoir à côté de la poupée. « Comment un enfant pourrait-il jouer avec ?

— Quand Roshan sera plus âgée, peut-être.

— Plus âgée ? Elle a déjà dépassé l'âge des poupées. Et d'ici là, qu'est-ce qu'on en fait ? Cette poupée ne peut pas rester là. »

Ce qu'il fallait, dit Dilnavaz, c'était une sorte de coffret d'exposition, car cette poupée n'était pas un jouet. « Pour le moment, il n'y à qu'à la coucher en bas de ma commode. » Idée qui déplut fortement à Roshan, même assurée qu'il ne s'agissait que d'une mesure temporaire. D'ailleurs, la poupée ne pourrait s'y loger, trop volumineuse dans ses vêtements, surtout le jupon à crinoline. Ils en étaient là de leur discussion quand on sonna à la porte. Dilnavaz regarda par l'œilleton. « C'est ce demeuré. Fiche-le dehors. »

122

Gustad ouvrit la porte. Il n'y avait plus de larmes dans les yeux de Tehmul. « GustadGustadimportantepétition. » Il aperçut la poupée sur le fauteuil. « Ohhhh ! fit-il. Gustads'ilte-plaîts'ilteplaîttoucheruneseulefois.

— Non ! » Le cri de Roshan surprit tout le monde.

« Roshan ! » Gustad la rappela à l'ordre. Puis s'adressa à Tehmul : « Combien de fois veux-tu la toucher ? Tu l'as déjà fait dans la cour. Et ensuite tu vas te remettre à pleurer.

— Pleurer ? Pourquoi pleurer ? demanda Dilnavaz.

— S'ilteplaîtGustads'ilteplaîtmoipaspleurer. Prometsque-jepeuxlatoucher. »

Gustad céda, et Tehmul glissa aussitôt les mains sous le voile. Riant de bonheur, il plongea son regard dans les yeux bleus, tapota la joue, caressa les lèvres rouges.

« Bon, ça suffit Tehmul. Donne-moi la pétition. » Tehmul toucha une dernière fois les joues de plâtre lisses et froides avant que Gustad ne le traîne fermement vers la table. La pétition était en fait la réponse du propriétaire à la municipalité, détaillant les malheurs futurs des locataires au cas où l'on rétrécirait la cour. Le propriétaire conjurait les locataires d'apposer leur signature au bas de la pétition, manifestant ainsi leur opposition au projet et joignant leurs forces pour vaincre cette idée pernicieuse.

Dilnavaz entreprit de déshabiller la poupée. Elle commença par le voile et la tiare, passa ensuite au petit bouquet ingénieusement attaché à la main pour donner l'illusion que les doigts de la poupée le tenaient. Puis ce fut le tour du collier de perles, des chaussures, des bas, sous le regard fasciné de Tehmul. Quand il la vit déboutonner la robe, son agitation fut à son comble.

« Oh, Tehmul ! écoute-moi, dit Gustad. Tu sais ce qu'il faut faire de ça ? » Mais le garçon ne l'écoutait pas. Quand Dilnavaz arriva aux sous-vêtements, un filet de salive lui dégoulina du coin de la bouche.

« Tehmul ! » De sa langue jaune chargée, il stoppa l'écoulement.

« GustadGustadtrèsimportantepétitionm'aditIbrahim.

— Ah, il est venu collecter les loyers ? Et tu as compris ce qu'il t'a dit ?

— Pétitiontrèstrèsimportantequ'ilfautsigner. »

Gustad compta le nombre d'exemplaires. Trente. Il fit asseoir Tehmul, le dos à la poupée. « Écoute-moi attentivement », dit-il, mais il s'interrompit pour aller ramasser le courrier qui venait d'arriver. Il laissa tomber les lettres sur la table. Au dos de l'une d'elles l'adresse de renvoi était une boîte postale à New Delhi. « Écoute-moi très attentivement.

— J'écoutej'écouteGustadj'écoutetrèstrèstrèsattentivement.

— Tu vas porter cette pétition dans tous les appartements, d'accord ?

— Toustoustouslesappartements.

— Tu en donneras un exemplaire à chacun. Tu leur diras de lire et de signer. Et tu parleras lentement. Un mot, tu t'arrêtes. Puis un autre mot. Lentement, d'accord ?

— OuiouiGustadlentementlentement. MercimerciGustad. » Sur le point de sortir, il hésita. La poupée, nue, ne laissait plus voir que son anatomie de plâtre vaguement rose. « Ohhhh. » Ses narines frémirent ; sa bouche se mit à bouger à la manière de celle d'un ruminant ; il tendit une main.

« Tehmul ! » Il avança. Avant que Gustad ne referme la porte sur lui, il se retourna et jeta un dernier regard d'envie. Dilnavaz secoua la tête et se mit à plier le voile, la traîne, la robe, et rabattit le jupon.

« Elle est arrivée », dit Gustad calmement.

Comme lui, elle se domina. « Tu l'as lue ?

— Finissons d'abord ça. » Il attrapa la valise vide sur le haut de l'armoire. Dilnavaz la dépoussiéra et rangea les vêtements à l'intérieur. Désespérée, Roshan la vit emmailloter la poupée dans un vieux drap et la déposer sur l'étagère du bas de sa commode.

Gustad ouvrit l'enveloppe à l'aide du coupe-papier d'ivoire qui avait appartenu à sa grand-mère. La silhouette finement détaillée d'un éléphant en constituait le manche, et de délicats dessins floraux ornaient le côté émoussé de la lame, l'ensemble formait un objet d'une exquise fragilité. Gustad ne s'en servait pas souvent : il fallait chérir et transmettre les objets de famille, et non pas les utiliser comme une boîte de cacao ou une bouteille d'huile pour les cheveux. Mais cette lettre était particulière.

Mon cher Gustad,

Merci de ta réponse. Fou de joie d'avoir de vos nouvelles. Je ne supporterais pas que notre amitié disparaisse. N'ai pas pu écrire tout de suite parce que j'étais parti visiter la zone-frontière. Pas beau à voir. Pensais avoir tout vu de mon temps. Spécialement au Cachemire, l'ouvrage des tribus à la frontière nord-ouest. Il n'y a pas de mots pour raconter ce que je viens de voir en travaillant pour le SRA. (T'ai-je dit dans ma dernière lettre que je travaille pour le Service de Recherches et d'Analyses ?) Cette nouvelle couvée de bouchers pakistanais est différente. Je te le dis, Gustad, tout ce que rapportent les journaux sur les atrocités est vrai.

Mais venons-en au principal. Tout ce que tu dois faire est te rendre au Chor Bazar, entre deux et quatre heures de l'après-midi, l'un des trois vendredis qui suivront la réception de cette lettre. Cherche un vendeur de livres sur le trottoir. Il y en a beaucoup à Chor, aussi ai-je dit à mon contact de mettre bien en évidence un exemplaire des *Œuvres complètes* de Shakespeare. Et pour être absolument certain qu'il s'agit du bon exemplaire, ouvre le livre à *Othello*, acte I, scène 3, où Iago conseille Roderigo. La réplique : « Mets l'argent dans cette bourse », sera soulignée en rouge.

Mon homme te donnera un paquet. S'il te plaît rapporte-le chez toi et suis les instructions notées à l'intérieur. C'est tout. Je suis sûr que tu reconnaîtras mon

125

homme, tu l'as rencontré une fois, il y a des années. L'astuce Shakespeare, c'est juste au cas où il ne pourrait être là et devrait faire appel à sa couverture.

Bonne chance, Gustad, et merci encore. Si tout cela te paraît étrange, fais-moi confiance. Un jour, quand je serai de retour à Bombay, nous nous assiérons autour d'une bouteille de Hercule XXX et en parlerons.

Ton ami qui t'aime,

JIMMY

Gustad souriait en arrivant à la fin. Dilnavaz l'interrogea, impatiente. « Qu'est-ce qu'il dit ? Il revient ? Il peut loger chez nous pendant quelques jours, on déplacerait la table basse, et on lui installerait un matelas pour la nuit à côté du canapé.

— Ça y est, te voilà remontée à cent à l'heure. Personne ne vient. Il veut seulement que j'aille chercher un paquet au Chor Bazar.

— Pourquoi le Chor ? Ce n'est pas un endroit convenable.

— Ne sois pas sotte. Le fait qu'ils aient gardé l'ancien nom ne signifie pas que le bazar est plein de voleurs. Même les touristes étrangers s'y rendent maintenant.

— Mais pourquoi ne pas avoir expédié le paquet directement ici ?

— Tiens — il lui tendit la lettre —, lis toi-même. » Il se demandait qui pouvait bien être ce contact qu'il était censé avoir connu.

« Tout ça me paraît bien étrange. Cette histoire du Chor Bazar et du livre de Shakespeare. Et ce... comment ça s'appelle ? Ah, voilà : Service de Recherches et d'Analyses. Je ne savais pas que Jimmy était également un scientifique. »

Il rit. « Le SRA, ce sont les services secrets indiens. Jimmy n'est pas un scientifique, c'est un double-zéro-sept. »

Par la fenêtre, elle vit Sohrab approcher et alla lui

126

ouvrir. Il est en avance aujourd'hui, se dit-elle. Et à Gustad : « Alors tu vas le faire ?

— Oui, on ne laisse pas tomber un ami. Je vais le faire.

— Faire quoi ? » demanda Sohrab en entrant.

Gustad l'ignora, mais elle s'empressa d'expliquer : « La lettre d'oncle major est arrivée. Lis, lis, dis-nous ce que tu en penses.

— Personne n'a besoin de l'avis de ton fils », dit Gustad.

Sohrab parcourut rapidement la page. « Je suis étonné qu'oncle major se soit engagé dans le SRA. »

Ses paroles eurent le don de réveiller l'irritation et l'amertume de son père. « Le génie a parlé. »

Sohrab poursuivit : « Notre merveilleuse Premier ministre se sert du SRA comme d'une police privée, pour faire tout son sale travail.

— Ne recommence pas à dire des âneries ! Jimmy est engagé dans quelque chose d'ultra-secret concernant le Pakistan oriental. Et te voilà qui parles de sale travail ! Dieu sait quel journal tu as pu lire ! » Rageusement, il appuya sur l'interrupteur électrique. Le crépuscule tombait rapidement dans la pièce aux fenêtres obscurcies.

« Mais c'est vrai. Elle envoie des hommes du SRA espionner les partis d'opposition, créer des troubles, inciter à la violence, comme ça la police peut intervenir. C'est un fait très connu.

— Je lis les journaux et je sais ce qu'on raconte. Des rumeurs et des allégations, mais pas de preuves !

— Et les élections chimiques ? Seul le SRA peut avoir fait ça. Elle ridiculise la démocratie. »

Gustad arracha la lettre des mains de Sohrab. « Encore une rumeur ! Qu'est-ce que tu crois, que les élections ont été un spectacle de magie pour enfants ? Toutes ces absurdités à propos de bulletins traités chimiquement, de croix apparaissant et disparaissant automatiquement ! Ridiculiser la démocratie, c'est ce que les gens veulent en croyant les rumeurs. Sans la moindre preuve.

— Des tas de preuves ont été présentées au tribunal.

Suffisantes pour que les juges décident qu'il y avait matière à procès. Pourquoi crois-tu qu'elle les a déplacés ? » En désespoir de cause, Sohrab se tourna vers sa mère.

Impuissante, elle écouta Gustad hurler que le sang bouillait à nouveau dans son cerveau. Avec ce garçon qui se prétendait expert en droit, en politique et en services secrets. L'ennemi était à la frontière, cet ivrogne pakistanais de Yahya mijotait quelque chose avec la Chine, et des idiots comme son fils se répandaient partout en disant des cochonneries sur le Premier ministre. Le doigt levé, il ajouta : « Le génie ferait mieux de fermer sa bouche avant que je la lui ferme moi-même. Avant qu'il dégringole des sommets où il s'est hissé. »

Écœuré, Sohrab se leva pour quitter la pièce. « Attends », dit Gustad. Et à l'intention de Dilnavaz : « Où sont ces formulaires d'inscription ? »

Elle lui tendit la pile. Désolée, elle se reprochait sa sottise. Comment avait-elle pu croire aux citrons verts ? À moins que. À moins que, comme Miss Kutpitia l'avait dit, il faille quelque chose de plus fort. Dans le cas où le mal, les ténèbres seraient plus puissantes qu'elle ne l'avait estimé.

Gustad passa les formulaires à Sohrab et lui dit de faire le compte du nombre d'endroits qu'il avait assiégés pour le bien d'un garçon sans parole et ingrat, le nombre de fois où il avait touché son front et joint les mains, où il avait dit : « Monsieur », « madame » et « s'il vous plaît » et « merci beaucoup ». « Compte les formulaires, dit-il, et puis jette-les.

— D'accord. » Sohrab les prit et les feuilleta tout en se rendant à la cuisine.

« Chien impudent. » Grinçant des dents, Gustad entendit le bruit du papier froissé puis jeté dans le seau à ordures. Dilnavaz se précipita pour sauver les formulaires du magma visqueux au fond du seau, et les cacha dans le recoin voûté, sous le *choolavati*, où l'on entreposait jadis le charbon, avant l'arrivée du gaz et du fuel. Les citrons verts s'y accumulaient également, dans l'attente d'un ensevelissement maritime.

7

Le lundi matin, après une nouvelle nuit de tortures dues aux moustiques, Gustad partit travailler de bonne heure. La matinée était le meilleur moment pour demander à voir le directeur, un homme très collet monté, aux dires du personnel, et pas seulement à cause des cols durs qu'il portait malgré la chaleur et l'humidité. Mais Mr Madon pouvait bien se montrer froid et distant, songeait Gustad, et nouer de stupides nœuds autour de son cou rigide tant qu'il demeurait impartial pour ce qui concernait la banque. Et s'il souhaitait ne pas révéler son prénom, cela aussi, après tout, c'était son affaire.

Quand Gustad était entré à la banque, vingt-quatre ans auparavant, Mr Madon était directeur adjoint. À en croire la rumeur, le directeur détestait l'habitude qu'avait Mr Madon de priser et lui avait ordonné d'arrêter, malgré le fait que la boîte à priser de Mr Madon fût en or vingt-deux carats et qu'il y piochât avec la plus grande distinction. Une chose en entraînant l'autre, et sans qu'on sût exactement ce qui s'était passé, ce fut le directeur qui partit après une séance orageuse. Mr Madon accéda immédiatement au fauteuil convoité.

Un vieux serviteur, à présent remisé dans un coin tranquille, assis sur un tabouret aussi bancal que lui, et dont le travail exténuant consistait à boire des verres de thé et à en apporter aux autres, affirmait avoir un jour surpris le prénom secret. L'employé en question, Bhimsen, qui lui-même n'utilisait jamais son prénom (on doutait même qu'il en eût un), racontait comment il avait fait malencontreusement irruption dans une pièce où Mr Madon et le directeur échangeaient des propos virulents. Malencontreusement, car en tapant un registre sur le bureau, l'un des deux avait appuyé sur la sonnette convoquant Bhimsen. Mais cela s'était passé il y avait si longtemps que, bien que se rappelant l'événement, Bhimsen avait oublié le prénom.

Mr Madon, toutefois, était aussi tendre de cœur que méticuleux de manières. Il accordait en particulier une importance absurde à la façon de disposer les objets sur son bureau : le calendrier, le plumier, le presse-papiers, la lampe, tous devaient être rangés dans un certain ordre. Quand le vieux Bhimsen était à court d'argent, il venait faire le ménage de bonne heure le matin, la barbe hirsute, et déplaçait les objets. Sur quoi le directeur arrivait, remarquait le désordre et sonnait Bhimsen. Invariablement, après les reproches de pure forme, il lui donnait cinquante paise afin qu'il aille se faire raser chez le barbier, en bas, argent que Bhimsen empochait avant de se rendre aux toilettes où il avait caché son rasoir.

« Une demi-journée de congé ? » dit Mr Madon à Gustad. « Vendredi ? » Il se pencha, le nez chaussé de ses lunettes à monture dorée, pour consulter le calendrier sur son bureau. « Hemmm. » Il regarda Gustad par-dessus les verres et tapota sa boîte à priser. « Pourquoi ? » Ce tapotement aurait pu paraître grossier à quelqu'un peu au fait de ses manies.

Gustad chassa de son esprit le fauteuil au beau cuir chaud et lustré de Mr Madon. Depuis vingt-quatre ans, il l'admirait et enviait son occupant, allant même, au début, jusqu'à nourrir l'ambition de le faire sien un jour ou l'autre. Très vite, cependant, il comprit qu'avec le système népotique en vigueur et compte tenu du tour misérable qu'avait pris sa vie, il n'y avait pas de place pour lui dans ce siège. Il avait préparé son histoire pour Mr Madon. « Je dois aller chez le docteur. C'est ma jambe qui me tarabuste à nouveau. »

Au lit, la nuit précédente, évaluant les différentes excuses possibles, leur teneur et leur crédibilité, il avait d'abord pensé alléguer qu'il devait conduire sa fille chez le médecin. Mais l'idée à peine formulée, il y renonça. La crainte de la colère du Tout-Puissant, ou quelque chose d'équivalent, le retint d'attribuer des maladies imaginaires à ses enfants. Il existait une armée d'anges célestes, lui avait jadis appris sa grand-mère, qui, de temps en temps, écoutaient les paroles et les pensées des mortels, et leur accordaient ce qu'ils désiraient. Bien sûr, lui avait-elle expliqué, ça n'arrivait pas souvent, car ce n'était qu'une petite armée, et Dieu en soit loué, compte tenu de l'inconscience et de l'insouciance avec lesquelles les gens utilisaient les mots. N'empêche, il fallait absolument ne nourrir que de bonnes pensées de peur que, si une mauvaise vous traversait, un ange ne vous écoutât et ne la réalisât.

« Qu'est-il arrivé à votre jambe ? » demanda Mr Madon. À présent, il avait ouvert la boîte à priser.

« Rien de nouveau, monsieur. C'est toujours mon vieil accident d'il y a neuf ans. » Plutôt moi que mes enfants. « Ça me cause...

— Je me rappelle votre accident. Vous avez eu quatorze semaines de congé. » Il regarda de nouveau le calendrier. « À quelle heure ?

— À treize heures, s'il vous plaît. »

Chaque fois que Mr Madon se penchait, le col entaillait plus profondément son cou. Comment pouvait-il le supporter, jour après jour ? Un col amidonné était une chose, un col en contreplaqué une autre.

« Et vous reviendrez au bureau après votre rendez-vous ? » La boîte à priser se rapprocha. Pouce et index pincés planèrent, comme un insecte, au-dessus de la poudre brun foncé.

« Oui, monsieur, si j'ai fini avant six heures, absolument.

— Très bien. » La réponse claqua, en même temps que le calendrier, que Mr Madon referma. L'audience était

131

terminée. Puis, si vite que Gustad n'eut pas le temps de le voir, il porta une pincée de poudre à sa narine droite.

« Merci beaucoup monsieur », dit Gustad en boitillant vers la porte. Quand il la referma derrière lui, une série d'éternuements explosifs secoua l'Enclave directoriale. Il s'éloigna dans le couloir en veillant à accentuer son boitillement.

Il devrait le manifester ainsi jusqu'à vendredi après-midi, mais c'était plus facile que de feindre un mal de gorge ou de la fièvre. La fièvre surtout, car on savait Mr Madon tout à fait capable, le rusé, de vous poser sur le front une main compatissante. S'il soupçonnait une fraude, il conduisait le misérable dans son sanctuaire où, avec la rapidité du vif-argent, il sortait un thermomètre du tiroir de son bureau et le fourrait sous l'aisselle du patient. Il comptait les secondes à son chronomètre Rolex en or, puis donnait à lire au simulateur angoissé le chiffre scintillant qu'indiquait le tube miroitant. « Félicitations, disait Mr Madon, la fièvre est complètement tombée », et le malade, exprimant ses remerciements au mercure faiseur de miracles, retournait, accablé, dans sa cage de caissier.

En regagnant son service, Gustad vit Dinshawji faire son numéro de clown devant le bureau de Laurie Coutino. Durant ces dernières semaines, il avait réussi à lier connaissance avec la dactylo et venait lui rendre visite au moins une fois par jour. Mais ce n'était pas le Dinshawji des séances de cantine qui se produisait devant Laurie. Remisant son talent naturel d'humoriste, il s'efforçait de se montrer fringant et flamboyant, ou bravache et débonnaire. Il offrait ainsi un spectacle si pénible et ridicule de cabrioles et de galipettes que Gustad en était embarrassé pour lui. Il ne comprenait pas ce qui poussait son ami à perdre ainsi le respect de soi-même. À des moments comme celui-ci, il était heureux, même si leurs chemins se croisaient durant la journée de travail, que Dinshawji ne dépendît pas directement du service Épargne. Sinon il aurait incombé à Gustad, en sus de toutes ses autres

132

tâches, de lui faire remarquer ce que sa conduite avait d'inconvenant.

Le bureau de Laurie était installé juste sous une notice encadrée avertissant : IL EST STRICTEMENT INTERDIT D'INTRO-DUIRE DANS LA BANQUE DES ARMES À FEU OU TOUS AUTRES ARTICLES POUVANT SERVIR D'ARMES OFFENSIVES. Et comme si ce n'était pas suffisant, les pitreries de Dinshawji se déroulaient sous les yeux mêmes des clients. L'agrafeuse de Laurie à la main, il caracolait, les bras tour à tour plongeant en piqué et ondulant, se précipitait sur la jeune fille avec sa mâchoire de métal, sifflait, reculait. Gustad admirait la patience de Laurie autant que son corps svelte.

Un copain pointa la notice du doigt. « Eh, Dinshu ! Ton serpent est une arme mortelle ! Interdite dans la banque !

— La jalousie ne te mènera nulle part ! » répliqua Dinshawji, sous les rires de tous. Il vit que Gustad l'observait. « Regarde, Gustad, regarde ! Laurie est si courageuse ! N'a pas peur de mon grand et méchant serpent ! »

Elle sourit poliment. Des gouttes de sueur brillaient sur le crâne chauve de Dinshawji tandis que le serpent s'aventurait dans des zones de plus en plus proches. Finalement elle dit : « C'est fou ce que j'ai comme copies à taper. On travaille toujours beaucoup ici, n'est-ce pas ? »

Gustad saisit l'occasion d'intervenir. « Allons, Dinshu. Laisse Laurie faire son travail. Sinon elle ne sera pas payée. » Le tout dit sur un ton enjoué, si bien que Dinshawji voulut bien rendre l'agrafeuse et le suivre.

Il remarqua le boitillement accentué. « Qu'est-ce qu'il se passe avec ta jambe ?

— Toujours la même chose. Ma hanche qui refait des siennes. Je sors de chez Madon à qui j'ai demandé mon vendredi après-midi pour aller voir le docteur. » À un château imaginaire, il fallait de solides fondations. Puis, profitant de ce qu'ils étaient seuls à présent, il dit : « Attention, Dinshu. On ne sait jamais, elle pourrait aller se plaindre.

— Ridicule. Elle aime mes plaisanteries. Ris, et tout le monde rit avec toi. »

Gustad tenta une autre approche. « Nous sommes dans

une maison mère, tu sais, pas dans une petite succursale. Mr Madon ne tient peut-être pas à ce que tout le monde rie au bureau. »

Cela rendit Dinshawji furieux. « On joue au surveillant ? Attention, Gustad ! » Une bouffée aigre s'échappa de sa bouche, avertissement familier. Mais avec quelque chose de différent cette fois : il ne jouait pas simplement son rôle habituel de Casanova. Ou peut-être le jouait-il trop bien.

« Ne sois pas stupide, dit Gustad. Tu sais bien que je ne suis pas un *chumcha* de la direction. Je te dis simplement ce que je pense. Ton truc de serpent pourrait être un peu trop dur à avaler pour une fille aussi timide que Laurie. »

Dinshawji ricana, méprisant. « *Arré*, Gustad, ces filles catholiques ont toutes le feu quelque part. Écoute, mon école se trouvait à Dhobitalao, presque cent pour cent *maka-pao*. J'ai vu de ces choses ! À en perdre mes prunelles. Pas comme nos filles parsies avec leur on-ne-fait-pas-ci et leur on-ne-touche-pas-là. Elles ouvraient tout. Dans n'importe quel endroit puant, *yaar*, dans le noir, sous l'escalier, tout ce qui se présentait.

— Vraiment ? » Gustad paraissait sceptique.

« Mais puisque je te le dis, non, je le jure », et il se pinça la peau sous la pomme d'Adam. Puis il lui fit un clin d'œil, en le poussant du coude. « Petit futé ! Tu crois que je ne sais pas ce que c'est ? Tu guignes Laurie Coutino pour toi tout seul ? Méchant garçon ! » Gustad sourit et accepta la tentative de réconciliation.

Il fallait qu'il se repère dans le dédale de ruelles et de passages que formait Chor Bazar. Et par où commencer ? Il y avait tant de monde partout — gens de Bombay, touristes, étrangers, chasseurs de trésors, collectionneurs d'antiquités, vendeurs de camelote, bouquinistes. À l'écart des remous de la foule, il s'arrêta à un petit étal qui vendait des douilles électriques usagées et des clefs anglaises rouillées. Et bien d'autres outils : pinces, marteaux au grossier manche en bois, tournevis, un rabot, des limes usées. « Pas cher du tout. Qualité supérieure », dit le marchand en tentant d'allécher Gustad avec un marteau qu'il fit tournoyer. Devant le refus de Gustad, l'homme attrapa un paquet de tournevis aux poignées de bois et de plastique multicolores. « Tous les genres et toutes les tailles. Pas cher du tout. Qualité supérieure », dit-il en les présentant comme un bouquet.

Gustad secoua la tête. « Pourquoi tant de monde aujourd'hui ? Qu'est-ce qui se passe ?

— Le bazar, voilà ce qui se passe. Vendredi est toujours la journée la plus chargée. Après le *namaaz* à la mosquée. »

Soudain, au milieu des outils, Gustad repéra quelque chose de familier. Des plaques de métal rouges, rectangulaires avec des trous le long des bordures. Et des lamelles vertes perforées. « Est-ce que le Meccano est complet ?

— Oui, oui », affirma le vendeur. En un clin d'œil il eut extrait les pièces de l'enchevêtrement d'outils et les déposa dans les mains de Gustad.

Et dès que Gustad sentit le métal sous ses doigts, renifla l'odeur de rouille des petites roues, tringles et vis de serrage, les années s'évanouirent. Il vit un petit garçon tenant la main de son père et parcourant timidement ces ruelles. Le père parlant avec enthousiasme d'antiquités et de curiosités, décrivant, expliquant. Les boutiquiers le hélant : « Mr Noble regardez ce vase, il va vous plaire, Mr Noble, assiette très rare, mise de côté juste pour vous, très bon marché. » Et son père lui chuchotant à l'oreille : « Écoute-les, Gustad, écoute ces voleurs. » Et le petit garçon disant : « Papa, regarde, un Meccano, il est si grand. » Et son père, lui tapotant la tête, et disant : « Oui, au moins dix pièces, tu as de bons yeux, tout comme moi. » Ensuite, son père qui marchande, proposant un prix déraisonnablement bas, chicanant et discutaillant : « Vous êtes fou ! » et qui s'éloigne : « Revenez monsieur ! revenez ! — Oui », qui revient : « Non, allez au diable ! — S'il vous plaît prenez, un prix honnête. — Dieu m'est témoin, ne blasphémez pas. — Dernier prix, je vous jure sahab. — D'accord, voleur »... et ainsi se concluait le marché.

Ils rapportèrent le Meccano, enveloppé dans un journal, à la maison où, sous la supervision de grand-papa, Gustad fabriqua une boîte en bois avec des compartiments pour ranger écrous et boulons, éclisses et tasseaux à angle droit, disques et bandages, poulies et volants, tringles de connexion et manivelles, plateformes et plaques courbes. Après quoi, au ravissement de ses parents et de ses grands-parents, différents modèles émergèrent de la chambre de Gustad : pompe à incendie, grue, voiture de course, bateau à vapeur, bus à impériale, tour-clocher. Il obtint son plus grand succès avec un pont-levis qui se levait et s'abaissait. Chaque fois qu'il réalisait quelque chose, Papa disait : « Ce garçon grandira le nom des Noble. »

« Excusez-moi, dit le vendeur. Vous voulez acheter le Meccano ? » Il toucha l'épaule de Gustad.

« Oh, dit Gustad. Non, non, je ne faisais que regarder. » Il lui rendit le jeu, se passa une main dans les cheveux et contempla la ribambelle de ruelles perpendiculaires à la rue principale, jonchées d'un fouillis d'objets, comme si un convoi de camions avait déchargé, symétriquement, sa cargaison. En métal et en verre pour la plupart, les objets scintillaient au chaud soleil de l'après-midi. La camelote voisinait avec la qualité : tasses et soucoupes ébréchées, faïence de Meissen, coutellerie de Sheffield, vases, lampes de cuivre, porcelaine de Limoges, ustensiles de cuisine rafistolés à la soudure, brocs, gramophones à cornets coniques rutilants, plateaux d'argent, cannes de marche, poids et mesures, balles de cricket à différents niveaux d'usure, battes de cricket revernies, parapluies, verres à vin en cristal.

Il choisit une ruelle au hasard et y pénétra. À l'angle, un spécialiste exerçait son activité : extraire la cire des oreilles d'un individu à l'aide d'un mince instrument d'argent, ce qui n'allait pas sans provoquer quelques grimaces chez le client. Gustad contourna les deux hommes avec prudence. Que se passerait-il, se demanda-t-il, si quelqu'un bousculait le bras de l'opérateur pendant qu'il explorait le conduit ? Cette pensée le fit frissonner.

Qu'était devenu son jeu de Meccano ? Sans doute perdu avec le reste, au moment de la banqueroute. À la façon dont il avait ravagé la famille, le mot s'apparentait à un virus mortel. Tout cela à cause de l'entêtement d'un homme orgueilleux. Papa, qui avait différé pendant des mois une nécessaire opération chirurgicale, pour finir par être emmené d'urgence à l'hôpital. Et qui, avant de sombrer sous l'anesthésie, avait remis la responsabilité de l'affaire à son frère cadet, contre l'avis général. Car Papa ne supportait pas le moindre conseil.

Le frère avait une formidable réputation de buveur et de parieur sur les champs de courses. La rapidité avec laquelle il hypothéqua les biens pour satisfaire ses vices fut stupéfiante. Le père de Gustad sortit de l'hôpital pour trouver ce qui avait été la meilleure librairie de la région dans un état indescriptible, et la famille ne s'en remit jamais. Sous l'effet du stress, sa mère dut être hospitalisée. Il n'y avait plus assez d'argent pour payer une chambre et une infirmière privées, ni les droits d'inscription de Gustad en deuxième année d'université. Son père le fit venir pour le lui expliquer, et s'effondra. Il pleurait et le suppliait de lui pardonner. Gustad ne savait que dire. Voir son père jadis invincible se comporter ainsi le retourna de fond en comble. Il se mit à tenir des propos méprisants, tout en se jurant que désormais il ne verserait plus une larme — ni devant quelqu'un, ni en privé, quels que soient les souffrances et les chagrins qu'il devrait affronter ; les larmes étaient inutiles, une faiblesse de femme, et d'hommes qui se laissent briser.

Un vœu difficile pour un garçon de dix-sept ans, mais qu'il avait respecté. Il ne pleura pas quand il vit sa mère couchée en salle commune, qui ne se plaignait ni ne comprenait ce qui lui arrivait, ni quand elle mourut peu de temps après. Son père avait osé lui demander : « Même pas une larme pour maman ? » et Gustad s'était contenté de le regarder, dans un silence de pierre, alors que ses yeux lançaient des flammes. L'ultime honte de son père fut de ne même pas pouvoir payer les quatre jours de prières à la Tour du Silence.

Gustad eut du moins la satisfaction, à cette époque, de voir mourir son oncle, dont le foie mariné dans l'alcool, rongé et cirrhotique, finit par lâcher. Mais son père ayant insisté pour prendre soin de son frère du mieux que ses moyens le lui permettaient, Gustad ne l'en méprisa que plus.

Il parvint au bout de la ruelle sans avoir croisé de bouquiniste. Il fallait si peu de choses, se dit-il, pour réveiller tant de souvenirs enfouis. « *Chumpee-maalis ! Tayel-maalis !* » cria une voix derrière lui. L'homme se porta à sa hauteur, balançant son petit casier d'huiles et d'onguents, une serviette de toilette sur l'épaule : « *Maalis* pour la tête ? *Maalis* pour le pied ? » Gustad fit signe que non et accéléra le pas pour décourager le masseur ambulant.

Poursuivant son chemin, il finit par tomber sur deux étals de livres à même le trottoir. À côté, un barbier s'escrimait, coupant avec entrain des tresses noires et huilées qui dégringolaient directement sur le drap blanc. Gustad s'arrêta devant l'étal, mais les titres des livres étaient en hindi, en gujarati ou d'autres écritures qu'il ne pouvait identifier. « Pas de livres *angrezi* ? » demanda-t-il à l'homme assis sur un coffre.

« Oh, si, j'ai des livres *angrezi*. » Il se leva et souleva le couvercle du coffre, révélant des numéros de *Life* des années soixante, des BD déchirées de Superman, des numéros du *Reader's Digest* et de *Filmfare*.

Gustad consulta sa montre : quinze heures passées. Il lui fallait se dépêcher. Entre deux et quatre, avait écrit Jimmy. Dans la ruelle suivante, des rangées de livres occupaient l'asphalte. Surtout des livres de poche : cowboys et romans d'amour. Les autres étals vendaient des pièces détachées pour moto, des pichets de verre et des tabourets de bois, il tourna donc dans la ruelle contiguë où il tomba sur un ensemble beaucoup plus important qu'aucun de ceux qu'il avait vus jusqu'à présent. Les *Grands Dialogues de Platon*, richement reliés, le volume sept de l'*Encyclopédie des religions et de l'éthique*, éditée sous la direction de James Hastings, et *L'anatomie du corps humain* de Henry Gray attirèrent son regard. Il les prit et les feuilleta.

« De très bons livres, dit le vendeur. Très difficiles à trouver. Il n'y a qu'à Chor Bazar qu'on les trouve. »

Gustad afficha une totale indifférence, se rappelant la façon de marchander de son père. Il mourait d'envie d'acheter les trois livres. Ils augmenteront merveilleusement ma petite collection, et ils feront si bien dans la bibliothèque que Sohrab et moi... que je vais construire. « Combien ?

— Différents-différents prix », dit l'homme.

Pas bête, le type. Ça allait être difficile. Histoire de l'embrouiller, Gustad indiqua quelques titres au hasard. À la fin de son numéro, il se vit demander neuf roupies pour les trois livres qu'il désirait. « Trop cher », dit-il en faisant mine de s'éloigner.

« Attendez, pourquoi partir ? Vous dites combien vous voulez.

— Quatre roupies. »

L'homme se baissa pour prendre les livres, et Gustad pensa qu'il avait gagné. « Écoutez, *seth*, écoutez. Faites un *boni* avec moi. Sept roupies.

— Quatre. »

L'homme prit le ciel à témoin. « Par la lumière du soleil, par l'ombre de la mosquée, je vous dis mon dernier prix. Moins que ça, je ne peux pas, sinon comment je nourrirai mes enfants ? » Il s'interrompit. « Six roupies. »

Gustad paya. « Y en a-t-il d'autres que vous qui vendent des livres anglais ?

— Oh, oui ! Un nouveau est arrivé récemment. Il a un bon stock. Tout droit, au bout de la ruelle. »

Gustad serra les trois livres sous son bras, et à les tenir ainsi, volumineux, il se sentit moins coupable d'avoir dépensé son argent. Qu'étaient-ce que six roupies pour trois grands classiques ? À partir de maintenant, je visiterai plus régulièrement Chor Bazar. Un ou deux livres à la fois, et je finirai par avoir de quoi remplir cette bibliothèque. C'est ce dont une famille a vraiment besoin. Une petite bibliothèque pleine des livres qu'il faut lire, et on est paré pour la vie.

Au bout de la ruelle, il aperçut une échoppe à thé. Et à côté, le bouquiniste. Des dizaines et des dizaines de volumes dans des caisses en bois, la tranche exposée, et d'autres encore étalés sur une grande feuille de plastique, sur le trottoir. Il se rapprocha. Au fond, appuyé contre une caisse, relié en toile rouge avec lettres d'or, il y avait le volume des *Œuvres complètes* de William Shakespeare.

Il jeta un rapide regard autour de lui. Ce coin de ruelle était étrangement calme, en comparaison de l'agitation et du vacarme au milieu desquels il errait depuis plus d'une heure. Un garçon montait la garde auprès de l'étal. Gustad se pencha pour attraper le volume, mais ceux qu'il tenait sous le bras le gênèrent. « Lequel ? » demanda le garçon. Gustad le lui indiqua du doigt, et il le saisit.

Gustad savait qu'il avait atterri au bon endroit. Il ouvrit néanmoins le livre à *Othello*, fin de l'acte I. Oui, la réplique y figurait bien, avec ses cinq répétitions, soulignée en rouge : « Mets l'argent dans cette bourse. » Jimmy était parfait, comme toujours.

Il referma le livre, leva les yeux et vit un homme en turban blanc qui l'observait de l'intérieur de l'échoppe à thé. Le pouls de Gustad s'accéléra. L'homme sortit de l'ombre, et Gustad constata qu'il ne s'agissait pas d'un turban, mais d'un épais bandage de gaze chirurgicale blanche. Et comme l'homme s'approchait, Gustad le reconnut sans hésiter. Quelle coïncidence ! L'homme se dirigea vers lui, la main tendue.

« Mr Noble. Ça fait plaisir de vous revoir. » L'homme était grand, aussi grand que Gustad, et rasé de près.

Gustad lui serra la main avec effusion. « Vous vous souvenez de moi ? Ça fait neuf ans que j'espérais pouvoir un jour vous remercier pour votre gentillesse. Si j'avais su que vous et le major Bilimoria... » Quelle solide constitution fallait-il avoir, se dit-il, pour se retrouver frais et gaillard après un tel choc à la tête. La façon dont il s'était envolé au-dessus de la Lambretta — il en frissonnait rien que d'y penser.

« Et comment va la hanche ?

— Presque aussi bien que si elle était neuve. Grâce au major, nous sommes allés chez Madhiwalla le Rebouteux. Un homme doué, il a réussi un miracle avec moi. Mais... » L'idée frappa Gustad, « ... ce jour-là, quand j'ai eu mon accident — vous et le major Bilimoria — dans le taxi... vous n'avez rien dit. Vous ne le connaissiez pas à l'époque ?

— Oh, si ! Mais parfois nous devons faire semblant de rien, à cause de notre travail. Parfois, la sécurité nous oblige à être chauffeur de taxi et passager. »

Gustad comprit. « On dirait que vous aussi vous avez eu un accident récemment ?

— Oui. Pas vraiment un accident. Venez, prenons un verre de thé. » Il le fit entrer.

« Je suis désolé, je connais parfaitement votre visage, mais j'ai oublié votre nom.

— Ghulam Mohammed.

— Maintenant je m'en souviens. Dans le taxi, vous l'avez dit à mon fils.

— Et comment va Sohrab ? »

Gustad fut stupéfait. « Vous vous rappelez même son prénom ?

— Bien sûr. Le major me parle toujours de votre famille. Il la considère comme la sienne. Même avant votre accident je vous connaissais. Tout ami de Bili Boy est mon ami.

— Bili Boy, s'esclaffa Gustad. Ça lui va bien.

— Dans l'armée, tous ses copains l'appelaient Bili Boy. » Ghulam Mohammed s'arrêta, les yeux dans le vague. « Nous avons eu du bon temps à l'époque. Aujourd'hui, dans le SRA, c'est très différent.

— Vous vous êtes engagés dans les Services, tous les deux en même temps ?

— Oui. Où va Bili, je vais. Il m'aura toujours avec lui.

C'est le moins que je puisse faire pour l'homme qui m'a sauvé la vie en 1948. Au Cachemire.

— Il ne m'en a jamais parlé.

— Ça, c'est tout lui. Il n'aime pas se vanter. Oui, il est parti seul à ma recherche, après qu'on eut donné l'ordre de la retraite. Sans lui, je serais là-haut dans les montagnes, proprement découpé en dix-sept morceaux par ces indigènes des tribus. » Il avala son verre de thé. « Telle est l'histoire. Et voilà pourquoi Bili Boy pourra toujours compter sur moi. Son ami est mon ami. » Il approcha son visage de celui de Gustad. « Et son ennemi, chuchota-t-il, aura affaire à moi. Quiconque lui fera du mal, je le poursuivrai avec tout ce dont je disposerai : couteau, fusil, mes mains, mes dents. »

Gustad recula, mal à l'aise : « Il a de la chance d'avoir un ami comme vous. » Étrange bonhomme. Amical et affectueux et, l'instant d'après, me flanquant la chair de poule. Il prit son verre de thé. Le liquide fumant avait un aspect trouble. Les feuilles de thé, presque réduites en poudre, montaient à la surface puis retombaient au fond du verre, selon le courant de convection. Il se risqua à en avaler une gorgée. Amère. « Et votre accident ?

— Ça n'en était pas un. On a visé délibérément mon scooter.

— Vraiment ? » Gustad frissonna d'excitation. « Qui soupçonnez-vous ? Des espions pakistanais ? »

Ghulam rit. « Ce n'est pas si simple. Disons : un hasard professionnel. » Il finit son verre, et pointa celui de Gustad. « Vous ne buvez pas ?

— Il n'est pas assez sucré pour moi. » Ghulam Mohammed fit un signe. Une femme apparut, écouta, et revint avec un bol de sucre. Gustad s'en versa une cuillerée, remua, goûta, approuva.

« Vous menez une vie très dangereuse, dit-il. Et Jimmy, comment ça va pour lui à Delhi ?

— Il ne faut pas s'inquiéter pour Bili Boy. Il est plus intelligent que vous et moi réunis. »

Gustad aurait aimé en apprendre davantage, mais au ton de Ghulam, il comprit qu'il n'en tirerait rien de plus.

« Qu'est-il arrivé à votre taxi ? Pourquoi rouliez-vous en scooter ?

— Parfois je suis en taxi, parfois en scooter. Dans le SRA, il faut savoir faire plein de choses différentes. Aujourd'hui je suis bouquiniste. Ce soir, je quitte Bombay pour une semaine. Bon, je ferais mieux de vous donner le paquet qu'a envoyé Bili Boy. »

Il alla ouvrir une des caisses du stand. Elle contenait un paquet volumineux, de la taille d'un sac de couchage, enveloppé dans du papier kraft serré par une corde épaisse qui, en haut, s'enroulait pour former une poignée. « Voilà », dit-il. Puis, remarquant les trois volumes de Gustad : « Mais vous avez déjà un gros paquet à transporter. »

Gustad pensait la même chose ; ce serait coton dans le bus. « Celui-ci est à vous », dit-il en lui rendant le Shakespeare complet. « Puisque aujourd'hui vous êtes marchand de livres, voulez-vous me le vendre ?

— Bien sûr, s'esclaffa Ghulam.

— Combien ?

— Pour vous, ce sera avec les compliments de la maison.

— Non, non, je dois vous payer quelque chose.

— Eh bien, le prix, ce sera votre amitié.

— Mais vous l'avez déjà.

— Dans ces conditions, vous avez déjà payé le livre. » Ils rirent tous les deux et se serrèrent chaleureusement la main. « Attendez, je vais demander au garçon de vous emballer les quatre volumes en un seul paquet. Ce sera plus facile à porter. »

Pendant que le garçon s'affairait, Ghulam écrivit une adresse où Gustad pourrait le joindre. « Vous savez où c'est ?

— "Maison des Cages", lut Gustad. Oui, le dispensaire du docteur Trésorier se trouve au même endroit. C'est notre médecin de famille.

— Devant la Maison, il y a un homme qui vend du *paan*. On l'appelle Peerbhoy Paanwalla. Vous pouvez lui laisser un message à n'importe quel moment. »

Gustad connaissait Peerbhoy Paanwalla. L'homme vendait du *paan* depuis aussi longtemps que le docteur Trésorier pratiquait la médecine, sinon plus. Ses visites périodiques au dispensaire du médecin, quand il était enfant, pour cause de rougeole, de varicelle, d'oreillons, de vaccinations et de piqûres de rappel, lui avaient permis d'observer Peerbhoy au travail. Et plus tard, il était arrivé que Gustad et ses amis sèchent l'école pour aller traîner autour de la Maison des Cages et écouter Peerbhoy Paanwalla. Les histoires de Peerbhoy, sur les rencontres entre les dames de la Maison et leurs clients, n'en finissaient pas d'amuser ses acheteurs de *paan*.

« C'est un ami très fiable, dit Ghulam. Il me transmettra n'importe quel message. » Le garçon rapporta le paquet, attaché, remarqua Gustad, de façon aussi astucieuse que celui de Jimmy.

Après avoir serré une dernière fois la main de Ghulam Mohammed, il revint sur ses pas. Peu à peu, les ruelles se vidaient de tout le bric-à-brac : outils, prises de courant, plaques, ampoules, dynamos, carpettes, vases, montres, appareils photo, commutateurs électriques, collections de timbres, transformateurs, aimants et autres objets non identifiés qui encombraient l'asphalte. Le spécialiste ès cires d'oreille nettoyait l'orifice d'un ultime client. Quand Gustad passa devant lui, il montrait à son client le long et mince instrument d'argent dont il venait de se servir : une boulette, d'un brun luisant et de la taille d'un petit pois, était perchée à l'extrémité de la curette.

« *Sabaash !* » s'exclama le client, fier de la performance de son oreille. Comme un imprésario, il présenta l'autre oreille à l'instrument, désireux de montrer ce qu'elle pouvait produire. Gustad fut tenté de rester pour regarder, mais c'eût été grossier. De plus, le paquet de Jimmy était très lourd, et les poignées jumelles lui entaillaient les doigts.

Le bus arriva, archiplein, y grimper ne fut pas une mince affaire. Louvoyant, Gustad bouscula par inadvertance une passagère devant lui. Furieuse, la femme se retourna, lâchant une bordée d'insultes. « Voyez-moi ça, même pas capable de regarder où ça met les pieds. Ça monte dans l'autobus avec ses gros-gros paquets, ça vous pousse, ça ne respecte pas les gens. Avec tant de bagages, il devrait prendre un taxi, non ? Pourquoi venir nous tourmenter dans l'autobus ? Ça vous rabote les côtes et ça vous pousse comme si on n'avait pas de ticket et qu'il était le seul à en acheter un... »

Sa rencontre avec Ghulam Mohammed avait mis Gustad de si bonne humeur qu'il ne s'offusqua pas. Il s'inclina devant la femme et prit son ton le plus élégant pour dire : « Je suis vraiment désolé, madame, de créer tant de gêne. Je vous prie d'accepter mes excuses. » Le tout accompagné de son plus charmant sourire.

La femme, que l'on n'avait probablement jamais appelée madame ni saluée d'une façon aussi courtoise, fut flattée et se radoucit. « Ça va, dit-elle, penchant la tête de côté. N'en parlons plus. » Pendant le reste du trajet, et chaque fois que leurs yeux se croisèrent, ils échangèrent force sourires. « Bye-bye », dit-elle en descendant, un arrêt avant celui de Gustad.

Tehmul-Lungraa l'attendait dans la cour avec impatience. « GustadGustadlaisse-moi. Laisse-moilaisse-moiporter. »

Gustad ne fut que trop heureux de lui passer le paquet de livres. « Merci », dit-il quand ils arrivèrent devant sa porte, et en sortant sa clé pour l'ouvrir.

Tehmul porta un doigt à ses lèvres. « Gustadtrèsdoucement.

— Quoi ?

— DoucementdoucementGustad. Pasbienpasbiendormirpasbien.

— Qui ne va pas bien ?

— RoshanRoshanestentraindedormir. PasdebruitRoshanpasbien. »

Gustad se rembrunit, lui fit signe de partir et tourna la clé dans la serrure.

8

« Vous attendez bien le coucher du soleil pour le faire, comme je vous l'ai expliqué ?

— Toujours », dit Dilnavaz.

Miss Kutpitia s'appuya contre le mur, soulageant une jambe. « Ohh ! Ces rhumatismes. » Elle réfléchit, le menton dans la main. « Il ne peut y avoir qu'une seule raison. Le maléfice est entré si profondément et si fort dans Sohrab que le citron vert ne peut l'en sortir.

— Vous êtes sûre ?

— Évidemment que j'en suis sûre, répliqua-t-elle, indignée. Écoutez-moi. Quand un maléfice pénètre trop profondément, il ne peut être extirpé que par un autre être humain.

— Et comment faire ça ?

— Il y a un moyen. D'abord, les sept cercles autour de sa tête. Mais ensuite, au lieu de jeter le citron dans la mer, coupez-le, pressez le jus et donnez-le à boire à quelqu'un — n'importe qui. Cette personne délivrera Sohrab de son maléfice. »

Simple en effet, pensa Dilnavaz. « Et où va le maléfice, après ça ?

— À l'intérieur de celui qui a bu le jus.

— Ça veut dire que quelqu'un d'autre va souffrir ?

— Oui. Cette idée ne me plaît pas — Miss Kutpitia haussa les épaules — mais c'est la seule façon.

— Je ne veux pas faire souffrir un innocent, baba. » À

supposer que ça marche, bien entendu. « D'ailleurs, à qui donner le jus ?

— Nous avons quelqu'un de parfait pour ça, dans l'immeuble. » La vieille femme sourit.

« Qui ?

— Tehmul-Lungraa, évidemment.

— Non, non ! » L'idée répugnait à Dilnavaz ; elle lui paraissait particulièrement vicieuse. « Je devrais peut-être boire moi-même. Après tout, Sohrab est mon fils.

— Vous dites des sottises. » Dilnavaz ne protesta pas, et Miss Kutpitia poursuivit : « Écoutez, je ne suis pas quelqu'un de méchant. Vous croyez que j'aime faire du mal à des innocents ? Mais regardez Tehmul. Et ce qui lui sert de cervelle. Alors, quelle différence ça fera ? Lui-même ne remarquera rien. Je dis, moi, que vous lui donnerez la possibilité, pour la première fois de sa vie, de faire du bien à quelqu'un d'autre.

— Vous le pensez vraiment ?

— Est-ce que je le dirais, sinon ? »

Non, Miss Kutpitia ne le dirait pas si elle ne le croyait pas. Mais, moi, qu'est-ce que je suis censée croire ? « D'accord, merci. Je le ferai. Et merci aussi d'avoir donné les journaux à Roshan. C'est sa classe qui en a recueilli le plus grand nombre pour les réfugiés.

— Tant mieux », dit Miss Kutpitia en lui ouvrant la porte.

De retour dans sa cuisine, Dilnavaz sortit un citron de sa cachette, le coupa et en pressa le jus dans un verre. Y ajouta une cuillerée de sucre. Une pincée de sel. « Une cuillerée de sucre aide à faire descendre le médicament, à faire descendre le médicament... » Elle compléta avec de l'eau, agita pour bien mélanger, tout en regardant par la fenêtre si elle apercevait Tehmul. Pourvu qu'il vienne avant l'arrivée de Gustad.

La cour était vide. « Juste une cuillerée de sucre, ça aide à faire descendre le médicament... » Elle reconnut le bruit de l'avertisseur du bus scolaire, et vit Roshan entrer dans la cour. « De la façon la plus agréable. » L'air mal

en point. Les joues pâles, le front couvert de sueur.
« Qu'est-ce qui ne va pas ? Tu es malade ?

— Je n'ai pas arrêté d'aller *chhee-chhee*.

— Combien de fois ?

— Quatre. Non, cinq fois.

— Déshabille-toi et va t'allonger. Je vais te donner un médicament. » Quand cette diarrhée chronique laissera-t-elle ma pauvre enfant tranquille ? Elle alla chercher les pilules. Roshan la suivit et vit le verre de jus de citron.

« C'est quoi, maman ? demanda-t-elle en le reniflant.

— N'y touche pas ! » Dilnavaz le lui prit des mains.

« Mais c'est quoi ?

— Rien. Rien. » Elle s'efforça de garder la voix calme.
« C'est pour la cuisine. Si tu en bois, tu auras encore plus mal au ventre. » Des frissons la parcouraient tout entière. Dada Ormuzd ! Que se serait-il passé si ma fille avait avalé le jus porteur de maléfice ?

Roshan fit la grimace en voyant les pilules. « Encore les marron ? Elles laissent un goût si amer dans le fond de la gorge. » Elle les avala avec la facilité que procure une longue pratique, et partit se coucher.

Dilnavaz n'eut pas à attendre longtemps pour voir apparaître Tehmul, qui clopina jusqu'au margousier pour en inspecter les branches. Dilnavaz le héla par la porte ouverte : « Viens, entre. » Il approcha timidement. Une main se dirigeant vers l'entre-jambe pour le grattage circulaire. « Ne fais pas ça, Tehmul. » Obéissant, il ôta sa main qu'il coinça sous l'aisselle. « Regarde ce que j'ai pour toi. »

Il renifla le verre, observant avec intérêt le pépin qui flottait à la surface. « Bois, bois, dit-elle. C'est très bon. »

Il prit une gorgée, pour goûter. Ses yeux s'illuminèrent, et il se lécha les lèvres. « Trèstrèstrèsbon.

— Bois tout. C'est tout pour toi. »

Tehmul remua le verre et l'avala d'un trait, puis fit claquer ses lèvres et rota. « Trèsbonencoreunpeus'ilte-plaîts'ilteplaît.

— Il n'y en a plus. » Ç'avait été si facile. « Je t'appellerai quand il y en aura d'autre, d'accord ? »

Il hocha la tête vigoureusement. « Appelles'ilteplaît. S'ilteplaît. Trèsbontrèsbonencore.

— Maintenant, va-t'en. » Il tourna sur sa bonne jambe, balançant l'autre, qui frappa la porte. « Chut, dit Dilnavaz. Pas de bruit. Roshan dort, elle ne se sent pas bien. »

Tehmul mit le doigt sur ses lèvres. « Pasdebruitpasdebruit. RoshandorttranquilleRoshandort. » Traînant la jambe en silence, il regagna la cour.

Au bruit de la clé dans la serrure, Dilnavaz sortit de sa cuisine. « Qu'est-ce que c'est que tout ce *ghumsaan* ? Combien Jimmy en a-t-il envoyé ? » demanda-t-elle, irritée à la vue des deux volumineux paquets que Gustad déposait sur le bureau.

« *Ghumsaan ?* Alors que tu ne sais même pas ce qu'il y a dedans ? Ça, c'est le colis du major. Et celui-ci contient quatre beaux livres. Art, sagesse et délassement. »

Elle se frappa le front. « Des livres ! Encore des livres ! Tu es fou. Où vas-tu les mettre ? Et ne répète pas cette histoire absurde sur la bibliothèque que toi et Sohrab allez construire un jour.

— Calme-toi, et fais-moi confiance. Mais d'abord, devine qui j'ai rencontré au Chor Bazar. »

Elle le regarda, incrédule : « Ne me dis pas que c'était le major Bilimoria.

— Non. Mais quelqu'un qui le connaît. Et qui me connaît. » Il lui rapporta sa conversation avec Ghulam dans l'échoppe à thé.

« Des centaines de fois, je t'ai dit de ne rien boire ni rien manger de ce qu'on vend dans la rue. Parfois tu te comportes comme un enfant.

— Je n'ai pris que quelques gorgées de thé, par courtoisie.

— Une gorgée suffit pour rendre malade. »

Gustad se souvint alors de Roshan. « Qu'est-ce qu'elle a ?

— Un peu mal au ventre. Mais qui t'a raconté ?

— Tehmul-Lungraa. Comment l'a-t-il appris ? »

Oh ! s'affola Dilnavaz, qu'est-ce que cet imbécile a bien pu lui dire d'autre ? Heureusement, Gustad n'attendit pas la réponse. Il avait eu maintes fois la preuve de la capacité de Tehmul à tirer des informations de la tête et du corps des autres. Il alla voir Roshan et revint aussitôt. « Elle dort. Tu lui as donné un médicament ?

— Deux Entero-Vioform.

— Bien. Ça va se calmer bientôt. Et si elle a encore des problèmes après-demain, donne-lui du Sulfa-Guanidine. » Il veillait à en conserver toujours à la maison. Avant Roshan, il y avait eu Darius qui, jusqu'à l'âge de treize ans, souffrait régulièrement de diarrhée. Au début, Dilnavaz s'opposait à ce que Gustad lui dispense de lui-même les pilules, insistait pour qu'ils aillent consulter le médecin. Elle faisait confiance au Dr Trésorier malgré son cabinet minable et la plaque à l'extérieur qui indiquait : DR R.C. LORD, MBBS, INSTAL. 1892. C'est au Dr Lord que le Dr Trésorier avait acheté le dispensaire, fermé à l'époque, il y avait de cela près de cinquante ans, mais il n'avait pas pris la peine alors de changer la plaque car il manquait d'argent. Et si ses patients s'adressaient à lui en l'appelant Dr Lord, il n'y faisait guère attention.

En très peu de temps, la rumeur se répandit de ce jeune docteur, avisé et aimable, attentif et doué d'humour, qui guérissait à moitié le malade rien qu'en le faisant rire. La clientèle du Dr Trésorier se mit à prospérer. Bientôt il eut assez d'argent pour embellir le dispensaire, installer un canapé et des chaises correctes dans la partie salle d'attente, et s'abonner à des journaux médicaux étrangers dont il avait absolument besoin pour se tenir au courant des progrès de la médecine et de la recherche. Il lui resta même assez d'argent pour s'offrir une plaque à son nom.

Or, avec ce dernier achat, il commit une énorme bévue.

Dès le lendemain, le dispensaire était en ébullition. Les patients entraient et sortaient, exigeant de savoir qui était ce docteur Trésorier, qu'était devenu le joyeux, le jovial Dr Lord. Quand reviendrait-il ? Ils refusaient toute explication, ni de se laisser examiner par ce petit parvenu.

Les rares à prendre le risque de se faire soigner par lui décrétèrent, unanimes, que sa médecine ne guérissait pas aussi bien que la précédente. Et la nouvelle se répandit.

Désespéré, le Dr Trésorier retourna chez le peintre d'enseignes afin de récupérer l'ancienne plaque. Fort heureusement, l'homme l'avait conservée, enfouie sous un tas de planches qu'il gardait comme bois à feu. On la rependit au-dessus de l'entrée, le désarroi cessa du jour au lendemain.

Et du jour au lendemain, le Dr Trésorier comprit, non sans douleur, quelque chose qu'on ne lui avait pas enseigné à la faculté : le nom d'un médecin, comme n'importe quel produit de consommation, était infiniment plus important que ses talents. Avec le temps, cependant, il l'admit, n'en tenant pas plus rigueur à ses malades qu'à la plaque de son prédécesseur. Il trouvait même que l'année 1892, qui y était inscrite, conférait une sorte de dignité, suggérait une notion de longévité et d'endurance, très utile dans la pratique de la médecine. En conséquence de quoi, seul un petit cercle de patients, au nombre desquels les Noble, connaissait son véritable nom et l'employait.

Avec les années, le Dr Trésorier acquit un physique de grand-père, chauve et la figure ronde, à la mine de clown triste. Il continuait de soigner en jouant les pitres : gesticulant avec les seringues hypodermiques et les lavements, reniflant avec force grimaces les bocaux de composants chimiques à l'odeur ignoble, ou se contentant de marmotter sans arrêt un boniment drôle et absurde — toutes choses qui paraîtraient stupides à une personne en bonne santé, mais pas aux malades, désespérés et apeurés, qui lui en étaient très reconnaissants.

Toute cette bouffonnerie ne faisait pas pour autant du Dr Trésorier un fantaisiste. Ses actes étaient, au contraire, mûrement réfléchis, et lorsqu'on le croisait à l'extérieur du dispensaire, au marché ou au temple du feu, il donnait l'image d'une personne compassée, rébarbative même. Pour le taquiner, Gustad lui demanda un jour s'il ne s'appelait pas en réalité Dr Jekyll. N'appréciant pas la plaisanterie, le Dr Trésorier répliqua que c'étaient les malades qui avaient besoin qu'on les amuse et que, ne possédant pas un stock inépuisable de gaieté, il s'efforçait de l'économiser.

Les Noble n'abandonnèrent jamais le Dr Trésorier, ni ne perdirent confiance en lui. Mais, le temps passant, ils prirent conscience de ses limites, qu'ils acceptèrent. Ils commencèrent par renoncer aux miracles, puis à sa capacité d'effectuer des guérisons permanentes, enfin à l'espoir de le voir recommander les nouveaux et plus efficaces remèdes dont sa lecture des journaux médicaux étrangers pouvait lui donner connaissance.

Or il y avait longtemps que le Dr Trésorier ne s'abonnait plus à ces publications. Comme tout ce qu'édictait le gouvernement, les échanges avec l'étranger faisaient l'objet de réglementations si tortueuses et compliquées que le Dr Trésorier décida de s'épargner cette souffrance. Quand Lal Bahadur Shastri devint Premier ministre, à la mort de Nehru, et malgré les sceptiques qui doutaient qu'un si petit homme fût capable de s'attirer le respect sur la scène internationale, il sembla pendant un temps que les eaux dormantes du gouvernement allaient se revitaliser. Dans la foulée, éclata la guerre de vingt et un jours avec le Pakistan, dont il se sortit beaucoup mieux que Nehru de la guerre avec la Chine, faisant taire ainsi les incroyants. « Petit de taille, mais grand d'esprit, tel est notre Lal Bahadur », répétait le Dr Trésorier à tous ses patients, les genoux pliés et la démarche d'un nain, chargeant avec la seringue à lavement comme avec une baïonnette. « Un sacré *pukka* purgatif qu'il a donné aux Pakistanais. »

Sous les cris enthousiastes de la foule, Shastri prit un avion pour Tachkent où Kossyguine avait proposé d'arbitrer la paix entre l'Inde et le Pakistan. La nuit où fut signée la Déclaration de Tachkent, Shastri mourut, sur le sol soviétique, moins de dix-huit mois après son accession au pouvoir. Certains dirent qu'il avait été tué par les Pakistanais, d'autres soupçonnèrent un complot russe. D'autres encore clamèrent que Shastri avait été empoisonné par les partisans d'Indira, le nouveau Premier ministre, pour réaliser le rêve qu'avait fait son père d'une démocratie dynastique.

Quoi qu'il en fût, le chaos régna de nouveau au gouvernement. La rationalisation des échanges avec l'étranger ne figurait pas sur la liste des tâches prioritaires, et le Dr Trésorier renonça encore une fois à renouveler ses abonnements. C'est ainsi qu'en matière de diarrhée, les deux mêmes médicaments, Entero-Vioform et Sulfa-Guanidine, continuèrent de figurer sur ses ordonnances.

À la longue, Dilnavaz voulut bien admettre avec Gustad que, dans ces conditions, c'était perdre son temps et son argent que d'aller au dispensaire. Les noms des médicaments lui sortaient maintenant aussi facilement des lèvres que de celles du docteur. La partie gauche du buffet se remplit des pilules et des sirops les plus utilisés. Glycodine Terp Vasaka pour les maux de gorge, Zephrol et Benadryl pour la toux, Aspro et Codopyrine pour les rhumes et la fièvre, Elkosine et Erithromycine pour les amygdales enflées et les inflammations de gorge, Sat-Isabgol pour les indigestions, Coramine pour les nausées, Veritol pour l'hypotension, Iodex pour les contusions, Burnol pour les petites brûlures et écorchures, Privine pour les nez encombrés, Yunani à multiples usages externes (on aurait dit de l'eau plate, mais c'était censé éradiquer toutes les douleurs) et, bien entendu, Entero-Vioform et Sulfa-Guanidine pour les diarrhées. Tous ces produits se trouvaient sur la première étagère. Sur la seconde, la collection était encore plus éclectique.

Sa confiance en elle augmentant, Dilnavaz commença à exercer son art à l'extérieur. Quand la diarrhée frappait certaines des familles les plus nombreuses du Khodadad Building, comme les Pastakia, qui comptaient cinq enfants de neuf à quatre ans pour un seul WC, la situation devenait critique. Ils devaient recourir aux toilettes de voisins accommodants, montant et descendant les escaliers afin de trouver le plus proche cabinet disponible. Dans ces conditions, les accidents étaient inévitables ; alors, dans l'immeuble, l'air se modifiait, et le nez de Dilnavaz lui indiquait qu'elle devrait bientôt prodiguer ses conseils médicaux.

Elle éprouvait beaucoup de compassion pour Mrs Pastakia — cinq enfants à s'occuper et, par-dessus le marché, un beau-père souffrant d'hypertension et qui invectivait régulièrement le ciel. Elle demandait à Mrs Pastakia une description précise des symptômes, si elle n'en avait pas déjà eu un aperçu dans l'escalier ou dans le hall d'entrée, et conseillait, de sa voix la plus persuasive et doctorale : « Deux Entero-Vioform, trois fois par jour » ou : « Un Sulfa-Guanidine, réduit en poudre dans une cuillerée d'eau sucrée », parce que le comprimé avait le volume et le goût terriblement amer d'un morceau de craie. Elle avait appris avec Sohrab, Darius et Roshan, comment faire absorber les différents comprimés et pilules.

Gustad n'approuvait pas cette activité. Tôt ou tard, disait-il, les conseils gratuits passaient pour de l'interférence, et blessaient la fierté de ceux qui les recevaient. À quoi Dilnavaz répliquait que son devoir lui dictait d'éviter aux gens, si elle le pouvait, la dépense inutile d'une visite chez le médecin.

Elle attendit avec impatience que Gustad eût fini de déballer le paquet de livres et d'enrouler la ficelle en pelote. « Ne veux-tu pas voir d'abord ce que Jimmy a envoyé ? » demanda-t-elle.

« Chaque chose en son temps », dit-il avec un sourire supérieur. Il prit le Platon : « Quel beau livre ! » et le lui tendit, fit de même avec les autres. Elle les regarda à peine, et les déposa sur le bureau. Le paquet du major fut ouvert avec la même méticulosité. Sous le papier d'emballage, il y avait une seconde enveloppe, en plastique noir, fermée hermétiquement avec du ruban adhésif. Il essaya de la déchirer, sous-estimant la force du ruban adhésif, fourragea sur sa table à la recherche de son canif, et aperçut Tehmul qui gesticulait derrière la fenêtre. « Qu'est-ce qu'il y a ?

— Gustadpétitions'ilteplaîtpétition. Signesignepétition. »

Il se souvint. Elle dormait depuis une semaine sur le bureau. « Es-tu allé voir tous les voisins ?

— GustadGustadtusigneslepremier. Gustadavanttout-lemonde. Jepeuxdireregardezregardezregardez. Regardez-GustadNobleasigné. » Tehmul avait raison : les gens ont toujours peur d'être les premiers en quoi que ce soit.

Un grand sourire sur son visage confiant, Tehmul reçut la pétition signée comme s'il s'agissait d'un magnifique trophée. « GustadGustad. MerciGustad. » Puis, plaçant un doigt sur les lèvres : « Calmecalmecalme. Pasdebruitpasdebruit », dit-il.

Gustad imita son geste. Cette complicité remplit Tehmul d'une joie débordante. Il éclata de rire et partit.

« Trèscalmetrèsbontrèsbonjus. »

Souriant, Gustad réattaqua le ruban adhésif. « Pauvre garçon. Que deviendra-t-il s'il arrive quelque chose à son frère ? Qu'est-ce qu'il racontait à propos de jus ? »

Dilnavaz haussa les épaules. « Vous dites tous pauvre garçon, mais vous l'encouragez dans ses folies. Aucun d'entre vous ne l'aide à trouver un travail qu'il serait capable de faire. » Le fatras de papier d'emballage lui rappela ses précédentes contrariétés : « Il y a déjà tant de saletés dans cette maison. Et tu apportes encore des livres. »

Il finit par avoir raison du ruban adhésif, enroulé quatre fois, en longueur et en largeur, autour du plastique. Elle commença à ramasser : « Avec toute cette camelote, et le papier sur les fenêtres et les ventilateurs, comment veux-tu que je nettoie convenablement. Dieu sait quand... »

Le plastique venait de céder. Des liasses de billets de banque, en coupures de cent roupies bien rangées, s'offraient à leurs yeux. Des coupures neuves, crissantes, agrafées, et qu'entourait une petite bande de papier d'emballage.

Dilnavaz retrouva sa voix la première : « Qu'est-ce que c'est ? Je veux dire : qu'est-ce que ça signifie ? Est-ce que ça pourrait être une erreur ? »

Bouche bée, Gustad contemplait les billets. Son regard finit par dériver sur l'arrière-plan, la fenêtre, la cour. Dehors, dans le crépuscule naissant, il vit une bouche aussi grande ouverte que la sienne, mais le visage à qui elle appartenait était celui de Tehmul, fixant la montagne d'argent.

Le charme se rompit. En rugissant, Gustad referma violemment la fenêtre, privant Tehmul de cette vision qui lui faisait briller les yeux comme le jour où il avait vu la poupée nue.

Gustad se rendit compte que fermer la fenêtre ne suffisait pas. Il courut à la porte. Tehmul n'avait pas bougé. « Viens ici ! » La colère ne marchant pas, il essaya la douceur et la cajolerie. « Viens, Tehmul, viens. Causons. » Mais Tehmul se mit à reculer, effrayé. « Bon, bon », dit Gustad, qui referma le canif et le rangea dans la poche de son pantalon en s'assurant que Tehmul le voyait faire.

« Tu vois ? Plus de couteau. Maintenant, tu viens ?

— D'accordGustad. Jeviensjeviens. » Il avança, oscillant et trébuchant. « GustadGustadlecoudupoulet. » Du doigt, il traça sur son cou une ligne allant d'une oreille à l'autre et frissonna. « S'ilteplaîtGustadpasmoncou.

— Ne sois pas stupide, Tehmul. Le couteau, c'est pour ouvrir les paquets. » Il sourit, et Tehmul lui rendit son sourire. « Tu te rappelles ce que tu viens de voir par la fenêtre ? »

Les mains de Tehmul dessinèrent dans l'air des monticules et des collines. « Argentargentargent. Beaucoupbeaucoupbeaucoupd'argent. »

— Chutt ! » Il regretta sa question et regarda autour de lui pour s'assurer que personne ne venait. Il approcha son visage de celui de Tehmul, le dominant de toute sa hauteur. « Parle doucement. »

Tehmul courba les épaules, puis il se souvint qu'ils étaient complices en silence et son visage s'éclaira. Il porta le doigt à ses lèvres. « CalmecalmeGustad. PasdebruitpasdebruitRoshandort.

— Oui. Bien. Maintenant écoute. » Tehmul secoua vigoureusement la tête. « Ce que tu as vu est notre secret. Ton secret et mon secret. D'accord ?

— SecretsecretGustad.

157

— Oui. Ça signifie que tu ne dois en parler à personne. Que tu ne dois dire à personne ce que tu as vu.

— PersonnepersonneGustad. Secretsecretsecret.

— C'est ça. » Il vérifia encore qu'il n'y avait personne dans la cour. « Et je te donnerai une roupie pour garder le secret. »

Les yeux de Tehmul brillèrent. « OuiouiGustadunerou-piepoursecret. » Il tendit la main.

« Rappelle-toi. Tu ne le dis à personne. » Et il lui donna la roupie.

Tehmul examina le billet, le tourna et le retourna, l'éleva à la lumière, le renifla, sourit et commença à se gratter.

« GustadGustaddeuxroupiesdeuxroupiess'ilteplaît. Secret-deuxroupiesdeuxroupies. »

Gustad rouvrit son porte-monnaie. « D'accord, deux roupies. » Puis, posant la main sur l'épaule de Tehmul, il murmura, d'une voix qu'il espéra menaçante : « Deux roupies pour ne rien dire. Mais tu sais ce qui t'arrivera si tu oublies ? Si tu en parles à quelqu'un ? »

Le sourire de Tehmul disparut. Il se tortilla, essaya de s'échapper, mais la poigne de fer sur son épaule l'en empêcha. Il secoua la tête violemment, d'un côté à l'autre, comme si en la secouant le plus fort qu'il pouvait il avait plus de chances d'apaiser Gustad.

« Si tu oublies, je t'attraperai comme ça. » Des épaules de Tehmul sa main glissa jusqu'à la nuque. « Puis je sorti-rai mon couteau. » De sa main libre, il alla repêcher son canif dans sa poche. « Je l'ouvrirai. » De ses dents, il sortit la lame. « Comme ça. » Les incisives blanches lui-sant contre la lame brillante faisaient un effet sinistre. « Et quand je l'aurai ouvert, je te trancherai la gorge comme le *goaswalla* a tranché celle du poulet. Comme ça. » Il promena le couteau sur la gorge de Tehmul, en prenant soin de couvrir la lame de son index. Tehmul se mit à pleurnicher.

« Tu n'oublieras pas ? Tu ne le diras à personne ? » Tehmul secoua la tête, et Gustad referma le canif. « Bon. Maintenant, mets l'argent dans ta poche. »

Tehmul plia les billets en un tout petit carré, ôta sa chaussure droite et inséra le carré dans sa chaussette, sous le talon. « MercimerciGustad. DeuxroupiesGustad. Deux-roupiessecret. » Et il s'éloigna lentement.

Gustad le regarda partir, désolé d'avoir dû effrayer le pauvre diable. Mais il n'y avait pas d'autre solution. L'esprit de Tehmul ne conservait qu'une chose en mémoire : la peur. Gustad, quant à lui, oublia quelques instants que le véritable problème était toujours là, chez lui, posé sur un plastique noir, sur son bureau noir.

Dilnavaz réempilait les liasses de billets qui s'étaient écroulées quand on les avait sorties du plastique. « Dans quelles histoires Jimmy essaie-t-il de nous attirer, Dieu seul le sait. Expédier tant d'argent de cette façon, comme des oignons et des pommes de terre. » Elle entreprit de refaire le paquet.

Il l'arrêta. « Qu'est-ce que tu fabriques ?

— J'emballe. Pour le réexpédier avant qu'on ait des ennuis.

— De quoi parles-tu ? Quels ennuis ? Tu ne sais même pas à qui appartient l'argent ni à quoi il doit servir.

— Les ennuis ne préviennent pas. Ils arrivent sans donner de raisons ni d'explications. Et quand des débiles comme Tehmul-Lungraa se mettent à bavasser, ils arrivent encore plus vite. Rapporte l'argent au Chor Bazar, baba, rends-le à ton chauffeur de taxi.

— Pas un mot ne sortira de la bouche de Tehmul. Je lui ai parlé. »

Il bouscula les piles, vérifia le premier et le dernier numéro de série de quelques liasses : chacune contenait bien cent billets. Il compta le nombre de liasses : cent également. Et uniquement des billets de cent roupies. « Seigneur ! murmura-t-il. Dix lakh de roupies ! »

D'entendre exprimer une telle somme réveilla les craintes de Dilnavaz. « Rapporte-les, je t'en supplie !

— C'est la seule chose que tu aies en tête. Tu en

oublies tout le reste. » Il se mit à farfouiller dans chaque liasse. « Jimmy a dit qu'il y aurait une lettre. »

Elle l'aida à chercher. « Ça sent bon », dit-elle en reniflant de près l'odeur piquante des billets neufs.

« Très bon. Ça fait vingt-quatre ans que je travaille avec cette odeur dans les narines. Je ne m'en fatigue jamais. » Il réfléchit un instant. « Le merveilleux, c'est que les liasses de cinq roupies n'ont pas la même odeur que celles de dix roupies. L'odeur diffère selon les montants. Le billet de cent roupies est celui que je préfère. » À ce moment, un petit papier plié en quatre tomba d'une liasse. « La voilà ! »

La lettre était très courte. Ils la lurent ensemble.

Cher Gustad,

Merci d'être allé au Chor Bazar. Maintenant tout ce qui reste à faire est de déposer l'argent sur un compte en banque.

Puisque tu diriges le service des dépôts, tu pourras facilement contourner les règlements concernant le versement des grosses sommes. Ne t'inquiète pas, ce n'est pas de l'argent noir, il provient du gouvernement et j'en ai la responsabilité.

Ouvre le compte au nom de Mira Obili, et si tu as besoin d'une adresse donne la tienne, ou ma boîte postale à Delhi. Peu importe, j'ai entièrement confiance en toi. Tout ce secret a pour unique raison le fait qu'un certain nombre de gens au gouvernement voudraient voir échouer mon opération guérilla. Je t'enverrai d'autres instructions le moment venu.

Ton ami qui t'aime,

JIMMY

PS : Oublie le conseil de Iago. Dix lakh n'entreront pas dans ta bourse. Bonne chance.

Gustad sourit. « Je me demandais pourquoi Jimmy avait choisi cette réplique.

— Oublie tes questions et aide-moi à empaqueter tout ça.

— Tu ne comprends donc pas de quoi il s'agit ? Il essaye de sauver les pauvres Bengalis que les Pakistanais assassinent. »

Dilnavaz le trouvait exaspérant : comme un enfant, refusant de voir la réalité. « Ça n'est pas encore entré dans ta cervelle que tu ne peux pas faire ça ? À moins de vouloir te lancer dans des entreprises dangereuses et perdre ton boulot ?

— Et Jimmy ? Sais-tu toutes les choses dangereuses qu'il doit faire dans le SRA ? » Mais il avait beau se représenter les actes héroïques de Jimmy, il savait que Dilnavaz avait raison.

« Lui, c'est son boulot. Il s'est engagé dans les services secrets. Alors qu'il serve et qu'il complote tant qu'il voudra, mais sans nous faire mourir de faim. Car c'est ce qui arrivera si tu perds ton travail, ne l'oublie pas ! » Sur quoi, pour rattraper ces paroles qu'elle n'aurait jamais dû prononcer, elle ajouta : « *Owaaryoo* », d'une voix radoucie, et fit les gestes de demande de pardon à Dieu, main tendue et claquant trois fois des doigts, afin d'éloigner de Gustad les mauvaises vibrations de cette terrible éventualité.

À contrecœur, il entreprit de réempaqueter les liasses. « Je lui ai donné ma parole. Dans ma lettre, j'ai dit qu'il pouvait compter sur moi.

— C'était avant qu'il t'ait appris ce dont il s'agissait. Demander une faveur sans dire en quoi elle consiste n'est pas honnête. » Une idée lui vint. « Je sais. Tu n'as qu'à refuser d'une façon qui ne le fâchera pas. Écris-lui que tu as perdu ton emploi à la banque. » Une fois de plus les mots lui échappèrent, et elle refit l'*owaaryoo*. « Non, non, pas ça. Dis-lui qu'on t'a transféré dans un autre service. Et que tu ne peux plus faire de dépôts. »

Il réfléchit et trouva son plan astucieux. « Tu as raison.

Comme ça, il ne pensera pas que je l'ai laissé tomber. »
Il s'assit à son bureau et rédigea la lettre.

On frappa à la porte. Dilnavaz courut à la chambre et revint avec un drap qu'elle jeta sur le tas d'argent. Puis elle alla ouvrir. Ce n'était que Sohrab. « Dieu merci », dit-elle en ôtant le drap.

« Eh, ben ! » s'exclama Sohrab. Il se mit à rire : « Papa a dévalisé sa banque ? »

Le visage aussi sombre qu'un ciel d'orage, Gustad s'adressa à Dilnavaz : « Préviens ton fils que je ne suis pas d'humeur à supporter ses plaisanteries absurdes. »

Elle savait que la menace était réelle quand il s'exprimait de cette voix basse et étouffée, comme s'il était en train de s'étrangler. Elle lança un regard d'avertissement à Sohrab. « Cet argent provient d'oncle major, mais nous le lui renvoyons. » Elle lui tendit la lettre, ainsi que la réponse de Gustad. « C'est trop risqué pour papa.

— Cette anagramme, quel enfantillage », dit-il après avoir lu.

Elle ne connaissait pas le mot. « Anagramme ?

— Tu prends un nom, tu mélanges les lettres et tu formes un nouveau nom. Mira Obili est l'anagramme de Bilimoria. » Gustad faisait semblant de ne pas écouter, mais, mentalement il mélangea les lettres. Sohrab fourragea dans les billets de banque. « Oncle Jimmy prétend que c'est l'argent du gouvernement ? Alors dépensons-le pour toutes les choses que le gouvernement est censé faire. Imagine qu'on répare les égouts dans ce quartier, qu'on installe des réservoirs d'eau pour tout le monde, qu'on... »

Sans prévenir, Gustad bondit de sa chaise et voulut lui assener une bonne gifle. « Impudent ! » Sohrab réussit à parer le coup. « Qui parle comme un chien enragé ! Mon propre fils ! »

Bouleversé, Sohrab prit sa mère à témoin : « Mais qu'est-ce qu'il a ces temps-ci ? Ce n'était qu'une plaisanterie !

— Tu sais bien ce qu'il a... », dit-elle tranquillement,

et elle lui intima le silence. Sohrab quitta la pièce, tremblant d'émotion.

Gustad continua d'empaqueter les billets comme si rien ne s'était passé. Mais il ne put tenir très longtemps à ce petit jeu. « Il a tellement changé, on a du mal à le reconnaître. » À l'inquiétude soulevée par cet étrange colis, à la déception que lui causait la requête inconvenante de Jimmy s'ajoutait maintenant la douleur, autrement profonde, de constater l'ingratitude et le manque de respect de son fils. Il en avait la bouche pleine de fiel. « Qui aurait pensé qu'il deviendrait ainsi ? » Il tira sur la ficelle, qui se cassa. Patiemment, Dilnavaz l'aida à renouer les deux bouts.

« Chaque année, au moment des examens, on lui donnait sept amandes à manger au lever du soleil. » Dans son amertume, il s'en prenait à la nourriture. « Avec des trous dans mes chaussures, je suis allé travailler, pour qu'on puisse acheter les amandes qui lui aiguiseraient l'esprit. À deux cents roupies le kilo. Et tout ça gâché. Disparu dans la tuyauterie. » Elle maintint son doigt sur la corde pendant qu'il achevait le nœud. « Rappelle-toi, dit-il, assez haut pour que Sohrab entende dans l'autre pièce. Je lui ai botté les fesses un jour pour lui sauver la vie, je peux le refaire. Mais pour le chasser de chez moi, cette fois-ci. Hors de ma vie ! »

Elle retira le doigt, brusquement. Ô Seigneur ! non, s'il vous plaît, non ! Ne le laissez pas parler ainsi ! Le jus de citron agira, je le sais. Ça doit agir, sinon que se passera-t-il ?

« C'est trop tard aujourd'hui pour retourner au Chor Bazar, dit-elle. Tu iras vendredi prochain ? »

Il accepta le changement de sujet. « Non, pas au Chor Bazar », et il lui expliqua les nouvelles dispositions. Mais Ghulam Mohammed avait dit qu'il quittait Bombay pour une semaine. Ils convinrent, pendant ce temps, de cacher l'argent dans la cuisine, dans le recoin à charbon sous le *choolavati*.

Darius revint de son entraînement de cricket juste avant l'heure du dîner, et les moustiques aussi. Gustad lui ordonna de se dépêcher de fermer la porte avant que le fléau n'envahisse toute la maison. Darius laissa tomber une pile de journaux sur le sol, en reçut une autre pile de quelqu'un dans la cour, et dit : « Salut.

— Qui c'était ? Qui t'a donné tous ces journaux ? demanda Gustad, en écrasant des moustiques autour de lui.

— Jasmine, marmonna Darius.

— Qui ? Parle plus fort, je n'entends pas. »

Darius répéta le nom craintivement. « Je t'avais interdit, s'emporta Gustad, de parler à la fille de cet idiot de dogwalla. Et qu'est-ce qui lui prend à cette grosse *padayri* de te donner des journaux de chez elle ? Si le dogwalla revient se plaindre, ta mère elle-même ne m'empêchera pas de te punir comme tu le mérites. » Là-dessus Gustad reporta toute son attention sur les moustiques. Il suggéra à Dilnavaz de coudre des moustiquaires pour leurs lits. Il pouvait aisément fabriquer des cadres au-dessus desquels on tendrait les tulles, comme pour former un dais. « À Matheran, dit-il, où mon père a emmené toute la famille en vacances quand j'étais très petit, tous les lits de l'hôtel avaient des moustiquaires. C'était merveilleux, on n'était pas piqué une seule fois de la nuit. De ma vie je n'ai jamais aussi bien dormi. Et pendant le dîner, c'était la même chose. Le directeur mettait un récipient... »

Il s'arrêta, galvanisé par le souvenir. « Oui ! C'est ça ! Va vite chercher un grand récipient. Le plus grand que nous ayons.

— Pour quoi faire ? demanda Dilnavaz.

— Apporte-le, tu verras. »

Elle fila à la cuisine, revint, portant un plat rond. « Le *thaali* en argent. C'est ce que nous avons de plus grand.

— Parfait. »

Gustad débarrassa la table de la salle à manger, plaça le plat sous l'ampoule et le remplit d'eau. Quand il n'y eut plus de rides à la surface, le reflet de l'ampoule s'immobilisa, brillant, tentateur, sous l'eau. Alors les moustiques plongèrent. Un par un, abandonnant la réalité pour le simulacre, dans une tentative suicidaire d'atteindre cette lumière immatérielle.

Gustad se frotta les mains de satisfaction. « Tu vois ? C'est ce que faisait le directeur de l'hôtel à Matheran. » Dilnavaz, elle aussi, assistait avec allégresse à la rapide défaite des maudits insectes.

« Maintenant nous pouvons manger en paix, dit Gustad. Qu'ils viennent. Aussi nombreux qu'ils le veulent. Nous avons assez d'eau pour tout le monde. » La surface était couverte de petites particules brunes agitées de mouvements convulsifs. Il alla vider le *thaali* dans l'évier, le remplit au bidon, le dîner pouvait commencer.

Mais Sohrab refusa de quitter sa chambre. Dilnavaz le supplia de ne pas aggraver la situation, en vain. « Qu'est-ce que tu veux que ça me fasse ? » déclara Gustad, quand elle le mit au courant.

Ils mangèrent donc sans Sohrab, tandis que les moustiques continuaient à plonger, avec une telle force parfois qu'ils produisaient de petites éclaboussures. Pour la première fois depuis des semaines, il n'en tomba pas un seul dans les assiettes pendant tout le temps du dîner.

Deux jours plus tard, alors que Gustad était au travail, Sohrab empaqueta des affaires et quitta la maison. Il dit à sa mère qu'il s'était arrangé avec quelques amis d'université pour loger chez eux.

Dilnavaz protesta — il ne pouvait pas faire une chose pareille — et se mit à pleurer. « Ton père ne veut que ton bien, sa colère ne durera pas. Tu ne peux pas partir uniquement à cause de ça.

— J'en ai assez de ses menaces et du reste. Je ne suis plus un petit garçon qu'il peut frapper et punir. » Il promit de venir la voir une fois par semaine. Comprenant qu'il ne reviendrait pas sur sa décision, elle voulut au moins savoir combien de temps il comptait vivre ailleurs. « Ça dépendra de papa », dit-il.

Le soir, quand elle le mit au courant, Gustad s'efforça de dissimuler sa surprise et sa peine. Seuls sortirent de sa bouche les mots durs de l'avant-veille : « Qu'est-ce que tu veux que ça me fasse ? »

9

La semaine suivante, tout en disant ses prières de l'aube, Gustad ne put penser qu'à deux choses, deux choses qui tourbillonnaient dans son esprit comme les feuilles tombées dans la cour et que poussait le vent : la diarrhée anémiante de Roshan, et le paquet interdit dans le *choolavati*. Il y avait bien une troisième source d'inquiétude, mais il faisait semblant d'en nier l'existence.

Cette fois-ci, aucun des médicaments n'agissait. Pourquoi ? Ma pauvre enfant qui, jour après jour, manque l'école. Et Jimmy, lui entre tous, qui me demande de commettre un acte délictueux. Le vent soufflait fort, Gustad rajusta son calot noir de prière. Après la brève averse de la nuit, rappel joyeux de l'arrivée prochaine de la mousson, les feuilles du vinca étaient vertes et fraîches. Gustad ne cessait de s'émerveiller de l'endurance de l'arbuste, survivant dans ce petit îlot poussiéreux, malgré les pare-chocs des voitures qui éraflaient et déchiraient ses tiges, ou les enfants qui, pour s'amuser, arrachaient ses bourgeons.

Il se pencha pour ramasser un papier d'emballage vide accroché aux branches, et entendit une voiture approcher. Sans même regarder, il sut que c'était la Landmaster. Ses devoirs appelaient l'inspecteur Bamji à toute heure sur le terrain. Il arrivait à Gustad, quand il lisait tard la nuit et entendait la voiture, de s'imaginer en riant Soli Bamji, muni de sa loupe, à la recherche d'indices. Cela faisait des années que les gens l'avaient baptisé Sherlock Bamji. Une fois, à l'occasion d'un meurtre particulièrement affreux et au cours de bavardages entre voisins, on avait demandé à Bamji comment la police avait pu résoudre l'affaire. Sans même y penser, il avait répliqué : « Élémentaire, mon cher ami ! »

La conséquence avait été inévitable. Chacun savait que Soli n'était pas un détective privé et qu'il ne fumait pas la pipe. Et contrairement au modèle, au langage et à la diction toujours corrects et élégants, Bamji aimait le verbe haut en couleur et les grivoiseries. Mais il était grand et mince, avec un visage décharné et un large front, ce qui, ajouté à sa malheureuse exclamation, avait suffi à l'affubler à jamais de ce surnom.

Bamji klaxonna et s'arrêta. « Salut, patron ! J'espère que vous avez dit une prière pour moi.

— Bien sûr. Le crime vous appelle très tôt ce matin.

— Non, rien de grave. Mais sérieusement, patron, il va y avoir un gros problème si cette *maacher chod* de municipalité coupe notre cour en deux. Comment ma voiture pourra-t-elle entrer ? » Bon, se dit Gustad, bien fait pour lui ; Bamji figurait au nombre des pires tortionnaires du vinca. « Vous croyez que la pétition du propriétaire sera assez forte pour agiter ces enculés de la municipalité ?

— Qui sait ? Selon moi, quand le gouvernement veut quelque chose, il l'obtient, d'une façon ou d'une autre.

— Si ces salopards abattent le mur, on sera baisés, finie l'intimité. Vous feriez mieux de prier, patron, pour la bonne santé de notre mur. »

Ce qui rappela quelque chose à Gustad. « Avez-vous remarqué comme il pue, sans compter les moustiques ?

— Évidemment, avec toute la pisse qui coule dessus. Chaque enculé de sa mère à la vessie pleine s'arrête à côté du mur et sort son *lorri*.

— Ne pouvez-vous user de votre autorité pour arrêter ça ? »

L'inspecteur Bamji éclata de rire. « Si la police essayait d'arrêter tous les pisseurs illégaux, il nous faudrait tripler nos effectifs. » Il démarra, salua de la main, freina dere-chef. « J'ai failli oublier. Quand Tehmul-Lungraa est venu avec la pétition, il racontait n'importe quoi. Qu'il avait vu une montagne d'argent dans votre appartement. »

Gustad feignit de rire. « Si seulement...

— Je lui ai dit : Œuf brouillé, ne mens pas. Et puis je lui ai flanqué une bonne *chamaat* sur chaque joue.

— Pauvre garçon.

— Si ses bobards entrent dans de mauvaises oreilles, ça pourrait causer bien des ennuis. Vous ne voulez pas que des voleurs viennent vous dérober de l'argent imagi-naire ! » Il s'éloigna.

Ce Tehmul. Comment sceller ces lèvres baveuses et radoteuses ? Grâce à Dieu, Soli ne l'a pas cru, et les autres penseront qu'il bredouille n'importe quoi, comme d'habitude. Ce soir, je vais de nouveau lui faire peur. Quand il traînera dans la cour.

Mais quand il rentra du travail, Gustad trouva la cour déserte. Il ressortit trois fois avant le dîner, pour constater chaque fois, avec contrariété, l'absence de Tehmul. Rées-saya encore après avoir enfilé son pyjama. Il était près de dix heures et le vent soufflait toujours. Des bouts de journaux, des papiers d'emballage s'accrochaient aux branches des buissons. Et si je montais chez lui ? Mais son frère pourrait être là.

Une fenêtre s'ouvrit bruyamment, laissant apparaître la tignasse blanche de Cavasji. Il inspecta le ciel, penchant la tête d'un côté et de l'autre comme un oiseau au plu-mage exotique. « La mousson arrive, alors prenez garde ! Année après année, Vos flots emportent les cabanes des pauvres gens ! Ça suffit ! Où est Votre justice ? Vous n'avez donc pas de cervelle ? Inondez les Tatas cette année ! Inondez les Birlas, les Mafatlals ! »

Dans sa jeunesse, sa rondeur qui le faisait ressembler à une pastèque avait valu à Cavasji le surnom de Cavas Calingar. Mais en vieillissant, il avait dramatiquement maigri, si bien que ce qu'il perdait en poids, il paraissait le gagner en hauteur, semaine après semaine, mois après mois. Il devint grand, maigre comme un ancien prophète et aussi sévère qu'un devin, tandis que ses cheveux blan-chissaient pour former un halo brillant autour du visage. Et il perdit aussi son surnom, qui se détacha de lui comme une vieille croûte de cicatrice.

Sa belle-fille dévala l'escalier pour parler à Gustad. « Désolée de vous déranger à cette heure, dit Mrs Pasta-kia, mais le *subjo* dans la guirlande de Motta-Pappa est très sec. Puis-je en avoir d'autre ? »

Gustad prit son sécateur. Il n'aimait pas Mrs Pastakia, mais il la tolérait à cause de Mr Pastakia et de son vieux père. Elle était aussi indiscrète, coléreuse et manipulatrice que son mari était noble d'esprit, juste et patient. On se demandait comment ces deux-là avaient réussi à vivre ensemble pendant si longtemps et à élever cinq enfants. Mrs Pastakia pour sa part attribuait tous ses défauts, ainsi que ses méchancetés occasionnelles envers son beau-père, à sa migraine. L'invisible assaillant frappait à intervalles convenables, la clouant au lit pour la journée, où elle souffrait le martyre en silence tout en rattrapant ses retards de lecture de *Eve's Weekly, Femina* ou *Filmfare*, tandis que Mr Pastakia s'occupait de la maison en ren-trant le soir du travail. Il doit avoir l'âme d'un saint, son-geait Gustad, pour l'avoir supportée depuis tant d'années.

« Félicitations, dit Mrs Pastakia.

— Quoi ?

— J'ai entendu dire que vous avez gagné gros à la loterie. Comme c'est bien ! »

Gustad lui tendit le *subjo*, lui dit que malheureusement on lui avait raconté des histoires, et lui souhaita bonne nuit. Il cassa quelques hampes de fleurs qu'il rapporta chez lui. Dilnavaz le regarda en silence extraire les graines et les mettre à tremper dans l'eau. Elle savait qu'il avait des préjugés contre le *subjo* parce que c'était Miss Kutpitia qui l'avait identifié et avait diffusé la nouvelle de ses pouvoirs cachés. À présent, il donnait le breuvage à Roshan, et Dilnavaz lui en était reconnaissante.

Le lendemain, le vent soufflait encore plus fort. Quand Gustad revint du travail, l'arbre solitaire de la cour se balançait sauvagement. « Roshan va mieux, touchons du bois, dit Dilnavaz. Le *subjo* était une bonne idée. »

Il acquiesça, content. Et Ghulam Mohammed va revenir cette semaine, donc je peux lui envoyer un message.. Lui demander quand et où je peux renvoyer le colis.

Il écrivit le mot, colla l'enveloppe. Demain il la porterait à Peerbhoy Paanwalla.

Sept jours plus tard il retourna à la Maison des Cages pour voir s'il y avait une réponse. Assis jambes croisées sur une caisse en bois devant son grand plateau de cuivre, Peerbhoy dit que Ghulambhai était venu prendre ses messages, sans plus.

Trois semaines s'écoulèrent. Ghulam Mohammed ne se manifesta pas, mais la mousson déferla de toutes ses forces une nuit de vendredi, précédée de violents éclairs. Gustad sortit pour scruter le ciel. Il regarda vers l'ouest, vers les nuages qui surplombaient la mer Arabique, et renifla l'air : oui, la mousson se rapprochait. Après que les autres furent allés se coucher, il resta un moment à lire le journal. Les réfugiés continuaient d'affluer. Officiellement, ils étaient quatre millions et demi, mais d'après le journaliste qui rentrait des camps, il fallait plutôt compter sept millions. On en prévoyait dix millions à la fin du mois prochain. Quatre et demi, sept ou dix, songea Gustad, quelle différence ? Trop de monde à nourrir pour un pays qui n'est même pas capable de nourrir ses propres citoyens. La guérilla va peut-être finir par l'emporter. Si seulement j'avais pu aider Jimmy.

Il consulta les résultats de cricket, puis referma le journal, au profit du Platon qui, comme les autres livres reposait toujours sur son bureau, à l'endroit où il les avait déposés quatre semaines auparavant. Et mes projets de bibliothèque, abandonnés — comme tout le reste.

Vers minuit, la pluie commença de tomber. Il entendit les premières gouttes tambouriner contre les vitres. Le temps qu'il accoure à la fenêtre, elles s'étaient muées en déluge, que le vent poussait à l'intérieur. Il inspira longuement, savourant l'odeur de terre mouillée, ressentant une profonde satisfaction, comme s'il était pour quelque chose dans l'arrivée de la mousson. Ça fera du bien à mon vinca. Et je n'ai pas oublié de poser la rose au bord des marches : elle recevra la pluie qui pénètre dans l'entrée.

Il ferma la fenêtre, se rassit pour lire, mais ne put se concentrer. L'arrivée de la mousson provoquait toujours une sorte d'exaltation — et il en avait toujours été ainsi, aussi loin qu'il remontait dans ses souvenirs, à l'époque où les pluies torrentielles coïncidaient avec le début de la nouvelle année scolaire, la découverte d'une nouvelle salle de classe, de nouveaux livres, de nouveaux amis. Où on pataugeait en imperméable neuf et bottes de caoutchouc dans les rues inondées au milieu desquelles dérivaient les bouchons de bouteilles, les paquets de cigarettes vides, les bâtonnets de glaces, les chaussures et les savates déchirées. En observant la paralysie de la circulation, preuve merveilleuse et poétique d'une certaine justice. Avec l'espoir tenace que cette pluie diluvienne finirait par causer la fermeture de l'école. Et, d'une manière ou d'une autre, cette exaltation enfantine n'avait jamais disparu.

Les grondements du tonnerre s'espaçaient à présent, amplement compensés par ceux des trombes d'eau. Gustad distinguait, sous le fracas général, des bruits particuliers : sur la bande asphaltée au centre de la cour, un claquement uniforme ; sur les auvents galvanisés, un lourd battement, comme celui d'un énorme tambour en fer ; contre les fenêtres, le doux tap-tap-tap d'un timide visiteur ; et le bruit le plus fort de tous, celui des cinq gouttières sur le toit, dont le surplus dégringolait sur le sol comme autant de cataractes. On aurait dit un orchestre où il reconnaissait violons et altos, hautbois et clarinettes, timbales et grosse caisse.

Il ressentit un élancement dans la hanche gauche. Signe infaillible de la présence de la mousson. La douleur revenait. Assez forte pour lui rappeler les affreuses semaines

172

passées au lit. Pendant lesquelles Jimmy, Dieu le bénisse, avait été d'une aide si précieuse.

Comme un bébé, il m'a porté dans ses bras. Dans cet endroit grouillant d'animation qu'était le dispensaire de Madhiwalla le Rebouteux — volontaires aidant les malades, les transportant sur des brancards ou poussant leur chaise roulante, d'autres préparant les bandages. Deux hommes préparaient des assortiments d'herbes odorantes et d'écorces dont ils faisaient des petits paquets. Ils fabriquaient aussi la colle pour les étiquettes — un mucilage de farine et d'autres ingrédients nauséabonds, mais la senteur d'herbes et d'écorces l'emportait.

Et, au centre de ce tourbillon, se tenait le grand Rebouteux lui-même, entouré de ses fidèles assistants. À le voir si banal d'apparence, personne n'aurait pu deviner qu'il possédait des pouvoirs si extraordinaires. Avec son long *duglo* blanc et son calot de prière, il ressemblait à l'un de ces hommes chargés d'organiser un repas de mariage parsi : le chef des *buberchees* qui s'occupait de tout, depuis les invitations au dîner jusqu'au passage dans les rangs des invités à la fin du festin des aides-serveurs munis de bols d'eau, de savon et de serviettes chaudes.

Mais Madhiwalla était révéré comme un saint pour ses guérisons miraculeuses. Il avait sauvé des membres en bouillie, des dos cassés, des crânes fendus — autant de cas que même les spécialistes et les médecins revenant de l'étranger (avec des diplômes de célèbres universités anglaises et américaines) et qui travaillaient dans des hôpitaux bien équipés, après les avoir examinés, et secouant la tête d'un air désespéré, avaient décrétés incurables. Or Madhiwalla le Rebouteux les sauvait tous, ces cas désespérés, avec rien d'autre que ses deux mains nues, sa collection d'herbes et d'écorces, et, quand il s'agissait de disques déplacés, son pied droit dont il décochait un coup soigneusement contrôlé dans la région lombaire.

Personne ne savait exactement comment il s'y prenait — magique était son adresse du pied, magiques les passes de ses mains : sentant ici, malaxant là, courbant, tordant, tournant et replaçant. Vite, posément, sans douleur. Certains affirmaient qu'il hypnotisait les malades afin qu'ils ne souffrent pas. Mais ceux qui l'avaient observé de près savaient que ce n'était pas possible, car il ne regardait jamais les malades dans les yeux, qui d'ailleurs étaient souvent fermés. Les yeux du Rebouteux suivaient le travail de ses mains : ils voyaient en profondeur, ils perçaient la peau, la graisse, les muscles, pour atteindre l'os lui-même, où résidait le dommage. Pas étonnant que les cabinets de radiologie aient maudit le jour de son arrivée.

Réduire la fracture de Gustad serait un jeu d'enfant pour Madhiwalla, avaient dit les spectateurs. (Il y avait toujours des spectateurs quand le Rebouteux opérait : bonnes âmes, admirateurs, parents de malades, simples curieux, ils étaient tous les bienvenus — il soumettait ses talents et ses réussites à l'examen public.) Mais c'était un spectacle horrible et pitoyable, certainement pas fait pour les cœurs tendres. Partout des corps brisés — étendus sur des brancards, jetés sur le sol, effondrés sur des chaises, pelotonnés dans des coins, leurs gémissements et leurs hurlements remplissant l'air. Tibias et péronés dont les morceaux déchiraient la peau ; un humérus cassé qui mettait le coude dans une position grotesque ; un fémur brisé et ses conséquences affreuses — tous attendaient leur délivrance.

À voir et à entendre de telles horreurs, Gustad en oublia vite sa propre douleur. Comment ces gens avaient-ils pu s'infliger de pareilles blessures ? Dans l'atelier d'ébénisterie de son grand-père, il avait vu des doigts sectionnés ou un pouce écrasé, mais rien qui ressemblât à ce qu'il avait sous les yeux. Il lui semblait que, quelque part, dans une fabrique, quelqu'un avait délibérément imaginé ces extravagantes mutilations.

Mais, au-delà de la souffrance qu'exprimaient les gémissements et les hurlements, il décelait un courant d'espoir, un espoir que n'exprimaient pas les paroles, même des plus éloquents. Un espoir pur et primal, qui

174

jaillissait, sans contrôle, du sang des malades, et qui disait à Gustad que la rédemption maintenant était proche.

Plus tard, il essaya de se rappeler ce que Madhiwalla avait fait pour remettre sa hanche fracturée. Il ne se souvenait que de l'avoir vu saisir son pied et bouger sa jambe d'une certaine façon. De ce moment, la douleur avait diminué. La fracture définitivement réduite, il allait falloir appliquer régulièrement sur l'os une pommade faite de l'écorce d'un certain arbre. Le Rebouteux écrivit un chiffre pour Jimmy. Les deux hommes qui étiquetaient les paquets avec la colle puante vérifièrent le chiffre codé et lui donnèrent ce qui était prescrit. Madhiwalla ne se faisait jamais payer, pas même une paisa, ni ne révélait le nom des herbes et des arbres, afin d'empêcher l'exploitation commerciale de son savoir par des gens sans scrupules au détriment des pauvres. Les dons des riches étaient les bienvenus. Tous applaudissaient ce sens du secret, mais s'inquiétaient également : Madhiwalla était un vieil homme, qu'adviendrait-il après sa mort ? Est-ce que son savoir mourrait avec lui ? On croyait, cependant, qu'il formait secrètement un successeur, qui apparaîtrait quand le besoin s'en ferait sentir.

Dilnavaz prépara la pommade selon la prescription du Rebouteux, mettant à tremper l'écorce dans l'eau puis la râpant contre la plaque de pierre brute qu'ils utilisaient pour concasser le *masala*. Fabriquer suffisamment de pommade pour enduire toute la hanche était un travail épuisant. Et à peine avait-elle fini que le moment semblait venu de procéder à une autre application. Gustad éprouvait un vif sentiment de culpabilité à la voir ainsi transpirer et haleter, ne ménageant ni son dos ni ses épaules, tout en s'occupant de Roshan alors âgée de trois mois. Mais elle continua pendant trois mois, serrant les dents et refusant l'aide de quiconque, décidée à contribuer seule au rétablissement de son mari.

Une portière de voiture se ferma violemment. La Landmaster. Quelle guigne pour Bamji d'être de service par des nuits comme celles-ci. La voiture sembla avoir du mal à démarrer. Puis il y eut un coup de tonnerre, suivi d'un bruit d'éclaboussement. Avait-il des ennuis avec son moteur ? Gustad s'approcha de la fenêtre.

La voiture s'éloigna avant qu'il ait eu le temps de relever la poignée. La pendule indiquait une heure. Il ouvrit la lunette, du doigt arrêta le balancier, tâtonna pour trouver la clef. L'acier brillant donnait une agréable sensation de fraîcheur dans la main. Il remonta la pendule et alla se coucher.

Il dormit d'un sommeil agité, rêva qu'il quittait l'arrêt d'autobus de Flora Fountain et marchait en direction de la banque. Quelque chose le frappa dans le dos. Il se retourna et vit une liasse de billets de cents roupies posée par terre. Comme il se baissait pour la ramasser, il reçut d'autres coups de liasses. Il en demanda la raison à ses tortionnaires. Ils refusèrent de répondre et continuèrent leur tir de barrage. Ses lunettes tombèrent. « Arrêtez ! » hurla-t-il. « Je vais me plaindre à la police ! Je ne veux pas de votre saleté ! » Il leur balança l'argent, qui revint aussi vite qu'il l'avait lancé. Un car de police arriva, d'où descendit l'inspecteur Bamji. Gustad bénit sa chance. Mais Bamji, faisant mine de ne pas le reconnaître, se dirigea vers les lanceurs d'argent. « Soli, écoutez-moi, laissez-moi vous dire ce qui est arrivé ! » le supplia Gustad. Sur quoi, l'inspecteur Bamji s'exprimant en marathi, à la stupéfaction de Gustad, lui dit de la fermer : « *Umcha* section *nai*. » « Il travaille à la banque et il refuse de prendre notre argent », se plaignirent les autres. « Où le mettrons-nous si la banque le refuse ? » « Non ! hurla Gustad. Je ne peux pas le prendre, je n'ai pas la place pour ça ! Qu'est-ce que... » Surgi de nulle part, Mr Madon apparut, sa boîte à priser dans une main, son chronomètre Rolex dans l'autre. « Qu'est-ce que vous fabriquez, Noble ? Vous ouvrez un service de dépôt sur le trottoir ? » Il écrasa les lunettes de Gustad, refusa du geste d'écouter ses explications, et dit qu'il était plus de dix heures. « Je vous donne trente secondes pour gagner votre bureau. » Il brandit son chronomètre et dit : « À vos marques. Prêt. Partez. » Gustad partit en courant, jouant des coudes au milieu de la foule qui se dirigeait toute dans la direction opposée. Comment est-ce possible, se demanda-t-il, ce n'est pas encore la fin de l'après-midi. Alors qu'il atteignait l'entrée de la banque, boitant terriblement, un Mr Madon au sourire sardonique se matérialisa sur le pas de la porte et lui montra le chronomètre. « Trente-quatre secondes, dit-il. Désolé. » Et il lui tendit sa notification de renvoi. « S'il vous plaît, Mr Madon, s'il vous plaît. Donnez-moi encore une chance, je vous en prie, ce n'était pas de ma faute, je... »

Dilnavaz le secoua par l'épaule. « Gustad, tu rêves. Gustad. » Il grogna, se retourna et dormit profondément le reste de la nuit.

Mélancolique, l'aube se noyait dans un crachin gris. Gustad ne put sortir dire ses prières. Gonflée d'eau, la fenêtre, quand il l'ouvrit, résista en poussant un gémissement menaçant. Une bande de corneilles, moitié détalant, moitié voletant, gagna un refuge plus sûr. Certaines se perchèrent dans les branches du margousier. Gustad regarda le ciel et conclut que de tels nuages promettaient encore une journée de pluie, pour le moins.

Sinistres sentinelles, les corneilles trempées surveillaient les alentours. Elles entreprirent, en sautillant, de revenir vers la fenêtre. Le temps pour Gustad d'avaler ses deux tasses de thé, le ciel s'était éclairci et les corneilles faisaient de plus en plus de bruit. Leurs cris et leurs craillements finirent par avoir raison de la patience de Dilnavaz. « Enfin, que se passe-t-il dans cette cour ? » Gustad boutonna sa veste de pyjama, chaussa ses babouches de caoutchouc, prit un parapluie et sortit.

Les corneilles s'étaient rassemblées de kilomètres à la ronde. En dehors de celles qui grouillaient dans la cour, des grappes se tenaient sur les marches de l'entrée, se secouant pour assécher leurs plumes. Toute une rangée s'alignait en bon ordre, perchée sur l'auvent. « *Pchhht !* » dit Gustad, tapant dans ses mains et trépignant. Une grande flaque s'était formée, qu'il contourna en sifflant et en brandissant le parapluie ouvert comme s'il se fût agi d'une corneille géante. C'est alors que son regard se porta sur le vinca, et ce qu'il vit lui donna envie de vomir. Un renvoi de thé lui monta aux lèvres. Les corneilles attendaient, se demandant si elles allaient perdre leur banquet. « Dilnavaz ! appela-t-il. Viens vite ! »

Elle accourut, maladroite dans les caoutchoucs de Darius qu'elle avait enfilés dans sa hâte. « Oh, mon Dieu ! » s'exclama-t-elle en se couvrant les yeux. « Pourquoi me demander de regarder ça ? À quoi ça sert de me rendre malade dès le matin ? »

Un énorme rat décapité gisait dans une flaque rouge foncé qui s'était formée à la base du vinca. La tête, nettement tranchée, était posée à côté du corps. Malgré le travail des corneilles, on voyait immédiatement que la décapitation était due à un instrument aiguisé conçu par l'homme.

« On ne peut plus tolérer ça ! » dit Gustad. Simultanément, tous les deux pensèrent à Tehmul, à sa fascination pour les rats. « Mais non, dit Gustad, je ne crois pas. À supposer qu'il l'ait fait, il n'aurait jamais jeté le cadavre dans le vinca. Il serait allé à la municipalité réclamer ses vingt-cinq paise. »

Dilnavaz tenait plus à se débarrasser de la carcasse à demi dévorée qu'à trouver le coupable. « J'appelle immédiatement le *kuchrawalli*, qu'il vienne balayer ça.

— Qui peut bien haïr mon vinca à ce point ? se demanda Gustad. Et où est ce foutu Gurkha, tu parles d'un veilleur de nuit. »

Réveillé par le bruit, Darius apparut à la fenêtre. On lui ordonna d'aller chercher le Gurkha dans l'immeuble de bureaux contigu.

« Mais je suis en pyjama, protesta Darius.

— Et moi, qu'est-ce que j'ai sur le dos ? Une robe de bal ? File immédiatement. »

Grommelant, Darius se dépêcha de traverser la cour, en longeant les murs afin que personne ne l'aperçoive. Surtout pas la jeune Jasmine Rabadi aux doux yeux marron. Si jamais ces doux yeux le surprenaient dans ce stupide pyjama, il perdrait définitivement toutes ses chances, il en était certain.

« Tu sais où dort le Gurkha dans la journée ? lui cria Gustad. Dans la petite pièce à côté de l'ascenseur.

— Oui, oui, je sais », fit-il, secouant la tête avec colère. Il revint rapidement, accompagné du Gurkha, et procéda à une prudente mais digne retraite.

Le Gurkha était un petit homme aux jambes arquées, avec des muscles de mollet et des tendons d'avant-bras proéminents. Il incluait le Khodadad Building dans ses rondes de nuit, et, pour sa peine, recevait deux roupies par mois de chaque locataire. Il n'avait pas encore ôté son uniforme : chemise, short et casquette kaki. À sa ceinture en cuir pendait le *kukri* de cérémonie des Gurkhas : une courte épée à large lame et, blotties près de la garde, deux minuscules dagues, chacune dans son fourreau.

Il salua avec élégance en clignant des yeux, ses yeux en amande de Népalais. « Salaam, *seth* », dit-il d'abord. Puis, à l'adresse de Dilnavaz : « Salaam, *bai*. Comment va la petite ? » Il aimait beaucoup Roshan. Parfois, quand elle descendait du bus scolaire, il se précipitait pour lui faire traverser la rue et la conduire en sécurité jusque dans la cour. Roshan appelait son assortiment de dagues « maman-poignard et ses jumeaux ».

« La petite va bien, dit Dilnavaz.

— Et ça, qu'est-ce que ça signifie ? » dit Gustad, en montrant le bandicoot à demi dévoré.

« *Arré baap !* Quel gros rat !

— Ça, je le sais, merci. Mais qui lui a tranché la tête, et qui l'a jeté dans mes fleurs, ça, je ne le sais pas. Et c'est ce que *toi* tu devrais savoir, parce que tu es le veilleur de nuit. À moins qu'on te paye pour que tu dormes toute la nuit ?

— *Arré*, non, *seth*. Pas ça, jamais. Je viens ici toutes les nuits, et je tape mon bâton contre le mur noir. À une heure, à deux heures, à trois heures. Toute la nuit. Mais je n'ai rien entendu, je n'ai rien vu. »

Gustad le regarda d'un air incrédule. La bouche en

coin, et utilisant le langage codé gujarati, Dilnavaz dit : « Peut*i*être dor*i*mait-il par*i*ce que il pleu*i*vay*i*ait. »

Gustad procéda donc, différemment, à un contre-interrogatoire : « Comment fais-tu tes rondes quand il pleut ? »

Le Gurkha sourit, révélant des dents, entretenues à la fleur de margousier, d'une blancheur parfaite. « Les gens de l'immeuble de bureaux m'ont donné un très bon et long imperméable. Je le mets quand la pluie tombe. Et une casquette en plastique, avec des rabats pour couvrir les oreilles, qui font comme ça sur les joues, et puis il y a un bouton sous le menton qui...

— Bon, bon. Donc la nuit dernière, tu as mis ton long imperméable et ta casquette, mais je ne t'ai pas entendu taper du bâton.

— Ô *seth*, avec le tonnerre et la pluie, comment pouvais-tu entendre mon bâton ? »

Gustad dut lui concéder ce point. « Mais à partir de maintenant, je veux entendre le bâton, pluie ou pas pluie. Frappe plus fort, frappe sous ma fenêtre, mais frappe. Je veux l'entendre chaque nuit. »

Le Gurkha hocha vigoureusement la tête, sentant que l'affaire était à peu près terminée. « Et en sortant, dis au *kuchrawalli* de venir nettoyer ça immédiatement. »

Dès que Gustad et Dilnavaz eurent tourné les talons pour rentrer chez eux, les corneilles commencèrent à rappliquer. Il décida de rester. « Tu vas être en retard au travail », dit-elle. « J'attendrai jusqu'à l'arrivée du *kuchrawalli*. »

Il s'en voulait maintenant de lui avoir infligé ce spectacle d'entrailles répandues.

La pluie tomba toute la journée du samedi mais s'arrêta durant la nuit. Gustad resta éveillé pour entendre le Gurkha armé de son bâton. Régulièrement, le bruit rassurant du bois frappant contre la pierre ponctua le défilé des heures dans l'obscurité. Satisfait du résultat de sa réprimande, il se rendormit.

180

L'aube naquit sous un ciel clair. Gustad fut réveillé par un rai de lumière filtrant à travers l'aérateur de fenêtre, à l'endroit où le papier de camouflage s'était détaché. Il ne pleut pas, se dit-il. Vais-je prier dans la cour ? Le sol sera encore mou et détrempé. Mieux vaut rester à l'intérieur, j'ai eu trop de mal hier à décrotter mes caoutchoucs.

Il se redressa, s'étira, se frotta les yeux. Le craillement démarra. Une corneille d'abord, comme si elle appelait les fidèles à la prière, bientôt rejointe par d'autres, recrues ferventes qui prêtaient leur gorge vibrante. Le son ensuite s'amplifia, frénétique, l'assemblée tout entière unie dans un chœur extatique, et Gustad bondit hors du lit.

Le matelas réagit par une violente embardée, qui réveilla Dilnavaz. « Qu'est-ce qu'il se passe ? »

Gustad indiqua la fenêtre. « Tu n'entends pas ? » Bien réveillée pour le coup, elle enfila son peignoir.

Il n'y avait pas un souffle de vent, et la surface des flaques d'eau, lisse comme du verre, reflétait un ciel sans nuages. Mais à quelques pas de là, à côté du vinca, c'était un autre monde. Il s'y livrait une compétition féroce, et les corneilles, dans leur précipitation, frappaient des ailes et du bec, s'attaquant parfois l'une l'autre. Certaines se retiraient pour reprendre des forces puis fondaient de nouveau au milieu de la mêlée. Les battements de cette multitude d'ailes et de plumes gris-noir empêchaient de voir ce qui se cachait dans le buisson.

« Aaahhhh ! » rugit Gustad, agitant sauvagement les bras. « Caaaah ! Caaaah ! » Comme un rideau noir, les corneilles s'élevèrent et allèrent se poser un peu plus loin. Il vit le chat mort : brun avec des taches blanches, les paupières ouvertes et les yeux non encore becquetés, la bouche légèrement ouverte par laquelle pointait une langue rose. Les moustaches effleuraient la surface de l'eau. N'eût été la tête, séparée du corps comme celle du rat le matin précédent, on aurait pu croire que l'animal, assoiffé, lapait l'eau de la flaque. Gustad réalisa, avec détachement, que c'était ainsi qu'il imaginait les têtes tranchées des dragons dans les *kusti* de son enfance :

intactes, semblant capables de mener une existence séparée.

« Ne regarde pas », dit-il à Dilnavaz. Trop tard. Elle faillit vomir, mais réussit à se contrôler. « Que peut-il bien se passer ? dit-il d'une voix calme. Darius ! »

Frottant ses yeux encore pleins de sommeil, Darius apparut.

« Quoi ?

— Vite, va chercher le Gurkha.

— Je n'y retourne pas en pyjama, comme hier, pro-testa-t-il. Ça n'est pas juste. » Sans compter qu'il portait, imprimée sur le tissu au-dessus d'une cuisse, la carte de ses épanchements nocturnes.

« Ne discute pas ! Vas-y tout de suite !

— Non, je n'irai pas ! » hurla Darius. Et il retourna se coucher.

« Tu te prépares une triste vie, lui cria Gustad, si tu suis l'exemple de ton gredin de frère et élèves la voix devant ton père. Je te préviens !

— Ne t'en fais pas, dit Dilnavaz. J'y vais.

— C'est honteux. La vitesse avec laquelle il apprend à mal agir. Mais attends. Tehmul ! Mon ami ! Tehmul ! » Gustad ne l'avait pas revu depuis le vendredi du Chor Bazar. Il le héla et lui sourit afin qu'il s'approche, évitant les mouvements brusques de peur qu'il ne s'enfuie.

Tehmul vint vers lui, l'air timide, se grattant prudem-ment, et sourit à Dilnavaz. « GustadGustad.

— Comment vas-tu Tehmul ? Tu as aimé la pluie ? »

Tehmul aperçut le chat décapité et éclata de rire. Il s'en rapprocha et se baissa pour ramasser la tête.

« Non, non Tehmul, ne touche pas. C'est méchant, ça mord. » Tehmul recula. « Veux-tu faire quelque chose pour moi ? Tu connais le Gurkha qui vit dans l'immeuble à côté ? Va le chercher, dis-lui que *seth* Noble veut le voir. »

La démarche claudicante de Tehmul effraya les cor-neilles, qui s'égaillèrent. Il revint en compagnie du Gurkha et imita son salut, en se frappant le front de la

182

paume de la main. Gustad demeura impassible. Sans mot dire, il pointa le doigt vers le buisson.

« Ô Bhagwan, s'exclama le Gurkha. Que se passe-t-il ?

— Pourquoi l'interroger Lui ? Tu devrais le savoir. À quelle heure t'es-tu endormi ? Deux heures ? Trois heures ?

— *Arré*, *seth* Noble. J'ai marché toute la nuit.

— Tu mens ! hurla Gustad. Mais ça ne va pas se passer comme ça ! Trop c'est trop ! » Des fenêtres s'ouvrirent, des visages curieux se penchèrent. « Hier un rat décapité. Aujourd'hui un chat. Il y a un malfaisant par ici, et toi qu'est-ce que tu fais ? Pas ton travail en tout cas. Demain ce sera quoi ? Un chien ? Une vache ? Un éléphant ?

— Ratachat, dit Tehmul. Ratachat.

— Je t'avertis, je ne te payerai plus. Et les voisins non plus. Je leur dirai que tu ne sers à rien. »

Le Gurkha paniqua. « Ô *seth*, je touche vos pieds, ne faites pas ça. Comment mettrai-je de la nourriture dans l'estomac de mes enfants ? Surveillant de première classe, je suis, de première classe. Encore une chance, s'il vous plaît.

— Rata-chat-rata-chat-chien. »

La Landmaster de l'inspecteur Bamji entra dans la cour et s'arrêta à côté du quatuor. « Que se passe-t-il, patron ? »

Heureux de voir un représentant de l'autorité, Gustad le prit à témoin : « Soli. Qu'est-ce que vous en pensez ? Quelqu'un jette des animaux morts dans mes fleurs. Et notre merveilleux veilleur de nuit ne sait rien. »

Le Gurkha se mit au garde-à-vous tandis que l'inspecteur Bamji allait regarder le chat de près. Tehmul croisa ses mains derrière le dos, comme l'inspecteur. « Rata-chat-ratachat », dit-il.

L'inspecteur Bamji sourit, d'un petit sourire triste. Un sourire professionnel. « Le quelqu'un en question a un couteau très pointu. Un couteau très habile. Est-ce que quelqu'un a une dent contre vous et veut vous harceler ? »

Gustad fit non de la tête, et regarda Dilnavaz. Qui, elle aussi, secoua la tête, ajoutant : « Parfois des gens tuent des animaux pour faire de la magie. Ils utilisent le sang dans les *puja* ou autre chose.

— C'est vrai, dit l'inspecteur Bamji. Il y a des tas de cinglés de nos jours. Je pense que celui qui fait ça, pour on ne sait quelle raison, jette les animaux ici parce que l'endroit est commode — dans le buisson, caché par le mur noir. Si notre veilleur veillait, le problème serait résolu.

— Une autre chance, *seth*, dit le Gurkha. Juste une.

— D'accord, dit Bamji, en faisant un clin d'œil à Gustad. Encore une chance. Mais interdiction de dormir.

— Jamais quand je travaille, *seth*. Je jure sur le nom de Bhagwan.

— Inutile », dit Bamji, signifiant par là que le bougre n'admettrait jamais sa défaillance. Et il remonta en voiture. Le Gurkha salua, l'inspecteur d'abord, puis Dilnavaz et Gustad. Tehmul salua le Gurkha. « Ratachatarat », dit-il, en lui emboîtant le pas jusqu'au portail. À mi-chemin, il opta pour un papillon jaune, qui planait avec grâce devant lui. Trébuchant, il tenta de suivre l'insecte, qui parfois se posait sur un brin d'herbe, mais toujours lui échappait.

Gustad l'observait, en songeant tristement à Sohrab. Et à son filet à papillons qu'il avait fabriqué à partir d'une raquette cassée de badminton. Les dimanches matins, je l'emmenais aux Jardins suspendus.

Dilnavaz savait à quoi il pensait. « Il reviendra. Dois-je lui dire que tu veux qu'il revienne ? »

Gustad fit mine de ne pas comprendre. « De qui parles-tu ?

— De Sohrab. Dois-je lui dire que tu veux qu'il revienne ?

— Dis-lui ce qui te chante. Ça m'est égal. »

Elle ne répliqua pas, car venaient d'apparaître dans la cour Mr et Mrs Rabadi accompagnés de Fossette. Ils bougonnaient entre eux, délibérément fort. « Est-ce que les gens nous prennent pour des imbéciles ? Tromper ainsi notre petite fille avec ces histoires de fonds pour les réfugiés. Dieu sait où va l'argent. »

Sur quoi Gustad, affectant de s'adresser à Dilnavaz, dit tout haut lui aussi : « Je ne vais pas prendre la peine de répondre à tous les cinglés qui passent dans la rue. » Quand le couple se fut éloigné, il ajouta : « Ça ne m'étonnerait pas que ce soit cet idiot qui ait tué le rat et le chat.

— Non, non, dit-elle, guidée par le bon sens. Il ne nous aime pas, c'est vrai, mais je ne crois pas qu'il ferait une chose pareille. »

Et elle avait raison. Ce que Gustad découvrit le lendemain matin mit tous les habitants de l'immeuble au-dessus de tout soupçon.

Levé de bonne heure, en pleine forme, il décida d'aller dire ses prières dans la cour. Une bonne façon de commencer la semaine. Le Gurkha se tenait à côté du vinca. « Salaam, *seth*. Pas d'animal mort dans le buisson, pas même un insecte. » Son soulagement était visible.

Gustad vérifia lui-même. Il fit le tour du buisson et remarqua un bout de papier, curieusement placé : plié en deux et douillettement inséré entre deux branches adjacentes, comme dans un support-lettres. Le hasard d'un souffle de vent n'y était pour rien. Il le saisit. En lisant les deux vers inoffensifs écrits au crayon, une comptine enfantine, il devint blême :

> *Bilimoria chaaval chorya*
> *Daando lai nay marva dorya.*

Le Gurkha regarda par-dessus son épaule. « C'est quoi, cette langue, *seth* ? » Puisqu'on lui avait pardonné, se montrer amical ne pouvait qu'améliorer les choses, pensa-t-il. « Du gujarati, dit Gustad sèchement, souhaitant qu'il s'en aille.

— Vous lisez le gujarati ?

— Oui, c'est la langue de ma mère.

— Qu'est-ce que ça dit, ces lettres qui ont une si drôle de forme ?

185

— Ça dit : « Tu as volé le riz de Bilimoria, nous prendrons un bâton et nous te battrons. »

— Ça veut dire quoi ?

— C'est quelque chose que les enfants chantent en jouant. Un enfant court, les autres essayent de l'attraper.

— Oh, très gentil. Salaam *seth*, temps d'aller me coucher. »

Gustad rentra chez lui. Il n'y avait aucun doute à présent. Aucun doute quant à la signification des deux carcasses décapitées. Le message était clair.

10

Assis, le bout de papier à la main, Gustad ne considérait ni les mots ni la calligraphie, mais simplement l'acte
de trahison, avec le sentiment qu'on avait broyé, réduit à
néant une part vitale de son être. Des années d'amitié
naviguaient devant ses yeux, autant de sarcasmes et de
moqueries, un gigantesque entrelacs de mensonges et de
tromperies. Quel monde est-ce donc là, et qui sont ces
gens, qui peuvent se comporter d'une telle façon ?

Il savait qu'il devait se lever et se diriger vers le recoin
à charbon. Jimmy Bilimoria l'avait piégé, lui avait dérobé
sa volonté. Si seulement je pouvais laisser ce monde
pourri continuer sa course et passer le reste de ma vie sur
cette chaise. La chaise de grand-papa, qui allait avec le
bureau noir dans l'atelier d'ébénisterie. Quel univers merveilleux, entre le tintamarre des marteaux et de la scie,
l'odeur de sciure de bois, de sueur et de cire. Et dans la
librairie de papa, avec ses bruits et ses odeurs dont celle,
ineffaçable, du beau papier, le bruissement des pages que
l'on tourne, les livres anciens reliés de cuir qui remplissaient les six immenses pièces, où l'air lui-même avait
une qualité particulière, comme dans un temple ou un
mausolée. Un temps et un monde sans limites, avant que
ne surviennent les mauvais jours et que tout s'effondre.
Ce que je ressens, mon père a dû le ressentir lui aussi,
assis sur cette même chaise, après que son dissolu de frère
eut tout anéanti, après la banqueroute, quand il ne lui resta

plus rien. Lui aussi a dû vouloir ne plus bouger de cette chaise, laisser le temps racorni et le monde rétréci continuer à tourner.

« Tu as déjà fini de prier ? » Dilnavaz émergea de la cuisine, sa corvée d'eau achevée, le devant et les manches de son peignoir trempés comme d'habitude. « Le vinca va bien aujourd'hui ?

— Le vinca va bien. » Mais vingt et un ans de vie commune, où l'on ne se cache rien, forgent des habitudes trop puissantes. Il ne pouvait effacer de sa voix ni de son visage la cassure qu'il ressentait.

« Qu'y a-t-il ? » Il lui tendit le bout de papier. « Oh, mon Dieu, dit-elle. Jimmy... ? » Gustad hocha la tête.

« Mais, à nous ? » Il approuva de nouveau.

« Peut-être le chauffeur de taxi ?...

— Ça ne fait pas de différence. »

Elle tordait son peignoir mouillé, comme si en exprimer l'eau allait les débarrasser, elle et Gustad, de la douloureuse trahison. « Je crois que nous devrions prendre l'argent et aller raconter toute l'histoire à la police, dit-elle. Comment tu as eu cet argent, ce qu'on t'a dit de faire avec, le rat, le chat, tout. » Une proposition qui l'aiderait, croyait-elle, à reprendre ses esprits. « Donne-leur aussi l'adresse du major Bilimoria — le numéro de boîte postale. Qu'il aille brûler en *jhanuum* ! Lui et sa sécurité nationale ! » La dureté de sa voix la surprit. « Ou dis-le à l'inspecteur Bamji. Après, il pourra s'occuper de tout. »

Gustad secoua la tête, résistant à la tentation de sortir ainsi de l'impasse. « Tu ne comprends pas. Ni l'inspecteur Bamji, ni la police n'ont de pouvoir sur le SRA. Nous avons affaire à des gens sans cœur — à des serpents venimeux. Ils auraient pu s'en prendre à Darius et à Roshan à la place du rat et du chat. » Il froissa le bout de papier avec rage et le jeta loin de lui. « Je suppose que je devrais en remercier Jimmy.

— *Owaaryoo* », dit-elle, en claquant frénétiquement des doigts en direction de la porte, vers l'extérieur, loin de son foyer et de sa famille.

« Il n'y a qu'une seule chose à faire. » Il ôta son calot

de prière. Elle le suivit dans la cuisine, près du *choolavati*, d'où il sortit le paquet. Il en ouvrit un coin, assez grand pour qu'il pût y passer la main, et en retira une liasse. Elle l'observait avec inquiétude, espérant qu'il ne remarquerait pas les restes calcinés des formulaires d'inscription de Sohrab. « Ne t'inquiète pas, dit-il. Je serai prudent. Au bout de vingt-quatre ans, je sais comment procéder au-dedans et au-dehors. Dépôt d'une liasse par semaine. Dix mille roupies. Plus que ça éveillerait les soupçons.

— Mais ça signifie que pour venir à bout du paquet il te faudra...

— Cent jours. Je vais lui écrire et lui dire que je ne peux pas faire mieux. » Il mit l'argent dans sa serviette. « Je ne comprends plus ce monde. D'abord ton fils, qui détruit tous nos espoirs. Maintenant ce forban. Je le considérais comme mon frère. Dans quel monde de méchanceté vivons-nous à présent. »

Les plaintes aiguës de la sirène d'alerte aérienne s'élevèrent au moment où Gustad descendait du bus à Flora Fountain. Tournant, plongeant, tournoyant comme un gigantesque oiseau funèbre dans le ciel au-dessus de la ville, elles étouffèrent les bruits de la circulation. Déjà dix heures, pensa-t-il. Je devrais être à mon bureau.

Cela faisait plusieurs semaines que la sinistre sirène hurlait chaque matin à dix heures précises : trois minutes, suivies par le monotone signal de fin d'alerte. Comme il n'y avait eu aucune annonce officielle, la population supposa que, en préparation à la guerre avec le Pakistan, le gouvernement vérifiait que les sirènes fonctionnaient bien. Certains croyaient qu'il s'agissait de familiariser les gens avec le son — ils ne paniqueraient pas si les hurlements annonciateurs d'une attaque aérienne s'élevaient en plein milieu de la nuit. Pour les cyniques, cela ressemblait plus à une manipulation car, à supposer que les Pakistanais eussent jamais la volonté de bombarder réellement, tout ce qu'ils auraient à faire serait de se pointer au-dessus de la ville à dix heures pile. Mais peut-être, et c'était l'explication que l'on souhaitait tenir pour vraie, s'agissait-il avant tout de permettre aux gens de vérifier leurs montres et de les synchroniser, afin d'améliorer la ponctualité et la productivité dans les bureaux gouvernementaux, au titre des préparatifs de guerre.

Avec dix mille roupies dans sa serviette, Gustad se tenait sur ses gardes, mal à l'aise au milieu de la foule qui se dirigeait vers les immeubles de bureaux. Une échauffourée éclata soudain à un coin de rue, et il resserra son étreinte sur la serviette. C'était là, sur le trottoir, que l'artiste de rue œuvrait avec ses crayons. Gustad s'était souvent arrêté pour admirer ses portraits de dieux et de saints.

L'homme était ouvert à toutes les religions — un jour il dessinait Ganesh et sa tête d'éléphant, pourvoyeur de sagesse et de succès ; le lendemain ce pouvait être le Christ sur sa croix ; et la foule, heureuse, jetait des pièces sur les dessins. L'artiste avait très bien choisi son endroit. Assis en tailleur, il recueillait la richesse qui lui tombait d'en haut. Les piétons respectaient ce bout de trottoir, ce sol sanctifié, du moment qu'on y voyait la divinité du jour. Ils contournaient l'image en divergeant puis en convergeant, comme une armée de fourmis.

Il arrivait parfois des accidents, ce matin par exemple. Quelqu'un trébucha et laissa l'empreinte de son pied sur le dessin. La foule rendit une justice sommaire. Elle refusa de laisser partir le malheureux quidam tant qu'il n'aurait pas fait un don généreux au dieu. Ensuite l'artiste prit sa craie et retoucha le visage du dieu marqué de l'empreinte. En le regardant opérer, Gustad comprit soudain l'opération de bénéfice mutuel qu'il pouvait tirer des dessins sacrés. Mais il était en retard ; il en parlerait avec l'artiste un soir qu'il y aurait moins de monde.

La sonnerie de fin d'alerte se tut au moment où il montait les marches de la banque. Il s'arrêta auprès de Dinshawji et murmura : « Retrouve-moi dehors à l'heure du déjeuner. C'est très urgent. » Dinshawji hocha la tête, content. Il adorait les pactes secrets, les informations privilégiées, les conversations clandestines, bien qu'il eût beaucoup moins souvent l'occasion d'en croiser sur son chemin qu'il ne l'aurait voulu.

Trois mois s'étaient écoulés depuis que Dinshawji avait repris son travail, après sa maladie, mais Gustad s'inquiétait de le voir toujours aussi pâle et épuisé que lors du dîner d'anniversaire de Roshan. Quelle attitude formidable il avait eue, à chanter, à rire et à plaisanter comme s'il n'avait pas eu le moindre souci. Qui aurait cru qu'il venait juste de sortir de l'hôpital ? Gustad se demandait s'il était soigné convenablement. Quoi qu'il en fût, chapeau à Dinshu, pour se montrer toujours aussi joyeux et ne jamais se plaindre.

Ils se retrouvèrent à une heure comme prévu. Dinshawji avait des sandwichs au chou-fleur. Remarquant la serviette de Gustad, il demanda : « Toi aussi tu es au casse-croûte aujourd'hui ?

— Non, non, c'est quelque chose de plus important que la nourriture. Je vais devoir sauter mon déjeuner. » Sur quoi, Dinshawji insistant, il accepta un sandwich au chou-fleur.

« Et qu'y a-t-il de si urgent ? »

Gustad lui raconta tout, de la lettre du major Bilimoria à l'argent remis par Ghulam Mohammed. Il omit cependant le rat, le chat et le couplet rimé. Effrayer Dinshawji ne servirait à rien. Il insista au contraire sur l'aide qu'ils apporteraient au mouvement de libération Mukti Bahini, ce que Dinshawji trouva très stimulant. Et plus il devenait enthousiaste, plus Gustad se sentait misérable de devoir duper son ami, qui maintenant se déclarait prêt à contrevenir aux lois de la banque et à mettre en péril son emploi, et sa future retraite, désormais proche.

À la fin, Dinshawji était tellement exalté qu'il aurait accepté de participer à une charge à la baïonnette contre les Pakistanais. « Absolument, *yaar*. Nous allons aider le major à cent pour cent. Il faut que quelqu'un fasse quelque chose contre ces salopards de bouchers.

— C'est aussi mon sentiment.

— Est-ce que tu as lu ce que l'Amérique est en train

de faire ? » Gustad confessa qu'il n'avait pas lu un journal depuis trois jours. « *Arré*, ces salopards de la CIA pratiquent leur tactique habituelle du doigt dans le cul. Provoquant encore plus de meurtres et d'atrocités.

— Pourquoi ?

— C'est évident, *yaar*. Si la terreur augmente, il y aura encore plus de gens qui viendront se réfugier en Inde. D'accord ? Et de plus grands problèmes pour nous — les nourrir, les habiller. Ce qui veut dire que nous devrons faire la guerre au Pakistan pour résoudre le problème des réfugiés.

— Je te suis.

— Les plans de la CIA, c'est que l'Amérique soutienne le Pakistan. Comme ça l'Inde perdra la guerre, et Indira perdra la prochaine élection, parce que tout le monde la rendra responsable de la défaite. Et c'est exactement ce que veulent les Américains. Ils n'aiment pas qu'elle soit amie des Russes. D'y penser, ça fait chier Nixon, ça l'empêche de dormir. Sa maison est blanche, mais son pyjama devient marron toutes les nuits. »

Gustad rit et ouvrit sa serviette. « Il est temps de rentrer », dit-il, et il lui tend l'argent dans une enveloppe banale.

Dinshawji l'enveloppa dans le sac qui avait contenu son déjeuner. « Oui, il faut faire gaffe ces jours-ci. Tu te rappelles le bon vieux temps ? Quand ils se contentaient de compter les vestes accrochées au dossier des chaises ? Pas de foutu registre des heures de travail. *Arré*, ils vous faisaient confiance en ce temps-là du moment qu'on faisait son travail. On marchait à l'honneur. Veste sur la chaise, chapeau à la patère, et on pouvait sortir pour une petite sieste d'une ou deux heures. Tout le monde s'en fichait. L'époque de l'honneur et de la confiance a disparu à jamais. »

Gustad s'assura que les boîtes-repas étaient toujours là. « Entre, dit-il. Je te suis. » Il griffonna un mot pour Dilnavaz : « Ma chérie, Tout est OK avec Mira Obili. Mais n'ai pas eu le temps de déjeuner. Tendresse. » L'arôme émanant du râtelier contenant les boîtes lui chatouilla agréablement le nez. La vue des *buryani* à la citrouille le fit saliver. Tant pis. J'en mangerai ce soir. Et Darius aura le reste — il aime avoir du riz le soir, en plus du plat principal et du pain. Il en a besoin aussi, pour sa musculation.

Il était deux heures moins trois minutes. Dinshawji en profita pour tourner autour de Laurie Coutino. Il s'était enhardi ces dernières semaines, poussé par ses collègues. Maintenant il insistait pour qu'elle danse avec lui. Chantant *Rock around the Clock*, il se pavanait devant elle qui, assise, la mine modeste, attendait que l'heure du repas s'achève. Les gouttes de sueur ne tardèrent pas à perler sur son crâne chauve. Il se trémoussait et sautillait, balançait les bras, rejetait la tête en arrière, poussait le bassin en avant.

Gustad regardait, inquiet à l'idée que, pris par sa pitoyable clownerie, Dinshawji risque d'oublier l'enveloppe cruciale sur le bureau de Laurie. Il se faisait beaucoup de souci pour lui, qui avait l'air de plus en plus maladif avec son visage parcheminé et ses yeux qui s'efforçaient de dissimuler la douleur. Mais il était désespéré aussi par ses façons de se comporter, son abandon de tout respect de soi. Dinshawji se laissait aller comme ces victimes de la peste des temps médiévaux qui, sachant qu'il n'y avait plus le moindre espoir, estimaient inutile de se cramponner à la dignité et autres luxes valables pour les bien portants.

Il s'arrêta de chanter, à bout de souffle, et dit : « Laurie, Laurie, un jour je dois te présenter mon petit *lorri*. » Elle sourit, ignorant que ce mot d'argot parsi signifiait le membre viril. « Oh, oui ! continua-t-il, tu aimeras jouer avec mon tendre *lorri*. Quel plaisir nous prendrons ensemble. »

Elle hocha la tête gentiment, tandis qu'autour d'eux les hommes pouffaient de rire, se donnaient des bourrades dans les côtes. Gustad tressaillit. Dinshawji allait décidément trop loin. Mais Laurie sourit à nouveau, un peu interloquée, et ôta la housse de sa machine à écrire.

À contrecœur, chacun regagna son poste de travail. Au

moment de gagner le sien, Gustad dit à Dinshawji :
« N'oublie pas. Apporte-moi le bordereau de dépôt pour
que je le signe. »

Le plan fonctionna à merveille. « Pas une seule anicroche », dit Dinshawji le lendemain au déjeuner. Gustad lui
tendit la seconde liasse, et lui conseilla de se calmer un
peu avec Laurie, tant qu'ils aidaient le major, afin d'éviter
d'attirer l'attention.

« Au contraire, *yaar*, au contraire, dit Dinshawji. C'est
la meilleure façon de garantir notre sécurité. Tant que je
continue mes absurdités, je suis le Dinshawji normal. Si
je devenais sérieux, les gens commenceraient à m'observer et à se demander ce qui ne va pas. »

Gustad s'apprêtait à le traiter de vieil imbécile, mais
cette remarque l'en empêcha. Comme c'est vrai, se dit-il.
Et plus sa maladie progressera, plus il s'efforcera de jouer
au Dinshawji normal.

Il le laissa donc poursuivre ses pantomimes, priant seulement que rien ne vienne entraver les opérations de
dépôt. Lentement, le paquet, dans le recoin à charbon, se
vida. Il lui arrivait de se demander ce que réclamerait le
major Bilimoria quand tout l'argent aurait été déposé.
Mais il ne s'attardait pas sur cette idée ; il préférait rêver
au jour où le sac de plastique noir s'effondrerait sur lui-
même.

Début août, quelques heures après que Gustad l'eut
quittée pour aller travailler, en emportant la vingt-sep-
tième liasse, Dilnavaz entendit sonner à la porte. Elle
venait juste de finir de cuisiner. Le *dubbawalla*, courant
sous la pluie, avait ramassé la boîte-repas de Gustad, et
elle espérait que le plat n'aurait pas refroidi le temps qu'il
le dépose au bureau. À présent, elle n'attendait personne
d'autre.

Le flot des vendeurs matinaux s'était tari avec l'arrivée
du marchand de cendres-et-sciure, poussant sa carriole,
qui lui en avait vendu un sac de chaque ; sa provision de
produits de nettoyage s'épuisait. Elle résistait à la nou-

velle mode des détergents et des brosses à récurer en nylon. Non que Dilnavaz eût quelque chose contre la technologie moderne — elle n'achetait que des tissus portant l'étiquette Sanforized : une véritable bénédiction que ce système qui empêchait le tissu de se rétrécir et donc de perdre plusieurs centimètres au mètre. Sans parler de ces chemises en Terylène et en coton mélangé, qu'on n'avait pas besoin de repasser. Mais la frontière s'arrêtait là : tous ces savons et détergents fantaisie, non seulement coûtaient cher, mais agissaient beaucoup moins bien que le *raakh-bhoosa* et la fibre de coco. Rien ne remplaçait la vieille méthode centenaire quand il s'agissait de récurer les casseroles et les poêles dans lesquelles le *vanapasti* et le *ghee* avaient laissé des dépôts graisseux. Certains prétendaient que c'était un procédé non hygiénique parce qu'on ne savait jamais quelles cendres le bonhomme vous vendait — elles pouvaient provenir des crématoriums, allez savoir. Mais Dilnavaz avait confiance en lui, dans la qualité de son *raakh* et de son *bhoosa*.

Quand elle eut vidé les sacs dans le recoin à l'extérieur des WC, ce fut au tour de Tehmul-Lungraa d'arriver, pour boire, obéissant, son verre de jus de citron vert. Il avala la mixture, rotant et souriant, sous le regard angoissé de Dilnavaz qui guettait son comportement. Elle souhaitait et redoutait à la fois la détérioration mentale de Tehmul : l'érosion sans laquelle il serait impossible d'obtenir la rédemption de Sohrab. Tehmul lui rendit le verre : « Mercimercitrèsbontrèsbon », et partit, se grattant l'entrejambe d'une main, saluant de l'autre.

Et c'est au moment où elle lavait le verre que la sonnette de la porte retentit. Par l'œilleton, elle vit Roshan accompagnée d'une des religieuses de l'école. La main tremblante, elle réussit à ouvrir le verrou.

« Bonjour, Mrs Noble », dit la religieuse, en secouant son parapluie. Que, sursautant, elle laissa tomber : Tehmul venait de se matérialiser derrière elle. Il l'examina avec circonspection de la tête aux pieds, des plis de son voile à l'ourlet crotté de son habit blanc, fixant avec dureté le crucifix qui pendait, brillant, au-dessus de sa poitrine plate. Il se gratta la tête, tourna autour de la religieuse, n'ayant jamais vu, de toute sa vie limitée au Khodadad Building et à ses environs, créature aussi bizarrement attifée.

« Bonjour, ma sœur, dit Dilnavaz en prenant la main de Roshan. Qu'est-ce qui ne va pas ? » Question inutile car la pâleur de l'enfant et la moiteur de sa main étaient suffisamment parlantes.

« Roshan ne se sent pas bien aujourd'hui, aussi avons-nous décidé de la ramener chez elle. » La religieuse se tortilla sous le regard de Tehmul. « Elle est déjà allée aux toilettes plusieurs fois et elle a vomi son petit-déjeuner.

— Merci de l'avoir raccompagnée, ma sœur. Dis merci, Roshan.

— Merci, ma sœur.

— De rien, mon enfant. Maintenant rétablis-toi vite, nous voulons te revoir en classe. » Elle caressa la tête de Roshan, dit une courte et silencieuse prière, et partit.

Dilnavaz débarrassa Roshan de son imperméable, lui sécha les mains et les pieds. « Dors un peu. Je vais téléphoner à papa.

— Demande à papa de rentrer tôt, s'il te plaît. » Dilnavaz réussit à ne pas montrer l'angoisse que lui causait la vue du petit visage pâle et suppliant.

« Tu sais que papa a beaucoup de travail. Il ne peut pas partir comme ça.

— Juste pour une fois.

— D'accord, je vais le lui demander. Maintenant, dors. » Elle ferma la porte à clef et alla téléphoner.

Miss Kutpitia mit un certain temps à venir ouvrir. Dilnavaz entendait parler à l'intérieur. Des visiteurs ? Impossible. Elle posa l'oreille contre la porte. « Je t'ai fait des *bhakras* aujourd'hui pour le thé. Et si tu finis vite tes leçons, je t'emmènerai à Chaupatty, pour que tu puisses jouer dans le sable avec ta pelle. Allez, dépêche-toi, dépêche-toi, sois un bon garçon. » Puis une porte claqua, au fond de l'appartement. Des pas approchèrent, et Dilnavaz recula.

196

« Qui est-ce ? demanda Miss Kutpitia en soulevant le cache de l'œilleton.

— Dilnavaz. »

Le cache retomba, la porte s'ouvrit. « Pardonnez-moi, mes yeux empirent de jour en jour.

— Ce n'est rien, moi aussi je vois mal parfois. Qu'y faire ? Les années passent et nous vieillissons.

— Allons donc ! dit Miss Kutpitia avec entrain. Il se passera encore bien des années avant que vous ayez mon genre de problèmes. Vos trois enfants seront mariés, et vous serez grand-mère avant que ça vous arrive.

— Tout est dans les mains de Dieu. Puis-je utiliser votre téléphone ?

— Bien sûr. »

Elle libéra le combiné et s'écarta. En attendant que la standardiste de la banque localise Gustad, Dilnavaz regarda autour d'elle. Pas le moindre signe de visiteurs. À moins qu'ils fussent cachés derrière les deux portes fermées. Sa conversation terminée, elle tendit les trente paise.

« Je refuse de prendre de l'argent quand il s'agit de la santé de Roshan. » Il était inutile d'insister, et la différence d'âge l'interdisait. « Rangez cet argent dans votre poche. Rangez-le ou je me fâcherai. Pauvre Roshan. Une enfant si douce et si gentille. » *Clic*, elle reverrouilla le combiné. « Puis-je vous dire quelque chose ? Vous n'en voudrez pas à une vieille femme de vous donner un conseil ?

— Pas du tout.

— Voilà, je vous ai entendue parler de docteur. Alors je vous dis : allez chercher le médicament. Mais n'oubliez pas qu'il y a des causes de maladie pour lesquelles les docteurs ne peuvent rien faire.

— Je ne comprends pas. »

Miss Kutpitia leva une main, l'index tendu. « Quand une enfant joueuse et rieuse comme Roshan tombe soudainement malade, il y a peut-être d'autres raisons. Par exemple le mauvais œil. Et la médecine des docteurs ne peut pas prévenir ni guérir ces choses-là. Il y a des moyens particuliers. »

Dilnavaz hocha la tête.

« Oh, vous les connaissez ? » Dilnavaz fit signe que non. « Alors, pourquoi hochez-vous la tête ? Écoutez. Prenez une aiguille et du fil, un bon fil résistant avec un gros nœud au bout. Choisissez un citron jaune et sept piments. Des piments verts, qui ne virent pas au rouge. Jamais de rouges. Enfilez-les à la suite avec l'aiguille. Le citron en dernier. Puis suspendez l'ensemble au-dessus de votre porte, à l'intérieur de l'appartement.

— Qu'est-ce que ça fera ?

— C'est un *taveej*, une protection. Chaque fois que Roshan passera dessous, le mauvais œil perdra de plus en plus de pouvoir. En fait, quand vous l'aurez pendu, toute votre famille en bénéficiera. »

Dilnavaz affirma qu'elle allait préparer immédiatement le talisman. « Mais, vous savez, Sohrab refuse toujours de revenir à la maison.

— Naturellement. Vous voulez un miracle, ou quoi ? Vous voulez des Salamalecs et des Abracadabras ? Alors adressez-vous à un magicien. » Mais elle se calma aussitôt. « Patientez. Ces choses-là prennent du temps. Tehmul vient bien prendre son jus de fruit ? » Elle réfléchit un instant. « Il y a encore quelque chose que vous pouvez faire, si vous voulez, pour accélérer le processus. Il vous faudra des ongles de Tehmul. » Elle expliqua comment procéder. « Mais après ça, il ne restera plus qu'un seul remède. Et il est trop dangereux, Tehmul pourrait perdre complètement l'esprit, juste bon pour une maison de fous. Il est si terrible que je ne vais même pas vous en parler. Faites simplement ce que je vous ai dit.

— Merci. Je vous ai pris beaucoup de temps.

— Qu'ai-je d'autre à faire ? M'asseoir et attendre que Celui qui est là-haut m'appelle.

— Ne dites pas ça, il vous reste encore beaucoup d'années à passer parmi nous.

— Pourquoi une telle malédiction ? Que ferais-je de

198

toutes ces années ? C'est à vous et à vos enfants que je les souhaite. »

Sur un tel sujet, la mort et la façon de mourir, comme sur tout autre d'ailleurs, il était difficile d'avoir le dernier mot avec Miss Kutpitia. Dilnavaz tenta encore une fois de lui donner les trente paise, n'y parvint pas, et retourna chez elle.

Un sourire, comme un rayon de soleil, éclaira le visage de Roshan quand elle apprit que papa rentrerait tôt pour la conduire chez le docteur Trésorier. « Tôt ? Alors je vais dormir maintenant », et elle ferma les yeux. Les garçons aussi, songea Dilnavaz en lui caressant les cheveux, attendaient avec impatience le retour de leur papa. Ils couraient lui ouvrir la porte. Mon Dieu que les choses ont changé...

Le retour prématuré de Gustad coïncida avec la promenade de Fossette, et il se retrouva nez à nez avec Mr Rabadi. Jappant, la Poméranienne se précipita sur ses chevilles, tirant à petits coups sur sa laisse, et Gustad éclata : « S'il vous faut absolument un animal, tâchez au moins de dresser cette sale petite garce ! »

Mr Rabadi tenait enfin l'occasion tant attendue. Récemment, Dustoorji Baria lui avait donné deux nouveaux assortiments de prières : l'un pour la santé de Fossette ; l'autre pour tisser des vibrations protectrices autour de sa douce petite Jasmine, la mettre à l'abri des désirs lubriques de sauvages garçons comme le fils des Noble. Grâce à ces prières, Mr Rabadi se sentait invincible. « Vous parlez de dresser un animal ? Commencez par enseigner les bonnes manières et la discipline à votre propre fils ! Filer avec des journaux qui ne vous appartiennent pas !

— Eh bien, allez interroger votre fille à ce sujet ! Et éloignez-vous avec votre foutu cabot, avant que je perde mon sang-froid ! » Sur quoi, Gustad rentra chez lui, laissant l'autre maugréer.

« Est-ce que Roshan est prête ? demanda Gustad, sa rage perçant malgré lui dans sa voix.

— Presque. » Que se passait-il, s'inquiéta Dilnavaz.

« Bon. Je reviens dans deux minutes. » Il se rendit dans les WC, et ramassa les piles de *The Times of India* et de *Jam-E-Jamshed*. « Ouvre-moi la porte, dit-il à Dilnavaz. Ce débile de dogwalla prétend que mon fils lui a volé ses journaux, alors je vais lui en donner, des journaux ! »

Elle lui barra le passage. « Calme-toi. Ce type est fêlé, pourquoi te conduis-tu comme lui ?

— Encore une fois, ouvre-moi la porte !

— Mais comment paierons-nous les journaux du mois prochain, sans ceux-là ?

— Très bien, nous arrêterons les abonnements ! De toute façon, ils n'apportent que des mauvaises nouvelles. »

Elle céda, et le laissa passer. Il serrait les dents. Le poids des journaux sous ses bras le faisait boiter plus bas que d'habitude. Tehmul accourut pour l'aider. « Gustad-Gustad. Jet'enpriet'enpriet'enprie. Jevaisportermerciteplaît.

— La ferme et va au diable ! » lui dit-il, sans un regard.

Tehmul se figea, n'osant bouger que lorsqu'il vit Gustad pénétrer dans l'entrée à l'autre extrémité de l'immeuble. Pleurnichant et reniflant, il se posta à une distance sûre, près du margousier.

Gustad grimpa les deux étages menant à l'appartement de Mr Rabadi et déversa les journaux sur le palier. À l'intérieur, Fossette protesta et jappa, mais personne ne vint ouvrir.

L'aiguille refusait de traverser le citron. Dilnavaz poussa, et l'aiguille se cassa en deux. Dans la poule en porcelaine, où elle gardait son nécessaire de couture, elle choisit une aiguille plus longue et plus grosse, qui pénétra en douceur : le citron glissa le long du fil et s'arrêta au nœud. Enfiler les piments fut beaucoup plus facile ; l'aiguille ne rencontra aucune résistance.

Dilnavaz grimpa sur une chaise pour examiner l'aérateur au-dessus de la porte d'entrée. Le papier de camouflage s'était détaché à un coin. Elle le souleva et attacha le fil à l'une des barres horizontales. Le papier retomba en dissimulant le tout.

Pas besoin de se presser, Gustad et Roshan ne rentreraient pas avant une bonne heure. Maintenant, au tour du jus de citron. La dernière fois que Sohrab était venu la voir, elle avait utilisé plusieurs citrons à la fois pour décrire le cercle autour de sa tête, ce qui lui avait fourni une provision de jus. Mais il n'en restait plus que trois. S'il vous plaît, Dieu, faites que Sohrab vienne bientôt. Ses visites sont de plus en plus rares. Et il m'avait promis une fois par semaine. Merveilleux même qu'il me laisse agir avec le citron, étant donné qu'il dit non à tout le reste.

Elle s'approcha de la fenêtre. Tehmul se tenait toujours auprès du margousier. « Viens, dit-elle. Le jus est prêt. » Dans la cuisine, il tendit la main pour saisir le verre. « Quels grands ongles. Tu ne les coupes pas chaque semaine ? » Il secoua la tête timidement.

« Viens, je vais le faire pour toi. » Elle prit les ciseaux à ongles. Il secoua de nouveau la tête et cacha ses mains derrière son dos. « Allons, allons, dit-elle d'une voix câline, ce n'est pas beau d'avoir de si longs ongles. Toute la saleté se met à l'intérieur. » Il ne bougeait pas. « Dans ces conditions, pas de jus aujourd'hui. D'abord les ongles, si tu veux avoir du jus. »

Fixant le verre avec concupiscence, il tendit la main. Elle s'en saisit avant qu'il pût changer d'avis. La main était poisseuse, le bord des ongles ébréché, dentelé là où il les avait mordus, un amas noir verdâtre s'était accumulé dessous. Surmontant sa répulsion, elle se mit à l'œuvre, ramassant les rognures dans une petite soucoupe en plastique.

À un moment, elle le regarda et le vit sourire. Non de son sourire grimaçant habituel, mais d'un vrai sourire d'enfant. À quoi pensait-il ? Peut-être les ciseaux lui rappelaient-ils sa mère ? Quelque chose qui surnageait dans son cerveau endommagé, appartenant aux années heureuses de son enfance ?

Elle sentit une boule se former dans sa gorge et ses yeux se mouiller. Et soudain, elle se méprisa profondément. Non. Elle ne continuerait pas ce manège. Tant pis pour Miss Kutpitia.

Quand elle en eut fini avec les ongles de l'autre main, elle le regarda à nouveau. Tehmul se curait le nez et portait les crottes à sa bouche. Non, j'ai dû être victime de mon imagination. Impossible que quoi que ce soit demeure à l'intérieur de ce crâne — une coquille vide. Il réclama son jus.

« Pas encore. Il faut que je fasse aussi les ongles de pieds. » Il enleva ses chaussures sans dénouer les lacets, et retira ses socquettes. Deux billets d'une roupie, pliés en quatre, tombèrent de la socquette droite. Il les réinséra soigneusement, puis se mit à frotter ses orteils, malaxant saleté, peaux mortes et sueur en petites boulettes noires qui s'écrasèrent sur le sol. Une odeur de vomi envahit la cuisine.

Combattant la nausée qui menaçait de la submerger, Dilnavaz s'attaqua aux croissants jaune verdâtre qu'étaient ces ongles, en essayant de les toucher le moins possible. Mais le simple contact de ses doigts le fit gigoter et glousser de rire. Elle n'eut d'autre solution, pour finir sa besogne, que d'empoigner le pied en retenant sa respiration.

Il vida son verre de jus. Le vieux sourire grimaçant réapparut. « Mercimercimercitrèsbon. » Quand il referma la porte, elle crut l'entendre dire : « Mercimercimercimaman. » Non, ça devait être autre chose. C'est déjà suffisamment difficile de le comprendre quand il est devant moi, alors derrière une porte close !

Après s'être soigneusement lavé les mains, elle prépara des boulets de charbon sur une petite grille posée sur le fourneau, comme Gustad procédait avec l'encensoir après ses prières du soir. Miss Kutpitia avait bien insisté, il fallait un feu de charbon — ni un réchaud à pétrole, ni la flamme d'une bougie. Quand les charbons rougeoyèrent, elle éteignit le fourneau, et leur versa dessus le contenu du récipient en plastique. Au milieu des sifflements et des craquements, les rognures d'ongle, devenues vivantes, se recroquevillèrent, se recourbèrent pour se transformer rapidement en résidus grésillants d'un noir brillant.

Une horrible odeur de pourriture aigre monta à ses narines. L'odeur du diable lui-même, venue des profondeurs du *dojukh*, se dit-elle. En se pinçant le nez, elle alla prendre dans le casier à épices du curcuma et du poivre de cayenne. Ils ouvriraient tout grands les canaux, avait expliqué Miss Kutpitia, par lesquels l'esprit de Tehmul circulerait et chasserait le mal du cerveau de Sohrab. Dilnavaz répandit une pincée des poudres jaune et rouge sur le magma noir.

L'odeur alors devint encore plus intolérable, à la puanteur s'ajouta une terrible âcreté. Toussant à s'en étouffer, Dilnavaz resta devant la fenêtre ouverte, des larmes lui coulant sur le visage, jusqu'à ce que les ongles de Tehmul, complètement vaporisés, ne fissent plus qu'un avec le firmament.

11

Le dispensaire du Dr Trésorier se trouvait dans un quartier qui, de pauvre, modeste et poussiéreux, était devenu en quelques années suractif et surpeuplé, mais toujours poussiéreux. Des entrepôts croulants dont la toiture fuyait, des immeubles dont les escaliers branlants et les balcons vacillants avaient été retapés, passant du sordide et inhabitable à un état tout aussi sordide mais temporairement habitable. Les égouts, non réparés, continuaient à déborder, l'approvisionnement en eau posait toujours un problème. Tout comme les rats, les ordures et l'éclairage des voies publiques.

Mais les gens du quartier décidèrent d'en tirer le meilleur parti possible. Des enseignes flambant neuves, annonçant des Visserie sur Mesure, Musique Top-Qualité, ou Coiffeur Grand Style, se dressèrent au-dessus de vieilles boutiques crasseuses et de mansardes. Les nouveaux propriétaires vendaient des transistors, des grille-pain, des pneus, des pièces de rechange pour voitures, de la vaisselle en plastique — tout l'attirail magique qui avale cent ans d'histoire et propulse un pays englué au dix-neuvième siècle directement dans les splendeurs du vingtième. Parfois, avaler cent ans d'un coup cause une bonne crise d'indigestion. Mais ses vénérables chefs assuraient à la populace inquiète que ces troubles n'étaient que passagers ; en attendant, ils administraient, libres de droits, des potions verbales qui n'atténuaient la souffrance de personne.

Bientôt apparurent des individus entreprenants qui révisaient les voitures, rechapaient les pneus, réparaient les réfrigérateurs, et laissaient les déchets de leur artisanat s'accumuler où ils voulaient. Les va-nu-pieds devaient maintenant sautiller par-dessus les nappes de graisse, les flaques d'essence, les ailettes de refroidissement coupantes comme des rasoirs et les longs serpents tordus de caoutchouc vulcanisé. Les bandes de caoutchouc noir étaient particulièrement effrayantes en août, à l'approche de la fête du Naagpanchmi, quand chaque coin de rue présentait des charmeurs de serpent récoltant les aumônes de dévots soucieux de donner un peu de lait aux cobras en échange de leurs bénédictions. Dans l'obscurité, on prenait facilement une longue bande de caoutchouc noir pour un échappé du panier d'un charmeur de serpent.

C'était, entre autres, pour ces trottoirs sordides que Gustad détestait aller chez le Dr Trésorier. Mais avec l'échec du *subjo*, de l'Entero-Vioform et du Sulfa-Guanidine, il n'avait pas le choix.

Pendant les années où le quartier avait opéré sa métamorphose, seuls quatre établissements avaient résisté et persisté. La nature de leur commerce satisfaisait des besoins trop profonds pour que les constructeurs, les spéculateurs et les planificateurs gouvernementaux aient osé les déplacer.

Les deux premiers étaient des cinémas, situés à un carrefour non loin de la plage. Malgré la proximité des salles, leurs propriétaires vivaient en coexistence pacifique parce que l'offre ne suffisait jamais à satisfaire une demande féroce. La projection d'un nouveau film mettait le quartier en émoi et réveillait une industrie qui ne dormait jamais profondément. Vendeurs de billets au marché noir et trafiquants se mettaient à vrombir autour des salles, fondant en piqué sur les gens comme ces nuages de moustiques qui surgissaient du mur trempé d'urine entourant le Khodadad Building, bourdonnant d'une voix mélodieuse : « Dix pour cinq, dix pour cinq, dix pour cinq... » Les prix pouvaient continuer à grimper, selon les vedettes et le nombre de chansons de la bande-son. Le marché noir se calmait en général après la première folle ruée, puis sommeillait comme une larve en attendant d'éclore avec la prochaine livraison de pellicule.

Néanmoins, les choses étant ce qu'elles sont, l'un des cinémas décida de se rénover, pour répondre aux aspirations du quartier et du pays, et l'autre fut bien obligé de suivre. Les travaux terminés, l'un et l'autre se présentèrent le même jour, à coups de pleines pages de publicité dans les journaux, comme la première salle du pays équipée d'un appareillage de projection 70 mm, procédé Todd-AO et six pistes son. Bientôt les spectateurs électrisés, enfoncés dans leurs fauteuils pelucheux et doux, regardaient le grand écran sur lequel le héros et l'héroïne, figures géantes, dansaient et chantaient autour d'arbres massifs qui paraissaient encore plus gigantesques, où le poignard du méchant au cœur noir était plus long et plus coupant, étincelait plus cruellement qu'on ne l'aurait cru possible de la part d'un poignard. Le public en ressortait plein de respect, plus que jamais confiant dans le fait que rien ne viendrait arrêter le progrès et la modernisation du pays.

Le premier film ainsi projeté était une histoire épique de rois et de guerriers, et Gustad avait emmené toute sa famille le voir. C'était avant la naissance de Roshan, quand Darius avait trois ans et Sohrab sept. Pendant près de quatre heures, rois et guerriers, parlant d'une voix tonitruante, juchés sur leurs destriers courageux, se jetèrent les uns contre les autres au choc assourdissant de leurs armures scintillantes. Les gourdins assommaient, les épées tranchaient, les cymbales se fracassaient. Des massues hérissées de pointes féroces s'abattaient sur les boucliers qu'elles ébréchaient. À intervalles décents, des hordes de femmes déboulaient sur le champ de bataille, alors rois et guerriers arrêtaient leurs travaux militaires : en armure tachée de sang et démantibulée, ils chantaient et dansaient avec leurs compagnes. Mais ces assauts musicaux paraissaient aussi terrifiants que les scènes de batailles, si bien que, très vite, Sohrab hurlait de terreur tandis que Darius sanglotait, tous deux refusant obstinément néanmoins de quitter l'écran des yeux. Dilnavaz dut les forcer à se cacher le visage dans ses genoux, où ils finirent par s'endormir.

Pendant que les années s'écoulaient au rythme du déroulement tonitruant des bobines de film, un troisième établissement, tout proche, continua à pratiquer son commerce. C'était la plus vieille maison du quartier. Un personnel réduit se tenait prêt toute la journée à fournir ses services, mais après six heures du soir les cages se remplissaient de femmes peintes aux saris drapés invraisemblablement bas au-dessus du ventre, en corsages plus étriqués que des bustiers, ou en robes de petites filles, tenant entre leurs doigts la cigarette de la luxure. Des tresses de jasmin odorant et de *chamayli* leur pendaient dans les cheveux, des bracelets tintaient à leurs poignets, et le doux froissement des bracelets de chevilles s'entendait dès qu'elles bougeaient. Senteurs d'huiles et de parfums achetés au Bhindi Bazar — extraits et essence de rose qui les enveloppaient en épais nuages érotiques — remplissaient l'air du soir et rassasiaient les sens des passants.

La Maison des Cages offrait une grande diversité de services, depuis le bref travail manuel sans fantaisie que même les plus pauvres des ouvriers journaliers pouvaient se payer jusqu'aux contorsions les plus élaborées d'un *Kama-Sutra* standard ou du *Jardin parfumé* : de quoi convenir à la tumescence et au portefeuille de n'importe quel client. Les habitants du cru exigeaient doux draps parfumés, chambres climatisées, boissons chaudes et froides, dancing-girls, alcools exotiques variés, nourriture digne d'un roi fabriquée dans la cuisine du bordel, et aphrodisiaques du genre du célèbre *paan palung-tode* — casseur de lit —. La Maison des Cages fournissait chacun de ces délices, à l'exception du dernier. Il fallait acheter son *paan* à l'échoppe, dehors.

Échoppe où officiait Peerbhoy Paanwalla, le vieil homme grisonnant aux lèvres perpétuellement rougies du fait, sans aucun doute, de goûter ses propres produits. Qu'il pleuve ou que le soleil brille, il ne portait rien d'autre qu'un *loongi*. Ses mamelles ridées de vieille femme pendaient au-dessus d'un ventre à la peau flasque équipé d'un splendide et toujours jeune nombril qui regardait infatigablement la rue, troisième œil qui jamais ne clignait et voyait tout. Assis jambes croisées sur sa boîte en bois, il ressemblait plus à un swami ou à un gourou qu'à un paanwalla, avec son grand front plissé de rides témoignant d'une sagesse ancienne et la courbe autoritaire de son long nez brahmane, qui dispensait des tranches de sagacité en discours direct ou entre deux feuilles de bétel.

Comme un artisan de l'antiquité, Peerbhoy tirait un grand orgueil de ses produits. Lesquels, outre le célèbre *paan* casseur-de-lit, comprenaient une grande variété : de quoi empêcher le sommeil, procurer le repos, susciter l'appétit, brider le désir, aider la digestion, faciliter les mouvements intestinaux, purifier les reins, supprimer les flatulences et transformer la mauvaise haleine en un souffle séduisant, combattre la mauvaise vue, rétablir une bonne ouïe, augmenter la lucidité, améliorer les moyens d'expression, diminuer la raideur des articulations, prolonger la longévité, réduire l'espérance de vie, adoucir le travail de l'accouchement, calmer la douleur de la mort — bref, il avait du *paan* pour toute saison. Les néophytes cependant, angoissés parce que c'était la première fois ou leur première visite au bordel, réclamaient avant tout le casseur-de-lit.

Quand ils s'attroupaient, attirés par le grand plateau de cuivre que Peerbhoy faisait résonner comme un gong, il apaisait leur anxiété en leur racontant des anecdotes aphrodisiaques. Le *palung-tode paan*, disait-il, en choisissant la feuille de bétel, en coupant la tige et en commençant à mélanger les noix de bétel hachées, le *chunam* et le tabac, le *palung-tode* avait une longue et honorable histoire, car il était répandu aussi bien chez les rajas hindous que chez les empereurs mogols. Dans ces temps anciens, quand approchait le jour de la procession annuelle où le raja devait marcher nu devant ses sujets et montrer un phallus en érection pour les convaincre qu'il avait toujours le droit de les diriger, c'est au *palung-tode* qu'il s'en remettait. Seuls quelques courtisans connaissaient le secret, et on les exécutait, à la fin de la cérémonie, afin de les empêcher de trahir.

Les empereurs mogols utilisaient le *palung-tode* dans un but moins politique : afin de pouvoir honorer leur harem. Encore que, dans ce cas-là aussi, la raison d'État intervenait, car leur popularité était intimement liée à leurs prouesses sexuelles, qui, pour leurs ennemis, constituaient un indicateur fiable de l'ascendant que les empereurs avaient sur les cœurs et les esprits de leurs sujets. On pouvait inévitablement s'attendre à des coups d'État et à des complots quand la rumeur filtrait du harem que l'empereur était en berne.

Tous ces faits, quel que soit leur degré de vérité ou de fausseté, disait Peerbhoy Paanwalla (tout en extrayant des herbes de jarres non étiquetées et en y ajoutant de mystérieuses poudres contenues dans des boîtes de conserve ébréchées), se passaient il y a bien longtemps, et appartenaient maintenant au domaine de l'histoire ou de la fable. Mais il n'y a guère, un homme disant s'appeler Shri Lokhundi Lund, Monsieur pénis d'acier, était arrivé et, brandissant son argent, avait commandé le *palung-tode* le plus cher et le plus pur, décidé à profiter malhonnêtement de la devise de la Maison : satisfaction garantie. Il paya (à l'époque, on payait d'avance) et fit son choix.

Pendant plus d'une heure l'élue s'acharna sur lui, le chevaucha sans pitié jusqu'à ce que, épuisée et honteuse, elle fût obligée de descendre et de s'excuser. Et lui ? Allongé sur son dos, arrogant, il exposait une érection aussi forte qu'au début de la chevauchée. Après une brève consultation dans le bureau du directeur, Lokhundi Lund fut prié d'en choisir une autre — aux frais de la Maison.

La seconde était plus jeune, et la rondeur ferme de ses cuisses et de ses fesses recelait la promesse de faire porter ses fruits au travail de sa collègue. Elle enfourcha le client et galopa pendant deux heures, deux heures d'affilée, tandis que lui riait de ses efforts. Deux heures, et puis elle s'effondra, ses sucs mousseux coulant d'abondance le long de ses cuisses épuisées. À quel genre de monstre avait-on affaire, se demandèrent les autres, que l'on pouvait chevaucher éternellement sans qu'il crie grâce ?

À présent, il y allait de la réputation de la Maison. Une troisième femme releva le défi, inexorable et musclée comme une Rani de Jhansi durcie au combat, qui dit une rapide prière avant de se lancer dans la bataille. Mais contre ce bélier, ce pilier de pierre, ce pourfendeur de pucelages, ses tours les plus charmeurs ne connurent que l'échec. Et l'on continua ainsi toute la nuit, jusqu'à ce que toutes les femmes de la Maison se soient empalées en vain, l'une après l'autre, sur cette lance indomptable. L'horloge sonna quatre heures du matin, et le directeur prépara un bon de remboursement pour Lokhundi Lund.

« Attendez, dit la première femme, qui réapparaissait après s'être reposée et avoir repris des forces, après avoir invoqué Yellamma, Protectrice des prostituées, Déesse de la luxure et de la passion. Écartez-vous », dit-elle à ses collègues, en enlevant ses vêtements. Alors, elle qui la première avait accueilli le monstre dans son paradis feuillu, dans son antre abrité, dans son aimable brèche à plaisir, elle reprit la place qui lui revenait de droit. Et qui dit qu'il n'y a ni poésie ni justice dans les bordels ? Car voilà qu'au moment même où le premier coq chantait dans les baraques des miséreux, elle qui avait commencé l'affaire la termina. Lokhundi Lund poussa un seul cri, puis retomba pantelant, enfin flétri.

Ce jour-là, la Maison des Cages resta fermée afin de se remettre de l'ouragan qui avait déferlé entre ses murs. Mais son honneur demeura sauf, car elle avait rempli son contrat, conclut Peerbhoy Paanwalla en tendant les verts triangles de *paan* et en récoltant l'argent. Les novices anxieux savaient que ce qu'ils mâchaient n'était pas le *palung-tode* d'origine, mais ils ne cherchaient pas à battre des records comme Lokhundi Lund. De plus, les histoires de Peerbhoy accomplissaient des merveilles, ces mêmes histoires pour lesquelles Gustad et ses camarades de classe faisaient l'école buissonnière, après quoi ils se plantaient, bouche bée, devant les femmes de la Maison des Cages.

Pour Gustad, les premiers souvenirs de l'endroit étaient liés aux visites chez le Dr Trésorier où le conduisait son père, afin de l'y faire vacciner contre la variole, le choléra, la diphtérie, la typhoïde et le tétanos. Cette dernière maladie surtout, étant donné le temps que passait Gustad dans l'atelier d'ébénisterie de son grand-père : un seul clou rouillé, disait papa, pouvait produire ce sourire sardonique de mâchoire bloquée et plonger toute la famille dans le chagrin. Pour atteindre le dispensaire, ils devaient passer devant le bordel, et la vision de ces femmes nonchalamment étendues étonnait beaucoup Gustad. Il demanda un jour pourquoi elles étaient à demi vêtues. À quoi papa répondit que, en réalité, il ne s'agissait pas de femmes mais d'hommes qui jouaient un jeu, comme ceux qu'on voyait dans les rues le vendredi, qui battaient des mains, dansaient et mendiaient. Mais Gustad savait que ce n'étaient pas des *hijdaas* qui occupaient la Maison des Cages ; il savait que papa mentait.

Puis le courant du temps déposa Gustad sur les rivages de l'adolescence, où n'importe quoi semble plus excitant que d'aller en classe. Lui et ses amis attendaient devant l'école des filles, ou regardaient jouer au cricket dans le *maidaan*, ou encore déambulaient, sans but, pendant des heures. Leur passe-temps favori, cependant, était de traînasser près de la Maison des Cages, à écouter Peerbhoy raconter les histoires de pouvoir et de gloire du *palungtode*. Un jour, ils décidèrent de se joindre à la queue des acheteurs de la concoction. Trouillards comme des étudiants avant un grand examen, leur crâne de gamins de quinze ans débordant d'émotions incontrôlables, ils firent de leur mieux pour paraître calmes et expérimentés. Quand arriva leur tour, Peerbhoy se rit de leurs prétentions, et leur prépara à la place un *paan* qui laverait leur crâne de ses impuretés et les aiderait à se concentrer sur leur travail.

Bien loin désormais de ces rivages d'adolescence, Gustad avait presque oublié les contes de Peerbhoy. Mais c'était toujours la nécessité d'une visite chez le Dr Trésorier qui le ramenait dans ce quartier et, peu à peu, maladie et plaisirs défendus se retrouvèrent étroitement liés dans son esprit. Du plus profond de lui-même, Gustad détestait cette mouvance de la pensée qui le faisait passer d'une chose à une autre, alors même qu'il conduisait son enfant malade au dispensaire.

Le dispensaire qui, donc, était le quatrième établissement du voisinage à avoir conservé sa fonction d'origine. Mis à part le malheureux épisode de la substitution de la plaque du Dr R.C. Lord, le Dr Trésorier avait résisté à tous les changements. Étant donné l'emplacement du dispensaire, malades et maladies se répartissaient en quatre groupes. D'abord, les victimes de blessures du travail dans les ateliers. Régulièrement, il voyait arriver des mécaniciens avec leurs doigts sectionnés enveloppés dans du papier journal, qui attendaient stoïquement leur tour comme à la poste, pour expédier un colis. Ou bien des réparateurs de radios électrocutés. Et périodiquement, des peintres de carrosseries de voitures venaient faire examiner et nettoyer leurs poumons encrassés de peinture et de térébenthine.

Le rechapeur de pneus, lui aussi, était un client régulier. Il avait la malchance de travailler exactement en face de la Maison des Cages. Et tandis qu'il serrait le pneu entre ses genoux tout en laissant l'outil coupant que tenaient ses doigts zigzaguer sur la circonférence, il lui arrivait de laisser ses yeux dériver en direction des femmes allongées jambes écartées de l'autre côté de la rue ; parfois il les fixait trop longtemps et l'outil dérapait.

Le second groupe de malades était un produit dérivé de l'industrie du cinéma. Quand la demande de billets excédait l'offre, les humeurs s'échauffaient rapidement, et il arrivait qu'une foule excédée se venge sur une ouvreuse ou une caissière, que l'on conduisait ensuite chez le médecin. Le trafiquant de billets occasionnel, s'il laissait la cupidité l'emporter sur ses instincts bien réglés, finissait lui aussi au dispensaire, et de la même façon. En général, cependant, c'étaient les acheteurs de billets qu'il fallait soigner, qui s'effondraient pendant les longues heures de queue sous l'effet conjugué du soleil et de la déshydratation.

La Maison des Cages fournissait la clientèle du troisième groupe. Les femmes venaient se faire examiner périodiquement, comme l'exigeaient les autorités municipales pour dispenser la licence professionnelle, et le Dr Trésorier ne s'y était jamais habitué. Elles arrivaient dans leur attirail de travail et plaisantaient avec lui : « Docteur, faut vérifier que toute la machinerie est en bon état », ou bien : « Nous on vous donne notre travail, mais vous nous donnez pas le vôtre », ce qui le plongeait dans un terrible embarras.

Les malades auxquels le Dr Trésorier tenait le plus appartenaient au quatrième groupe, constitué de familles comme les Noble. Il soupirait après les maladies infantiles, celles de la bourgeoisie, dont, étant donné les changements survenus dans le quartier, il voyait de moins en moins de représentants. Rougeoles, varicelles, bronchites, grippes, pneumonies, gastroentérites, dysenteries — voilà ce qu'il aimait soigner. Il aimait percer, sans douleur, les furoncles des enfants qui avaient mangé trop de mangues et voir ensuite leur sourire reconnaissant. Il voulait panser les doigts des petits garçons entaillés par la corde des cerfs-volants, ou par les *maanja*, aiguisés comme des rasoirs raidis par le verre pulvérisé et la colle, qu'ils utilisaient pour leurs combats de cerfs-volants, là-haut dans les nuages. Il rêvait de pouvoir réconforter les gamins qu'un chien avait griffés et que leurs parents avaient terrifiés en leur parlant de quatorze grosses injections à faire dans le ventre, alors qu'en général une seule piqûre de pénicilline suffisait si le chien était un animal de compagnie dûment vacciné.

Il savait que la ville regorgeait de ces misères qu'il aspirait à soigner. Mais, pour une raison quelconque, elles ne trouvaient pas le chemin de son dispensaire. Quand par hasard il s'en aventurait une, c'était comme la réponse à une prière de médecin.

Une cloison équipée d'une porte séparait la minuscule salle d'attente, bondée, du sanctuaire où officiait le Dr Trésorier. Enclavés dans la cloison, de grands panneaux de verre dépoli laissaient vaguement deviner ce qui se passait à l'intérieur.

Quand il ouvrit la porte pour faire entrer le client suivant, le Dr Trésorier aperçut Gustad et Roshan. Il aurait aimé pouvoir les recevoir avant tous les autres. C'était une de ses journées typiques, terne et monotone : frapper, tapoter, écouter, scruter, puis signer le bon de santé, afin que les femmes peintes puissent continuer leur travail. Parfois il se faisait l'effet d'un inspecteur de travaux publics — il ne manquait que le tampon en caoutchouc : BON POUR HABITAT HUMAIN. Il tendit son bulletin de santé à Hemabai, qui revenait vers lui, grande et toutes rotondités dehors, surnommée Hema l'Hydraulique par les mécaniciens du voisinage en raison d'un mouvement, unique et d'une fluidité de rêve, qu'elle avait perfectionné.

Le docteur appuya sur le timbre d'argent posé sur son bureau, et salua les Noble. Dans la demi-heure qui suivit, il se débarrassa de la demi-douzaine de personnes qui attendaient, puis il vint serrer la main de Gustad et pincer la joue de Roshan. « Content de vous voir après si longtemps. Ce qui est très bon du point de vue médical, mais moins bon du point de vue relations sociales. Vous voulez une boisson froide ? » Il s'approcha du petit Kelvinator, qui réfrigérait aussi bien des flacons de sérum et de composés instables, que des bouteilles de bière et de jus de framboise pour certains patients. « Ou bien est-ce que j'envoie le garçon chercher du thé ?

— Rien, rien, merci, dit Gustad. Je viens de prendre du thé. Et je ne crois pas que ce soit bon pour Roshan.

— Pourquoi, pourquoi ? Qu'est-ce qui ne va pas ? Tu as mangé des *brinjals* ? » Le Dr Trésorier avait l'habitude de parler par euphémisme des maladies et des choses médicales.

« Le ventre. Des dérangements depuis quelques jours.

— Combien de jours ? » Gustad savait que ce qu'il allait dire serait mal accueilli. Il s'éclaircit la gorge et plongea. Le docteur ne réussit pas à masquer totalement son exaspération. « *Tss-tss-tss*. Pourquoi avez-vous attendu si longtemps avant de venir ?

— D'habitude l'Entero-Vioform et la Sulfa-Guanidine marchent très bien », dit Gustad, l'air penaud. Mieux valait ne pas mentionner le *subjo*.

« Ce sont des médicaments — ça ne s'avale pas comme du *papee* doux ou du *chana-mumra*. Allez, Roshan, allonge-toi. Il faut que je chatouille un peu ton petit bedon. » Tout en l'auscultant au stéthoscope, il lui posa des questions sur l'école.

Elle parla de la loterie. « J'ai gagné une grande poupée, mais elle dort nue dans le placard pour le moment.

— Pourquoi nue ? » Elle raconta la volumineuse robe de mariée et décrivit les divers articles d'habillement. « Tu sais ce que je pense ? dit le docteur. Ta poupée est prête pour le mariage, donc nous devrions lui trouver un fiancé. Un gentil garçon parsi. Beau et le teint clair comme moi. » Elle rit, et il fit mine d'être vexé. « Comment ? Je ne suis pas jeune et beau ? » Il caressa les rares touffes blanches sur sa tête. « Regarde mes beaux cheveux noirs bouclés. Et mon visage. Si séduisant. Plus séduisant même que celui de ton papa. »

Roshan rit encore, mais le docteur finit par la convaincre qu'il était le meilleur parti pour sa poupée. Il lui demanda de se tourner sur le côté, face à la cloison, pendant qu'il préparait l'injection. « Maintenant, nous devons préparer le mariage. J'adore l'accordéon. Et Dolly ?

— Oui, gloussa Roshan.

— Très bien. Dans ces conditions, nous aurons l'orchestre de Goody Seervai. Et s'il n'est pas libre, nous demanderons celui de Nelly. » Sur le plateau stérilisé, il choisit une aiguille et se dirigea vers le Kelvinator. « En-

216

suite, il faut penser au traiteur. J'aime beaucoup la cuisine de Chosky. » Chosky Traiteur faisait l'approbation générale. Tout en vaporisant un peu d'éther sur l'endroit qu'il allait piquer, il énuméra les plats qu'il voulait, en commençant par un pickle carotte et mangue, des gaufrettes, du *murumbo*, et le ragoût de viande spécial mariage. Ensuite il y aurait des fourrés au poisson cuits à la vapeur dans du chutney vert, de succulentes cuisses de poulet frites à la façon *mughlai*, et du *pulao* de mouton.

« Aïe ! » dit Roshan. Le temps qu'il arrive au dessert, qui serait du *kulfi* à la pistache, il avait retiré l'aiguille.

« Voilà, dit-il. Fini. Maintenant, tu vas t'asseoir sur le canapé dehors pendant que je parle avec papa. »

Quand elle eut fermé la porte, Gustad demanda : « Ce n'est pas de la diarrhée ? C'est grave ?

— Non, ce n'est pas de la diarrhée. Mais il n'y a pas de quoi s'inquiéter. » Il se mit à rédiger une ordonnance. « Parfois, bien sûr, même un cas de diarrhée peut être inquiétant. Regardez le Pakistan oriental — un malade avec une maladie simple, mais très difficile à soigner. Un malade en situation critique, nécessitant des soins intensifs. Mais le monde entier s'en fiche. » Le Dr Trésorier professait qu'on pouvait venir à bout de tous les problèmes — politiques, économiques, religieux, querelles de ménage — en procédant avec méthode : observer les symptômes, établir le diagnostic, prescrire le traitement, présenter le pronostic. Mais il croyait aussi que, tout comme le corps humain souffre de maladies incurables, les pays, les familles, les dogmes étaient victimes de maladies à l'issue fatale.

« Le Pakistan oriental souffre d'une diarrhée de mort, poursuivit-il. La mort y coule sans contrôle, et le patient ne tardera pas à être déshydraté. » Le doux glissement du stylo sur le papier s'interrompit ; la plume griffa la feuille, produisant des lettres à demi formées. Il leva le stylo à la lumière, regarda le réservoir de plastique transparent. « De nouveau vide. » Il dévissa le capuchon, plongea le stylo dans la bouteille d'encre Parker et pressa la pompe. « Le Pakistan oriental a été attaqué par un puissant virus venu du Pakistan occidental, trop puissant pour le système immunitaire oriental. Et le plus grand médecin du monde ne fait rien. Pire, le Dr Amérique soutient le virus. Alors, que prescrire ? Les guérilleros Mukti Bahini ? » Il secoua la tête. « Ce n'est pas un médicament assez fort. Seule une injection intraveineuse de toute l'armée indienne vaincra ce virus. »

Il acheva de rédiger l'ordonnance et la tendit au préparateur dans son petit cagibi du fond. Gustad savait d'expérience que le Dr Trésorier avait la capacité, sans compter l'énergie, de manier la métaphore médicale indéfiniment. Il l'interrompit : « Va-t-elle guérir ?

— Absolument. Je suis là, non, si quelque chose ne va pas ? Je crois que c'est un virus intestinal. Gardez-la à la maison pendant quelques jours. Que du riz bouilli, de la soupe, du pain grillé, un peu de mouton bouilli. Et ramenez-la-moi la semaine prochaine. »

Le préparateur finit de préparer le remède. Il présenta la bouteille vert foncé en même temps que la note. Gustad y jeta un coup d'œil et haussa les sourcils. « Taxe réfugiés », s'excusa le préparateur.

Le calme du docteur et ses paroles rassurantes apaisèrent la peur de Gustad. Ils se dirigèrent, Roshan et lui, vers l'arrêt d'autobus, passant devant les rangées de boutiques : Centre du Vêtement Coupé à la Pièce, Maison Bhelpuri, Jack Tous Produits, Au Vêtement de l'Homme et du Vilain Garçon. Peerbhoy Paanwalla s'affairait devant la Maison des Cages. Les femmes se tenaient sur le pas de la porte ou s'appuyaient aux fenêtres, exhibant ce qu'elles pouvaient entre les barreaux. De la musique, à plein volume, venait de l'intérieur, la chanson populaire d'un film : *Mere sapno ki rani kab ayegi tu*, Ô reine de mes rêves, quand arriveras-tu... Elle se répandait jusqu'à l'arrêt d'autobus.

Quand ils approchèrent du portail du Khodadad Building, les effets de la présence salutaire du Dr Trésorier commencèrent à se déliter. Au mur de pierre noire, la puanteur n'avait fait que croître, les flaques d'urine se multipliant au fur et à mesure que la nuit tombait. Quand l'odeur atteignit Gustad, ce qui lui restait de tranquillité d'esprit s'effondra. L'odeur insidieuse qui envahissait ses narines ne laissait pas de place à l'optimisme.

Il commença à s'accuser d'être responsable de la maladie de Roshan, souhaitant n'avoir jamais entendu parler d'Entero-Vioform ou de Sulfa-Guanidine. Perdant son habituel contrôle de soi, il se mit à boiter bas et, quand ils atteignirent la porte de l'appartement, il chaloupait d'un côté à l'autre.

« Qu'a dit le docteur ? » demanda Dilnavaz.

Gustad ferma et ouvrit les yeux, et elle comprit ce que cela signifiait. « Tout va bien, le docteur Trésorier va épouser la poupée de Roshan.

— Oui, dit Roshan. Et c'est Chosky Traiteur qui fera le repas de mariage. » Gustad lui donna une dose de la mixture, après quoi elle alla se coucher, et il put raconter tranquillement à Dilnavaz ce qu'avait dit le docteur.

Elle garda le silence pendant quelques instants, les rides de son visage se déplaçant — signe précurseur de tempête. « Maintenant tu es satisfait ? éclata-t-elle. Maintenant tu vas l'admettre ? Je n'ai cessé de le répéter jusqu'à épuisement, jusqu'à me vider les poumons. Mais tu ne tiens pas plus compte de mes paroles que des aboiements d'un chien.

— Qu'est-ce que c'est que cette histoire débile-absurde ?

— Ni débile, ni absurde ! Je parle de l'eau, évidemment. Je l'ai dit et répété. Que nous devons faire bouillir l'eau, bouillir l'eau, bouillir l'eau. Mais impossible que ça pénètre dans ton crâne ! dit-elle, en tapant férocement sur le sien.

— C'est ça. Dis que c'est de ma faute. C'est tellement facile.

— Si ça n'est pas toi, alors qui ? Ton défunt oncle ? Non, non, le permanganate de potassium est suffisant, dis-tu, pas besoin de faire bouillir. Vous, les Noble, vous croyez tout savoir.

— Parfaitement ! Alors ne m'accuse pas seul ! Accuse aussi mon père, mon grand-père, mon arrière-grand-père. Tu n'es qu'une ingrate ! Pourquoi crois-tu que j'ai dit de ne pas faire bouillir ? Pour ton bien ! Tu es déjà tellement occupée le matin, à courir de la cuisine à la salle de bain, sans prendre même le temps de t'asseoir pour boire ton thé ! »

Ils élevaient la voix petit à petit, sans s'en apercevoir. Elle dit : « Il y a un remède à cette situation. Mais toi tu restes à lire ton journal pendant que je m'abîme les intérieurs à soulever les bassines et les baquets. Et les deux grands fils que tu as, comme des *lubbhai-laivraas*, ne m'ont pas aidée une seule fois.

— Correction : *tu* as deux fils. Moi je n'en ai qu'un. Et ta bouche, tu l'as perdue ? Pourquoi est-ce à moi de tout leur dire quand...

— Tout ? Qu'est-ce que tu leur dis ? C'est toujours moi qui crie pendant que gentil papa regarde tranquillement. Moi qui leur dis de finir leur assiette, de faire leurs devoirs, de débarrasser la table. Sans l'autorité d'un père, que peut-on attendre sinon la désobéissance ?

— Voilà ! Accuse-moi de ça aussi. C'est de ma faute si Sohrab ne va pas à l'IIT ! Ma faute si Darius perd son temps avec la gamine obèse du dogwalla imbécile ! Ma faute si Roshan est malade ! Tout ce qui va mal dans le monde est de ma faute !

— Ne nie pas ! Depuis le début, tu as pourri les garçons ! Pas une seule fois tu n'as dit non ! On n'a pas assez d'argent pour la nourriture, pour les uniformes scolaires, et *baap* achète des avions, des aquariums et des cages à oiseaux ! »

Ils ne remarquèrent Roshan, debout sur le pas de la porte, que lorsqu'elle se mit à pleurer. « Qu'y a-t-il, ma chérie ? dit Gustad, en l'attirant contre lui.

— Je n'aime pas quand vous vous battez, sanglota-t-elle.

— Personne ne se bat, protesta Dilnavaz. Nous ne faisions que parler. Parfois les adultes ont besoin de se dire ce genre de choses.

— Mais vous criiez et vous étiez en colère.

— D'accord, ma *bakulyoo*, dit Gustad. Tu as raison, nous criions. Mais nous ne sommes pas en colère. Regarde. » Il sourit. « Est-ce que j'ai l'air fâché ? »

Roshan ne fut pas convaincue, d'autant que sa mère restait assise, figée, à la table de la salle à manger, les bras bien croisés devant elle. « Va embrasser maman », dit-elle.

Il regarda Dilnavaz, toujours raide de colère. « Plus tard. Mais c'est toi que je vais embrasser maintenant. Tu es plus proche. » Il l'embrassa sur la joue.

Elle ne fut pas satisfaite. « Non, non, non. Je ne pourrai pas dormir tant que vous ne vous serez pas embrassés vous aussi. Maman viens ici. » Et comme Dilnavaz ne bougeait pas, elle alla la tirer par le bras, de toutes ses maigres forces. Dilnavaz céda. Le regard froid, elle effleura la joue de Gustad de ses lèvres.

« Pas comme ça ! » dit Roshan, qui, de frustration, frappa le bras du fauteuil. « Ce n'est pas un vrai baiser papa-maman. Faites ce que vous faites le matin, quand papa part travailler. » Dilnavaz posa ses lèvres sur celles de Gustad. « Les yeux fermés, les yeux fermés ! » hurla Roshan. « Faites-le comme il faut ! »

Ils obéirent, puis se séparèrent. « Ma petite arbitre du baiser », dit Gustad.

Roshan comprit intuitivement qu'il fallait plus que des lèvres pressées l'une contre l'autre et des yeux fermés pour évacuer aigreur et colère. Mais ne sachant pas quoi faire d'autre, elle alla se coucher.

Mr Rabadi rassembla les journaux déposés devant sa porte, mais ne pouvant tous les soulever, il demanda à Mrs Rabadi de l'aider. Elle voulait aller les vendre au *jaripuranawalla*, mais Mr Rabadi ne l'entendait pas de cette oreille. « Je vais lui montrer à ce salopard ! Fais ce que je te dis ! »

« Iciici ! Iciiciciici ! » Fossette courait autour des journaux, faisant tomber les tas que Mr Rabadi avait dressés.

Il la tira à l'intérieur de l'appartement, ordonna à Mrs Rabadi de sortir et ferma la porte. « Prends ! » ordonna-t-il, en lui indiquant une pile. Lui-même s'empara de l'autre.

Dans la cour, ils tombèrent sur l'inspecteur Bamji. « Bonjour, bonjour ! dit-il. Alors, on va vendre de vieux journaux ? Mais ça va être fermé maintenant. » Il consulta sa montre pour vérifier.

« Il va voir ! marmonna Mr Rabadi. Je sortais promener Fossette et j'ai trébuché sur eux ! Un peu plus, je dégringolais dans les escaliers et je me cassais le cou ! Devant ma porte, il les a jetés !

— Qui ? demanda Bamji.

— Ce... ce salopard ! balbutia-t-il. Noble que de nom !

— Gustad ?

— Essayer de me tuer, dresser un piège comme ça juste devant ma porte ! Pour qui il se prend ? » Il lâcha les journaux à côté des buissons. Mrs Rabadi l'interrogea du regard, sa pile bien serrée contre elle, sur quoi il lui saisit les mains et les força à s'écarter. De sa poche, il sortit une boîte d'allumettes.

« Vous êtes sûr ? » dit l'inspecteur Bamji.

Mr Rabadi frotta une allumette et la lança. « D'abord son fils vole mes journaux ! » Le feu prit. « S'il croit qu'il lui suffit de les jeter devant ma porte et qu'après tout sera oublié, il se trompe ! » En quelques secondes tout le tas s'embrasa, alimentant encore un peu plus la fureur de Mr Rabadi. Son visage devint orange brique. « Les journaux, je m'en fiche ! Moi je parle de comportement, d'excuses ! C'est de principes qu'il s'agit ! Qu'il apprenne une fois pour toutes à qui il a affaire ! »

L'inspecteur Bamji ne trouva rien à répondre. Tehmul vint observer les flammes. « Chaudchaudchaud. » Il se rapprocha encore, et l'inspecteur Bamji le tira en arrière. « Attention, Œuf brouillé, ou ta figure va frire. »

Soudain on entendit hurler : « Au feu ! au feu ! *Aag laagi ! Aag laagi !* Appelez le *boombawalla* ! » Penché à sa fenêtre, la guirlande de *subjo* autour du cou, Cavasji donnait l'alerte. Mr et Mrs Rabadi s'évaporèrent en direction de leur appartement. Cavasji reporta son attention sur le ciel. « Encore une fois, Vous l'avez fait ! Vous n'infligez de souffrances qu'aux pauvres ! La puanteur, le bruit, l'inondation — maintenant le feu ! Avez-Vous jamais incendié les maisons des riches *sethiyas* ? L'avez-Vous jamais fait ? »

Gustad entendit les cris et simultanément vit la lueur orange. Quand il sortit, il ne trouva plus que Tehmul. « GustadGustad. Chaudchaudchaud. »

Le feu était en train de s'éteindre. Près des buissons, il ne restait plus que des bouts calcinés de journaux, que bientôt le vent poussa à travers la cour, et que Tehmul tenta d'attraper. Gustad rentra chez lui, tout heureux de ce que l'imbécile de dogwalla eût été poussé à de telles extrémités.

Mais, comprit très vite Gustad, la provocation en avait touché d'autres : les moustiques, excités comme jamais auparavant, rendus fous par la fumée. Ils s'abattaient en nuages de furies aveugles, décidés à se venger — se jetant eux-mêmes contre les murs, se cognant contre l'ampoule électrique chaude, ricochant, atterrissant dans ses cheveux, lui piquant le visage.

Gustad courut allumer toutes les lampes de la maison et cria à Dilnavaz d'aller chercher le maximum de grands récipients possible. Mais quand il ouvrit le robinet du réservoir, rien ne vint. Il monta sur un tabouret, regarda à l'intérieur : le réservoir était vide, il y avait une fuite à l'endroit où était soudé le déversoir. Et le peu d'eau qui restait dans l'un des bidons suffirait à peine à tenir jusqu'au lendemain matin. Plus question de pièges à moustiques.

On allait donc en revenir aux claques et aux tapes, au bon vieil Odomos.

12

Gustad apporta les nouveaux médicaments au chevet du lit-paravent. Le Dr Trésorier avait changé quatre fois les prescriptions de Roshan au cours des derniers quinze jours, et ordonné examens de sang, examens de selles, radiographies. La semaine précédente, Gustad avait vendu son appareil photo pour pouvoir payer la note.

Quand Roshan se redressa pour avaler ses pilules, il eut envie de la prendre dans ses bras et de l'y garder pour toujours. Il se contenta de lui caresser le front et de lui frotter doucement le dos. Mais elle savait déjà que son papa, si fort et aux épaules si larges (avec ses gros biceps qu'il pouvait faire bouger comme s'ils étaient des créatures vivantes), avait peur, qu'il se sentait impuissant devant sa maladie. Parfois, quand il venait la voir le matin, elle croyait qu'il allait se mettre à pleurer, et les larmes lui montaient aux yeux. Alors elle se forçait à penser à des choses agréables, par exemple les visites d'oncle major le samedi, quand il venait manger le délicieux *dhansak* de maman, et que papa, lui, Sohrab et Darius s'amusaient à poser leurs coudes sur la table et à essayer de faire céder chacun le bras de l'autre. Leurs muscles se gonflaient tant qu'on pouvait croire qu'ils allaient exploser. Ils étaient si drôles à regarder, transpirant, luttant et riant tous ensemble. Oncle major était fort lui aussi, et même plus grand que papa, mais c'était papa qui gagnait généralement.

« Est-ce que la piqûre te fait toujours mal, mon petit *bakulyoo* ? dit Gustad.

— Un peu. »

Il prit, dans le buffet, le tube de pommade Hirudoid. « Avec ça, l'enflure va disparaître. » Il en frotta un peu sur l'endroit de la piqûre. « Et maintenant, qu'est-ce qui te ferait plaisir ? Veux-tu qu'on sorte ta grande poupée italienne de l'armoire ?

— Oh oui.

— Quand je rentrerai ce soir, nous sortirons tous ses vêtements de la valise et nous l'habillerons. Ensuite elle pourra s'asseoir sur le canapé. Ou dormir à côté de toi. D'accord ?

— Oui. Mais ne sois pas en retard, papa.

— Non. Je te le promets. Maintenant, dors. Il te faut beaucoup de repos. Allez, ferme les yeux. Veux-tu que je te chante une chanson comme à un petit bébé ? » Sur le ton de *Ta ra ra boom dee-ay*, il commença la chanson que, toute petite, elle aimait entendre :

> *Roshan est une gentille petite fille,*
> *Une très, très gentille petite fille,*
> *Voyez comme elle va bien s'endormir...*

« Non, non, pas ça, protesta-t-elle. Chante ma mienne. » Il chanta donc un couplet de la *Sérénade de la mule*, puis l'embrassa et lui dit au revoir.

« Bonnenuit-Dieutebénisse, dit-elle.

— Mais ce n'est pas la nuit.

— Je dors tout le temps. Pour moi, c'est toujours la nuit. »

Il alla dans la cuisine prendre la trente-neuvième liasse. Nous serons bientôt à la moitié, se dit-il. Le ciel se couvrit pendant le trajet en autobus, et la pluie commençait à tomber quand il atteignit Flora Fountain. Les derniers soubresauts d'une fin de saison. La mousson broyait du noir. Il s'interrogea : pinces à vélo ou non ? La sirène d'alerte hurle encore — j'ai le temps. Je déteste passer toute la journée avec les jambes de mon pantalon collées au mollet. Il chercha les pinces dans sa serviette, posa le pied sur le montant de l'abribus, enroula étroitement le revers du pantalon autour du tibia, ferma la pince : d'abord une jambe, puis l'autre.

De l'arrêt d'autobus on voyait la coupole de l'immeuble abritant la banque : si blanc contre le ciel gris, lavé par la pluie, jour après jour. Arrivé sous le portique de la banque, il enleva ses pinces. Une rigole d'eau s'écoula de son parapluie quand il le posa contre un pilier. Il pinça chaque jambe de pantalon au genou et au revers pour reformer le pli, secoua son parapluie. Quelqu'un lui toucha le coude.

« Bonjour, Mr Noble », dit Laurie Coutino, d'une voix légèrement chantante. Celle avec laquelle les petites filles accueillent et saluent leur maîtresse à l'école du couvent. Roshan avait la même.

« Bonjour, Miss Coutino.

— Mr Noble, pourrais-je vous parler à un moment quelconque de la journée ? »

Il nota avec approbation la tournure élégante de sa phrase, mais la requête le surprit. « Bien sûr. À onze heures, quand j'aurai fini de vérifier les livres ? »

Elle secoua la tête. « Je préférerais en privé. »

La surprise de Gustad augmenta. « Encore dix minutes avant dix heures, dit-il en consultant sa montre. Nous pouvons parler maintenant. Ou à l'heure du déjeuner.

— À l'heure du déjeuner, oui.

— Alors je vous retrouverai à une heure, à la cantine.

— Non, pas à la cantine, s'il vous plaît. Peut-être quelque part dehors. »

Elle se rapprocha, parlant doucement, dégageant une bouffée d'agréable parfum. Qu'est-ce qu'elle a en tête ? « Retrouvez-moi ici à une heure.

— Merci infiniment, Mr Noble », murmura-t-elle, et elle s'éclipsa. Il la suivit d'un regard approbateur, intrigué mais flatté, et pénétra lui aussi à l'intérieur de la banque.

Comme il n'était pas encore dix heures, les cages des caissiers demeuraient vides. Quelques clients attendaient déjà, dont les yeux allaient successivement de l'horloge au comptoir, aux employés inoccupés, comme si ce mouvement, à force de répétition, allait hâter la conjonction des trois. Derrière les comptoirs, conscients des clients impatients mais encore plus du temps qui leur appartenait encore, des employés lisaient le journal, d'autres paressaient les pieds sur le bureau ou sur un classeur. Dinshawji discourait avec vivacité devant un auditoire insatiable.

« ... et alors, le deuxième type a dit : "Changer les vitesses ? C'est rien du tout, *yaar*." » Il s'interrompit en voyant arriver Gustad. « Viens vite ! Elle est très bonne, celle-là. »

Gustad connaissait déjà l'histoire, mais il l'écouta patiemment. « Le premier type dit : "*Yaar*, depuis que ma femme a commencé d'apprendre à conduire, t'imagines pas toutes les choses nouvelles-nouvelles qu'elle fait en dormant. Elle attrape mon *lorri* et dit : 'Première, seconde, marche arrière' — et elle le tord dans un sens, dans un autre." Alors le second type dit : "Changer les vitesses ? C'est rien du tout. Ma femme, au milieu de la nuit, elle attrape mon *lorri,* le met dedans, et dit : 'Vingt litres d'essence, s'il vous plaît.'" »

Des hurlements de rire s'élevèrent derrière le comptoir. Les hommes donnèrent de grandes claques dans le dos de Dinshawji. « Une autre, une autre », dit quelqu'un, mais les coups lents et solennels de l'horloge les dispersèrent.

Gustad ouvrit sa serviette et, prudemment, tendit la liasse de billets. « Je ne déjeunerai pas avec toi, Dinshu. J'ai quelque chose à faire dehors. » Il ferma et rouvrit lentement les yeux. Dinshawji comprit : explications impossibles, à cause des autres. Il en conclut que ça concernait la mission secrète, comme il aimait l'appeler.

À onze heures, Gustad quitta son bureau pour aller boire une tasse de thé, mais en cours de route, il changea de direction et passa devant la table de Laurie Coutino. Il ne savait pas très bien pourquoi il faisait cela, mais après ce qu'elle lui avait dit le matin, il voulait la revoir. Leurs yeux se croisèrent, et elle sourit. Gustad sentit son cœur s'accélérer et il se jugea stupide. Comme un collégien.

Il l'attendit sous le portique. Pas de danger qu'on nous observe, tout le monde est en train de déjeuner. La voilà.

« Merci d'être venu, Mr Noble.

— Tout le plaisir est pour moi, Miss Coutino. Où voudriez-vous aller ?

— Je vous en prie, appelez-moi Laurie. » Il acquiesça en souriant. « N'importe où, Mr Noble, du moment que c'est en privé. Je ne veux pas que les gens nous voient ensemble et se fassent des idées.

— Vous avez raison. Il y a un restaurant agréable au coin de la rue.

— Je l'ai vu de l'extérieur, dit Laurie.

— Ils ont des cabinets particuliers, nous y serons peut-être bien pour parler. »

Ils s'y rendirent, d'un pas précautionneux. La pluie avait laissé de grandes flaques profondes.

« Mr Noble, avez-vous fait l'armée ?

— Non. Pourquoi ?

— Je vous ai vu boiter. Je me demandais si c'était à cause de ça. Votre façon de marcher, vos épaules, vos moustaches, vous ressemblez à un militaire. »

Flatté, il chassa d'un rire modeste, comme l'aurait fait un militaire, ce qu'il prit pour un compliment. « Non. Je n'ai pas reçu cette blessure au service de mon pays. Mais au service de ma famille. »

Intriguée encore plus, elle demanda des précisions. « Il y a neuf ans, dit-il, pour sauver la vie de mon fils aîné, j'ai sauté d'un bus en marche juste devant une voiture. » Il lui raconta tout, la matinée pluvieuse, le contrôleur du bus, la chute de Sohrab, la visite chez Madhiwalla le Rebouteux.

« Est-ce que ce rebouteux exerce toujours ? demanda-t-elle.

— Oh, oui ! mais il est très vieux maintenant, il ne va plus au dispensaire aussi souvent qu'auparavant.

— Je vais tâcher de me rappeler son nom au cas où je me casserais un os.

— Vous devez faire très attention, dit-il, et il ajouta,

audacieusement : Vos os sont trop beaux pour être cassés. »

Elle rougit et sourit. « Merci, Mr Noble. » L'intonation du couvent reparut dans sa voix. Ils traversèrent le grand rond-point puis marchèrent en silence. Gustad se rappelait la dernière fois qu'il était allé à ce restaurant. Il y a juste trois mois. Avec Dinshawji. Mais ça paraît des siècles. Les pièges du temps. Et l'accident de Ghulam Mohammed. Si seulement le salaud avait pu mourir. Ces têtes si nettement tranchées... Comme par le couteau d'un *goaswalla*. Et Tehmul essayant de ramasser le chat. Et cette saloperie de lettre de Jimmy.

Le restaurant était archiplein au rez-de-chaussée. Les serveurs couraient en tous sens, répandant odeurs et bruits. Samosas frits, thé trop bouilli, *rugdaa* épicé. Bruits d'assiettes et de verres flanqués sans ménagement devant les clients. Commandes hurlées en direction de la cuisine. Et hurlements provenant de la cuisine. « Trois thés, *paani-kum*, un *paneer mattar ! Idli dosa, sambhar, lassi* ! » Et au-dessus de la tête du caissier, à côté de l'écriteau disant : ASSIETTE DE RIZ TOUJOURS DISPONIBLE, pendaient deux nouveaux écriteaux, également rédigés à la main. Sur l'un on lisait : ON NE SE COIFFE PAS DANS LE RESTAURANT. L'autre, plus ferme, intimait : INTERDIT DE DISCUTER DE DIEU ET DE POLITIQUE.

En haut, les cabinets particuliers étaient vides. Un escalier raide comme une échelle menait à la mezzanine. Il suivit Laurie, dont les fesses ondulaient à la hauteur de ses yeux. Il faudrait que Dinshawji voie ça. Un cul à portée de dents. Sandwich à l'omelette, et le cul de Laurie pour dessert.

L'escalier menait à un très petit palier sur lequel donnaient six portes. Gustad ouvrit la plus proche. Un autre panneau les accueillit : VEUILLEZ SONNER POUR LE SERVEUR SOUS LA TABLE. « Allons bon, pourquoi mettent-ils le serveur sous la table ? dit Gustad.

— Vous avez le sens de l'humour, comme votre ami Mr Dinshawji », dit-elle en riant, appréciative. C'était la première fois qu'il entendait son rire. Commençant par un ébrouement pour se terminer en braiment. Une si jolie fille, mais le rire le plus laid qu'il eût jamais entendu.

La pièce contenait quatre chaises en bois et une table de bois recouverte d'un plateau de verre, le tout identique à ce qu'il y avait en bas. Le menu était placé sous le verre sale. Les extra, c'était, pour un supplément minimum de cinq roupies, l'intimité, l'air conditionné et un canapé défoncé, plein de taches. La pièce dévoilait sans fard le but sordide auquel elle était destinée. Gustad vit les yeux de Laurie examiner le canapé. « Je suis désolé. Je n'étais jamais venu ici. En haut, je veux dire. Je ne savais pas que c'était comme ça.

— Ça n'a pas d'importance. Du moins nous pouvons parler tranquillement.

— Oui. Nous ferions mieux de commander quelque chose. Après vous pourrez me raconter votre problème.

— Ce n'est pas vraiment un... oui, c'est un problème. »

Leurs têtes se rapprochèrent pour parcourir le menu. Faisant semblant de lire, il l'observa du coin de l'œil. Dinshu avait raison, c'était une fille très séduisante. Et cette lèvre supérieure, à la courbe exquise, un petit semblant de moue qui n'était pas pour rien dans son charme provocant.

« Choisi ? demanda-t-il. Bon, maintenant où est la sonnette pour le serveur ? » Il tâtonna sous la table. Elle en fit autant, et leurs mains se rencontrèrent. Il retira la sienne brusquement, comme sous l'effet d'une secousse électrique. « Excusez-moi, dit-il gauchement.

— Il n'y a pas de quoi », fit-elle en souriant. Et elle appuya sur la sonnette placée sur le pied opposé de la table. Quelques instants plus tard, le garçon frappa discrètement à la porte, pour ne pas mettre en danger son pourboire. L'expérience lui avait appris qu'il pouvait se produire n'importe quoi dans ces pièces entre le coup de sonnette et son arrivée.

« Oui, oui, entrez », dit Gustad, sèchement, afin de montrer à Laurie qu'il n'appréciait pas du tout les suppositions du garçon. Ils se tenaient bien droits, les bras croisés.

Le serveur prit la commande, subodorant un manque de passion. Pas la moindre concupiscence. Les hommes malheureux donnent de petits pourboires. Peut-être fallait-il les rassurer. « Avec votre permission, monsieur, dans exactement cinq minutes avec la nourriture je serai de retour. Je frapperai, et après ça vous aurez complète intimité. »

« Esprit à pensée unique, dit Gustad, quand la porte se referma.

— Ce n'est pas de sa faute, dit Laurie. C'est une pièce à usage unique. »

Voilà une remarque bien audacieuse, pensa-t-il. « Maintenant, dites-moi pourquoi vous vouliez me voir.

— Oui. » Elle se lissa les cheveux, rajusta son col.

« C'est difficile d'en parler, mais je crois qu'il vaut mieux le dire à vous qu'au directeur.

— Mr Madon ? De quoi s'agit-il ? »

Elle respira à fond. « De votre ami, Mr Dinshawji. »

Oh, non ! pensa Gustad.

« Vous savez comme il est tout le temps, à jouer les imbéciles.

— Bien sûr. Il fait ça avec tout le monde.

— Je sais. C'est pourquoi ça m'était égal. Qu'il plaisante, qu'il danse, qu'il chante, pas de problème. » Elle étudia ses ongles. « Je ne sais pas si vous êtes au courant, mais un jour il a commencé à me dire qu'il voulait que je rencontre son *lorri*. » Elle se mordit la lèvre inférieure. « "Vous pourrez jouer avec mon petit *lorri*", disait-il. "Vous vous amuserez tellement tous les deux." » Maintenant elle le regardait droit dans les yeux. « Au début, je croyais qu'il parlait de sa fille, de sa nièce ou de quelque chose comme ça, alors je souriais et je disais : "Sûr, j'adorerais." »

Gustad rougit. Il devenait difficile de soutenir son regard. Mais il ne dit rien, la laissa continuer.

« Et puis, récemment, j'ai découvert ce que ça signifie. Pouvez-vous imaginer ce que j'ai ressenti ? »

Gustad cherchait désespérément ses mots. Embarrassé, furieux contre Dinshawji, craignant l'intervention de Madon, il ne put que dire : « Je suis désolé. J'ai vraiment essayé de l'arrêter.

— Vous imaginez ce que j'éprouve quand je pense à tous ces hommes qui rient chaque fois qu'il dit ça ? C'est trop difficile de venir travailler, je vais démissionner et dire pourquoi à Mr Madon. » Sa voix, jusque-là égale et maîtrisée, se chargea d'émotion. « Quand quelqu'un prononce mon nom maintenant, peu importe qui, je me sens mal. Ça me rappelle l'autre signification. Mr Dinshawji a sali mon nom à mes propres yeux. » Elle se tamponna les yeux de son mouchoir.

Voilà, Dinshu a réussi. Elle est vraiment hors d'elle. Et si ça arrive aux oreilles de Mr Madon... Castré, le Casanova de Flora Fountain. Il se pencha vers elle : « Voyons, ne dites pas ça. Laurie est un très beau nom. Et ce n'est pas un vulgaire mot d'argot qui y changera quoi que ce soit.

— Vous comprenez, je ne lui en veux pas de ses plaisanteries et de ses cabrioles. Je trouvais ça si attendrissant. Un adorable vieux monsieur essayant de m'impressionner. Les choses qu'il me racontait. Qu'il travaille pour les services secrets, qu'on lui a confié dix lakh de roupies, pour équiper les guérilleros du Mukti Bahini. Vous imaginez ça ? Mr Dinshawji dans les services secrets ? » Elle eut un petit rire.

« Ha, Ha, Ha ! Dans les services secrets ? C'est trop beau ! » dit Gustad, refrénant son envie de taper du poing sur la table et de hurler, ou de faire hurler de douleur Dinshawji. L'imbécile sans cervelle... ! Après tout ce que je lui ai dit sur la nécessité de... Quel débile, quel...

« N'est-ce pas que c'est drôle ? dit Laurie.

— Ha, Ha, Ha ! Je ne crois pas que les services secrets voudraient de lui, même pour nettoyer leurs toilettes.

— Quoi qu'il en soit, j'ai été si bouleversée par cette sale plaisanterie que j'ai voulu aller en parler à Mr Madon. Puis j'ai pensé que Mr Dinshawji aurait de sérieux ennuis, et je ne voulais pas ça. Est-ce qu'il est proche de la retraite ?

— Très. Dans deux ans. Il est aussi très malade, même s'il n'en laisse rien paraître.

— Je ne savais pas. » Elle se tut, tripotant une minuscule estafilade sur sa main gauche. « J'ai décidé de vous raconter ça parce que vous êtes son meilleur ami. Mais si vous avez déjà essayé de l'arrêter...

— Je le convaincrai. Faites-moi confiance. » Mais pour le moment, c'est elle que je dois convaincre, sinon lui et moi nous serons dans la merde. « Ce soir, après le travail. Je vous assure qu'il ne vous embêtera plus.

— Merci Mr Noble. Je savais que ça m'aiderait de vous parler. »

Attendez seulement que je le voie. L'imbécile. Avec toutes ses débilités absurdes. Le foutu imbécile.

Le *dubbawalla* était reparti avec les boîtes-repas. Afin de prévenir Dilnavaz qu'il serait en retard, Gustad téléphona à Miss Kutpitia. La communication était mauvaise. « Allô, allô, Miss Kutpitia ! C'est Gustad Noble ! » Personne ne prêta attention à ses hurlements. À la roulette des échanges téléphoniques, on avait plus de chances d'obtenir une mauvaise communication que d'en obtenir une bonne. Il raccrocha, puis se rappela sa promesse à Roshan de rhabiller sa poupée. Je vais être en retard, et elle croira que j'ai oublié. Ce qui est le cas. Il éprouva un soudain et violent mal de tête, comme si quelque chose essayait de lui percer le crâne. Et il comprit ce que voulait dire Mrs Pastakia quand elle décrivait sa migraine à qui voulait l'entendre : l'impression qu'on vous tisonne à l'intérieur avec des aiguilles à tricoter.

Il retourna à son bureau, en se massant le front. Ça devenait trop dur à supporter : la maladie de Roshan, les sorties de Dilnavaz sur le permanganate de potassium, la perfidie de Jimmy, la stupidité de Dinshawji, les plaintes de Laurie, la trahison de Sohrab, soucis, chagrins et déceptions s'entassant autour de lui, l'emmurant, mena-çant de l'écraser. Il se massa la nuque et ferma les yeux.

Quand il les rouvrit, en les frottant comme un enfant endormi et fatigué, Dinshawji se tenait appuyé contre le bureau. Le poing dont il avait voulu frapper la table du restaurant, il l'assena sur son bureau. Bang ! Et Dinshawji fit un grand bond en arrière. « Du calme, mon garçon, du calme ! » Ce mouvement brusque le fit grimacer de douleur. Il se tint les côtes.

Gustad posa les coudes sur son bureau, et la tête dans ses mains. Du moins avait-il évité de faire éclater un vaisseau sanguin, songea-t-il. Il parla tout doucement, forçant Dinshawji à se rapprocher de nouveau pour entendre. « À cause de toi, imbécile stupide, le sang a commencé à bouillir dans mon cerveau.

— Comment peux-tu me parler comme ça, *yaar* ? » Dinshawji était profondément blessé. « Qu'est-ce qui ne va pas ? Dis-moi d'abord quel est mon crime.

— Je vais te le dire, je te promets que je vais te le dire. Retrouve-moi sous le portique à six heures. » Il fit tourner sa chaise et se massa de nouveau le front. Dinshawji attendit quelques instants, perdu, puis s'éloigna.

Le restant de la journée, Gustad fut incapable de travailler. Les soucis, chagrins et déceptions, qu'il venait de passer en revue, le tourmentaient de plus belle. Quand il pensa à Roshan, son cœur se figea : pendant une seconde il imagina le pire et, mentalement, fit le geste de Dilnavaz, l'*owaaryoo*, qu'il avait si souvent tourné en ridicule. Comment peut-elle m'accuser ? Le permanganate de potassium a si bien marché toutes ces années. Jimmy disait qu'on l'utilise toujours dans l'armée. Salaud de Jimmy. Jadis comme mon frère... et maintenant ? Ces histoires bibliques que Malcolm me racontait, quand nous allions au Crawford Market. Celle de Caïn et Abel... Des contes de fées, me disais-je alors. Mais avec le recul des années, elles paraissent si vraies. Rien que le cas de mon père. Son ivrogne et joueur de frère qui l'a détruit aussi sûrement que s'il lui avait écrasé le crâne. Ensuite Jimmy, autre Caïn. Il a tué l'amour, la confiance, le respect, tout.

Et cette autre histoire à propos d'Absalon, le fils de David. Actuellement, Sohrab devrait être en train d'achever son premier trimestre à l'IIT, si seulement...

Que restait-il du but pour lequel il avait lutté, travaillé pendant toutes ces années — ce but que son propre fils avait réduit en miettes, et dont il avait jeté les débris dans le seau à ordures, comme il l'avait fait pour ses formulaires d'inscription ? Tout ce que je voulais, c'était lui donner la chance de faire une bonne carrière. La chance m'a échappé. Et maintenant que reste-t-il ? Que reste-t-il dans ma vie ? Dis-moi, Dada Ormuzd, quoi ?

Et il continua ainsi toute l'après-midi : passant de Sohrab à Roshan, puis revenant à Jimmy, Dilnavaz, Laurie, Dinshawji. Cercles, demi-tours, nouveaux cercles, jusqu'à en être étourdi, épuisé d'anxiété, prêt à s'effondrer de désespoir.

Mais à six heures du soir, la colère le sauva. Voyant Dinshawji sous le portique, toute sa fureur le reprit. La puanteur qui s'échappait de la bouche de Dinshawji était insupportable. Tant mieux, s'il s'est rongé les sangs. Maintenant il va retrouver son bon sens.

Dinshawji lui fit un petit sourire. « Ton sourire va déserter le terrain, dit Gustad, quand tu auras entendu ce que j'ai à te dire.

— Tu n'arrêtes pas de crier après moi. Tout l'après-midi tu t'es noyé dans la colère. Dis-moi quel est l'aiguillon qui t'a piqué le cœur ?

— Je veux que tu boives ta tasse de thé d'abord. C'est peut-être la dernière chose que tu boiras jamais. »

Dinshawji rit, une pâle copie de son incorrigible rire habituel. « Quel suspense, *yaar*. Tu as pris des cours avec Alfred Hitchcock, ou quoi ? »

Ils marchèrent jusqu'au grand carrefour, traversèrent le flot de voitures et d'humains. Comme un fleuve qui eût inversé sa direction, le courant se précipitait vers le nord — une humanité fatiguée quittant banques, compagnies d'assurances, magasins de chaussures et de tissus, services de comptabilité, de publicité, maisons de confection — vers le nord, par autobus bondés, trains surchargés, vélos brinquebalants, ou sur ses pieds douloureux — vers le nord en direction des banlieues et des bidonvilles, de maisons, de taudis, d'appartements, de baraques en tôle ondulée, de coins de rues et de trottoirs, de huttes en carton — vers le nord jusqu'à ce que le courant disparaisse dans la nuit, ses eaux étales mais pas paisibles, essayant de récupérer suffisamment de forces pour regonfler la marée du matin vers le sud, cycle éternellement recommencé.

Ils attendirent qu'on leur serve le thé. « Sais-tu pourquoi je ne suis pas allé déjeuner à la cantine ? demanda Gustad.

— Dis-le-moi et je le saurai.

— Parce que Laurie Coutino voulait me parler en privé. Alors nous sommes venus ici. En haut, dans un cabinet particulier.

— Allons, allons, vraiment ? » Dinshawji grimaça un sourire. « Bougre de veinard.

— Non, c'est toi le bougre de veinard. Parce qu'elle ne m'a parlé que de toi.

— Tu plaisantes ? »

Gustad ne mâcha pas ses mots, les voulant aussi mortels que le couteau du *goaswalla*. Le visage déjà pâle de Dinshawji perdit ses dernières traces de couleur ; sa bouche s'ouvrit, l'haleine fétide ondoya à travers la table. « Mais il y a plus », dit Gustad, sans pitié. L'air absent, Dinshawji contempla ses mains posées sur ses genoux, trop honteux pour oser lever les yeux, trop sonné pour parler. « Heureusement, Laurie ne croit pas à tes histoires de services secrets, de dix lakh de roupies et de guérilla. Elle a ri en me les racontant. Mais si ça vient aux oreilles de Madon ? Et qu'il ait des soupçons sur nos opérations de dépôt ? Qu'est-ce qu'on deviendra alors, espèce d'imbécile ?

— Tu as parfaitement raison, Gustad, dit Dinshawji d'une voix faible. Je ne suis qu'un foutu débile. Qu'allons-nous faire ?

— C'est à toi de voir. Si tu arrêtes d'ennuyer Laurie, elle n'ira pas trouver Madon. Elle me l'a dit.

— Bien sûr que je vais arrêter. Je ferai tout ce que tu voudras. Mais...

— Mais quoi ? »

Dinshawji avala une gorgée de thé, manqua s'étrangler, fut pris d'une crise de toux. « Si j'arrête brusquement de faire l'imbécile avec elle, tout le monde se demandera ce qui se passe, tu ne crois pas ? Ils commenceront à fourrer leur nez partout, et s'ils te voient me donner un paquet chaque jour, ça n'arrangera rien.

— J'y ai pensé. J'ai un plan. Il faut que tu arrêtes tes plaisanteries et tes taquineries, avec tout le monde. Parallèlement, je leur raconterai que le pauvre Dinshawji ne va pas bien, qu'il se sent à nouveau déprimé.

— Je préférerais me sentir sous la jupe de Laurie. » L'humour était assez minable, mais il est difficile de rompre brusquement avec une longue habitude.

« Suffit ! gronda Gustad.

— Pardon, pardon *yaar*. Je ne le ferai plus, sauf avec toi.

— Bon. Donc je répands la nouvelle à partir de demain. Tu y arriveras ?

— Bien sûr. Crois-moi, c'est plus difficile de se montrer jovial en permanence que de demeurer tranquille et souffrant dans son coin. » Des paroles qui traduisaient une cruelle vérité. Ils finirent leur thé en silence et s'en allèrent.

Dès le lendemain matin, le comportement de Dinshawji changea du tout au tout. À la vue de ce personnage, soudain fragile et épuisé, qui ne vous accueillait que d'un bonjour tranquille, chacun sentit fondre son cœur. Sur le coup, Gustad fut surpris de l'authenticité de l'image que son ami donnait de lui-même. Mais il se rappela qu'il ne s'agissait pas d'une image, que Dinshawji ne jouait plus un rôle ; la réalité avait fini par le rattraper ; et Gustad se reprocha amèrement de lui avoir confisqué son masque.

La fuite colmatée, le robinet ressoudé à la bonde, Gustad revint de chez Horaji en portant le bidon d'eau sur l'épaule. Dilnavaz l'attendait avec impatience pour lui parler du visiteur qui repasserait le soir même vers neuf heures. « Il a demandé après toi. N'a rien voulu me dire. Étrange bonhomme. Pieds nus, plein de peinture sur les mains, comme ce qu'on fait au moment de Holi avec de la poudre de couleur. Mais Holi, c'est dans sept mois. J'espère que ce Bilimoria de malheur ne l'a pas envoyé nous causer encore plus d'ennuis. »

Gustad devina de qui il s'agissait. Et quand l'homme revint, comme promis, il put rassurer Dilnavaz. « Ne t'inquiète pas. C'est moi qui lui ai demandé de venir. Pour s'occuper de ce mur puant. »

Il accompagna l'artiste de rue dans la cour. « Ainsi, vous vous êtes finalement décidé à quitter Flora Fountain ?

— Que faire d'autre ? Après les troubles de l'autre jour, la police ne m'a plus laissé en paix. M'obligeant à bouger d'un endroit à l'autre, de tel coin à tel autre. J'ai donc décidé de venir voir l'endroit dont vous me parliez.

— Bon. Ça va vous plaire. »

Ils sortirent et l'artiste inspecta le mur, en tâtant la surface de ses doigts. « Pierre noire lisse, dit Gustad, parfaite pour vos dessins. Le mur fait plus de soixante-quinze mètres de long. Et des tas de gens passent devant chaque jour. » Il montra les tours jumelles à côté du Khodadad Building. « Pour se rendre dans ces bureaux. Et puis il y a un bazar, un peu plus loin. Où on vend des bijoux très chers. Des tas de gens riches empruntent cette rue. À vingt minutes d'ici, il y a deux cinémas. Pas de problème pour lundi, je vous le garantis. »

L'artiste compléta son inspection en sortant une craie de sa sacoche et en esquissant un croquis. « Oui. Très bien. » Il plissa le nez. « Mais ça pue.

— Exact », dit Gustad, qui s'était demandé combien de temps l'autre mettrait à s'en plaindre. « Sans la moindre pudeur, les gens considèrent ce mur comme des toilettes publiques. Regardez ! En voilà un ! »

À l'autre bout, une silhouette se tenait immobile dans l'ombre, sans autre bruit qu'un léger sifflement. De son centre jaillissait un arc liquide qu'éclairait la lumière du réverbère. « *Hai* ! hurla Gustad. *Bay-sharam budmaas !* Je vais te couper ton *huddi*, espèce de salopard ! » L'arc s'interrompit brusquement. L'homme fourragea d'une main preste dans son pantalon et s'évanouit dans la nuit.

« Vous avez vu ? dit Gustad. Sans vergogne. Mais quand vous aurez dessiné vos images saintes, personne n'osera plus. » Il perçut une certaine hésitation chez son interlocuteur, et se dépêcha d'ajouter : « Mais d'abord nous ferons entièrement récurer le mur. »

L'artiste réfléchit un instant puis acquiesça. « Je peux commencer demain matin.

— Parfait. Mais une question : serez-vous capable de couvrir tout le mur de dessins ? Je veux dire : connaissez-vous assez de dieux différents ?

— Pas de problème, sourit l'artiste. Je peux couvrir cinq cents kilomètres si nécessaire. Avec les dieux, les saints et les prophètes des religions en usage : hindous, sikhs, juifs, chrétiens, musulmans, zoroastriens, bouddhistes, jaïnistes. L'hindouisme à lui seul peut en fournir assez. Mais j'aime bien les mélanger, introduire de la variété dans mes dessins. Ça me donne l'impression de faire quelque chose pour encourager la tolérance et la compréhension dans le monde. »

Gustad fut impressionné. « Comment connaissez-vous tant de religions ?

— J'ai une licence en Religions. Ma spécialité, c'était les études comparées. Avant, bien entendu, que je passe à l'École des Beaux-Arts.

— Ah », fit Gustad. Ils convinrent de se retrouver le lendemain matin, très tôt, à l'heure du balayeur des rues. Plus tard, cette nuit-là, Gustad dit à Dilnavaz : « Raconte ça à ton bon à rien de fils, la prochaine fois qu'il viendra te voir — dis-lui que ce pauvre vagabond d'artiste a deux licences. »

À l'aube, après que le balayeur eut nettoyé les dépôts nocturnes, Gustad le convainquit, un billet de cinq roupies à l'appui, de laver le mur. Il lui donna même une brosse en chiendent pour mieux gratter. L'artiste arriva avec sa sacoche, une lampe à pétrole, son petit baluchon de literie. « Le soleil va se lever, dit Gustad, le mur sera bientôt sec. »

Trois heures plus tard, quand il partit pour la banque, l'artiste travaillait déjà à son premier dessin. Gustad regarda, essayant d'identifier le sujet, et finalement l'interrompit. « Excusez-moi. De qui s'agit-il, si je peux me permettre de poser la question ?

— Trimurti. Brahma, Vishnu et Shiva, les dieux de la création, de la préservation et de la destruction. Ça vous convient ? Sinon, je peux faire quelque chose d'autre.

— Oh, non ! c'est très bien. » Gustad aurait préféré, pour inaugurer le mur, un portrait de Zoroastre, mais il se rendit compte que la triade aurait beaucoup plus d'influence sur les pisseurs et autres défécateurs. Le soir, quand il revint, l'artiste avait allumé sa lampe à pétrole. Le Trimurti était terminé, ainsi qu'une sinistre, sanguinolente Crucifixion. Une représentation du Jumma Masjid était en cours — puisque l'Islam interdit les portraits, l'artiste se limitait à dessiner les mosquées les plus célèbres.

« Espérons qu'il ne pleuvra pas », dit Gustad. Il huma l'air. « Pour le moment, ça ne pue pas. » L'artiste acquiesça sans lever la tête de son travail. « Mais faites attention ce soir. C'est la première nuit, les gens ne connaissent pas encore l'existence des images saintes sur le mur.

— Pas de problème, je les avertirai. Je vais travailler toute la nuit. » Il laissa tomber une craie de couleur verte, qui dévala le trottoir. Gustad l'arrêta et la remit dans la boîte. « S'il vous plaît, monsieur. Juste une demande. Est-ce que je peux casser une brindille de margousier chaque matin pour me laver les dents ?

— Bien sûr. Tout le monde fait ça. »

Durant la nuit, l'artiste réalisa deux autres dessins : Moïse descendant avec les Dix Commandements, et Ganpati Baba. Et tandis que le soleil se levait, il ajouta quelques enjolivures à la trompe couleur chair de ce der-

241

nier, puis saisit une craie blanche pour écrire les commandements sur les tablettes de Moïse.

En quelques jours, le mur se remplit de dieux, de prophètes et de saints. L'air, que vérifiait Gustad chaque soir et chaque matin, n'était plus nauséabond. Mouches et moustiques avaient perdu de leur nocivité ; leur territoire nourricier s'étant asséché, leur nombre avait décru de façon spectaculaire. Et, dans le Khodadad Building, la pommade Odomos fut reléguée parmi les accessoires du passé. Dilnavaz et Gustad rangèrent leurs récipients plats, *khumchaas* et *tapaylis* : il n'était plus nécessaire de placer ces pièges à moustiques sous les ampoules électriques.

De leur mur les figures saintes — certaines sinistres et la mine vengeresse, d'autres joviales, compatissantes, ou terrifiantes, inspirant un respect craintif, d'autres encore aimables et paternelles — observaient la rue, la circulation et les passants. Nataraja accomplissait sa danse cosmique, Abraham levait sa hache bien haut au-dessus d'Isaac, Marie berçait l'Enfant Jésus, Laxmi dispensait la richesse, Saraswati répandait sagesse et savoir.

Mais l'artiste commença à éprouver des inquiétudes. Cette œuvre, beaucoup plus importante que toutes celles qu'il eût jamais entreprises sur un trottoir, lui ôtait sa tranquillité. Au cours des années, sa vie s'était déroulée à un rythme et selon un cycle précis : arrivée, création, effacement. Comme dormir, se réveiller et s'étirer, ou manger, digérer et déféquer, le cycle s'accordait harmonieusement avec la circulation du sang dans ses veines et du souffle dans ses poumons. Il n'éprouvait que dédain pour les séjours prolongés et les départs repoussés, procréateurs d'une routine qu'il fallait fuir à tout prix. C'est le voyage — hasardeux, spontané, solitaire — qu'il convenait de chérir.

À présent, la menace planait sur son ancien mode de vie. Le quartier agréable, la solidité du long mur noir réveillaient en lui le vieux et classique souci humain : désir de permanence, de racines, de quelque chose qu'il pourrait appeler sien, de quelque chose d'immuable.

Déchiré entre l'envie de rester et celle de partir, il travaillait dans un état de confusion et de mécontentement. Swami Dayananda, Swami Vivekananda, Notre Dame de Fatima, Zarathoustra et bien d'autres occupèrent sur le mur les places que leur avait attribuées l'artiste et, ensemble, guettèrent l'avenir incertain.

13

Les hurlements de la sirène d'alerte envahirent la banque par la fenêtre ouverte. Aux oreilles de Gustad, toutefois, la longue plainte, plutôt que d'annoncer un désastre imminent, proclama l'avènement de jours meilleurs. À l'aube, il avait offert au ciel des remerciements particuliers. Aujourd'hui il déposerait la cinquante et unième liasse, il avait dépassé la moitié. Dada Ormuzd, toute ma gratitude. Pour avoir écarté de moi les graves ennuis. Et pour Roshan, qui va tellement mieux, et dont les joues retrouvent enfin un peu de couleur.

La matinée s'écoula. Il alla trouver Dinshawji, lui remit la liasse. « Quoi de neuf, Dinshu ? Des nouvelles des Pakistanais ? »

Dinshawji leva les deux mains. « Comment savoir ? Je n'ai pas encore vu le journal. » Il se mit debout, et Gustad regarda son ventre. Oui, ce qu'il remarquait depuis plusieurs jours était bien là : un gonflement, comme si quelque chose poussait à l'intérieur. Il se détourna avant que l'autre ne surprenne son regard.

Dinshawji se traîna péniblement jusqu'aux toilettes. Bien qu'il eût renoncé à toutes ses clowneries, les gens espéraient encore entendre une de ses innombrables plaisanteries lorsqu'ils lui disaient bonjour le matin et lui demandaient comment il allait. Ils se préparaient à crouler de rire, mais n'obtenaient chacun qu'une seule et même réponse : « Couci-couça, ma carcasse se traîne. » Au début, tout le monde se disait que, puisque ça venait de Dinshawji, ce devait être drôle, une sorte d'humour pince-sans-rire. Ils avaient toujours ancrée en eux l'image du bonhomme jovial à la langue bien pendue. Alors ils gloussaient ou souriaient largement en lui tapant sur l'épaule.

Mais à force d'entendre la même réponse, matin après matin, ils durent s'incliner devant la réalité. Maintenant, ils auraient aimé lui tenir la main et le réconforter, mais tout ce qu'ils trouvaient à dire, matin après matin, était : « Comment vas-tu Dinshawji ? » à quoi répondaient les mots par lesquels il leur laissait partager sa douleur.

Gustad soupçonnait la vérité sur la maladie de Dinshawji depuis le dîner d'anniversaire de Roshan. Mais quand elle fut connue de tous dans la banque, cette vérité sembla croître en intensité, suivant quelque loi perverse et inconnue de physique, selon laquelle le fardeau augmente en proportion directe du nombre de gens qui le portent. Gustad priait pour Dinshawji chaque matin. Le remords le rongeait de l'avoir obligé à renoncer à son personnage de comique. Après tout, si Roshan allait mieux grâce à sa poupée, peut-être Dinshawji allait-il plus mal d'avoir abandonné ses jeux. Mais à son sentiment de culpabilité s'ajoutait la honte — ses prières avaient un motif égoïste : si Dinshawji devait s'arrêter de travailler, le dépôt des liasses s'interromprait, elles continueraient à encombrer le *choolavati*.

Le soir, l'artiste de trottoir, toute inquiétude disparue, sifflait joyeusement : « Tu es mon rayon de soleil. » Il salua Gustad et lui raconta qu'on avait déposé un petit bouquet de fleurs devant le portrait de Saraswati. « Ce doit être quelqu'un qui va se présenter à un examen.

— Ça signifie qu'on respecte de plus en plus le mur, grâce à vos beaux dessins », dit Gustad. L'artiste sourit avec modestie, en inclinant la tête, et avoua que, ces derniers jours, les passants avaient laissé tant d'argent qu'il allait pouvoir s'acheter des vêtements et une paire de chaussures neufs. Gustad admira les dernières déités et entra dans la cour, en sifflant le même air que l'artiste.

Sur les marches de leur entrée, Dilnavaz réprimandait les enfants et leur intimait l'ordre d'aller jouer à l'autre bout de la cour, sans faire de bruit. Il s'arrêta de siffler, sa bouche devint sèche. Il accéléra le pas.

« Ça a recommencé, dit-elle. Le ventre. Ça semble pire qu'avant. »

Il laissa tomber sa sacoche sur le bureau. Les miettes d'espoir qu'il avait accumulées toute la journée s'envolèrent. Comme les moineaux qui gazouillaient dans l'arbre solitaire de la cour, mais filaient dès que la Landmaster pétaradait, l'espoir de Gustad fit un petit tour au-dessus de sa tête et s'en alla. Il eût aimé pouvoir sauter et le retenir. « Est-ce qu'elle dort ?

— Non. Ces idiots de gosses font trop de bruit. »

Il se rendit au chevet de Roshan, se pencha par-dessus le paravent de lattes et l'embrassa sur le front. La poupée reposait à côté d'elle, dans ses vêtements de mariée qui paraissaient funéraires maintenant. Un frisson le parcourut de haut en bas. Il souleva la tête de la poupée afin de lui faire ouvrir les yeux, et l'appuya au dosseret du lit. « Voilà, dit-il. Maintenant la poupée peut veiller sur toi quand tu dors. Si on la laisse dormir toute la journée, elle va devenir paresseuse et grosse, comme la fille de l'imbécile de dogwalla. »

Il retourna dans la salle à manger. « Je vais chez le docteur, Roshan n'a pas besoin de m'accompagner. Et il a intérêt à nous indiquer un spécialiste. » Dilnavaz lui conseilla de prendre une tasse de thé avant de partir. Il délaça ses chaussures et posa les pieds sur la table basse. « Ça prouve du moins que l'eau n'y est pour rien, dit-il. Tu la fais bouillir tous les jours.

— Qui sait ? Une fois que l'infection, un virus, est dans le corps...

— Tu veux toujours que ce soit moi le coupable ? Bien ! » Il renoua ses lacets et d'un geste théâtral vida son thé dans l'évier. Elle regretta ses paroles. Le laisser partir sans que rien n'ait franchi ses lèvres après que le mot thé avait été prononcé était extrêmement néfaste.

« D'accord, dit-elle, tu me détestes et tu détestes mon thé. Mais bois au moins une gorgée d'eau avant de t'en aller.

— Bois-la toi-même. » Il connaissait sa superstition, et voulait la faire souffrir.

Dilnavaz se demanda si elle devait profiter de l'absence de Gustad pour aller consulter Miss Kutpitia. Cette rechute de la maladie, après une guérison partielle, était extrêmement déroutante.

Mais, à ce moment, on sonna à la porte. Elle mit un certain temps à reconnaître Dinshawji, tant il avait changé depuis l'anniversaire de Roshan. Elle n'avait cependant pas l'intention de tolérer ses plaisanteries stupides, et l'accueillit aussi roidement que possible. « Sahibji. » Mais il n'y avait rien à craindre. L'homme qui avait ri et chanté cette nuit-là, bu de la bière et récité des vers, sans compter les autres menus faits qui l'avaient horripilée, n'était pas celui qui se tenait devant elle avec un journal sous le bras et une volumineuse enveloppe dans la main.

« Pardonnez-moi de vous déranger », dit Dinshawji, d'une voix très douce. Aussi douce, pensa-t-elle, que le gloussement étouffé, au milieu de la nuit, du poulet que Gustad avait rapporté à la maison. « Pourrais-je parler à Gustad, s'il vous plaît ? C'est très important. » Sa voix trembla, et ses yeux larmoyants paniquèrent tandis qu'il se trémoussait, faisant passer le journal d'un bras sous l'autre.

« Il vient de sortir, il y a deux minutes. » Sa décision de lui dire son fait tout crûment faiblit.

« Sorti ? » Il semblait sur le point de pleurer. « Ohooo ! Et maintenant, qu'est-ce que je vais faire ? » Il se mit à tortiller un de ses boutons de chemise. « C'est très, très important. »

La résistance de Dilnavaz s'évanouit complètement. « Entrez, dit-elle, s'il est encore à l'arrêt d'autobus, je vais lui crier de revenir.

— Non, non, pourquoi vous donner tant de peine ?

— Ce n'est rien, l'arrêt d'autobus est juste de l'autre côté de la rue. Entrez et asseyez-vous, baba. »

Sentant la note d'impatience dans sa voix, il se dirigea immédiatement vers le canapé. « Merci, merci, pardonnez-moi le dérangement. » En passant devant la table basse, il trébucha et se cogna le genou. Pendant qu'il remontait la jambe de son pantalon pour examiner l'endroit où il s'était fait mal, Dilnavaz appela Tehmul.

« Commentallezvousjevaisbienmercis'ilvousplaîttrèstrèsbonjus.

— Vite, va à l'arrêt du bus. Si Gustad y est, dis-lui de revenir. Dis-lui très important. Vite. » Laissant la porte ouverte, elle rentra tenir compagnie à Dinshawji.

Mais Dinshawji n'était plus seul. Ses chuchotements étaient parvenus dans la chambre du fond et avaient alerté Roshan sur la présence d'un visiteur, celui-là même qui l'avait fait rire, qui avait apporté de la joie à son dîner d'anniversaire, avant que tout ne se transforme en bruit, querelles et malheur. Maintenant, assise sur le canapé avec sa poupée, à côté de Dinshawji, elle attendait qu'il la fasse à nouveau rire.

« Voulez-vous boire quelque chose ? demanda Dilnavaz.

— Non, non, je vous ai déjà trop dérangée. » Elle lui apporta le verre d'eau que Gustad avait refusé quelques minutes auparavant.

Tehmul apparut sur le pas de la porte. « PartipartiGustadparti. BuspartiGustadparti.

— Parti ? répéta Dinshawji, désemparé.

— Partipartiparti.

— Il faut absolument que je lui parle. » Dans sa détresse, il enroulait le journal de plus en plus serré. Dilnavaz n'eut pas le courage de le renvoyer.

« Il est allé voir le docteur pour Roshan. Il ne sera pas long.

— Que d'ennuis je vous cause », dit-il encore. Mais, à l'évidence, il était soulagé de pouvoir rester.

Tehmul, tirant sur sa jambe, pénétra dans la pièce. Ses yeux brillants fixaient la poupée. « S'ilvousplaîts'ilvousplaît. Laissez-moitoucher. Unefoisseulements'ilvousplaîts'il-vousplaît.

— Non ! » Roshan agrippa la poupée par sa ceinture.

Dinshawji sourit : « Une si petite fille et une si grosse voix.

— Tehmul, dit Dilnavaz fermement, va jouer dans la cour. »

Il cessa d'avancer, remuant sa mâchoire inférieure comme s'il cherchait des mots pour protester. Mais il n'avait pas de mots, et personne à qui se plaindre. Il s'en alla. Une feuille tomba du margousier et voleta avec grâce sur les ailes du vent d'ouest. Tehmul la suivit. Elle virevolta à gauche, à droite, puis fila dans le courant. Tehmul buta, trébucha et tomba. Dilnavaz soupira et ferma la porte.

« Ta voix n'est pas malade, dit Dinshawji à Roshan. Elle était bien forte il y a un instant, n'est-ce pas ?

— Touchons du bois », dit Dilnavaz, accompagnant ses mots du geste : une main sur la table basse, l'autre guidant celle de Roshan. Plein de bonne volonté, Dinshawji suivit leur exemple.

« Allez Roshan, reprit-il. Fais-nous de nouveau entendre ta voix. » Elle sourit, embarrassée, tripota nerveusement le voile de la poupée. « Que dirais-tu d'une petite chanson ? Tu dois en apprendre à l'école. Allons, s'il te plaît. »

Elle hésita, puis dit, à la surprise de Dilnavaz : « Nous chantons *Deux petits yeux* tous les matins au rassemblement.

— Parfait. J'adorerais l'entendre. Vas-y, comme à l'école. »

Elle chanta, doucement :

Deux petits yeux pour regarder Dieu,
Deux petites oreilles pour entendre Ses mots,
Deux petites mains pour travailler chaque jour,
Deux petits pieds pour suivre Son chemin,

soulignant chaque vers des gestes qu'on lui avait

250

enseignés — montrant les yeux et les oreilles, tendant les mains, indiquant les pieds.

Dinshawji applaudit : « Très bien, très bien. Qu'est-ce que vous chantez d'autre au rassemblement ? »

Debout, frappant dans ses mains et inclinant la tête dans chaque direction, elle entonna :

Bonjour à vous ! Bonjour à vous !
Quel que soit le temps, nous réussirons ensemble
Dans le travail et dans le jeu, une belle journée !

« Bravo, bravo », cria Dinshawji, qui fit applaudir également la poupée.

« Assez de chansons, dit Dilnavaz, ou tu seras fatiguée. » Elle se rendit à la cuisine surveiller la cuisson de ses pommes de terre. Quand elle en revint, elle les trouva tous les deux en train de jouer, les mains étalées sur la table basse. Dinshawji comptait les doigts : « Am stram gram », relayé par Roshan qui termina « Pic et pic et colégram ». Sur quoi, ils tapèrent des mains et firent mine de s'effondrer sur leur siège.

« Tu es trop grande pour jouer à ça, Roshan, dit Dilnavaz. On te l'avait appris quand tu avais quatre ou cinq ans. » Elle décela dans ses paroles une pointe d'envie.

« C'est pour moi qu'elle l'a fait, dit Dinshawji. Je suis encore assez jeune pour ça. Maintenant nous allons jouer à *Kaakerya Kumar*. » Ils empilèrent leurs poings l'un sur l'autre, celui de Dinshawji en premier, puis celui de Roshan, et ainsi de suite, tout en alternant questions et réponses : « *Kaakerya Kumar, ketlo bhaar ? — Munno bhaar. — Ek utari nay bagalma maar* », chacun forçant l'autre sous l'effet de menaces terribles à retirer son poing et à le coincer sous l'aisselle. Ils se balancèrent ainsi à la figure d'imaginaires chaises, buffets, lits, voitures et camions, jusqu'à ce que la douleur imaginaire oblige l'un des deux à capituler. Le dénouement intervint lorsque Dinshawji, résistant aux ultimes menaces, y compris les flammes courroucées du Petit Dieu, Roshan lui jeta le feu dévastateur du Grand Dieu. Dinshawji retira son poing en poussant des hurlements de douleur : « Oh, je brûle ! Je brûle ! Je brûle dans le feu de Motta Dadaji ! »

Même Dilnavaz rit de ses bouffonneries. Puis elle insista pour que Roshan aille se recoucher. « Encore un jeu, s'il te plaît maman. » Elle prit son paquet de cartes, ils jouèrent à *Ekka-Per-Chaar* où elle battit Dinshawji à plate couture, après quoi, elle eut envie de dormir. Elle alla se coucher en souriant, et en oubliant la poupée sur le canapé.

Après son départ, Dinshawji retrouva aussitôt toute son anxiété et sa nervosité. Il se remit à jouer avec son journal, qu'il enroula et déroula si bien que les bords furent complètement déchiquetés et ses mains moites barbouillées de noir.

Gustad exigea du préparateur en pharmacie qu'il aille porter immédiatement son message au Dr Trésorier : il y avait urgence. Il attendit à côté de la petite cabine, dans l'espace où étaient entreposés flacons de médicaments en verre épais, poudres à l'odeur repoussante et boîtes contenant un attirail pharmacologique. Le tout couvert de poussière. Inutilisés depuis Dieu savait quand. Pourquoi se donner la peine de garder tout ça ? Alors qu'il prescrit toujours les mêmes quatre remèdes standard ? Et ça ose s'appeler médecin. Dieu sait pourquoi nous continuons à le consulter.

Le patient sortit du cabinet, et à travers la vitre de verre dépoli on vit la silhouette du docteur se diriger vers la cabine. Après une journée passée à discuter avec des militants idiots et sans jugeote, le docteur Trésorier était de très méchante humeur. Toute la matinée il avait usé son énergie à convaincre ses voisins qu'il fallait employer des procédés démocratiques, pétitions, bulletins de vote, actions en justice pour obliger la municipalité à réparer et à améliorer les choses. Ce n'était pas parce que les caniveaux puaient qu'il fallait adopter les méthodes de caniveau du parti au pouvoir, ou se lancer dans une grande manifestation. Ils acceptèrent finalement de se rallier à ses idées. Mais après leur départ, il lui fallut discuter pendant une heure avec la compagnie du gaz pour obtenir qu'on lui remplace sa bouteille à gaz — expliquant à ces demeurés que s'il ne pouvait pas allumer le brûleur et stériliser ses instruments, le dispensaire devrait fermer. Mais les imbéciles ne voulaient rien entendre. Avec des gens pareils, comment le pays espérait-il être capable de mener une guerre ?

Aussi n'était-il pas à prendre avec des pincettes quand Gustad lui raconta ce qui se passait. « J'espère que vous avez bien suivi mes instructions. À moins que vous n'ayez modifié la prescription ? Entero-Vioform ? Sulfa-Guanidine ? Je sais comme vous les aimez. » Même le préparateur fut surpris de sa méchante humeur. « Vous savez quel est le plus gros problème ? C'est que tout le monde veut être médecin. Pire, chacun croit *être* médecin. »

Gustad repartit avec une nouvelle liste de comprimés. Comment ose-t-il me parler ainsi ! Juste parce qu'il me connaît depuis si longtemps. Pour qui se prend-il ? D'abord un virus, maintenant la colite. Facile de lancer des mots nouveaux. Pour les médecins nous sommes tous des imbéciles.

C'est ainsi que, tout à sa rage de faire le procès du Dr Trésorier, il tanguait sauvagement quand il arriva à la hauteur de la Maison des Cages. Où régnait une accalmie temporaire. Dans ce commerce, comme dans n'importe quel autre, les affaires marchent par à-coups. En attendant son prochain lot de clients, Peerbhoy Paanwalla arrangeait et réarrangeait ses plateaux et ses pots. En voyant passer Gustad avec sa jambe apparemment abîmée, il ne put s'empêcher de le héler : « *Arré*, monsieur, bonjour ! comment allez-vous ? »

Gustad se crut harcelé par l'un des nombreux souteneurs qui traînaient dans ces parages. Peerbhoy avait employé la formule de salutation favorite de ces individus à la moustache en trait de crayon, aux cheveux huilés et au foulard criard qui, le sourire engageant, sautaient sur la moindre occasion. Peerbhoy leur avait sans aucun doute piqué leur formule. Gustad se retourna, le vit qui le saluait, et comprit son erreur.

« Bonjour, monsieur ! Vous n'êtes pas revenu voir Mr Mohammed ?

— Non, tout va bien. Le problème est réglé maintenant. » Que dire d'autre ?

« Ghulambhai était justement là ce matin, reprit Peerbhoy. Il paraissait très soucieux, très bouleversé. Je lui ai demandé ce qui n'allait pas, mais il n'a rien voulu dire. Savez-vous ce qui s'est passé ? » Gustad fit signe que non et entreprit de s'éloigner.

« Attendez, attendez, le retint Peerbhoy. Je vais fabriquer un *paan* pour votre jambe. Pour renforcer vos os. Vous ne boiterez plus.

— Ce n'est pas la peine. Ma jambe va bien.

— Non, *huzoor*, elle ne va pas bien, insista Peerbhoy. À l'instant, vous tanguiez vraiment beaucoup. De haut en bas, et de droite à gauche. Comme un astronaute d'Apollo dans la mer de la lune. »

Gustad rectifia l'allure, redressa le gouvernail, et fit quelques pas à titre de démonstration. « Vous voyez ? Elle va bien.

— Oui, elle va bien maintenant. Ça signifie que les problèmes sont dans la tête. Et pour ça aussi, j'ai un *paan*. » Et sans attendre de consentement, ses mains commencèrent à s'affairer, ouvrant des boîtes, hachant une feuille, cassant une noix.

Pourquoi pas, pensa Gustad. « D'accord. Mais pas trop cher.

— Tous mes *paans* sont à un prix raisonnable. Tous sauf un. Et celui-là vous n'en avez besoin que pour aller à la Maison.

— Vous fabriquez toujours le *palung-tode* ?

— Tant qu'il y aura des hommes, il y aura du *palung-tode*. »

Comme il a vieilli, se dit Gustad. Les grandes mains n'avaient rien perdu de leur dextérité, mais les doigts étaient déformés, avec des ongles jaunis comme de vieux journaux. « Déjà, quand j'étais enfant, vous vendiez du *paan* ici, à ce même endroit.

— Oh, oui ! Ça fait très longtemps.

— Puis-je vous demander quel âge vous avez ? »

Peerbhoy rit. « Comptez toutes mes années jusqu'au jour de ma mort, et soustrayez les jours qui me restent jusque-là, et vous aurez mon âge. » Il replia la feuille de bétel et rentra le coin. « Mangez ça et vous m'en donnerez des nouvelles. »

Gustad ouvrit toute grande sa bouche : elle pouvait à peine contenir le *paan*. « Très bon, marmonna-t-il. Combien ?

— Une roupie seulement. »

Avant de monter dans l'autobus, Gustad recracha la moitié qu'il n'avait pas encore avalée. Le goût en était mi-doux mi-aigre. Légèrement piquant. Âcre et amer aussi. Et il avait une drôle de sensation dans la bouche.

Devant le Khodadad Building, il se débarrassa du reste. À présent, l'engourdissement avait gagné son cerveau, ce qui n'était pas désagréable, mais le gênait pour réfléchir au conseil du Dr Trésorier. Il ouvrit la porte avec sa clé.

« Dinshawji ? Qu'est-ce qui t'amène ici ?

— Excuse-moi de te déranger, c'est très important. »

Dilnavaz remarqua le rouge sur les lèvres de Gustad, huma une bouffée d'odeur douce-amère. Dégoûtée, elle s'écria : « Tu sens horriblement mauvais ! Comment peux-tu te conduire comme un *mia-laanda* !

— Désolé, Dilnoo-chérie », dit-il faiblement. Il se rendit à la salle de bain, se gargarisa, suça de la pâte dentifrice. Cela fit disparaître un peu de couleur et d'odeur. Mais, quand il revint dans la salle commune, il avait l'esprit toujours aussi engourdi.

« Qu'a dit le docteur ? demanda-t-elle. Et qu'est-ce qui t'a pris de manger du *paan* ?

— Peerbhoy Paanwalla a dit que ce serait bon pour ma jambe. » Il se frotta le front. « Puis-je avoir une tasse de thé ?

— Vous les hommes, vous ne faites que des bêtises, comme les enfants. » Et se rappelant le thé qu'il avait jeté : « Tu es sûr d'en vouloir une cette fois ? » Mais il planait trop pour saisir le sarcasme, et il hocha humblement la tête.

« Et le docteur ?

— Il a dit des absurdités débiles. Qu'elle ne dispose pas d'un régime et d'un repos convenables. C'est de notre faute ! Il veut mettre Roshan à l'hôpital. Tout le monde sait ce qui arrive à l'hôpital. Rien que des gaffes et des bourdes, ils se trompent dans les piqûres, ils mélangent les médicaments. »

Dinshawji l'approuva : « Allez à l'hôpital quand vous êtes prêt à mourir, c'est toujours ce que je dis.

— Parfaitement exact, dit Gustad. *Bas*, les médecins, chaque fois qu'ils ne savent pas quoi faire... ils envoient le malade à l'hôpital. Qui, veux-tu me dire, est mieux capable que moi de prendre soin de ma Roshan ? Il m'a fait bouillir le sang du cerveau !

— Il y a quelques mois, dit Dinshawji, mon docteur a voulu m'expédier à l'Hôpital parsi général. Alors je lui ai dit : "Pour le général, c'est non, et pour le maréchal, c'est non aussi." Là-dessus mon Alamai a pris son parti, alors que faire ? J'ai dû y aller.

— Il aurait mille fois mieux valu que tu te reposes à la maison. »

Dilnavaz posa trois tasses sur la table. Dinshawji attendit, enroulant et déroulant le journal, dont les bords s'effilochaient en lamelles.

Gustad avala son thé brûlant. « Attention, doucement, le prévint Dilnavaz. Ça va te brûler le sang. » Elle prit Dinshawji à témoin : « Il ne m'écoute pas quand je lui dis que c'est mauvais de le boire si chaud et si foncé. Non seulement ça brûle le sang, ça provoque aussi le cancer de l'estomac. » Dinshawji frissonna. Il but son thé lentement, la tasse tremblant à ses lèvres.

« Le père de ma belle-sœur avait la même habitude, continua-t-elle. Il buvait son thé à peine versé, encore bouillant. À cinquante ans, toute la paroi de son estomac avait disparu. On a dû le nourrir par un tube dans le bras.

Heureusement, le pauvre homme n'a pas souffert long-temps. »

Gustad demanda une deuxième tasse. « Dinshawji attend, dit-elle, il a quelque chose de très important à te dire.

— Vas-y, Dinshawji, je t'écoute. »

Les mains de Dinshawji tremblèrent quand il déroula le journal. Il le replia et le tendit à Gustad, ainsi que la volumineuse enveloppe blanche. Gustad la reconnut, et rugit : « Tu es cinglé ? Tu n'as pas déposé l'argent ?

— Je t'en prie, lis, l'implora-t-il, les larmes aux yeux. Tu comprendras. » L'article, plutôt court, s'intitulait : « LA CORRUPTION FLAMBE », ce qui fit ricaner Gustad.

Agissant conjointement en fonction d'un renseignement anonyme, la police criminelle et la police municipale ont arrêté hier dans la capitale du pays un officier du Service Recherches et Analyses, Jimmy Bilimoria, inculpé de fraude et extorsion de fonds.

Incrédule, ayant l'impression que son esprit était à nouveau sous l'emprise engourdissante du *paan*, Gustad s'écria : « Impossible ! Qu'est-ce que c'est que ces foutaises ?

— Poursuis, je t'en prie », supplia Dinshawji, mais déjà Gustad avait repris sa lecture :

D'après le rapport de police, établi sur la base des aveux de l'accusé, les faits sont les suivants. Il y a quelques mois à New Delhi, Mr Bilimoria téléphona à la State Bank of India en se faisant passer pour le Premier ministre, dont il avait contrefait la voix. Il ordonna au Caissier principal de retirer soixante lakh de roupies des réserves de la banque et de les remettre à un homme qui se présenterait sous le nom de Bangladeshi Babu. Le lendemain, Mr Bilimoria, cette fois sous l'identité de Bangladeshi Babu, se présenta au Caissier chef et prit livraison des soixante lakh de roupies.

Toujours selon le rapport de police, Mr Bilimoria a

admis avoir perpétré cet acte afin de venir en aide aux guérilleros du Pakistan oriental. « Les Mukti Bahini sont des combattants audacieux et courageux », aurait écrit l'officier de renseignements dans sa confession, « et je ne supportais plus de voir les bureaucrates rester le cul sur leur chaise. » Il affirme ne devoir cette idée qu'à lui-même, et que la responsabilité en incombe à son zèle à vouloir aider les Mukti Bahini.

PS : Si les faits rapportés constituent à n'en pas douter un cas unique, ce qui frappe le journaliste que je suis, ce sont les circonstances encore plus inhabituelles qui entourent cet acte criminel hautement imaginatif. Par exemple, en admettant que Mr Bilimoria ait un grand talent d'imitateur, est-il courant que l'une de nos banques nationales remette d'importantes sommes d'argent sur un coup de téléphone du Premier ministre ? Quelle place faut-il occuper dans la hiérarchie du gouvernement ou du parti du Congrès pour pouvoir passer de tels coups de fil ? Et le caissier chef connaissait-il si bien la voix de Mrs Gandhi qu'il ait accepté ses instructions sans la moindre vérification ? Si oui, cela signifie-t-il que Mrs Gandhi est coutumière de ce genre d'appel ? Ces questions réclament des réponses, et tant qu'on ne les fournira pas, claires et complètes, nos dirigeants ne doivent pas s'attendre à retrouver la confiance — déjà bien limitée — de la population.

Dilnavaz tendit à Gustad une seconde tasse de thé, qui lui échappa des doigts. La tasse se brisa sur le sol, le liquide chaud lui éclaboussa le pied et la cheville.

« Qu'y a-t-il ? Tu ne te sens pas bien ? » Elle lui posa la main sur le front, pensant que c'était encore l'effet du *paan*.

« Mais si, je vais bien, rétorqua-t-il furieux, c'est toi qui as laissé tomber la tasse. » Il ne tenta même pas de ramasser les morceaux. « Jimmy a été arrêté.

— Quoi ? » Elle s'empara du journal et s'assit à côté de Dinshawji, beaucoup plus calme à présent.

« Crois-moi, Dinshu, j'ignorais tout, sinon je n'aurais jamais fait ça. Je ne t'aurais jamais demandé...

— La question ne se pose même pas, dit doucement Dinshawji. Je n'ai jamais eu le moindre doute.

— Il a menti. Le major Bilimoria m'a menti, à moi ! depuis le début. Sur tout !

— Oui, mais je me demande ce qu'il faut faire maintenant.

— Nous avons pris un tel risque. Pour un tas de roupies volées. Pour un sale escroc !

— Oui, oui, Gustad, mais maintenant c'est trop tard. C'est un *fait accompli*. *Jay thayu hay thayu*. Maintenant nous devons réfléchir à ce qu'il faut faire de cet argent.

— Dinshawji a raison, intervint Dilnavaz, étonnée de l'entendre parler si intelligemment.

— Je voudrais tout brûler. Comme cet idiot de dogwalla a brûlé les journaux, dit Gustad.

— Pour commencer, je crois que nous devons arrêter les dépôts, insista Dinshawji toujours aussi rationnel.

— Et l'argent qui est déjà en banque ?

— On le laisse où il est. Peut-être que Ghulam Mohammed te contactera. Ou tu peux, toi, essayer de le joindre.

— Mais il est peut-être en prison lui aussi, dit Dilnavaz. On ne sait pas jusqu'à quel point il a trempé dans l'affaire. Nous devrions peut-être aller tout raconter à la police. »

Gustad se rappela : « Ghulam Mohammed n'est pas en prison. J'irai le trouver demain. Peerbhoy Paanwalla m'a dit qu'il l'a aperçu aujourd'hui, l'air très perturbé. Pas étonnant. Oui, il est complètement embringué dans l'histoire. Ce serait trop risqué pour nous d'aller à la police. Tu sais comme ce type est dangereux.

— Vraiment ? demanda Dinshawji.

— Évidemment. » Gustad se souvint alors que Dinshawji ignorait tout du chat et du rat. « Enfin, je le suppose.

— Je n'arrive toujours pas à croire, dit Dilnavaz, que notre Jimmy puisse être un tel escroc.

— Les gens changent, soupira Gustad. Dans sa confession, il dit que l'argent était pour les guérilleros. Alors pourquoi m'en a-t-il envoyé dix lakh ? Je te donne ma main droite à couper s'il n'y a pas une escroquerie là-dessous. Qu'est-ce que c'est que cette filière d'aide à la résistance qui va de New Delhi à Khodadad Building en passant par Chor Bazar ?

— Exact, dit Dinshawji. Mais nous ne connaissons pas toute l'histoire. Et je crois que le journaliste pose de bonnes questions. Tout le monde dit que Indira et son fils — le fou de voitures — trempent dans toutes sortes d'affaires louches, qu'ils ont des comptes dans des banques suisses, etc.

— C'est vrai, appuya Dilnavaz. Et on a raconté des choses bien pires. Quand Shastri est mort.

— Je m'en souviens, dit Dinshawji. C'était il y a six ans. Je venais de me faire opérer de la vésicule biliaire. J'étais couché, et j'ai entendu la nouvelle à la radio.

— Oui, continua Dilnavaz. Et avant, quand le père d'Indira était encore en vie, il y a eu ce pauvre Feroze Ghandi. Nehru ne l'a jamais aimé, pour commencer.

— Quelle histoire, dit Dinshawji. Encore maintenant, les gens disent que la crise cardiaque de Feroze n'en était pas vraiment une. »

Gustad finit par s'énerver. « Qu'est-ce que toutes ces rumeurs et tous ces ragots ont à voir avec le major ? C'est lui qui m'a piégé ! Même si les politiciens sont des escrocs et des salopards, en quoi ça change les actes commis par Jimmy ? »

Dinshawji vit qu'il était temps de partir. « Désolé de vous avoir apporté de si mauvaises nouvelles », dit-il en leur serrant la main.

« Au contraire, merci d'être venu. Sans ton journal, nous n'aurions rien su », dit Gustad. Après le départ de son ami, il resta un moment assis sur le canapé, à regarder la poupée. « Ma *bakulyoo* n'a pas pris sa poupée pour dormir. » Puis il se planta devant la fenêtre. « Je me demande parfois quel mauvais sort s'acharne sur nous. Combien de temps ce *punoti* va-t-il durer ? »

Tehmul vit sa silhouette s'encadrer dans la fenêtre. « Gustad. S'ilteplaîtGustads'ilteplaît. Ilsontpasvoulumelaissertoucherunefoispasunefois. S'ilteplaîts'ilteplaît. Justeunefois. »

Gustad lui fit un vague salut de la main puis tira le rideau. Il n'avait ni temps ni compassion de reste, ce soir. Du dehors, lui parvinrent un bruit de reniflement, puis un sanglot ; puis un bruit de pas : un premier pas léger, suivi d'un autre, lourd et traînant, qui alternèrent ainsi jusqu'à s'évanouir.

14

En approchant du croisement, Gustad vit le flamboiement des affiches de cinéma sur fond de ciel crépusculaire. Des ampoules synchrones s'allumaient et s'éteignaient, qui entouraient les gigantesques découpes du héros et de l'héroïne, gardiens des nuits chaotiques de la cité ; derrière eux se dressait un méchant barbu, tordant dans un rictus hideux ses lèvres cruelles.

Devant la baraque où se vendait le lait Aarey Colony, trois gamins en gilet maculé et une petite fille en corsage, récupéré à la décharge et lui tombant aux chevilles, rampaient autour des clayettes de fer, examinant les vieilles bouteilles. Le gérant de la baraque leur cria de ficher le camp. « Mauvais pour les affaires, dit-il, de vrais fléaux avec leurs gros-gros yeux fixés sur ces bouteilles, comme s'ils n'avaient jamais vu de lait de leur vie. »

Les enfants attendirent qu'il soit de nouveau absorbé dans son travail pour revenir en catimini. Il entendit le tintement des bouteilles, ouvrit sans bruit la porte de derrière et bondit de sa baraque au moment où Gustad débouchait du coin de la rue.

Les trois gamins réussirent à s'échapper. La petite fille fut attrapée par la manche de sa blouse-robe. « *Budtameez !* » s'écria l'homme en lui flanquant une claque. « Puisque tu ne veux pas comprendre quand on te parle gentiment ! » Nouvelle claque. L'enfant hurla et se débattit. Les garçons regardaient, impuissants. L'homme leva la main pour assener le troisième coup, qui ne toucha jamais sa cible.

Surgissant derrière lui, Gustad agrippa l'homme par son col de chemise, l'obligeant à lâcher prise. Les garçons applaudirent, et la petite fille s'enfuit à distance respectable. Gustad fit pivoter le bonhomme. « Vous n'avez pas honte, un gros type comme vous, frapper une toute petite fille ?

— Toute la journée ils m'embêtent, geignit l'autre. Ils harcèlent mes clients, ils piquent les bouteilles avant même qu'elles touchent le sol. » Gustad le relâcha. La fillette surveillait la scène, de loin. Son nez coulait, elle l'essuya à une manche. Comme elle est maigre. Encore plus menue que Roshan.

« Les gens n'aiment pas s'arrêter là où il y a des mendiants, reprit l'homme. Si je ne vends pas mon quota, la baraque sera fermée. Et alors, qu'est-ce que je deviendrai ?

— Donnez-moi une bouteille, ordonna Gustad, en sortant son portefeuille.

— À quoi ? Chocolat, pistache, mangue, lait simple ? »

Gustad fit signe à l'enfant d'approcher. « Viens, ma petite. Quel lait aimes-tu ? » Peureuse, elle hocha la tête et les épaules. Gustad insista.

« Lait blanc », dit-elle, timidement.

À contrecœur, le vendeur lui tendit une bouteille et y inséra une paille. Elle en but quelques gorgées, puis héla les garçons en leur montrant la bouteille.

« Minute, minute, dit Gustad. Qu'est-ce que tu fais ? Ce lait est pour toi.

— Mes frères. Eux aussi ils aiment le lait, chuchota-t-elle les yeux baissés, son pied dessinant un trait dans la poussière.

— Oh... Et lequel ?

— Au chocolat !

— Au chocolat ?

— Chocolat », crièrent-ils l'un après l'autre, avant de finir à l'unisson : « Mais n'importe lequel, ça sera bien. »

« Trois chocolats », commanda Gustad. Il attendit qu'ils aient fini de boire, ne voulant pas les laisser seuls avec le vendeur. Les gargouillements symptomatiques des pailles lui indiquèrent qu'il pouvait partir. Les enfants lui emboîtèrent le pas, sautillant, se bousculant, entonnant des chansons de films, ne sachant pas bien comment lui montrer leur gratitude. Enfin, ils disparurent dans la foule qui se ruait vers les cinémas.

Passé ce carrefour, il y avait un peu moins de monde sur le trottoir, le Marché du Pneu et des Affaires remballait. Ramassant leurs outils et les pièces détachées, les mécaniciens (Toutes marques — locales & étrangères) verrouillaient les voitures. Aux alentours de la Maison des Cages, les habituels flâneurs étaient là, venus contempler les oiseaux exotiques au plumage fin et coloré. Les consommateurs, eux, entraient et sortaient sans traîner.

« Bonjour, monsieur ! dit Peerbhoy. La jambe va bien aujourd'hui ?

— Oui, oui, très bien, se hâta-t-il de répondre, devançant une nouvelle offre de *paan*. Est-ce que Ghulam Mohammed doit venir aujourd'hui ?

— Il est déjà à l'intérieur.

— Et je peux entrer ? Ça ne les gênera pas ?

— Qui, les femmes ? *Arré*, elles aiment que les hommes entrent. Ghulambai est tout en haut, exactement en face de l'escalier. »

Quelque part, une radio ou un tourne-disque diffusait la chanson d'un vieux film : « *Dil deke dekho, dil deke dekho, dil deke dekhoji...* » Tâche de donner ton cœur, tâche de donner ton cœur et tu verras, exhortait le chanteur. Gustad entra en hésitant. Jusqu'au bout du couloir, où, aux odeurs corporelles, se mélangeaient les senteurs écœurantes de parfum bon marché et d'essence de rose. Femmes attendant le client. Poitrines débordantes. L'une d'elles saisit sa jupe par l'ourlet et la releva de façon à exposer ses cuisses. Gustad jeta un rapide coup d'œil : poilues. Il monta l'escalier. Sur le palier suivant, l'exposition se répétait. Seins et nombrils offerts sur le pas des portes. Une femme en short (CHAUD CUL, annonçait l'ins-

265

cription sur ses fesses) se retourna, montrant des demi-lunes prêtes à éclater. Gustad regardait sans voir, espérant que son visage révélait une absence totale d'intérêt. Il faut vraiment être désespéré pour... celle-là aurait besoin d'un bon rasage. Mangues allongées. Pneus du Marché des Affaires. Cet endroit a meilleure allure de l'extérieur que de l'intérieur. Mais on dit qu'à Colaba, les prostituées sont de première classe. Les call-girls de Colaba gagnent plein d'argent avec les touristes du Moyen-Orient, les Arbaas, amateurs de devant-derrière...

Les chambres qu'il entrevoyait étaient sordides. Un lit, un mince matelas bosselé, pas de draps, un ventilateur au plafond, une chaise, une table. Dans un coin, un lavabo et un petit miroir. Où sont les draps de soie parfumés, les chambres à air conditionné, les alcools, les rafraîchissements ? Tout ce luxe dont on parle ? Où étaient les danseuses, ces détentrices d'un art qui, disait-on, pouvait rendre un homme fou de plaisir ? À voir la façon dont ces femmes bougeaient et s'étalaient, on avait autant de chances de devenir fou de plaisir que de sortir intact d'une opération du cœur réalisée par un *goaswalla* boucher de Crawford Market. Il grimpa au deuxième et dernier étage. C'est toujours la même chose. Vues de loin, les choses paraissent merveilleuses. Et quand le moment arrive, il n'y a plus que déception.

La musique s'arrêta, pour reprendre aussitôt, toujours la même : « *Dil deke dekho, dil deke dekho, dil deke dekhoji.* » Il frappa à la porte qui faisait face à l'escalier. Elle s'entrebâilla en grinçant. Il ne reconnut pas l'homme amplement barbu qui passa la tête. Puis l'homme parla et ouvrit tout grand. « Mr Noble. Entrez, je vous prie. » En quelques mois, depuis leur rencontre au Chor Bazar, Ghulam Mohammed avait perdu son bandage et gagné une barbe.

Gustad entra prudemment. La chambre ressemblait aux autres qu'il avait aperçues, y compris le lavabo, mais à la place du lit il y avait un bureau. Et derrière, pendues au mur, des photos encadrées du Mahatma Gandhi et de Jawaharlal Nehru.

« Je vous en prie, asseyez-vous. Je vous attendais. Merci d'être venu si vite. » Poli et courtois comme toujours, pensa Gustad. Comme si rien ne s'était passé. « Vous avez lu la nouvelle dans le journal ?

— Hier, dit Gustad.

— Vous devez vous demander de quoi il retourne. » Il se balança sur sa chaise, puis se tint parfaitement immobile. « C'est exact. Notre cher ami est vraiment en prison. Mais le reste ce ne sont que des mensonges. De sales mensonges. Vous savez bien que tout n'est pas vrai de ce que publient les journaux. »

Sel et poivre, ail et gingembre, se rappela Gustad. Ce qu'il disait à Sohrab pour qualifier la propagande. « Je sais lire un journal, dit-il. Mais je veux la vérité. Pourquoi Jimmy m'a envoyé dix lakh à déposer en banque ? Dites-le-moi. » Sa colère montait, bien qu'il sût que cet homme devait être manié avec précaution. « Et parlez-moi aussi du chat et de l'énorme rat qu'on a jetés dans mon buisson. Avec la tête tranchée. »

Il l'observa attentivement, mais Ghulam ne montra aucun signe d'émotion. « Je ne sais pas de quoi vous parlez, Mr Noble. Au SRA, nous n'avons pas le temps de jouer au chat et au rat. Ce que je peux vous dire, c'est que Bili Boy a des ennemis. Toute cette histoire a été mijotée par des gens au sommet du pouvoir pour camoufler leurs méfaits. » Il se pencha vers Gustad. « Je suis heureux que vous m'ayez posé la question de l'argent. Malheureusement, je ne suis pas autorisé à vous fournir la réponse. Bili Boy vous la donnera lui-même, le moment venu. Vous devez lui faire confiance.

— Je crois que je ne l'ai que trop fait jusqu'à présent.

— Allons, Mr Noble. On ne se fâche pas contre son ami quand il a le plus besoin de vous.

— Que voulez-vous dire ?

— Sa vie est en danger. Il est... »

Des cris et des hurlements couvrirent le *Dil deke dekho*. Ghulam sauta de sa chaise, jeta un coup d'œil à la ruelle sur laquelle donnait sa fenêtre, puis alla ouvrir la porte. Les femmes injuriaient quelqu'un — un homme, à en juger par les moqueries concernant sa virilité — au débit épais et rapide. Gustad et Ghulam sortirent sur le palier. Le langage obscène et haut en couleur des filles alourdissait encore l'air chargé des senteurs de rose.

Alors, perçant l'atmosphère, s'éleva une protestation dont l'auteur ne pouvait être confondu avec personne d'autre. « S'ilvousplaîtuneseulefois. Uneseulefoisuneseule. Frottezviteviteunefoiss'ilvousplaît. Prenezl'argents'ilvous-plaîts'ilvous-plaît. Laissezmoi-toucherpresseruneseulefois.

— C'est incroyable ! dit Gustad.

— Quoi ?

— Cette voix ! C'est Tehmul-Lungraa, il vit dans mon immeuble. Un pauvre garçon estropié, à moitié fêlé de la tête.

— Vous êtes sûr ? »

Il paraissait soulagé. « Absolument sûr. Qu'est-ce qu'il fabrique ici ?

— La même chose que les autres, je suppose.

— C'est impossible, il est comme un enfant. On dirait qu'il a des ennuis. »

Le chahut se poursuivait au rez-de-chaussée. Hema l'Hydraulique, la favorite des mécaniciens, aux lèvres rouge sang et aux yeux aussi noirs que du charbon, tenait Tehmul par l'oreille et le secouait sauvagement. Les autres femmes, chacune à qui mieux mieux, lui flanquaient des coups sur la tête, le pinçaient, lui tiraient les cheveux. Elles y prenaient visiblement plaisir, tandis qu'il tentait vainement d'attraper un sein ou d'insinuer une main dans une jupe. « S'ilvousplaîtlaissezmoitoucher. Unefoisseulements'ilvousplaît. Prenezl'argents'ilvousplaît. » Il faisait tinter une boîte en fer ronde, mais ne trouvait pas preneuse.

« Tchmul ! hurla Gustad. Arrête ! »

Tehmul laissa tomber ses mains avides. Il regarda autour de lui, cherchant à localiser son cher Gustad, et le découvrit sur les marches de l'escalier. « GustadGustad-Gustad. » Il agita la boîte à cigarettes, l'amazone aux lèvres sanguines lui serrant toujours l'oreille. Un coup bien placé envoya valser la boîte. Elle s'ouvrit et laissa échapper les pièces, pour la plupart des pièces de vingt-cinq paise. Les femmes se turent.

« Qu'est-ce que c'est que ce barouf, on se croirait dans une maison de fous ? les tança Ghulam Mohammed. C'est un établissement respectable ici, pas un *rundi-khana* de troisième ordre. »

Les femmes protestèrent, parlant toutes à la fois : « C'est pas notre faute, ce type...

— Il n'arrête pas de vouloir toucher et...

— Il y a aucune loi qui nous oblige à lever nos jupes pour tous les types qui peuvent payer !

— On dit que les fous en ont de très grosses, qu'ils sont montés comme les chevaux ! On veut pas être blessées !

— Ça suffit ! dit Ghulam Mohammed. Je ne veux plus rien entendre ! Lâche-lui l'oreille ! ordonna-t-il à Hema l'Hydraulique.

— *Arré*, il va recommencer à lancer ses griffes partout, c'est un cinglé total ! dit-elle d'une voix crissante.

— Non, il ne le fera plus. » Ghulam Mohammed regarda Gustad. Les filles reculèrent, Tehmul fut relâché. Il restait immobile, l'air contrit.

« Qu'est-ce que c'est que cette histoire, Tehmul ? dit Gustad d'un ton sévère. Qu'est-ce que tu as fait ?

— GustadGustadjem'excusejem'excuse. » Il se courba pour ramasser sa boîte à cigarettes vide. « Tant d'argent-partipartiparti. Argentpourfrottervitevitevite. C'estbon-c'estbonfinifini. » Il regarda, l'œil vide, l'intérieur de sa boîte.

« D'où venait l'argent, Tehmul ?

— Ratsmortsratsmortsmunicipalité. »

C'était évident. « Il va bien, maintenant, dit Gustad. Je le ramènerai avec moi. » Tehmul se mit à ramasser ses pièces.

« *Chulo*, toutes dans vos chambres, ordonna Ghulam, fini le *tamaasha*. » Les filles se dispersèrent, sauf deux qui restèrent pour aider Tehmul à remplir sa boîte. Celui-ci glissa sa main dans celle de Gustad quand ils sortirent et se dirigèrent vers Peerbhoy Paanwalla. Qui, ayant compris l'origine de tout ce raffut, accepta de surveiller Tehmul pendant que Gustad terminait ce qu'il avait à faire.

« Je vous disais donc que la vie de Bili Boy est en danger.

— D'abord vous dites qu'il est en prison, ensuite vous affirmez que sa vie est en danger. » Pour qui me prend-il ?

« Je sais que vous êtes furieux, Mr Noble. Mais, je vous en prie, essayez de comprendre. Cette histoire concerne des gens très très haut placés. Ils peuvent faire ce qu'ils veulent de Bili Boy. Dans ce pays, les lois ne s'appliquent pas à ceux qui sont au sommet, vous le savez.

— Alors, qu'est-ce que je peux faire ?

— D'abord, il faut renvoyer l'argent.

— Certes. Mais j'en ai déjà déposé la moitié. Les cinquante liasses restantes sont à votre disposition, quand vous voulez.

— Tout l'argent, Mr Noble. Retirez ce que vous avez déposé. » La voix se faisait tranchante.

« Avez-vous une idée de la difficulté qu'il y a à déposer puis à retirer de telles sommes ? Du danger que ça représente ? Nous avons contrevenu à la loi.

— Mieux vaut contrevenir à la loi que se casser un os, Mr Noble. » De quel os parle-t-il ? Pas la moindre émotion chez ce salaud. « Savez-vous quel danger court Bili Boy ? Ils utilisent toutes leurs méthodes habituelles pour lui faire dire où est l'argent. S'il n'a pas encore avoué, c'est uniquement pour ne pas causer d'ennuis à ses amis. »

Jusqu'où peut-on le croire ? Comment leur faire confiance, à lui et à Jimmy ? « Bili Boy a conclu un pacte avec eux, poursuivit Ghulam. S'ils récupèrent l'argent dans les trente jours, ils ne lui poseront plus de questions. »

En ce qui me concerne, ce salaud peut bien prendre

l'argent et disparaître. Mais si Jimmy était vraiment torturé ? « Trente jours, c'est impossible. Je ne peux retirer qu'une liasse par jour.

— Retirez-en deux, Mr Noble. » Un sourire joua soudain sur ses lèvres. « Ou je devrai cambrioler votre banque. » Et disparut aussi soudainement. La voix redevint venimeuse. « Je ferai tout ce qui est nécessaire pour aider Bili Boy. Vous avez trente jours pour rendre tout le paquet. »

Gustad tenta à nouveau de protester, l'autre resta de marbre. « Si l'argent n'est pas rendu à temps, les choses iront mal pour nous *tous*, Mr Noble. » Salopard. Je pourrais l'aplatir d'une seule main. Mais il sait que je n'oserai pas.

Ils fixèrent la date de livraison. « Mais si vous avez fini plus tôt, dit Ghulam, venez, je vous en prie. Je serai ici tous les soirs. » Il l'accompagna à la porte. « Au fait, que racontiez-vous, quelqu'un a jeté un chat et un rat morts dans vos buissons ?

— Oui. D'une seule main. D'un seul coup.

— J'espère que vous lui mettrez la main dessus, quel qu'il soit. »

En descendant, il constata que la plupart des portes étaient fermées. En plein boulot. Le tourne-disque débitait une autre chanson où il était question d'un amour éternel, qui durerait plus de cent ans, toute l'éternité... « *Sau saal pahalay, mujay tumsay pyar tha, mujay tumsay pyar tha, aajbhi hai, aur kalbhi rahayga...* » une mélodie sirupeuse, dégoulinant de nostalgie. Pas moyen de m'en sortir. Dois retirer l'argent. Et faire courir des risques aussi au pauvre Dinshawji.

Peerbhoy lui apprit que Tehmul était parti. « Ne vous inquiétez pas, il va bien. Le pauvre garçon a essayé d'expliquer ce qui s'était passé. Mais il parle très vite. Je lui ai donné un *paan* pour réduire sa production de liquide. »

Miss Kutpitia ne pouvait donner aucune explication à la rechute de Roshan sans examiner le citron et les piments. Aussi Dilnavaz alla-t-elle chercher ces neutralisateurs de mauvais œil.

« Oui, dit Miss Kutpitia, c'est bien ce que je pensais. Regardez celui-ci. Vous savez ce qu'il arrive généralement à un citron jaune ?

— Il vire au brun, devient mou et sent le moisi.

— Et voyez celui-ci, dit Miss Kutpitia triomphalement. Dur comme une pierre et noir comme le diable ! Et il ne sent rien du tout. »

Dilnavaz sentit un courant d'air froid glisser dans le couloir. Puis Miss Kutpitia lui fit remarquer le comportement, étrange lui aussi, des piments, toujours aussi verts que les émeraudes de Satan au lieu d'avoir viré au rouge. Elle n'arrêtait pas de les égrener entre ses doigts, comme les perles d'un chapelet. « Ça nous prouve tout le mal que peut causer le mauvais œil. La pauvre enfant l'a reçu en plein. » Elle renifla les piments. « Heureusement, il n'est pas difficile de s'en débarrasser. Le septième s'en chargera.

— Mais pourquoi Roshan a-t-elle rechuté après avoir presque guéri ?

— Laissez-moi le temps de parler. J'y arrive. À l'intérieur de l'enfant, deux forces attaquent : le mauvais œil, qui ne le fait pas exprès ; et quelque chose d'autre, quelque chose de sombre, infligé de propos délibéré. Donc, quand le mauvais œil est terrassé, l'enfant se rétablit. Puis la force sombre prend la relève, et l'enfant retombe malade. » Elle saisit le citron. « Ça, dit-elle. Cette pierre noire révèle la force sombre. »

Dilnavaz se tordit les mains. « Alors la médecine ne sert à rien ?

— Si, un peu. Elle empêchera Roshan d'aller plus mal. Mais elle ne la guérira pas. Nous devons trouver le responsable de cette force sombre.

— Oh, Dieu ! C'est impossible !

— Pas si vous utilisez de l'alun. » Un sourire rare, de confiance tranquille, étira les lèvres de Miss Kutpitia. « Attendez. » Elle se rendit dans sa cuisine et en revint avec deux quignons de pains gros comme des œufs de pigeon. « Prenez-les. Et il faudra que Roshan soit là quand vous ferez ce que je vais vous indiquer, sinon ça ne servirait à rien. » Elle lui décrivit le processus, puis lui rendit le citron et les piments. « Désormais, soyez plus prudente. Et dites-le aussi à vos enfants. Apprenez-leur à craindre les nuits de pleine lune ; et, comme on approche de Kalichovdas, gardez-les à la maison après le coucher du soleil. Dites-leur de ne pas marcher sur, ou de ne pas enjamber, des objets bizarres placés sur leur route. Qu'ils se méfient de tout ce qui ressemble à un petit tas de fleurs, ou d'œufs cassés, ou de noix de coco brisées. Ces choses proviennent de la *kaarestaan* magie noire, croyez-moi. »

Dilnavaz hocha la tête, essayant de mémoriser ses instructions. « Et Sohrab ? Quand me reviendra-t-il ?

— Patience.

— Je ne peux rien faire d'autre ? »

Cette insistance vexa Miss Kutpitia ; mais, à titre de compromis, elle dit : « Coupez de nouveau les ongles de Tehmul. Et cette fois, ajoutez une mèche de ses cheveux. Le lendemain de la pleine lune. Ses chenaux seront plus largement ouverts ce jour-là. » Et, agitant son index squelettique, elle l'admonesta encore une fois : « Il faut être patiente. »

Dilnavaz osa une dernière remarque : « Vous avez dit qu'il existait un dernier remède qu'on pourrait essayer si tout le reste échouait... »

Miss Kutpitia la coupa sèchement : « Je vous ai dit de ne pas y penser. Sortez-vous-le de la tête. Immédiatement.

— Tout ce que vous voulez. C'est vous qui savez, c'est pourquoi je m'adresse à vous. » Elle la remercia humblement et partit.

Dinshawji conseilla à Gustad de suivre exactement les instructions de Ghulam Mohammed. « Ne le défie pas. Reste calme, ensuite nous pourrons oublier ce salaud.

— Mais il va falloir retirer deux liasses par jour.

— Ne t'inquiète pas. Laisse-moi faire. »

Dinshawji remplit sa tâche tranquillement, avec assurance. Chaque soir, il remettait deux liasses à Gustad, qui les emportait chez lui et les fourrait dans l'horrible plastique noir sous le *choolavati*.

À la banque, l'étonnante affaire de New Delhi avait un grand retentissement. Ce n'était pas souvent qu'un Parsi avait droit à la une des journaux pour une histoire criminelle. Le dernier cas en date remontait à plus de dix ans, quand un officier de marine avait tué à coups de revolver l'amant de sa femme. Les gens, à la cantine, n'arrêtaient pas de commenter la douteuse confession du major Bilimoria, et la pléthore de faits surprenants que l'enquête révélait. Pour la plupart, ils refusaient de croire qu'il avait pu imiter la voix du Premier ministre, toute cette histoire ne tenait pas debout, disaient-ils.

Dinshawji et Gustad prenaient part à ces discussions, mimant un intérêt qu'ils espéraient normal. Dinshawji s'en sortait remarquablement, songeait Gustad, rempli d'admiration pour le courage et le bon sens de son ami. Disparu le clown ou le bouffon, remplacé par un compagnon solide et sur lequel on pouvait compter. Comme je l'ai mal jugé. Et comment lui revaudrai-je jamais toute son aide ?

Bientôt, on arriva à la moitié du temps imparti. Le matin, à l'aube, Gustad sortit pour dire ses prières et trouva le rosier, le vinca et le *subjo* réduits à l'état de squelette. Chaque tige, chaque branche avaient été tailladées en petits morceaux.

Inutile d'appeler le Gurkha, se dit-il. À quoi servirait de faire un scandale ? Pourtant Jimmy aimait le vinca, parfois même il venait l'arroser le matin.

Il demeura immobile quelques minutes, puis alla chercher la pelle à ordures et, calmement, ramassa ce qui constituait l'avertissement, sans effusion de sang, de Ghulam Mohammed.

Dinshawji accéléra le rythme, passant à trois liasses par jour, et Gustad se dit qu'il n'aurait jamais dû lui parler des menaces de Ghulam. Encore que, le moins que Dinshawji pût exiger de lui, c'était une totale honnêteté. « N'est-ce pas dangereux, Dinshu ? Trente mille, ça va forcément se remarquer dans les comptes. » Dinshawji affirma qu'il n'y avait rien à craindre, qu'il savait ce qu'il faisait. Il réussit donc à vider le compte cinq jours avant la date limite.

« Merci, merci Dinshu, dit Gustad en lui serrant fiévreusement la main. Je ne sais comment t'exprimer ma reconnaissance.

— N'en parlons plus, *yaar*. Ce n'est rien. »

Mais ce n'est que le lendemain, après que Dinshawji eut effacé toutes traces du compte fictif, que Gustad apprit la vérité. Dinshawji s'évanouit juste avant le déjeuner, et fut transporté d'urgence à l'Hôpital Parsi général. Mr Madon fit prévenir la femme de Dinshawji, et autorisa Gustad à monter dans l'ambulance avec son ami.

Pendant qu'ils traversaient la ville toutes sirènes hurlantes, Dinshawji reprit conscience. « Ne t'inquiète pas, Dinshu, tout va s'arranger, dit Gustad. Ta femme a été prévenue, elle va venir à l'hôpital.

— Mon vautour domestique, dit-il en souriant faiblement. Dieu la bénisse, elle va arriver à tire-d'aile. » L'ambulance naviguait au milieu de la circulation, parfois obligée de freiner brutalement, ce qui provoquait les jurons de Gustad. Il ne quittait pas son ami des yeux, remarquant les petits nodules que formait, au repos, la peau qui pendait sous son menton.

« Maintenant tu sais, dit Dinshawji, pourquoi j'étais si pressé. Je sentais que je n'en avais plus pour longtemps. Alors j'ai décidé d'en sortir trois à la fois, avant qu'il soit trop tard. » Gustad emprisonna la main de son ami entre les deux siennes. La chose qu'il avait dans la gorge l'empêchait de parler. La main était froide et très douce.

Quand ils arrivèrent à l'hôpital, la femme de Dinshawji n'y était pas. « On circule très mal, dit Gustad d'une voix rassurante. Alamai doit être coincée quelque part. » Il resta avec lui le temps d'accomplir les formalités et qu'on lui attribue un lit, lequel se trouva situé dans la salle qu'il avait occupée six mois auparavant.

Dinshawji pressa Gustad de retourner à la banque. « Sinon, le Madon va commencer à arpenter son bureau et à demander pourquoi Mr Noble met si longtemps à revenir.

— Ne pense pas à Madon. Je veux rester jusqu'à ce que le docteur vienne te voir.

— Pas la peine, *yaar*. Ici, je suis dans une maison de vacances. » Il fit un clin d'œil, qui rappela ceux qu'il prodiguait avant que Laurie Coutino n'aille se plaindre. « Tout le confort et le service que je peux imaginer. » Puis il se mit à chanter doucement, d'une voix fausse :

Oh donnez-moi une maison où les infirmières ont la main baladeuse,
Et de si beaux gros tétons ;
Mais où rarement l'on entend une parole encourageante,
Et où le malade est traité comme de la merde.

Gustad éclata de rire. « Chut ! Si quelqu'un t'entend, tu vas en baver. Ces gens ne savent pas apprécier un Poète Lauréat. Tu connais leur moyen favori de tourmenter les malades ?

— Non, lequel ?

— Quand tu demandes le bassin, ils te font attendre, attendre, jusqu'à ce que tu croies ne plus pouvoir te retenir. »

Dinshawji gloussa, se tenant le ventre à l'endroit où il avait mal. « *Arré*, qu'ils essayent seulement. Moi, je laisserai tout aller, psss-psss. En plein milieu du lit. Ça puera dans tout l'hôpital. Comme ça ils auront encore plus de travail. » Ils rirent de plus belle. Puis Gustad lui serra la main et s'en alla. Au bureau des admissions, il laissa le numéro de téléphone de Miss Kutpitia à côté de celui d'Alamai, pour le cas où.

Il ne retourna pas tout de suite à la banque. Sur les pelouses, dans l'enceinte de l'hôpital, le soleil brillait. Il trouva un banc en bordure d'un chemin entre deux plates-bandes de fleurs. Un papillon voletait. Ailes aux dessins noir et orange vif, que Gustad aperçut avant qu'il n'aille planer plus loin. Sohrab en avait un semblable dans sa collection. Il l'appelait un monarque. Je m'en souviens parfaitement. Après la pluie, dans les Jardins suspendus. Tout était en fleurs. Sohrab tout excité, la nuit précédente, faisant des plans. Et si timide dans le jardin, avec son filet de *sudra*-raquette. Mais il a pris cinq papillons ce jour-là. Dont le monarque en premier. Quand il l'a sorti de la boîte avec ses petites pinces, il avait les antennes abîmées, le thorax déformé. Un nuage avait assombri le visage de Sohrab quand il avait découvert le papillon en si triste état, et Gustad avait deviné que son fils ne tarderait pas à abandonner son hobby.

Quels souvenirs Sohrab garde-t-il de tout ceci ? se demanda-t-il. Ils sont rares, sans doute. Pour le moment. Mais un jour, il se rappellera le moindre détail. Comme moi, à propos de mon père. La mémoire revient après qu'on a tout oublié.

Le papillon réapparut, porté par une brise légère. Gustad le suivit des yeux jusqu'à ce qu'il ne fût plus qu'un point puis disparût définitivement.

Quand les morceaux d'alun tombèrent sur les charbons brûlants, ils s'amalgamèrent en une seule boule. La boule visqueuse bouillonna et écuma et, dans un bruit de sifflement, de gargouillement, se percha au-dessus des charbons. Roshan suivit toute l'opération avec intérêt, jusqu'au moment où l'incandescence mourut et, avec elle, les gargouillements.

« Maintenant, va te recoucher, dit Dilnavaz. Tu te sentiras mieux après ces prières. » Apeurée, mais curieuse, elle contemplait la forme douce et blanchâtre qu'avait prise l'alun. Avec quelle perversité il trônait sur les charbons. Comme, léger et cassant, on le détachait facilement des braises. On croirait un biscuit *khaari*, se dit-elle, en le cachant dans un sac en papier — indice de cette force sombre qui faisait du mal à son enfant.

Miss Kutpitia fut ravie des résultats. « Bien, très bien. Quelle belle forme, et entière. Souvent elle se casse en miettes, et alors elle est difficile à lire. Mais vous avez parfaitement réussi. » Elle posa la masse aux contours indécis sur la table du téléphone et l'examina. « Venez, dit-elle, regardez vous aussi. Mais regardez sans la voir. De cette façon, elle prendra différentes significations. Regardez avec les yeux de vos rêves. »

Dilnavaz essaya, pas sûre d'avoir bien compris. « Ça me rappelle la Sœur qui a ramené Roshan à la maison le jour où elle est tombée malade.

— Comment ? s'exclama Miss Kutpitia, incrédule.

— Voyez, on dirait le long *jhabbho* blanc que portent les nonnes.

— Mais voudraient-elles faire du mal à Roshan ? Ce sont de bonnes et saintes personnes. » Elle expliqua de nouveau. « Écoutez. Si vous n'utilisez que vos yeux, vous ne verrez que les choses de ce monde. Mais nous avons affaire à des forces d'un autre monde. » Elles se remirent à étudier l'alun, en silence, le tournant de tous côtés.

« Attendez, attendez ! s'écria Miss Kutpitia. Oui, absolument. Mettez-vous là. » Elle poussa Dilnavaz de l'autre côté. « Et maintenant, que voyez-vous ?

— Un chapeau ? Non. Une maison ? Une maison sans fenêtres ? »

Profondément déçue par une imagination si bornée, Miss Kutpitia repoussa les suggestions avec le mépris qu'elles méritaient, puis utilisa son sens visionnaire exercé pour guider ses yeux. « Regardez, c'est quoi, ça ? Une queue. Et ça, ça, ça, et ça ? Quatre pattes. Et par-dessus ?

— Deux oreilles dressées ! s'exclama Dilnavaz, saisie enfin par l'illumination, au soulagement de son mentor. Et ça, c'est un mufle !

— Exact ! Et le tout additionné, ça donne quoi ?

— Un animal à quatre pattes ?

— Évidemment. Un chien, je pense.

— Un chien ? Dispensant une force sombre et maléfique ?

— Vous avez oublié ce que j'ai dit auparavant, s'impatienta Miss Kutpitia. J'ai dit que la forme de l'alun

278

nous donnerait un indice. Ça ne signifie pas qu'elle indique le coupable. Une personne possédant un chien pourrait bien être celui ou celle que nous recherchons. »

Dilnavaz se prit le visage entre les mains. « Oh, mon Dieu !

— Allons bon, qu'y a-t-il ?

— Mr Rabadi ! Il a une poméranienne blanche ! Il était...

— Du calme. Et d'abord, a-t-il un motif ?

— Oui, oui ! Depuis l'époque où il avait son gros chien, Gustad et lui n'arrêtent pas de se bagarrer. Tigre. Il faisait son *chhee-chhee* dans les fleurs de Gustad. Et maintenant, c'est le petit chien qui aboie après lui. Ensuite il y a eu l'histoire avec les journaux, sans compter qu'il croit que mon Darius court après sa fille. Rabadi nous hait ! »

Miss Kutpitia ramassa la forme dont tout dépendait. « Vous savez ce qu'il vous reste à faire. »

Il flottait un certain parfum dans l'air, près du mur de la cour. « D'où cela vient-il ? » demanda Gustad. L'artiste retouchait ses dessins. Quand elles se prosternaient, certaines personnes avaient l'habitude détestable de toucher le mur. Auparavant, l'artiste ne s'en était pas inquiété : il avait appris, au cours de ses années d'errance, que la fugacité était la seule certitude significative gouvernant son œuvre. Chaque fois que les vicissitudes et les aléas de la vie de rue le dépossédaient de ses créations, l'obligeant à les recommencer ou à déménager, c'est joyeusement qu'il faisait ce qu'il devait faire. Si des policiers, shorts longs et genoux cagneux, ne piétinaient pas ses dessins de leurs pieds chaussés des sandales noires réglementaires, la pluie et le vent se chargeaient ultérieurement de les effacer. Et pour lui, cela revenait au même.

Mais récemment, quelque chose avait changé. Il éprouvait un besoin extrême de protéger son œuvre. « Bonjour, monsieur. Ça fait des jours que je ne vous ai pas vu, dit-il en posant sa craie. J'ai fini plein de nouveaux tableaux.

— C'est très beau. » Gustad renifla encore. « Quelle bonne odeur.

— Ça vient de Laxmi », dit l'artiste.

Gustad se rapprocha de la déesse de la richesse. Quelqu'un avait planté un *argabatti* dans une fissure du trottoir à côté du dessin. Le bâtonnet d'encens s'était consumé jusqu'à son dernier centimètre, émettant à son extrémité vitale un rayonnement orange vif. De légères volutes de fumée gris-blanc s'en échappaient, flottaient vers le visage de Laxmi pour s'évanouir ensuite dans l'air du soir. Gustad goûtait cette délicate odeur. Et quand l'*argabatti* acheva de se consumer, un filament de cendre pendilla un instant avant de s'éparpiller en poussière.

« Le mur devient de plus en plus populaire, dit Gustad. Mais l'argent ? Vous en gagnez assez ?

— Oh, oui ! C'est un très bon emplacement. » Il se pavana dans ses nouveaux vêtements. « Pantalon de Terylène — dernière mode, pattes d'éléphant, sept passants à ceinture. Et chemise en coton mélangé, pas de repassage. » Il tira sur son col pour montrer l'étiquette à l'intérieur. Mais il ne portait toujours pas de chaussures. « Je suis allé chez Carona, chez Bata, chez le Chausseur Royal. J'en ai essayé des tas de différents-différents styles. Chaussures, sandales, *chappals*, tous me serrent et me font mal. Rien ne vaut les pieds nus. » Sur quoi, il mena Gustad auprès de ses plus récents travaux : Gautama Bouddha dans la position du Lotus sous l'arbre Bodhi ; le Christ avec ses disciples à la dernière Cène ; Karttikeya, Dieu du Courage ; Haji Ali Dargah, la belle mosquée dans la mer ; l'église du Mont Marie ; Daniel dans la Fosse aux lions ; Sai Baba ; Manassa, la déesse-serpent ; Saint François parlant aux oiseaux ; Krishna avec sa flûte et Radha tenant les fleurs ; l'Ascension ; et, pour finir, Dustoor Kookadaru et Dustoor Meherji Rana.

L'artiste se tenait beaucoup moins sur la réserve qu'auparavant ; il confia à Gustad qu'il allait épargner de l'argent afin de s'acheter de nouvelles fournitures : « Désormais, plus de craies. Que de la peinture à l'huile et du vernis. Ça ne bouge pas. Rien ne peut l'abîmer. »

Ensuite, il raconta brièvement la vie de certains saints, comme Haji Ali, mort au cours de son pèlerinage à La Mecque. Le cercueil contenant sa dépouille mortelle revint à Bombay en flottant miraculeusement sur les eaux de la mer d'Arabie, et finit par s'échouer sur un îlot rocheux non loin du rivage. Là, ses dévots construisirent un tombeau et une mosquée, ainsi qu'une chaussée jusqu'à la terre ferme, que l'on pouvait emprunter à pied à marée basse.

Puis vint l'histoire du Mont Marie, autre lieu de miracles. Un groupe de pêcheurs, pris dans une violente tempête, attendait la mort. Mais la Sainte Vierge Marie leur apparut et leur garantit le salut, car elle veillait sur eux. En échange, ils devraient construire une église au sommet d'une colline à Bandra, et y placer une statue que les flots déposeraient au pied de la colline. Les pêcheurs revinrent à terre sains et saufs. Le lendemain matin, quand la mer se fut calmée, une statue de la Sainte Vierge tenant l'Enfant Jésus dans ses bras s'échoua sur la plage.

Fasciné, Gustad écoutait l'artiste dévider une histoire après l'autre. Quelle mine de savoir, se disait-il. Et non seulement il avait transformé le mur en un lieu propre, mais il laissait transparaître à travers ses peintures un sentiment de réelle bonté.

Quand il fit trop sombre pour que l'on pût encore voir, Gustad entra dans la cour. La Landmaster de l'inspecteur Bamji y pénétra derrière lui. « *Arré* patron ! C'est stupéfiant ce que vous avez obtenu. En un clin d'œil, tous les salauds de pisseurs, *pffuit*, disparus. Plus de *goo-mooter*, plus de puanteur. Une sorte de foutu miracle, patron.

— Avec tant de saints et de prophètes sur le mur, les miracles ne sont pas difficiles à réaliser.

— Vous êtes trop modeste, patron, trop modeste ! Vous avez fait un mur imperméable à la pisse. Mais je ne comprends pas la putain de mentalité, *maader chod*, de nos voisins. Le croirez-vous ? Certains (je tairai les noms) bougonnent — il n'y a pas de raison que les dieux *perjat* se retrouvent sur le mur d'un immeuble parsi zoroastrien. Moi je vous le dis, c'est de la sciure de bois qu'ils ont dans le cerveau.

— Je crois savoir qui sont ces gens.

— Oh, n'y pensez plus, patron. Ça n'en vaut pas la peine. Au lieu de se réjouir que la puanteur ait disparu, que les moustiques aient disparu, il faut que ces *saala maader chods* trouvent le moyen de crier après quelque chose.

— De toute façon, dit Gustad, l'artiste a dessiné saheb Zoroastre. Et Meherji Rana, et Dustoorji Kookadaru.

— Bien sûr, patron. Plus on est de fous plus on rit. Un bon mélange comme celui-là constitue un parfait exemple pour notre pays laïc. C'est comme ça que les choses devraient être. Les *ghail chodias* se plaindraient si Dieu Lui-même descendait sur terre. Ils trouveraient quelque chose à lui reprocher. Qu'Il n'est pas assez bel homme, ou pas assez clair de peau, ou pas assez grand. » Là-dessus l'inspecteur Bamji salua Gustad et redémarra.

Riant tout seul, Gustad entra chez lui. Roshan sanglotait sur le canapé.

« Pas moyen de l'arrêter, se plaignit Dilnavaz. Et pour une telle bêtise.

— Qu'est-ce qui ne va pas ? A-t-elle mal quelque part ?

— Non, elle n'a mal nulle part. Elle a perdu sa poupée, c'est tout.

— Comment ça perdu ? Une si grande poupée ? Ce n'est pas une aiguille ou un bouton.

— On ne la trouve nulle part dans la maison.

— Alors dis qu'elle a été volée. Perdue ! » Il essuya les yeux de Roshan. « Où l'avais-tu laissée ?

— Sur le canapé, depuis plusieurs jours.

— *Bas*, tu as dû laisser la porte ouverte. Je t'ai pourtant prévenue des centaines de fois. Combien de temps faut-il au fruitwalla ou au biscuitwalla ou à n'importe qui d'autre pour piquer quelque chose et filer avec ?

— Je ne laisse jamais la porte ouverte », scanda Dilnavaz, tout en se rappelant ses allers-retours frénétiques chez Miss Kutpitia.

« Rassure-toi, dit Gustad à Roshan. Nous la trouve-rons. » Dieu sait où, songea-t-il, désemparé. Il faudrait un miracle, comme pour le mur. Pourquoi les miracles et les calamités arrivent-ils toujours ensemble ?

15

« Voilà, tout y est. Vous feriez mieux de compter. »

Ghulam parut vexé. « Je vous en prie, ne dites pas ça, Mr Noble. Je vous confierais ma vie. Vous êtes l'ami de Bili Boy, et le mien. »

Salaud d'hypocrite, songea Gustad. La dernière fois, menaçant et méchant — comme un cobra dilatant son capuchon. Aujourd'hui, toute douceur et reconnaissance. Foutu acteur, va. « J'espère que je n'ai plus besoin d'être votre ami et celui du major. »

Ghulam soupira et ouvrit un journal. « Vous avez vu ce reportage de Delhi aujourd'hui ? Sur Bili Boy ? » Gustad ne put maîtriser sa curiosité.

« Vous voyez ? dit Ghulam. Ils veulent lui régler son compte. Trois magistrats différents en trois jours, pour s'occuper du cas de Bili Boy. » Furieux, il froissa le journal. « Des gens très très haut placés sont mouillés dans cette affaire, croyez-moi. »

Le salaud a raison. Il se passe quelque chose de drôle. « Le major Bilimoria m'a menti depuis le début. Comment pourrais-je croire, ou ne pas croire ? À qui faire confiance ? À vous ? Au journal ? »

De nouveau, Ghulam eut l'air peiné. « Je vous en prie, Mr Noble, ne vous fiez pas aux apparences. Bili est piégé par les gens d'en haut. » Le mépris se lut sur le visage de Gustad. « Et ce qui lui fait le plus de mal, ce ne sont pas les coups de ses ennemis, mais de penser que son ami croit qu'il l'a trahi. C'est pour ça qu'il veut vous voir et tout vous expliquer.

— Quoi ? Mais vous avez dit qu'il est en prison.

— Ça peut s'arranger. Si vous allez à Delhi.

— Impossible. Je n'ai pas de congé, et ma fille est malade, et, de plus... »

Ghulam chercha dans ses poches. « Il vous a écrit. Tenez, lisez. » Gustad ouvrit l'enveloppe :

Mon cher Gustad,

Par où vais-je commencer ? Les choses ont mal tourné. Terriblement mal tourné. Et j'ai failli te plonger dans les ennuis. Peux-tu me pardonner ?

Maintenant, je n'ai qu'une chose à te demander. Je devrais avoir honte d'écrire même ce mot de demande, mais je veux que tu viennes à Delhi, de façon que je te raconte ce qui s'est passé. C'est une histoire longue et compliquée, et tu ne croirais pas les mots écrits sur le papier puisque je t'en ai déjà écrit et que je n'ai pu les empêcher de se transformer en mensonges. Je t'en prie, viens me voir. Je veux que tu saches et que tu comprennes, je veux entendre tes lèvres me dire que tu me pardonnes. Ghulam Mohammed arrangera tout. Je t'en prie, viens.

Ton ami qui t'aime,

JIMMY

Gustad plia la lettre et la glissa dans sa poche.

« Irez-vous ? demanda Ghulam.

— Il m'a déjà piégé une fois.

— Vous vous trompez, il est vraiment votre ami. Mais plus pour très longtemps si ses ennemis s'en débarrassent.

— Allons, et puis quoi encore. Saleté d'acteur. Il dirait n'importe quoi pour me convaincre.

— Non, vraiment, je n'exagère pas. Si vous aviez affaire à ces gens, vous le sauriez. S'il vous plaît, allez-y.

— Bon, je vais y réfléchir. » Ce qu'il fallait d'abord, c'était mettre fin à ces sollicitations.

L'air nocturne était épais. Étouffant, comme la présence de ce salaud. Puant comme le mur de pierre noire avant l'arrivée de l'artiste. Les caniveaux débordaient de nouveau, les gaz toxiques à l'odeur infecte y bouillonnaient continuellement. Gustad se demanda ce que la municipalité répondait aux plaintes du Dr Trésorier, des boutiquiers, des putains et des mécaniciens. Il pressa le pas, s'empêchant de respirer et, lorsqu'il ne put plus se retenir, inhalant le moins possible.

Tehmul l'attendait dans la cour. « GustadGustadlettretrèstrèsimportante. » Elle émanait du propriétaire qui remerciait les locataires d'avoir signé la pétition contre l'élargissement de la rue. Il promettait de les tenir informés de l'évolution de la procédure judiciaire qu'il avait intentée. Gustad garda un des trente exemplaires de la lettre et dit à Tehmul d'aller distribuer les autres. Vu la façon dont travaillent les tribunaux, nous serons tous vieux ou morts avant qu'un verdict soit prononcé. Dieu soit loué.

Pendant ces derniers jours d'octobre, l'état de Dinshawji ne s'améliora pas. Il semblait rétrécir dans son lit d'hôpital. Ses bras, ses jambes, son cou, son visage — tout se desséchait, sauf la boule dans son ventre, cette excroissance qu'on devinait sous le drap. Et ses pieds, taille quarante-quatre, dressés comme deux sentinelles au bout du lit.

Gustad venait le voir aussi souvent qu'il le pouvait, au moins deux fois par semaine, et s'étonnait de ne jamais croiser la femme de Dinshawji. Il rapportait à son ami les dernières nouvelles de la banque, la dispute entre Mr Madon et un employé, ou la toilette que portait Laurie Coutino ce jour-là. « Son chemisier, décolleté jusque-là », dit-il, défaisant les trois boutons du haut de sa chemise et en rentrant les bords pour former un V plongeant.

« Non, non ! Tu blagues, gloussa Dinshawji.

— Je jure », dit Gustad en se pinçant la peau sous la pomme d'Adam pour valider son serment. « Décolleté jusque-là, sans exagérer. Quand elle marchait, ses *boblaas* tremblotaient comme des monticules de gelée, je te mens pas.

— *Arré*, arrête de me torturer, *yaar*. Je me prosterne à tes pieds !

— Les types ont pas arrêté de se pointer à son bureau sous un prétexte ou un autre. Ces salopards. Même Goover-Ni-Gaan Ratansa. Et pour finir, tu ne le croiras pas, le vieux Bhimsen, tout chancelant qu'il est. Memsaab, a-t-il dit, vous voulez thé-café ? Un biski-crème craquant ? Pour le coup, c'en était trop. »

Dinshawji fut secoué de rire. « Et Madon ?

— Il a eu sa part dans son cabinet privé. Dans l'Enclave des Chefs. Il a prétendu que sa secrétaire était trop occupée et qu'il voulait dicter quelque chose à Miss Coutino. »

Considérant le sujet épuisé, Gustad dit à Dinshawji qu'il avait rendu l'argent à Ghulam Mohammed, et il lui montra la lettre du major. « Alors, qu'en penses-tu ?

— Difficile à dire, mais à ta place j'irais.

— Et si c'est un autre piège ? »

Le dîner arriva, on fit glisser la table roulante par-dessus Dinshawji. Le garçon de salle déposa vivement un bol de soupe et une écuelle avec un couvercle, puis poussa le chariot jusqu'au lit suivant. Dinshawji avait l'air misérable, coincé sous la table.

« Veux-tu que je te redresse un peu la tête ? » demanda Gustad. Il tourna la manivelle, mais ce furent les pieds qui se soulevèrent. Il inséra la manivelle dans l'encoche suivante et essaya de nouveau ; la moitié supérieure s'éleva lentement. « Ça va ? »

Sur un hochement de tête reconnaissant, il secoua légèrement le levier afin de bloquer le lit dans cette position. Dinshawji plongea la cuiller dans le bol et la porta à sa bouche. Mais sa main tremblait tellement que la soupe lui coula sur le menton en direction de la gorge. Il eut un sourire penaud et tenta de s'essuyer du revers de la main.

D'un geste hésitant, Gustad déplia la serviette afin de l'essuyer. Quand il vit que Dinshawji le laissait faire sans protester, il saisit la cuiller et entreprit de le nourrir. « Un peu de pain avec ?

— Oui, s'il te plaît. » Gustad émietta une tranche dans la soupe, puis pêcha les morceaux un par un.

L'écuelle couverte contenait une côtelette de mouton et quelques légumes bouillis. « *Bas*, je n'en peux plus, dit Dinshawji.

— Non, non, tu dois manger. » Gustad découpa la côtelette en petits bouts, en piqua un avec la fourchette et le lui présenta. « Allons, allons. Ouvre la bouche. C'est très bon.

— Je t'en prie, *yaar*, la soupe m'a rempli l'estomac et le ventre.

— Sois un bon garçon, Dinshu.

— D'accord, mais à une condition : on partage moitié-moitié. » Gustad accepta. À mi-repas, il tenta de lui glisser un morceau de plus. « Tu triches, tu triches, dit Dinshawji. C'est à toi de manger. » Quand, de cette façon, ils eurent fini l'assiette, Dinshawji but un peu d'eau dans sa tasse à bec puis regarda Gustad enlever le plateau et faire redescendre lentement le lit. « Pardon pour tout ça, Gustad.

— Absurde. Je voulais goûter ta côtelette. » Il fallait qu'il maintienne les apparences sinon la tristesse le submergerait, ce qui ne serait pas bon pour Dinshawji.

Quand il fut sur le point de partir, Dinshawji le remercia encore une fois. Avec des larmes dans la voix. « Je ne sais pas ce que je ferais sans tes visites.

— Voyons, *yaar*, ça n'est rien. En réalité, ça m'aide moi aussi à passer le temps. » Il redressa l'oreiller. « *Chaalo*, bonne nuit. Et ne fais pas de *ghaylaa-chayraa* avec l'infirmière de nuit.

— Est-ce que tu l'as vue ? Vraiment *futaakro*. Ma Dame à la Lampe. Je l'autorise à emprunter ma bougie chaque fois que sa lampe est cassée. »

En longeant le couloir froid où résonnaient ses pas, Gustad se demanda comment, en son absence, Dinshawji réussissait à s'en tirer. Est-ce que le garçon de salle ou une infirmière l'aidaient à manger, ou bien le laissait-on cracher et s'éclabousser tout seul ? Et le vautour domestique, que faisait-il ? Gustad s'était retenu de poser la question afin de ne pas embarrasser Dinshawji.

Il continua donc d'aller le voir régulièrement. Les dimanches, il passait tout l'après-midi et la soirée avec lui. Puis, vers la mi-novembre, l'état de Dinshawji s'aggrava, on dut le nourrir par perfusion. Désormais, Gustad ne pouvait que s'asseoir à côté du lit et regarder, impuissant, les flacons, suspendus à la perche, déverser leurs liquides indifférents dans les veines de son ami. Il découvrit soudain qu'il s'était mis à attendre avec impatience ces moments où il aidait Dinshawji à manger. Maintenant, le rôle était tenu par les tubes transparents et les aiguilles brillantes.

Il ne renonça cependant à aucune de ses visites, spécialement celles du dimanche après-midi qui, pour une raison quelconque, comptaient plus pour Dinshawji que celles de la semaine. Le dimanche devint ainsi pour Gustad une journée extrêmement occupée. Il avait dû, afin de suivre les strictes prescriptions du Dr Trésorier concernant le régime alimentaire de Roshan, reprendre ses excursions détestées au Crawford Market. Il fallait nourrir la fillette d'aliments bouillis, sans le plus petit soupçon d'épices. À cela s'ajoutaient du lait de coco chaque matin, un bouillon de poulet au déjeuner et au dîner, le jus de trois citrons dans l'après-midi, et un verre de Bovril quand il lui plaisait.

Les dépenses de médicaments avaient englouti l'argent qu'avait rapporté la vente de l'appareil photo. Et les produits du régime se révélaient extrêmement coûteux, spécialement le Bovril, qu'on ne trouvait à acheter qu'au marché noir. Gustad envisagea de vendre sa montre ou ses boutons de manchettes en or, cadeau de mariage. Mais un jour qu'il était au travail, Dilnavaz, laissant Roshan sous la surveillance de Mrs Pastakia, se rendit au Jhaveri Bazar, où elle vendit, à celle des boutiques qui lui fit la

290

meilleure offre, deux bracelets en or, son propre cadeau de mariage.

Elle donna l'argent à Gustad, qui ne put qu'accepter : il était trop tard pour protester. Sur quoi Dilnavaz ajouta : « Pour l'amour de Dieu, ne recommence pas à rapporter le poulet vivant. »

Si la santé de son enfant n'avait pas été en jeu, jamais Gustad ne serait retourné au Crawford Market, dont les spectacles et les odeurs lui répugnaient autant qu'avant. Chaque samedi soir, il allait se coucher avec une sorte de nausée qui se renforçait au fur et à mesure que l'aube approchait. Il redoutait ces effluves puissants de légumes et d'épices, l'odeur douceâtre et écœurante des piles d'oranges et d'ananas, à la limite de la putréfaction. Mais un matin, alors qu'il pénétrait dans la halle surpeuplée et se dirigeait vers le fond, où se trouvaient les étals de poulets, une heureuse surprise l'attendait. Dans l'espace libre qui séparait les marchands d'œufs des étals de volailles, un homme grand et mince avançait. Que Gustad fixa longuement, tant il lui trouvait un air familier. Quand leurs yeux se croisèrent, la même expression d'étonnement se peignit sur le visage de l'homme.

« Oh, seigneur ! dit-il. Vous êtes bien Gustad Noble, n'est-ce pas ?

— Malcolm ! Après tant d'années !

— Je n'arrive pas à y croire !

— Mais où... ! »

Ils se précipitèrent l'un vers l'autre, se serrèrent les mains, s'étreignirent, riant, se donnant des grandes claques dans le dos. Malcolm broya l'épaule gauche de Gustad — il avait toujours eu cette habitude. Stupéfaits par cette rencontre tellement inattendue, il leur fallut un moment pour qu'ils puissent se remettre à parler intelligemment et tenter de rattraper, ne serait-ce qu'un peu, ces dizaines d'années de séparation. Toujours célibataire, Malcolm avait satisfait l'ambition de son enfance et était devenu musicien professionnel. « Mais qui peut s'offrir un piano et des leçons de nos jours ? Avec l'impôt pour les réfugiés et tout le reste ? Souviens-toi : la loi de l'offre et de la demande, il y a un surplus de professeurs. » À présent, il lui restait à peine assez d'élèves pour lui permettre d'acheter du papier à musique et des partitions, et de faire venir régulièrement l'accordeur. « Les disques aussi, ça devient difficile à acheter. Ces salauds les vendent de plus en plus cher en contrebande. Même chez Stanley & Sons, ils n'ont quasiment plus rien, et les prix sont exorbitants. » Pour finir, il lui avait fallu accepter un boulot à la municipalité.

« Quelle honte, dit Gustad. Tu as un tel talent.

— Les seuls qui gagnent de l'argent comme musiciens sont ces singes qui jouent pour les studios d'enregistrement. Des idioties comme les musiques de films publicitaires ou de films hindous. Mais je refuse de vendre mon âme ainsi. Taratatam, taratatam, toute la journée sur un clavier ? Après toutes ces années d'apprentissage de la musique classique ? Pas question. »

Ils en vinrent enfin à la situation actuelle. « Ainsi, dit Malcolm, tu viens toujours ici acheter ton bœuf.

— Non, pas vraiment. On achète au *goaswalla*. C'est plus pratique, il passe chaque jour dans l'immeuble. » Il n'avoua pas la principale raison qui lui avait fait abandonner le Crawford Market ; cette crainte des émeutes et du sang aurait paru ridicule.

Mais, stupide ou pas, pensa Gustad, en matière de fanatiques, mieux vaut la précaution que le regret. Comme toutes les émeutes, celle-ci avait commencé par un rassemblement pacifique. Des sadhous en grand nombre, brandissant bâtons, tridents et autres instruments religieux également sanctifiés, avaient organisé une manifestation devant le Parlement pour protester contre l'abattage des vaches. Très au fait des techniques modernes de campagnes électorales et de relations publiques, ils étaient arrivés avec un troupeau de vaches. Des slogans fusèrent, on déploya des bannières, on injuria copieusement le personnel gouvernemental ; tambours, cloches, trompes et cymbales ajoutèrent à la clameur ; et les douces créatures saisies d'énervement commencèrent à meugler. On appela la colère des dieux sur les meurtriers de Gomata sacré, et soudain, inexplicablement (certains parlèrent de la Main de la Providence) la réunion dégénéra. La police ouvrit le feu. Vaches et sadhous fuirent en débandade. Bâtons et tridents, sabots et cornes, balles et matraques entrèrent dans la danse. Et l'on compta une mort politique : le ministre de l'Intérieur, qui avait de la sympathie pour les sadhous et avait encouragé leur réclamation, dut démissionner. Sur quoi le Syndicat des Sadhous et des Saints Hommes encouragea l'agitation qui s'étendit à tout le pays, et il s'écoula beaucoup de temps avant que les abatteurs de vaches et les mangeurs de bœuf pussent de nouveau respirer librement. Gustad ne retourna plus jamais acheter sa viande à Crawford Market.

« Acheter au *goaswalla* ? dit Malcolm. Tut-tut, mec, c'est pas la même chose. Ce *goaswalla* ne te donnera jamais le collier. Mais qu'est-ce qui t'amène ici aujourd'hui ? »

Gustad lui raconta la maladie de Roshan. Malgré cette coupure de trente ans, il se sentait aussi à l'aise avec Malcolm qu'à l'époque de l'université. Il lui confia aussi sa déception à propos de Sohrab, le chagrin qu'il en concevait, l'avenir qui s'écroulait. Puis il lui parla de Dinshawji : « C'est si triste, si douloureux, de voir cet homme merveilleux réduit à l'impuissance. Mon unique ami depuis que toi et moi nous sommes perdus de vue. » Tout en disant cela, Gustad pensait aussi à Jimmy Bilimoria, mais cette histoire il la garda pour lui — le major devait sortir de sa vie.

« Il y a un moyen d'aider ton enfant, dit Malcolm, touché de tant de tristesse. Ainsi que ton ami malade. As-tu entendu parler du Mont Marie ? »

Gustad sursauta. Quelle coïncidence ! « Oui, j'en ai entendu parler.

— Il ne s'agit pas de la blague que nous aimions faire à l'université, dit Malcolm en riant. Tu sais, demander aux filles le chemin du mont Marie. Je parle de l'église de Mont Marie.

— Ah, c'est ça que signifiait la blague. Mais oui, je

connais l'église aussi. Tout récemment, quelqu'un m'a raconté le miracle du Mont Marie. »

L'histoire de l'artiste qui avait transformé le mur de pierre noire impressionna beaucoup Malcolm. « Mais viens avec moi au Mont Marie, dit-il. Demande à la Sainte Vierge de t'aider. Elle guérira Roshan et ton ami. Des miracles se produisent chaque jour, j'en ai personnellement été témoin plusieurs fois. » Il proposa toutefois de l'aider d'abord à acheter un poulet. Chemin faisant, Gustad en apprit davantage sur l'église, qui avait pour tradition d'accueillir parsis, musulmans, hindous, sans souci de caste ou de croyance. La Mère Marie aidait tout le monde. Et tandis qu'ils circulaient au milieu des cages à poules, Gustad eut l'impression de retrouver ces dimanches matin d'antan, consacrés à l'église, au bœuf et à la chrétienté.

« Attends, attends, s'interrompit Malcolm. Tu vois ça ? » Il lui montra la patte déformée du volatile que lui tendait le marchand. « Il a dû se battre. N'achète jamais un poulet qui s'est battu. » Puis, s'adressant au vendeur : « Vous nous prenez pour des aveugles, ou quoi ? » Il prit la direction des opérations, rappelant à Gustad, tout heureux, le comportement de Papa, aux temps prospères — dans son élément à Crawford Market.

« Sacré bon poulet, dit enfin Malcolm. Sens, là. Sous les plumes, vieux. » Gustad enfonça son doigt à l'endroit indiqué, juste pour la forme, et acquiesça. L'homme prit son couteau et se dirigea vers le fond de sa boutique. Malcolm le suivit, invitant Gustad à venir lui aussi. « Il faut être très sur l'œil avec ces salopards, sinon ils échangent les bêtes. » L'homme demanda s'ils voulaient la tête. Gustad dit que non, et la tête atterrit dans le caniveau, où attendaient les corneilles.

« Accompagne-moi, dit Malcolm, tandis qu'ils revenaient vers l'arrêt d'autobus. Nous pouvons aller à Mont Marie cet après-midi. »

Jadis, Gustad aurait refusé tout de suite. S'immiscer dans des histoires de religions était détestable et irrévérencieux, un affront à la foi des autres et à la sienne.

Mais Mont Marie c'était différent — on avait le sentiment d'une sorte de prédestination. D'abord l'artiste, lui décrivant le miracle. Puis la rencontre soudaine avec Malcolm. Qui lui racontait la même chose. Comme une intervention divine. Peut-être que Dada Ormuzd m'envoie un message.

« D'accord, nous irons.

— Bien, dit Malcolm. Écoute, je prendrai le train de quatorze heures à Marine Lines, et tu m'attendras sur le quai à Grant Road.

— Entendu. Quelle heure est-il maintenant ? » Il était dix heures et demie, dix heures et demie à l'horloge centenaire de Crawford Market, fidèle gardienne des heures (sauf pendant les coupures de courant) pour les bouchers et les vendeurs d'animaux domestiques, les marchands et les négociants au marché noir, les acheteurs et les mendiants, tous réunis sous le même toit.

Gustad suivit des yeux Malcolm qui s'engageait dans la rue menant à Dhobitalao, le quartier où se trouvait l'ancienne école de Sohrab. De l'arrêt d'autobus, on voyait les murs et les grilles entourant le poste de police proche de Saint Xavier. Dans la cour, les policiers entraînaient leurs chiens. Un jour, Sohrab et lui avaient regardé, à travers le portail, les dobermans attaquer les mannequins et lacérer les bras lourdement caparaçonnés de leurs dresseurs.

Le bus arriva, et Gustad jeta un coup d'œil angoissé à son panier. La vieille terreur de laisser derrière lui une traînée de sang ne l'avait pas abandonné. Bien que, ces dernières semaines, il eût perfectionné sa technique : des couches de papier journal au fond et sur les côtés du panier, un sac en polyéthylène à l'intérieur — si le sac fuyait, le papier journal absorberait l'écoulement. La technique s'était révélée sans faute, mais voilà que, comme pour justifier son inquiétude, la femme devant lui se retourna et le foudroya du regard. Elle attrapa un coin de son sari et s'en couvrit le nez et la bouche, ses yeux louchant du panier au visage de Gustad.

Elle sait ce qu'il y a là-dedans. Elle renifle ma peur,

comme un chien. Je n'ai pas de chance dans les bus... comme cette fois à Chor Bazar. Quand je suis rentré dans Madame Large-Cul. Qu'elle était fâchée. Mais je l'ai charmée très vite.

Le souvenir le fit sourire, et la dame végétarienne crut y voir de l'arrogance. Ses yeux crachèrent du venin.

« Je pars voir Dinshawji », dit Gustad à Dilnavaz après le déjeuner. Il espérait revenir assez tôt pour avoir le temps de s'arrêter à l'hôpital et convertir son mensonge en semi-vérité.

À quatorze heures, un train rapide à destination de Virar s'arrêta à la gare de Grant Road. Commença alors, bousculades et débordements, la grande translation des corps, puis le train repartit : troisième classe surchargée ; première classe à coussins ; « Voiture de Femmes », aux fenêtres protégées par un grillage métallique spécial, avec des interstices si petits qu'aucun doigt ne pouvait s'y faufiler pour importuner les filles d'Ève. Sur le quai, le panneau indicateur se modifia. Et tandis que Gustad essayait d'en déchiffrer la complexité, le train arriva, et Malcolm le héla. Quelques minutes après, à la Gare Centrale, ils trouvèrent deux sièges fenêtre. « Train lent, dit Malcolm. Toujours l'offre et la demande. »

Inscrits sur leurs panneaux bleus, blancs et rouges, les noms des gares défilaient sous les yeux de Gustad. Mahalaxmi. Lower Parel. Elphinstone Road. Dadar. « Dadar, dit Gustad. J'ai dû venir ici quand Sohrab est entré en huitième. Pour me procurer ses livres de classe à Pervez Hall.

— C'est quoi ?

— Un service d'aide sociale pour les étudiants. » Il sourit à ce souvenir. « Sohrab était si excité à la vue de tant de livres. Il voulait tous les feuilleter, ceux de huitième, de septième, de sixième, tous. La vieille dame lui a dit : "*Dikra*, vas-y lentement, une année à la fois, si tu en dévores trop tu auras une indigestion." » Son imitation de la voix de la vieille dame fit rire Malcolm. « J'étais comme lui, continua-t-il, quand j'ai commencé à fréquenter la librairie de mon père. Je voulais examiner chaque livre, immédiatement. Comme s'ils allaient tous disparaître. » Son visage s'assombrit. « Et c'est ce qu'ils ont fait. Avec l'huissier. » Gare de Matunga.

« Mais tu te rappelles comme nous avons pris le fourgon de mon oncle pour cacher les meubles ? En pleine nuit ?

— Oui, juste un jour avant que l'huissier débarque avec son foutu camion.

— Tu as toujours les meubles ?

— Bien sûr. Ils sont d'une superbe qualité. C'est mon grand-père qui les a fabriqués, tu sais. Et ils n'ont pas bougé », ajouta-t-il fièrement. Le train passa au-dessus de Mahim Creek, et l'épouvantable odeur d'égouts à ciel ouvert mêlée aux effluves salés de la mer leur fit plisser le nez.

« C'est encore loin ? demanda Gustad.

— Bandra est le prochain arrêt. »

Sur le quai, une vieille femme s'avançait dans leur direction. Traînant les pieds, l'épaule affaissée sous le poids d'un sac en tissu kaki plein de bougies. Du mucus, comme des larmes têtues, s'accumulait au coin de ses yeux. Par l'ouverture de son sac émergeaient comiquement les mèches des bougies blanches, grappe silencieuse de minuscules langues qui suppliaient au nom de leur propriétaire. Son visage parcheminé et ses cheveux gris striés de blanc rappelèrent à Gustad la femme-oiseau dans *Mary Poppins,* sur les marches de Saint Paul. Pauvre chose, si vieille et fatiguée... « Nourrissez les oiseaux, deux pence, deux pence, deux pence le sac... » la première du film, ç'avait été quelque chose. Nuit de gala à Saint-Xavier, collecte de fonds pour construire le nouveau gymnase du lycée. Et cette autre chanson. Avec le mot si long. Seul Sohrab était capable de s'en souvenir quand nous sommes rentrés à la maison. « Superca... superfragi... Supercalifragi...

— Quoi ? dit Malcolm.

— Oh, rien. » Quelle mémoire, quelle tête avait ce garçon. Et quel gâchis.

« Bougies pour le Mont Marie », murmura la vieille femme, qui en sortit une poignée de son sac.

Gustad hésita. « Avance, mon vieux, dit Malcolm. On ne peut pas faire confiance à ces gens. Ils mélangent des tas d'impuretés, et ensuite les bougies brûlent mal. Près de l'église, tu en auras de meilleure qualité. »

La vieille femme graillonna, cracha sa colère, et cria dans leur dos : « Si tout le monde achète à côté de l'église, qu'est-ce que je vais devenir, hein ? Comment j'aurai une bouchée à manger ? » Le reste de ses invectives se perdit dans un accès de toux.

En sortant de la gare, Malcolm négocia le prix de la course avec un chauffeur dont le taxi n'avait pas de compteur. Une fois partis, le chauffeur tâtonna sous son siège et en ramena un paquet de bougies de taille moyenne. « Pour le Mont Marie ? demanda-t-il avec empressement.

— Non », dit Malcolm.

Le chauffeur insista : « Vous voulez plus grosses ? J'ai toutes sortes de différentes-différentes tailles dans le coffre.

— Non vieux, nous n'avons pas besoin de vos bougies. »

« Laisse-moi-régler-ça », signifia le regard qu'il lança à Gustad, lequel s'intéressait surtout au violent tremblement de la fenêtre en partie ouverte. La poignée manquait, aussi ne pouvait-on ni monter ni descendre la vitre.

« J'ai tout pour Mont Marie dans le coffre, répéta le chauffeur. Attirail complet. Mains et pieds, jambes et cuisses. Têtes entières. Doigts et orteils séparés. » La litanie réussit à distraire Gustad du claquement de la fenêtre. « Genoux et nez, sans oublier yeux et oreilles. Tout ce que...

— Combien de fois faudra-t-il vous dire non avant que vous compreniez ? » lui jeta Malcolm. Boudeur, le chauffeur se vengea en passant brutalement les vitesses. Ils commencèrent à grimper la colline. Peu à peu, entre les arbres et les immeubles, ils aperçurent des tranches de mer, scintillantes comme des éclats de miroir. Puis ce fut la plage caillouteuse, qui brillait, chaude et noire, au soleil. « On pourrait y aller en sortant de l'église, dit Malcolm. C'est si agréable de s'asseoir sur les rochers quand la marée monte avec la brise. Si paisible. »

Quand le taxi s'arrêta, des enfants avec des bougies dans les mains se précipitèrent. Le chauffeur les chassa. Gustad proposa de partager le prix de la course, mais Malcolm refusa. « Tu es mon invité. » Ils s'intéressèrent alors aux deux carrioles rangées de chaque côté des portes de l'église, ce que voyant, le chauffeur de taxi-vendeur de bougies démarra en trombe et fit un brutal demi-tour. Un nuage de poussière enveloppa les deux hommes. « Salaud », dit Malcolm.

Tous les objets nécessaires à la fréquentation de l'église s'entassaient dans les carrioles, que surmontait une toile de bâche tendue sur une structure métallique. À l'une des voiturettes officiait une vieille femme d'allure majestueuse, vêtue de noir, assise comme une statue sur un tabouret de bois. Un jeune garçon, très élégant, veillait sur l'autre. Leurs étalages étaient quasiment identiques : rosaires, images pieuses, Jésus de plastique, croix d'argent au bout de chaînes en argent, crucifix sur pied, crucifix muraux, Bibles, photographies encadrées du Mont Marie, souvenirs de Bombay pour les pèlerins venus d'ailleurs. Mais tous ces objets n'occupaient que la périphérie des carrioles : le centre était consacré aux produits en cire.

En rangées bien nettes s'alignaient doigts, pouces, mains, coudes, bras (avec ou sans mains), rotules, pieds, cuisses et jambes tronquées. Mains et pieds, droits et gauches, étaient disponibles en deux tailles : enfants et adultes. Quant aux crânes, yeux, nez, oreilles et lèvres, on les trouvait groupés à l'écart. Enfin, on pouvait également se procurer des figurines de cire complètes, mâles et femelles. Ils étaient tous là, les articles du catalogue qu'avait énumérés le chauffeur de taxi, sections et sous-sections de membres et de torses classés en ordre anatomique.

Une image flotta brièvement devant les yeux de Gustad : celle du dispensaire de Madhiwalla le Rebouteux, et de membres inertes, pendant aussi flasques et désarmés que leurs homologues en cire. Un bref élancement dans sa hanche gauche lui rappela une douleur qu'il croyait oubliée. Il se tourna vers Malcolm pour qu'il le guide à travers ce monde de cire. Ce musée Tussaud inachevé.

« Voilà, expliqua Malcolm, les gens malades viennent au Mont Marie offrir la partie de leur corps qui les fait souffrir. Tu n'as qu'à penser à un atelier de réparation. La Vierge Marie est le Mécanicien de tous les êtres souffrants, Elle répare tout. » Ces transpositions dans le domaine séculier lui valurent l'appréciation souriante de Gustad.

« Certaines personnes agissent différemment, continua Malcolm. Elles commencent par venir prier et promettent de revenir lorsque leur partie malade aura été guérie. Mais je trouve ça absurde. Si ta montre ne marche pas, est-ce que ton horloger peut la réparer sans que tu la lui confies ? » Conclusion irréfutable, à laquelle, d'un hochement de tête, souscrivit la femme en noir. « Sans compter, ajouta Malcolm, que ça ressemble trop à un marchandage, non ? Je fais complètement confiance à la Vierge Marie, et je paye d'avance. » La femme trembla sur son tabouret. Que ce fût ou non d'hilarité était difficile à dire : son visage demeurait impassible.

Malcolm attrapa un torse de petite fille et le donna à Gustad. « Pour Roshan. Maintenant voyons pour ton ami à l'hôpital. Si le cancer a essaimé, mieux vaut peut-être acheter un corps entier. » Il indiqua la figurine mâle dans la dernière rangée. La femme en noir se leva en rechignant de son tabouret. « Qui d'autre ? »

Gustad hésita. « Est-ce que Mère Marie peut faire quelque chose pour la tête ? Je veux dire le cerveau ? Pour quelqu'un qui pense de travers ?

— Oh, oui ! je crois que Sohrab en sentira absolument

les effets. » Il saisit une tête d'homme. « Bon, et ta hanche ?

— Non, non, ça va.

— Idiotie. Ce matin encore tu boitais au marché, je l'ai vu. Allons, ne sois pas timide. » Sur son tabouret, la femme se pencha de côté afin d'examiner Gustad. L'ayant bien mesuré du regard, elle choisit une jambe de cire. « Bien, dit Malcolm. Tu verras comme ça t'aidera. Qui d'autre ? » Gustad pensa à Jimmy. La lettre suppliante qu'il m'a envoyée. Toutes ces choses terrifiantes proférées par Ghulam Mohammed. Les ennemis de Jimmy, qui veulent se débarrasser de lui et...

« Quelqu'un d'autre ? répéta Malcolm.

— Non. Personne d'autre. »

La femme en noir fit le total des achats. « Les offrandes n'auront d'effet, expliqua Malcolm, que si c'est toi qui les paies. Mon argent ne convient pas.

— Évidemment. Bien sûr.

— Et maintenant, quatre bougies, dit Malcolm en se dirigeant vers l'autre carriole. J'achète toujours aux deux, par esprit de justice. »

Gustad paya, et ils pénétrèrent dans l'église bourrée de monde. Les dévots munis d'offrandes se frayaient péniblement un chemin vers l'autel. Sous l'effet du ventilateur au plafond, le voile d'une femme vint caresser le visage de Gustad. Des centaines de bougies brûlaient avec allégresse sur des plaques métalliques. Leur lumière collective dirigeait une brillante lueur orangée vers le sanctuaire. Autour des plaques, le sol était jonché d'innombrables membres et figurines, univers de cire plaidant pour la multitude souffrante. Sous l'intense chaleur des bougies, les offrandes perdaient leur forme. À l'exemple de son ami, Gustad s'agenouilla, puis Malcolm lui fit signe de déposer les objets de cire et d'allumer les bougies. Mais il était difficile de trouver un endroit libre au milieu de ce flamboiement. D'un rapide regard autour de lui, Malcolm s'assura que personne ne les surveillait, et, d'un geste rapide, renversa quelques bougies à demi consumées. Comme un smash de revers au ping-pong, songea Gustad. « Est-ce que c'est permis ? chuchota-t-il.

— Oh, ça n'est pas grave. Quelqu'un, plus tard, fera la même chose avec les tiennes. L'important, c'est de les allumer. » Il attira l'attention de Gustad sur l'icône principale. « C'est la statue trouvée par les pêcheurs. »

Elle était drapée d'un tissu richement brodé d'or ; ce qui ressemblait à des pierres précieuses ou semi-précieuses scintillait à la lumière. « Est-ce qu'ils ont aussi trouvé ces vêtements ?

— Non, non, ils ont été fabriqués beaucoup plus tard, grâce à des dons. » Gustad se demanda ce que portait la statue quand elle s'était échouée.

« Tu vois l'Enfant Jésus sur le bras gauche de sa Mère ? Il bouge une fois par an. L'année prochaine, il sera sur le bras droit. Personne ne sait ce qui se passe. Un vrai miracle. » Puis Malcolm se tut. Il se signa et se mit à prier. Gustad joignit les mains, courba la tête et pensa à Roshan, souhaitant qu'elle recouvre la santé ; à Dinshawji, pour que ses souffrances s'apaisent ; à Sohrab, afin que le bon sens lui revienne. Il ne s'occupa pas de sa hanche ; ça n'avait pas une telle importance.

La mer montait lentement. Les deux hommes avisèrent un rocher plat et sec pour s'y asseoir. « Quel bel endroit, dit Gustad.

— Oui, spécialement cette partie de Bandra. Mais les salauds ont des projets de défrichement et de développement.

— Ça plairait tellement à Roshan. Quand nous allons à Chaupatty ou à Marine Drive, elle adore s'asseoir et regarder les vagues. »

De temps à autre, l'écume salée les frappait doucement au visage, comme le voile de la femme avait effleuré la joue de Gustad. Au bout d'un moment, ils durent choisir un autre rocher. « La mer nous repousse », dit Malcolm.

Ils évoquèrent avec tendresse les anciens jours, l'université, les vieux fous de professeurs et de prêtres. Gustad dit qu'il n'avait jamais oublié la gentillesse de la famille de Malcolm à son égard, la façon dont on le recevait presque chaque soir, lui permettant d'écouter la musique, lui offrant même un coin où s'installer pour étudier. Ils revinrent sur leurs vies respectives, pour compléter le peu d'informations échangées à Crawford Market. Mais combler aussi soudainement le gouffre dans lequel avait disparu le temps touchait à l'impossible. Ils devaient se contenter des bribes et des miettes que les cavernes de la mémoire laissaient échapper.

« Cette sonate que tu jouais avec ton père, dit Gustad. *La-la-la-la, pam-pam-pam, ta-ta-ta...* Tu t'en souviens ?

— Bien sûr, dit Malcolm sans hésiter. Le dernier mouvement de la *Sonate pour violon et piano* de César Franck. En *la*. C'était le morceau favori de papa.

— Le mien aussi. Parfois vous la jouiez le soir quand la nuit commençait à tomber. Avant que les lumières ne s'allument. C'était si beau que j'en avais presque les larmes aux yeux. Je n'arrive toujours pas à trancher si c'était de tristesse ou de bonheur. C'est si difficile à décrire. » Si difficile. Comme pour Tehmul, comme pour nous tous. Même avec une langue en bon état, les mots sont difficiles à trouver. « Tu ne le croiras pas, dit Malcolm, mais après son attaque, quand papa était en si mauvais état qu'il ne pouvait pas tenir son violon ni se rappeler son nom, cette sonate lui trottait toujours dans la tête. Il ne pouvait produire que des sons avec sa bouche, pas de paroles. Mais il fredonnait le dernier mouvement. »

Et Malcolm siffla le thème, sous le sourire encourageant de Gustad. « Tu sais, j'adorais voir ton père frotter son archet avec la colophane, plissant le front de concentration. Puis il se mettait à jouer, et son archet montait et descendait, si plein de vie et de puissance — j'éprouvais un étrange sentiment. L'impression qu'il cherchait désespérément quelque chose, et qu'il était toujours déçu. Parce que l'œuvre se terminait avant qu'il l'ait trouvé. »

Malcolm hocha vigoureusement la tête, il comprenait parfaitement. Gustad poursuivit : « Chose étrange, mon père avait le même genre de lueur dans les yeux. Parfois, quand il lisait — une sorte de tristesse, que le livre se terminât trop tôt, sans lui apprendre tout ce qu'il voulait savoir.

— C'est la vie », dit Malcolm. Continuant d'empiéter sur leur territoire, les vagues les forcèrent à bouger de nouveau. Peu à peu leur conversation porta sur la situation présente, la politique et l'état de la nation. « Regarde ça. Indira a été reçue dans tous les pays européens, ils lui ont tous exprimé leur sympathie, mais personne ne fait le moindre geste pour obliger le Pakistan à se comporter décemment. Que reste-t-il sinon la guerre ?

— C'est vrai, dit Gustad. Cet Impôt d'Aide aux Réfugiés est terrible. Il tue la classe moyenne. » Travaillant dans une banque, il constatait l'évolution de la situation : de plus en plus de gens se trouvaient dans l'obligation de retirer leurs économies. Il demanda ensuite quel effet ça faisait de travailler pour la municipalité.

« C'est très ennuyeux, dit Malcolm. Ça ne vaut pas la peine d'en parler. » Il consulta sa montre. « On y va ? »

Mais le flot montant de la marée, le ciel bleu-rose parsemé de formes blanches réconfortantes, l'écume dansant autour des rochers que la mer faisait miroiter, la brise salée qui lui caressait le visage : tout se conjuguait pour procurer à Gustad une sérénité qu'il n'avait pas connue depuis longtemps. Il décida de rester. Malcolm devait partir donner une leçon de piano, et, sur la promesse mutuelle de ne plus se perdre de vue, ils se serrèrent la main. Gustad remercia Malcolm de l'avoir emmené au Mont Marie ; Malcolm répondit que c'était tout naturel.

Demeuré seul, Gustad contempla l'horizon. Là-bas, la mer était calme. Le ressac de la marée ne se faisait sentir que près du rivage. Comme c'était rassurant cette tranquillité dans le lointain, là où l'eau rencontrait le ciel. Et tandis que les vagues s'écrasaient contre son rocher, il éprouva une intense — quoi ? joie ? tristesse ? et quelle importance ? C'était la même émotion qu'avec la sonate. Ou que, à l'aube, naguère, quand le soleil levant répandait de joyeuses larmes dorées dans la cour et que les moineaux piaillaient dans l'arbre solitaire.

Le soleil plongea dans l'océan, ayant achevé son voyage de la journée. Et toutes les choses qui comptaient dans la vie furent touchées par ce bonheur doux et mélancolique. Il se les énuméra l'une après l'autre. L'atelier, le joyeux bruit des outils, mais aussi le silence de la fin du jour. Les promenades dans la calèche à quatre chevaux de son père, avec ses lanternes de cuivre brillant, peu importait la destination car le claquement des sabots à lui seul était magique, puis, la promenade terminée, le retour des chevaux à l'écurie. Les merveilleuses fêtes données par Papa, la nourriture et la musique, les vêtements, les gens, les jouets. Pourtant, toujours, à un moment de la soirée, la pensée surgissait — que la nourriture serait consommée, que les invités partiraient, que la musique s'arrêterait, que les lumières s'éteindraient et qu'il devrait aller se coucher.

Les premières mesures de la sonate continuaient à l'obséder et les larmes qu'il refoulait lui brûlaient les yeux. Une vague lécha le bout de sa chaussure, la mouillant à peine. La suivante lui trempa les doigts de pieds. Si quelqu'un pleurait ici, au bord de la mer, se dit-il, les larmes se mélangeraient aux vagues. Eau salée des yeux avec eau salée de l'océan. Cette perspective le remplit d'émerveillement. Il resta perdu dans sa contemplation jusqu'à ce que la mer recouvre son rocher. Après quoi il retourna à la gare de Bandra en suivant les indications de Malcolm.

Et c'est alors qu'il sortait de Grant Road que le mot lui revint. « Supercalifragilisticexpialidocious. » Il le répéta doucement. Demain il en amuserait Dinshawji. Pour se faire pardonner sa défection d'aujourd'hui.

16

Dilnavaz ouvrit la porte sans regarder par l'œilleton, car c'était l'heure à laquelle Gustad rentrait de l'hôpital. Elle sursauta à la vue de l'homme barbu. Quand il se présenta — Ghulam Mohammed —, son premier mouvement fut de lui claquer la porte à la figure, et de bien la verrouiller ensuite.

« Mr Noble, s'il vous plaît ?

— Il n'est pas là. » Quels malheurs ce *bhustaigayo* de major va encore nous faire dégringoler sur la tête ? Ça n'en finira donc jamais ? « Il est allé à l'hôpital visiter un ami malade. » Comme si j'avais besoin de donner des explications à ce *sataan*. Mais peut-être aura-t-il des remords. S'il a un cœur.

« J'attendrai dans la cour. » Bonne chose, se dit-elle, je ne veux pas de lui chez moi. Comment ose-t-il se présenter, après tout ce qu'il nous a fait ?

Mais elle changea d'avis : « Vous pouvez entrer. » Comme ça, je préviendrai Gustad en lui ouvrant.

« Je vous en suis reconnaissant. Merci. »

Elle resta dans la cuisine, jetant des regards nerveux en direction de la grande pièce. Si seulement elle pouvait dire à ce voleur à la barbe noire ce qu'elle pensait de lui. Lui pour sa part, souriait poliment, intrigué par le papier de camouflage sur les ventilateurs et sur les vitres.

« GustadGustadGustad, hurla Tehmul par la fenêtre. S'ilteplaîtGustads'ilteplaît.

— Excusez-moi, dit Ghulam Mohammed. Je crois que quelqu'un demande Mr Noble. »

Dilnavaz entra dans la pièce. « Oui ?

— GustadGustads'ilteplaît.

— Il est sorti. »

Il se gratta l'aisselle, réfléchissant, puis se rappela le reste du message. « Téléphonetéléphone. Téléphonetrèsimportant.

— C'est Miss Kutpitia qui t'envoie ? » Tehmul acquiesça de la tête, ses deux mains affairées sous les aisselles comme des griffes. « Arrête ! » dit-elle. Les deux mains retombèrent. « Va dire que Gustad n'est pas rentré. » Je ne peux pas laisser cette canaille barbue toute seule. Mais qui peut bien appeler un dimanche ?

Elle n'eut pas longtemps à se poser la question car Gustad fit son apparition. À la porte, elle lui chuchota les nouvelles. « Qui va au téléphone, moi ou toi ?

— Va, dit Gustad. Mieux vaut que je reste en tête-à-tête avec Mohammed. »

Ghulam se leva en le voyant entrer. Refusant la main tendue, Gustad dit : « Je croyais avoir été clair la dernière fois. Je ne veux plus rien avoir à faire avec vous ou avec Mr Bilimoria.

— Je vous en prie, ne vous fâchez pas, Mr Noble, je suis navré de vous déranger, vous et votre femme. Je vous promets de ne plus recommencer. Mais, rappelez-vous, vous aviez dit que vous envisageriez la requête de Bili Boy. D'aller le voir à Delhi. » Il parlait d'une voix paisible, presque cajoleuse. Pas la moindre trace de menace ou de dureté. « Ça fait plus de six semaines que je vous attends, Mr Noble.

— Non, il m'est impossible d'y aller, je...

— S'il vous plaît, Mr Noble, laissez-moi vous montrer ceci. » Il ouvrit sa serviette. Ah non, songea Gustad, il ne va pas me sortir un autre journal. Mais si, c'était bien le cas.

Ghulam lui montra l'article. « Sur Bili Boy. Si je vous le racontais, vous croiriez que je mens. Lisez vous-même. »

Il faisait encore jour dehors, mais les vitres aveuglées avaient permis à l'obscurité de s'emparer de la pièce. Gustad alluma la lampe de son bureau :

SENTENCE PROCHAINE DANS L'AFFAIRE DES ROUPIES DU SAR

La demande de révision qu'avait déposée Mr Bilimoria, cet officier du SAR accusé d'avoir détourné soixante lakh de roupies de la Banque Nationale, à la suite du jugement prononcé contre lui, a été refusée hier.

On apprend maintenant que le chef de la Commission Spéciale d'Enquête, instituée pour déterminer s'il y avait lieu de faire un second procès, avait demandé une prorogation des délais afin de procéder à un examen complet des preuves. Peu de temps après, il a été tué dans un accident de voiture sur Grand Trunk Road.

Son remplaçant a abouti à une conclusion rapide. Dans son rapport, il déclare qu'un nouveau procès n'est pas nécessaire. La sentence devrait être prononcée prochainement.

Gustad plia le journal et le rendit à Ghulam.

« C'était sa dernière chance, dit celui-ci. Mais les tribunaux sont aux ordres de ceux d'en haut. Ces salauds nous prennent pour des imbéciles, ils s'imaginent que nous ne comprenons pas ce que signifie la mort soudaine par accident d'un président de commission d'enquête. » Il serrait et desserrait le poing. « Maintenant, ce n'est plus qu'une question de temps. Je vous en prie, allez voir Bili Boy. Avant qu'ils n'en finissent avec lui.

— Pourquoi répétez-vous toujours ça ? Nous ne sommes pas en Russie ou en Chine. » Cependant, il se passait quelque chose d'étrange, à n'en pas douter.

Ghulam secoua la tête tristement. « Je ne sais comment vous convaincre, Mr Noble. Mais c'est vrai.

— Bon, admettons que ce soit vrai. Est-ce que ça compte qu'il me voie ou non ? Il s'en fichait bien quand il m'a menti, qu'il s'est servi de moi pour parvenir à son but.

— Vous vous trompez, il s'est soucié de vous. Quand il a été arrêté, il a veillé à ce que vous n'ayez pas d'ennuis.

— Mais il m'est impossible d'aller à Delhi. Mon bureau...

— Mr Noble, je vous en prie. Vous n'en aurez que pour trois jours. Vous prenez le train, vous arrivez le lendemain et vous vous rendez directement à la prison. J'arrangerai la visite. Vous serez revenu le troisième jour. » Il sortit une petite enveloppe de sa poche et la tendit à Gustad.

« Qu'est-ce que c'est ?

— Votre billet. Prenez. »

Gustad ouvrit l'enveloppe et y trouva une réservation pour une couchette en date du vendredi, ainsi que l'adresse de la prison. Il voulut la rendre. « Je ne crois pas...

— S'il vous plaît, Mr Noble. Pour votre ami. Qui vous aime toujours comme un frère. »

Moi aussi je l'aimais comme un frère. Toutes ces années. Nos prières au lever du soleil, les enfants qui grandissaient, tant de gentillesses, les plaisirs et les rires que nous avons partagés. Et tout ça pour en arriver à quoi ? Jimmy en prison. Qui me réclame. Que puis-je dire ?

« D'accord. » Il accepta le billet de train. Et ce faisant, sa haine pour Ghulam s'en trouva sublimée.

« Merci, Mr Noble. Bili Boy sera si heureux de vous voir. Une chose cependant : s'il vous plaît, ne lui parlez pas de ce que je vous ai dit. S'il lui reste encore quelque espoir, laissons-le-lui. »

En se dirigeant vers la porte, il remarqua la bouteille vide d'Hercule XXX sur le buffet. Gustad n'avait pas eu le courage de la jeter.

« C'était la marque favorite de Bili Boy. Depuis l'époque du Cachemire.

— Je sais. C'est lui qui m'a donné cette bouteille. »

310

En revenant de chez Miss Kutpitia, Dilnavaz fut étonnée d'entendre les deux hommes se séparer presque gaiement. « Que voulait-il ? »

Gustad le lui expliqua. Tout cela ne lui disait rien qui vaille, mais elle renonça à discuter car le message qu'elle avait à transmettre était très urgent : « C'est l'hôpital qui a téléphoné. Ils ne trouvaient pas le numéro d'Alamai. »

Il la regarda, et il sut. « Dinshawji ? »

Elle hocha la tête. « Il y a environ une heure. »

Gustad se couvrit le visage de ses mains. « Pauvre Dinshu. Est-ce que la fin a été paisible ? Est-ce qu'ils ont dit quelque chose ?

— Il a perdu conscience en fin d'après-midi. »

Il se leva. « Je dois y aller immédiatement. S'ils n'ont pas réussi à trouver Alamai, ça signifie qu'il est tout seul.

— Mais je ne comprends pas. Tu y étais. À quelle heure l'as-tu quitté ? »

À présent, cette tentative de camoufler son mensonge en demi-vérité paraissait bien dérisoire. « Je ne suis pas allé voir Dinshawji. Je suis allé dans une église. Le Mont Marie, à Bandra. »

Elle en fut médusée. « Une église ? Comme ça, brusquement ? »

Il se rassit. « Ne t'inquiète pas, je ne me suis pas converti ni quoi que ce soit. J'ai rencontré Malcolm Saldanha au Crawford Market ce matin. C'était stupéfiant — nous avons parlé comme si nous ne nous étions jamais perdus de vue. » Il lui raconta l'histoire du Mont Marie. « Et Malcolm dit que des miracles continuent à se produire chaque jour. »

Elle comprenait cela très bien. Après tout, Gustad et elle désiraient la même chose, simplement ils prenaient des chemins différents pour y parvenir.

« Mais, dit-il avec amertume, une chose est sûre. Il n'y a pas eu de miracle pour Dinshawji. »

Elle lui toucha doucement l'épaule. « Tu as fait tout ce que tu as pu. Ce n'est pas de ta faute. »

Plutôt que de le réconforter, ces paroles le frappèrent comme une accusation. Il pensa aux dépôts illégaux, aux plaintes de Laurie, au silence de Dinshawji. C'*était* de ma faute. Tout a changé quand Dinshu est devenu calme. Je l'ai réduit au silence.

« Il était malade depuis si longtemps, dit encore Dilnavaz. Rappelle-toi comme il avait mauvaise mine quand il est venu à l'anniversaire de Roshan.

— Oui, je m'en souviens. » Couci-couça, ma carcasse se traîne. Encore et encore, il entendait dans sa tête : Couci-couça, ma carcasse se traîne. Et la carcasse avait fini par se reposer, elle avait cessé de vagabonder. Il est enfin en paix, mon Poète Lauréat.

« C'est bien quand on pleure. » Elle s'appuya contre sa chaise et l'entoura de ses bras. Il leva les yeux, brûlants de larmes qui ne pouvaient couler. Il les braqua avec défi sur le visage de sa femme, pour qu'elle voie qu'ils étaient secs, et qu'ils ne clignaient pas. Alors seulement il la serra contre lui. Et tandis qu'ils se tenaient ainsi, Roshan entra dans la pièce et se réjouit de trouver ses parents enlacés. Elle tenta de les enfermer tous les deux dans ses bras maigres. Gustad la hissa sur ses genoux.

« Comment te sens-tu, ma douce ?

— Bien. » Elle examina leurs visages. « Mais pourquoi avez-vous l'air si triste ? » Posant ses doigts au coin des lèvres de son père, elle essaya de les étirer dans un sourire.

« Parce que nous avons reçu de tristes nouvelles, dit Dilnavaz. Tu te rappelles Dinshawji, qui est venu pour ton anniversaire ?

— Oui, il n'arrêtait pas de me chatouiller et de me faire rire. Il disait : "Ze te souhaite beaucoup de santé, ze te souhaite beaucoup de richesse, ze te souhaite de l'or en barre."

— Quelle mémoire. Mon petit *bakulyoo*.

— Il était très malade à l'hôpital, continua Dilnavaz. Aujourd'hui il nous a quittés, il est allé chez Dadaji, au ciel. »

Roshan réfléchit gravement. « Mais moi aussi je suis très malade. Quand est-ce que j'irai chez Dadaji ?

— Quelle conversation débile-absurde. » Gustad

312

explosa pour masquer sa peur. « Tu n'es pas très malade, tu vas beaucoup mieux. Pour commencer tu grandiras, tu te marieras et tu auras des enfants. Ensuite eux aussi se marieront et auront des enfants, et tu seras une très vieille *dossi* avant que Dadaji pense à t'appeler au ciel. » Il jeta un regard de reproche à Dilnavaz : elle n'aurait pas dû parler ainsi. Puis il les embrassa toutes les deux avant de partir pour l'hôpital.

Dans la cour, la voix de Cavasji tonnait : « Demain ce sera lundi matin, le savez-Vous ? Et les Tatas tiendront leur conseil d'administration ! Quand Vous déverserez Vos bontés sur eux, souvenez-Vous de nous aussi ! Soyez juste maintenant ! *Bas*, c'est trop pour... »

Mrs Pastakia hurla : « Taisez-vous, espèce de vieux fou ! Ma tête éclate en mille morceaux ! » Gustad se demanda où se trouvait son mari, pour qu'elle ose parler ainsi à son beau-père.

Ce n'était plus l'heure des visites. Gustad expliqua à l'infirmière de service pourquoi il était là, et elle l'accompagna jusqu'à la salle. « Quand est-il mort ? »

Elle consulta la montre épinglée à sa poitrine. « Pour plus d'exactitude, je dois consulter les registres. Mais ça remonte à environ deux heures. Avant qu'il perde conscience, il souffrait trop. Nous avons dû lui administrer plein de morphine. » Sa voix sèche résonnait le long du couloir froid. Le genre bavard. En général elles n'ont pas le temps de répondre à la moindre question. Des garces méchantes et grossières. « C'est bien malheureux que personne n'ait été à côté de lui, dit-elle d'un ton accusateur. Vous êtes un frère ? Un cousin ?

— Ami. » De quoi se mêle-t-elle, ça ne la regarde pas.

« Oh », dit l'infirmière, ravalant ses accusations. Mais l'épine demeurait fichée dans sa chair, qui le piquait comme toutes celles qu'il s'était plantées lui-même. Le jour de la disparition de Dinshawji, je suis parti avec Malcolm. Je l'ai laissé mourir en se demandant pourquoi je n'étais pas venu.

« Nous y sommes, dit l'infirmière.

— On va le garder dans la salle ?

— À quoi bon ? Si une chambre est disponible, on y met le patient. » Elle prononçait « dispnible ». « On peut rien faire d'autre. » Il se demandait pourquoi elle utilisait le mot « patient » — il aurait plutôt pensé à « défunt » ou à « corps ». « C'est pourquoi on aime que la famille arrive vite, pour arranger les choses. On manque tellement de lits.

— Est-ce que sa femme est là ?

— Oui, je crois. »

Gustad pénétra dans la salle d'un pas hésitant et regarda dans la direction du lit de Dinshawji. Il n'y vit pas la silhouette de femme, veilleuse funéraire, qu'il s'attendait à y trouver. Il parcourut d'un regard absent les rangées de malades endormis, les entendit respirer et ronfler.

Et si je ne savais pas que Dinshawji nous a quittés, je dirais qu'il a lui aussi l'air endormi. Étrange sensation. Se tenir au pied de son lit, tandis que lui ne peut pas me voir. Injuste avantage. Comme si je l'espionnais. Mais qui sait ? Peut-être l'avantage revient-il à Dinshu, qui nous espionne de Là-Haut. Qui se moque de moi.

La chaise dure au dossier droit, à laquelle il s'était si bien habitué au fil des semaines, trônait toujours à côté du lit. Au bout du matelas, le drap de Dinshawji se soulevait brusquement. Gustad regarda sous le lit pour voir si les Garnements taille quarante-quatre s'y trouvaient. Il n'y avait que le bassin émaillé blanc, rigide dans le noir. Flanqué de l'urinal transparent en forme de fiasque.

Les malades ne dormaient pas tous. Certains observaient cet intrus bien portant qui n'avait rien à faire ici à cette heure. À la faible lumière nocturne, leurs yeux apeurés convergeaient sur lui, dérivaient, convergeaient de nouveau. Leur tour arriverait-il bientôt ? Comment cela se passerait-il ? Et après... Sur le visage d'un vieil homme, les larmes dévalaient lentement, en silence, jusque sur la taie d'oreiller blanc terne comme ses cheveux. D'autres reposaient paisibles, rassurés, comme s'ils savaient que mourir était la plus simple des choses. Après tout, celui qui avait ri et plaisanté au milieu d'eux pendant des semaines venait de le leur démontrer. Comme il était simple pour un corps chaud et doté de souffle de devenir froid et cireux, de se transformer en une de ces figurines lisses et blanches exposées dans les carrioles devant l'église du Mont Marie.

On avait dépouillé Dinshawji de tous les accessoires qui l'avaient rattaché à la vie. Toujours présente, mais semblable à un portemanteau en fer inoffensif et familier, la perche métallique, redoutable et institutionnelle quand le flacon de solution saline y était accroché. Disparus, les différents tubes dont le nombre avait augmenté au fil des semaines : un dans le nez, deux dans les bras, un cathéter quelque part sous le drap. Comme si Dinshu n'avait jamais été malade. Les mêmes mains, adroites et fermes, les lui avaient-elles retirés avec autant de soin qu'elles les lui avaient mis en place ? Ou les lui avait-on arrachés — fils devenus inutiles d'une vieille radio cassée — comme ma Telerad ? Puis jetés aux ordures, comme les bobines, les transformateurs et les condensateurs jonchant les trottoirs devant les ateliers de réparation.

Un Dinshawji démonté. Et quand les prières auront été dites et les rites accomplis à la Tour du Silence, les vautours feront le reste. Et quand les os, lisses de toute chair, auront été balayés, il ne restera plus rien pour témoigner que Dinshawji ait jamais vécu et respiré. Sauf son souvenir.

Mais après ? Quand le souvenir s'en sera perdu ? Quand j'aurai disparu, que tous ses amis auront disparu ? Alors, quoi ?

Les yeux des malades réveillés se posaient toujours sur lui. Et pour éviter que les siens ne croisent les leurs, il continuait à contempler le lit de Dinshawji. Le cadre de fer, couleur blanc crème. Avec des taches noires aux endroits où la peinture s'était écaillée. Trois encoches pour la manivelle en bois. La première pour soulever la tête — ce que je faisais quand on lui apportait son dîner. Vis sans fin et engrenages comme dans mon jeu de Mec-

315

cano. Deuxième encoche pour les pieds (je les ai soulevés une fois par erreur). Et la troisième pour le milieu du corps. Étrange. Pourquoi le ventre ou le bassin devraient-ils se trouver plus haut que le reste du corps ? Je ne vois qu'une seule raison. Et elle n'a rien de médical. Afin que ça serve aux internes et aux infirmières pour jouer au docteur-docteur. J'aurais dû y penser plus tôt. Pour le dire à Dinshu. Mais il en aurait trouvé une meilleure. Sa chanson sur l'hôpital. « Oh donnez-moi une maison où les infirmières ont des mains baladeuses... »

« Supercalifragilisticexpialidocious », murmura-t-il à l'oreille de Dinshawji, et il sourit.

La femme de Dinshu apparut sur le pas de la porte. Elle regarda autour d'elle, puis traversa la salle d'un pas indiquant qu'elle n'était pas d'humeur à plaisanter. Elle vit le sourire de Gustad avant qu'il n'ait eu le temps de l'effacer et le foudroya du regard.

Alamai était une grande femme, beaucoup plus grande que Dinshawji, avec un visage sévère et grondeur, qui devait sûrement décréter coupable la terre entière, et spécialement ses habitants. L'image même de la mégère. Son cou décharné se perdait entre des épaules étroites perpétuellement soulevées, légèrement bancales. Pas d'enfants et une femme comme celle-ci, songea Gustad, et pourtant un tel sens de l'humour. Ou peut-être, justement à cause de cela. Son vautour domestique. Il faillit sourire à nouveau quand lui revint le vers favori de Dinshawji : « Quand je mourrai, pas besoin de me conduire à la Tour du Silence. Mon vautour domestique aura nettoyé mes os avant. »

« Alamai, je vous en prie, dites-moi si je peux faire quelque chose », proposa-t-il après lui avoir exprimé ses condoléances.

Avant qu'elle n'ait pu répondre, un garçon au visage poupin fit irruption dans la salle. « Tante, Tante ! » cria-t-il d'une voix haut perchée qui débouchait d'un nez à l'évidence conçu pour elle, étant donné sa forme et sa dimension. « Tantiiine ! Tu es partie quand j'étais encore dans la salle de bains ! » Les malades ouvrirent les yeux.

Gustad donna au garçon une bonne vingtaine d'années, et se demanda qui il pouvait bien être.

« Chut ! *Mua*, espèce d'âne ! Veux-tu te taire ! Garçon sans cervelle, il y a des malades qui dorment ici. Tu t'es perdu dans la salle de bains parce que j'étais partie ? » L'homme-enfant se fit bouder sous l'algarade.

« Viens saluer Gustadji Noble. C'était le meilleur ami de Papa. » À Gustad, elle dit : « Voici notre neveu Nusli. Le fils de ma sœur. Nous n'avons jamais eu d'enfants, aussi l'avons-nous toujours considéré comme notre fils. Il nous appelle Papa et Maman. Je l'ai fait venir pour qu'il m'aide. Allons approche, qu'est-ce que tu as à rester avec cet air hébété ! Viens serrer la main d'oncle Gustad. »

Nusli gloussa en tendant sa main. Il était maigrichon, avec un dos rond. Un enfant unique et chétif, se dit Gustad en serrant la main moite, se demandant comment la sœur d'un vautour avait pu engendrer une chose aussi effarouchée que Nusli. Peut-être était-ce inévitable. Il répéta sa question : « Puis-je faire quelque chose pour vous aider ?

— J'ai téléphoné à la Tour du Silence pendant que Nusli était dans la salle de bains. Ils m'ont dit que le corbillard sera là dans une demi-heure. »

Les malades qui avaient décidé de fermer les yeux après qu'Alamai avait réprimandé Nusli les rouvrirent. Car Nusli fit de nouveau entendre sa voix haut perchée « J'ai siiii peur, Tante !

— A-ra-ra-ra ! *maintenant*, de quoi as-tu peur ?

— Du corbillard, pleurnicha-t-il. Je ne veux pas m'asseoir dedans !

— Pauvre garçon-sans-cervelle, qu'est-ce que ça a d'effrayant ? C'est comme une fourgonnette. Tu te rappelles, quand nous avons pris la fourgonnette l'année dernière pour aller pique-niquer au Victoria Garden avec la famille d'oncle Dorab ? Et que nous y avons vu tous ces animaux ? C'était une fourgonnette comme celle qui va venir.

— Non, tante, je t'en prie, j'ai si peur. » Il courba les épaules et se tordit les mains.

« *Marey em-no-em !* Dieu sait ce qui m'a pris de te convoquer ici ! J'ai cru que tu m'aiderais. M'aider, je suis folle dans ma tête ! » Et elle se la frotta des deux mains.

Gustad estima qu'il était temps d'intervenir, avant que tous les malades ne soient réveillés. « Alamai, je serai heureux de monter avec vous dans le corbillard. De vous aider pour tout.

— Tu vois ? Tu vois, *lumbasoo-baywakoof*, écoute oncle Gustad. Il n'a pas peur, n'est-ce pas ? » Nusli contempla ses pieds et serra les lèvres comme pour souffler des bulles. Elle lui donna une grande tape dans le dos, et il trébucha. « Regarde-moi quand je te parle !

— Oui, oui, il viendra, dit Gustad. Il s'assiéra à côté de moi. N'est-ce pas, Nusli ?

— D'accord, dit Nusli en gloussant.

— Veux-tu bien arrêter tous ces *hihihi-hahaha* », lui intima Alamai. Mais Nusli s'autorisa une autre série de gloussements exacerbés avant de céder à ses injonctions.

À présent, Alamai s'intéressait à la malle de Dinshawji rangée sous le lit. « Approche, approche, Nusli ! Ne reste pas planté là ! Viens m'aider à la tirer. Je veux vérifier qu'il y a tout ce que Papa a apporté. On ne peut pas faire confiance à ces gens de l'hôpital. »

Gustad se dit que c'était le bon moment pour disparaître. Il reviendrait à l'heure prévue pour l'arrivée du corbillard. « Excusez-moi, je reviens dans quelques minutes. »

Absorbée par son inventaire, Alamai lui signifia d'un geste impérieux qu'il pouvait disposer. Il eut le temps d'apercevoir, dans la malle, les deux Garnements noirs de Dinshawji. Vidés des pieds de leur propriétaire, ils paraissaient plus grands que nature.

Gustad longea le long couloir froid et descendit l'escalier. Traversa la pièce réservée aux admissions, le hall d'entrée, se retrouva sur le terrain vert, à l'intérieur de l'enceinte de l'hôpital. De la pelouse légèrement mouillée montait une agréable odeur d'herbe fraîchement coupée.

Tout était plongé dans l'obscurité, que trouait seulement la faible lumière d'un réverbère en fer tarabiscoté au bord de l'allée. Il se dirigea vers le petit jardin arboré où il s'était assis, il y avait tant de dimanches de cela, le jour où Dinshawji avait été admis à l'hôpital.

Le banc, comme la pelouse, était mouillé. Trop tôt pour que ce fût la rosée : le *maali* avait dû l'asperger en arrosant les fleurs. Gustad étala son mouchoir et s'assit. L'épuisement, auquel il avait résisté jusque-là, à présent prenait sa revanche. Il se sentait totalement vidé, sans plus une once de cette énergie qui l'avait habité toute la journée, l'emmenant de Crawford Market au Mont Marie, lui donnant la capacité de dominer sa claudication, lui permettant de supporter patiemment Alamai.

Il faisait frais sous les arbres. C'était paisible. Comme à la campagne. Ou dans une station de montagne, avec les bruits des insectes nocturnes. Matheran, quand j'avais huit ans. Où papa avait emmené toute la famille : grand-mère, grand-père, le fils cadet (celui qui allait trahir la confiance de papa et le ruiner) et deux domestiques. On leur avait réservé quatre chambres à l'hôtel Central. Il pleuvait quand ils s'étaient extraits du train modèle réduit qui haletait en grimpant péniblement la pente. Un rickshaw les avait conduits, à travers un paysage trempé, jusqu'à l'hôtel. Dont le directeur était un ami de papa. Il avait fait porter des tasses de Bournvita dans leurs chambres. La nuit tombée et les lampes allumées, les moustiques étaient arrivés. Pour la première fois de sa vie, Gustad avait dormi sous une moustiquaire. Il s'était glissé par l'ouverture, alors sa mère avait enfoncé profondément le rabat sous le matelas. C'était étrange de dire bonne nuit-Dieu vous bénisse à travers ce tissu léger comme de la gaze et d'entendre ensuite maman le répéter. Sa voix parvenait clairement, mais elle semblait immatérielle derrière le voile, très éloignée, inaccessible, et il se retrouvait seul sous le dais blanc, enseveli dans son mausolée sans moustiques. Ils avaient fait un si long voyage. Il s'était endormi comme une masse.

Mais cette image. Cette image de ma mère — enfermée

à jamais dans ma mémoire : ma mère à travers la moustiquaire diaphane, disant bonne nuit-Dieu te bénisse, souriante, douce et évanescente, flottant devant mes yeux endormis, flottant éternellement, le regard si tendre et si bon. C'est ainsi qu'il choisit de se la rappeler, quand il eut dix-huit ans et qu'elle mourut.

Et plus jamais il n'avait mangé de flocons d'avoine aussi délicieux que ceux qu'on lui servait au petit-déjeuner à Matheran. Ou de toasts, avec des copeaux de beurre et de la confiture. Et les singes marron jacasseurs qui attendaient, pour se précipiter dessus, qu'on laisse tomber ou qu'on oublie quelque chose. L'un d'eux lui avait même arraché un paquet de biscuits des mains. Il y avait aussi les promenades à dos de poney. Les longues marches matin et soir, jusqu'à Echo Point, Monkey Point, Panorama Point, Charlotte Lake. Avec des cannes. Papa en avait acheté une à chaque membre de la famille : récemment taillées, et embaumant encore le bois. L'air frais et vif de la montagne remplissait leurs poumons, chassant les relents de la ville. Quand le soir tombait, il faisait froid et ils devaient mettre des pull-overs. Le directeur de l'hôtel leur racontait des histoires de chasse au tigre auxquelles il avait participé dans ces montagnes. Et le dernier soir, le chef avait cuisiné un pudding spécialement pour eux. À la fin du repas, il était venu leur dire au revoir, et s'était prétendu déçu de ce qu'ils n'avaient pas aimé son gâteau. Ils avaient cru qu'il plaisantait, car il ne restait plus une miette dans le plat. Mais le chef avait attrapé le plat, l'avait cassé sous leurs yeux éberlués, et en avait distribué les morceaux dans leurs assiettes, en mangeant un lui-même à titre de démonstration. Et ils s'étaient tous extasiés de s'être si bien fait avoir, en croquant ces morceaux constitués de sucre et de gélatine. « Voilà ce qu'on appelle un plat sucré », avait dit papa.

Mais Gustad était resté silencieux et déprimé pendant tout le dîner, pensant au lendemain, à la fin des vacances. Son père avait essayé de le réconforter, en lui disant qu'ils reviendraient une prochaine année. Sur quoi, le plat avait été cassé et mangé. Un acte qui portait en soi quelque chose de terrible et de définitif. Gustad avait refusé de manger le moindre morceau de sucre et de gélatine.

Et quand la librairie a été mise en faillite et que l'huissier est arrivé, je me suis rappelé le plat cassé. Tandis que je les regardais, impuissant, vider les étagères et charger les livres dans les camions. Que papa priait et suppliait en vain. Et que les fers des chaussures de l'huissier résonnaient effrontément sur le sol de pierre. Les hommes poursuivaient leur tâche, démantelant la vie de papa, la brisant en petites parcelles, et nourrissant de ces parcelles le ventre des camions. Puis ils avaient démarré, laissant dans leur sillage une odeur méphitique. Fumées de diesel. Et moi je me rappelais le dîner à Matheran, les mâchoires broyant les restes du plat cassé — un acte si terrible et si définitif.

À quoi était donc le pudding cette nuit-là ? Au citron ? Non, à l'ananas. Ou au caramel ? Peut-être. Même les souvenirs perdent leur intégrité au fil du temps. Il faut être prudent, scrupuleux quand on les utilise. Et Dinshu est mort. Demain, les vautours. Ensuite, rien. Sauf les souvenirs. Ses plaisanteries. Sur les deux hommes dont les femmes... Et l'autre, l'histoire de la pompe à vélo. « Oh, donnez-moi une maison où les infirmières ont les mains baladeuses... »

Gustad ferma les yeux, dodelina de la tête. La releva brusquement. Mais elle retomba. La redressa. Ses lunettes glissèrent un peu sur son nez. La troisième fois, il renonça à essayer de relever la tête.

Un fort coup de klaxon, traversant l'herbe sombre et mouillée, fit taire les criquets et les cigales, et mit fin au petit somme de Gustad. Il remonta ses lunettes. Une voiture bloquait l'allée ; un fourgon attendait de pouvoir passer. Gustad se leva. Les lumières du bâtiment éclairaient l'inscription sur le fourgon : CORBILLARD, suivi de : BOMBAY PARSI PUNCHAYET. La couleur blanc-argent du véhicule luisait mystérieusement dans le noir.

Gustad se dépêcha de traverser la pelouse. Dans l'herbe, les *csss-csss-csss* reprirent de plus belle, les cigales entendant réaffirmer leur stridulente présence. Les corbillards peuvent être bloqués par des voitures et des barrières, se dit-il. Mais la mort ? La mort passe à chaque fois. Elle peut choisir de frapper rapidement ou bien de se faire élégamment attendre.

Le fâcheux qui bloquait la route s'éloigna et le corbillard parcourut les derniers cent mètres. Deux hommes en sortirent et grimpèrent les marches au moment même où Gustad atteignait l'entrée. Alamai attendait. « A-ra-ra-ra ! Où étiez-vous tout ce temps, Gustadji ? Je pensais que vous étiez parti-parti et retourné chez vous. »

À qui croit-elle parler ? À son *mai-issi* Nusli ? Affectant le calme, il dit : « Je viens de voir le corbillard arriver. Êtes-vous prête ? »

Les dernières formalités hospitalières réglées, les papiers vérifiés et rendus, les deux *khandhias* se mirent à l'œuvre. Debout à côté d'Alamai, Nusli lui tint son sac tandis qu'elle fourrageait une dernière fois dans la malle de Dinshawji. Aussi doucement et poliment qu'elle en était capable, elle demanda aux deux hommes : « Voudriez-vous, s'il vous plaît, mettre aussi ce petit *paytee* dans la voiture ? Comme ça on pourrait passer par chez moi et l'y déposer ?

— *Maiji*, nous n'avons pas le droit de faire ça. Nous, on doit retourner directement à Doongerwadi. Il n'y a qu'un fourgon en service. »

Joignant humblement les mains et penchant la tête de côté, Alamai supplia : « *Bawa*, une vieille femme veuve et sans défense vous donnera sa bénédiction si vous l'aidez. »

Mais les deux hommes demeurèrent inflexibles : ils l'avaient percée à jour. « Désolés, impossible. »

Elle laissa retomber ses mains, fit volte-face et, raide comme une baguette, se dirigea vers la sortie, en maugréant contre ce supplément de dépense qu'allait représenter la course en taxi. « Espèces de voyous paresseux », marmonna-t-elle, à l'adresse de personne en particulier. Portant toujours son sac, Nusli lui emboîta le pas, suivi des *khandhias* avec la civière en fer, Gustad venait en dernier.

Dans le corbillard, on arrima la civière. Un banc pour les passagers occupait toute la longueur du fourgon. Le chauffeur mit son moteur en marche, et Alamai fit signe à Nusli de monter. Courbant les épaules, il croisa les mains sur sa poitrine et recula. « Non, tante ! Pas moi le premier ! S'il te plaît, pas moi !

— Espèce de garçon-sans-courage ! Tu demeureras toute ta vie un *beekun-bylo*. » Elle l'écarta d'une bourrade. « Pousse-toi, *mua* animal, pousse-toi de là. Je monterai la première. » Dédaignant la main qu'on lui tendait pour l'aider, elle bondit dans la voiture. « À toi, espèce de lâche ! Grimpe et cache-toi sous mon jupon. »

Mais Nusli se tourna vers Gustad et, du geste et des yeux, le supplia de le précéder. Gustad s'exécuta. Finalement Nusli se hissa et se tapit le plus loin qu'il put au fond du véhicule. L'homme, à l'extérieur, secoua la tête, claqua la porte arrière et alla s'installer à côté du chauffeur.

Le trajet se déroula sans histoire sauf au moment où le fourgon franchit un passage extrêmement cahoteux. Tout le monde fut méchamment secoué, y compris la civière. La tête du mort bougea un peu, et Nusli hurla de terreur. Dans une certaine mesure, l'incident affecta Alamai elle aussi ; elle se mit à renifler et à se tamponner les yeux avec un petit mouchoir, ce qui révulsa Gustad. Mieux vaut l'indifférence que de faire semblant. Sale hypocrite. Il faudra qu'elle loue des pleureuses si elle veut plus de larmes. Grâce à Dieu la qualité de la vie dans l'au-delà ne dépend pas de la quantité de larmes versées.

Mais il se trompait. Après force reniflements et tamponnements des yeux, Alamai lui montra à quel point il avait sous-estimé ses dons de comédienne. Alors que, après avoir franchi les portes de Doongerwadi, le corbillard commençait à monter la colline, elle se convulsa soudain en sanglots. Se balançant d'avant en arrière, son long torse mince oscillant dangereusement dans l'espace restreint, elle se prit la tête dans les mains et gémit. « Ô mon

Dinshaw ! Pourquoi ! Pourquoi ! Pourquoi ! Ô Dinshaw ! » Comme Tom Jones et sa Dalila, pensa Gustad. Dinshu aurait aimé ça. Son vautour domestique poussant enfin sa rengaine d'amour.

« Tu m'as laissée ? Tu es parti ? Mais pourquoi ? » Comme Dinshawji refusait de le lui dire, elle sanglota un peu plus, puis dirigea ses supplications vers le toit du corbillard. « Ô Parvar Daegar ! Qu'avez-Vous fait ! Vous me l'avez enlevé ? Pourquoi ? Maintenant, que vais-je devenir ? Prenez-moi aussi ! Maintenant ! Maintenant, tout de suite ! » et elle se frappa deux fois la poitrine.

Le chauffeur ralentit devant les pavillons des prières, au niveau inférieur, et, ne recevant pas d'instructions, continua jusqu'au niveau supérieur. Mais Alamai n'avait rien organisé. Gustad demanda qu'on retourne au bureau.

« Ces gens, grommela le chauffeur à l'adresse de son compagnon. Qu'est-ce qu'ils s'imaginent, à me faire tourner comme ça ? Que c'est la promenade du dimanche à Scandal Point ? »

Alamai geignait et se tapait toujours la poitrine quand Gustad la conduisit au bureau. « C'est la volonté de Dieu, Alamai », dit-il, un peu inquiet. Il tenta de la calmer avec toutes les phrases *de rigueur* qu'il connaissait. « Dinshawji a échappé à sa douleur et à sa misère. Grâce à la miséricorde du Tout-Puissant.

— C'est vrai », gémit-elle, au travers de sanglots inattendus d'une poitrine si maigrichonne. « Il est libéré ! Il est libéré du moins de ses souffrances ! » Sur quoi l'employé du bureau les informa sur les tarifs et les frais.

« Pensons à Dinshawji maintenant, dit Gustad. Préparons ses prières. » Avec adresse, il propulsa ses mots dans les petits espaces qui s'ouvraient entre deux sanglots. « Voulez-vous quatre jours de prières ? Dans les *bungalee* supérieurs ? Ou un jour dans les *bungalee* du bas ?

— Un jour, quatre jours, quelle importance ? Il est parti !

— Pour les *bungalee* du haut, vous devrez vivre ici pendant quatre jours. Pourrez-vous vous organiser ? » Il

324

eut l'intuition que cette question d'ordre pratique tarirait les larmes.

Et ça marcha. « A-ra-ra-ra ! Vous êtes fou ? Quatre jours ? Qui s'occupera de mon petit Nusli ? Qui lui préparera son dîner, hein ? » À partir de là, tout alla très vite. On fixa l'heure du service funéraire le lendemain après-midi, et Alamai accepta de faire paraître une petite annonce dans le *Jam-E-Jamshed*. L'employé promit de téléphoner au journal avant la mise sous presse.

Une nouvelle fois, ils reprirent leurs places dans le fourgon. Le chauffeur les conduisit au *bungalee* qui leur était alloué. Il comportait une petite véranda sur le devant, d'où l'on accédait à la salle des prières, et une salle d'eau à l'arrière, où le défunt serait plongé dans son ultime bain de pureté rituelle. Alamai, Nusli et Gustad se lavèrent tour à tour les mains et le visage avant de faire leurs *kustis*.

Entre-temps, Alamai se lança dans une discussion véhémente avec les hommes venus accomplir le *suchkaar* et les ablutions de Dinshawji. Elle leur interdit de pratiquer le traditionnel épongeage du cadavre avec du *gomez*. « Toutes ces bêtises avec de l'urine de taureau ne nous concernent pas, dit-elle. Nous sommes des gens modernes. N'utilisez que de l'eau, rien d'autre. » Mais elle insista pour que ce fût de l'eau chaude, car Dinshawji, semblait-il, attrapait un rhume chaque fois qu'il prenait un bain avec l'eau froide du robinet.

Gêné, Gustad sortit pour la laisser faire son *kusti*. Nusli le suivit. Alamai, ayant rapidement réglé la question du *suchkaar*, les rejoignit sur la véranda.

Là, ils découvrirent que Nusli avait oublié d'apporter son calot de prière. « Espèce de garçon-sans-cervelle », grinça-t-elle, mais doucement, par révérence pour l'endroit et l'occasion. « Venir dans un lieu de prière sans son calot de prière. Pour ramasser quelle sorte de poussière, veux-tu me dire ? »

Gustad tenta de ramener la paix en sortant son grand mouchoir blanc. Il le plia en diagonale et montra à Nusli comment s'en couvrir la tête. Une méthode tout à fait admise. Mais Alamai ne put s'empêcher de proférer une autre imprécation : « *Marey em-no-em !* Quel feu a bien pu lui brûler tout son esprit, je me le demande. » Après quoi elle laissa tomber le sujet.

Dès qu'il eut serré le dernier nœud de son *kusti*, Gustad s'enfuit. Il ne savait pas combien de temps encore il pourrait supporter cette femme. Il se rendit dans la pièce vide et s'assit dans un coin, dans le noir. Deux hommes entrèrent avec le corps, à présent vêtu de blanc, et le posèrent sur l'estrade basse en marbre. Le drap blanc ne recouvrait ni le visage ni les oreilles. Un prêtre arriva, qui alluma une lampe à huile à la tête de Dinshawji.

Avec quelle efficacité se font ces choses, se dit Gustad. Pure routine. Comme si Dinshawji mourait chaque jour. Alamai et Nusli prirent les chaises qui leur étaient réservées. Le prêtre saisit une lamelle de santal, la trempa dans l'huile et la présenta à la flamme. Puis il la transféra dans l'encensoir, qu'il saupoudra de *loban*. La fragrance de l'encens emplit la pièce. Le prêtre commença les prières. Dieu sait pourquoi, la quiétude de la cérémonie plongea Nusli dans un état de profonde agitation. Il ne cessait de se tortiller, de rajuster le mouchoir sur sa tête. Mais, sans mot dire, par un coup de coude et de genou bien ajusté, Alamai eut tôt fait de le calmer. Le *dustoorji* était un très bon officiant. Chaque mot résonnait clair, pur, comme formé pour la première fois par des lèvres humaines. Et Gustad, perdu dans ses pensées, se prit à écouter. À goûter la paix que cela procurait. Une si belle voix. On croirait celle de Nat King Cole quand il chante *You Will Never Grow Old*. Feutrée, lisse, une texture de velours.

Le *dustoorji* ne priait pas fort, pourtant, petit à petit, en cercles de plus en plus larges, sa voix gagnait tous les coins de la pièce. De temps à autre, il ajoutait un bâton de santal dans l'encensoir, ou répandait du *loban*. Une faible ampoule brillait dehors, sur la véranda. Si faible qu'on devinait à peine l'entrée, estompée derrière le voile de fumée odorante. À l'intérieur, la lampe à huile projetait sa lumière douce sur le visage de Dinshawji, la flamme s'agitant au moindre souffle d'air. Et la lueur sur le visage de Dinshawji bougeait en vagues, suivant le mouvement de la flamme. Lumière et ombre jouaient sur le visage, l'effleurant tendrement, tantôt ici, tantôt là.

Les prières finirent par remplir la pièce. Lentement, l'obscurité ne fut plus que son. Et, avant même qu'il s'en rendît compte, Gustad avait succombé au charme. Il oublia le temps, oublia Alamai, Nusli. Il écouta la musique, le chant dans une langue qu'il ne comprenait pas, mais qui était merveilleusement apaisante. Tout au long de sa vie, comme un perroquet, il avait formulé ses prières dans cette langue morte. Mais ce soir, par la grâce et la voix mélodieuse du *dustoorji*, les mots prenaient corps ; ce soir il percevait, comme jamais auparavant, le sens de ces mots disparus.

Le *dustoorji* psalmodiait les versets de l'antique Avesta. Notes et syllabes se mêlaient aux bruits de la nuit. Posément, des arbres et des buissons, de la végétation luxuriante qui poussait sur la colline, s'élevaient les voix de la nuit et de la nature entourant la Tour du Silence. Les murmures des insectes, sur les feuilles et dans les arbres, ailés et rampants, escaladaient le Doongerwadi vers la Tour du Silence. Leurs murmures se mélangeaient au santal et au *loban*, et à la musique des prières qui planait dans la chambre éclairée par la lampe à huile, et Gustad comprenait tout.

Dilnavaz dormait, la tête renversée contre le dossier du canapé. Le bruit de la clé dans la serrure la réveilla.

« Est-il très tard ? » demanda-t-elle.

L'horloge indiquait dix heures du soir. Le balancier ne bougeait pas. Gustad consulta sa montre. « Onze heures trente. » Il ouvrit la lunette et chercha la clé.

« Que s'est-il passé ? »

Tout en remontant l'horloge, il lui raconta Alamai, Nusli, le corbillard, l'arrivée à Doongerwadi. « Quand je suis allé au *bungalee*, j'étais si fatigué que je me suis dit : Je partirai dans cinq minutes. Et puis les prières ont commencé et... » Il s'interrompit, se sentant un peu bête. « C'était si beau. J'ai écouté. »

Il avança l'aiguille des minutes, attendit le tintement de la demie, et poussa la grande aiguille jusqu'à onze heures. « Le visage de Dinshawji sur la plaque de marbre. Il paraissait si paisible. Et tu vas me prendre pour un fou... J'ai tourné ma tête dans un sens et dans l'autre. J'ai changé mon angle de vue. Je croyais que ça devait être la lumière. Mais...

— Quoi ? Dis-moi.

— Il n'y avait aucun doute. Il souriait. » Il consulta de nouveau sa montre et régla l'aiguille des minutes. « Vas-y. Dis-moi que je suis fou.

— La prière est une chose très puissante.

— J'ai vu son visage avant qu'il quitte l'hôpital. Et dans le corbillard. Il n'y avait rien.

— Les prières sont puissantes. Elles peuvent mettre un sourire sur la figure de Dinshawji, ou dans tes yeux. »

Il la serra contre lui. « J'espère que quand j'irai là-bas, il y aura un sourire comme celui-là sur mon visage. Et dans tes yeux. » L'horloge se taisait toujours. Il poussa doucement le balancier, et ferma la lunette.

17

Les employés qui n'eurent pas l'occasion de lire la notice nécrologique dans le *Jam-E-Jamshed* apprirent la nouvelle à la banque, par un avis du directeur où figuraient leurs noms, sous deux rubriques : FUNÉRAILLES — LUNDI, 15 H 30. CÉRÉMONIE DE L'UTHAMNA — MARDI, 15 H. Seul Gustad eut le droit de choisir avant la rédaction de l'avis. Mr Madon, qui, comme lui, avait opté pour les funérailles, offrit de l'y conduire dans sa voiture.

Il y eut foule à Doongerwadi. Peu de parents, mais beaucoup, beaucoup d'amis et de collègues. La soudaineté de l'événement ne leur avait pas laissé le temps de s'habiller en blanc ou de se procurer leurs calots de prière. Mais ils s'en sortirent cependant, les femmes drapant leur sari sur la tête, les hommes utilisant leur mouchoir ou empruntant un calot au marchand de santal au bas de la colline.

Il n'était pas encore 15 h 30 et les gens continuaient d'arriver. Quand le *bungalee* fut plein, on les admit dans un pavillon adjacent, où se tenaient les non-parsis. Regardant l'assemblée, Gustad se rendit compte que, grâce à Dinshawji, le rire avait agrémenté la vie de la quasi-totalité des personnes qui attendaient là, en silence, le début de la cérémonie. On avait même vu, à l'occasion, Goover-Ni-Gaan Ratansa sourire aux plaisanteries de Dinshawji.

Alamai réserva une place à Gustad au premier rang, face à l'estrade de marbre. Mr Madon vint la saluer et lui offrir ses condoléances. Elle le remercia et lui présenta Nusli. « Dinshawji nourrissait l'espoir qu'un jour, avant qu'il prenne sa retraite, Nusli viendrait travailler à la banque, à ses côtés. Hélas, maintenant c'est trop tard », dit-elle, commençant ainsi à creuser le terrain sur quoi elle comptait bâtir l'avenir de son neveu.

Elle jugea de bonne politique de faire asseoir également Mr Madon au premier rang, et lui proposa la chaise de Nusli. Lequel, il faut le reconnaître, céda sa place sans murmurer. Avec son *dugli* blanc et son calot marron, l'homme-enfant se fondit dans l'assemblée, sauf au moment où les *dustoorjis* donnèrent le signal du rituel du chien. On amena le chien du Doongerwadi auprès de la civière, le chien *char-chassam* qui, grâce à ses yeux surnaturels, maîtriserait le *nassoo*, le mal de la mort, et assisterait les forces du bien. En proie à la plus grande excitation, comme un enfant qui aurait vu un chien pour la première fois, Nusli se leva, tendit le cou, lança des petits baisers, claqua des doigts afin d'attirer l'attention de l'animal.

Personne ne le remarqua, cependant, car tandis que le chien faisait le tour de la civière, reniflait et s'en allait, Alamai soudain se dressa, bras tendus, et sanglota : « Ô chien ! Laisse au moins entendre ta voix ! Ô Parvar Daegar ! Tu n'aboies pas ? Maintenant c'est certain ! Ô mon Dinshaw, maintenant tu m'as réellement quittée ! »

Les femmes qui l'entouraient se précipitèrent pour la calmer. Gustad et Mr Madon ne furent que trop contents de s'écarter, visiblement soulagés de ne pas devoir réconforter Alamai. Chagriné par cette pitoyable exhibition, Gustad déplora surtout qu'elle fût basée sur une telle méconnaissance du rôle du chien *char-chassam*. Pauvre Alamai, avec ses idées modernistes et ses confusions orthodoxes.

Les femmes l'empêchèrent de se précipiter sur la civière, la retenant par les bras et s'efforçant de la clouer à son siège. Bien entendu, si la grande et mince Alamai l'avait vraiment voulu, elle aurait pu aisément se débarrasser de ses quatre ou cinq assaillantes à bout de souffle.

Mais soudain elle renonça et retomba en arrière. Les femmes l'enlacèrent, lui tapotèrent les joues, rajustèrent son sari, prononcèrent toutes sortes de paroles apaisantes.

« C'est la volonté de Dieu, Alamai, la volonté de Dieu ! Que peut-on faire contre les projets Tout-Puissants de Dada Ormuzd à notre égard ? »

« Reste calme, Alamai, reste calme, s'il te plaît, pour le salut de Dinshawji. Sinon il aura du mal à gagner l'Autre Côté. »

« La volonté de Dieu ! La volonté de Dieu ! Paix, paix, Alamai ! Trop de larmes rendent le corps très lourd. Comment pourra-t-on le porter ensuite ? La volonté de Dieu, Alamai, la volonté de Dieu ! »

Les *dustoorjis* attendirent patiemment que le silence revienne, puis poursuivirent avec le Ahunavad Gatha. Les prières se déroulèrent sans interruption. Pour conclure, on invita Alamai à jeter du *loban* et du santal sur le feu *afargan*. Tous les yeux se fixèrent sur elle, les femmes prêtes à bondir au cas où il aurait fallu de nouveau la retenir. Mais elle paraissait très calme à présent.

Quand les parents et les proches eurent fini leurs prosternations, les autres défilèrent pour accomplir le *sezdoe*. Tandis que, par trois fois, ils s'inclinaient et touchaient le sol, l'obscurité soudain envahit la pièce. Quatre ombres empêchaient le soleil de pénétrer. Les *nassasalers* étaient arrivés. Debout sur le pas de la porte, ils attendaient de pouvoir transporter la civière jusqu'à la Tour, jusqu'au puits des vautours.

C'était à Gustad de s'exécuter. Il observa attentivement le visage de Dinshawji puis s'inclina trois fois. Si seulement je pouvais être l'un des quatre. Dinshu préférerait sûrement ses amis. Quelle coutume idiote qui exige des porteurs professionnels. Et, par-dessus le marché, les pauvres types sont traités en hors-castes et en intouchables.

Le *sezdoe* se termina. Les *nassasalers* entrèrent, vêtus de blanc de la tête aux pieds. Y compris gants et chaussures de toile. Les gens s'écartèrent, leur laissant une large place, redoutant le contact. Le visage de Dinshawji recouvert, ils soulevèrent la civière de fer et sortirent du *bungalee*.

Après avoir fait quelques pas, ils s'arrêtèrent, attendant que se forme le cortège des hommes qui les suivaient. Seuls les hommes pouvaient approcher le puits des vautours. Les femmes s'alignèrent sur la véranda du *bungalee*.

« S'il vous plaît Gustadji, dit Alamai, faites quelque chose pour le salut de mon Dinshaw. Emmenez Nusli au sommet de la colline. Il a peur d'aller sans moi, mais il dit qu'avec vous ça ira.

— Bien entendu », dit Gustad. Il sortit son mouchoir et appela Nusli. Ils se joignirent au cortège, tenant le mouchoir blanc entre eux. Tous les hommes de la banque avaient décidé d'accompagner Dinshawji dans son dernier voyage. Beaucoup pleuraient maintenant, sans se cacher. Ils avançaient par deux ou par trois, reliés par des mouchoirs blancs, selon la sagesse des anciens — le nombre fait force, force pour repousser le *nassoo*, le mal qui plane autour de la mort.

Mr Madon avait un mouchoir de soie blanche. Il s'approcha de Gustad. « Puis-je ? » Gustad hocha la tête, et, de sa main libre, agrippa le mouchoir de Mr Madon. Il s'en exhalait une subtile senteur de parfum de luxe. Les quatre *nassasalers* raclèrent des pieds et déplacèrent les poignées de la civière qui leur cisaillaient l'épaule. Du regard ils s'assurèrent que le cortège était prêt. Le chien *char-chassam* et les *dustoorjis* se joignirent à la procession. Les *nassasalers* se mirent en marche.

Derrière eux s'ébranla la longue colonne des hommes aux mouchoirs. Gustad adressa un sourire encourageant à Nusli, puis regarda du côté du *bungalee*, cherchant à repérer Alamai au milieu des femmes qui observaient le départ du cortège. Il s'attendait à une ultime démonstration spectaculaire, à la voir sangloter, se frapper la poitrine, peut-être même s'arracher quelques cheveux.

Mais il fut surpris (et honteux de ses pensées si peu charitables) de la découvrir qui se tenait droite et digne, les mains jointes. Elle suivait Dinshawji des yeux, et Gustad constata qu'effectivement elle pleurait. Elle pleurait en silence. Des larmes surgies peut-être d'un réservoir de souvenirs profondément enfouis. Et quels souvenirs ? De joies, de chagrins, de plaisirs, de regrets ? Oui, ils avaient tissé la vie de Dinshawji et d'Alamai, mais sans que Dinshu le laissât jamais paraître, sans qu'il en dît un mot, sauf cette tirade sur son cher vautour domestique. Et qui savait quel amour, quelle existence cela dissimulait ?

La procession cheminait vers la Tour. De chaque côté de la route, dans les feuillages et les broussailles denses, sourdaient des bruits de fuite éperdue. À un moment, un écureuil passa devant les *nassasalers*, se figea une seconde puis décampa. Du haut des arbres, de grosses corneilles noires au plumage luisant observaient avec curiosité la colonne. Un peu plus loin, des paons qui piétinaient au bord du chemin dressèrent la tête d'un air inquisiteur puis se bousculèrent pour gagner l'abri des buissons. Leurs cous lançaient des éclairs bleus au milieu du feuillage vert.

À la route pavée succéda un chemin de gravier. Le crissement des pas se fit plus fort quand les pieds quittèrent l'asphalte pour les cailloutis et atteignit son maximum lorsque le cortège tout entier foula le gravier. Le son devint magnifique, terrorisant. *Crac, crac, crac.* Broyant, rapant, raclant. La meule de la mort. Broyant les éléments d'une vie pour les adapter aux prescriptions de la mort.

Ainsi grimpait la colonne, au rythme imposé par les *nassasalers. Crac, crac, crac.* Le son qui convenait pour cerner la mort, songea Gustad. Aussi terrorisant et magnifique que la mort elle-même. Et toujours aussi douloureux et incompréhensible, quel que soit le nombre de fois que je l'ai entendu. *Crac, crac, crac.* Un son qui ranime le passé, qui ranime les souvenirs endormis, les précipite dans le flux du présent, toutes les fois que j'ai grimpé ainsi la colline, foulé le gravier, comme pour écraser, broyer, concasser tous mes chagrins en flocons secs, les réduire en une poudre de néant, m'en débarrasser à jamais.

Mais ils reviennent toujours. Tant de chemins à parcourir. Pour grand-maman : qui réclamait des poulets vivants, connaissait les épices et les demi-nelsons, les liens secrets mais universels qui unissent mariage et combat. Pour grand-papa : qui fabriquait des meubles aussi vaillants que lui-même, qui savait qu'un meuble qu'on transmet représente beaucoup plus que du bois et des chevilles. Pour maman : aussi claire que le matin, aussi douce que la musique de sa mandoline, qui a traversé la vie sans offenser personne, qui chuchotait bonne nuit-Dieu te bénisse à travers le filet de gaze, et qui s'en est allée beaucoup trop tôt. Pour papa : amoureux des livres, qui a essayé de lire la vie comme un livre et qui s'est donc retrouvé perdu, totalement perdu quand au dernier volume ont manqué les pages les plus cruciales...

Le terrain redevint plat. Le cortège était arrivé à la Tour. Les *nassasalers* s'arrêtèrent et posèrent la civière sur la plateforme en pierre à l'extérieur. Ils découvrirent une dernière fois le visage et s'écartèrent. Le moment était venu de dire un dernier adieu à Dinshawji.

Les hommes s'approchèrent de la plateforme, toujours liés par deux et par trois, et s'inclinèrent trois fois tous ensemble sans abandonner les mouchoirs blancs. Puis les *nassasalers* hissèrent de nouveau la civière sur leurs épaules et grimpèrent les marches de pierre menant à la porte de la Tour. Ils entrèrent et la refermèrent derrière eux. Désormais, de l'extérieur, on ne verrait plus rien. Mais on savait ce qui allait se passer : les *nassasalers* déposeraient le corps sur un *pavi*, le plus excentré de trois cercles de pierres. Puis, sans toucher la chair, à l'aide de leurs verges courbées en forme de crochet, ils déchireraient les vêtements blancs de Dinshawji. Jusqu'au moindre point, puisqu'il serait offert aux créatures de l'air, aussi nu que le jour de son entrée dans le monde.

Au-dessus, les vautours tournaient, décrivant, de plus en plus bas, des cercles parfaits, et commençaient à se poser sur le haut mur de la Tour, sur les grands arbres qui l'entouraient.

Nusli se rapprocha de Gustad. Il murmura nerveusement : « Oncle Gustad. Les vautours arrivent, les vautours arrivent !

— Oui, Nusli, dit-il d'une voix apaisante. Ne t'inquiète pas, tout va bien. »

Les hommes, alors, se dirigèrent vers la terrasse de l'*atash-dadgah* tout proche où le préposé leur tendit des livres de prières. Il en manquait, et l'homme marmonna : « Combien d'exemplaires suis-je censé conserver ? »

Dans la Tour, le *nassasaler* chef frappa trois fois dans ses mains : signal indiquant que l'heure de la prière était venue car l'âme de Dinshawji commençait son ascension.

Tandis qu'ils priaient, les vautours s'abattirent en grand nombre, si gracieux en vol mais se transformant en masses noires et voûtées dès qu'ils se perchaient, sinistres et silencieux. À présent ils s'alignaient le long du haut mur, leurs cous de serpents et leurs têtes chauves jaillissant, incongrus, de leur plumage.

Livres de prières rendus, mouchoirs blancs repliés, il restait aux hommes à accomplir un dernier acte avant de descendre rejoindre le monde des vivants : se laver les mains et la figure, et faire leurs *kustis*. Et là, au milieu des bruits de robinets d'eau et des murmures de prières, Gustad dit soudain à Mr Madon : « J'ai besoin de deux jours de congé, vendredi et samedi prochains. » Il avait agi sur une pure impulsion, sans avoir préparé la moindre excuse.

Mais Mr Madon supposa que cela avait un rapport avec les cérémonies à la mémoire de Dinshawji et se montra très compréhensif : « Bien entendu. Je vais le noter sur mon agenda, à la première heure demain matin. »

Au *bungalee*, Gustad rendit Nusli à Alamai. Elle remercia Mr Madon d'être venu. Il répondit qu'il n'avait fait que son devoir.

Les réverbères venaient de s'éteindre quand le taxi de Gustad le déposa devant la gare Victoria. En face, la blanche statue de la Reine trônait dans la lumière de l'aube. Des porteurs en chemise rouge et turban épais accoururent et se détournèrent, déçus, à la vue du petit sac de voyage.

Gustad se dirigea vers le grand panneau d'affichage, mais aucun train n'était annoncé. Tout près, la horde de voyageurs mécontents bombardait de questions un fonctionnaire en veste blanche et casquette blanche à visière noire qu'il ne cessait d'ôter pour se frotter le front. Gustad attendit qu'un espace se creuse pour se faufiler à coups de coude et hurler par-dessus les têtes : « S'il vous plaît, excusez-moi, inspecteur ! »

Ses mots pénétrèrent directement dans les oreilles assiégées. Le « s'il vous plaît » avait agi comme un baume. « Oui, monsieur ?

— Où sont tous les trains ?

— Les chemins de fer sont en grève depuis minuit, monsieur. »

Gustad se sentit soulagé : Je peux annuler le voyage sans remords de conscience. « Absolument rien ne marche ?

— Ça, nous ne le savons pas, monsieur. Mais écoutez les haut-parleurs, ils vous donneront les dernières nouvelles. »

Gustad le remercia et s'approcha du bureau des renseignements. Accrochée à la fenêtre, une pancarte annonçait, écrit à la main : « Remboursements possibles, mais toutes les réservations seront honorées quand le service reprendra. » Rien de plus facile, donc, que de se faire rembourser son billet, puis de rendre l'argent à Ghulam Mohammed. Et oublier Jimmy une fois pour toutes. Mais si je ne lui donne pas une chance. De s'expliquer...

L'échoppe à thé débordait d'activité. Dilnavaz avait interdit à Gustad de consommer quoi que ce soit d'autre que le produit emballé d'une société réputée, mais il était trop tôt pour trouver des boissons en bouteilles. Le vendeur de thé formait une pyramide de tasses et de soucoupes : « Tchai chaud ! Tchai chaud ! »

À intervalles réguliers, il substituait à ce cri prosaïque un couplet rimé entonné avec ferveur :

Boisson à la soucoupe, boisson à la tasse !
Oubliez vos soucis, déridez votre face !
Les trains marcheront — aujourd'hui, demain ?
Buvez une tasse, oubliez vos chagrins !

Gustad posa son sac et commanda. « Attendez ! » s'exclama-t-il comme l'homme s'apprêtait à verser l'eau d'une grande bouilloire qui chauffait à gros bouillons sur un butagaz. « Cette tasse est sale. »

L'homme loucha dedans. « Vous dites l'absolue vérité. Mais pas d'inquiétude, dans une seconde elle sera propre. » Et sans prévenir, il assena une violente taloche à son assistant, juste au-dessus de l'oreille : « *Budmaas !* Tâche de laver correctement, sinon je te flanque dehors ! »

« L'eau est sale, qu'est-ce que je peux faire, vous voulez pas que j'aille en chercher d'autre ? » marmonna le garçon de huit ou neuf ans en trempant la tasse dans un baquet d'eau brunâtre.

Ce qui lui valut une taloche sur l'autre oreille. « *Sooverka batcha !* C'est de la faute à l'eau ? Lave ! Lave comme il faut ou tous tes *huddis* je te les casse. » Il adressa un sourire patelin à Gustad pendant que l'enfant agitait la tasse dans l'eau trouble : « Absolument propre maintenant », dit-il, en l'essuyant, avec force gestes, à l'aide d'un torchon destiné à un triple usage : essuyer le front, le comptoir et la vaisselle. Gustad prit le thé et s'éloigna. Il en versa un peu dans la soucoupe, souffla, en avala une gorgée. L'infusion bouillante était à la fois forte et douce. Ça faisait du bien, malgré la saleté de la tasse. Ah, le plaisir à nul autre pareil du thé dans les gares : pas tant la boisson que l'acte, le statut privilégié d'observateur qu'il conférait. Il regarda sans curiosité déplacée une famille de quatre personnes s'installer confortablement sous l'horloge. La literie déroulée, le père s'endormit aussitôt, déjouant le mauvais sort qui gâchait ses projets. La femme à ses pieds, un bébé au sein. L'autre enfant roulé en boule à côté de son père. Un mur de bagages dressé autour de leur abri temporaire.

Non loin d'eux, une femme alluma son réchaud portable pour faire des *chapaatis*. Toute la famille dégusta, dans des boîtes en inox rutilantes, un ragoût épicé.

Un membre du service de sécurité s'approcha du réchaud, se courba et, sans mot dire, souffla la flamme. « Oïee ! s'écria la femme. Qu'est-ce que vous faites ? » Toujours silencieux et arrogant, le garde lui montra du doigt la pancarte énumérant les actes interdits.

« Je suis une pauvre femme, dit-elle. Comment je saurais lire ? »

L'homme alors daigna parler, et lui lut les articles de la loi. « Qu'est-ce que c'est que cette loi ? protesta la femme. Je n'ai pas le droit de faire des *chapaatis* pour mes enfants ?

— Au nom des *chapaatis* de vos enfants, est-ce qu'il faut que tout prenne feu ? »

De violents craquements et sifflements, suivis d'un bourdonnement aigu, se firent entendre, signes précurseurs d'une annonce par les haut-parleurs. Un grand silence tomba sur la gare. Les bruits de vaisselle cessèrent dans l'échoppe à thé ; les vendeurs de journaux arrêtèrent de crier ; et le calme soudain réveilla l'homme sur sa literie. Il s'assit en sursaut. Chacun attendit que la voix leur parle de délivrance. Craquements et sifflements aboutirent : « Attention, attention, attention. Un deux trois quatre. Attention. *Ek do teen chaar.* » Un gémissement douloureux. Puis la voix qui reprend, rauque et indistincte, la machine détraquée dévorant la plupart des mots. Les survivants sortirent, crachés comme des pépins de raisin à travers le maillage du haut-parleur : « Les pass... sont priés de... lib... le quai... et d'attendre dans le... trains arrivent... à quelle heure... ssagers avec billets peuvent... quais. »

Des gens, un mince filet d'eau, s'en allèrent ; la plupart ne bougèrent pas, englués avec leurs bagages. On dépêcha des hommes de la sécurité pour les chasser. Des soldats armés de fusils patrouillèrent, examinant les rails et les postes d'aiguillage.

Gustad vint rendre sa tasse et acheta un journal. Les

gros titres portaient sur la grève ; le ministre des chemins de fer promettait que grâce au personnel administratif et à l'armée les lignes essentielles continueraient à fonctionner.

Ça signifie qu'il y aura sûrement un train Bombay-Delhi, se dit Gustad. Et il se plongea dans la lecture du journal, le premier qu'il eût acheté depuis la querelle avec l'imbécile de dogwalla, et l'écroulement du budget-presse familial, à l'équilibre si précaire.

Une voix annonça : « Quai sept, embarquement immédiat — train sans réservations en partance pour New Delhi. »

Gustad replia son journal et courut vers l'embouteillage qui se formait à l'entrée du quai sept. Son petit sac de voyage lui procurait un avantage indéniable sur les familles encombrées de malles, literies, réchauds, ustensiles de cuisine, berceaux, caisses de bois, sans compter les fragiles pots à eau en terre. Le train n'était pas encore à quai. Des coolies à chemise rouge s'affairaient au milieu de la foule. « Rizervé ! Place rizervée ! Dix roupies la rizerve ! » L'un d'eux s'approcha de Gustad. « Oui, sahab, place rizervée ? »

— C'est un train sans réservations.

— Oui, oui, mais je vous trouverai place rizervée. Vous payez dix roupies seulement si vous êtes content. »

Le regard qu'il jeta autour de lui apprit à Gustad que la foule aurait pu remplir cinq trains. « D'accord », dit-il. Le coolie le conduisit sur le quai et lui indiqua un endroit où attendre.

« Votre wagon s'arrêtera là, dit-il. Vous restez. » Il montra son brassard de cuivre. « Rappelez-vous — numéro trois cent quatre-vingt-six. » Puis il fila vers la gare de dépôt.

Bientôt, le train arriva, à reculons, une chemise rouge et un turban blanc s'encadrant dans chaque fenêtre. Avant même l'arrêt complet, les gens jetèrent leurs bagages à l'intérieur et sautèrent à bord. Les chemises rouges donnèrent de la voix, offrant contre rançon les places qu'ils s'étaient appropriées au dépôt. « Siège rizervé ! Dix roupies ! »

Le porteur de Gustad le héla. « Regardez, trois quatre-vingt-six ! Ne vous pressez pas, sahab, votre place est prête. »

Le compartiment était déjà plein. Le trois quatre-vingt-six s'empara du sac et le glissa sous le siège, qu'il continua d'occuper. Gustad sortit son portefeuille et se départit du billet requis. Le porteur se leva, Gustad s'assit.

« Nous sommes à leur merci, non ? » dit une voix au-dessus de lui. Un homme d'une trentaine d'années, bien mis, était allongé dans le filet à bagages. Il rit. « C'est les coolies qui contrôlent toute l'affaire. Le ministre des Chemins de fer se croit le maître, les grévistes se croient les maîtres, mais les vrais patrons, ce sont les coolies. J'ai payé vingt roupies pour cette couchette de luxe. »

Gustad lui sourit à travers les lattes et acquiesça poliment. Une demi-heure plus tard, quand retentit le coup de sifflet, les compartiments, plates-formes et couloirs débordaient de bagages et d'humains. Dans l'impossibilité d'atteindre son mouchoir, Gustad essuya à sa manche son visage dégoulinant de sueur. L'homme du filet à bagages dit : « Presque vingt-quatre heures à passer. Mais ça va très bien s'arranger. »

Et il avait raison. Au fil du temps, le compartiment parut moins encombré : l'agressivité nécessaire à l'établissement de droits territoriaux avait disparu. Paniers-repas ouverts, on mangea. Les gens réussirent même à trouver le moyen d'utiliser les toilettes ; les hommes qui s'y étaient installés pour voyager eurent l'obligeance d'en sortir chaque fois que d'autres besoins se manifestaient.

« C'est la première fois que vous allez à Delhi ? demanda l'homme du filet à bagages.

— Oui, dit Gustad.

— Pas de chance. Avec la grève et tout le reste. Mais c'est le bon moment pour visiter Delhi, le temps sera agréable.

— J'y vais pour affaires personnelles.

— Oh, moi aussi je n'y vais que pour affaires personnelles. » La coïncidence l'amusa. « Mes parents habitent Delhi. Ils n'arrêtent pas de dire qu'à mon âge je devrais être marié, et qu'à leur âge, ils pourraient bien disparaître sans voir leur fils aîné marié, ce qui leur causerait beaucoup de soucis. Je viens donc me choisir une femme », révéla-t-il, toujours en position horizontale.

« Je vous souhaite bonne chance », dit Gustad, qui n'appréciait pas de devoir recevoir ses confidences.

« Merci beaucoup-beaucoup. » Il s'assit et se cogna la tête.

Pour déjeuner, Gustad se paya une tasse de thé, qu'on lui passa par la fenêtre, à l'occasion d'un arrêt dans une gare. Il n'ouvrit le paquet de sandwichs de Dilnavaz que plus tard, vers sept heures du soir. Omelette. Les sandwichs favoris de Dinshawji. Ce que j'ai pu le taquiner. Deux sandwichs chaque jour, pendant trente ans.

La lumière commença à décliner, le train fonça vers le nord à travers l'obscurité. Gustad mangea lentement ses sandwichs tout en regardant défiler les champs vides où brillait, ici et là, une faible lueur. Ce long voyage en valait-il la peine ? Y avait-il un seul voyage qui justifiât tous les ennuis qu'il causait ?

Ses pensées ensuite revinrent à Dinshawji. Pensées vagabondes, parcourant des décennies de leur vie côte à côte. Il m'appelait la nouvelle recrue. Il levait le bras et disait : Sous mon aile tu seras en sûreté — ça sent un peu, mais c'est sûr. M'indiquait ceux à qui on pouvait se fier, ceux qui cancanaient et qui vous poignardaient dans le dos, les *chumchas* de la direction. Et les tours qu'il jouait en laissant sa veste sur le dossier de sa chaise. Comme les gens riaient avec lui. Au déjeuner et pendant les pauses-thé. Même durant les heures de travail, jamais à court de plaisanteries. Oui, pouvoir faire rire les gens était une bénédiction. Et quel long voyage ça a été aussi pour Dinshawji. Mais qui avait valu la peine.

Le train cahotait à travers la nuit. Il faisait beaucoup plus frais maintenant. Gustad s'endormit, sa tête dodelinant contre la fenêtre.

Dans le sillage du départ matinal de Gustad, les désastres, en série, s'étaient abattus sur Dilnavaz. Le lait avait débordé, le riz brûlé, le pétrole coulé par terre quand elle avait rempli le réchaud — sa cuisine était dans un état épouvantable.

Elle se faisait du souci pour Gustad, regrettait qu'il eût décidé d'aller à Delhi. Mais c'était aussi le seul moyen de découvrir la vérité. Sinon il ne retrouvera jamais la paix. Et pour être honnête, moi non plus. Il n'empêchait que la pensée de Gustad pénétrant dans une prison, même en qualité de visiteur, était effrayante.

Par ailleurs, elle n'avait pas encore respecté les prescriptions de Miss Kutpitia concernant la maladie de Roshan. L'enfant allait beaucoup mieux maintenant, mais Miss Kutpitia avait réitéré ses avertissements : ne pas se bercer d'un faux sentiment de sécurité, car c'était ainsi que les forces obscures travaillaient, tapies comme des serpents venimeux, frappant quand on s'y attendait le moins. J'ai fait tout ce qu'elle m'a demandé jusqu'ici, ce serait absurde d'arrêter maintenant.

Mais pourquoi, à propos de Sohrab, dit-elle toujours patience, patience ? Quel est cet ultime remède qu'elle répugne tant à m'indiquer ? Je n'en peux plus de passer mes nuits éveillée à me faire du souci pour Sohrab, et Gustad lui aussi en est affecté, bien qu'il ne veuille rien admettre et continue à dire : « Je n'ai qu'un seul fils », alors que je vois le chagrin dans ses yeux chaque fois que je le regarde.

Si elle devait exécuter les prescriptions de Miss Kutpitia, c'était maintenant ou jamais. Pourtant elle continua d'hésiter jusqu'au moment où, dans la soirée, Mr Rabadi, qui avait fini de promener Fossette dans la cour, sonna à la porte des Noble. Dès que Dilnavaz ouvrit, la poméranienne éclata en jappements suraigus. « *Choop ré*, Fossette ! la rabroua Mr Rabadi. Sois gentille avec tante Noble. » Il paraissait nerveux. « Votre mari est là ?

— Non.

— Oh... », dit-il, déçu, mais aussi soulagé. Juste avant de sonner, il avait récité la dernière prière de Dustoorji

Baria pour la Fortification des Justes. « Je peux donc vous parler ?

— Je vous écoute. »

La brusquerie de la réponse le laissa décontenancé. « Voilà, se battre et se mordre continuellement, ça ne m'intéresse pas. Nous vivons dans le même immeuble, et ce n'est pas bien. Je vous parle franchement, et j'espère que vous m'écouterez franchement et direz à votre fils d'arrêter. » Sa confiance en lui augmentait avec le nombre de mots qu'il prononçait.

Dilnavaz se déhancha. « Dire à notre fils d'arrêter ? Et de quoi faire ?

— Je vous en prie, *khaali-pili*, ne jouez pas les ignorantes. Votre fils tient la selle du vélo et court après ma fille. Tout l'immeuble les observe et ce n'est pas bien.

— Qu'est-ce que cette débilité-absurde ? » L'expression favorite de Gustad s'appliquait à la perfection, se dit-elle. « Je ne comprends pas un mot de vos idioties.

— Idioties ? Interrogez seulement votre fils ! Je suis un imbécile ou quoi ? Il tient la selle du vélo, et tout l'immeuble le regarde courir après ma Jasmine, avec sa main qui lui touche les fesses ! Ce n'est pas bien, laissez-moi vous le dire ! » Il agita un doigt menaçant, ce qui troubla Fossette ; elle se remit à glapir.

Darius émergea de la pièce du fond pour voir si sa mère avait besoin d'aide. Au moment de partir, le matin, Gustad avait posé la main sur l'épaule de Darius et dit, moitié-plaisantant, moitié-sérieux : « Écoute, mon Sandow. Tu es responsable, veille sur ta mère et ta sœur. »

« Le voilà ! hurla Mr Rabadi. Interrogez-le seulement ! Demandez-lui s'il a oui ou non posé la main sur ses fesses ! Faites-le seulement, là, devant moi ! »

Trop c'était trop, décida Dilnavaz. « Si vous voulez mon avis, vous devriez partir maintenant, point final. Vous avez dit suffisamment de bêtises. » Elle essaya de fermer la porte.

« *Khabardaar !* protesta Mr Rabadi, en l'en empêchant. Ayez un peu de respect pour votre voisin ! Je n'ai pas fini de parler et... »

Darius, voulant se montrer digne de la confiance de son père, lui claqua la porte au nez. Repoussé violemment, Mr Rabadi trébucha sur Fossette. Il s'épousseta et, à travers la porte, cria qu'il allait déposer deux plaintes au poste de police : l'une pour agression, l'autre pour voies de fait contre sa Jasmine. Il se promit également d'aller rendre visite à Dustoorji Baria à la première occasion et de lui raconter l'histoire.

« Tu n'aurais pas dû la fermer comme ça, dit Dilnavaz, secrètement très fière de son fils. Mais qu'est-ce qu'il raconte sur sa *jaari-padayri* de fille ? »

Darius rougit. « Elle n'est pas vraiment grosse. Elle avait juste besoin d'apprendre à faire du vélo. À garder l'équilibre pendant qu'elle pédalait. Les autres garçons en ont eu assez au bout d'un tour. Pas d'énergie. Alors elle m'a demandé.

— Tu sais ce que papa t'a dit. Rabadi est un fêlé et nous ne voulons pas d'ennuis avec lui. » Plus que fêlé, se dit-elle, capable de n'importe quoi. « Promets-moi de ne jamais t'approcher d'elle ou de son père. Surtout son père. » L'air qu'il avait eu quand Darius était venu à la porte — mon Dieu. Un air de fou.

Et maintenant, tout s'éclairait ! Roshan n'avait pas cessé de maigrir, et où étaient allés sa santé et ses kilos sinon chez la fille de l'imbécile de dogwalla ? Qui, elle, n'avait cessé de grossir, jour après jour ! Miss Kutpitia avait raison, l'alun indiquait à juste titre Rabadi !

L'aiguillon de la suspicion scella l'affaire, à la satisfaction de Dilnavaz. Elle dressa ses plans. D'abord préparer la mixture. Ce qui était facile. Mais Miss Kutpitia disait qu'il fallait en humecter le crâne. C'est là que la ruse intervenait.

Au milieu de la nuit, une main réveilla Gustad en lui tapant sur l'épaule. « Excusez-moi, dit l'homme du filet à bagages. Voulez-vous vous étendre là-haut ?

— Et vous ?

— J'ai assez dormi. Je m'assiérai à votre place.

— Merci. » Avec ses muscles endormis et ses jointures douloureuses, Gustad eut du mal à grimper dans le filet. L'homme l'aida ; Gustad opéra enfin un rétablissement et s'allongea. Il se posa bien quelques questions sur l'homme aux mains insistantes, mais c'était si bon de se délasser. De détendre ses muscles raides. Apaisé par le bercement du train. Ça me rappelle un autre train. Il y a très longtemps. Avec Dilnavaz. En voyage de noces...

Il s'assoupit, emporté par des vagues de sommeil. Moitié-rêve, moitié-imagination, il se vit dans le wagon-lit avec Dilnavaz, vingt ans auparavant. Le lendemain de leur mariage. Impatients dans leur chambre à coucher roulante, ne voulant pas attendre l'arrivée à l'hôtel...

Une main caressa la cuisse de Gustad. Gagna l'entrejambe, découvrit le membre raidi et, encouragée, s'aventura plus loin. Des doigts tâtonnèrent, farfouillèrent dans les boutons de la braguette, réussirent à en faire passer un par la boutonnière. Puis un autre. Gustad se rendit compte qu'il ne rêvait plus.

Faisant semblant de dormir, il grogna, se retourna et balança son coude. Il ne fut plus dérangé de tout le restant de la nuit.

Avec l'aube, le froid arriva. Le train avait laissé derrière lui la chaleur des basses latitudes. Soupirant après une couverture, aspirant à se retrouver chez lui dans son lit, Gustad enroula ses bras autour de lui, ramena ses genoux contre son ventre et se rendormit.

Le soleil passant à travers une grille de ventilation le réveilla. D'en sentir les rayons sur son visage le transporta à une autre époque. Soudain, tous ses doutes concernant son voyage à Delhi disparurent comme la nuit laissée quelque part sur la voie. Jimmy et moi dans la cour, disant nos prières. Baignés dans les premières lueurs du jour. Nous allons enfin mettre les choses au point.

La machine ne dévora pas les derniers kilomètres assez vite à son goût. À la gare suivante, il alluma, frottant ses mains engourdies par le froid. Certains passagers ayant quitté le train pendant la nuit, on se trouvait plus au large dans le compartiment. « Bonjour », dit-il à l'homme du filet à bagages, qui arborait un œil au beurre noir. « Que vous est-il arrivé ?

— Oh, ce n'est rien. En allant aux toilettes cette nuit, j'ai trébuché sur une valise ou autre chose. Je me suis cogné.

— Ces trains bondés, c'est terrible. Mais merci beaucoup pour votre lit. J'ai formidablement bien dormi. »

Un « *chaiwalla* » passa, proposant des verres de thé fumant dans un râtelier en fer. Gustad en prit deux. L'homme du filet à bagages chercha de la monnaie, mais Gustad paya. Le verre chaud lui réchauffa les mains. Pauvre type, pensa-t-il. Qui se force à choisir une femme pour complaire à ses parents. Et pauvre femme, quelle qu'elle sera.

Le coup de sifflet annonciateur retentit. Le *chaiwalla* revint chercher son verre. Gustad le lui tendit, non vidé. « Buvez, buvez, dit le *chaiwalla*. On a encore le temps. » Au deuxième coup de sifflet, le train s'ébranla. Le vendeur de thé se mit à courir le long du quai : « Buvez, buvez. Encore un peu de temps. » Gustad avala rapidement quelques gorgées, plus soucieux de rendre le verre que le *chaiwalla* de le récupérer. Le verre changea de mains au bout du quai.

18

Quelle agréable douleur, se dit Gustad, en se remettant à marcher, gauche-droite, gauche-droite. Mais Jimmy dans sa cellule doit se sentir... À nouveau des soldats. Gauche-droite, gauche-droite, dans la gare. Avec leurs immenses sacs à dos, obligés de se pencher en avant pour garder l'équilibre. Énormes tortues dressées. Il y aurait de quoi rire, s'il n'y avait pas leurs fusils.

Il se passa les doigts dans les cheveux — durs comme du fil de fer — et jeta un coup d'œil à ses vêtements : marron rougeâtre, comme la campagne que le train avait traversée. Il essaya de brosser cette poussière, mais elle s'était insinuée partout. Sous le col, les poignets, les manches, le bracelet de la montre. J'en ai plein les narines — c'est dur et sec, elle s'y est installée comme un gros-gras *cheepro*. La gorge rêche. Des démangeaisons partout. Dans mes chaussettes, dans mon *sudra*. Des grains abrasifs qui rampent à leurs affaires, explorant la peau avec d'innombrables petits pieds et griffes, écorcheurs, égratigneurs, enragés, omniprésents. Comme les questions que je me pose à propos de Jimmy.

Il entra dans la salle d'attente et se dirigea vers le fond, vers les toilettes. Contournant les flaques sales produites par des tuyaux troués, des cuvettes débordantes et la négligence générale, il attendit de pouvoir accéder au lavabo.

L'eau glacée de ce matin de décembre à Delhi le mordit brutalement. Mais elle eut un effet merveilleusement revigorant. C'est ainsi qu'on se lave la figure, lave la figure, lave la figure... Il s'éclaircit la gorge et cracha... C'est ainsi qu'on recrache la poussière par un matin de givre... Heureusement que Dilnavaz a dédaigné mon mouchoir et insisté pour que je prenne une serviette de toilette. Il s'en frotta la poitrine et le dos. Ça faisait du bien, ôtait quelques grains de poussière obstinés. Il enfila un *sudra* et une chemise propres, quitta la salle d'attente et prit un rickshaw à moteur.

Louvoyant au milieu de la circulation, changeant de file bon gré mal gré, le véhicule à trois roues l'envoyait valdinguer d'un côté à l'autre. Quarante minutes de ce régime plus tard, ils s'arrêtèrent devant un bâtiment gris ordinaire. La course lui avait tordu les intestins aussi efficacement que les pensées qu'il ruminait à propos de Jimmy. « C'est ça ?

— Oui, sahab, c'est ça », répondit le chauffeur. Gustad descendit, chancelant, légèrement nauséeux, et paya. Il se sentit très seul en voyant s'éloigner le triporteur pétaradant. Si seulement je pouvais être dedans. Retournant à la gare.

À l'accueil, il consulta le papier que lui avait donné Ghulam Mohammed, et demanda à rencontrer Mr Kashyap. On lui dit d'attendre.

Au bout d'une demi-heure, un employé vint le chercher. « Sahab va vous recevoir. » Gustad se leva et le suivit le long d'un couloir au sol de pierre, bordé de murs jaunes et sales, jusqu'à une porte sur laquelle une plaque indiquait : S. KASHYAP. La porte était entrouverte.

« Entrez, Mr Noble. » L'homme se leva et lui tendit la main. « Mr Bilimoria vous attendait depuis des semaines. » Mr Kashyap était corpulent, avec un visage porté au sourire quels que fussent les propos échangés.

« J'ai été très occupé.

— Malheureusement, Mr Bilimoria n'est plus ici. » Le sourire qui accompagnait ces paroles les rendait sinistres.

« Plus ici ?

— Ce que je veux dire c'est qu'il n'est plus dans sa

cellule habituelle, nous avons dû l'installer dans la section hospitalière du bâtiment.

— Que lui est-il arrivé ?

— Forte fièvre et une grande faiblesse. Ça doit être une maladie attrapée dans la jungle. » Il souriait toujours, de son sourire large et vide de sens. « Ses devoirs de fonction l'ont conduit très souvent dans la jungle.

— Mais je peux quand même le voir ?

— Oui, oui, bien sûr. À l'hôpital, dans sa cellule, en tête à tête — je dois simplement donner mon approbation. Donc nous pouvons y aller. »

Un couloir froid et triste reliait le bâtiment principal et l'hôpital. Mr Kashyap avait des fers aux talons de ses chaussures, et ses pas résonnaient sur le sol de pierre. Évoquant des souvenirs chez Gustad. Un sentiment de perte et de désolation, de vide, s'empara de lui.

Mr Kashyap échangea quelques mots avec le garde en faction dans le hall de l'hôpital. « Bien, dit-il à Gustad. Attendez ici, s'il vous plaît, quelqu'un va venir vous chercher.

— Merci.

— Il n'y a pas de quoi. » Et Mr Kashyap s'en retourna, souriant aux murs jaunes sales. Un officiel en blanc ne tarda pas à arriver, qui escorta Gustad au premier étage. Ils passèrent devant des salles communes malodorantes et des chambres individuelles à la porte desquelles un policier montait la garde.

« Vous êtes un ami de Mr Bilimoria ? » Gustad hocha la tête. « C'est vraiment très très malheureux, tous ces problèmes avec la justice. Et maintenant cette infection. Il a parfois des accès de délire. Ne vous inquiétez pas si ça se produit en votre présence, nous le soignons pour cela. »

Gustad eut du mal à le croire. L'esprit de Jimmy, aiguisé comme une lame de rasoir en acier inox, sujet au délire ? Impossible.

« Combien de temps comptez-vous rester ? La durée autorisée des visites est d'une demi-heure.

— Mais je viens tout droit de Bombay. Mon train part à seize heures.

— Mr Kashyap m'a dit que vous étiez un cas particulier. » Il réfléchit. « Jusqu'à quinze heures, ça vous va ? » Ils s'arrêtèrent devant une chambre gardée par un policier, assis sur un tabouret et armé d'un lourd fusil, qu'à l'évidence il était épuisé de tenir. Le médecin lui donna des instructions, et Gustad entra, d'un pas hésitant.

On suffoquait dans la pièce, dont l'unique fenêtre était verrouillée. Le personnage sur le lit semblait endormi, le visage tourné de côté. Gustad entendait la respiration laborieuse. Ne voulant pas réveiller Jimmy en sursaut, il avança avec précaution jusqu'au pied du lit. À présent, il voyait clairement. Et ce qu'il vit lui donna envie de pleurer.

Sur le lit ne reposait plus qu'une ombre. L'ombre du militaire à la puissante stature qui jadis avait habité Khodadad Building. Ses tempes s'étaient dégarnies, dans les joues creuses, les os saillaient, pointus et grotesques. Supprimée, la moustache réglementaire en guidon de vélo. Les yeux avaient disparu au fond des orbites. Le cou, du moins ce qu'il pouvait en apercevoir, était aussi décharné que celui du pauvre Dinshawji, et sous le drap, on devinait à peine ces épaules et ce torse que Gustad et Dilnavaz donnaient en exemple à leurs fils, leur recommandant de toujours marcher droit, torse bombé et ventre rentré, comme oncle major.

Et tout ceci en un an et demi ? Est-ce là l'homme qui m'a porté jadis comme un bébé ? Dans le dispensaire de Madhiwalla le Rebouteux ? Celui qui gagnait au bras de fer aussi souvent que moi ?

La main droite de Jimmy reposait sur le drap, aussi émaciée que son visage. Elle se crispa deux fois de suite, puis il ouvrit les yeux. Ce qu'il vit sembla le bouleverser, et il les referma. De ses lèvres sortit un son rauque et faible : « Gus... »

Oh, Dieu ! Il ne peut même pas prononcer mon nom. « Oui, Jimmy, dit-il d'un ton rassurant, en lui prenant la main. C'est Gustad.

— Piq... piq... ûre, murmura-t-il en bredouillant. Attendre... Bientôt.... un peu... mieux.

— Oui, oui, rien ne presse. Je suis là, Jimmy. » Il rapprocha sa chaise du lit sans lâcher la main de Jimmy. De quelle maladie s'agit-il ? Que lui ont-ils fait ?

Colère, accusations, exigences d'explication, Gustad les chassa de son esprit. Seul un monstre aurait pu harceler un homme brisé à ce point. Il attendrait, entendrait les demandes de Jimmy, le réconforterait, lui offrirait son aide. Tout le reste devait être oublié. Et pardonné.

Pendant une demi-heure il resta sans bouger, avec la main froide et tremblante de Jimmy dans la sienne. Finalement, le malade rouvrit les yeux. « Gustad. Merci. Merci d'être venu », murmura-t-il. Il bredouillait moins, même si l'effort faisait trembler sa voix.

« Non, non, je suis heureux d'être venu. Mais que s'est-il passé ? » Puis, se rappelant sa résolution, il ajouta : « Ne t'en fais pas, ne t'énerve pas.

— Les piqûres qu'ils font... pour l'infection. J'ai du mal... à parler. Mais. Dans une heure... mieux. »

Les mots se formaient et se dissipaient comme des traînées de fumée dans le vent. Gustad se rapprocha encore un peu plus. « De quelle infection s'agit-il ? Est-ce qu'ils savent ce qu'ils soignent ?

— Quelque chose. Attrapé dans les Sundarbans. D'abord... ils ont dit... fièvre jaune, puis typhus, malaria... typhoïde... Dieu sait. Mais je crois... je vais mieux. Les injections... terribles... »

Il se tut un moment, respirant à grand-peine. « Merci d'être venu, dit-il encore. Tu vas rester ?

— On m'a donné l'autorisation jusqu'à quinze heures. » Gustad consulta sa montre. « Ça nous laisse donc quatre bonnes heures.

— Il faut se dépêcher.

— Écoute, Jimmy, les explications peuvent attendre. Ce qui est passé est passé.

— Mais je le veux. Je n'en peux plus. D'y penser... de penser à ce que tu as dû croire.

— Ne t'inquiète pas, ce qui est passé est passé.

— Parle-moi d'abord de toi... Dilnavaz et les enfants...

— Tout le monde va bien. Nous avons été très inquiets quand tu as disparu, c'est tout. Puis ta lettre est arrivée, et nous avons été heureux de savoir que tu allais bien. » Gustad prenait garde aux mots qu'il employait : ils ne devaient pas sonner comme une accusation. Il se rappelait le rat et le chat décapités ; la comptine : *Bilimoria chaaval chorya* ; le vinca, le rosier et le *subjo* tailladés en morceaux. Il ne mentionna ni Sohrab, ni la maladie de Roshan, rien qui pût augmenter l'inquiétude de Jimmy.

« Khodadad Building me manque tant... Je n'aurais jamais dû accepter le poste de Delhi... Mais je pourrai revenir... dans quatre ans.

— Quatre ans ?

— Oui, ma condamnation. »

Gustad se rappela le conseil de Ghulam Mohammed : si Bili Boy a de l'espoir, laissez-le-lui. « Et puis tu peux utiliser ton influence.

— Non, Gustad, dans ce genre de cas, l'influence ne sert à rien. On a affaire au sommet... le sale travail. » Le désespoir de nouveau emplit ses yeux. « Mais... tu sais ce qui me manque le plus... depuis mon départ ?

— C'est quoi ?

— Les petits matins. Le *kusti* et nos prières ensemble, dans la cour.

— Oui, dit Gustad. À moi aussi. »

Jimmy se souleva sur un coude pour atteindre la cruche d'eau sur la table de chevet. Il en but un peu. « Laisse-moi te raconter ce qui s'est passé... difficile à croire... »

L'effet abrutissant des injections diminuait, il parlait plus clairement, mais ne pouvait que chuchoter et, victime de fréquents accès de toux, devait s'arrêter souvent. D'origine virale ou infligés par l'homme, les dégâts sautaient aux yeux.

« La proposition était si excitante... une place difficile à obtenir. Le bureau du Premier ministre m'a appelé.

— Tu as travaillé là-bas ?

— Ma lettre en venait. Pour le Service de Recherches et d'Analyses... directement responsable. »

De nouveau Gustad fut médusé. « Tu étais directement responsable du SAR ?

— Non, elle l'était. Ça m'a surpris. »

Petit à petit, Gustad apprit à ordonner les paroles de Jimmy et put comprendre son discours lent, haché, vagabond. Il se rappelait avec tristesse les histoires palpitantes que le major racontait aux enfants et qui les captivaient pendant des heures.

« Au SAR... nouvelle identité. Conseiller de direction. Je ne pouvais... te mentir. Alors je suis parti. Je suis désolé Gustad. Vraiment désolé... comment vont les enfants ?

— Bien, bien. Tout va bien, Jimmy, dit-il en lui tapotant la main. Donc tu es allé à Delhi pour travailler au SAR.

— Sacrée surprise... elle utilisait le SAR comme son agence privée personnelle. Pour espionner les partis d'opposition, les ministres... n'importe qui. Pour le chantage. Ça me rendait malade. Même son propre cabinet. L'un d'entre eux... préfère les petits garçons. Un autre se prend en photo... en train de faire ça avec des femmes. Corruption, vols... il y en a tant, Gustad. Le SAR avait des dossiers. Sur les amis et les ennemis. Où ils allaient, qui ils rencontraient, ce qu'ils disaient, ce qu'ils mangeaient, ce qu'ils buvaient... » Jimmy s'interrompit, à bout de souffle. Nonobstant son triste état, son amour du discours ne l'autorisait pas à rogner une histoire en deçà d'une certaine limite. Elle devait garder de la chair, comme la viande de *dhansak* que Jimmy exhortait Gustad à acheter — une juste proportion de *charbee* ajoutait à la saveur.

« Ses amis devenaient des ennemis et ses ennemis des amis... Si vite. Si souvent. Le chantage est son seul moyen de garder le contrôle... de les garder tous en rang. Dégoûtant. Je n'en pouvais plus. Ce n'était pas pour ça que j'étais venu à Delhi. J'ai demandé ma mutation. »

Il but encore un peu d'eau, remonta son oreiller pour empêcher sa tête de retomber. Gustad le prit sous les bras et l'aida à se redresser. Le drap glissa un peu. Il vit le terrible creux de la poitrine, comme si les poumons avaient disparu.

« Tu te rappelles le cyclone l'année dernière... Au Pakistan oriental ? Des milliers de morts... Aucune aide de ces salauds du Pakistan occidental. Les Bengalis ont compris une fois pour toutes. L'ouest ne veut que leur sueur. Et aux élections de décembre, Sheikh Mujibur Rahman a gagné. Majorité absolue.

— Oui, dit Gustad. Bhutto et les généraux ne l'ont pas laissé former le gouvernement. Quand les Bengalis ont prôné la désobéissance civile, Yahya Khan leur a envoyé l'armée.

— Les soldats ont massacré des milliers de manifestants. Les réfugiés sont arrivés... Mon supérieur m'a informé que notre gouvernement allait aider la guérilla. Aussitôt j'ai dit que ça m'intéressait. Alors le bureau du Premier ministre m'a appelé pour un entretien... Quelle étroite surveillance elle exerce sur le SAR. Une femme forte, Gustad, une femme très forte... très intelligente. Les gens disent que c'est à la renommée de son père qu'elle doit d'être Premier ministre. Peut-être. Mais maintenant elle mérite... » L'oreiller glissa, et il renonça à le redresser. Il se racla la gorge. « Sohrab ? Comment va Sohrab ?

— Bien, bien.

— Et Darius ? Il fait de la musculation ?

— Il a des muscles solides. Mais, le Premier ministre ? »

Jimmy fut heureux de ce rappel. « Elle est allée droit au but. Elle a dit : "Votre dossier est excellent, major Bilimoria, et vous comprenez nos objectifs." Sa voix... si calme, si confiante. Pas comme ses discours politiques... où elle crie, où elle hurle. Difficile de croire maintenant qu'elle ait pu se montrer si perverse. C'est peut-être à cause des gens qui l'entourent... qui sait. » Gustad voulait le questionner sur cette perversité, mais il décida d'attendre. Chaque chose en son temps, selon le rythme de Jimmy.

« Elle m'a nommé. Chargé d'entraîner et d'approvisionner les Mukti Bahini... de rudes combattants, des

Bengalis. Ils ont vite appris. Sabotages d'usines... dynamitage de ponts... de voies de chemin de fer... »

« Eh là ! » Jimmy s'interrompit brutalement, fixant un point dans le dos de Gustad. Il avait à peine élevé la voix, mais en comparaison de son murmure précédent, on croyait l'entendre hurler. « Sale porc ! Fous le camp ! On n'est pas dans tes saloperies de latrines ! »

Gustad comprit. Il lui tapota l'épaule. « Tout va bien, Jimmy, tout va bien », dit-il, tandis que Jimmy dérivait dans le réconfort du passé.

« Gustad, quelle heure est-il ? » haleta-t-il. Parler comme il l'avait fait l'avait épuisé. « C'est l'heure du *kusti* ?

— Pas encore, Jimmy. Repose-toi. » Il continua à lui tapoter l'épaule jusqu'à ce qu'il le sentît prêt à reprendre son récit.

« Il y a eu une cérémonie... la naissance du Bangladesh. J'ai convoqué la presse dans le district de Kushtia, pas loin de notre frontière... un village rebaptisé Mujibnagar. Un nouveau drapeau... vert, rouge et or, dans le bosquet de manguiers. On a chanté... *sonar Bangla*. Avec l'artillerie pakistanaise tout près. *Joi Bangla*... moment de fierté pour tous. Mais la foutue presse étrangère a publié le vrai nom du village... le lendemain l'aviation pakistanaise l'a anéanti... »

Sans frapper, une infirmière, le visage en lame de couteau, entra. C'était l'heure de l'injection. Dans ses avant-bras noueux, les veines ressortaient comme des cordes à nœuds. Elle retourna Jimmy sans ménagement, accomplit sa tâche, et sortit sans un mot.

« Ça va recommencer. Alors comment vais-je te parler ?

— Ne t'inquiète pas, le réconforta Gustad. Il reste encore plein de temps. Repose-toi. J'attendrai. » Il consulta sa montre : déjà presque une heure. Combien de temps et d'efforts avait-il fallus à Jimmy pour s'exprimer ! Comme s'il sculptait douloureusement chacun de ses mots dans un granit récalcitrant, qui lui renvoyait ses coups, émoussait son ciseau. Mais il s'obstinait et, à la fin du combat, les présentait à Gustad. Un par un. Et lui, Gustad, les recevait avec respect, avec angoisse, à cause de la douleur qu'avait provoquée leur formulation.

« L'argent. C'était le principal pour les Mukti Bahini. Sans argent, pas de vivres, pas d'explosifs, pas de fusils... rien. Nous avions besoin d'une allocation régulière, d'un budget. Je le lui ai dit lors de notre rencontre suivante... l'opération devrait s'arrêter... Nous étions seuls, mais son attention était ailleurs... comme si elle rêvait. Étrange femme... très forte...

« J'ai pensé que ça ne l'intéressait plus, que c'était fini les Mukti Bahini. Mais je lui ai tout raconté. Soudain elle a dit : "Je comprends la situation, vous aurez davantage d'argent." Elle est entrée... dans son petit bureau privé. Elle m'a donné ses instructions. Le lendemain, aller à la State Bank, voir le caissier principal, demander soixante lakh de roupies.

« Elle m'a expliqué : "Quand l'aide officielle sera réduite, on compensera." Je me suis dit : Pour-pour... pourquoi elle me raconte tout ça, ça ne me regar-gar-de pas... »

L'injection opérait de nouveau son effet paralysant. Gustad aurait voulu que Jimmy s'arrête de parler ; il se pencha encore plus près, jusqu'à coller son oreille à ses lèvres.

« Elle a dit : "Ne donnez pas votre nom au caissier, pas question du SAR. Seulement Bangladeshi Babu... je viens pour soixante lakh."

« Le lendemain, j'ai eu l'ar-l'ar-gent. Incroyable... soixante lakh, comme ça ! Puis, quelques jours après, elle m'a envoyé un mes-mes-message... Maintenant, écoute b-b-bien... ses p-p-plans. Comment elle a f-f-fait. Pour se pro-té-ger... me pppi-é-ger... »

Jimmy ferma les yeux ; la bouche continua à bouger un peu, mais aucun son n'en sortit. Il tomba dans un état agité ressemblant au sommeil. Gustad remonta le drap pour bien le couvrir et sortit dans le couloir, à bout de forces. Épuisé par le spectacle du combat désespéré de Jimmy.

356

Le policier l'interrogea : « Comment va-t-il ? Il souffre beaucoup ?

— Oui. Mais il dort maintenant. » Le policier lui apprit qu'il trouverait du thé et de quoi grignoter au restaurant du rez-de-chaussée.

Le *bhaiya* avait rechigné à fournir à Dilnavaz vingt-cinq centilitres de lait supplémentaires. « *Arré bai*, vous auriez dû me le dire hier. Brutalement, comme ça, d'où je le sors ? »

Les autres femmes aussitôt s'en mêlèrent, prenant le parti de Dilnavaz : « Arrête ton cinéma, *mua*. Nous savons bien que tu ajouteras un quart de litre d'eau, dès que tu seras sorti d'ici. » Protestant avec indignation, comme d'habitude, contre une telle accusation, il procura son lait à Dilnavaz.

Rentrée chez elle, Dilnavaz réserva le quart de litre pour son mélange. Elle commença par prendre le *taveej* accroché au-dessus de la porte d'entrée. Elle coupa le citron vert en fins triangles, hacha les piments, puis broya l'ensemble jusqu'à obtenir une pâte de bonne consistance. La pierre ronde grognait et divaguait en allant et venant sur la planche d'ardoise.

Le lait se mélangea bien à la pâte, lui donnant une jolie teinte vert pâle. Puis elle compta des graines dans le mortier — anis, angélique, coquelicot, fenouil, moutarde — et les réduisit en poudre. Le reste des ingrédients se présentait déjà sous forme liquide ou en poudre : *kunkoo, marcha ni bhhuki, harad, dhanajiru, papad khar, shahjiru, tuj, lavang, mari, ailchi, jyfer, sarko, garam masalo, andoo, lassun*. Elle remua vivement ; il fallait que tout soit bien mélangé, avait insisté Miss Kutpitia.

Maintenant, au tour des fientes de souris. Dilnavaz était sûre d'en trouver la quantité requise, grâce au papier de camouflage de Gustad ; même ce fléau avait, finalement, son utilité. En soulevant les coins, elle remplit sans mal une petite cuillère. Mais dans la casserole, elle eut beau remuer, les crottes noires refusèrent de s'amalgamer. Elle

357

laissa reposer le mélange, et entreprit de se procurer l'ultime ingrédient : une oothèque d'araignée, blanche et ronde. Stupéfiant, le nombre de choses que connaissait Miss Kutpitia.

Dilnavaz repéra un spécimen brun-noir près du plafond, à l'endroit où le papier de camouflage rencontrait le haut du ventilateur. Armée du balai à long manche, elle se fendit. Le papier se déchira, tandis que l'araignée glissait gracieusement vers le sol le long de son fil de soie. Dilnavaz attendit, en équilibre sur un pied auprès du lieu prévisible de l'atterrissage, de pouvoir achever le travail avec sa pantoufle.

Mais la partie la plus dégoûtante restait à accomplir — les nombreuses pattes de l'araignée étaient repliées, rigides, sur l'abdomen, et l'oothèque enfermée derrière le grillage radial des appendices noirs et velus. Pour Dilnavaz, ils évoquaient les jambes poilues de l'inspecteur Bamji, à l'époque où celui-ci portait des shorts, avant sa promotion.

À l'aide d'un papier et d'un crayon pris sur le bureau de Gustad, elle déplia les pattes, une par une. Certaines se refermèrent, comme mues par un ressort, et elle dut les maintenir, d'autres se déchirèrent à la jonction du thorax ou à une articulation intermédiaire. Tisonnant avec son crayon le cocon, mou et légèrement poisseux, mais pas aussi collant qu'une toile, elle réussit à l'extraire.

Elle posa la casserole sur le fourneau. Le mélange chauffa et devint un composé homogène brun foncé. Même les fientes opiniâtres de la souris acceptèrent de se fondre au reste. Pour finir, elle émietta et versa l'alun qu'elle avait soigneusement sauvegardé.

Dilnavaz était fin prête pour l'imbécile de dogwalla.

Le samedi, Mr Rabadi emmenait toujours Fossette faire une promenade de mi-journée dans la cour, en supplément de celles du matin et du soir. Connaissant cette habitude, Dilnavaz avait mis au point sa stratégie. Elle fit réchauffer l'épaisse mixture et y ajouta une cuillerée de lait. Voilà, c'était la bonne consistance.

Peu après une heure de l'après-midi, elle entendit, venant de l'autre bout de la cour, l'aboiement aigu de Fossette. Dilnavaz se raidit. Pourvu que la chance soit avec elle et qu'il n'y ait personne dans l'escalier. Le respect de l'horaire était important. Elle attendit que Mr Rabadi se rapproche des buissons, puis s'esquiva par la porte du fond et grimpa l'escalier.

Elle avait parfaitement calculé. Épiant du balcon, elle vit Fossette, arrêtée, qui reniflait pour trouver l'endroit idoine, sous le regard approbateur de Mr Rabadi. Dilnavaz tendit le bras et renversa la casserole.

Le rugissement de Mr Rabadi résonna à travers la cour. Affectant son air le plus guindé, Dilnavaz redescendit et rentra chez elle, se gardant bien de crier au succès. Rien ne prouvait que le crâne de Mr Rabadi avait été oint ; il aurait hurlé de toute façon, même si la mixture avait atterri sur le sol, sans lui faire le moindre mal. Dilnavaz mourait d'envie de regarder, mais elle dut se contenter d'écouter.

« *Junglees !* braillait-il. Vous vivez comme des bêtes ! » Entendant son maître pérorer, Fossette joignit sa voix à la sienne. « Des milliers de gens meurent de faim ! Et d'autres, sans la moindre vergogne, jettent leur curry dans la cour ! » Dilnavaz sentit son optimisme grandir ; la mixture était en tout cas tombée assez près pour qu'il en renifle l'odeur.

Puis, à la litanie furieuse se mêlèrent des cris de douleur tandis que les *marcha ni bhhuki, andoo, lassun, garam masalo* et autres féroces épices lui dégoulinaient des cheveux sur le front et dans les yeux. « Aaaah ! On me tue ! Aaaaah ! Je meurs, *bas*, je meurs ! » À présent, Dilnavaz était sûre d'avoir atteint la cible.

« Ooooh ! *Mari chaalyo !* Aveugle ! Je suis aveugle ! Regarde, animal ignoble, qui que tu sois ! Regarde-moi ! Laissé sans yeux dans la cour ! Aveuglé par ton curry ! Puisse la même chose t'arriver ! Et à tes enfants, et aux enfants de tes enfants ! » Il se dirigea à tâtons vers son appartement, jurant, hurlant, appelant le monde à témoin de son cruel destin. Fossette dansait et sautait autour de lui, appréciant l'animation inhabituelle qui s'était emparée de son maître.

Dilnavaz regagna sa cuisine. Tout s'était déroulé exactement comme prévu. Miss Kutpitia serait fière d'elle, se dit-elle, tout en nettoyant sa casserole afin qu'il ne reste pas la moindre trace du *mélange* magique.

« C'était l'imbécile de dogwalla qui criait, maman ? » demanda Roshan.

Dilnavaz sursauta, elle ne l'avait pas entendue venir. « Oui, mais tu ne devrais pas parler comme ça. Et pourquoi n'es-tu pas au lit ?

— Je suis fatiguée de dormir toute la journée. Est-ce que je peux faire autre chose ?

— D'accord, assieds-toi sur le canapé et lis ton livre. » Elle rinça la casserole. Était-ce possible ? Si vite ? Ce n'était rien de moins qu'un miracle ! Ou une coïncidence. Mais peu importait, le résultat était le même. D'ailleurs, existait-il une personne au monde qui, à un moment ou à un autre de sa vie, n'eût pas du mal à ne pas croire, ne serait-ce qu'un tout petit peu, au surnaturel ?

Sans laisser le temps à Miss Kutpitia de savourer complètement sa victoire, Dilnavaz passa à son autre affaire. « Je sais que je dois me montrer patiente, dit-elle. Mais vous devez m'aider. Je ne peux pas continuer comme ça, ma tête est constamment pleine de soucis.

— De quoi parlez-vous ?

— Sohrab. Ma tête n'arrête pas de tourner à cause des soucis qu'il me cause. Vous aviez dit qu'il y avait un autre remède. Un remède ultime. Nous *devons* l'utiliser maintenant, je vous en prie !

— Nous devons-devons rien du tout ! rétorqua Miss Kutpitia, froissée. Que savez-vous de ces choses ? Vous n'avez pas à me dire ce que je dois faire ! »

Dilnavaz se rétracta humblement : « Jamais je n'imaginerais de vous dire ce que vous devez faire. Mais j'ai l'impression que c'est la seule chance qui me reste.

— Vous ne savez pas ce que vous demandez. Des choses terribles pourraient arriver. » Les yeux de Miss

Kutpitia se rétrécirent, sa voix prit un ton lugubre, lourde d'événements innommables. « Et tous vos chagrins et regrets ultérieurs n'y feront rien, n'y changeront rien.

— Alors j'ai perdu mon fils à jamais ? »

Ce chagrin-là, Miss Kutpitia le connaissait. « Ce n'est pas ce que je dis. Si vous insistez, nous le ferons. Mais vous aurez le *parinaam* sur votre tête, votre tête supportera le poids de toutes les conséquences. »

Dilnavaz frissonna. « Pour le salut de mon fils je prends le risque.

— Qu'il en soit donc ainsi. Attendez. » Elle s'affaira. D'une pile de cartons et de boîtes de conserve, de journaux et de vêtements déchirés, elle sortit une vieille boîte à chaussures. « Celle-ci conviendra. Maintenant il nous faut un lézard. Pouvez-vous vous en occuper ? » Le visage de Dilnavaz n'irradia pas la certitude.

« Peu importe. J'en aurai un, ne bougez pas. » Miss Kutpitia ouvrit l'une des deux portes fermées à clé et la referma derrière elle. On entendit des bruits de galopade, après quoi elle émergea triomphalement, un peu essoufflée, et déposa la chose dans la boîte. « Attention, tenez bien le couvercle, sinon il s'échappera. On ferait mieux de l'attacher. » Fouillant dans son tas, elle trouva une ficelle. « Bon. Maintenant laissez la boîte sous le lit où dormait Sohrab, jusqu'au lever du soleil. À l'aplomb de la tête. Et rapportez-la-moi demain.

— Et ensuite, que se passera-t-il ?

— Chaque chose à la fois. Commencez par celle-là. »

Dilnavaz savait qu'elle n'en obtiendrait pas davantage. « Dix heures, ça ira ? » Ça ne pouvait être plus tard : Gustad risquait de revenir à n'importe quel moment passé midi, selon le train qu'il aurait pris.

« Dix heures, onze heures, peu importe. Apportez la boîte, et amenez Tehmul, c'est tout.

— Tehmul ?

— Évidemment. » Quelle question stupide ! « Sans lui, le lézard ne sert à rien. »

Imaginant les choses les plus bizarres autour de la combinaison Tehmul-lézard, Dilnavaz passa devant Fossette et Mr Rabadi, dans la cour. Comme il se grattait le crâne, elle crut sentir une bouffée d'ail. Elle fut soulagée de constater qu'il n'avait souffert de rien d'irréparable. Son œil, en parfait état, la fixa avec férocité.

Elle plaça la boîte sous le *dholni* de Sohrab. Cela faisait si longtemps, songea-t-elle, qu'il ne le tirait plus de dessous le lit de Darius pour le dérouler. La douleur dans mon cœur ne me quittera plus. Jusqu'à ce que j'entende de nouveau, chaque nuit, le bruit des roulettes sur le sol.

Jimmy était encore sous l'effet de l'injection quand Gustad revint du restaurant. Il approcha sa chaise du lit et attendit. De nouveau, ce fut la main qui bougea en premier. « Gustad ?

— Oui, Jimmy. » Il caressa la main. « Je suis là.

— L'injection... me donne soif. » Il chercha l'eau sur la table de chevet. « Où est-ce que... je me suis arrêté ?

— Au moment où le Premier ministre t'a appelé dans son bureau. Tu as dit qu'elle avait échafaudé un plan pour se protéger.

— Se protéger... oui... me piéger. » Il continua alors comme s'il ne s'était jamais interrompu : « Elle a dit : "Je me suis occupée de l'argent... parce qu'il faut aider les Mukti Bahini... mais." Elle avait réfléchi. Elle a dit : "J'ai des ennemis... partout. S'ils découvrent cette histoire d'argent, ils s'en serviront contre moi. Peu leur importe que ce soit pour une bonne cause... notre pays souffrira si le gouvernement est déstabilisé. La situation à la frontière est très dangereuse... la CIA, les agents pakistanais..."

« Ça paraissait sensé. "Dois-je rapporter l'argent", ai-je demandé. Elle a dit non, que les Mukti Bahini ne devaient pas souffrir... qu'il devait y avoir un autre moyen. "Le seul problème, m'a-t-elle dit, c'est mon coup de téléphone au caissier principal... il pourrait parler. Il faut corriger cela. — Comment ? ai-je demandé." Il avait entendu sa voix. "Oui, m'a-t-elle dit, mais il ne m'a pas vue... nous pouvons toujours dire que quelqu'un a imité ma voix."

« Une femme très intelligente, Gustad. Elle m'a dit : "Si mes ennemis essayent de causer des ennuis, vous n'aurez qu'à dire... que vous avez imité ma voix." J'ai ri... "Qui croirait ça ?"

Mais elle m'a dit que, dans certaines conditions, le peuple croyait n'importe quoi. Elle m'a promis... que rien ne m'arriverait.

« Comme un imbécile j'ai accepté... je lui ai fait confiance. Puis elle a dit qu'il fallait peut-être parfaire notre plan : "Vous pourriez écrire quelques lignes maintenant. Une confession. Disant que vous avez imité ma voix... parce que vous vouliez continuer à aider le Mukti Bahini. De cette façon, elle serait préparée à répondre... si un politicien tentait un mauvais coup. La moindre allégation..." Et elle répondrait devant le parlement. Avec la confession écrite... montrant qu'elle était au courant, et que le gouvernement contrôlait la situation.

« Que puis-je dire, Gustad ? Même ça, je l'ai accepté. Elle m'a donné une feuille de papier et son propre stylo. J'ai écrit ma confession... comme un débile. Mon respect pour elle... avait tellement grandi au fil des mois. Une si forte femme. Je lui faisais totalement confiance. »

Gustad n'en revint pas. Le sage et terre à terre Jimmy Bilimoria, le major cynique qui, pendant toutes ces années où il l'avait connu, avait pour devise : « Quand tu doutes, continue de douter. » Pouvait-il vraiment avoir agi si stupidement ? Quel genre de femme est-elle donc ?

« Pardon Gustad... de tant parler, j'ai oublié ton déjeuner. Veux-tu manger ?

— Non, j'ai pris un thé pendant que tu dormais. »

Jimmy sourit, mais sur son visage dévasté, le sourire se transforma en une grimace de douleur. « J'ai pensé si souvent au *dhansak* de Dilnavaz... les samedis après-midi. » Son regard, embrumé, fixa un point dans le lointain. Puis, avec un effort visible, il reprit son murmure.

« Donc, ai-je cru, mon opération roulait... j'ai fait parvenir la bonne nouvelle au commandant des Mukti

Bahini. Mais quelques semaines plus tard... quand je suis allé le voir, j'ai vu la déception sur son visage. Qu'était devenu le nouveau financement ? m'a-t-il demandé. Il m'a emmené en inspection. Et j'ai constaté. Une situation misérable... des gens pieds nus, aux vêtements déchirés, sans casques. Quelques-uns avaient des fusils... les autres s'entraînaient avec des bâtons, des branches. Quelque chose avait très mal tourné... je suis rentré à toute allure à Delhi...

« J'ai procédé à des vérifications... par mes canaux privés. Ghulam aussi... à l'autre bout. Ils ont essayé de le tuer, sur sa Lambretta. Leur moyen favori : accident de circulation. Il posait trop de questions. Mais nous avons découvert quelque chose d'impossible à croire. J'ai revérifié... Ghulam aussi. Ça n'avait pas de sens... pourquoi de cette façon, alors qu'elle n'avait qu'à me le demander... » Il étouffa et fut pris d'une violente quinte de toux. Gustad lui tint la tête, jusqu'à ce qu'il ait repris son souffle. Il lui tendit le verre d'eau, mais Jimmy le refusa.

« J'ai vu tant de... corruption, de trahisons, de chantages. Mais ça... » Il s'interrompit, et cette fois-ci prit le verre.

« Où est passé l'argent ? demanda Gustad.

— L'argent que je déboursais pour les fournitures... intercepté. Par le bureau du Premier ministre. Vers une autre destination. Un compte privé.

— En es-tu sûr ? »

Jimmy eut un geste de désespoir. « Je souhaiterais pouvoir dire non.

— Mais pour quel usage ?

— Ça, je n'en suis pas sûr. Une possibilité : financer l'usine automobile de son fils. Ou bien des fonds électoraux, ou bien...

— Qu'as-tu fait alors ?

— Pas ce que j'aurais dû faire... mais quelque chose de très stupide. J'aurais dû dévoiler toute l'histoire. La raconter à la presse, aux partis d'opposition. Démarrer une enquête. Mais, me suis-je dit, elle contrôle tout. Le

SAR, les tribunaux, la radio... elle a tout en main, rien ne passera... »

Soudain, Jimmy se mit à hurler, se couvrant le visage de ses mains. « Arrêtez ! Je vous en prie arrêtez ! » Il se tordit, ses jambes battant l'air. « Arrêtez ! Aaaaa ! » Gustad essaya de le tenir, mais Jimmy le repoussa. Il se calma de lui-même au bout de quelques instants, et demeura allongé, haletant, le visage couvert de sueur froide, les genoux repliés contre le ventre.

Gustad comprit que le récit lui faisait revivre le cauchemar de la prison. Il l'entoura de ses bras. « Tout va bien, Jimmy. Personne ne va te faire du mal, je suis là. »

Peu à peu, Jimmy desserra les poings, ses jambes se détendirent. Mais il frissonnait toujours, et Gustad continua de le rassurer. Finalement, l'accès passa. Jimmy ouvrit les yeux. « Gustad ? De l'eau, s'il te plaît. » Gustad remonta de nouveau l'oreiller.

« Pendant des nuits et des jours je suis resté chez moi. À ne rien faire... juste penser. Quel espoir pour le pays ? Avec des dirigeants si corrompus ? Des nuits et des jours, j'ai pensé à tous les gens qui avaient croisé ma vie... des hommes dans l'armée, de braves types. Et mon Ghulam Mohammed. Le Khodadad Building... les familles qui l'habitaient. Toi et Dilnavaz, les enfants, les ambitions que tu avais pour eux. Et ces salauds, ces ministres et ces politiciens, ces buffles et ces porcs... qui s'engraissent chaque jour davantage, sucent notre sang... » Jimmy tremblait, suffoquait.

« Ça me rendait fou de penser à tout ça. Alors j'ai décidé : s'ils peuvent profiter des soixante lakh, pourquoi pas nous ? Son fils, avec son usine de voitures Maruti... quel que soit l'usage qu'ils en fassent... Nous aussi nous pouvons l'utiliser. Toi, ta famille, Ghulam, moi. Pourquoi pas ? J'ai pris dix lakh, et j'ai dit à Ghulam d'attendre la livraison... par nos canaux habituels du Chor Bazar. »

Aussi gentiment qu'il le put, Gustad demanda : « Pourquoi ne m'as-tu pas raconté ce qui se passait ?

— Gustad, je te connais... tes principes. Aurais-tu accepté... si je t'avais dit la vérité ? Mon projet était d'aller au bout de mon contrat et de démissionner. De retourner à Bombay et de partager l'argent. Entre toi, Ghulam Mohammed et moi. J'avais tort, je sais, deux erreurs additionnées ne font pas un résultat juste. Mais j'étais dégoûté. Et j'étais absolument sûr... Si jamais cinquante lakh parvenaient au bureau du Premier ministre, personne ne se soucierait des dix manquants. Toutes les conduites ont des fuites.

« Mais je me trompais. Ils sont venus... m'arrêter... ont monté un procès basé sur ma confession. Ce qu'ils voulaient en réalité, c'étaient les dix lakh. Tu sais ce qui se passe dans nos prisons quand on refuse de...

— Et tu as refusé.

— Il fallait vous protéger, toi et Ghulam... qu'il ne vous arrive rien. Une fois l'argent rendu, tout est allé bien. Transfert à l'hôpital, traitement convenable... »

Jimmy se tut, et Gustad comprit qu'il voulait connaître sa réaction. « Que puis-je dire, Jimmy ? Toutes ces souffrances. Mais ne pourrais-tu parler à tes avocats, aux journaux, leur dire la vérité à propos des dix lakh et de tous ces foutus salauds...

— Gustad, nous avons essayé. Ils contrôlent tout... les tribunaux sont entre leurs mains. Il n'y a qu'une seule chose à faire... accomplir tranquillement mes quatre années... puis tout oublier.

— Tout le monde sait que la corruption existe, dit Gustad. Mais à ce niveau ? Difficile à croire.

— Gustad, ce que font les gens au pouvoir dépasse l'imagination du commun des mortels. Mais je ne t'ai pas demandé de venir pour que tu t'inquiètes... que tu te fasses du souci pour moi. Ce qui est passé est passé. Je voulais seulement te parler. M'assurer que tu ne crois pas que j'ai essayé de te piéger. Tu étais si furieux, m'a dit Ghulam... à ta place je l'aurais été, moi aussi. Mais j'ai espéré... que tu me pardonnerais. »

Gustad soutint son regard. Il y vit la supplication, le besoin d'absolution. « Me pardonnes-tu ? »

Question qui n'appelait qu'une seule réponse : « Foutaise. Il n'y a rien à pardonner, Jimmy. »

Cherchant à saisir la main de Gustad, Jimmy souleva la sienne, que cet effort faisait trembler. Gustad l'attrapa et la serra. « Merci, Gustad. Pour tout... pour être venu, m'avoir écouté... »

Ils se turent pendant un moment. Puis leur conversation porta de nouveau sur les anciens jours, quand les garçons étaient encore tout petits et qu'oncle major leur apprenait à marcher au pas, gauche-droite, gauche-droite, à présenter les armes, en l'occurrence leurs règles en guise de fusils.

L'infirmière vint administrer une nouvelle piqûre peu de temps avant que Gustad ne s'en aille. De ses bras musclés elle retourna Jimmy — de l'autre côté cette fois — et enfonça l'aiguille.

Ils réussirent à terminer leur conversation et à se dire au revoir, avant que la drogue ne réduise Jimmy au silence. Gustad resta assis quelques minutes au bout du lit, à écouter la respiration difficile. Il tira le drap, borda convenablement le lit, puis se pencha et embrassa légèrement son ami sur le front.

Pendant que Gustad dormait, calé par ses compagnons de voyage, le Premier ministre, dans une allocution spéciale radiodiffusée, annonça à la nation que les forces aériennes pakistanaises venaient de bombarder les terrains d'aviation d'Amritsar, Pathankot, Srinagar, Jodhpur, Chandigarh, Ambala et Agra. Il s'agissait d'un acte d'agression flagrant ; par conséquent, l'Inde était désormais en guerre avec le Pakistan. Quand le train approcha de Bombay, tous les voyageurs connaissaient la nouvelle, dont ils avaient piqué des bribes mêlées de rumeurs, au fur et à mesure des arrêts en gare. À Victoria Terminus, Gustad voulut acheter un journal, mais les quelques exemplaires restants s'arrachaient à cinq fois leur prix, aussi renonça-t-il.

19

Pour faire bonne mesure, Dilnavaz laissa le lézard sous le *dholni* de Sohrab trois heures de plus après le lever du soleil. Quand le moment arriva d'aller trouver Miss Kutpitia, elle ramassa délicatement la boîte et la secoua. Un bruissement rassurant en sortit.

Comment la conjonction Tehmul-lézard allait pouvoir ramener Sohrab à la maison, elle n'en avait même pas un début d'idée. Étrange comme, en présence de Miss Kutpitia, dans son appartement, les doutes disparaissaient si facilement, et l'évidence s'imposait que ses remèdes étaient les plus judicieux. Pourtant, il faut que je sois devenue folle pour l'avoir suppliée de faire ça.

Elle ouvrit la fenêtre sur cour, en quête de Tehmul. Il l'attendait. « Jusdecitronjusdecitron. Trèstrèstrèsbon.

— Non, non. Fini le jus de citron. Mais Miss Kutpitia a quelque chose de très bon pour toi. Va, elle t'appelle.

— Téléphonetéléphonelàhaut.

— Oui, là où il y a le téléphone. Va, je te suis.

— Jevaisjevaistrèsbon. » Grimaçant un large sourire, il partit, la main droite sous son aisselle gauche. Dilnavaz lui laissa deux bonnes minutes d'avance.

Miss Kutpitia semblait baigner dans l'impatience. Elle les poussa vers l'intérieur. « Venez, venez, fermez la porte, marmonna-t-elle. Où croyez-vous que je pratique ? Dans l'escalier ? »

Dilnavaz attendit les instructions. À présent le temps

était venu, elle se sentait piégée (impuissante, comme le lézard dans sa boîte). Les événements étaient déjà en marche ; elle ne pouvait qu'en observer le déroulement et l'annonce de la fin promise. Broyer des épices sur le *masala* était une chose, broyer des événements pour les faire cesser en était une autre. Il y fallait une force différente.

Dans une sorte de brouillard, elle vit Miss Kutpitia se diriger vers une des deux portes closes, qu'elle ouvrit avec une des clés du trousseau pendu à son cou. Une lueur brillait dans les yeux de la vieille femme quand, à la manière d'un artiste dévoilant son chef-d'œuvre, elle poussa le battant et les invita à pénétrer dans la pièce interdite.

Les fenêtres étaient fermées, les lourds rideaux tirés. Une épaisse odeur de moisi, d'abandon vous saisissait sur le pas de la porte. Mais Dilnavaz répugnait à découvrir les ténébreux secrets de cette chambre. La vérité à portée de main, après tant d'années de rumeurs et de racontars, elle hésitait à la saisir. Tehmul, transpirant, les yeux écarquillés, se grattait nerveusement.

De les voir lambiner tous les deux énerva Miss Kutpitia. « On ne pourra rien faire si vous ne bougez pas de cette porte ! » Elle les poussa à l'intérieur et plaqua la main sur l'interrupteur. Produisant une faible lumière.

Dilnavaz sursauta. Incapable de décider si elle voulait regarder ou pas ; désirant autant l'un que l'autre. Aussi ne fit-elle rien. Elle attendit que la pièce et son contenu (objets à l'aspect de choses que personne n'a jamais regardées) s'impriment graduellement dans sa conscience.

Des ombres grises et blanches enrobaient tout. Toiles d'araignée et couches de poussière rendaient difficile l'identification des objets, à l'exception des meubles fantomatiques. Mais au fur et à mesure que ses sens s'adaptaient à l'étrange immobilité, et au rayonnement crépusculaire de l'ampoule couverte de poussière, la chambre ténébreuse commença à livrer ses secrets. Dilnavaz reconnaissait à présent dans les haillons accrochés à l'étendoir la forme d'une chemise et d'un short de garçonnet, peut-être un uniforme scolaire. Les deux bouts de tissus troués qui dansaient comme des mues de mystérieux reptiles à la corde du bas étaient à n'en pas douter des restes de chaussettes. Et ce qui avait l'apparence d'un lambeau de cuir ratatiné avait constitué jadis une ceinture en très belle peau de serpent. Oui, c'était évident.

Cette chambre avait dû être autrefois celle de Farad, le neveu de Miss Kutpitia, pour qui un jour son cœur avait débordé. Qui était mort avec son père dans l'accident de voiture, sur la route de montagne. Et quand leurs corps désarticulés avaient été remontés du ravin, le cœur de Miss Kutpitia s'était brisé, d'une façon aussi irréparable que leurs os — échappant à l'art des rebouteux, au pouvoir des miracles.

Mais, depuis, Miss Kutpitia n'avait jamais cessé de tenter de réparer, fixer les choses, à sa manière. Trois décennies et demie d'une isolation respectée avec ferveur avaient permis au climat tropical d'effectuer son œuvre de pourrissement et de ruine. Trente-cinq moussons, avec leur cortège de moiteur, de champignons luxuriants, de moisissures bigarrées, avaient concouru à la décomposition et à la désintégration. Sur le bureau du garçon, un cahier d'exercices, encore ouvert, exposait ses pages racornies et jaunies. À côté, couronnant une pile de manuels, un livre recouvert de papier d'emballage, au titre rédigé d'une écriture peu formée et à l'encre passée, mais qui avait défié les années : *High School English Grammar and Composition* par Wren & Martin. Stylo et bouteille d'encre, réduite à l'état de poussière. Une règle gauchie et fendillée. Des crayons. Des gommes semblables à des petits morceaux de bois dur. Jeté sur le dossier d'une chaise, un imperméable vert envahi d'une végétation grise et frisottée ; sous la chaise, des bottes de caoutchouc noires, devenues gris moussu. Sur le lit, on apercevait la toile à rayures noires du matelas à travers d'énormes trous fabriqués dans les draps par des générations de mites qui y avaient festoyé pendant dix mille nuits. Mais draps et couverture étaient nettement tirés, l'oreiller en position, attendant le retour de l'occupant.

Par l'autre porte, ouverte elle aussi, Dilnavaz eut un aperçu de la pièce adjacente. Qui avait dû être la chambre du père de Farad. La robe d'avocat, en lambeaux plus gris que noirs, était accrochée, sur son cintre en fil de fer, au loquet de la porte. Des liasses de documents, des paquets de journaux juridiques, tous liés proprement par un ruban de tissu rose, formaient des piles bien nettes sur le bureau métallique. Une brosse à cheveux, un nécessaire à raser, un attaché-case, des magazines reposaient sur la table de chevet. Et, partout, des toiles d'araignée, enrobant les prises électriques, les rideaux, les chambranles de porte et de fenêtre, les placards, les ventilateurs au plafond. Comme des *tohruns* et des guirlandes de mélancolie, les toiles d'araignée, déployant leurs bras adhésifs, avaient étreint les reliques du passé douloureux de Miss Kutpitia.

« Pousse-toi, Tehmul, dit-elle d'une voix irritée. Ne reste pas dans mes jambes. » Elle prit la boîte des mains de Dilnavaz, la posa sur le bureau de Farad et souleva à peine le couvercle. Comme prévu, le lézard ne tarda pas à pointer sa tête à la langue agile. Vite, Miss Kutpitia lui assena un coup sur le crâne avec la règle fendillée. Elle renversa la boîte sur le bureau et, pinçant la queue gigotante entre le pouce et l'index, en coupa environ deux centimètres à l'aide d'une paire de ciseaux émoussée et rouillée.

Dilnavaz blêmit ; elle et Tehmul observaient, fascinés. Tout ce dont Miss Kutpitia avait besoin était à sa disposition dans cette chambre. Utilisant le bout de queue comme une mèche de coton, elle l'inséra dans un porte-mèche qu'elle trempa dans l'huile et qui flotta dans le verre de lampe. Ainsi étrangement rempli, et la queue continuant à gigoter, le porte-mèche se balançait à la surface de l'huile, mais réussissait à ne pas sombrer.

« Maintenant, dit Miss Kutpitia à Dilnavaz, en attrapant sa boîte d'allumettes, vous sortez et attendez dehors. Toi, fit-elle à l'adresse de Tehmul, tu veux t'amuser ?

— M'amuserm'amuserm'amuser.

— Alors assieds-toi et regarde bien ce verre. »

Gloussant de joie à la vue de cette queue qui se tortillait, Tehmul s'assit. Le siège d'osier pourri céda immédiatement. Son derrière passé au travers, Tehmul se retrouva impuissant. « Tombétombétombé », cria-t-il, tendant les bras comme un homme qui se noie.

Avant de sortir, Dilnavaz l'aida à s'extraire de son trou. Elle se tint dans le couloir, et bientôt, une bouffée d'exhalaisons âcres lui apprit que Miss Kutpitia avait craqué l'allumette. Quelques secondes plus tard, Miss Kutpitia en personne émergea de la pièce et referma la porte derrière elle.

« C'est très dangereux de regarder une fois que ça a commencé de brûler, dit-elle. C'est pourquoi je vous ai demandé de sortir.

— Mais vous ? Vous devez l'avoir vu ?

— Jamais. Vous me prenez pour une folle ? Je sais l'allumer sans regarder. » Pendant cinq minutes, elles écoutèrent glousser Tehmul, tandis que leur parvenaient les odeurs de peau et de chair de lézard brûlées. Puis Miss Kutpitia ouvrit la porte et l'appela.

Il sortit à contrecœur. « Çatordçabrûleçatordçabrûle. »

— Suffit maintenant, dit Miss Kutpitia, va jouer dans la cour. » Elle attendrait encore un peu avant de nettoyer le verre, murmura-t-elle à Dilnavaz, parce qu'elle ne voulait courir aucun risque. Un tout petit bout de queue non entièrement consumé pouvait avoir des effets dévastateurs. Juste comme ça (elle claqua les doigts), on pouvait perdre l'esprit.

Dilnavaz jeta aussitôt un long regard à Tehmul pour voir s'il y avait un changement. « Ne soyez pas sotte, dit Miss Kutpitia, il faut compter quelques jours.

— Oh », dit Dilnavaz, soulagée et déçue.

« Tordutordutordu », dit Tehmul. Il descendit l'escalier, s'appuyant sur sa bonne jambe et laissant tomber l'autre lourdement. « Tordutordutournantfeu. Drôledrôledrôle. » Il salua de la main et disparut à la vue, mais sa voix leur parvint de l'étage du dessous : « Brûlantbrûlantbrûlant. » Que la queue du lézard avait réussi à force de se tordre à sortir du verre et à se poser sur le cahier d'exercices de Farad, cela, il ne le dit pas.

En descendant de l'autobus qui l'amenait de Victoria Terminus, Gustad constata que les derniers emplacements vacants sur le mur de sa cour avaient été comblés en son absence. Prophètes, saints, swamis, babas, voyants, saints hommes et lieux sacrés, peints à l'huile et vernis, couvraient chaque centimètre carré du mur noir. Les couleurs brillantes miroitaient à la lumière de cette fin de matinée.

Sur le trottoir, les dévots avaient laissé des fleurs : fleur unique, petits ou grands bouquets. Ainsi que des guirlandes de roses et de lis, *gulgota* et *goolchaadi*, dont le délicieux parfum remplissait l'air. Ces fragrances flottaient jusqu'à l'arrêt d'autobus, effleuraient Gustad aussi légèrement que le voile de la femme au Mont Marie. Et plus il se rapprochait, plus les doux arômes s'enrichissaient. Zinnias, œillets d'Inde, *mogra*, *chamayli*, *goolbahar*, magnolias, *bunfasha*, chrysanthèmes, *surajmukhi*, asters, dahlias, *bukayun*, *nargis* plongeaient ses sens dans une profusion fantastique de couleurs et d'odeurs, faisant naître sur ses lèvres un sourire rêveur, lui permettant d'oublier la fatigue des deux nuits de train.

Quel stupéfiant contraste avec le mur de naguère, songea-t-il. On avait même du mal à imaginer l'enfer de pisse et de merde qu'il représentait. Dada Ormuzd, Vous êtes merveilleux. Au lieu du bourdonnement des mouches et des moustiques, un millier de couleurs dansant au soleil. Au lieu de la puanteur, ce somptueux arôme de paradis. Le ciel sur la terre.

Il s'était écoulé des semaines depuis la dernière fois qu'il avait examiné le mur attentivement. Tous les dessins à la craie avaient disparu, remplacés par des peintures à l'huile, y compris la Trinité inaugurale : Brahma, Vishnu et Shiva. Quelle miraculeuse transformation. Dieu est réellement dans Son paradis, et tout va bien au Khodadad Building.

374

Gustad se rappela le soir, il y avait de cela presque deux mois, où il avait humé, tout étonné, le parfum d'un *argabatti*, coincé dans une fente du trottoir. Aujourd'hui, il y en avait des bottes, dans leurs supports, qui répandaient dans l'air leurs fragiles traînées de fumée blanche à l'odeur douce. À côté, dans un petit encensoir de terre, du *loban* se consumait, diffusant sa senteur unique, agréablement poivrée. Bougies et lampes à huile brûlaient à intervalles réguliers. Et il y avait même un bâtonnet de santal devant le portrait de Zarathoustra. Le mur noir était véritablement devenu un sanctuaire pour toutes les races et toutes les religions.

« Vous avez eu une idée géniale, monsieur, dit l'artiste de rue. C'est le meilleur emplacement de toute la ville.

— Non, non, le crédit en revient à votre talent. Et ainsi peints à l'huile, les portraits sont encore plus merveilleux qu'avant. Mais c'est quoi tout ce fouillis, là-bas au coin ? » Gustad indiquait l'extrémité du mur, où s'entassaient perches de bambou, plaques de tôle ondulée, morceaux de carton et de plastique.

« Je projette de me construire un petit abri. Avec votre permission, monsieur.

— Bien sûr. Mais vous disiez toujours que vous aimiez dormir sur votre natte à la belle étoile. Que s'est-il passé ?

— Oh, rien, dit l'artiste, embarrassé. C'est juste pour changer. Venez, laissez-moi vous montrer mes nouvelles peintures. » Il le prit par le bras. « Voyez : là, *Parvati avec sa guirlande attendant Shiva* ; ici, *Hanuman le dieu singe construisant le pont vers Lanka* ; *Rama tuant le démon Ravana* ; et, à côté, *Rama et Sita réunis*. Et puis, là : Upasani Baba, Kamu Baba, Godavari Mata. Et cette église célèbre dans le monde entier, Saint-Pierre, bâtie sur les plans de Michel-Ange, vous en avez sûrement entendu parler. » Gustad hocha la tête.

« Là-bas, il y a d'autres peintures chrétiennes. *L'Enfant Jésus dans la mangeoire avec trois sages* ; *La Madone et l'Enfant* ; *Le Sermon sur la montagne*. Et ceux-ci, ils viennent de l'Ancien Testament : *Moïse et le Buisson*

Ardent ; *La Séparation des eaux de la Mer rouge* ; *L'Arche de Noé* ; *David et Goliath* ; *Samson au milieu des piliers abattant la maison des Philistins.*

— Superbe, absolument superbe.

— Et voici la célèbre Mosquée bleue. Avec, à côté, le Durgah de Haji Malung à Kalyan. Et ça, c'est la Kaaba. Et puis, les deux grands syncrétiseurs de l'Islam et de l'Hindouïsme : Kabir et Guru Nanak.

— Et ceux-là, sur le côté ? Vous les avez oubliés.

— Oh, pardon. Je croyais que vous les aviez déjà vus. Voici Agni, dieu du feu ; Kali, la mère de l'univers ; la déesse Yellamma des *devdasis*.

— Yellamma ? Je connais vaguement ce nom.

— Oui. La divinité des *devdasis* — vous savez bien, les *rundees*, les *vaishyas*, les prostituées — c'est la même chose, du point de vue pratique. On l'appelle "Protectrice des prostituées". » À présent, Gustad se souvenait. Il y avait de cela bien, bien longtemps, quand il était écolier. Il avait entendu le nom dans les histoires de Peerbhoy le Paanwalla.

« Et cette image-là. Vous devriez la reconnaître », dit l'artiste, avec un sourire malicieux.

Gustad l'examina de près, lui trouvant une ressemblance avec un endroit très familier. « On dirait notre mur...

— Vous avez tout à fait raison. C'est devenu un lieu sacré, n'est-ce pas ? Il mérite donc d'être peint au milieu des hommes et des endroits saints. »

Gustad se pencha un peu plus afin de mieux voir cette peinture d'un mur représentant la peinture d'un mur représentant un...

« Voilà, vous avez tout vu, dit l'artiste. Sauf un, que j'ai gardé pour la fin. » Il mena Gustad à l'endroit que se partageaient, auparavant, Zarathoustra, Dustoorji Kookadaru et Meherji Rana. Il y avait ajouté un quatrième personnage, portant également le vêtement et la coiffure d'un prêtre parsi.

« Qui est-ce ? demanda sèchement Gustad.

— C'est la suprise. Comme vous êtes parsi, j'ai pensé

que vous trouveriez l'incident très intéressant. Voyez-vous, il y a quelques jours, un monsieur qui habite votre immeuble — celui qui a le petit chien blanc...

— Rabadi.

— Eh bien, il m'a dit que puisque je dessinais des saints hommes et des prophètes, il avait une requête à me présenter. J'ai dit : "Bien sûr, il y a de la place pour tout le monde sur ce mur." Il m'a montré une photo en noir et blanc, disant que c'était Dustoorji Baria, un très saint homme pour les Parsis. "Il accomplit plein de miracles pour les malades et les personnes souffrantes, a-t-il dit. Et ne se restreint pas seulement aux problèmes spirituels, parce que la philosophie de la religion zoroastrienne prône le succès autant matériel que spirituel."

« Je savais tout cela. Mais je ne voulais pas lui dire qu'en plus de mon diplôme de l'École de l'Art, j'avais des certificats d'Histoire des religions anciennes et contemporaines. On ne sait jamais si on ne va pas apprendre quelque chose de nouveau. Alors je l'ai écouté. Il m'a dit que Dustoorji Baria était renommé pour l'aide qu'il apportait aux gens en matière de santé, d'animaux domestiques, de problèmes boursiers, de recherche de travail, pour l'assistance qu'il apportait aux banquiers, aux fonctionnaires de haut rang, aux grands industriels, aux petits entrepreneurs, etc.

« "Très bien, je suis convaincu", lui ai-je dit, et j'ai pris la photo. J'ai commencé à dessiner le portrait. Quand le dessin a été fini, j'ai entrepris de le peindre. Mais ce soir-là, l'inspecteur de police qui habite ici est passé en voiture...

— L'inspecteur Bamji, dit Gustad.

— Il est passé, a regardé le nouveau dessin. Soudain, le voilà qui freine à mort, fait marche arrière et me hurle d'arrêter de peindre. J'ai eu très peur. Vous comprenez, j'ai eu mon compte d'ennuis avec la police. Ils n'apprécient pas l'art — ils me traitaient comme un vagabond ou un mendiant. Avec beaucoup d'humilité je lui ai raconté : "Voyez-vous monsieur, c'est l'homme au petit chien blanc qui m'a demandé ce portrait, parce qu'il s'agit d'un saint homme parsi."

« L'inspecteur a éclaté de rire. "Un saint homme ? a-t-il dit, *arré*, ce type est un charlatan, qui déshonore la communauté des prêtres parsis. Il abuse les gens désespérés, à qui il vend sa photo encadrée, des amulettes, des tas de saletés. La religion zoroastrienne n'encourage absolument pas ce genre de choses."

— Et alors, que s'est-il passé ?

— Mr Rabadi sortait promener son chien. Il a entendu ce que disait l'inspecteur et il s'est mis en colère : "Dustoorji Baria n'a jamais tiré une paisa de ses Saints Pouvoirs, ceux qui racontent ça sont d'immondes bâtards jaloux, des fainéants en savates indignes de lécher la semelle sacrée de ses *sapaat*. Par ailleurs, nous vivons dans un pays laïc, où chacun a le droit de croire ce qu'il veut, et Dustoorji Baria a le droit de figurer sur le mur autant que n'importe qui d'autre."

« Sur ce dernier point, je n'ai pu qu'acquiescer. Et l'inspecteur a dû trouver gênant de se quereller en public. "Vous pouvez faire ce que vous voulez, a-t-il dit, un charlatan demeurera toujours un charlatan même placé au milieu de prophètes et de saints." Là-dessus il est parti.

« Mr Rabadi m'a dit qu'il y avait des tas de sceptiques et de calomniateurs comme l'inspecteur, mais qu'un jour ils verraient la vérité. Lui avait des preuves de la sainteté de Dustoorji Baria. À la mort de Tigre, son gros chien, quelques années auparavant, des larmes avaient coulé des yeux d'une photographie de Dustoorji Baria, qui était accrochée dans son appartement. Stupéfiant.

— Et vous y croyez ? demanda Gustad, avec un large sourire.

— Écoutez, je n'aime pas déprécier la foi des gens. Miracle, magie, truc mécanique, coïncidence : quelle importance, du moment que ça les aide ? Pourquoi disséquer la force de l'imagination, le pouvoir de la suggestion, de l'autosuggestion, la puissance des pressions psychologiques ? Regarder les choses de trop près est destructeur, désintègre tout. La vie en soi est déjà assez difficile. Pourquoi la rendre encore plus dure ? Après tout, qui peut trancher entre miracle et coïncidence ?

— C'est exact, dit Gustad. Mais ce mur est le genre de miracle qui me plaît, utile et authentique, à la différence d'une photographie pleurant des larmes. Une infamie puante est devenue un endroit beau et odorant qui aide chacun à se sentir bon.

— Et ça ne pourra que se vérifier de plus en plus, maintenant que la guerre a éclaté. À de telles époques, les gens deviennent de plus en plus magnanimes et religieux.

— Vous avez raison. Regardez, le santal ne brûle plus. Avez-vous des allumettes ? »

L'artiste en avait une boîte. Tandis que Gustad essayait de rallumer le bâtonnet, une voiture de pompiers arriva sirènes hurlantes, ralentit et pénétra dans la cour. Abandonnant le santal, Gustad se précipita derrière eux. Quand il entra, les pompiers étaient en train de dérouler leur tuyau.

Tehmul les observait, fasciné. Il le héla : « GustadGustadGustad. Dingdingdingding. Rigolorigolorigolo. Tordutordutournerdanslefeu.

— Pas maintenant », dit Gustad, avec impatience. De la fumée s'échappait de l'appartement de Miss Kutpitia. Il se demanda si elle était saine et sauve.

Une fois les pompiers repartis, tout le monde admit que le fait que l'appartement fût presque intact était un miracle. On oublia qu'il y avait eu beaucoup plus de fumée que de flammes.

De récits en récits, le petit feu se mua en incendie dévorant, pour s'achever en sinistre incontrôlable. Khodadad Building avait failli devenir un morceau de choix pour le ventre des puissances infernales. Mais l'intervention divine l'avait sauvé, affirmaient certains avec ferveur.

D'autres attribuaient cette bonne fortune au mur : tous ces gens qui s'arrêtaient pour prier, déclamer leurs invocations et leurs remerciements créaient sans aucun doute des vibrations continuelles d'une nature propitiatoire. Comment bonté et vertu ne résideraient-elles pas là, veillant avec compassion sur ce haut lieu ?

Dans l'appartement de Miss Kutpitia, les dommages se limitaient aux chambres fermées à clef. Les précieux souvenirs de ses neveu et frère bien-aimés, dont se nourrissait son chagrin, avaient péri entre les murs de briques de ces reliquaires. À présent une couche de cendre grise recouvrait le sol et les meubles, mêlée à la poussière déposée depuis trente-cinq ans. Saturée d'eau, la cendre enrobait tout, comme si des mains diligentes en avaient acheté un plein sac au *raakh-bhoosa* et l'avaient répandue afin de récurer les deux pièces.

Miss Kutpitia et Dilnavaz évaluèrent les dégâts, et Dilnavaz promit d'envoyer Darius pour aider au nettoiement. Le comportement prosaïque de Miss Kutpitia la surprit beaucoup. En fait, elle trouvait Miss Kutpitia carrément joyeuse, envisageant avec impatience les tâches qui l'attendaient, goûtant la sympathie que lui manifestaient ses voisins, qui avaient décidé d'oublier sa réputation de méchanceté et d'avarice. Chacun admettait tacitement qu'une personne ayant si providentiellement échappé aux mâchoires d'une mort féroce devait avoir les forces du bien avec elle.

Seule Miss Kutpitia comprenait le mystère de cet incendie bénin. Pendant trente-cinq ans, les souvenirs accumulés avaient constitué, dans leur essence même, un baume qui apaisait les méchantes balafres creusées par la douleur.

Mais elle savait aussi que les spécificités qui rendaient ces objets si particuliers, les faisant resplendir de l'aura que leur avaient conférée leurs propriétaires, n'étaient pas éternelles — qu'un jour ils perdraient leur luminescence et deviendraient sans valeur. Lorsque cela se produirait, elle se retrouverait seule.

Maintenant, avec l'incendie, il était évident que ce jour était arrivé. Le comportement même du feu l'indiquait : il avait arraché à ses trésors tout leur pouvoir cicatrisant et vivifiant, ne laissant que des cosses trop peu substantielles pour nourrir les flammes. Dans la façon docile dont s'était éteint le feu, il n'y avait pas matière à étonnement pour Miss Kutpitia.

Entre ses différentes tâches ménagères et ses visites à Miss Kutpitia pour l'aider à remettre de l'ordre, Dilnavaz écouta Gustad lui raconter l'histoire de Jimmy. Pour la première fois depuis des mois, elle se sentait heureuse et le cœur léger. La terreur, la honte et la culpabilité qu'elle éprouvait à traficoter des choses innommables avec Miss Kutpitia avaient brûlé dans l'incendie, tout comme le passé de Miss Kutpitia.

Gustad aurait voulu qu'elle s'assoie et l'écoute tranquillement. Il essayait de lui faire partager l'angoisse qu'il avait ressentie en découvrant Jimmy dans cet état misérable. « Tu connais ces pressoirs en bois qu'utilisent les vendeurs de jus de fruits ambulants ? Quand je suis entré dans la chambre de Jimmy et que je l'ai vu, j'ai eu l'impression qu'on écrasait mon cœur dans un de ces pressoirs. » Sa voix tremblait, mais Dilnavaz ne le remarqua pas. Après la bousculade et malgré le soulagement qu'elle retirait du fiasco de l'opération lézard, tout lui parvenait brouillé, comme distordu, quoique, lui semblait-il, prometteur d'une fin heureuse.

Elle était certaine que Jimmy allait se rétablir et reviendrait parmi eux dans quatre ans. « Tu ne le crois pas ? »

Gustad préféra ne rien dire. Il s'adressa à Roshan : « Bon, mon petit singe. Ce n'est pas parce que tu te sens mieux que tu dois courir toute la journée. Tu dois le faire petit à petit, au fur et à mesure que les forces te reviennent. » Il se leva et s'étira. « J'ai tellement envie de dormir. Deux nuits dans le train. Mais il y a tant de choses à faire.

— Tu n'as pas besoin de venir aider Miss Kutpitia, dit Dilnavaz.

— Ce n'est pas du tout ce que j'avais en tête. La guerre a commencé.

— Et alors, où est ton travail ? Est-ce que mon mari va prendre un fusil et aller se battre ? » Elle lui jeta les bras autour du cou et, riant, pressa sa joue contre son épaule. Le rétablissement de Roshan, le retour sain et sauf de Gustad, le nouveau comportement de Miss Kutpitia — que pouvait-elle désirer de plus ? Les jours de tristesse et d'inquiétude étaient loin derrière. À condition, évidemment, d'oublier l'absence de Sohrab. Mais cela aussi, elle le sentait, trouverait une heureuse issue.

« Tu deviens vraiment drôle, dit Gustad sévèrement. À partir de cette nuit, il faudra respecter le couvre-feu total. Je dois nous y préparer, ainsi qu'aux raids aériens.

— Ils ne vont pas fondre sur Bombay comme ça, directement, dit-elle riant toujours.

— Directement ? Sais-tu qu'avec les avions à réaction modernes les Pakistanais pourraient être ici en quelques minutes ? Ou bien crois-tu qu'ils t'enverront une carte postale avant de lâcher une bombe ?

— D'accord, baba, d'accord, dit-elle, toujours d'aussi bonne humeur. Fais ce que tu crois nécessaire. »

Heureusement, remarqua-t-il, qu'il n'avait pas enlevé le papier noir des fenêtres, ça lui faisait un boulot en moins. Il lui rappela comme elle l'avait houspillé, après la fin de la guerre avec la Chine, il y avait de cela neuf ans, comme elle lui avait crié après. Mais en 65, quand la guerre avait éclaté avec le Pakistan, n'avait-elle pas trouvé commode d'avoir le papier déjà installé ? « Eh bien, c'est de nouveau la même chose. L'histoire se répète.

— D'accord, baba, d'accord. Tu avais raison. »

Il transporta une chaise jusqu'à la porte d'entrée, pour inspecter le papier. « Laisse-moi Darius », dit-il, en la voyant prête à partir avec le balai à long manche et divers *jhaarus* et *butaaras*. « J'aurai besoin de son aide. » À plusieurs endroits, le papier nécessitait des réparations. Darius se tint à côté de lui pour lui tendre le marteau, les clous, et des pièces de rechange. Tout en grimpant sur la chaise, Gustad se rappela que la sirène d'alerte n'avait pas retenti à dix heures ce matin. Désormais, elle ne fonctionnerait que pour des faits réels.

Quand ils en eurent fini avec la porte d'entrée, ils transportèrent la chaise jusqu'à la fenêtre, à côté du bureau noir. « Laisse-moi faire », dit Darius. Il grimpa sur la chaise et tendit la main pour le marteau. Mais, un sourire lointain aux lèvres, son père caressait le manche en bois marron foncé.

« Prêt », cria Darius.

Gustad se sentit brusquement très fier quand les doigts de Darius enserrèrent le manche. « Tu n'as jamais vu ton arrière-grand-père. Mais c'était son marteau. »

Darius hocha la tête. Il avait écouté les leçons de menuiserie que Gustad donnait à Sohrab. Empoignant le manche parfaitement équilibré du marteau, il le leva et enfonça les clous. Quand Gustad récupéra l'outil, il trouva le manche légèrement humide. Les paumes de main de Darius, se dit-il. Quelle sueur généreuse répandait mon grand-père. Même à l'époque de sa prospérité, quand il avait des ouvriers, il aimait faire lui-même les gros travaux. Des rigoles de sueur dévalaient son front, coulaient sur le visage et le cou. Sous les bras, deux énormes taches, la vaste chemise trempée dans le dos, collant à la peau, l'humidité prenant la forme d'un gros cœur. Alors, il se débarrassait de la chemise et du *sudra*. Et c'étaient des rivières de sueur qui coulaient, tombaient sur les pièces de bois, l'établi, les outils, aspergeaient la sciure, qui prenait une couleur sombre à l'endroit où atterrissaient les gouttes, eau vivifiante, comme un sol desséché vitalisé par un jardinier. Ses mains, dont la sueur imprégnait le manche de ce marteau. Pour en foncer et polir le bois. Ses mains d'abord, puis les miennes. Rendant le manche de plus en plus lisse. Sohrab aurait dû... mais Darius le fera. Il apportera sa propre contribution au lustre du bois.

Cela signifiait quoi de transmettre ainsi un marteau de génération en génération ? Cela signifiait un sentiment de satisfaction, d'accomplissement, au plus profond de soi. Rien de plus. Inutile de s'acharner davantage sur le sens des mots.

Ils passèrent à la fenêtre suivante, à l'aérateur suivant, et tandis qu'ils réparaient les déchirures, bouchaient les trous, Gustad racontait l'atelier avant l'époque des outils électriques, quand les hommes répandaient leur sueur et la force de leurs muscles, et parfois même leur sang, pour transformer le bois en beaux objets utiles ; parlait de l'arrière-grand-père de Darius, un homme grand et puissant, aimable et doux, mais avec un sens inébranlable de la justice et des règles, qui avait un jour soulevé son contremaître par le col de sa chemise, jusqu'à ce que ses pieds décollent du sol, et menacé de le balancer dans la rue parce que l'homme avait maltraité l'un de ses ouvriers.

Ils œuvrèrent ainsi de fenêtre en fenêtre, d'aérateur en ventilateur, Gustad explorant sa mémoire et ouvrant les lucarnes de sa vie afin que Darius puisse y plonger. Toutes ces histoires, Darius les avait déjà entendues, mais, allez donc savoir pourquoi, avec le marteau de son arrière-grand-père dans sa main, elles paraissaient différentes.

Quand ils eurent terminé de réparer le papier noir, ils fabriquèrent des abat-jour de carton pour les ampoules qui pendaient, nues. Puis ils allumèrent afin de vérifier que la lumière tombait sur le sol en cercles bien précis. Après quoi, Gustad décida que le dessous de l'immense lit à colonnes constituerait le meilleur abri antiaérien : l'ébène dont il était fait, ainsi que les lattes de deux centimètres d'épaisseur en teck de Birmanie résisteraient aux plâtras, si jamais le pire arrivait.

« Il a fallu deux hommes armés d'une scie passe-partout, et toute une journée. Toute une journée juste pour scier les madriers d'ébène destinés au châlit et aux colonnes. C'est pourquoi le cadre de ce vieux lit est aussi solide que du vieux fer », dit-il. Mais le lit était placé à côté d'une fenêtre. « Ça n'ira pas, il faut qu'il soit en face. » Buffet et desserte furent repoussés afin de libérer le chemin. Ensuite ils s'attelèrent au transport du lit, centimètre par centimètre.

Dilnavaz revint de chez Miss Kutpitia pour les trouver poussant et ahanant. « Qu'est-ce que vous faites ? Arrêtez ! Votre *aanterdo* et votre foie vont éclater ! Arrêtez, écoutez-moi !

— Connais-tu la force de ton fils ? Montre-lui, Darius. Montre-lui tes muscles, dit Gustad.

— Touchons du bois, baba, touchons du bois », s'écria-t-elle en se ruant pour toucher les montants du lit. Puis elle les laissa achever leur tâche.

On étala sous le lit le matelas du *dholni* de Sohrab. Dilnavaz caressa l'endroit où reposait habituellement la tête de son fils. Gustad la foudroya du regard. Il enroula deux couvertures et les rangea également en dessous, ainsi qu'une lampe de poche et une bouteille d'eau. Dans une vieille boîte à biscuits, il déposa un flacon de teinture d'iode, un autre de mercurochrome, un tube de pommade à la pénicilline, du coton, du sparadrap, et deux bandes de gaze chirurgicale. « À partir de maintenant, dit-il, chaque fois que la sirène retentira, nous nous glisserons là-dessous. »

Comme un gamin, pensa Dilnavaz. Toute cette excitation l'amuse tellement. Profitant de sa bonne humeur, elle lui dit : « Si tu as fini, Miss Kutpitia sollicite ton aide. » Les pompiers avaient forcé les fenêtres qui n'avaient pas été ouvertes depuis trente-cinq ans. Maintenant aucune des trois ne voulait se fermer, et Miss Kutpitia se faisait du souci à cause du couvre-feu.

S'armant d'un ciseau, de papier de verre, de deux tournevis et du marteau, Gustad et Darius allèrent sans rechigner s'occuper des fenêtres. À leur retour, au bout d'une heure, Gustad s'émerveilla du changement survenu chez Miss Kutpitia. « Elle m'a souri, a même plaisanté, disant qu'il était temps que je lui apporte une nouvelle rose. C'est le jour et la nuit, chez la vieille femme. »

Chez toi aussi, songea gaiement Dilnavaz.

Le soir tomba plus tôt que d'habitude. Le reverbère qui flanquait le portail n'était pas allumé, et, quand le soleil se coucha, l'artiste de rue souffla toutes les bougies, *argabattis* et encensoirs. Le couvre-feu régnait sur la rue. Un taxi passa, vide, phares éteints. Yeux fermés, comme un somnambule, se dit Gustad. Même les corneilles et les moineaux, généralement bruyants à cette heure-ci, semblaient désorientés par cette ville sans lumières.

La cour grise, les appartements plongés dans le noir dégageaient un air mélancolique et désespéré. De l'extérieur, Gustad inspecta ses fenêtres : aucun interstice, pas le moindre rai de lumière. Il s'éloigna un peu et leva les yeux vers les fenêtres de Tehmul. Le frère aîné était là, il avait fait le nécessaire. Mais demain il repartirait pour une autre de ses tournées de vente. Gustad avait maintenant une clef de l'appartement, au cas où Tehmul se retrouverait enfermé chez lui — la clef que les voisins ne voulaient plus conserver ; ils disaient que Tehmul les rendait fous.

« Quoi de neuf, patron ? le héla l'inspecteur Bamji. Prêt pour la guerre ? » Il s'occupait de noircir ses phares, ne laissant qu'un mince rayon.

Gustad s'approcha. « Service de nuit ? »

Bamji hocha la tête. « C'est pour ça que j'applique ce *maader chod* de saleté noire. » Il s'essuya les mains à un chiffon. « Les enfants de pute veulent se battre, eh bien ils vont se battre. Ces salauds de *bahen chod bhungees* croient qu'ils peuvent s'amener comme ça et bombarder nos aérodromes. Qu'est-ce qu'ils s'imaginaient, que nos avions les attendraient tranquillement dehors ? Nos gars sont fichtrement futés, patron, fichtrement futés. Tout est caché dans des hangars souterrains en ciment. Et ils vont les ratiboiser proprement, il n'en restera rien.

— Il semble que nos voisins ont bien respecté le couvre-feu, dit Gustad, en montrant l'immeuble.

— C'est vrai, patron. Mais le premier jour, tout le monde est enthousiaste. Après, ils s'en fichent. Et les gens viennent se plaindre chez nous, au poste de police. Ça s'est déjà produit en 65. Chaque fois qu'ils voyaient briller une lumière, c'était un espion pakistanais. » Le chiffon mouillé ne suffisant pas à ôter le noir qui lui collait aux doigts, Bamji rentra chez lui pour essayer quelque chose de plus efficace.

20

Mr Madon prodigua conseils et directives en matière de raids aériens et de sirènes. Il plaça des gardiens dans chaque service, chargés de veiller, entre autres choses, à ce que les gens manipulant de l'argent liquide le mettent sous clef avant de quitter leurs places, quand la sirène retentissait. Les employés devaient se cacher sous leurs bureaux — une personne par bureau. Exception faite pour ceux qui se partageaient une table à deux, à condition qu'ils fussent du même sexe ; sinon, chacun devait s'accoupler avec un camarade approprié, le plus proche de lui. Les gardiens contrôleraient la décence de ces accouplements. Mr Madon ne voulait pas qu'éclate un scandale de flirt-sous-la-table, qui salirait le blason de sa banque.

Cette liste d'instructions, comme tout le reste de ce qui se passait au bureau, rappela à Gustad son ami disparu. Dinshu aurait sorti son grand jeu, à la cantine, en imitant Mr Madon. Et en imaginant l'effet que produirait une station sous la table en compagnie de Laurie Coutino, avec sa minijupe et tout le reste.

À présent, finies les plaisanteries et les séances de chant à la cantine. Les gens n'arrêtaient pas de parler de la guerre, de répéter toutes sortes d'histoires sinistres sur ce qui se passait de l'autre côté de la frontière. Qu'il s'agisse de rumeurs, de faits, ou de fantasmes, ils les propageaient avec la même ardeur.

Le président débauché et alcoolique du pays ennemi,

disait-on, ne cessait d'organiser des bacchanales effrénées pour occuper ses ministres et ses généraux : il craignait de se faire renverser s'ils reprenaient leurs esprits trop longtemps. C'est ainsi que le cinglé syphilitique s'accrochait au pouvoir, de plus en plus désespéré de constater, à travers les vapeurs d'alcool, que le ver continuait imperturbablement à lui grignoter la cervelle.

Les histoires concernant l'occupation démoniaque du Bangladesh avaient pour contrepartie celles qui vantaient la bravoure de l'armée indienne. À la radio, aux actualités cinématographiques, on racontait que les Jawans libéraient villes et villages, mettaient l'ennemi en déroute, faisaient des prisonniers par milliers. On n'arrêtait pas de vanter le soutien généreux que les citoyens apportaient à leurs combattants : telle vieille paysanne de quatre-vingts ans qui avait fait le voyage à Delhi, serrant contre son cœur ses deux bracelets de mariage en or, qu'elle avait donnés à notre Mère Inde (selon certains journaux, il s'agissait de notre Mère Indira, ce qui n'avait réellement pas d'importance — les propagandistes avisés du Premier ministre eurent vite fait de mélanger les deux, voyant l'avantage qu'ils pourraient en tirer pour de futures campagnes électorales), tels écoliers offrant l'argent de leur déjeuner, et qu'on voyait, visage bien récuré et rayonnant, poser aux côtés d'un dignitaire, à l'embonpoint superbe, du parti du Congrès ; sans compter ces fermiers qui psalmodiaient *Jai Jawan ! Jai Kissan !* et s'engageaient à travailler plus dur pour fournir plus de nourriture au pays.

Bien entendu, les actualités ne mentionnaient jamais les affidés du Shiv Sena et les fascistes divers qui parcouraient les rues de la ville, pierres à la main, brisant dans un grand élan patriotique les fenêtres qu'ils trouvaient mal assombries. Ou les individus malchanceux pris pour des agents ennemis et tabassés, avec délectation, par leurs ennemis personnels. Ou encore le nombre d'appartements cambriolés par des hommes se faisant passer pour des gardes venus inspecter les dispositifs anti-raids aériens. En bref, on ne ménageait aucun effort pour informer le pays de son invincibilité, de son unité, de son moral élevé.

Un moral si élevé que lorsque, six jours après l'entrée en guerre, les États-Unis répondirent à l'appel du général Yahya et ordonnèrent à leur Septième Flotte de faire route vers la Baie du Bengale, la populace fut prête à foncer sur la puissante Amérique. Le porte-avions à propulsion nucléaire, *Enterprise*, quitta le Golfe du Tonkin et franchit en tête de la Septième Flotte le détroit de Malacca. Avec pour glorieuse mission : effrayer et inciter à se soumettre une province ravagée par la guerre et un cyclone. Personne n'en fut surpris car la puissante Amérique avait toujours aimé avoir des dictateurs militaires pour copains. Mais quand la Flotte se rapprocha, les noms de Nixon et de Kissinger devinrent objets de malédiction, des noms que l'on ne devait prononcer qu'à condition d'expectorer et de cracher aussitôt après. Les illettrés ne pouvaient pas lire les récits de leurs dernières vilenies, mais ils apprirent à reconnaître les photos des deux vilains dans les journaux : le renfrogné aux yeux de rat, et le binoclard à la face de bœuf constipé.

Le vieux Bhimsen, le domestique de la banque, apportait des nouvelles fraîches des bidonvilles. Il habitait une soupente dans un *jhopadpatti* près de Sion. Quand on ne le dépêchait pas chercher du thé ou du café, il racontait à Gustad et aux autres comment, à l'intérieur des baraques, où les enfants faisaient leurs besoins sur des journaux (parce qu'ils étaient trop jeunes pour sortir seuls et trouver un endroit dans une ruelle ou un fossé), les mères prenaient un grand plaisir à choisir et à placer sous les fesses de leurs petits les magazines où figuraient les visages du rat et du bœuf constipé. Plus la Flotte se rapprochait du Golfe du Bengale, plus il devenait difficile de trouver des reproductions non enjolivées des deux portraits. Bhimsen décida de contribuer aux exercices de propreté anti-impérialistes de ses voisins du bidonville. Il pria les employés de la banque de lui réserver leurs quotidiens où paraissaient des photos de Nixon et de Kissinger. Ils acceptèrent tous. Trop heureux de participer à l'effort de guerre et au maintien du moral.

Mais la Septième Flotte n'avait pas que le moral de la

nation à affronter. Sur les talons des vaisseaux américains arrivèrent une armada de croiseurs et de destroyers soviétiques, sortis tout droit des pages du Traité d'amitié indo-soviétique. Et, fidèles à l'esprit du traité, ils n'exercèrent aucune violence. Pas même verbale. Car les Soviétiques voulaient simplement rappeler aux Américains le rôle qu'ils exerçaient et la notoriété qu'ils avaient acquise depuis si longtemps sur toutes les scènes internationales : ceux d'un peuple bon et amical, champion de la justice et de la liberté, soutenant partout où elles se déroulaient les luttes de libération et les démocraties.

L'effet fut immédiat. Les Américains se souvinrent. Là, dans le Golfe du Bengale, à la lumière de l'aube, quand les rayons du soleil font miroiter les vaguelettes bleues de la mer et teintent d'un rose pur le ciel de décembre, ils se rappelèrent chacune de leurs qualités mondialement célèbres, de leurs vertus étincelantes. Des larmes patriotiques aux yeux, ils recouvrirent de leurs bâches leurs puissants canons et mitrailleuses américains.

Quand Gustad rentra chez lui en cette fin d'après-midi sombre, il sut que Cavasji faisait de nouveau de l'hypertension. La médecine allopathique n'était tout simplement pas aussi efficace que le *subjo* au bout du ruban que Cavasji avait l'habitude de porter. Penché à sa fenêtre, il brandissait le poing contre le ciel noir. Qu'il s'agite encore un peu plus, se dit Gustad, et il va basculer dans le vide.

Mais Cavasji conserva son équilibre. Seule la lumière, signal de reproche, dégringola obligeamment par la fenêtre ouverte, encadrant sa silhouette véhémente. « Laissez-moi Vous avertir maintenant ! Si Vous laissez tomber une bombe ici, qu'elle tombe aussi sur les Birla et les Mafatlal ! *Bas !* Vous commettez trop d'injustice ! Beaucoup trop ! Si le Khodadad Building doit souffrir, alors le palais Tata doit souffrir aussi ! Sinon, Vous n'aurez plus droit à un seul bâtonnet de santal, même pas une miette ! »

Gustad se demanda s'il devait monter et trouver quelqu'un à qui faire remarquer que le couvre-feu n'était pas respecté. Mais une silhouette apparut derrière Cavasji. Son fils. Il prit le vieil homme par le coude, et gentiment le tira en arrière, tout en fermant la fenêtre tendue de papier.

Pour la troisième nuit consécutive, la sirène d'alerte retentit dans toute la ville. C'était peu après minuit. Le hurlement réveilla immédiatement Gustad et Dilnavaz. La première fois, Gustad avait mis quelques instants à réaliser qu'il n'était pas en train de rêver de l'ancienne sirène, celle qu'on faisait fonctionner tous les matins à dix heures.

« Est-ce que je dois réveiller Roshan et Darius ? demanda Dilnavaz. Ça se passera peut-être comme hier, terminé dans cinq minutes ?

— On ne peut pas prendre un tel risque. »

Ils se glissèrent tous sous le lit, et Gustad, sa lampe torche à la main, se dirigea vers le vieux compteur délabré dont il mit la manette en position zéro, comme recommandé par les autorités.

Le hurlement sinistre de la sirène s'arrêta dès qu'il eut rejoint les autres sous le lit. Roshan s'empara de la torche et la tint sous son menton, pointée vers le haut. « Fantôoooome ! » dit-elle, en éclatant de rire. Sur quoi le bruit de tirs d'artillerie les fit tous sursauter.

« Artillerie antiaérienne, dit Gustad d'une voix confiante. La nôtre.

— Les bombardiers pakistanais doivent être en train d'arriver, dit Darius.

— Pourvu que Sohrab soit à l'abri, murmura Dilnavaz.

— Pourquoi ne le serait-il pas ? Il n'est pas assez stupide pour rester dans la rue. De toute façon, nos canons vont faire déguerpir leurs avions. » Mais Gustad n'était pas rassuré pour autant. Imagine qu'un imbécile dans l'immeuble, énervé par les tirs, décide d'allumer la lumière ? Ou bien ouvre sa fenêtre pour voir ce qui se passe ?

Il leva la tête, qu'il cogna contre les lattes de teck de Birmanie.

« Où vas-tu ? » demanda Dilnavaz, affolée en le voyant allumer la torche et se glisser dehors. Les canons tirèrent à quatre reprises.

« Je sors. Vérifier que tout va bien dans l'immeuble. »

Elle aurait voulu le garder là, sous le lit, mais savait qu'il ne l'écouterait pas. « Sois prudent.

— Je vais avec toi, dit Darius.

— Non, tu restes avec elles. » Il trouva ses babouches et ses clés, et éteignit la torche avant d'ouvrir la porte.

Dans le ciel, une nouvelle lune montait, une tranche aussi mince qu'une feuille de papier. Ce croissant-là n'aidera pas les Pakistanais, se dit-il avec satisfaction. Les canons tirèrent encore. Quelques instants plus tard, un rayon de lumière balaya le ciel. Suivi d'un autre, puis d'un autre. Des projecteurs, qui se croisaient, cherchaient, ratissaient le ciel. Debout à côté de l'arbre, Gustad observa le spectacle, oubliant ce qu'il était venu faire.

Une autre salve, plus nourrie que toutes les précédentes, le lui rappela. Il traversa la cour jusqu'au portail : toutes les fenêtres étaient sombres, y compris celle de Cavasji. Il retourna vers l'arbre, vérifiant l'autre moitié de l'immeuble. Son propre appartement, celui de Kutpitia, de Bamji, de l'imbécile de dogwalla... Tout était en ordre. Puis, à travers les branches de l'arbre, un étroit rectangle de lumière apparut et disparut, comme un souffle d'air jouant avec les feuilles : une fenêtre entrouverte, tout au bout. Celle de Tehmul ! Le débile ! Le foutu... ! Et que faisait-il debout à cette heure-ci ?

Gustad se précipita, sa course transformant son déhanchement en un boitillement disgracieux. Il bondit dans l'escalier, s'apprêta à frapper violemment à la porte... et se souvint. Le frère de Tehmul m'a laissé la clef. En tâtonnant, il la reconnut au milieu du trousseau, sa forme peu familière accrochant ses doigts, et l'introduisit en silence dans la serrure. Je vais flanquer une bonne peur à Tehmul. Ça lui apprendra la prudence.

Il entra, puis s'arrêta, surpris par les sons étouffés qui

lui parvenaient. Halètements, respiration forte. Gémissements. Silence. Halètements de nouveau. Tehmul ?
Qu'est-ce qu'il fabrique ? Gustad essaya de refermer
silencieusement la porte derrière lui, mais le loquet
retomba. Un fort claquement métallique perça, comme
une aiguille, l'obscurité de la véranda. Gustad tressaillit,
se tint immobile.

Les sons reprirent. Il traversa la véranda, se dirigea
sans bruit vers la chambre éclairée. Un rideau usé jusqu'à
la corde, d'organdi jaune défraîchi, barrait l'entrée. À travers le tissu à la minceur de gaze, la pièce lui apparut,
flottant comme dans un rêve, éphémère. Comme ma mère
que je voyais à travers la moustiquaire, quand elle venait
me dire bonne nuit-Dieu te bénisse, le soir à Matheran.
Elle paraissait si lointaine, hors d'atteinte, fugace...

Prenant sur lui, il écarta le rideau. Sur-le-champ, tout
l'aspect éthéré ou impalpable de la chambre s'évanouit.
Sans le voile d'organdi magique, la pièce se révéla solide,
sordide, puante. Les anneaux du rideau tintèrent sur la
tringle de cuivre terni. Le tintement se répéta, produit par
les oscillations du rideau.

Tehmul ne remarqua rien. Le dos à la porte, courbé sur
le lit aux draps blancs, le monde n'existait plus pour lui.
Au centre du matelas, un *rajai* sale, couleur crème, aux
bordures enjolivées d'une broderie rouge et noir. À l'exception de ses sandales de cuir marron à lanières croisées,
Tehmul ne portait rien sur lui. La sueur luisait sur son
dos.

« Tehmul ! » dit Gustad, brusquement. Il réussit à l'effrayer encore plus qu'il ne l'espérait. Le garçon hurla et
sauta sur ses pieds, sa main droite enserrant une énorme
érection. Maintenant, Gustad pouvait voir ce qui se trouvait sur le lit, tandis que Tehmul, continuant à actionner
mécaniquement son pénis luxuriant, éjaculait en geignant.

À moitié dissimulée au milieu du *rajai* retroussé, reposait la poupée de Roshan, aussi nue que Tehmul. Ses vêtements de mariée, robe, jupon, voile, tiare, bas, sans
oublier le bouquet de fleurs, étaient convenablement
rangés sur une chaise à côté du lit.

« *Bay-sharam !* Arrête ! Immédiatement ! » Gustad était furieux, gêné. « Tu mériterais le fouet ! » ajouta-t-il, ne trouvant rien de mieux à dire. Puis il remarqua le pyjama rayé de Tehmul qui gisait sur le sol. Il le ramassa et le lui lança. « Enfile-le, et vite ! » Le vêtement dégageait une forte odeur vinaigrée.

Tehmul se mit à pleurnicher, ses larmes se mélangeant à la sueur. « GustadGustad. Désolé. Trèstrèsdésolé.

— Tais-toi ! Et fais ce que je t'ai dit, habille-toi ! » Il alla fermer la fenêtre. Tehmul s'empêtrait dans son pyjama. Ses mains, que les sanglots faisaient trembler, étaient encore plus maladroites que d'habitude. Le cordonnet, qu'il tentait de nouer en boucle, tordant les extrémités et les passant l'une dans l'autre, s'obstinait à lui échapper et à disparaître.

Il y parvint enfin, et tandis qu'il filait se laver les mains sur ordre de Gustad, celui-ci examina, dégoûté, la poupée. Elle n'était pas abîmée, si ce n'est que ses jambes, son ventre et son pubis roses étaient parsemés de traînées de sperme sèches ou à moitié sèches. Le résultat de combien de nuits ? se demanda-t-il. Il pouvait aisément nettoyer tout cela, et Roshan ne remarquerait rien, mais à quoi bon ? Il était hors de question de la lui rendre. Rien que d'imaginer son enfant touchant la poupée si outragée par Tehmul le rendait malade. Non, il allait l'emporter et la donner à un orphelinat.

Quand il revint de la salle d'eau, Tehmul pleurait toujours. Il tendit ses mains. « GustadGustad. MainspropresGustad. MainslavéesavecLuxtrèstrèstrèspropres. » Il les porta à ses narines, renifla : « Trèstrèsbonneodeur » ; et les présenta à Gustad pour qu'il vérifie.

Celui-ci les repoussa violemment. Tehmul tituba, se fit tout petit, se remit à sangloter de plus belle. « Tu n'as pas honte ? Voler la poupée de Roshan et faire des choses si sales avec elle ?

— GustadGustad, GustadGustadellesveulentpas.

— Qui elles ?

— Elleselleslesfemmes. GustadGustaddeuxroupiesj'aipayédeux-roupies. Nonellesontditnonnon. »

Il comprit. La Maison des Cages. Cette nuit-là, Tehmul au milieu des prostituées, qui se moquaient de lui et l'injuriaient.

Tehmul montra la poupée. « Voulaisfrotter. Vitevitevite. C'esttrèstrèsbon. Frottervitevitevite. »

La colère de Gustad s'apaisa. Pauvre Tehmul. L'esprit d'un enfant et les besoins d'un homme. Repoussé par les prostituées, se tournant vers la poupée en désespoir de cause. D'une certaine façon, la solution semblait appropriée. Il imagina Tehmul déshabillant la poupée chaque nuit, la caressant tendrement. Il se rappela le jour où il avait rapporté la poupée en taxi de chez sœur Constance, et avait croisé Tehmul dans la cour. Et comme le garçon avait tapoté les joues, caressé les doigts, plongé son regard émerveillé dans les yeux d'un bleu si foncé.

Pauvre Tehmul. Qu'allait-il advenir de lui ? Gustad s'efforça de prendre un ton sévère : « Pourquoi as-tu ouvert la fenêtre ? Ton frère t'a dit de garder tout bien fermé.

— DésolédésoléGustad. Chaudchaudchaud. Trèschaudtrèschaud. Fenêtreouvertebonairfrais. DésolédésoléGustad. »

Si seulement, se dit Gustad, j'avais le pouvoir de faire des miracles, de guérir Tehmul, de lui restituer tous les droits et les vertus des mortels. Et en le voyant ainsi devant lui, la honte sur le visage, les larmes dévalant ses joues, il comprit qu'il ne pouvait pas lui enlever la poupée. Pour Roshan, la perte aurait moins d'importance que pour Tehmul. Un jour peut-être, quand elle aurait suffisamment grandi, il lui raconterait ce qui s'était passé.

« Je m'en vais maintenant. » Il s'éclaircit la gorge afin de donner à ses paroles la sévérité qu'il désirait. « Rappelle-toi, interdiction d'ouvrir la fenêtre même si tu as chaud. Prends un journal, et évente-toi. La fenêtre doit toujours rester fermée la nuit.

— ToujourstoujoursGustad. Toujoursferméetoujours. TrèsdésoléGustad. » Le voir prêt à partir ainsi sembla le déconcerter, et il montra le lit du doigt. « PoupéeGustadpoupée. »

Gustad secoua la tête. « Tu la gardes », bougonna-t-il.

Tehmul ouvrit de grands yeux, comprenant mais n'osant pas y croire. « Poupéepoupéepoupée. Gustad-poupée.

— Oui, oui, la poupée est à toi. »

Maintenant, Tehmul osait y croire. Et il sut exactement quoi faire. De sa démarche pataude, il s'avança vers Gustad et l'enlaça. « GustadGustad. » Il le serra très fort. « MerciGustadmerci. » Puis, lui saisissant la main droite, il la porta à ses lèvres et y déposa un baiser baveux.

Ému, mais dégoûté par la salive qui brillait sur sa peau, Gustad hésita, ne sachant pas comment se sortir de cette situation. Tehmul, cependant, refusait de lâcher sa main tant qu'il n'obtenait pas de réaction. Déconcerté, il était évident qu'il ne comprenait pas l'embarras de Gustad.

Alors, avec beaucoup d'hésitation, Gustad l'entoura de son bras et lui tapota l'épaule. Puis, après lui avoir de nouveau répété de bien se tenir et de laisser la fenêtre fermée, il sortit. Et, tout en écartant le rideau, il s'essuya discrètement le dos de la main sur l'organdi usé.

Après l'atmosphère confinée de la chambre de Tehmul, il éprouva un véritable soulagement à se retrouver dans la cour. L'air nocturne le débarrassa des odeurs âcres et de transpiration qui semblaient collées à ses narines. L'artillerie se taisait à présent, même si les projecteurs continuaient à peigner le ciel. Il entra chez lui et alluma sa torche. « Gustad ? Tout va bien ? » De dessous le lit, la voix de Dilnavaz lui parvint étrangement lointaine, comme désincarnée.

« Oui. » Il alla se laver les mains.

« Que s'est-il passé ? Tu es resté absent si longtemps, nous commencions à nous inquiéter.

— La fenêtre de Tehmul était ouverte. J'ai dû monter chez lui. » Si seulement elle pouvait arrêter de poser des questions, se dit-il.

« Mais pourquoi ça a été si long ? Quelque chose n'allait pas ?

— Pa*i* de*i*vant le*i* en*i*fants. » Sur quoi le signal de fin d'alerte retentit.

Avec la progression de l'armée indienne en direction de Dacca et la libération imminente du Bangladesh, l'optimisme gagna partout. Les gens s'étaient accommodés du couvre-feu, et l'absence d'éclairage ne plongeait plus la ville dans une ambiance sinistre à la tombée de la nuit. Gustad se dit qu'il était temps d'aller donner des nouvelles de Roshan au Dr Trésorier et de lui demander s'il fallait continuer à lui faire prendre des médicaments, maintenant qu'elle se portait bien. Trésorier et lui avaient eu des mots pendant la maladie, mais Gustad avait toujours autant d'affection pour le médecin de son enfance.

« Merveilleuses nouvelles, dit le Dr Trésorier. Merveilleuses. Et l'autre malade se rétablit lui aussi. Merveilleux.

— L'autre malade ?

— Le Bangladesh. » La salle d'attente était vide, il avait du temps devant lui. « Diagnostic correct, bataille à moitié gagnée. Prescription adéquate, on gagne l'autre moitié. J'ai prescrit une injection d'armée indienne. Et maintenant le moment critique est passé. Nous sommes sur la voie du rétablissement. »

Il baissa les stores. Le crépuscule était tombé depuis longtemps. « Si seulement nous pouvions guérir nos maladies internes aussi vite et avec autant d'efficacité que cette maladie externe, nous pourrions devenir un des pays les plus sains du monde. Avez-vous senti cette odeur de caniveaux en venant ?

— Terrible, dit Gustad en plissant le nez.

— Insupportable, vous voulez dire. Est-ce que la municipalité nous écoute ? Oui. Est-ce qu'elle fait quelque chose ? Non. Ça dure depuis des mois, des années. Où qu'on regarde, il y a des problèmes. Conduites d'eau cassées ou qui fuient. Égouts qui débordent. Des inspecteurs vont, des inspecteurs viennent, mais les caniveaux continuent à déborder. Et la corruption de la police pour couronner le tout. Ils exigent des *hafta* hebdomadaires des gens qui occupent les trottoirs. Sans oublier le harcèlement des inspecteurs de la santé publique. Ils réclament un bakchich à la Maison des Cages, bien qu'elle ait une licence en règle. Tout le monde par ici en a marre et est à bout de patience.

— Vous avez un remède pour la maladie interne ? »

Le Dr Trésorier leva les sourcils et eut un sourire en coin. « Bien sûr. Mais il y a un problème. La prescription est si douloureuse qu'elle pourrait tuer le malade avant que la maladie ne disparaisse. » Gustad hocha la tête, comprenant l'essence sinon les spécificités du remède.

Soudain, à travers la fenêtre, leur parvint le son d'un gong. Le plateau de cuivre de Peerbhoy le Paanwalla. Racontait-il toujours ses vieilles histoires à ses clients ? Curieux, Gustad prit congé en profitant de l'interruption providentielle de la conversation.

Devant la Maison des Cages, une foule plus dense que d'habitude s'était agglutinée autour de Peerbhoy le Paan-walla, oublieuse de la puanteur que dégageait l'égout et qui força Gustad à se couvrir le nez et la bouche de son mouchoir. Mais Peerbhoy ne dévidait pas ses vénérables histoires sur la Maison des Cages : contes aphrodisiaques garantis échauffer le sang des novices, raviver une confiance en soi fléchissante et augmenter les ventes de *paan*. Non, il n'en était pas question pour le moment. Par déférence envers l'humeur du pays et compte tenu de la menace extérieure, Peerbhoy Paanwalla avait mobilisé ses talents au profit du bien commun et tressé un conte qui défiait le genre et la description. Ni tragique, ni comique, ni historique ; ni pastoral, tragicomique, historico-pastoral ou tragico-historique. Pas non plus épique ou pseudo-héroïque. Ce n'était pas davantage une ballade ou une ode, une mascarade ou une anti-mascarade, une fable ou une élégie, une parodie ou un chant funèbre. Encore qu'une analyse approfondie aurait permis de découvrir, dans ce conte, un soupçon de tous ces genres. Mais étant donné que les auditeurs se souciaient comme d'une guigne de sujets tels que la critique littéraire, ils accueil-laient le récit de Peerbhoy de la seule façon sensée : avec toutes les fibres de leur être. Ils voyaient, sentaient, goû-taient les mots qui emplissaient le crépuscule et faisaient naître l'histoire ; il n'y avait donc rien d'étonnant à ce que la puanteur ambiante les laisse indifférents.

Gustad avait manqué le début, mais ça n'avait pas d'importance. « En ce temps-là dans l'Aile Ouest, disait Peerbhoy, l'ustensile de l'Ivrogne était véreux, flétri et inutile, et même le plus puissant des *palung-tode paan* ne parvenait pas à y insuffler de la vie. Son ministre d'État pour le Sexe, et son adjoint, l'Organisateur d'Orgies, continuaient de monter des spectacles somptueux. Mais l'Ivrogne ne pouvait plus participer à ces Carnavals de la Copulation. Abject comme un serpent s'étouffant de son propre venin, il contemplait les extases des autres, et buvait du whisky. Uniquement du whisky, en énormes quantités.

« Sa colère infâme, son esprit venimeux, ses habitudes sadiques rendaient la vie intolérable aux gens de son entourage. Ils se raclaient le cerveau pour trouver une solution. Comment amuser l'Ivrogne ? Comment égayer son humeur et ainsi soulager la leur ?

« Ils essayèrent de nouveaux-nouveaux remèdes. Ils lui donnèrent un Ludo, un monopoly et un jeu de dames, mais il était incapable de retenir les règles assez longtemps pour prendre plaisir au jeu. Le ministre des Importations et des Exportations fit même venir des puzzles Playboy de dames étrangères aux tétons roses-roses et aux jolis poils pubiens blonds. Mais les pièces échappèrent à ses aptitudes spatiales. Il les mit dans sa bouche, une par une, puis les cracha, enrobées de salive fétide et visqueuse, à la face de ses sycophantes angoissés. »

Les dames de la Maison des Cages jetèrent un œil à l'extérieur pour voir s'il y avait le moindre signe de client. À leur consternation, ces temps-ci les hommes préféraient écouter Peerbhoy Paanwalla puis retourner chez eux au lieu d'entrer chez elles.

« Alors les militaires firent une suggestion : "Les armes, dirent-ils, voilà la réponse. — Comment ça ?" demandèrent les autres. Les militaires expliquèrent. Le pistolet personnel de l'Ivrogne s'était putréfié et ne pouvait plus tirer — il fallait donc lui rappeler toutes les autres armes qu'il possédait : fusils vomisseurs-de-feu, cracheurs-de-plomb, procureurs-de-mort. Qu'il pouvait commander selon son bon vouloir. Qui lui feraient oublier la défaillance de son petit derringer.

« Il n'y a rien d'étonnant à ce que les militaires aient trouvé la bonne solution. Après tout, l'Ivrogne était lui-même un militaire, et ils savaient comment soigner les maladies de l'un des leurs. Spécialement quand le traitement s'accordait à leurs propres plans. La thérapie pouvait commencer vite, car l'endroit idéal était prêt : l'Aile Est, où les Bengalis la réclamaient.

« L'Ivrogne inspecta donc ses armes : artillerie légère, artillerie moyenne, artillerie lourde, antiaérienne, mortiers, obusiers, tanks, bazookas. Et cela toucha chez lui un point sensible, réveilla d'heureux souvenirs. Il se mit à baver. Un sourire grimaçant parcourut son visage, laquais et flagorneurs poussèrent des soupirs de soulagement. "Amenez-moi mon Boucher", dit-il, et ils tombèrent les uns sur les autres, dans leur hâte d'aller le chercher.

« "Mon cher Boucher, dit l'Ivrogne, j'ai un boulot pour toi dans l'Aile Est. Les Bengalis oublient qui ils sont. Ces nabots à peau sombre utilisent des grands-grands mots comme justice, égalité et autodétermination, grâce auxquels ils se sentent grands, clairs de teint et puissants comme nous. Va leur régler leur compte."

« L'Ivrogne, pour sa part, n'avait pas l'intention de se rendre dans l'Aile Est, mais il voulait être tenu informé minute par minute du comportement de ses armes. Le Boucher promit : il prendrait de nombreuses photos et écrirait souvent. Sautillant et gambadant d'excitation, il sortit du palais présidentiel en se léchant les babines.

« Au début, pour le Boucher et ses hommes ce fut un véritable pique-nique. C'était si amusant toutes ces armes avec quoi jouer, toutes ces cibles vivantes. Mais les jours et les nuits se ressemblaient beaucoup. Puis la mousson commença, et leurs beaux-beaux uniformes devinrent aussi crottés que leur âme, et de gros-gros moustiques se mirent à mordre.

« Chasser les idées de justice, d'égalité et d'autodétermination de la tête des Bengalis se révéla plus difficile qu'ils ne s'y attendaient. Ils avaient beau faire sauter le crâne d'un nombre incalculable de Bengalis — un million, deux millions, deux millions et demi —, de nouvelles têtes se dressaient toujours devant eux. Des têtes à l'intérieur desquelles les mêmes pénibles idées de justice, d'égalité et d'autodétermination fleurissaient, s'épanouissaient avec un parfum qui rendait fous les hommes du Boucher, parce que leur nez n'était pas habitué à des senteurs plus fortes que les viles odeurs de la tyrannie et du despotisme. »

Dans la Maison des Cages les femmes attendaient, fébriles. Cette guerre était mauvaise pour les affaires : l'impôt de soutien aux réfugiés les obligeait à augmenter leurs tarifs ; à cause du couvre-feu, les hommes rentraient chez eux plus tôt ; et voilà qu'avec ces contes d'un nouveau genre, le Paanwalla excitait la passion patriotique et l'orgueil national au lieu d'amorcer le désir sexuel.

Peerbhoy Paanwalla s'éclaircit la gorge, cracha et s'essuya les lèvres. « Ainsi, mes frères », continua-t-il, ajoutant : « et mes sœurs », avec un geste en direction des fenêtres grillagées, « à la fin, malgré la quantité de femmes qu'ils n'avaient pas encore violées et de fosses communes qu'ils n'avaient pas encore remplies, le Boucher et ses hommes tournèrent les talons et filèrent chez eux : vers leurs clubs de polo, leurs terrains de cricket et leurs piscines. D'autant que l'armée indienne se rapprochait, et qu'ils entendaient les accents du *Jana Gana Mana* s'élever dans le lointain. »

Les auditeurs l'acclamèrent spontanément, applaudissant et hurlant « *Sabaash !* » et « *Bharat Mata ki jai !* »

En attendant que les applaudissements cessent et que les gens se calment, Peerbhoy ne resta pas inactif. Il avait récemment inventé un nouveau produit qui se vendait très très bien, baptisé le Paan patriotique. Au lieu de plier les feuilles de bétel en triangle, il formait avec chacune un petit plateau rectangulaire, qu'il remplissait de tabac, de *chunam* et autres ingrédients, rangés en trois bandes horizontales selon leur couleur : safran, blanc et vert. Une petite graine ronde au milieu complétait ce tableau du Drapeau.

« Et maintenant, mes chers concitoyens... sachez... » Il s'interrompit pour se ficher un petit cigare dans la bouche... « que ce n'est pas la fin, ni même le commencement de la fin. Mais que c'est la fin du commencement. » Ceux qui saisirent la plaisanterie applaudirent derechef : « Elle est bien bonne, *yaar* », dirent-ils. Mais nombre d'entre eux ignoraient l'histoire du gros homme au cigare, et la blague leur passa au-dessus de la tête.

Gustad jeta un coup d'œil à sa montre et, à contrecœur, s'arracha au groupe. Depuis l'instauration du couvre-feu, Dilnavaz s'inquiétait au moindre retard, bien qu'il ne cessât de lui expliquer qu'en raison de l'obscurité la circulation était beaucoup plus lente que de coutume.

À quatre pattes dans la cour, Tehmul ratissait fébrilement des doigts la terre parsemée de cailloux. « GustadGustadGustad. NoirGustadnoirGustad. Onoirnoirnoir.

— Qu'est-ce qui ne va pas, Tehmul ?

— PerduGustad. Perdudanslenoir. » Il continua à racler la terre, affolé, marmonnant tout seul. Gustad alluma sa lampe de poche.

Un sourire radieux s'étendit sur le visage de Tehmul. Toujours agenouillé, il pointa un doigt interrogateur vers la source lumineuse et doucement toucha le verre. « BrillantGustadbrillantbrillant. Sibrillantbrillant. » Les rayons jouaient sur son visage heureux, soulignant la joie innocente que suscitait la vieille torche rouillée. Tristesse et affection se partagèrent le cœur de Gustad. Dans cette position, avec ce sourire illuminé, se dit-il, Tehmul pourrait très bien figurer au milieu des autres personnages qui recouvrent le mur noir.

Grâce à la maigre lumière, Tehmul repéra vite ce qu'il recherchait : le petit bracelet de perles qui ornait le poignet de la poupée. « Trouvétrouvétrouvé. TrouvéGustad-

Trouvé. » Il débordait de gratitude. « MerciGustad. Mercibeaucoupbeaucoupbeaucoup. »

Gustad éteignit la lampe. « Lumièrepartie, dit Tehmul tristement. Lumièrepartienoirnoirnoir. » Gustad lui tapota l'épaule et l'aida à accélérer sa lente et fastidieuse montée des escaliers.

Une fois retombée l'euphorie des drapeaux, des bannières et des parades victorieuses ; une fois évanouies les dernières acclamations de la foule pour les Jawans et le Premier ministre ; quand la reddition inconditionnelle de l'ennemi eut effacé des mémoires ulcérées le souvenir de l'ignominieuse défaite devant les Chinois neuf ans auparavant, et de l'immobilité embarrassante dans laquelle les avait laissés la mort à Tachkent, en 1965, de Shastri, le grand petit homme ; quand, des panneaux d'affichage et des palissades, eurent disparu les exhortations du temps de guerre ; après que, le couvre-feu levé, les villes eurent retrouvé leur éclairage qui fit penser, à l'issue d'une si longue période d'obscurité, aux illuminations du Jour de la Fête de la République ; après tout cela, Gustad n'en continua pas moins à garder ses fenêtres recouvertes de papier noir.

Darius et lui démantelèrent leur abri antiaérien et réinstallèrent le lit à son emplacement originel. Flacons d'iode et de mercurochrome, bandes de gaze réintégrèrent le placard. La boîte de biscuits retourna à la cuisine. Les ampoules électriques se virent débarrassées de leur abatjour de carton. Mais les fenêtres et les ventilateurs demeurèrent en l'état.

Dilnavaz patienta un jour de plus, puis demanda : « Et le papier noir ? À moins que tu n'attendes une nouvelle guerre ?

— Pourquoi se précipiter ? Je le ferai quand j'aurai un moment de libre. » Il sortit et constata que l'artiste de rue avait fini de construire son petit appentis à l'extrémité du mur. À l'intérieur il avait disposé des vêtements, sa natte de couchage, le réchaud à pétrole, et des fournitures pour son travail. Il y avait aussi sa vieille boîte de craies car, bien qu'il les considérât avec condescendance, et comme des reliques d'un temps dépassé, il n'avait pas le cœur de les jeter.

Il essayait pour l'heure de rétablir un semblant d'ordre parmi toutes les offrandes. À peine une fournée de dévots s'éloignait-elle qu'une autre arrivait, et jamais les mains vides. Il vit que Gustad le regardait. Il secoua la tête d'un air soucieux, mais il était évident qu'il adorait cette agitation folle, son rôle de gardien de sanctuaire. Il avait définitivement remisé au royaume des souvenirs ses pérégrinations insouciantes. « Avec la victoire au Bangladesh, je suis surchargé de travail.

— Très bien, très bien », dit Gustad, distraitement.

Les sarcasmes de Dilnavaz à propos du papier noir bourdonnaient dans sa tête, aussi irritants que les mouches et les moustiques de naguère. Peu à peu, cependant, les fragrances du mur l'encerclèrent de leurs voiles et lui procurèrent l'oubli.

Les jours suivants, les journaux continuèrent d'analyser la guerre. Ils publièrent des récits des batailles cruciales, des histoires émouvantes sur l'accueil délirant de joie qu'avaient reçu les premiers soldats indiens à leur arrivée à Dacca. Gustad lisait tout journal qui lui tombait sous la main à la cantine. Et Dilnavaz, comme elle le faisait ces derniers mois depuis le feu de joie allumé par Mr Rabadi, jetait chaque matin un coup d'œil au *Jam-E-Jamshed* de Miss Kutpitia. En particulier les notices sur les *pydust*. Il aurait été impardonnable, estimait-elle, de manquer les funérailles d'un parent, même éloigné.

L'heure du repas écoulée, il ne restait plus dans la cantine que le garçon qui nettoyait les tables et Gustad qui lisait le journal. Sans en laisser échapper une miette. Notamment la description détaillée de la cérémonie de reddition, avec, inclus, le texte de l'acte de reddition. Comme tout un chacun, Gustad commençait à brûler des ardeurs de l'orgueil national. Chaque jour, il lisait toutes les pages, colonne après colonne, et heureusement, car sinon un article lui aurait échappé, qui parut en page intérieure, dans un coin.

Un petit entrefilet en fait. Et quand Gustad le lut, la flamme de l'orgueil national s'éteignit en lui comme une chandelle mouchée. Il ne passa pas à la page suivante.

Le garçon s'approcha avec son chiffon mouillé. « *Seth*, la table, s'il vous plaît. »

Agrippant le journal, Gustad souleva mécaniquement les bras pour permettre au garçon de donner un rapide coup de chiffon. Et il laissa retomber lourdement ses bras. Sans se soucier du garçon qui lui jetait un regard intrigué ni de la tache humide qui s'élargissait sur ses manches.

Il continuait à fixer l'entrefilet, à relire le petit paragraphe qui annonçait que Mr J. Bilimoria, un ancien officier du SAR, était mort d'une crise cardiaque dans la prison de New Delhi où il purgeait la peine de quatre ans à laquelle il avait été condamné.

Gustad arracha la page, la plia et la fourra dans sa poche.

21

Comme toutes les boutiques du voisinage, le dispensaire du Dr Trésorier était fermé. Même la Maison des Cages ne travaillait pas. Le jour de la *morcha* était arrivé.

La population du quartier s'apprêtait à défiler jusqu'aux bureaux municipaux pour protester contre les caniveaux débordants, les canalisations d'eau cassées, les chaussées défoncées, les invasions de rongeurs, les fonctionnaires corrompus, les montagnes d'ordures qui s'accumulaient, les égouts à ciel ouvert, les réverbères brisés — bref contre le délabrement général et la rouille qui grippait la machinerie de la cité. Ils en avaient assez de voir leurs pétitions et leurs lettres de doléances mises au rebut. Désormais les officiels allaient devoir prendre en compte le peuple.

Toutes les catégories de vendeurs et de commerçants, qui n'avaient rien en commun sinon un commun ennemi, étaient là. Mécaniciens et boutiquiers, garçons de restaurant infatigables, rechapeurs de pneus portant beau, réparateurs de radio bossus, tailleurs aux jambes arquées, louches recruteurs de vasectomies-en-échange-de-transistors, pharmaciens atteints de strabisme, ouvreurs de cinéma au teint jaune, vendeurs enroués de billets de loterie, drapiers courtauds, dames accommodantes de la Maison des Cages. Des milliers et des milliers réunis, impatients de défiler, bras enlacés et épaule contre épaule, pour tenter de soulager le quartier de ses malheurs.

Même le Dr Trésorier et Peerbhoy le Paanwalla s'étaient enrôlés. Après avoir marqué une certaine réticence au début, surtout le Dr Trésorier. Il avait tenté de tempérer le zèle et de calmer les passions en peignant un tableau d'ensemble. En montrant que la corruption municipale n'était que la manifestation microscopique de la cupidité, de la malhonnêteté et de la turpitude morale qui fleurissaient dans la capitale du pays. En dépeignant avec méticulosité comment, depuis le sommet d'où émanait tout le pouvoir, coulait aussi le pus de la putréfaction, qui infectait ensuite toutes les strates de la société.

Mais amis et voisins du Dr Trésorier le regardèrent d'un œil vide, ce qui l'amena à soupçonner que sa vision de la vilenie et de la bassesse régnant à New Delhi était peut-être trop abstraite. Il fit une nouvelle tentative : Imaginez, leur dit-il, que notre bien-aimé pays est un malade atteint de gangrène à un stade avancé. Panser la blessure ou l'asperger d'eau de rose pour dissimuler la puanteur des tissus pourris ne sert à rien. Bonnes paroles et promesses ne guériront pas le patient. Il faut exciser la partie avariée. Vous comprenez, la corruption municipale n'est que la mauvaise odeur, qui disparaîtra dès qu'on aura renversé le gouvernement gangrené de la capitale.

— Exact, dirent-ils, mais nous ne pouvons retenir notre respiration indéfiniment, nous devons faire quelque chose contre la puanteur. Combien de temps doit-on attendre l'amputation ? Nous devons continuer à vivre, nos nez ne peuvent rester éternellement bouchés. » Emportés par leur exubérance fiévreuse, par leur enthousiasme contagieux, le Dr Trésorier et Peerbhoy cédèrent. Leurs amis, voisins et clients leur démontrèrent qu'ils apporteraient une contribution sans prix à la cause en menant la *morcha*. Leur âge, l'activité révérée du Dr Trésorier, l'apparence rebondie, qui faisait penser à celle d'un swami, de Peerbhoy, conféreraient beaucoup de respectabilité à la manifestation.

Naturellement, le docteur devrait arborer sa blouse blanche et son stéthoscope et porter sa sacoche noire ; ainsi les spectateurs et les autorités reconnaîtraient d'emblée qu'ils avaient affaire à un membre d'une profession distinguée. De même, Peerbhoy devrait défiler avec tout son attirail de vendeur de *paan*, rien de plus, mais rien de moins : poitrine nue, *loongi* à taille basse, de façon que son auguste nombril, ses seins vénérables et plissés, ainsi que son front puissant, creusé de milliers de rides de sagesse, puissent inspirer respect craintif et estime aux passants.

Les organisateurs de la *morcha*, très impressionnés par l'exemple du Dr Trésorier et de Peerbhoy Paanwalla, décrétèrent que tous les participants devraient porter leurs vêtements de travail et exhiber leurs instruments professionnels. Les mécaniciens revêtiraient leurs maillots de corps pleins de trous et leurs pantalons tachés de graisse et brandiraient clefs à molette, pinces, leviers et démonte-pneus. Les vendeurs de billets de loterie acceptèrent de défiler avec leur étal en carton pendu à leur cou ; les barbiers tiendraient à la main pinces à cheveux, peignes et ciseaux ; et ainsi de suite.

De plus, on chargea quatre voitures à bras d'énormes barriques contenant des prélèvements suintants et gluants de la fange dont débordaient les égouts ; de ciment, de sable et de mortier provenant des chaussées déglinguées ; des échantillons de la matière en putréfaction qui composait les montagnes d'ordures ; et des monceaux de rongeurs dévorés par la gale, certains morts, d'autres à peine vivants. Barriques qui seraient déversées dans le hall d'accueil de la municipalité.

Depuis des jours, chacun s'activait à confectionner bannières et pancartes. On répéta les slogans et on informa la police du trajet de la manifestation, afin qu'elle puisse organiser la circulation automobile en conséquence. La *morcha* partirait de la Maison des Cages et mettrait deux heures pour atteindre les bâtiments municipaux, où se déroulerait un *gherao*. Tout en respectant l'esprit de non-violence, les marcheurs bloqueraient toutes les entrées et les sorties, et ne les libéreraient que lorsque leurs exigences seraient satisfaites.

Le Dr Trésorier ouvrit sa sacoche noire afin de la vider. Elle serait ainsi plus légère à porter, car, en fin de compte, il ne s'agissait que de soutenir une *morcha*. Puis il en contempla le contenu soigneusement rangé. Jamais, depuis qu'il avait commencé à pratiquer la médecine, il n'avait oublié de la garnir de ses nombreux flacons, seringues, scalpels, lancettes, sans oublier le sphygmomanomètre. Changeant d'idée, il laissa le tout à l'intérieur.

Il ferma à clef la porte du bureau et sortit, accompagné de son fidèle préparateur. Comme Don Quichotte et Sancho Pança, se dit-il, et il se demanda quelles folies et quelles sagesses allaient s'accomplir aujourd'hui, quelles nouvelles farces allaient contempler ses vieux yeux fatigués.

La foule applaudit en les voyant apparaître. Trop tard pour les regrets, se dit le Dr Trésorier. Il répondit aux acclamations d'un geste de remerciement un peu forcé. Peerbhoy, resplendissant dans son *loongi* le plus beau, le plus coloré — marron, à rayures verticales vertes et jaunes —, se trouvait déjà à la tête du cortège. Le Dr Trésorier vint se placer à ses côtés. Le préparateur marcha derrière eux.

Après avoir rempli ses bidons d'eau et acheté son lait, Dilnavaz ouvrit le *Jam-E-Jamshed* de Miss Kutpitia à la page du milieu et parcourut la rubrique nécrologique annonçant les *pydust*. À son grand soulagement, elle arriva au bout sans avoir croisé de noms familiers.

Puis elle jeta un coup d'œil au cadre réservé, en page une, aux « Dernières nouvelles », et généralement vide ; cette fois-ci, il y avait quelque chose. Stupéfaite, elle lut que les funérailles de J. Bilimoria auraient lieu ce matin même. Aucune autre information ne suivait. Avec la permission de Miss Kutpitia, elle emprunta le journal pour le montrer à Gustad.

Lui aussi fut médusé : « Qui a bien pu transporter le corps de Delhi jusqu'ici ? » À leur connaissance, Jimmy n'avait pas de famille. Qui avait organisé la cérémonie à la Tour du Silence ?

Ils décidèrent qu'il s'agissait probablement de quelqu'un d'autre ayant le même nom et, au soulagement de Gustad, laissèrent tomber le sujet. À quoi cela servait-il de se rendre à nouveau malade de chagrin ? Quand il avait rapporté la page du journal l'autre jour, c'est tout ce qu'il avait trouvé à dire pour calmer Dilnavaz et arrêter ses sanglots.

« Mais s'il s'agissait bien de notre Jimmy ? » reprit néanmoins Dilnavaz au bout d'un moment.

L'incertitude devenait oppressante. La seule chose à faire était d'aller au Doongerwadi, trancha Gustad. « S'il s'agit de notre Jimmy et que je manque ses funérailles, je ne me le pardonnerai jamais. » Et s'il s'agissait de quelqu'un d'autre, eh bien tant mieux, ce n'était pas un péché que d'assister aux funérailles d'un étranger.

Il partit donc pour la Tour du Silence — la deuxième fois en moins d'un mois, se dit-il. Et deux amis disparus. Il leva les yeux. Comme le vieux Cavasji, il avait envie de protester, de tempêter contre le ciel, mais il poursuivit son chemin en silence.

Plus tard, alors que toutes les prières avaient été dites et qu'il redescendait la colline, il se demandait toujours qui avait organisé et payé les cérémonies. Et sa reconnaissance allait à cette personne, quelle qu'elle fût ; on avait fait ce qu'il fallait ; à présent Jimmy gagnait tranquillement la contrée où ses tortionnaires ne pourraient l'atteindre.

Et dire que j'ai failli ne pas venir. Il n'y aurait eu personne dans le *bungalee*. Pour regarder le feu, écouter les prières. Et pour offrir le santal, répandre du *loban* dans l'*afargan*. La poudre qui brûle en flammes odorantes, en forme de pétales vibrants. Encens et myrrhe, et le santal qui rougeoie. Couleur du soleil levant. Et le visage de Jimmy à travers la mince fumée blanche. À Delhi il était... Étrange ce que fait la mort. Sur l'estrade de marbre, il avait repris l'apparence de notre major du Khodadad Building. Et la montée vers la colline. Ils étaient si nombreux pour Dinshawji... le chemin caillouteux, une grande ovation. Mais moi tout seul pour Jimmy. Et les graviers s'exprimaient tout doucement, comme des amis dans une pièce.

Quand Gustad arriva au bas de la Tour, les *dustoorjis* avaient disparu. Il espéra que l'employé qui tenait les registres saurait le nom de celui qui avait organisé les funérailles.

L'homme derrière sa table n'apprécia pas l'irruption de Gustad. Les questions empoisonnaient son existence. Il leva sur l'intrus un regard soupçonneux. Pour ce qui le concernait, les funérailles de Jimmy Bilimoria étaient terminées, point. Il en avait plus qu'assez de ces gens qui venaient le trouver, spécialement les parents des défunts, avec leurs étranges requêtes.

Prenez ces deux femmes, la semaine dernière. Si petites et frêles, sans compter leur façon de marcher et de remuer la tête, qu'elles lui rappelaient des moineaux. En fait, elles s'étaient révélées des harpies. « Nous avons oublié d'ôter le diamant du doigt de grand-maman, dirent-elles. Voudriez-vous s'il vous plaît chasser les vautours pendant quelques minutes ? Pour que nous puissions entrer dans la Tour et récupérer la bague ? »

Que pouvait-on dire à des gens comme ça ? Comment traiter des pingres de cet acabit ? Il expliqua qu'avant de quitter la Tour les *nassasalers* enlevaient tous les vêtements, le moindre objet, comme prescrit dans le Vendidad. Donc, même si on avait oublié d'ôter la bague dans le *bungalee* des prières, on l'aurait trouvée dans la Tour.

Mais les femmes insistèrent, lui dirent de se dépêcher avant que le diamant ne finisse dans le ventre d'un vautour. Ce n'était pas une question d'argent, mais de valeur sentimentale. « Nous n'avons aucune confiance dans le travail de crétins illettrés comme les *nassasalers* », dirent-elles, bien qu'il s'évertuât à leur rappeler que les laïcs n'avaient pas le droit d'entrer à l'intérieur de la Tour. Finalement, il avait dû appeler à l'aide le grand prêtre, qui avait emmené les deux femmes poursuivre la discussion dehors, secouant sa tête de chouette avisée en réponse à leurs arguments.

Eût-il été assailli par ce seul genre de problème, l'employé l'aurait supporté sans trop d'aigreur et sans se transformer en un être éternellement suspicieux. Mais ces temps derniers, la prolifération des habitations de luxe autour des hectares de verdure de Doongerwadi avait gâché sa vie.

« Vos vautours ! se plaignaient les locataires. Surveillez vos vautours ! Ils jettent des saletés sur nos balcons ! » Ils affirmaient que les oiseaux, assouvis par tout ce dont ils s'étaient gorgés dans la Tour, arrachaient néanmoins un ultime morceau à savourer plus tard. Et que, s'ils perdaient la friandise en cours de vol, elle atterrissait inévitablement sur les balcons luxueux. Ce qui, poursuivaient les locataires indignés, était absolument intolérable compte tenu du coût exorbitant auquel leur revenaient leurs appartements.

Évidemment, personne n'avait pu apporter la preuve définitive que les morceaux tombant du ciel étaient de la chair humaine. Mais, très vite, les parents des morts entendirent parler du scandale des gratte-ciel. Ils protestèrent, déclarèrent qu'ils ne payaient pas des funérailles pour voir leurs chers décédés disséqués et balancés morceau par morceau sur des balcons chics. Les malheureux affligés exigèrent que le Punchayet fasse quelque chose pour remédier à cette situation. « Dressez les vautours convenablement, dirent-ils, ou faites-en venir en plus grand nombre, de façon que la chair puisse être entièrement consommée à l'intérieur du puits. Nous ne voulons pas que des restes se retrouvent dans les airs et perdus dans des endroits impurs et profanes. »

Pendant ce temps, le débat faisait rage entre réformistes et orthodoxes. Les deux camps avaient une vieille tradition de bataille par colonnes de journaux interposées, de lettres au directeur, ou de réunions — n'importe quel forum où on les accueillait. Pendant des années ils avaient engagé un combat rhétorique sur la composition chimique du *nirang*. Puis il y avait eu la théorie de la vibration des prières Avesta. Quand surgit la controverse sur les vautours, orthodoxes et réformistes s'y jetèrent de tout cœur, ravis de trouver quelque chose à se mettre sous la dent après une longue période d'inactivité.

Les orthodoxes arguaient qu'il s'agissait d'une méthode immémoriale et pure, qui ne profanait aucune des bonnes créations de Dieu : la terre, l'eau, l'air et le feu. Tout scientifique, indien ou étranger, qui avait pris la peine d'examiner le procédé, avec des critères d'hygiène modernes, en chantait les louanges. Mais les réformistes, qui préconisaient la crémation, affirmaient que le vingtième siècle ne pouvait s'accommoder de la méthode des anciens. Avec un système si macabre, disaient-ils, une communauté pouvait difficilement acquérir une réputation de progressisme et se projeter vers l'avenir.

Le camp orthodoxe (les vautouriens, comme les appelaient leurs adversaires) rétorquait que les réformistes avaient un intérêt personnel à légitimer la crémation — la présence de parents à l'étranger qui ne pouvaient accéder aux Tours du Silence. Et surtout, cette controverse n'était qu'une massive escroquerie montée par ceux qui possédaient des actions dans les crématoires : à bord de petits avions monomoteurs, des individus louches, payés par les réformistes, balançaient les morceaux de viande sur les balcons.

Explication que l'on s'accorda (y compris quelques orthodoxes de vile extraction) à juger tirée par les cheveux. Il est évident, dirent-ils, qu'un des habitants, au moins, de ces immeubles aurait remarqué ou entendu un avion voler à basse altitude pour livrer son chargement. (L'idée qu'il pût s'agir d'un planeur ne les effleura même pas.)

Mais les vautouriens exhibèrent des déclarations écrites d'ornithologues de renommée mondiale certifiant que les oiseaux de l'espèce des vautours étaient incapables de voler après un gros repas ou s'ils tenaient quelque chose dans leur bec ou dans leurs serres. Le malheureux employé de la Tour accueillit les décrets des experts avec soulagement. Bien que peu porté à la controverse, il s'empara aussitôt du document pour en faire des photocopies qu'il distribuerait aux locataires furieux.

Mais ces derniers ne furent pas satisfaits pour autant. Que des avions ne fussent pas en cause, ils l'admettaient. Cependant, dirent-ils, si les ornithologues avaient raison, monsieur l'employé pouvait-il leur expliquer l'origine de la viande jetée sur leurs balcons ? Si ce n'était pas de la chair humaine, alors c'était quoi ? Du bœuf ? Du mouton ? Devaient-ils croire que des *goaswallas* avaient soudain décidé de pratiquer leur métier dans les airs, et de survoler la cité avec leurs couteaux et leurs merlins de boucher ? Chevauchaient-ils leurs vélos au milieu des nuages pour effectuer leurs livraisons sur les balcons au lieu de passer par les portes de service ?

Le pauvre employé n'avait plus de réponse à leur fournir. Il croyait entendre reproches, blâmes et réprimandes chaque fois qu'on s'adressait à lui, même lorsque ses interlocuteurs n'en avaient pas l'intention.

Aussi, à la question de Gustad sur Jimmy Bilimoria, se mit-il à taper sur son bureau, clignant avec fureur ses yeux injectés de sang. « Vous dire ? Vous dire quoi ? Vous vous croyez au service des informations ? »

Plus tard, en repensant à l'incident, Gustad se demanda pourquoi il n'avait pas exercé de représailles. Permettre à ce nabot de me parler comme ça. Décidément je vieillis.

Au lieu de quoi, ahuri, il fit une nouvelle tentative : « Je pensais simplement que vous pouviez savoir qui avait organisé la cérémonie du *pydust*. »

Ce qui n'eut pour résultat que d'encourager l'employé. Pour la première fois, il avait remis un questionneur (peut-être même un plaignant) à sa place. « Qui le sait ? dit-il. On a reçu le *behesti*, on a reçu l'avis de paiement et le certificat de décès et tout ce qui va avec. Quand il y a un Parsi mort, a dit notre *dustoorji* chef, notre devoir est de procéder aux funérailles. Nous n'allons pas fourrer notre nez ailleurs.

— Mais la notice dans le *Jam-E-Jamshed* ? Qui l'a publiée ? insista Gustad.

— Les annonces de *pydust* sont toujours faites par la famille des défunts. » Ayant en partie récupéré sa dignité, l'homme trouvait dégradant qu'on pût lui attribuer une fonction si minable.

« Cet homme n'avait pas de famille.

— Et alors ? » Allait-on lui reprocher l'absence de famille de Mr Bilimoria ? Tout était possible avec le genre de cinglés auxquels il avait affaire ces temps-ci.

Gustad renonça. « Merci beaucoup pour votre aide », dit-il, et il continua à descendre la colline, ses pas s'accélérant avec la pente.

À proximité de la grille, garé à l'ombre d'un arbre, un taxi attendait, compteur baissé : hors service. Le chauffeur portait des lunettes noires. Ainsi qu'une moustache, semblable à celle de Jimmy, pensa Gustad. Je connais cet homme, se dit-il encore, en s'approchant.

Malcolm Saldanha étudia les plans et les dessins, vérifia quelques calculs, puis feuilleta le reste du dossier. Les travaux allaient commencer aujourd'hui sous sa direction. Il bâilla deux fois de suite. Foutue municipalité. Dieu sait qu'il détestait ce boulot, mais il en tirait un revenu fixe — et cela grâce à l'influence de son oncle. Cette foutue ville, sans pitié, où il devenait de plus en plus dur de vivre. Un salaire régulier constituait un puissant attrait. Aucune sécurité à attendre de leçons de piano, les étudiants pouvaient disparaître du jour au lendemain. On chouchoutait trop les enfants à présent, on leur donnait trop de liberté, la discipline avait complètement disparu de la surface de la terre.

Et la belle musique disparaissait également, aussi sûrement que la discipline. C'était comme si l'on assistait à la mort lente d'un être cher. Merci mon Dieu pour le « Time and Talents Club », merci mon Dieu pour le Max Mueller Bhavan, pour le British Council, pour le Centre culturel. Sans eux, la musique serait morte depuis longtemps. Mais ils constituaient les derniers sursauts — l'âge d'or de la musique classique dans cette ville était définitivement terminé. Et ce pauvre père, hier, si embarrassé de dire que son fils préférait un foutu jouet mécanique à des leçons de piano...

Malcolm sauta sur son siège. Ses yeux venaient de saisir le mot « démolition », et dans sa tête il tintait comme une sonnette d'alarme. Jusque-là, le sacré dossier semblait ne contenir que des trucs habituels. Il avait intérêt à se concentrer. Ne pas répéter l'histoire célèbre d'un ancien directeur de travaux. Qui avait mal compris les ordres, le pauvre diable. Il avait démoli l'édifice qu'il ne fallait pas, ensevelissant avec les gravats ses espoirs de partir avec une retraite.

Malcolm cessa donc de rêver tout éveillé, et reprit le dossier depuis le début. Il le lut soigneusement, pièce par pièce, ne tenant rien pour acquis, notant des points essentiels, des données qu'on risquait de négliger lorsque les ouvriers seraient en plein travail.

Ce fut bientôt l'heure de retrouver l'équipe au dépôt, de réunir l'équipement, et de partir sur le chantier. Enfin presque l'heure. Il lui restait quelques minutes pour prendre un thé à la cantine. L'odeur moisie de la nappe de plastique lui monta au nez. Il porta la tasse à ses lèvres et souffla pour refroidir le thé. Et tandis que la vapeur se condensait sur ses lunettes, le lieu du chantier surgit dans sa tête, émanant du jargon technique du dossier. Le nom de l'immeuble dansa devant ses verres embués.

L'adresse lui paraissait vaguement familière, sans toutefois déclencher le souvenir vital qui aurait permis d'établir la relation. Khodadad Building, se répéta-t-il tout en se dirigeant vers le dépôt. Khodadad Building.

Le camion démarra. Très vite, des détails d'une tout autre nature, plus urgents, vinrent occuper l'esprit de Malcolm.

Comme d'habitude, Sohrab fit en sorte d'arriver pendant que son père était au bureau. Dilnavaz l'accueillit avec joie et soulagement. S'arrachant un instant à sa présence, elle alla dans la cuisine remuer le riz et baisser le feu, puis se dépêcha de revenir. Elle le serra dans ses bras, lui caressa les joues, affirma qu'il maigrissait par manque de nourriture convenable. « Ça fait si longtemps ! Ne veux-tu pas revenir maintenant ? Ne m'as-tu pas assez torturée ? »

Sohrab secoua la tête et se détourna. Pourquoi fallait-il qu'elle répète la même chose à chacune de ses visites ? Il avait envie de lui dire que c'était pour cela qu'il venait de moins en moins souvent.

« La maison paraît si vide. Fais-moi du moins une faveur », dit-elle, en lui touchant le front et en brossant ses cheveux vers l'arrière. « Papa sera bientôt de retour. Parle-lui gentiment et ensuite...

— Il va rentrer maintenant ? » L'idée de se retrouver face à face avec son père le perturbait beaucoup. Mais il se demandait aussi ce qui ne tournait pas rond pour qu'il ne fût pas à la banque.

Dilnavaz se rendit compte que Sohrab ignorait tout des événements récents, du sort de Dinshawji, de ce qui concernait Ghulam Mohammed et Jimmy. Elle entreprit de lui raconter tout depuis le début, et put voir le visage de Sohrab se modifier au fur et à mesure qu'elle progressait dans son récit. « Oui, dit-elle, nous avons tous été bouleversés. »

Avec les souvenirs revenait le chagrin ; elle déglutit fort et continua, enrobant chaque mot de mépris et d'amertume. « C'est une action honteuse, abominable. Une chose terrible, diabolique, commise par le gouvernement. » Sa voix trembla. « Meurtriers ! Ils ont pris la vie d'oncle major ! » Lèvres frissonnantes, bouche distordue, elle réussit à contenir ses larmes. « Mais Dieu voit tout !

— Où est papa en ce moment ? »

Elle lui parla de la notice funéraire. « Nous avons pensé qu'il s'agissait d'une coïncidence, de quelqu'un portant le même nom. Mais comment en être sûr ? Alors papa y est allé. » Elle regarda la pendule. « Je vais bientôt partir, pour apporter son déjeuner à Roshan. C'est son premier jour de classe, je n'ai pas voulu lui donner un repas froid. Mais papa ne va pas tarder à rentrer. Parle-lui gentiment. S'il te plaît. »

Sohrab se frotta la nuque, son geste habituel lorsqu'il ne savait pas quoi faire. « Ça ne sert à rien. Je lui ai cassé tous ses rêves, je ne l'intéresse plus.

— Ne parle pas comme ça ! » dit-elle sèchement. Puis elle se radoucit : « C'est ton père. Il t'aimera toujours et voudra toujours le meilleur pour toi.

— Tu sais bien que nous recommencerons à nous disputer.

— Non ! Ne sois pas buté ! Il s'est passé tant de choses depuis que tu as quitté la maison. Papa a changé. Ce sera différent, maintenant. »

Il regardait par la fenêtre, refusant de croiser son regard. Fier et la tête dure, se dit-elle. Un autre Gustad. « Crois-moi. Je ne te l'avais pas demandé avant. Mais maintenant, c'est différent.

— D'accord. » Il évitait toujours de la regarder. « Si ça peut te faire plaisir. »

Quand il ne fut plus qu'à quelques pas du taxi, Gustad n'eut plus aucun doute. Il reconnut l'homme sur-le-champ, et l'idée le frappa aussitôt : c'était lui qui avait organisé les funérailles de Jimmy !

Confondu, il devait quand même poser la question, lui faire savoir qu'il savait et lui en était reconnaissant. « Vous... », commença-t-il, en indiquant derrière lui la Tour du Silence.

« Oui, dit Ghulam Mohammed.

— Merci de... Merci, je...

— Je vous en prie. » Ghulam coupa court aux remerciements. « Les prières sont finies ? » La voix était tendue, étouffée.

Gustad fit signe que oui. Il avait vu l'homme sous de nombreux aspects : jovial, menaçant, dur, cajoleur, sarcastique. Mais jamais ainsi, en proie à une telle émotion.

Ghulam tourna son visage vers le haut de la colline, vers l'endroit que les vautours encerclaient. Puis il laissa retomber la tête et ferma les yeux. Gustad attendit. Quand il le regarda, Ghulam pleurait. Au bout de quelques instants, il s'essuya les yeux. La voix redevenue ferme, il dit : « Vos prêtres parsis n'autorisent pas des profanes comme moi à pénétrer à l'intérieur. »

Gustad hocha la tête, se sentant coupable. Pour moi aussi, la disparition de Jimmy est une chose terrible, mais je n'arrive pas à pleurer. Il lui tend la main. Ghulam la saisit et, attirant Gustad contre lui, l'embrassa sur les deux joues. « Merci d'être venu, Mr Noble, murmura-t-il. Sans vous, Bili Boy se serait retrouvé tout seul. Merci beaucoup.

— Ne soyez pas ridicule. Mais pourquoi n'êtes-vous pas venu me trouver ? Je n'aurais jamais rien su si ma femme n'avait pas vu l'annonce dans le journal.

— Je devais courir ce risque. Quand je vous ai remis le billet de train, j'ai promis que je ne vous ennuierais plus jamais.

— Mais, là, c'était différent. Je ne refuserais jamais ce genre de chose. »

Ghulam sortit son mouchoir, se moucha, remit ses lunettes noires et fit un geste en direction du taxi. « Je peux vous reconduire chez vous. Gratuitement. » Il sourit.

« Merci. » Gustad monta devant, à côté de lui. Ghulam fit demi-tour et s'arrêta à la grille, attendant de pouvoir se glisser dans la circulation. « Ainsi vous avez repris votre taxi, après neuf ans d'interruption ?

— Oh, c'est une chose normale quand on travaille pour le SAR. Tantôt libraire, tantôt boucher ; parfois même jardinier. Tout ce qu'il faut pour que le boulot s'accomplisse. »

Une confession que Gustad entendit et accepta. « Mais vous allez continuer à travailler pour ces gens ? Après tout ce qu'ils ont fait à Jimmy ? Et qu'ils ont même essayé de vous tuer, sur votre Lambretta ?

— Vous êtes au courant ? Évidemment, c'est Bili Boy qui vous l'a raconté. Néanmoins, je suis plus en sécurité à l'intérieur du SAR qu'à l'extérieur. » Doucement, il ajouta : « Bili Boy était comme un frère pour moi. Quand on tue mon frère, je ne l'oublie pas. Quelqu'un devra payer pour ça. Sans faute. Et j'ai beaucoup plus de chances de faire payer en restant au SAR. » Ses mots, comme des doigts froids, firent courir un frisson le long de la colonne vertébrale de Gustad. Ghulam ne parlait pas dans le vide.

« L'important, c'est de bien organiser l'affaire. Et je ne suis pas pressé. Je peux récolter mon dû demain, l'année prochaine ou dans dix ans. Quel que soit le responsable. Si c'est le fabricant de voitures, il devra payer. Il y a des tas de possibilités — sa voiture pourrait exploser, par exemple. Il aime aussi piloter des avions. Alors : boum, crash, fini. Comme je l'ai déjà dit, tout ce qu'il faut pour que le boulot s'accomplisse. »

Gustad acquiesça d'un faible sourire. « Et sa Maman aussi a de nombreux ennemis, poursuivit Ghulam. Ils sont chaque jour plus nombreux, du Penjab au Tamil Nadu. N'importe lequel d'entre eux pourrait faire ça. Je suis un homme patient. Elle peut perdre la vie aussi facilement que Bili Boy, croyez-moi. Comme ça. » Et il fit claquer ses doigts sous le nez de Gustad.

Effrayé par ce discours, Gustad résolut de ne garder de Ghulam que le souvenir de l'homme en proie au chagrin. Les bras tendus d'un policier les forcèrent à s'arrêter : ils étaient arrivés à un carrefour si encombré que le policier obligeait les voitures à changer d'itinéraire. « Ne vous en faites pas, dit Gustad, je ne suis pas loin de chez moi. J'irai à pied. » Ils se serrèrent la main. Gustad sut qu'ils ne se reverraient jamais.

La porte claqua, et le taxi s'éloigna de l'embouteillage. Gustad le suivit des yeux jusqu'au premier tournant.

22

Malcolm Saldanha, qui avait pris place dans le premier camion à arriver devant le Khodadad Building, vit le mur peint et comprit pourquoi le nom de l'immeuble lui avait paru si familier. Se demandant quel était l'appartement de Gustad, il entreprit d'afficher l'ordonnance du tribunal, qui déclarait irrecevable l'assignation du propriétaire, en la collant par-dessus l'avis municipal, à présent déchiré, qu'il avait lui-même apposé sur le pilier plusieurs mois auparavant.

À l'abri de son petit appentis, l'artiste observait cette cohorte menaçante de camions, d'hommes et de machines. Quand Malcolm lui apprit la nouvelle, il s'effondra. Rassembla peintures, pinceaux, boîtes et autres affaires, et les jeta dans la cour. Puis il s'assit, jambes croisées, incapable de retrouver ne serait-ce qu'un soupçon de l'énergie qui l'avait habité du temps de ses vagabondages.

À contrecœur, Malcolm donna l'ordre aux ouvriers de commencer. Le fragile appentis disparut en premier. Théodolites, trépieds et niveaux servirent à délimiter les zones requises. On découvrit que le margousier faisait partie du dernier lopin acquis par la municipalité, et gênait les travaux. On dépêcha deux hommes pour abattre l'arbre. Du matériel supplémentaire fut déchargé des camions ; les arpenteurs louchèrent dans leurs instruments, pointant du doigt tel et tel endroit ; et Malcolm partit à la recherche d'un restaurant iranien pouvant servir du thé à l'équipe.

Pendant ce temps, la *morcha* progressait, avec bannières et pancartes. On entendait les slogans et les cris par-dessus le vacarme de la cité, puis on vit apparaître les marcheurs. Une foule se rassembla pour les regarder passer.

La police avait failli interdire aux manifestants de défiler avec leurs instruments de travail, car l'inspecteur adjoint chargé de surveiller la foule considérait ces objets comme des armes potentielles. Mais les responsables de la *morcha* l'emportèrent : Gandhiji, dit Peerbhoy, venait toujours aux réunions publiques avec sa *charkha*, et filait son rouet. Si les policiers du Raj britannique n'y avaient rien trouvé à redire, comment un inspecteur adjoint de l'Inde libre pourrait-il se comporter différemment ? Les outils de la *morcha* ne constituaient pas plus des armes que la *charkha* du Mahatma.

La colonne put donc avancer. Un groupe chantait à l'unisson : « *Nahi chalaygi ! Nahi chalaygi !* » Pas question ! Pas question ! À quoi un autre répondait : « La municipalité *ki dadagiri nahi chalaygi* ! » Pas question de se laisser faire par la municipalité !

La vieille antienne de toute manifestation : « *Gully gully may shor hai, Congres Party chor hai* » — de partout monte le cri, le parti du Congrès est un tas de pourris — fleurissait elle aussi. Mais on repérait quelques slogans originaux. Les frères Fernandes, qui possédaient une petite échoppe de tailleur et qui, en leur qualité de jumeaux, connaissaient la valeur de la répétition brandissaient des pancartes identiques : DONNEZ-NOUS EN CE JOUR NOTRE RATION D'EAU QUOTIDIENNE. Les mécaniciens déroulaient une longue bannière qui, sur un ton plus mélodramatique, déclarait : *Havaa-paani laingay, Ta toe yaheen maraingay*, de l'air et de l'eau, variation du cri : « La liberté ou la mort. »

Les employés de cinéma s'étaient procuré un vieux panneau publicitaire du film *Jis Deshme Ganga Bahti Hai*, et sous le titre de *Le pays où coule le Gange*, ils avaient ajouté : *Et où débordent les caniveaux.* Le visage du héros était légèrement modifié : une épingle à linge lui pinçait les narines. Et au-dessus du nom des acteurs, producteur, metteur en scène, scénariste et compositeur, figurait celui des fonctionnaires municipaux et des principaux politiciens.

La *morcha* se rapprochait du Khodadad Building aux cris toujours répétés de *« Nahi chalaygi ! Nahi chalaygi ! »* Malcolm, son assistant, les ouvriers et les géomètres déposèrent leurs instruments et se massèrent le long du trottoir. Des gens apparurent aux fenêtres des bureaux, clients et vendeurs sortirent des boutiques, la rue tout entière s'arrêta de travailler.

Les manifestants longèrent le mur. Hurlant leurs slogans avec une vitalité toute neuve. Devant ce public captif, leurs pas réinventèrent un rythme, leurs bras reprirent de la vigueur.

Soudain, trois bang, frappés sur le plateau de cuivre qui servait à Peerbhoy à présenter ses *paans*, donnèrent à la colonne le signal de s'arrêter. Les organisateurs de la manifestation avaient choisi le plateau parmi de nombreux autres concurrents : un enjoliveur sur lequel taperait un démonte-pneu, la cloche d'argent figurant sur le bureau du Dr Trésorier, le tambour du montreur de singes, la flûte du charmeur de serpents. Mais aucun de ces instruments ne possédait la digne sonorité du plateau de Peerbhoy.

Les vibrations scintillantes des trois coups s'envolèrent dans l'air comme des oiseaux de paradis, chatoyant au-dessus de la tête des marcheurs. « Frères et sœurs ! » cria l'un des organisateurs. Il leva les bras pour réclamer le silence, puis répéta : « *Bhaiyo aur baheno.* » « Chut », entendit-on circuler dans les rangs.

« Vous vous demandez : Pourquoi s'arrêter maintenant, avant d'atteindre la municipalité ? Je vous réponds : quel meilleur endroit que ce mur sacré des miracles pour faire une pause et méditer sur notre cause ? Le mur des dieux et des déesses. Le mur des Hindous et des Musulmans, des Sikhs et des Chrétiens, des Parsis et des Bouddhistes !

Un mur sanctifié, un mur convenant à la vénération et à la dévotion, quelle que soit votre foi ! Remercions donc pour nos succès passés ! Demandons la bénédiction pour nos efforts futurs ! Prions pour que, arrivés à destination, nous obtenions gain de cause ! Prions pour que, dans un esprit de vérité et de non-violence, nous vainquions nos ennemis ! »

Le cortège hurla son approbation et fonça vers le mur. Les employés municipaux s'écartèrent tandis que des queues se formaient devant chaque portrait. Sauf devant celui de Zarathoustra, où se tint une seule personne : le Dr Trésorier. C'est devant Laxmi, la déesse de la santé, que la file fut la plus longue. Génuflexions, prosternations, têtes inclinées, mains jointes, yeux fermés, invocations, supplications, adorations, tous s'y livrèrent avec ferveur. Beaucoup terminèrent en déposant une pièce ou deux.

Un employé municipal dit, à la cantonade : « Épargnez votre argent, *yaar*. Le mur va bientôt être démoli. »

Le mur démoli ! Les mots s'infiltrèrent dans le cortège et rejaillirent sur la foule des spectateurs. Le mur démoli ? L'incrédulité se transforma en indignation, puis en une colère qui monta peu à peu, gonfla en une énorme vague qui fit trembler le sol en approchant du rivage.

« Impossible ! dit la vague surgie de dix mille bouches. Le mur des dieux et des déesses ne peut pas être détruit ! Nous empêcherons un seul doigt de se porter sur les divinités ! Nous les protégerons avec notre sang s'il le faut ! »

La situation se dégradait rapidement, et les organisateurs de la *morcha* convoquèrent Malcolm. « Est-ce vrai, lui demandèrent-ils, que vos hommes vont casser ce mur et démolir les dieux et les déesses ? »

Malcolm n'avait jamais appris à tergiverser. Il hocha la tête. Les manifestants hurlèrent, la tempête se déchaîna et menaça — ce n'était pas un malentendu, on venait de leur confirmer le projet satanique ! Mais les organisateurs réclamèrent le silence d'un unique et sinistre coup du gong de cuivre.

« Mon ami, dit le principal meneur à Malcolm, ce que

vous nous racontez est une idiotie. Une idiotie parce que ça ne peut se faire. Ceci est un lieu de prière et de vénération. Voyez vous-même. Aucun souhait d'un homme, aucun ordre d'un gouvernement ne peuvent rien y changer. Regardez les portraits de Brahma, de Vishnu et de Shiva. Voyez Rama et Sita, Kali Mata et Laxmi, Jésus-Christ, Gautama Bouddha, Sai Baba. Pour chaque religion, ce lieu est sacré ! »

Les manifestants l'acclamèrent, les spectateurs applaudirent, et l'organisateur poursuivit sur son élan : « Regardez Nataraja et Saraswati, le gourou Nanak et Saint François d'Assise, Zarathoustra et Godavari Mata, et toutes ces peintures de mosquées et d'églises. Comment pouvez-vous démolir un endroit si sacré ? » Il repéra la petite croix d'argent qui pendait au cou de Malcolm. « Vous êtes quelqu'un de bien. Agenouillez-vous devant ce mur. Priez le Seigneur, dites un Je Vous Salue Marie, confessez vos péchés. Demandez un miracle, si vous voulez, mais n'essayez pas de démolir le mur.

— En vérité, je ne le veux pas », dit Malcolm, malheureux, et le public l'acclama. « Mais, ce ne sont ni mes hommes ni moi qui prenons les décisions. Nous ne faisons que suivre les ordres des patrons de la municipalité. »

La municipalité ! Ce nom détestable ! La *morcha*, comme un monstre fou étiré dans la rue, se remit à bouillonner de colère et de haine. Ils nous persécutent dans notre quartier en nous privant d'eau ! D'égouts ! Avec des caniveaux qui puent ! En réclamant des pots-de-vin qui vident nos poches et remplissent les leurs ! Et maintenant ils veulent démolir notre mur ! « *Nahi chalaygi ! Nahi chalaygi !* La municipalité *ki dadagiri nahi chalaygi !* » Le cri fusa, encore et encore, de toutes les gorges.

Le loyal *mukaadam* se dit qu'en sa qualité d'assistant il devait prendre le parti de Malcolm. Il hurla par-dessus la clameur : « Nous aussi nous sommes des gens religieux ! Mais nous sommes pauvres, tout comme vous ! Si nous n'obéissons pas aux ordres, nous perdrons notre travail ! Alors comment nourrirons-nous nos femmes et nos enfants ? »

Les autres ouvriers se rassemblèrent autour du *mukaa-dam*. « C'est vrai ! Vous nous donnerez du travail si la municipalité nous fiche dehors ? »

Hema l'Hydraulique, grande et imposante, parée de ses plus beaux et de ses plus serrés atours, sortit de la délégation de la Chambre des Cages. Elle arracha des mains d'un rechapeur de pneus son outil à strier et le brandit. De sa voix de papier émeri, elle s'adressa à Malcolm et à ses hommes : « Vous voyez ce portrait ? Yellamma, Déesse des Prostituées ? »

Malcolm et son *mukaadam* acquiescèrent, avec un haut-le-cœur.

Elle balança l'outil, décrivant un cercle à la hauteur du bas-ventre des hommes. Le soleil fit scintiller la méchante lame courte. « Vous abîmez cette peinture, vous cassez le moindre bout de ce mur, et, je vous le promets, je vous transforme en *hidjaas*, tous tant que vous êtes », dit-elle, en continuant d'agiter l'instrument.

Les hommes reculèrent, couvrant involontairement de la main le devant de leurs shorts rayés et de leurs dhotis. Ils étaient beaucoup trop embarrassés pour répliquer. Un silence, doré comme le son du plateau de Peerbhoy, plana sur eux pendant quelques secondes.

Portant toujours son calot de prière en velours noir, Gustad se dépêcha de rentrer chez lui après avoir vu le taxi de Ghulam se fondre dans la circulation. Il avait hâte d'enlever son *dugli* et de repartir pour la banque. Mais pourquoi une telle foule et un *bundobust* de police si strict ? se demanda-t-il. Et la rue aussi bruyante qu'un jour de fête, comme pour Ganesh Chaturthi ou Gokul Asthami, débordant d'un trottoir à l'autre.

Il atteignit le portail du Khodadad Building à temps pour voir Hema l'Hydraulique brandir l'instrument à lame de rasoir. Malcolm l'aperçut. « Gustad ! Gustad ! » le héla-t-il, mais sa voix fut submergée par le tumulte que provoqua l'horrible menace, tandis que les ouvriers s'emparaient de pieds-de-biche et de pioches. Les policiers agrippèrent leurs *lathis*, signe de mise en alerte. L'inspecteur adjoint, ne voulant prendre aucun risque, demanda au chauffeur de sa jeep de contacter par radio le poste de police pour qu'on lui envoie des renforts.

Gustad, haussé sur la pointe des pieds, tenta de repérer Malcolm... que faisait-il au milieu de cette manifestation ? Il le vit en un éclair, le perdit l'instant d'après. Mais il ne voulut pas s'aventurer dans la mêlée pour le chercher. Plus tard, quand le calme serait revenu.

Puis il aperçut l'artiste de rue prostré derrière le portail ; Tehmul aussi était là, spectateur passionné du drame qui se déroulait. « GustadGustadGustad. Grossegrossemachine. Boumboumboum. GrossegrossebruyantebruyantemachinegrandscrisGustad. » Incapable de se tenir tranquille, il agitait les bras dans tous les sens, oscillait, au comble du ravissement et de l'excitation. Cette foule colorée, les ouvriers avec leur étonnant équipement, les policiers avec leurs *lathis*, tout cela le mettait en joie. Et voilà qu'en plus son bien-aimé Gustad venait d'arriver. « GustadGustadGustad. C'estsidrôlesidrôle.

— Oui, très amusant, dit Gustad. Et tu as bien fait de rester dans la cour. Très bien fait. » Il lui tapota le dos, soulagé de constater que le garçon se tenait à l'écart. Imaginez ce qui pourrait se passer, étant donné l'humeur de la foule, si le spectacle des prostituées en tenue de travail excitait ses appétits. Et, d'ailleurs, pourquoi ces femmes étaient-elles là ?

L'artiste, qui attendait son tour de prendre la parole, dit d'une voix abattue : « Monsieur, s'il vous plaît, on me dit que je dois abandonner mon mur. » Gustad l'avait déjà deviné à la présence d'une nouvelle affiche sur le pilier, des bétonnières et des camions. En un éclair, l'imminence du sinistre le terrassa ; l'écroulement du mur allait saccager le passé et l'avenir. Impuissant au milieu du bruit et de la tourmente, il chercha les mots qui pourraient consoler l'artiste. Soudain, il entrevit plus qu'il ne vit le Dr Trésorier. Ici ? D'abord Malcolm, et maintenant le docteur ?

Il plongea à sa recherche, dans l'océan des visages furieux.

Tehmul le suivit. « Non, Tehmul. Sois gentil. C'est très dangereux, tu restes à l'intérieur. » Déconfit mais obéissant, Tehmul regagna la cour.

Au quatrième appel, le Dr Trésorier se retourna. L'approcher au plus près nécessita d'épuisants efforts. « Quelle puissante *morcha* nous avons organisée ! » dit le docteur en broyant vigoureusement la main de Gustad. Ses regrets et ses doutes initiaux s'étaient convertis en conviction et confiance — il aurait volontiers à présent foncé sur des moulins à vent. « Voir c'est croire ! La plus grande *morcha* de l'histoire de notre ville ! »

Gustad ne l'avait jamais connu si plein d'entrain. Tous ses sentiments spontanés, comprimés depuis Dieu savait quand (comme le contenu de ces fioles poussiéreuses au fond du dispensaire), jaillissaient à présent.

« La presque totalité de notre quartier est là ! » se vanta le docteur, comme un général rebelle qui aurait réussi à retourner son armée contre le tyran. « En avant toute ! Sus à la municipalité ! Nous leur montrerons qui est le chef ! Nous, le peuple ! »

Gustad réussit à l'entraîner jusqu'au trottoir, et le docteur lui expliqua ce qui avait déclenché la confrontation entre les manifestants et les ouvriers. « Mais ça ne faisait pas partie de notre programme. C'est ce qu'on pourrait appeler un acte divin. » Il gloussa. « Ou un acte artistique. Ce qui revient au même. » Il salua Gustad et repartit, pressé de rejoindre ses compagnons d'armes.

Gustad retourna vers l'entrée de son immeuble, où la *morcha* avait attiré les habitants. L'inspecteur Bamji, Mr Rabadi accompagné de Fossette, Mrs Pastakia, Miss Kutpitia discutaient avec véhémence, essayant de prédire ce qui allait se passer. Les renforts de police n'étaient pas encore arrivés. Gustad ne souhaitait pas participer à leurs débats, mais saisissant le moment opportun, il demanda à l'inspecteur : « Soli, croyez-vous que ça aiderait si vous essayiez de persuader ces gens ? En usant de votre ancienneté de policier ? »

L'inspecteur Bamji se mit à rire. « Patron, s'il y a une chose que j'ai apprise en travaillant avec ces salopards du Maratha, c'est de crier *umcha* section *nai*. Et sans remords de conscience. » Sur quoi Sohrab apparut et se dirigea vers le groupe. Il croisa le regard de son père, puis se détourna.

Gustad fut surpris de le trouver là. Au bout de sept mois, il daigne regarder son père. Aura-t-il le courage de...

« Patron, vous m'écoutez ou non ? » L'inspecteur tira Gustad par la manche. « Pour répondre à votre question, je n'interviens jamais quand je ne suis pas en service. J'ai bien assez de *maader chod*, de putains de saloperies à me farcir quand je travaille. » Se rappelant alors la présence des femmes, il se couvrit les lèvres de ses doigts, comme pour faire rentrer les mots offensants dans sa bouche. « Pardon, mesdames », dit-il, avec un sourire suave, mais ne se repentant pas le moins du monde. « C'est cette mauvaise habitude que j'ai prise, de parler mc-bc. »

Miss Kutpitia prit un air sévère et détourna les yeux. Mrs Pastakia, en gloussant, signifia son pardon. Un demi-sourire embarrassé parcourut le visage de Mr Rabadi ; peu habitué à entendre un tel langage, il s'efforçait de faire croire le contraire.

Tehmul observait leurs expressions, écoutait intensément. Au bout d'une minute de silence, et alors que l'écart de langage de Bamji était oublié, il sourit à l'assemblée et répéta joyeusement : « *Maaderchodmaaderchodmaaderchodmaaderchod*. » Il aurait continué, si Mrs Pastakia n'avait tourné un visage horrifié vers Bamji.

L'inspecteur l'arrêta sec d'une baffe sur la tête. « La ferme, Œuf brouillé ! »

Tehmul recula en se frottant le crâne. Déguisant son mépris pour Bamji, Gustad se contenta de dire : « Le pauvre garçon, il n'a pas de cervelle. Il ne peut que répéter ce que disent les autres. »

Le cuir aussi épais que d'habitude, Bamji répliqua : « Ça lui apprendra que la répétition est mauvaise pour la santé. »

Gustad cherchait comment briser là sans se montrer discourtois, quand Malcolm Saldanha se matérialisa devant lui. Gustad se hâta de le rejoindre. « Où étais-tu parti ? Je t'ai vu, et l'instant d'après tu avais disparu.

— Il fallait que je trouve un téléphone. Pour avertir le bureau de ce qui se passe.

— Quel bureau ?

— La municipalité. C'est moi qui suis responsable de ce foutu chantier. »

Tel était donc le destin de Malcolm. Mon ami de faculté, qui faisait surgir les notes comme par magie. Du royaume qui s'étend entre veille et sommeil. Pour les nocturnes de Chopin. Ces soirées, il y a si, si longtemps. Et qui maintenant s'occupe de pioches et de bétonnières. « Et qu'est-ce que le bureau t'a dit ?

— Que la municipalité ne peut pas reculer devant la populace, que les travaux doivent continuer. Ces débiles ne comprennent pas à quel point c'est dangereux.

— Tu ferais mieux de rester dans la cour, tu y serais plus en sécurité.

— Oh, je ne risque rien. À tout à l'heure. » Et avant que Gustad ait pu tenter de l'en dissuader, Malcolm se fondit dans la foule et se dirigea vers les camions.

De son observatoire, au second étage, le vieux Cavasji le regarda s'éloigner. Puis tournant vers le ciel ses yeux à moitié aveugles que ne touchait plus la brûlure du soleil, il s'exclama : « Vous ne pouviez pas trouver un autre endroit ? C'est toujours pour nous les ennuis ? L'obscurité, l'inondation, le feu, la bagarre ? Pourquoi pas au palais Tata ? Pourquoi pas dans la demeure du Gouverneur ? » L'inspecteur Bamji et les autres levèrent la tête, amusés, mais, venant de la rue, des hurlements à vous glacer le sang les empêchèrent d'entendre la suite des lamentations de Cavasji. Les échanges verbaux, insultes généalogiques et autres défis théologiques entre les manifestants et les ouvriers avaient brusquement cédé la place à un combat sauvage.

« Oh, Dieu ! » dit simplement Gustad. Il pensait à Malcolm et au Dr Trésorier.

« L'entraînement est terminé, dit Bamji. Maintenant le match va commencer. »

Les ouvriers du bâtiment étaient nettement moins nombreux que leurs opposants, mais pioches, pieds-de-biche et autres outils constituaient des armes redoutables. De même, une partie de l'équipement des marcheurs pouvait se convertir aisément en armes de combat rapproché. Certains écumèrent la chaussée à la recherche de projectiles : pierres, briques, bouteilles cassées, tout ce qui leur tombait sous la main, et ceux qui se trouvaient à côté des quatre voitures à bras s'en remirent au contenu des barriques. En attendant les renforts, les policiers empoignèrent leurs *lathis*.

Tehmul regardait, fasciné. Quand les missiles commencèrent à voler, son cœur s'accéléra. Sa tête pivotait en tous sens, pour suivre les échanges, et il se rapprochait insensiblement du portail.

« Tehmul ! » cria Gustad.

Le garçon recula d'un pas, les poings serrés. « Gustad-Gustad. RegarderegarderegardegrossespierresGustad. Ellesvolentellesvolentellesvolent.

— Oui, je sais. C'est pour ça que tu dois rester à l'intérieur.

— Dedansdedansdedansjesais. OuiouiouiGustad. » Ses mains traçaient dans l'air des courbes et des flèches, on aurait dit un danseur de Bharat Natyam ayant perdu tout contrôle de soi. « Wzeeewzeeewzeee. »

Mais ce qui se déroulait à l'extérieur l'attirait trop. Il se traîna à nouveau vers le portail, et avant que Gustad ne s'en soit rendu compte, il se retrouva sur le trottoir d'où il avait une bien meilleure vue des objets volants. Que c'était drôle. Quelle formidable partie de lancers de balle. Avec des milliers de joueurs. Mieux même que ce que faisaient les enfants dans la cour. Ces méchants enfants, qui se moquaient de lui. Qui lui lançaient la balle et, en riant, le regardaient courir, trébucher et tomber.

Il applaudit joyeusement quand une pierre atterrit près

de la grille. Ça serait si drôle d'en attraper une. Avec ses propres mains. Comme les enfants attrapant une balle de tennis. Ce serait si, si drôle.

Il pivota sur lui-même, se plaça face à la rue, attendit la prochaine livraison. Gustad, à ce moment, le vit : « Tehmul ! Reviens ! » Tehmul sourit et lui fit un geste rassurant. Il avait décidé de se procurer une de ces choses qui vrillaient autour de lui.

« Tehmul ! » hurla Gustad.

Une brique volait en direction de Tehmul, mais le garçon n'entendait plus. Transporté de ravissement par ces objets aéroportés, ces objets qui s'élevaient et plongeaient en piqué, ces objets véloces faits pour glisser, foncer ou voler en courbe dans l'air, ces objets agiles qui pouvaient flotter sur des plumes douces ou des ailes arachnéennes : sous le coup de l'enchantement, Tehmul clopina, comme toujours, pour attraper la brique. Et comme toujours, son corps tordu le trahit.

La brique le frappa au front, Gustad entendit le craquement. Tehmul tomba sans un murmure, silhouette repliée avec grâce. La danse était terminée.

Une seconde, Gustad resta comme paralysé. Puis il se rua hors de la cour. Une pierre lui effleura le dos, mais il la sentit à peine. Il se pencha pour agripper la forme inconsciente. Tandis qu'il traînait Tehmul à l'intérieur, son calot de prière glissa et tomba sur le sol.

« Un docteur ! Vite ! » cria-t-il à l'inspecteur Bamji et aux autres. Puis il se souvint : « Le Dr Trésorier ! File, Sohrab... au milieu de la *morcha* ! » Tout en courant, Sohrab entendit son père lui lancer : « Sois prudent ! »

« Il faut absolument une ambulance », dit l'inspecteur Bamji, et Miss Kutpitia monta chez elle téléphoner. Le sang coulait en abondance du front de Tehmul. Gustad essaya d'étancher le flot avec son mouchoir. De précieuses minutes s'écoulèrent, il attendait, furieux, désespéré. Que fabriquait ce foutu docteur ? Lui et sa bon Dieu de *morcha*. Son mouchoir était trempé, Bamji lui passa le sien. Gustad sentait, à travers le tissu, le trou qu'avait creusé le projectile.

Sohrab revint avec le Dr Trésorier qui haletait, transpirait, son farouche enthousiasme à présent douché. Apparu très tard dans sa vie, cet enthousiasme était mort tôt, noyé dans l'océan de fureur qui se déchaînait devant le mur noir, emportant encore autre chose avec lui : le masque professionnel d'humour et de cynisme. Désormais nu, le docteur exposait sa douleur aux yeux de tous.

Il secoua la tête. « Oh, Dieu ! Pourquoi ça ? Pauvre garçon, pauvre garçon ! Quelle terrible chose ! » Péniblement, il se mit à genoux. Sortit un gros tampon de coton de sa sacoche noire et demanda à Gustad de le presser sur le front, pendant qu'il faisait une piqûre. « Il a perdu trop de sang, trop de sang », marmonna-t-il. Il y avait quelque chose de déconcertant dans sa détresse. Un médecin était supposé rassurer, remettre les choses en ordre et non se laisser troubler par le sang et la souffrance, comme un simple mortel. À quelle espèce de médecin appartenait donc celui-ci ?

Pendant que le docteur lui bandait le front, Tehmul battit des paupières, entrouvrit les yeux. Il chuchota : « Gustad. Merci, Gustad. » Il sourit, ses yeux se refermèrent.

Le docteur continua son bandage. Gustad attendait un signe d'encouragement. « Nous avons appelé l'ambulance », lâcha-t-il pour rompre le silence.

« Bien, bien », murmura le docteur, l'air absent. Il prit le pouls, farfouilla en toute hâte à la recherche de son stéthoscope. « Vite, ouvrez sa chemise ! » Il prépara une seconde injection, tandis que Gustad déchirait la chemise de Tehmul, exposant la poitrine à la longue aiguille. L'injection terminée, le docteur jeta la seringue, revérifia la tension.

Puis il retira son stéthoscope et le laissa tomber dans sa sacoche. Sa tête remua lentement, en réponse à la question que Gustad s'apprêtait à poser.

« Mais l'hôpital ?

— C'est inutile. »

Gustad s'écarta et se dirigea vers le mur noir. Par-dessus lequel il contempla la féroce bataille que se livraient des gens apparemment devenus fous. Le Dr Trésorier tenta sans conviction de se relever tout seul et tendit une main que saisit Sohrab. Remis sur pied, il brossa son pantalon. « Je vais faire le certificat de décès, bien entendu, dit-il à l'adresse de Gustad. Il n'y aura pas besoin de...

— Oui, oui, merci. » Derrière Gustad, les autres planifiaient déjà ce qu'il convenait de faire pour Tehmul. Cela lui parut intolérable. Ne pouvaient-ils attendre un peu ?

« Peut-être devrais-je aller annuler l'ambulance, dit Miss Kutpitia, et téléphoner à la Tour du Silence à la place. »

L'inspecteur Bamji fut d'avis de laisser venir l'ambulance : « Il y a des tas de blessés dehors, on en aura besoin. » Mais que faire de Tehmul en attendant que, dans une heure ou deux, le corbillard vienne chercher le corps ?

« Ce n'est pas bien de le laisser ainsi couché près du portail », remarqua Miss Kutpitia. Des fenêtres du grand immeuble de bureaux de l'autre côté de la rue, les gens regardaient. Délaissant l'émeute, leur attention se reportait à présent sur la cour. « Nous devons faire quelque chose », insista Miss Kutpitia. Mais à l'idée de devoir monter ce corps pesant au deuxième étage, dans l'appartement de Tehmul, le courage leur manquait. De plus, son frère n'était toujours pas rentré.

« Le mieux serait peut-être de le bouger un peu. Jusque sous l'arbre, à l'ombre, dit Mrs Pastakia. Et je peux apporter un drap blanc pour le recouvrir.

— Bonne idée, reconnut Bamji, le soleil est très chaud. Le corbillard pourrait bien mettre du temps à arriver, avec cette *tamaasha* dans la rue. »

L'arbre ne se trouvant qu'à quelque cinquante mètres de distance, on préféra cette solution au transport sur deux étages. Le Dr Trésorier fit signe qu'il était d'accord. Bamji se tourna alors vers Gustad pour lui demander s'il voulait l'aider. Mais le large dos impassible ne lui offrit aucune indication, et Bamji n'osa pas poser sa question. Il préféra s'adresser à Mr Rabadi : « Bon, patron, pouvez-vous saisir les pieds ? »

Le sentiment de son importance fit rougir Mr Rabadi. Pour une fois, tout l'immeuble le verrait faire autre chose que promener son chien. Il tendit la laisse de Fossette à Mrs Pastakia.

L'inspecteur et Mr Rabadi remontèrent lentement leurs manches de chemise, mais avant qu'ils aient pu soulever le corps, Gustad se retourna. Il s'accroupit à côté de Tehmul. Les autres se regardèrent : qu'y avait-il encore ?

Sans un mot, Gustad passa un bras sous les épaules de Tehmul, l'autre sous les genoux. D'un puissant effort, il se redressa, berçant le corps encore chaud. La tête bandée ballottait sur son avant-bras, il replia le coude pour la soutenir.

« Attendez, patron, attendez ! dit l'inspecteur Bamji. Il est très lourd, nous allons vous aider... »

Sans lui prêter attention, Gustad s'éloigna en direction de l'escalier de Tehmul. Sous le regard des autres, trop honteux pour le suivre, sous celui de Sohrab, à la fois craintif et admiratif.

Les spectateurs à leurs fenêtres virent Gustad traverser la cour sans faiblir, comme si lui et Tehmul étaient seuls, comme si le corps adulte dans ses bras ne pesait pas plus que celui d'un enfant. Des voisins se couvrirent la tête et joignirent les mains.

Sans le moindre boitillement, sans trébucher, Gustad continua d'avancer, dépassa les appartements proches du portail, l'arbre solitaire, son propre appartement, la Landmaster de l'inspecteur Bamji. Quand il atteignit l'entrée de Tehmul, il se retourna et jeta un dernier coup d'œil au groupe, là-bas au bout.

Dans l'escalier, le poids du corps s'accentua, il monta lentement, ses pieds tombant lourdement sur chaque marche. La sueur lui inondait le visage, éclaboussait la chemise trempée du sang de Tehmul. Sur le palier, il sentit qu'on l'épiait à travers des œilletons.

La porte de Tehmul était fermée. À clef ? Gustad avait toujours cette clef. Mais la voisine sortit de chez elle et accourut pour l'aider. Elle tourna la poignée, la porte s'ouvrit. Ayant épuisé tout son courage, la femme repartit chez elle. Gustad entendit un clic, celui du cache de l'œilleton que l'on soulevait. Il entra de biais, pour éviter que la tête de Tehmul ne heurte l'encadrement. D'un coup de pied il referma la porte derrière lui et se dirigea vers la chambre à coucher.

Les pieds ballants de Tehmul écartèrent le rideau d'organdi. Les anneaux de cuivre tintèrent. La poupée nue reposait en travers du lit. Gustad déposa Tehmul sur le bord et, libérant une main, repoussa la poupée sur le côté. La chaleur quittait lentement le corps, constata-t-il tout en lui boutonnant sa chemise, lui allongeant les jambes et lui croisant les bras. Il délaça les chaussures, les enleva, puis les socquettes. Deux billets d'une roupie, pliés tout petit, en tombèrent. Il les mit sous l'oreiller et remonta le drap sur Tehmul.

Les vêtements de la poupée pendaient toujours sur le dossier de la chaise, comme ils lui étaient apparus la nuit du raid aérien. Se penchant par-dessus Tehmul, il attrapa la poupée et entreprit de la rhabiller. Le plâtre peint semblait aussi froid que le corps de Tehmul. Quand il lui eut remis tous ses vêtements de mariée, il glissa la poupée sous le drap, à côté de Tehmul. Il approcha la chaise du lit, leva la main pour rajuster son calot de prière, mais ses doigts touchèrent des cheveux au lieu du velours noir. Il se rappela alors que le calot était tombé sur la chaussée. Il regarda autour de lui pour trouver quelque chose avec quoi se couvrir la tête. Il ne vit rien, à l'exception du pyjama de Tehmul accroché au montant du lit. C'était ça ou son mouchoir trempé de sang. Il saisit le haut du pyjama.

La tête ainsi couverte il s'assit, posa sa main droite sur la tête de Tehmul. Les cheveux étaient raides sous ses doigts, collés à l'endroit où le sang avait séché. Il ferma les yeux et commença à prier doucement. Il récita le Yatha Ahu Varyo, cinq fois, le Ashem Vahoo, trois fois, sa main tachée de sang reposant aussi légèrement qu'une feuille sur la tête de Tehmul. Les mouches bourdonnaient autour de lui, attirées par l'odeur, mais il n'en avait cure. Les yeux toujours fermés, il entama un second cycle de prières. Les larmes s'accumulaient sous ses paupières. Il récitait, la voix douce et ferme, la main ferme et légère sur la tête de Tehmul, et les larmes coulaient sur son visage. Et il continua, un troisième, puis un quatrième cycle, et les larmes coulaient, qu'il ne pouvait arrêter.

Cinq fois le Yatha Ahu Varyo, trois fois le Ashem Vahoo. Et il recommençait. Cinq et trois, répétés continûment, sa main droite couvrant la tête de Tehmul. Yatha Ahu Varyo et Ashem Vahoo, et l'eau salée qui débordait de ses yeux, autant pour lui-même que pour Tehmul. Autant pour Tehmul que pour Jimmy. Pour Dinshawji, pour papa et maman, pour grand-papa et grand-maman, tous ceux qu'il avait fait attendre si longtemps...

Combien de temps resta-t-il ainsi, à répéter Yatha Ahu Varyo et Ashem Vahoo, il n'aurait su le dire. Enfin, il eut le sentiment d'une présence dans la pièce. Il ne se retourna pas. Il n'avait pas entendu tinter les anneaux du rideau, l'organdi fané pendait aussi immobile que la mort, filtrant la dure lumière venant de la véranda. Il demanda d'un ton bourru : « Qui est là ? »

Il n'obtint pas de réponse. Il redemanda : « Qui ?

— Papa... Sohrab. »

Alors Gustad se retourna. Son fils se tenait sur le pas de la porte, et chacun soutint le regard de l'autre. Ils demeurèrent ainsi, lui sur sa chaise, Sohrab immobile sur le seuil, jusqu'à ce que, finalement, Gustad se lève. Il se dirigea vers son fils et le serra dans ses bras. « Oui », dit-il, peignant de ses doigts tachés de sang les cheveux de Sohrab. « Oui », fit-il, « oui », et il le serra encore plus fort.

La puanteur traînait encore dans l'air, autour de la zone du chantier que barricadait un cordon de police, à l'endroit où les manifestants avaient renversé une barrique de vase et de boue de vidange. Malcolm bredouillait et crachotait, incapable de trouver ses mots. Ses mains tremblaient comme des ailes d'oiseau blessé. « Tu ne le croiras pas ! C'est dingue ! Givré ! La folie totale ! »

Gustad tenta de l'apaiser. « Veux-tu venir chez moi ? Prendre une tasse de thé ou autre chose ?

— Non, mais, imagine ! Ce foutu truc me frappe en pleine figure ! Un truc gros, velu, puant ! Imagine ! Des rats pourris, là, en pleine figure ! Aagh ! *Chhee ! Thoo* ! » Malcolm se tint la tête comme si elle allait exploser. « Et si j'attrape la peste ou je ne sais quoi ? »

Il refusa de se laver comme le lui proposait Gustad. « J'ai aussitôt ouvert une bouche d'eau. Et j'ai déjà promis une chandelle au Mont Marie. Certains de ces foutus gros rats étaient encore vivants ! » Il frissonna de nouveau. « Je vais aussi aller voir mon médecin. »

Mais il lui fallait d'abord attendre les remplaçants des ouvriers blessés. « Salauds de policiers, eux ils ont tout leur temps. Je te parie tout ce que tu veux que c'était une magouille de la municipalité. Tous ces escrocs travaillent main dans la main.

— Je te crois, dit Gustad. Le gouvernement est capable de tout. Face à eux, les gens ordinaires comme nous sont impuissants. »

Les ouvriers avaient commencé à desceller les dalles de pierre. Malcolm se précipita, hurlant ses instructions. « Ô baba, *arya ghay* ! Attention, *arya, arya* ! » Les travailleurs entonnèrent un chant vigoureux, débordant de muscle et de vitalité : « *Ahiyo-tato ! Tahi-to-tato !* » Ils déchargèrent un camion de graviers et de sable. Le bruit si reconnaissable recouvrit tous les autres et parvint aux oreilles de Gustad. Crissant, grinçant, raclant, les hommes armés de pelles piétinaient le gravier. Gustad se figea.

Le premier énorme bloc de pierre noire, celui où figurait le Trimurti, descellé par les leviers, alla s'écraser sur le sol. La poussière s'étala, réveillant l'artiste des rues de sa transe désespérée. Il se leva et alla trouver Gustad. « Je vous suis très reconnaissant de m'avoir offert l'hospitalité du mur. Maintenant, il est temps de partir.

— Partir ? Mais où ? Vous avez prévu quelque chose ?

— Où, n'est pas la question, monsieur. » La chute du Trimurti lui avait rendu toute sa faconde philosophique.

« Dans un monde où des latrines de trottoir deviennent des temples et des sanctuaires, et les temples et les sanctuaires deviennent poussière et ruines, est-ce que ça compte de savoir où ? » Il se mit à rassembler ses affaires. « J'ai une seule requête à vous présenter, monsieur. Puis-je prendre quelques brindilles de votre arbre ? Je veux surveiller la création, la préservation et la destruction de ma santé dentaire.

— Prenez-en autant que vous voudrez. » L'artiste cassa sept petites branches et les mit dans sa sacoche. « Bonne chance, dit Gustad, en lui serrant la main.

— La chance est le crachat des dieux et des déesses », répliqua l'artiste, et il s'évanouit par le portail, trottinant sans bruit sur ses pieds nus.

Gustad remarqua la grande boîte de tubes de peinture et de pinceaux posée contre le pilier. « Eh, attendez, vous oubliez vos affaires. »

L'artiste fit demi-tour. Il sourit et secoua la tête, revint un peu sur ses pas. « J'ai pris tout ce dont j'ai besoin pour mon voyage. » Il tapota sa sacoche. « J'ai ma boîte de craies. » Soudain il se baissa et ramassa quelque chose sur le trottoir. « Je crois que ceci vous appartient », dit-il, en le lançant vers le portail.

« Merci », dit Gustad, qui attrapa au vol son calot de prière. Les poils de velours noir étaient écrasés, enrobés de boue, et il ne le remit pas.

L'artiste disparut rapidement de sa vue. Il était midi largement passé, et dans l'air flottait l'odeur âcre des fumées de diesel. L'ombre étrécie de l'arbre solitaire se ramassait sur un de ses côtés. Deux hommes, armés d'une scie, s'occupaient du tronc.

Gustad quitta la cour inondée de soleil et entra chez lui.

En attendant que ses yeux s'habituent à l'obscurité, il tapa le calot de prière contre sa jambe ; un peu de boue sèche s'en échappa. Il laissa tomber le calot sur son bureau, prit une chaise, ferma la porte de l'appartement.

La plupart des bruits de la rue se trouvèrent ainsi bloqués à l'extérieur, sauf le crissement persistant du gravier. Gustad monta sur la chaise et arracha le papier recouvrant les ventilateurs. Le premier morceau déchiré libéra un papillon effrayé, qui se mit à voleter autour de la pièce.

Rohinton Mistry
dans Le Livre de Poche

L'Équilibre du monde n°15086

Voici le grand roman de l'Inde contemporaine, réaliste, foisonnant, inspiré — traversé par le souffle d'un Hugo ou d'un Dickens. L'histoire se déroule au cours des années 1970 et 1980. Dans le même quartier vivent des personnages venus d'horizons très divers : Ishvar et Omprakash, les deux tailleurs — des « intouchables ». Dina, la jeune veuve, qui, pour survivre, se lance dans la confection à domicile. Manek, descendu de ses lointaines montagnes pour poursuivre des études. Shankar, le cul-de-jatte, exploité par le maître des mendiants. Bien d'autres encore... À travers les heurs et malheurs de leurs existences, au gré d'épisodes tour à tour drôles, tendres ou cruels, sur la toile de fond d'une actualité politique tourmentée et souvent tragique, Rohinton Mistry, romancier anglophone né à Bombay, brosse une fresque qui est à la fois l'odyssée d'une nation et une parabole de la condition humaine. Un de ces romans-fleuves, qui nous emporte irrésistiblement.

Composition réalisée par NORD COMPO

IMPRIMÉ EN ESPAGNE PAR LIBERDUPLEX
LIBRAIRIE GÉNÉRALE FRANÇAISE - 43, quai de Grenelle - 75015 Paris
Dépôt légal Édit. : 29675-01/2003
ISBN : 2 - 253 - 15411 - 3